一片雪

ひとひらの雪

渡边淳一 著

陆求实 译

青岛出版社
QINGDAO PUBLISHING HOUSE

目录

山茶 / 001
长昼 / 020
双叶 / 052
春愁 / 079
余花 / 109
新竹 / 132
青芒 / 173
秋思 / 219
花野 / 238
秋风 / 271
良宵 / 290
寒露 / 339
冬野 / 370
薄冰 / 406
花冷 / 436

山茶

拂晓时分,发生了一次地震。

接到电话,是在这好一会儿之后。

铃声好像是从遥远的梦乡响起,渐渐地闯入意识中。带着浓浓的睡意,伊织从被子里伸出手,拿起了听筒。

"您醒了吗?"声音很柔和,但是稍许有些含混不清,"已经七点了。"

听到这声音,高村霞那张楚楚动人的脸一下子在伊织的脑海里复苏了。

"还在睡吗?"

"哦,不。谢谢。"

昨天晚上分手的时候,伊织让阿霞今天早上七点钟叫醒自己。床头柜上的台钟指针,准确地指在七点整的位置。

"下雪了呢。"

伊织抻长了上身,揭开窗帘朝外面看了看。从十二层公寓的窗口往下,可以看见街道裹上了薄薄一层银妆,停在楼下的汽车顶棚上也积着白雪。

"您那里现在雪停了吗?"

"基本上停了……"

晨曦中,衰残的雪花仍在飘落,一片一片的,不过它们似乎已经精疲力竭,再也无力洋洋洒洒地落下来了。

"这边还在下。到底是乡下呢。"

阿霞住的辻堂距离茅崎不到一站,应该比东京暖和些。

"今天早晨还发生地震了呢,您注意到了吗?"

"不知道哇。几点呀?"

"五点半左右。不算很强烈,不过好长一阵子,电灯的灯罩子一直在晃呢。"

"是那时候开始震的?"

"是呀……"

伊织回想起昨晚蜷曲在这张床上的阿霞来。隔着和服从外表看,身上似乎显得很消瘦,但是,屏息偎在自己怀中的阿霞的身体却十分温暖。

"那你后来一直……"

"我要是睡下了,怎么叫醒您呢?"电话那头,阿霞好像轻声在笑,"工作做得完吗?"

"没问题,多亏了你哩。"

今天中午之前,伊织必须要交出稿子。让阿霞早晨叫醒自己,就是因为这件差事,他得早起。

"呼吸一下外面的新鲜空气,脑子肯定会清醒的。"

"没事,我喝点咖啡好了。"

"那么,我挂了……"

伊织刚想对阿霞说什么,但阿霞已经准备挂电话了,也就打住不说了。本来是想说说昨晚的感想,然而这样雪明的早晨,光线晃得有些刺眼,似乎也难以说出口。

放下听筒,伊织又钻进了被窝。

毕竟是特意让阿霞叫醒他的,理应爬起来工作了吧。其实伊织说是七点钟,还是给自己留了一点提前量的。虽说中午之前必须交稿,但只不过是十页东西,顶多也就三千来字,有三个钟头就足够了。

再说爬起来也不是马上就能写出东西来的。伊织不习惯早上工作,顺顺当当地投入到工作中去,总要有个过程,他需要喝点咖啡,或翻看一会儿报纸。即使算上这些时间,七点钟起床好像也早了点,八点钟应该也来得及。不过他还是希望能早早地听到阿霞的电话。

"明天早上能叫醒我吗?"

昨天晚上,伊织一面说,一面注视着阿霞的表情。

对一个有丈夫有家庭的女人来说,早晨能在家里打这样的电话吗?伊织之所以求她,一方面是出于些许嫉妒,另一方面也想耍点小小的恶作剧,他巴望看到阿霞脸上露出困惑的神态。

可是,阿霞只是稍稍歪斜着头,似乎思索了一下,但这也只是短暂的片刻,随即爽快地点头应允了。

"几点钟?"

"七点钟……"

看清她的脸了,可是却不见她有丝毫的踌躇。

伊织对阿霞的生活几乎一无所知,只知道她丈夫是个画商,在镰仓和银座有两家铺子,夫妻俩有一个女儿。只要不问起,阿霞从不主动谈论自己的家庭,而伊织也没想过寻根究底去打听那些事情,毕竟他自己也是有妻室的人,虽然目前和妻子分居,但总觉得自己没有资格去查问对方。

如果互相打探对方家庭方面的事,结果只能是给双方都造成伤害。伊织和阿霞都深知这一点,因此,只要没有特别的理由,两人都不会轻易踏进对方的私禁领地。

不过,一点点的嫉妒心还是免不了的。

昨天晚上,阿霞展现出了无比的温柔和妖娆。缠绵的欢爱过后,伊织仍不忍分别。然而一过九点,阿霞便从伊织的怀中慢慢地抬起头来,下了床。一个钟头后,她便像来时一样,一副一本正经的神情,对着镜子穿戴完毕了。

"明天,七点钟哦……"伊织带着一丝惩罚的意味,叮嘱道。

阿霞的叫早电话,让伊织的大脑从昏沉中彻底清醒了。他起身穿上睡袍,到门口拿了报纸,然后回到起居室。这套公寓,从门口进来连着一间大约十五席①的房间,伊织把它作起居室,另外还有卧室和书房,一共三间屋子,总共不下二十五席,一个人住着绰绰有余了。

起居室朝南,阳台的窗帘半敞开着,早晨的阳光从蕾丝窗帘的缝隙间钻进屋子。太阳刚刚升起,照在屋内的家什上,拖出长长的影子。在影子尽头的位置是一只沙发,对面有两把椅子,中间则摆放着一只玻璃茶几,茶几上的细长花瓶中插着一枝山茶花。

这是昨天晚上阿霞带来插在花瓶里的山茶花。

"出门前,看到院子里山茶花开着,很漂亮,所以就折了一枝来……"阿霞这样解释她为什么带山茶花。

山茶花不同于山茶科里的其他常绿高大乔木,它是一种矮灌木。开白色的单轮花,而且不是那种大朵怒放的花,而是形似吊钟,欲开还闭的样子。其矜持而有节制的品性,自古以来为爱茶之人钟情,多植于茶室入口处或是寺院神社的庭院中,悄然闲寂地开放。

阿霞不经意的一番话,使伊织由眼前白色的花而想象起阿霞家开着山茶花的院子。前面放置着一只考究的洗手盆,后面还可看见灯笼摇曳在繁茂的花草间。山茶花也许就躲在花间独自开放,或者在透过竹林照射进来的阳光前,静静地绽蕾。不管栽在何处,院子里有一两株山茶花,一定是充满了淡定、幽静的气氛。想到阿霞和她丈夫就生活在那样的氛围中,伊织禁不住有点嫉妒。

"你知道为什么日本把这种山茶花叫作'侘助'吗?"

"好像是一个叫侘助的人从中国带回来的吧。"

听了阿霞的回答,伊织刚想说:"是听你丈夫说的吧?"但马上闭口停住了。那样说的话,嫉妒心可就暴露无遗了。

---

① 席:即中国人熟悉的"榻榻米",日本传统的和式住宅中也用来作为计算居室面积的量词。一席即一张榻榻米的标准尺寸为长180cm,宽90cm,折合1.62平方米。

在洁白的山茶花面前,一点点的嫉妒都是亵渎。

阿霞将山茶花枝拿在手上,用随身带来的修枝剪刀剪去赘余的枝叶。看上去好像很残忍,但其实山茶花的神韵就在于恰到好处地修剪枝叶。

"跟你很神似哩。"

"什么呀?"

"哦,没什么……"伊织含糊其词地说道。

望着阿霞在夕阳中忙着插花的身影,伊织将山茶花的形象与她重叠在了一起。

看上去只是很随意地插在花瓶中,但细细端详,山茶花沐浴着早晨的阳光亭亭玉立,造型优美,一枝一叶,真的是续一分则长,断一分则短,营造出一方绝妙的小天地。

欣赏着花,伊织想起昨天晚上阿霞将修枝剪留在了这里。这到底是真的,还是自己的幻觉?伊织拉开装饰橱的抽屉,果然有一只盒子,里面装着专门用来修剪枝叶的剪刀。

将修枝剪留在这儿,是不是意味着她还会带着花再来?本来伊织只不过有这样一种直觉,现在剪刀在这儿,似乎又多了一分确信。

伊织的大脑里,昨晚的情景还没有完全如现实一般栩栩如生地复苏。就是现在,他也仍然半信半疑的,觉得一切仿佛都像是场梦。此刻,清醒中带着一丝迷茫,伊织自言自语道:

"无赖么……"

昨晚,伊织拥着阿霞往床上去的时候,阿霞轻声喃喃着:"别无赖……"

不知道阿霞的话是什么意思。作为一个稳重而颇有格调的妻子,同丈夫以外的男人有染就是无赖?或者阿霞是将对她有所企求的伊织称作无赖?

可是与嘴上所说刚好相左,阿霞的身子渐渐变得绵软。

伊织靠在沙发上,闭上了眼睛。

于是，昨晚阿霞的狂乱身姿终于清清楚楚地复苏了，那是无比洁白、柔软和充满弹性的身体。当伊织从遐思中重新睁开眼睛时，看见山茶花在眼前轻轻摇曳着。

就在伊织凝神注视的时候，突然传来一阵"嘎吱嘎吱"的声响，紧接着整个屋子轻轻晃动起来。

"地震了？"

阿霞说过，早晨发生过轻微的地震。现在可能就是余震吧。伊织朝阳台上望去，只见蕾丝窗帘也在缓缓地摆动。

伊织将吸了一半的香烟搁在烟灰缸上，视线重新回到山茶花上。早晨的曦光中，孤零零的枝头上，山茶花也在轻微地颤动着。看着它，伊织仿佛看到了阿霞侧向一边的脸和细细的脖颈。

就这样摇摇晃晃地整个屋子崩塌掉也未尝不可。这么想着，世界却在这样一种慵懒的气氛中平静下来了。

余震停息之后，伊织起身走到厨房去，预备冲泡咖啡。

人到四十多岁后，独自一个人生活总会有诸多的不方便。比如泡个茶啦，比如接个电话啦，比如整理衣服啦，等等，所有的事情都必须自己来做。而伊织并没有这样的感觉。每隔一天，女佣会在下午来替伊织打扫房间，只要他提出，女佣还会帮他做顿简单的饭，或是洗洗涮涮什么的。不过，伊织的衣服基本上都是拿到外面的洗衣店洗的，吃饭问题也大都在外面解决。好在公寓位于青山，周围餐厅和食堂不少，叫外卖也很方便，立马就能送到。所以对伊织来说，虽然支出稍稍增加了，但却没有任何不便之处。

尽管如此，现实生活中除了这些之外，还有数不清的琐碎烦人的事情会向人压来。忘记毛衣或鞋子放在哪儿了，家里香烟抽完了，还有的时候需要立时三刻到银行提取现金……还有家里来客人时，也不得不亲自为客人沏茶泡咖啡；写稿中突然间需要查阅点资料什么的，也是让人非常伤脑筋的事情。

"您还是回去住比较好……"昨天，阿霞一面喝着咖啡一面说。

可是,即使要累自己多花些时间和精力去应付这些琐事,伊织还是希望独自一个人过。在少得可怜的便利与自由之间,现在的伊织宁愿选择自由。

这是伊织从离开家里时便坚持的信念。再说,正因为从家里搬出来,才能邂逅到阿霞呀。

伊织拧开厨房的煤气,烧了一壶开水。厨房是开放式的,而且有三个料理台,宽敞得一个人住都有点可惜。料理台周围经常落满了灰,溢出来的开水也留下不少水渍。可是今天,料理台里里外外光洁铮亮,不锈钢的水斗槽和水龙头周围也擦拭得干干净净,盛放用过的杯子的圆筐也被归拢在一边。

左手边的晾筐里,底部垫了一层餐巾纸,上面洗过的杯子都口朝下整齐地摆放着,杯子上还盖了一层餐巾纸。这与女佣敷衍了事的打扫整理完全不一样,收拾得整齐而明了。

收拾好厨房之后再离去,仅从这一点,就可以一窥阿霞严谨的性格。

喝着咖啡,浏览着报纸上的新闻,不一会儿已经八点钟了。窗下传来车来人往的嘈杂声,人们即将开始新一天的繁忙。由于这幢公寓楼离马路有些距离,因此嘈杂声还不至于太吵人。

伊织喝光了杯子里的咖啡,又吸了支烟,这才朝书桌走去。

每周一次,伊织要去大学上课,下午则基本上都去位于原宿的事务所处理自己的事情。虽身为建筑设计师,可最近他突然对美术着了迷。此刻书桌上就放着一份材料,介绍说马蒂斯画展将于近代美术馆举行,汇集了一百六十多件马蒂斯从早期"野兽派"时期直至晚年,时间跨度长达六十余年创作生涯中各时期的代表作。某杂志社于是约请伊织写篇随笔文章,准备用于这次画展。

"不知道为什么,马蒂斯在日本并不得志……"

写下这一句,伊织陷入了思索。

马蒂斯是比肩毕加索的巨匠,被称为二十世纪最伟大的几位艺术家之一。可是在日本,毕加索自不必说了,就是梵高、尤特里罗甚至蒙克,也远比他名气大且更受欢迎。究其原因,除了早期的一部分画作以外,马蒂斯的作品大多配色异常鲜艳丰富。

比较起来,日本人喜爱阴郁的色彩胜于鲜艳的色彩,喜爱俭约的色彩胜于丰富的色彩。日本不太接受由强烈的色块随意涂抹而成的画和纯装饰性的简单平面构成,日本人总是力图从绘画中读出一种文学,或者确切地说,是通过绘画追求某种精神性的东西。米勒《晚钟》传达的虔诚和凝重,尤特里罗"白色时期"画作中弥漫的阴冷的都会忧愁,蒙克《呐喊》流露的对生命的不安,这些都令日本人为之感动。与之相比,马蒂斯的作品则过于为作画而作画,几乎没有给观赏者带来任何文学感、精神主张或是人生体验,而是单纯地强调色彩。须知日本人不仅仅将画当作画来欣赏,而具有将画作放到作者的人生经历和创作生涯中进行审视的癖好,因此,透过梵高的画而联想到梵高精神失常、自割耳朵的悲狂,透过尤特里罗的画则仿佛看到他作为一个私生子的不幸以及孤独成长的经历,从而产生强烈的共鸣。

大抵来说,日本人非常喜爱"贫穷""苦恼""孤独""疯狂""颓丧""夭折""自杀"等词汇,虽然在现实生活中厌避这些,但是面对他人的此类遭际时,还是很容易引起他们的极大关注。然而马蒂斯却不符合这些遭际的任何一项,他的一生都是在光彩和优裕中度过的。之所以在日本人们对马蒂斯的评价过低,与他奢华、纨绔的形象大有关系。

伊织写到这里,停下手来休息一下。
由"奢华"这个词,自然而然地联想到了阿霞。诚然,外表看上去,阿霞就像是在茶室旁开放的山茶花一样,闲寂而矜持;然而离去之后,却留下一丝奢华的余韵。

伊织从遐思中回过神儿来,继续伏案写作。

  对于绘画,理应单纯地从绘画的角度来审视和欣赏,至于其背后的故事,例如画家的人生际遇或者有过怎样的贫困、苦恼等等,这一切都与绘画本身毫无关系。绘画是独立的存在,而不可能是除此以外的任何东西。一幅画,如果它是美的、令人感动的,那就足够了,我们不能苛求必须从中读出更多的故事。对马蒂斯的作品,我想我们至少可以以这样的观点来欣赏。

  有位评论家在论到马蒂斯的画《舞蹈》时,独独着眼于画中由牵手组成的圆圈有一处不连贯这一点,不厌其烦地论证其理由。试问,这样的评论有何意义?不管牵手的圆圈是否松开数厘米,只要人们能够从中感受到一种欢跃的节奏和美感,就不失为好作品。率直地观赏和接受画作的客观的眼睛,应该是美术评论家们不可或缺的。

写到这里,伊织情不自禁地独自苦笑起来。

说起来,自己在美术这个领域也算是一名评论家,可说不定自己一面在批评别人,一面却也在对别人吹毛求疵呢。

"可得小心啊……"伊织对自己说,但同时又转念道,"可是……"

可以说,伊织正是因为接触到了美术评论,才有机会遇到阿霞。

一个月前,为某著名画家 KS 举办了一场"米寿"祝寿会。就是在那个会场,伊织邂逅了阿霞。祝寿会采用了立式冷餐会的形式,各色各样的来宾摩肩接踵,觥筹交错。伊织的视线落在一位身穿淡灰色绫子和服的女性身上,感觉好像在哪里见过,可是却一时想不起来。对面的女性也出乎意料地立停了,对伊织轻轻点头施礼。

几分钟后,一名姓村冈的评论家陪着阿霞走过来。

"这位女士叫高村霞,是英善堂画廊主人的夫人,娘家的旧姓叫宗像。"

经这么一说,伊织脑海里终于浮现出十五年前的往事。

"哦,原来是宗像久志君的……"

高村霞微笑着点了点头。

宗像久志与伊织是大学的同届生,毕业后进入A报社工作,八年后猝死于纽约。虽然自从毕业后两人很少联络,听到噩讯后伊织还是赶去吊唁。宗像家位于吉祥寺公园附近一个幽静之处。当时出来迎候的就是宗像的妹妹阿霞。

时隔十五年,两人不期而遇,但当时的音容仍依稀记得。

祝寿会结束后,伊织谢绝了村冈的邀请,与阿霞单独在同一家宾馆的酒吧继续喝酒聊天。

这时阿霞告诉伊织,丈夫突然间有急事来不了,所以自己代替他来出席今天的祝寿会。英善堂在镰仓和银座都有店铺,是圈内有名的画廊,伊织自然是知道的,以前路过银座时,还不经意地走进过那家画廊。不过,店铺方面的事情伊织一句也没有打听,只是聊她死去的哥哥,还有两人的朋友。当然谈话之间,伊织还是透过阿霞的穿着以及她脸上的表情,想象着阿霞现在的生活。

作为英善堂主人的夫人,生活自然宽裕。事实上,她那天穿的衣摆缀着白鹭的绫子的和服非常得体,很好地衬托出了其身份。阿霞的举止也优雅沉稳,看上去浑身洋溢着幸福。然而,伊织仍然竭力从她那心满意足的表情背后,探寻着某种不幸的阴影。

至少会有那么一点不满吧?

这倒不是对别人的不幸幸灾乐祸,而是对对方怀有好感的男人的本能想法。不知道阿霞意没意识到这一点,她只是不冷不热地应酬着。九点钟的时候,阿霞看了一眼手表。

"这就要回辻堂的家吗?"

听伊织这样问,阿霞的表情一瞬间有点困惑不解。

"再喝一杯吧，反正还有电车嘛。"

心里虽然觉得九点钟回家似乎略早了点，可是从东京返回住所要花一个多钟头，对这样一个女性挽留到太晚又似乎不太符合常情。可是，阿霞却很爽快地同意，又喝下了一杯白兰地。

现在回想起来，那杯白兰地已经为后来的一切埋下了种子。伊织无所拘束地又同阿霞聊了一会儿之后，便鼓起勇气邀约阿霞一起吃饭，就是在阿霞喝最后那杯酒的时候。

自那以后，两人又见过一次面。等到昨天晚上第三次见面，阿霞的身体在伊织面前已经褪尽神秘了。

这段邂逅，如果从为人妻子的立场来看，或许确是大胆之极。但是换一个角度看的话，似乎也非常自然，借用一个粗浅的说法，那就是"死灰复燃"。

两人之间原本并无爱慕之情。十五年前相遇的时候，伊织与阿霞只有三言两语关于她哥哥的话，吊唁后就直接回家了。可是就从那一刻起，伊织心里就已经深深埋下了阿霞的影子，只可惜没有机会去主动接近。岁月流逝，十五年前的这段相思如果算作一厢情愿的爱恋的话，那么两人现在的状态用死灰复燃来比喻，是一点也不牵强的。

稿子写完，已经十一点多了。约好十二点钟以前交稿的，因此还有将近一个钟头的富余。伊织将稿纸装入大信封，放在书桌上，又回到起居室。

早晨覆盖街道的积雪，已经基本上融化了，只有马路的北面墙根下，以及儿童公园的一角，还残留着很少的雪。雪景的寿命似乎只有早晨短短的数小时。

伊织的目光离开阳台，将早上煮好一直温着的咖啡倒入杯子。如今一切都变得便利了，有了电咖啡壶，喝咖啡也只需按一下开关就行了，冲泡好之后还可以保温。本来想当然以为便利的代价肯定是味道会变差，不过使用之后才知道，其实不见得如此。

就在几个月前,伊织是非虹吸式玻璃咖啡壶煮出来的咖啡不喝的,而现在那只咖啡壶早被放到了厨房水斗下面,积了许多灰尘。

伊织刚喝上两口咖啡,电话响了。

拿起听筒,原来是原宿那边事务所里的相泽笙子打电话来提醒,下午两点钟有两位客人来访,六点钟则是要出席一个建筑师朋友在帝国大酒店举行的出版纪念会。伊织当然没有忘记。他告诉相泽,自己将于下午两点之前到事务所,然后便挂断了电话。

伊织的建筑事务所在原宿,从位于青山的公寓走过去也不过就二十来分钟的路程,一点半出门就来得及了。他拿起笔记本,又确认了一遍上面记录的时间安排,叼起一支烟还没来得及吸,电话又响了起来。

伊织先将烟点上火,然后才拎起听筒。

"喂喂……"

尽管压得低低的,但一听那彬彬有礼的声音,伊织就知道是阿霞。

"哟……"伊织立即欢快地应道,连他自己也感到吃惊。

"现在……不打扰您吧?"

"没关系啊。"

"我糊里糊涂的,好像把东西落在您那里了。洗脸盆旁边不是有个放梳子和剃须刀的盆子吗?不知道那里会不会有我的发卡?"

"发卡吗?"

"大概忘记了一只。能帮我去看一看吗?"

今天早上,伊织站在洗脸盆前的时候,没注意到有什么发卡。

"好像没有嘛。"

"您看过了?"

这样一说,伊织倒没了自信。自己站在洗脸盆前,也就像往常一样刷了刷牙、洗了把脸,根本就没去多留意四周的物品。

"请您好好找找看吧,要是被人看到那种东西放在那儿,会感觉很奇怪的。"

伊织放下听筒,朝洗脸盆走去。洗脸盆正面是水龙头,四周铺着白色的人造大理石台面,靠右边有一只放梳子和剃须刀的小瓷盆,两把梳子随意地交叠在一起。拨开来往盆底看去,梳子下面果然出现了一只细细的U型发卡。阿霞所说的应该就是它。伊织把它拿在手上,回到起居室,重新拿起听筒。

"有了,是有一只。"

"不好意思,真的是糊涂了。麻烦您帮我扔掉它吧。"

阿霞就为这一只发卡忘在盥洗间而慌忙地特意打电话来,伊织不禁觉得好笑。

"不!我要把它好好地保存起来哩。"

"拜托您别开玩笑,我也知道不应该为这样无聊的事情打电话打扰您。"

"没有打扰呀。幸亏你打电话来,我才能再次听到你的声音嘛。"伊织一面把玩着手上的发卡,一面压低声音说道。

"您现在在做什么?"

"做什么……"

"雪怎么样了?"

"你挂掉电话后没多久雪就停了,现在已经化得差不多了。"

"山茶花呢?"

"今天早晨,我一边欣赏着花,一边想到你哩。"

由于话题急转,阿霞似乎踌躇了片刻。她沉默了一会儿问道:"工作做完了吗?"

"刚完成。我正无所事事地歇着,想着要不要给你打电话,不过还是忍住了。"伊织望着面前书橱上的山茶花答道,"怕打过去你不方便。"

"对不起,请稍等一下。"

听筒里突然传来"咯哒"一声,是听筒被搁下的声音,大概是阿霞有事情离开一会儿吧。见阿霞没有直接回答,伊织感到她丈夫似乎在旁边。

于是,伊织又情不自禁地想象起阿霞家里的光景。大概是靠近辻堂海边的宅邸吧,透过朝南的窗户可以一览旷阔的湘南海,或许甚至还能看见远处的伊豆半岛。环绕房屋的花园一隅有间茶室,茶室旁盛开着山茶花。此刻,丈夫高村章一郎正待在这个古旧而娴雅的家里,现在也许正在用餐,或者在里面的屋子同客人欢谈。电话短暂的中断,大概是被丈夫叫去帮忙做什么事吧。昨晚枕着自己胳膊的阿霞,此刻在丈夫面前,会是一种什么样的态度呢……

正想到这里,响起"窸窸窣窣"的声音,阿霞重又拿起了听筒。

"不好意思,让您等候了。"

"是不是挺忙的?"

"哦不……"

口头上虽然否定,可是语气却显得很是无力。看来刚才果然是丈夫把她叫去做什么事。

"那就挂了。下星期的星期二,没问题吧?"伊织又将昨天晚上分手时的约定重复一次,"下午六点钟。"

"是的。"阿霞彬彬有礼地答应道,随即又叮嘱道,"请把那个发卡扔掉。"

"星期二,你来了自己扔吧。"

说完放下听筒,屋子里又恢复了宁静。

伊织的右手心里仍握着那只发卡。昨天晚上上床之前,阿霞在盥洗间松开头发,左右略略蓬起、脑后扎成一束的长发,是用多少只发卡固定起来的?二十只?也许更多?回去的时候,阿霞也是梳着同样的发型,至少在伊织眼里看起来是这样。或许是因为时间仓促,忘记了一只发卡。

伊织倒不是喜欢她将发卡落在自己这里,而是喜欢阿霞因为一只发卡而特意打来电话。这种事情根本不必慌张,倘若是一般的女人,即使忘记了,大多也就随它去了。而阿霞之所以这么做,是因为她谨慎细心,还是因为神经质的关系?也许,是为了便于再打电话来而有意遗落的?

当然,怎么看阿霞也不像是这样的女人。不管如何,阿霞如此在意这只发卡,证明了她心里想着自己。伊织对自己这样说,然后觉得一丝心满意足。

几乎就在伊织放下听筒的同时,门铃响了。编辑这会儿上门来取稿子似乎早了点,打开门一看,原来是女佣。

"早晨地震了呢,还下过雪了。"

因为没想到平时一直晚起的伊织今天会起得这样早,女佣像报告一件重大新闻似的说道。

"知道啦。"

"还有地震,也知道了?"

伊织点点头。女佣一下子变得很败兴,她嘟囔着:"先生今天那么早就已经起来了吗?"

女佣名叫平川富子,五十二岁,身材稍稍有点肥胖。她是一年前开始到伊织这儿来帮助干家务活的,伊织对她的脾气已经很了解了,虽说有些啰唆,但是吩咐她的活儿全都能丝毫不差地做好。

"您要喝点什么?"女佣脱下厚厚的大衣,朝厨房走去。

"帮我泡杯茶吧。"

伊织回到书房,将需要邮寄的文件准备好:两封信,一张明信片,另外又匆匆忙忙写了封信。他拿着这些到起居室,女佣已经替他沏好了茶。

"今天屋里真漂亮呵!"

女佣自己也坐下,一面喝着茶,一面朝四下打量着。

"是吗……"伊织含糊其词地答道。

他刚要端起茶杯,这才发现那只发卡就放在茶几上。刚才门铃响起时,急急忙忙起身,忘记拿好发卡了。

两人对面而坐,那只发卡在穿过阳台射进来的阳光照耀下,闪闪发着光。伊织想将它藏起来,可是这会儿伸手去拿反而太显眼了,女佣对这种事情是很敏感的,说不定她已经注意到了。或许是看到了,所以刚才才会话里有话。

自己疏忽大意了,但现在刻意掩藏反而招人怀疑。伊织打定主意,端起茶喝起来。喝了一口,刚将茶杯放回茶几,富子用她那滚圆的手指捏起发卡,就像捏什么垃圾似的,瞧也不瞧,扔进了旁边的烟灰缸里。

"先生还有什么吩咐？"

"哦，没什么。"

伊织若无其事地答着，站起身来。

现在出门尚早，但伊织先做起准备。

脱下早上起床后穿的睡袍，换上咖啡色的裤子和褐色的条纹西服，配上咖啡色的素色领带。卧室的床左边有两个衣橱，一个放和式衣服，一个放西式衣服，伊织随心所欲地从里面拿出自己偏好的衣服搭配在一块儿。如果妻子在的话，从领带到袜子、手帕，都会周到地替他搭配好准备好，但现在一个人住，一切只好自己动手了。

虽说让女佣富子帮忙做的话，她也不会拒绝，但是让别人来操心自己的穿戴琐事，反倒觉得不便。因此，伊织顶多让富子帮忙熨烫或清洗一下衣服，纽扣掉了也会让她帮忙缝一缝。毕竟是一男一女，超出这个限度，说不定会感觉很不自在，富子自然没有这种念头，伊织对她也没有特别的企图，她只不过是花钱雇来帮工的女佣而已。

当然，在家里做久了，两人之间多少会亲近起来，甚至有时偶尔会因亲近而不自觉地流露出一丝女性的感情。今天富子一到屋里，发现遗落在茶几上的女人发卡，于是说了句"今天屋里真漂亮呵"，并且特意在伊织面前夹起发卡，就是这种感情的流露。年过五旬的富子，早已不再有那方面的想法，但作为负有收拾打理这个屋子全部责任的她，对于其他女性的闯入，心里还是有些许不悦的，感觉就好像别人侵犯了自己的领地。

伊织自然不希望发生这种情况，但是像今天，一个女性来过这里的秘事已经一清二楚，问题就有点复杂了。虽然富子没有直接指责他或提醒他，但已经完全表现在态度上了：虽没有露骨的不快，可是表情多少有些异样。

想想请个女性来帮忙做家务事也真够麻烦的，可是又不可能全都自己一个人来做。男人要独自生活，也有着这样沮丧的一面哩。

虽然时间稍早,但伊织还是决定出门了。临走前关照富子,如果有人来取稿子的话,请她转交一下。

像往常一样,伊织沿着青山大街折到表参道,往原宿方向而去。到了大街上,他拦了辆出租车,有时他则会散着步,一路走到事务所。地上的雪已经融化,阳光下湿漉漉的柏油马路,依然残留着晓雪的余味。这会儿正是午饭时间,街道上很空,所以不到一点钟便到了事务所。一走进迎面的所长办公室,正在打字的相泽笙子便回过头来,用清脆的声音招呼道:

"所长早!"

笙子给伊织做帮手已经四年了。除了她,事务所还有近十个男女同事,而秘书一类的活儿笙子一个人全包了。伊织只要听到笙子的招呼声,便可以大概知道她这天的心情如何。此刻,她的声音虽然清脆,但是却很冷淡,表面上礼貌周全,其实毫无情感。

"宫津君呢?"

"说是要去一趟图书馆,所以要晚一会儿到。"

笙子说着,将两个文件夹放到伊织面前:"这是东亚工营拿来的报价,对方的部长两点钟来这里。"

伊织没有看报价,眼睛盯着笙子打量着。细长的脸庞略显消瘦,遮挡阳光的百叶窗帘在她脸上投下一道一道的影子。

"昨天真是没辙,一直拖到十点来钟哩。"伊织看着报价说道。

笙子一声不吭,走向书橱。

这家建筑事务所占了整个楼层的朝南半个楼面。最里面是所长办公室,约有五坪① 见方,伊织的桌子靠窗口安放,中间是接待来客的会客区;会客区的右边整个靠墙一面是书橱,其中一扇玻璃门打开着。

从伊织的位置可以看到站在那里的笙子的背影,浅黄色的西服套装穿在她纤长的身上非常合体。

---

① 坪:日本度量衡的面积单位,用于丈量房屋和宅地,一坪约为3.306平方米。

"要给您沏茶吗?"

"嗯……来杯咖啡吧。"

伊织看着她的背影,又想起昨天晚上的事。

昨天是笙子的生日,本来说好了一起吃饭的,但是因为阿霞的一个电话而泡汤了。也许今天笙子心情不佳,跟这件事情有关。

不过昨天阿霞打电话来的事情,笙子应该不知道的。

阿霞的电话打进来时,正好笙子离开了座位。伊织对笙子编了个理由,说是宇土名誉教授突然想约自己见一面。宇土甚作是伊织的恩师,笙子也知道他是不好回绝的。尽管如此,当告诉她说无法一起吃饭时,笙子的表情非常沮丧,但伊织说出理由时,她还是善解人意地点了点头。

伊织还以为她不会闹情绪了呢,可是今天她的态度明显不对劲儿。沏好茶端到伊织面前的动作,显得很生硬,转身走向门口的背影也似乎透着冷淡。

年轻的女性情绪起伏剧烈。有时候看上去兴高采烈、情绪高涨,可一转眼,立即变得闷闷不乐起来;在男人看来无须挂齿的小事,她们却会为之烦恼不已。特别是像笙子这样性格过于认真的女性,常常会为一些琐碎事情而想得太多。今天的情绪低落,或许也是这种一时的耍性子而已。

伊织叫住了离去的笙子:"昨天没能同你一块儿吃饭,下星期三左右再补怎么样?"

一瞬间,笙子的脖颈略微动了一下。那条从脖颈至胸部的纤细曲线,是伊织所喜爱的。

"不,不必了。"

"为什么?你有安排?"

"您其实不用把这事这么往心里去。"

笙子柔顺的头发向前垂下,从两边将她稍稍下俯的额头遮住,显得脸孔狭长。

遭到拒绝,伊织只好将视线收回到文件夹上。既然对方不领情,也没理由再勉强,更何况是在自己手下工作的职员,可伊织却还是放不下。其实这里面另有隐情:笙子既是伊织的得力助手,更与他相爱四年。

"你怎么了？哪里不舒服吗？"

笙子不答,只说了句"我失陪了",便走出办公室。

剩下伊织一个人,他伸了个懒腰,将身子靠在椅背上。阳光透过被百叶窗帘遮了一半的窗子照射进来,一缕缕的光线好像互相角斗似的,争先恐后地闯入各个角落。窗外是阳光明媚,热闹非凡,房间里却被包裹在些微的光线中,静悄悄的。

一片清静中,伊织思索着笙子和阿霞的事。

从年龄上讲,笙子比阿霞小七岁,今年二十八。从女子大学美术系毕业后,对建筑产生了兴趣,经某建筑工程公司的一位熟人介绍,与伊织认识并进了他的建筑事务所工作。可能因为父亲是教师的缘故,养成了笙子狷直褊急的性格,不太懂得变通。她自己也意识到了这一点,因此有段时间曾努力想有所改变。她之所以毫不犹豫地接受了伊织的爱,跟她当时的想法也有一定关系。

可是,她与生俱来的性格并没有随着两人关系的发展而有所改变。就像她工作起来正确无误一样,笙子对待感情也一是一,二是二,绝不容许半点妥协。一旦爱上一个人,就一往情深,从一而终,如果左顾右盼对其他人流露出好奇甚或好感,那就是不纯洁的。如同她纤长的身材一样,笙子的思维方式也是比较狭窄的。或许伊织就是被笙子这种特别认真的脾性吸引的,他喜欢笙子的坚定和不妥协,虽然有的时候,伊织也觉得这样做因过于苛刻而有点累人。和笙子在一起时,完全不像是面对一个二十八岁的女性,倒像与一个执拗的少女相处一样。

与此截然不同,阿霞就更加丰饶、更加丰富,她不是直线的、带棱带角的,而是具有圆熟地包容一切的魅力。当然,并不是说阿霞过于随便和放荡,她的性格仍然是矜持和严谨的。但毕竟已为人妻,因此举手投足间,显现出了一种妙不可言的沉静与安心感。

但不管怎样,在做事严谨和神经质这一点上,两人或许非常相似。

长昼

春的夜色潜入了大街小巷的每个角落。伊织走着,一瞬间竟产生了一种错觉,感觉自己好像变成了一名密探,但随即醒悟过来,自己此时的立场正好相反,于是不禁笑了出来。

所谓密探,是专事尾随他人、打探别人隐私的人。现在如果说被打探的,应该是伊织,他却将自己想象成打探别人隐私的密探。

也许是第一次跟阿霞相约在外面见面的紧张感造成的吧,又或者是温煦的春宵使得伊织萌生出这样的感觉吧。

来到约定的酒店大堂,却不见阿霞的身影。伊织想,离约会时间还差五分钟,没到也很正常。可是看到大堂里熙来攘往的人,伊织就开始后悔了。为什么挑酒店作为与阿霞约会的场所呢?酒店的大堂人多眼杂,应该选更加僻静不显眼的地方才是。

然而,当告诉阿霞约会地点时,伊织却觉得在酒店最合适。万一有一方迟到的话,从大堂里叫出来很方便;即使遇见什么熟人,也很容易找个说辞,就说是在酒店门口偶然碰到的,谁也不会起疑心。

当时这么决定是有一定道理的,可实际到了这里一看,才发现人太多了。与一个偷偷从家里跑出来的有夫之妇约会,酒店显然过于惹眼了。

事情至此,已不可能改变。伊织只得站在正门入口处左手边的柱子旁。

傍晚时分，酒店里进进出出的人特别多，不停地有客人推开旋转门进来，有提着行李的住宿客，有从外面进来参加聚餐的客人，还有年轻的情侣，各种各样的人都有。

从伊织所站的位置可以看见进来的所有客人，但是从外面进来的客人却不容易看到伊织，因为他站的地方有柱子的阴影遮挡着。倒不是特意选的这个地方，伊织只是想开个玩笑，偷眼瞧一瞧等会儿将进来的阿霞的样子；再说，他也不想被人看见自己的样子，一脸焦急不安等人的神情暴露给别人，总不是件愉快的事。

就这样不引人注意地站了一会儿，阿霞依然没有出现。伊织抬起手腕看了看表，比约定的时间已经晚了十分钟。

女人迟到十来分钟是很平常的事情，伊织虽然这么想，却渐渐烦躁起来。也许，临时发生什么事情出不来了？伊织之所以有些沉不住气，是因为自己约有夫之妇偷偷相会而感到羞惭。

伊织的斜后方有一张长椅，坐着一男一女。两个人分别坐在椅子两端，中间空的地方足可坐下两三人。那个男子用疑惑不解的表情望着伊织，大概想不通伊织为什么不坐下来。可是伊织一点儿也不想坐，反正等人，站着坐着都一样，可是如果坐下来的话，感觉就好像会等的时间更长。

又过去了十分钟。比约定的时间已经晚了二十分钟。伊织从口袋里掏出笔记本看了看，没错呀，在今天的一栏里记着"六点钟，T 酒店，K"。虽然不能想象会有人偷看到他的笔记本，但伊织还是没写名字，只写了阿霞名字的起头字母 K。

坐在椅子上的男子突然站起来扬着手，大概他等待的人到了。出现在视野中的是一名年龄与他不相上下的男性。男子离去时的神情颇为得意，似乎在炫耀自己等的人不是女性而是男性。紧接着，坐在长椅另一端的女子也站起身，朝推开旋转门进来的一名男性快步走去。

伊织感觉似乎被孤零零地撇下了，他从口袋里掏出香烟。阿霞做事严谨，绝不会无缘无故失约的，如果突然有急事来不了的话，她也一定会打电话联系自己的。

"等到六点半吧。"伊织对自己说。可又转念一想,说不定因为什么事情,阿霞连电话也无法打呢。

伊织倚靠着柱子,略略一低头,点着了香烟。

阿霞出现在大堂,也就是在他低头的这一瞬间。伊织叼着烟抬起头来朝门口张望时,看见一个身穿和服的身影,正在朝这边靠近。伊织情不自禁地举起手打了个招呼,于是阿霞轻轻颔首,用手掖住和服的下摆,扭着小碎步往这边快步走来。

"不好意思哦。"

伊织笑着点点头,随即脑子里"咯噔"一下。今天是两人第一次在这种地方约会,以前阿霞的说话方式可不是这样的。若是为自己的迟到表示歉意,一般是说"对不起,我迟到了"或者"实在抱歉"。与此相比,"不好意思哦"听起来更加多了几分亲近感。

"对不起。本来想路上打个电话跟您说一声的,可是一想,这样反而更费时间了。"

阿霞又低下头致歉。她还是这样的谨小慎微和讲究礼仪,不过语气中却暗含了一起过夜之后的女人才有的任情和撒娇。

伊织一面准备往大堂深处走去,一面问道:"来点什么吃的吧?"

假如两人第一次见面,伊织说话是不会这样俚俗的。但他不说"要不要吃点什么"而说"来点什么吃的吧",也隐约显示出一种亲切。

阿霞模棱两可地点点头,与伊织并肩起步。大堂里来往的客人,无不对阿霞注目而视,有两个男人大声说着话从对面走过来,在擦肩而过的一瞬间,几乎同时回过头来,视线追随着她而去。今天的阿霞,穿一袭白色大岛绸①的和服,与之相映衬的,是腰间系的咖啡色带子,头发略显蓬松地朝上盘起。全身上下一副盛装打扮,在无懈可击中透着一种别样

---

① 大岛绸:奄美大岛、鹿儿岛市出产的一种轮廓飞白的绸丝织物,茧绸。制法独特,先将绸丝放在用车轮梅树皮煮出的汁液中浸泡,然后进行着色。有泥大岛、蓝大岛、泥蓝大岛等。

的妖艳。

"西餐、日式餐还有中餐,想吃哪一种?"

伊织是征求阿霞的意见,可是阿霞却答非所问地应道:"哎……"

也许此刻,她心里在意的不是吃不吃饭的事,而是周围的目光。她与伊织保持着一步的距离,低眉俯首地跟在后面。瞧她的样子,似乎瞒着丈夫偷偷出门与别人约会或多或少是桩心事,压在心头一时拂不去。

伊织在前头一面走,一面为穿过大堂往里面走的决定后悔了。应该碰面之后立即朝酒店外去的,然后叫上一辆出租车,那样的话就不会招致这么多人注意了。

"先在这里叫点喝的东西吧。"

大堂尽头的左手边有间酒吧,入口与大堂相通,但是从大堂看不到酒吧里面的光景。两人在酒吧最靠里的座位相对而坐。

"应该找个更加僻静的地方见面的。这种地方让人有点不自在了吧?"

"因为我不大习惯来这种地方。"

"不过你能来,真是太好了。"

侍应生过来开单,伊织要了一杯马天尼①和一杯果汁。

"你今天能待到几点钟啊?"在会面之前,伊织心里就关心着这个问题,"还是九点钟必须回去吗?"

阿霞脸上露出困惑的表情,将目光移开了。

伊织望着她,心里盘算着接下来的时间安排。现在已经过了六点半,用过晚餐差不多就要八点多了,假如阿霞必须九点钟赶回辻堂的话,两人在一起的时间就所剩无几了。

"十点钟不行吗?九点钟稍稍早了点啊。"

伊织想起了从前,那时跟女大学生约会,对方因为学校门禁的缘故,

---

① 马天尼:非常有名的鸡尾酒,用杜松子酒和干苦艾酒调制而成,被称为"鸡尾酒之王"。

总是九点钟便打道回府。

"没关系吧?"伊织一面恳请着,一面觉得自己仿佛又回到了学生时代。

侍应生将果汁和马天尼酒分别放在阿霞和伊织面前,然后离去。

"来吧!"

伊织向前伸出酒杯,阿霞端起杯子碰了一下。

"刚才在大堂等你的时候,我乱七八糟想了好多:是不是约会的地点搞错了,是不是电车延误了,是不是突然有急事来不了了……"

"对不起。"阿霞再次表示歉意,不过她还是没有解释晚来的原因。

伊织对此稍感不快,可是看到阿霞每次表示歉意时略显痛苦的表情,又觉得蛮有意思的。

"呃……过会儿晚餐,在这家酒店的二楼有家蛮不错的西餐馆,如果吃日式餐的话在楼下。要不,到外面其他地方去吃?"

"先生觉得怎么样好呢?"

被称呼"先生",伊织霎时间有种奇怪的感觉。如果是别人,他一点也不会惊讶,然而被阿霞这样称呼,听上去似乎有点隔了层关系的味道。

"我是无所谓啦。如果你觉得这里喝的还过得去的话,在这里也行啊。"

"那就在这里吧。"

"不需要再来点主食吗?"

"我还不怎么觉得饿呢。"

伊织重新坐直了身子,给阿霞又点了一杯金汤尼酒[①]。

"我喝果汁就行了。"

"可是,上次你说过这个味道很不错的呀。"

上一次在那之后,两人在伊织的公寓肌肤相亲,合为一体。今晚眼

[①] 金汤尼酒:一种威士忌酒,由干杜松子酒、酸橙片和适量汤尼水调制而成,略带苦味,是宴会等常用的餐前酒。

看将按着相同的程序走下去,但是伊织却不想很快这样,他希望酿造出更多的情趣。

"那枝山茶花还开着哩。"

"是吗?该换换了。"

"山茶花别名耐冬,是常绿灌木或小乔木,花常单生……这是我从书上看来的关于山茶花的说明。"

话题于是围绕着从山茶花到各季的花草展开,这是两人间最容易交流的话题。一面谈论着花,伊织一面思索着如何带阿霞离开酒吧。

与阿霞虽然已经同床共枕过,但伊织对一见面立即就引她去房间还是踌躇不定。倒不是出于什么罪恶感,而是觉得阿霞可能会不自在。

其实伊织自身也有问题。他想在两人上床之前多花些时间沟通,喝喝酒也好,说说话也好,哪怕稍微烦琐一点,他仍然认为事前这种情绪的缓冲是必不可少的。

当然,在这上面花费时间太多他也吃不消,毕竟伊织最终的目标还是阿霞的身体。他相信身体与身体的结合,是能够加深爱情的。

"差不多可以走了吧?"

伊织放下马丁尼酒杯站起来。阿霞露出了讶异的表情,似乎在问:这就要离开吗?

"对这家酒店感觉还行吗?"根据情况,伊织已经准备好了在酒店开一间房。如果是像上次一样领她去自己的公寓,似乎过于单调,缺少了点情趣。"假如到我公寓去的话,说不定那只发卡还在哩。"

"还放着吗?"

"当然了,那么重要的东西。"

阿霞微微地笑了。看到这笑容,伊织做出了决定,还是去青山的公寓。

拿起账单,到收银台付了款,然后径直从宴会厅一侧的门走出酒店,在门口拦了辆出租车。

在酒吧里坐了不到一个钟头,外面已经夜色漆黑了。

伊织吩咐司机"到青山",阿霞一声不吭,坐在位子上,眼睛望着前方。接下去的事情应该可以预想得到了,可是她丝毫不露声色。从正面向两边分开的头发,从额头平缓地斜垂到脖颈口,头发下端可以看到漂亮的耳垂。

笙子的耳朵也很漂亮,撩起头发,从耳根到脖颈的曲线很美,可是却没有眼前阿霞的耳朵那么柔软。

伊织正偷觑着,阿霞转过脸来,问道:"什么呀?"

"哦……没什么。"

伊织仿佛恶作剧被发现的孩子般,赶紧将目光从阿霞的耳朵上移开。

"今天不用急急忙忙地赶时间了吧?"

"……"

阿霞没有回答,表情却似乎有些痛苦。伊织看着她,痛切地感觉到她丈夫的存在。

夜晚街道很空,车子二十来分钟便到了公寓。

"请吧!"伊织轻轻催促道。

阿霞一瞬间犹豫了一下。乘上车的时候,就已知道是开往青山的,为何现在还犹豫?也许她是为自己被引诱,跟着男人到这里来的举动而感到震惊吧?

伊织不管这么多,他先下车,隔了片刻阿霞也下来了。

"虽然是晚上,可是看起来樱花好像要开了一样。"

春宵的暖意仿佛驻足停留在了人影稀少的夜晚的街道上。

从这儿一直到进入公寓的电梯,伊织不停地对阿霞讲着眼前的樱花,以及去年在京都时观赏到的御室①晚樱。不知不觉变得如此饶舌,一方面是为了舒缓阿霞渐渐僵硬的情绪,另一方面也是在掩饰自己对即将进行的情事的羞惭。

---

① 御室:地名,位于京都市右京区双丘以北。宇多天皇曾在该地区设置御室御所,故得名。

"从彼岸樱①到御室樱,在京都可以连着两个多月欣赏到樱花哩。"

说着,来到了屋门口。伊织掏出钥匙打开门走进去,阿霞也没有游移跟进了屋。

出门时,伊织没有关掉起居室的灯。阿霞虽然先前已经来过这里,但她还是很好奇地四下巡视了一遭,然后才在沙发的一角坐下。

"要喝点什么吗?白兰地怎么样?"

"我来点软饮料吧。您看我的脸都红了是吗?"

灯光下看去,阿霞的眼角周围确实泛出一点红晕。

"基本上没什么变化呀。稍微带点红色更好看嘛。"

伊织没有理会阿霞,仍然倒了两杯白兰地。

"来……"

伊织举起酒杯,阿霞将自己的杯子碰了过去,随后轻轻凑近嘴边啜了一口,仿佛要好好享受美酒的香醇。

伊织似乎有意想让自己沉醉,他连喝了两杯。

"看来要带把新的花来了。"阿霞望着已经开始枯萎的山茶花说道,"这个得扔掉了。山茶花和椿一样,花落的时候看上去特别凄惨。"

"看看它凋零的那一瞬间也不错啊。"

伊织站起身走到厨房,倒了一杯凉水,将它放在茶几上,随后在阿霞身边坐下来。

"朝这边转过来好吗?"

"……"

阿霞紧张地将脸转向这边,就在这一瞬间,伊织不失时机地将自己的唇贴了上去。

事实上,刚才起身去厨房的时候,伊织想把灯关掉的,要求同女人接吻似乎还是在稍暗的环境下比较好,对女人来讲这样也比较礼貌。然而一下子把灯光熄掉,自己心下的想法也会暴露无遗,阿霞本来就有点踌

---

① 彼岸樱:垂枝大叶早樱,日本本州中部以西种植,春季出叶前开淡红色五瓣花。

躇不决,这样反而会吓着她。

再说,伊织没看到过阿霞在灯光下接受吻唇的样子。上次两人一直是在黑暗中进行的,阿霞性感的脖颈和丰盈的胸部,在黑暗中都只能看到隐隐约约的一片白皙,尤其是每个细节中的表情根本无法欣赏到,也没有宽裕的时间去欣赏。

而此刻伊织毫不慌张。已经同床共枕过的身体,现在再次用自己的身体去细细确认,伊织充满了自信,而这种自信使得他愈加大胆。

"把灯熄掉好吗?"

阿霞一面央求着,一面朝这边转过脸来。伊织没有理会,他一把抱住了阿霞,想从正面拥抱的,但由于和服的腰带太厚了,隔在中间很不舒服。

"转过来。"伊织命令似的说道。

与此同时,他一只手拢住阿霞的背,另一只手托住阿霞的下巴向上托起。明亮的灯光下,阿霞脸孔朝天,伊织趁势轻轻吻了上去。

一瞬间,阿霞像是被噎住了似的,呼吸急促起来,过了一会儿才恢复平静,身体也随之绵软下来。

现在,伊织双唇吻住阿霞的双唇,同时伸出舌头在阿霞的口中恣意游荡,阿霞的嘴唇没有离去。伊织又恶作剧地将舌头突然往回一缩,引得阿霞的舌头急急地追过来。

在纵情的玩耍中,伊织睁开眼睛。阿霞的脸孔近在眼前,只见她微微仰着头,额头上有几道细细的皱纹,眼缘在轻轻地震颤着。看上去好像是在强忍着某种痛苦,又好像是在贪婪地品尝着这一刻的快乐。看着看着,伊织心里冒出一个残忍的念头,他压紧双唇,出其不意地使劲儿吸住了阿霞的舌头。

阿霞发出一声轻轻的呻吟,左右眯成一条细线的眼睛仿佛痛苦得要哭出来一般。

此时的阿霞已经顾不得光线的明暗了。被伊织紧紧拥抱着,被伊织吮吸着舌头,阿霞的身体情不自禁地越来越顺从。伊织则感受着阿霞柔软的身体,同时在灯光下欣赏着她娇媚无比的神情。

经过了长时间的接吻做铺垫,伊织拥着阿霞移步朝卧室走去时,阿霞一点儿也没有抗拒。

卧室窗帘紧闭,显得屋子里暗暗的,不过仍到处洋溢着春宵的暖洋洋的气息。伊织关上房门,回过身来对阿霞说道:

"来吧……"

他没说要阿霞宽衣解带,只是将手按在阿霞的肩头。

"一定要……脱吗?"

黑暗中,阿霞微微仰起的脸略微显得惨白。望着这张脸,伊织用力地点了点头。

阿霞似乎还有点彷徨,隔了少顷,终于下定决心似的,将手伸向腰带。见此,伊织先自上了床。

夜晚,屋外的声音本来是听不见的,可是竖起耳朵细细静听,从远处似乎随风传来海浪的轰鸣,也许是汽车驶过时发出的声音,也许是行人走路的杂沓声或者说话声,偶尔夹杂着呜咽悲鸣声,各种声响汇集在一起,发出低低的吼声。伊织两手枕在脑后,眼睛盯着屋子的一隅,听着从屋外传进来的声音。

床前有一只和式衣橱,阿霞站在衣橱前解着衣带,从伊织的位置,只能看见她侧后面的身影。裹在腰际的带子已经除下,现在好像是在解里面的腰绳。上身的衣服仍然穿在身上,从身后可以看见阿霞的两肘张开着,腋下略微鼓起来。这时,大概腰绳被抽掉了,右手肘处的衣服被顶起来了,随后轻轻晃荡着。

也许眼睛已经适应了黑暗,伊织连阿霞微微下俯的脖颈和蓬散开的秀发也能分辨出来。

"那边有衣挂。"

伊织说,可阿霞没吱声,只是默默地点了点头。瞧她的姿势,大概现在正在脱布袜子,只见她的肩膀在轻轻晃动。过了片刻,两手插到脑后,除去发卡,与此同时,手心朝内一翻,白皙的胳膊从袖口处露了出来。

伊织正出神地看着,阿霞无声无息地直起身来,刚才弯腰半蹲的时候已经将和服脱了去,此刻身上只穿着白色的贴身衬裙,用细绳系住,两手压在领口处。

伊织扯住衬裙的下摆,好像在说:"到这边来。"

阿霞用手捂住脸颊,弓着腰,蹑手蹑脚地从床边爬上来。这姿势让伊织不禁联想到惊恐的小猫。

阿霞才将被子盖上身体一半,伊织便伸手搂住了她的肩膀,将她朝自己身边拢近。

"我太想见到你了……"

拥抱着只穿件贴身衬裙的阿霞,伊织这才真切地感觉到是和她在一起。

先前在酒店的约会、喝酒、聊天,全都是为了现在这一刻所预演的前奏曲,只不过是将阿霞变成自己掌中尤物的铺垫。

一上了床,阿霞倒似乎心里笃定了,她变得特别温柔顺从。配合着伊织的动作,阿霞主动朝伊织身边靠近,将脸贴在伊织的胸前。她身上的白色衬裙用细绳束住了。明知最终还是要解开的,她仍束得紧紧的,这就是阿霞身上不可思议的地方,也是她一丝不苟、束身自好的象征。

但是衬裙的领口却敞开着,已经适应了黑暗的伊织的眼睛,清清楚楚看到了阿霞白皙的胸部和圆润的肩膀。

伊织尽情感受着阿霞身体的玉温,隔着衬裙笃悠悠地温存着,不急于褪去衬裙露出全裸的身体。最好是让阿霞情欲激燃,随后再慢慢地褪去。

可是,这一如意打算很快就破灭了,因为他自己忍耐不住,于是伸手去解阿霞衬裙上的细腰绳。解开绳结往旁边一抽,腰绳很容易就除去了,阿霞的整个胸脯露了出来。伊织趁势往下一撸,扯掉衬裙,此时阿霞身前已经没有任何遮蔽的东西了。隔着和服看,阿霞的身体似乎稍显单薄,但是褪掉所有衣物之后,却出人意料的丰满腴润。外观平坦的乳房,也是由于腰带束缚的缘故,彻底解放了之后,才发现原来乳房还是很高挺的。

"我爱你。"

伊织抱紧阿霞,在充分爱抚和感受了她身体的光滑和温润之后,一语不发地进入了阿霞的身体。

刹那间,阿霞的身体似乎挣扎了一下,但伊织的手上稍稍用了点力,她便随即安静了下来。

这时的伊织一反先前慢悠悠的做法,动作顷刻之间变得激烈起来。倒是阿霞的身体反应还显得较为平静,也许是她正努力克制着自己的感觉吧,不过,她额头的细纹比刚才灯光下看锁得更深了,眼睛也闭得愈加紧。

看着这张几乎要哭出来似的脸,伊织不由地想象起阿霞的丈夫来。

伊织先从欢愉中清醒了过来。但这并不意味着伊织的情感更加冷静,而似乎是男人的特性使然吧。

夜阑的屋子里重新恢复了静谧。伊织看看身旁,阿霞俯着身子,横卧在床上。身上的衬裙被丢在一边,被子拉到后背半中间,从肩头到后背露出圆圆的一片。她呼吸极轻,肩头看上去几乎一动也不动,先前梳得整整齐齐的头发,此刻乱蓬蓬地从头到脖颈披散着。看她的睡姿,仿佛丧失了所有意识似的,然而从腰际到腿到脚,紧贴着阿霞身体的部位分明感觉得到她的体温。伊织又体味了一会儿阿霞的体温,然后侧身转向阿霞,紧紧将她搂住。

阿霞的身体像燃烧的炭火一样烫。她蜷曲着身子,静静地依偎在伊织胸前,身体柔软得简直让人不敢相信体内包着骨头,这身体似乎就是为了让男人拥抱而造就的。伊织紧紧贴着阿霞的身子,从胸腹一直到脚,密不透隙。伊织巧妙地抱着阿霞,并且满足地享受着这种融为一体的滋味。

阿霞这种自然放松的姿势,是不是在男人的多次拥抱中逐渐体味出来的心得结果?最初的时候,即使深爱着一个男人,她的身体也不可能做得如此舒贴而自然。不过现在去想这种事情已经毫无意义,况且,对方的隐私部分是绝对不可触及的,这也是与有夫之妇偷情的游戏规则。

"我爱你……"

伊织在阿霞的耳边轻声嗫嚅,阿霞没有回答。她依旧双眼紧闭,是还沉浸在激情的余韵中,还是因为羞怯而不得不强忍着?伊织从肩头往下轻轻爱抚着阿霞,手移到后背中间时,阿霞的身子轻轻震颤起来。看来,激情的余韵仍未从她身体的每个部位飘游而去。

"真暖和啊……"

感受着阿霞身上的玉温,伊织矇矇眬眬地往睡乡中沉落。就这样贴着阿霞温润的肌肤睡去。阿霞的身体具有一种甘美的诱惑,让人不知不觉想进入梦乡。

然而一度苏醒的身体却在时时记挂着时间。不知道什么时候,当伊织一只手搂着阿霞,撑起上身去看床头柜上的台钟时,阿霞在他胳膊中低声问道:

"几点啦?"

伊织回答她九点钟,可她却一点也不慌忙,倒是伊织对时间十分介意。

上次两人是五点钟见面,阿霞九点钟便回去的。而现在已是九点,两人却还躺在床上。即使现在起床,再稍稍收拾一下,出门也要将近十点钟了。回到辻堂,大概都要超过十二点了。

"怎么样?"

"您先起来吧。"

伊织点点头,又磨蹭了一会儿才支起身子准备起床。心里太想就这样拥着阿霞继续睡下去,可是老记挂着时间,怎么也无法沉下心来。

下了床,伊织披上睡袍,到盥洗间穿好衣服,然后回到起居室。本想喝杯咖啡,但突然又改变了主意,拿起放在茶几上的白兰地喝了一口。接着,打开电视机,收看起新闻报道。

大约半小时后,阿霞也来到起居室。跟来时一模一样,阿霞头发梳得利落齐整,一点也看不出散乱的样子。或许是一下子被屋子里的光亮晃得眼睛有点难受,她用手遮在额头上。

"有替换的枕巾吗?"

"怎么了?"

"对不起,沾上了一点口红。"

伊织起身走到卧室看了一眼。先前乱作一团的床上已经收拾得整整齐齐,并且罩上了深蓝色的床罩。拉开床罩,发现枕头一角有点淡淡的红色印渍。

"这点无所谓啦。"

"不,假如还有替换的,这个我带回去。"

"你带回去做什么呀?"

"洗一洗啊,或者,再去买一个新的吧。"

"替换的当然有啊。不过,今天就先这样吧。"

"不行,那样的话以后会很麻烦的。"

"麻烦?"伊织不解地问道。

这时,阿霞已经弯下腰去将枕巾拆了下来。

"要是被别人看到了,说不定会生出什么事情来呢。"

"女佣嘛,用不着介意,反正她已经隐隐约约感觉到点什么了。"

"那还有其他人也会来呀。"

"还有谁……"

阿霞没有搭理,将枕巾叠起来拿在手上。

"我妻子的话,你就尽管放心好了。"

伊织的妻子从未来过这所公寓。她自己没想过来,伊织也从不将钥匙交给她。这里是伊织自己的天地。

"您夫人为什么不到这里来呀?"

"我告诉过她,让她别来。"

"那她什么也不说?"

妻子当然不是什么也不说,一说起来就有无数的不满。不过现在却什么也不说了。从伊织对她说不要来,到她真的不来了,这中间自然经过了相当长的时间,有过相当激烈的纠纷和冲突,这会儿对阿霞一时半会也无法解释清楚。

"可以说,是死了心吧。"

"真冷酷……"

阿霞轻轻笑了。她脸上没有显出吃惊的表情,倒是一副安心的模样。

"那您今天也睡在这里吗?"

"不可以吗?"

"这……这是你的自由。"

说到这里,阿霞突然慌忙俯下头去。之前一直称呼伊织"先生"的,现在情不自禁地说出"你"来,大概是因为再度的欢爱驱散了两人之间的紧张。然而这一声"你"中所包含的亲近感和撒娇,令阿霞自己也为之吃了一惊。

"明天早上还能再叫醒我吗?"

"有工作要做吗?"

"工作倒没有,只是想听到你的声音。"

"那不如你给我打电话吧。"

"打过去不要紧吗?"

"也许佣人会出来接电话吧。"

阿霞是第一次让伊织往她家里打电话,以前都是说"我打过来吧",而不希望伊织打给她。

"佣人出来后对她说声'叫夫人接'就可以了吧?"

"哎。电话号码知道吧?"

"上次应该告诉过我了,不过你再说一遍吧。"

不知道是因为今天的相逢令阿霞彻底消除了戒备心理,还是再度的约会让她变得大胆起来,阿霞毫不犹豫地复述了一遍电话号码。

"再喝一杯怎么样?"

"可是,我必须回去了。"

阿霞看了看表,已经十点二十分了。想到接下来还要赶回辻堂去,确实已容不得再笃悠悠地待下去了。

"那么,我走了。"

阿霞站起身,穿上和服外褂,拿起了手提包。望着阿霞这般模样,伊织心里又涌起一股爱意。

"你就在这里住下也没关系啊。"

阿霞对伊织在耳边的嗫嚅莞尔一笑,却不作答。这笑既可以理解为"不行啊",也可以理解为"是吗?那我就住下来了啊"。

"你等会儿怎么回去?"

"到东京站乘电车回去。应该十一点多点有一班。"

伊织也曾有一次应住在藤泽的朋友之邀,十点多钟从东京站乘坐电车赶过去的经历,晚上的电车很拥挤,还混杂着不少醉汉,幸好伊织坐的是软席车厢。往小田原方向去的电车一般都是普通车,唯独这条线路上有软席车厢。据朋友说,乘坐这个时间段电车的大都是老乘客,互相之间面熟得很。

"我们这些湘南佬……"这就是那些人的口头禅,其中充满了身居湘南高级住宅区的男人们的自负和豪爽。回想起当时的情景,伊织想象着阿霞也乘坐软席车厢时的样子。

深夜十一点多钟,一个中年妇女独自回家,也许会惹得那些喷着酒气的男人胡思乱想吧:这个女人是刚观赏完一场戏剧?或者是刚参加一个派对结束?他们不会想到她是刚刚与人密会偷情吧。哦不,如果一个人静静地坐在座位上望着车窗外,反而引人起疑哩。因为越是安静就越显得鹤立鸡群。

"我送你到东京车站。"

"不要紧的,我自己叫辆出租车好了。"

"不行。你等我一下。"

伊织回到卧室,急急忙忙地脱下睡袍,穿上西服外套。

"电车是十一点几分的?"

"好像是十分吧。"

等伊织穿戴好走向门口,阿霞已经穿上鞋子在等他了。

"到底还是要回去吗?"伊织仍然恋恋不舍地叮问道,同时将脸凑近阿霞。

阿霞立即闭紧嘴,为了不让口红掉妆,她只是伸出舌尖轻轻与伊织相碰。正当两人的舌尖唼在一起的时候,已经熄了灯的屋子里突然响起了电话铃声。

阿霞想缩回舌头,可是伊织却不在乎,非但没有停下,还想趁势将嘴唇压上来。阿霞忍不住把脸向后躲开,说道:

"电话……"

黑黢黢的屋子里电话铃声响个不停。由于夜深人静的关系,听上去特别刺耳,拖着长长的尾音,响了十来声。

"不接吗?"

伊织回过脸朝屋子里看了一眼。这电话仿佛窥破了两人接吻的场面似的。

"走吧!"

伊织还是没理会,将手搭在阿霞的背上,打开了房门。阿霞仍有些担心地望着电话铃声响不停的屋子,随即默默地走出门。关上门,锁上门锁,铃声这才停息。

两人穿过走廊,来到电梯厅时阿霞问道:"不接没关系吗?"

"嗯……"

电话是谁打来的,因为没去接当然无法确认,但是在铃声响起的那一刹那,伊织想起了笙子。工作上的关系夜里十点多钟电话打进来几乎是没有的事情,这样深更半夜打电话的,除了笙子没其他人。

临别的接吻被一通讨厌的电话搅了,阿霞的欢情余韵似乎也被打断。

"从辻堂车站到你家远吗?"伊织想改变一下话题,于是问道。

"坐车的话很快就到。"

走出电梯,穿过入口的门厅时,伊织突然站住了。

"我送你到家吧。"

"不用了,这里就行了。"

"不,还是让我送回家吧。你稍等我一下好吗?我到地下车库去把车开出来。"

"真的不要紧的,电车还有呢。我就在这里告辞了。"

"是不是我送你会给你添麻烦?"

"没有的事情。不过实在太远了,你再开回来太辛苦了。"

"你就不用担心我了。夜里走高速公路的话,路上用不了多少时间的。反正你就在这里等着我。"

阿霞刚想说"真的不用了",伊织将她制止,自己朝地下车库走去。

一开始说送到东京站的,可现在却改变了主意,非要一直送到辻堂不可。这个心境突变似乎与临出门前的那个电话大有关系。

白天伊织很少开车。

市中心的道路永远是那样拥挤,再说找停车场也是件麻烦事,加上每天晚上差不多都有应酬,喝点酒是常有的事。只有休息日或者晚上,工作结束,为了解闷散心才会偶尔开车出去兜兜风。有人曾劝他既然这样没必要买车,但是有了车,却多出一分安心感,可以随时随地到想去的地方去。无论实际上使用与否,有车和没车,心境是大不相同的。

伊织将车停在踌躇不定的阿霞面前。

"上车吧,虽然不是什么好车。"

车是辆普通的双门双座国产车。伊织的理念是,日本车在欧美国家都广受欢迎,何苦硬要花大价钱去买并不轻巧灵活的进口车呢。

"没想到先生也自己开车。"

"大家都这么说。"

乍看上去,伊织总是要么埋头于工作,要么呼朋唤友一道喝酒。笙子就说过,伊织的形象更加适合乘坐出租车或者专车。

"您什么时候开始自己开车的?"

"一年前。不过你放心,我开车的技术绝对没问题。"

车子从公寓旁的一条小路驶入青山大街。将近夜半,所有的商店几乎都闭门打烊了。

"真的,送我到东京车站就行啦。"

"不行,送你到家。从青山大街笔直往前,沿二四六号国道开,从第三京滨高速下来就不远了吧?"伊织兴致勃勃地说着,"虽说是一年前才开始自己开车,不过我二十年前就拿到驾驶证了,当时经常开,还撞伤了两个人哩,十来年前才不开的。"

"太可怕了……"

"全都是对方的过错。一次是绿灯的时候突然跑出来一个小孩。还有一次遇到个老太婆,我急刹车停了,但是她一慌跌了一跤,结果骨盆骨折了。那个小孩只不过碰伤一点。"

"那就不是一年前才开始开车的了?"

"出了两次事故之后,我整整十年没碰车。可是大概从去年起,突然又想开车了,结果,像今天这样的机会总算就派上用处了嘛。"

说到这里,伊织感觉自己似乎有些得意忘形了。

晚上十点多钟,车辆稀少。从八号环线进入第三京滨高速公路后,几乎所有的车辆行驶时速都在百公里以上。

"我开得还不错吧?"

"是的。不过,速度不要太快好吗?"阿霞似乎对伊织的车技还有点将信将疑。

"没关系,天亮以前肯定能到家。"

"天亮?"

"哈哈,开个玩笑。"

阿霞身上的芬芳扑鼻而来。车内光线幽暗,有一种两人在密室中的亲近感。

"来点音乐吧?"

伊织打开收音机,可是一时搜寻不到合适的电台,于是他换了录音卡带放进去,顿时传出夹着电声效果的流行乐。

"这种音乐喜欢吗?"

"这是谁唱的呀?"

"Yellow Magic①。这个乐队使用电子合成器做音乐,前些时候在纽约也大受欢迎哩。"

阿霞是第一次听。她和身为画商的丈夫不知道是不是从来不听这种音乐,至少身穿和服的形象与这种音乐极不般配。

"我没想到先生还听这种音乐。"

不知何时起,阿霞又像之前那样称呼伊织为"先生"了。"你"这个包含了亲近感的称呼,看样子只有在情事之后的短暂一瞬才那么叫。

Yellow Magic 的两首曲子结束后,伊织又换了一盒带子。这次是非常舒缓的曲子,仿佛古典雅乐一般。

"这个听过吗?"

阿霞想了片刻,答道:"是《平城山》吧?"

"对。"

伊织和着旋律哼唱起来:

  并蒂连心恋何似

  哀哀平城山

  跛倚步步行蹒跚

  此情哪堪说

---

① Yellow Magic Orchestra(YMO):日本电子音乐的先驱,由坂本龙一与细野晴臣、高桥幸宏三人于 1978 年组建,发行同名专辑《Yellow Magic Orchestra》,次年专辑在美国一炮而红,由此成为世界级音乐人。1983 年乐队解散,九十年代又重新聚合在一起。YMO 将电子音乐发扬光大,被喻为 The Kings of Techno-pop,对今天的 Rave、Techno 及 Ambient 都有深远影响。

紧接着又唱起了第二段：

从来怀人唯伤情
今日同往昔
细数平城山上路
洒满串串泪

七五调①的歌词与略带幽怨的旋律非常贴切。

"这歌真好听。不过，一下子从电子合成音乐跳到《平城山》，还真让我有点不习惯呢。"

"搞建筑就是这样的，从纽约的流行最前沿到《平城山》这样的意境，要根据时间和周围环境，让自己去适应，否则就设计不出好的作品。"

"真想看一看先生设计的建筑啊。"

"想去看吗？"

伊织将空着的左手放在阿霞的膝上。

车子沿着第三京滨高速公路向横滨方向疾驶而去。道路是在山间开出的，不时会有三两家灯火断断续续跃入眼帘。三车道的道路不算宽阔，但是因为车辆少，所有车辆都以百公里的时速飞速向前，伊织也不甘示弱，速度将近一百公里，却丝毫感觉不到颠簸摇晃。伊织一面开车，一面将手搭在阿霞的手上。也许是阿霞的默不作声给了他勇气，伊织想将她搂到自己身边，但是被阿霞制止了：

"注意着点开车啊。"

"不要紧的。"

"不行！"

像呵斥磨人不懂事的小孩似的，阿霞用另一只手朝伊织手背上拍了一记。

---

① 七五调：日本诗、和歌、谣曲中常见的一种格律形式，反复运用七音、五音构成富有节奏感的韵文。

"好像是去年吧,我看到过先生得奖的那件作品。"

话题聊到自己的作品,伊织终于打消了拥紧她的念头。

"虽然是在杂志上看到的,不过还是可以感受到西洋风格与日本元素结合在一起的表现,真的很成功。"

去年,伊织荣获由M社颁发的建筑设计造型奖,获奖作品是为奈良县K市美术馆所作的设计方案。确如阿霞所说,这件设计作品因为将日本的传统审美观融进了西洋现代视角,而得到业界极高的评价。

"先生的设计都只限于美术馆吗?"

"除此之外我不会别的呀。"

"不可能吧……"

阿霞觉得伊织是谦逊,可这却是真话。伊织最喜爱、最有信心的是设计美术馆和博物馆建筑,他埋头于此,而对其他种类的建筑却怎么也提不起兴趣。

"村冈先生说,伊织是个与众不同的人。"

"与众不同?"

村冈是个美术评论家,也就是在上次的祝寿会上介绍阿霞给伊织认识的那个人。

"村冈先生说:明明可以更加放开手脚做,做得更大,可他却不愿意这样。还有,与他的才能相比,他那家事务所也太小儿科了。"

"现在这样就足够了呀。"

不管村冈是出于什么想法才这样说,反正伊织觉得自己现在管理十来个职员恰到好处,尽管有些年轻人冲着伊织的名头,想来他的事务所工作,但都被他婉言拒绝了。人数少的精干团队,一方面可以惬意地专注于喜爱的项目,另一方面也容易将工作做得漂亮。

"他还说先生有点乖僻……"

"啊,这个倒是没说错。"

伊织点点头,阿霞也笑了起来。看着她的侧脸,伊织想起了不多时前这张脸依偎在自己胸前的情景。

突然,从后面飞速驶来一辆汽车,很快便超出了伊织的车子,也许是年轻人驾驶的车子,车速足有一百二三十迈。等这辆车子的红色尾灯消失在拐弯尽头时,阿霞问道:

"设计好比那件作品的时候,是不是要到现场去跑好多次?"

"到完成为止,一共到现场去了十来次。一开始考虑怎么样才能通过建筑把当地的地方特色表现出来,结果在K市和它周围整整跑了一个星期哩。"

"请恕我班门弄斧,窗子的锐利感觉与墙壁上的古典风格砖石般的感觉,真可谓是浑然一体呢。"

"那一带以前是烧砖瓦的地方,出产了不少漂亮的砖瓦。我在转悠时偶然看到,于是从中得到了灵感。"

"看来设计也不光是坐在桌子前拼命思考而已呀。"

"那当然,不把当地的人文特色表现出来是不行的。尤其那一带是丘陵地带,地势略微倾斜,我在那里眺望了好几次,专门考虑怎样才能利用这个地势。"

"不知道的人还以为先生在那儿闲游呢。"

"哦,其实也有一半是在闲游。"

当时,伊织以助手名义带着同去的便是笙子,笙子在K市待了三天,两人虽然在旅馆订了各自的房间,但夜里却在一起。

"屋脊的线条特别柔和,乍一看,还以为是出自女性的设计呢。"

当然阿霞不会知道,伊织着手设计那家美术馆是在四年前,那时的伊织正热恋着笙子,伊织自己都觉得不可思议,年过四旬的他,怎么会那样的激情似火。如果说在美术馆的设计中可以看到女性的妖娆,那一定是把当时对笙子的爱投射到其中了。

"去K市是从大阪乘坐国铁吗?"

"那样也行,不过从京都坐电车去更快。丘陵地带多樱花树,开花季节去的话真的是叹为观止呢。"

"真想去观赏观赏啊。"

"我给你做导游吧。"

这话刚说出口,伊织立即暗自摇了摇头。K市毕竟是个人口才十来万的小城市,几乎没有像样的旅馆,去K市,就势必要住在上次住宿过的旅馆,几年前与笙子一同去过,现在假如又和阿霞一起去也太不谨慎了。

车子从第三京滨高速进入横滨新道,车道由三车道变为两车道,不过因为路上车少,开起来还是很顺当。从青山到这里,只开了短短半小时。

"按照这个样子,差不多一个钟头就可以到了,十二点钟之前没问题。"

"我是没关系的,只是你……"阿霞又情不自禁地用了"你"这个称呼。

"我也无所谓啦。最多再沿原路开回去好了。"

"还是回青山去吗?"

"除了那里没别的地方去呀。"

对面方向驶来一辆大货车,车灯开得贼亮。等它驶过去,四周又恢复了一片黑蒙蒙。阿霞问伊织:"你真的不回自己家吗?"

"偶尔信件积多了,或者有什么事情的时候才回去。"

"那就是说并不是彻底的分居喽?"

"还是分居呀。这样的状态已经持续一年多了。"

"为什么不回去呢?"

为什么?这个问题实在令伊织难以回答。俗话说:家家有本难念的经。这其中自然有许多只有当事人才知道的理由。

"应该是没有爱情的原因吧。"

"不可能吧……"

"是真的。"

"男人都是这样说的,其实心里还是爱着妻子的对吧?"

"假如爱的话,也没必要分居了。"

"但毕竟还没有彻底分手呀,所以不能说没有爱情了。"

043

"你如果这么想的话那也没办法。"伊织突然冷冷地说道。

阿霞面露困惑之色:"可是既然结了婚,说明至少曾经是爱过的嘛。"

"算是这么回事吧。"

"怎么叫算是……"

"好了,这件事情不要再谈了吧。"

伊织与妻子是经熟人介绍相亲而结婚的。对她谈不上特别喜欢,不过也说不出有什么缺点,人长得虽然不算漂亮,但作为妻子却颇能让人放心。如果说这叫作爱,姑且就算是爱吧,但绝不是现在他对阿霞所燃灼的这种感情。然而周围的人总是将结婚这个事实与爱情联系在一起,其实与其说是因为爱,更确切地说是因为一种安定感而结婚的,但要向人解释清楚这点却实在太困难了。

横滨新道不长,车子很快便开上了一号国道。顺着这条国道笔直向前是藤泽市,辻堂就在离藤泽不远的向海边弯过去的地方。道路两旁尽是普通人家,现在已经十一点多了,四下万籁俱寂,一片宁静。这里的人家似乎是从遥远的过去就居住在此的,家家户户的房子都非常朴素大气。

车子开了一段下坡路,又重新上坡。右手边看得见低矮的群山,山上挂着一弯朦胧的月亮。这儿离富士山和箱根风景区相去不远。

"我们笔直朝前开,随便到什么地方去吧?"

"随便什么地方是什么地方?"

"谁都不会来打扰的地方。"

面对伊织的引诱,此时的阿霞自然不可能应允,她只是困惑地沉默不语。伊织明知阿霞的心绪,但还是继续引诱道:

"就这样子两个人失踪了,不知道会怎么样啊?"

伊织一面说着,一面假想着阿霞家中可能上演的狼狈一幕:发现阿霞直到翌日早晨还没有回家,她丈夫会如何反应?是慌里慌张地到处打电话询问,还是为顾全面子而不动声色,静候阿霞自己回家?

"你丈夫一定会很紧张吧?"

"您觉得会吗？"阿霞的回答出乎伊织的意料。

"他不紧张吗？"

"说不定还感到轻松了呢。"阿霞眼睛盯着前方，喃喃地说道，"兴许他觉得我失踪了倒是件好事呢。"

"不可能……"

如此美貌的妻子，天底下有哪个丈夫会轻易让她离开呢？阿霞这样说，也许是为了照顾一下与妻子关系不睦的伊织的情面吧。

"你丈夫很爱你吧？"

"不……"

"不要不知足啊。你今天这么晚回去，他一定在等着你吧？"

"他今天不在家。"阿霞毫不含糊地接口道，眼睛依然直视着前方。

借着黑暗中的微曦，伊织偷偷觑了一眼阿霞。

"真的不在？"

"他下午就到京都去了。"

从阿霞没有一丝踌躇和迟疑的话里，看不出有什么破绽。

说起来，今天的阿霞确实从开始赴约就显得很从容。虽然迟到了一会儿，但是其后在酒吧也好，在伊织的青山公寓里也好，全然不见心急忙慌的样子。上次见面时阿霞老是在意时间，一到九点钟便急急地回家了，而今晚过了十点钟也不急着回去，相反倒是伊织一直在留意时间。

"原来是这样啊……"

既然如此，一开始就讲明了多好啊。然而这只是伊织一厢情愿的想法，阿霞不可能主动告诉他。难道要一个背着丈夫与人密会的人妻，主动说出"今晚我丈夫不在家"这样的话？至少，阿霞不是这样的女人。

"那我们还有充足的时间哩。"

"不，已经十二点了。"

阿霞说得没错，尽管丈夫不在家，但是深夜十二点钟回家毕竟已经够迟的了。

"你丈夫要去几天？"

"说是两三天,但具体不太清楚。"

"可是回来的日期应该告诉你的呀。"

"反正说是说三天,不过他这个人没准头儿,很容易改变主意的。"

"这么说,也有可能比预计的早回来?"

"是的……"

听了阿霞的回答,伊织一瞬感到有些沮丧。

自己爱得难分难舍的女性,却在另一个男人的肆意支配之下。说好外出三天,但只要有一天早回来,眼前这个女人就不得不在家中乖乖地迎候着他。自己所爱的女性竟被对方的反复无常所束缚。虽然这也是身为妻子应做的本分,但伊织还是觉得为其意志所困而使自己身受拘束的阿霞令人同情。

"下一个信号灯那儿请向左转弯。"

阿霞似乎毫不理会伊织的怜悯,说话的声调依旧那样镇定。

伊织依言在下一个信号灯向左拐,驶出国道,朝辻堂方向驶去。行驶了大约五分钟,前面是一个铁路道口,越过道口,又向左拐一个弯,两旁突然出现许多掩映在长长的围墙和茂密的树丛中的豪宅。再往前是一片别墅群,似乎一直连到鹄沼地区。

"请在那个拐角的地方停车好吗?"

顺着阿霞所指的方向看去,只见一杆街灯孤零零地矗立在那儿,右边是竹篱笆,篱笆的尽头处有一条小路,小路非常狭窄,两旁长着高大的树木。伊织在那个拐角处将车停下。

"停这儿行吗?"

"让您开车送这么老远的,实在太感谢了。"阿霞在车内低头致谢。

伊织点着头问道:"你家在哪里呀?"

"就在前面一点点。"

阿霞朝前方努了努下巴。那儿一段石墙向前延伸开来,一眼看过去,墙内好像栽满了郁郁葱葱的绿树。

"把车开到那儿吧?"

"不用了,就这儿就可以了。"

深夜迟归,阿霞不想让车子停到自家门前,因此提前一点叫伊织停下了,伊织当然也不会贸贸然地硬将她送至家门前。

"回去的路,没问题吧?"

"大概不要紧吧。"伊织故意含混地答道。

"顺这条路向左转弯,然后笔直朝前,就到了刚才通往车站的那条路。再沿着那条路开,就到国道了。"

伊织点了点头,随即伸手抱住了阿霞。一瞬间,阿霞摇着头似乎想挣脱,但立刻安静下来,接受了伊织的热吻。

在狭小的车内,两人侧着身子拥抱感觉很不舒服,不过在阿霞的家门口接吻这个事实本身已经让伊织血脉贲张了。他的脑海里掠过一个恶作剧的念头:虽然她丈夫今晚不在家,但伊织一心希望有谁正好路过这儿,并且看到这一幕场景。

两人的嘴唇紧紧贴在一起。突然,阿霞把脸移开了,她好像憋得喘不过气来了,重重地吸了口气,随后两手轻轻地抚了抚散乱的头发。

"是那幢石头围墙围住的房子吗?"

"是的……"

阿霞一面整理着衣襟一面回答。

从围墙的长度来推测,阿霞家占地起码有五六百坪。

"前面往右边走的话,就是海了吧?"

"过去四五百米,就到湘南海岸道路了。"

"去不去海边走走?"

"现在?"

"不占用你很长时间,等会儿再把你送回到这里。"

"不好意思,今天恕我不能奉陪了。"在微弱的夜色中,阿霞轻轻低下了头。

伊织不再坚持,他缓缓启动车子向前开去,阿霞坐在车内,什么话也不说。

石头围墙有一米多高,从车上看不清里面的景象。墙内茂密的秀绿似乎是赤松,说明此地靠近海边。

围墙的尽头是一座院门,上方挂着一盏门灯,便门旁刻着"高村"二字的名札在月光下依稀可见。看上去房子像是隐藏在院子的深处,从门前的树丛中只能隐约看到白色的墙壁和屋檐。伊织又往前开了约五十米,将车子停了下来。

"一定要回去吗?"

"哎……"

阿霞毫不迟疑地回答,话气中透着为人妻子的决心和凛然可敬的坚毅。

"明白了,那我只好放你回去了。"

"谢谢。"

阿霞谢过之后,伸手抓住了车门。伊织靠在椅背上,望着阿霞,心情交错复杂,既觉得无法再挽留住她,又赌气地想随她离去。

阿霞走下车,随即回转头来又一次低下头对伊织说道:"那么,再见了。"

说罢,从车门旁向石墙中间的那座院门走去。伊织则坐在驾驶座上,从反光镜中目送着白色的大岛绸和服在夜色中渐渐退去。

阿霞走到门前,停立了片刻,随即像被什么吸进去似的,消失在院门内。

伊织仍然靠在椅背上,点燃了一支烟。他打开车窗,吐了一个烟圈。阑珊的夜中的别墅区内静静的,没有一点动静,只有赤松顶上朦胧的月亮仿佛睁着眼睛。伊织慢悠悠地吸着烟,在想刚才阿霞为什么不回头。

她一下车,立即头也不回地朝家门走去,消失无踪,像只终于被放生回野外、一溜烟儿地跑回巢穴的动物。在她下车的一瞬间,已经将她所爱的男人忘在脑后了。可是,她头也不回的样子,似乎也显示出她行事谨慎的性格。

抽完一支烟,伊织才重新点上车子的火。在这行人稀少的豪宅区,长时间停车很容易招人起疑心的。伊织之所以停在这儿吸烟,是因为心存期待,希望阿霞会再次出现。也许阿霞回到家中,见四下寂静无声,于是便悄然从后门出来——伊织想象着这样的场景,将眼前与年轻时观看的电影中的镜头重叠在了一起。

"该回去了……"

伊织对自己说着,双手握住了方向盘。阿霞说从这里往前,在十字路口朝右拐一个弯,只消前行四五百米,就到海边了。开始是想去观赏一下夜色中的大海再回去的,可现在只身一人,伊织便没有这份兴致了。按照阿霞说的,在第二个路口往左拐弯,然后笔直向前,越过铁路道口,很快便驶上了国道。刚才与阿霞两人同行的道路,现在只好独自一人返回了,伊织一下子感到十分疲惫,似乎不光是因为与阿霞分手的缘故。

之前,伊织曾在脑海里想象过阿霞所住的家。身为大画商的妻子,加上她告诉他说住在辻堂,因此伊织猜测应该是那种枕着海边、掩映在茂密树丛中的深宅大院。没想到来此所见与自己的猜测完全吻合。然而当他亲眼看见阿霞迫不及待地回到那个家中的情景时,心里却颇不是滋味,觉得还是眼不见为净,那样倒有益于自己的心理健康。

车子行驶在夜幕中,伊织不由自主地想到去了京都的阿霞的丈夫。

伊织也曾想与那个叫高村章太郎的男人见上一面。只要若无其事地走进银座或是镰仓的画廊,应该就能碰见他。当然对方不会注意到自己,而自己却可以仔细观察他一番。这既是对支配着阿霞的情敌的确认,同时也出于一个偷心者的好奇。可是看到了今夜这一幕,伊织这一半恶作剧的念头差不多全打消了。

来的时候车速不很快,而此时已经超过了一百迈,仪表盘上的超速警铃在不停地鸣叫着,伊织毫不理会,猛踩油门。虽然没必要赶得这么急,但是伊织却觉得不拼命开就难拂心神的不宁。

刚才分手时,伊织觉得阿霞下车直到消失在门内的背影有种强抑的美感。然而此时,感觉却彻底变了,那义无反顾的身姿分明是一种冷漠。不,不仅仅是这样。在车上,阿霞说过丈夫兴许根本不会等候自己,他经常外出,也不知道什么时候回家,似乎意在强调丈夫是个不顾家庭、无视妻子的人,可是阿霞今晚之所以不在乎晚些回家,却是因为丈夫不在家的缘故。伊织当时听了,心中还暗自得意哩,现在想想真是太善良了。

假如丈夫无视妻子,妻子也无视丈夫的话,两人约会根本就不必介意丈夫是不是外出、在家不在家了。丈夫在家的时候,心急忙慌地赶回家,不在时就笃悠悠的,这不正说明她心里很在乎丈夫吗?至少,阿霞是善于辨明自己的立场、根据自身的立场而行动的。

当然,作为一个经济来源全赖丈夫的家庭主妇,这样做似乎也是理所应当的,然而一旦做得昭然若揭,却未免令人扫兴。伊织虽说不上为此生气,但说实话确实有点沮丧,无精打采的。

"奇怪呀……"

伊织一面开车一面自言自语道。

既然对方身为别人妻子,适当的隐忍也是没有办法的办法,如果对对方要求过多,恋情是不可能维持下去的。相互考虑到对方的处境,以宽容之心坦然接受、坦然面对,这才是与有夫之妇恋爱的真谛。一开始与阿霞邂逅时,伊织便提醒自己,切不可被感情牵着鼻子走,而将阿霞逼入无路可退的境地。可是现在,为什么会感到沮丧?为什么会心神不宁?

冷静地一想,自己好像在为某些理所当然的小事而怪罪阿霞。

"别去想那么多了。"

伊织再一次提醒自己。与此同时,他为自己居然为阿霞动了真情而暗自吃惊。

从涩谷出口驶下高速公路,回到青山的公寓,已是午夜一点半。

打开房门,玄关和起居室的灯亮着。一瞬间,伊织产生了错觉,感觉好像屋子里有人。可房门是锁着的,不可能有人进来。仔细打量,屋子里还跟出去之前一模一样,茶几上放着一瓶白兰地,出门前想穿又脱下的开襟毛衣挂在椅背上,随意地垂落着。

独身生活的无趣之处便在于，外出时与回家时屋子里的光景毫无二致。外出时无人出入，自然不会有什么变化，那种凄寂是难以言表的。找个人一起生活当然是排遣凄寂的唯一良方，但是那样又会生出新的烦恼。想过一个人的生活才离家的，现在却对这种无趣有所抱怨，真的是太任性、太自私了。

伊织从厨房间拿了只玻璃杯，倒了半杯白兰地，没有兑一点水，就这么喝了下去。他坐在沙发上，稍许歇息一下。午夜一点半多了，街道上像远处涛声似的嘈杂声，此刻好像愈加遥远了。

与阿霞离开大约是十点半，开车到辻堂一个来回花了三个来钟头，开车时并不感觉到累，回到家才感到浑身疲惫。伊织又喝了点白兰地，然后往沙发上一躺。

几个钟头之前，还和阿霞坐在这里聊天、喝白兰地、嘴唇叠合在一起。可是此时，丝毫不见阿霞来过的痕迹，一起用过的玻璃杯已经洗干净，床铺也收拾得整整齐齐。这都是阿霞做的。

不过，伊织还是可以感受到阿霞就在自己身旁，那是漂浮在寂静的屋子里的空气，以及整然不乱的屋子本身。

在一片静谧中，伊织思索着要不要往辻堂打电话。

阿霞说过可以给她打电话，电话号码也告诉自己了。可是现在立刻打的话，只能将自己为爱焦灼和受煎熬的窘态暴露无遗。

"今天先睡觉吧。"伊织对自己说。

长长的春的一天也终于将结束了。

双叶

一度造访、随即又销声匿迹了一段时日的春阳,又翩翩而至了。

隔着云影,也能知道樱花正在盛开。不需亲眼看见,甚至不需听见任何动静,暖洋洋的春光中,花儿在开放的气息早已传达到五官的每根神经。

伊织今早从青山公寓步行到位于原宿的事务所。他已经好久没走着去事务所了。出门时原本打算叫辆车的,但是来到外面,被艳阳所打动,于是便信步走了起来。结果今天一反常态,十点钟就到了事务所。伊织一坐进自己的办公室,笙子便推门走了进来。

一开始,伊织是反对自己单独占一间办公室的。可一想,如果与职员同在一间大办公室里工作,也许会引起职员们的反感,大家都不自在,因此最后还是妥协了。与其说是自己想独占一室,不如说是考虑到大家的结果。

伊织的办公桌放在窗前,靠窗而坐,桌子前面是用来招待客人的简单的会客区。酱紫色的办公桌上,竖着一只细长的白色花瓶,瓶子里插着一束香雪兰。花瓶里的花基本上三天换一次。负责打扫这间屋子和照顾插花的便是笙子。

"所长早!"

笙子的声音饱满而明快,但这并不意味着她心里也像这春天一样明媚。她站在伊织面前,开口便例行公事地报告起今天的日程安排来。

"十点半K市的市长助理来访,下午一点钟在建设省有个中央建筑审议会,三点钟在开发技术中心有个多层构造研究委员会的会议,接下来在帝国大酒店召开环境整治恳谈会,晚上六点钟开始。"

这阵子不光是与建筑直接有关的工作,建筑设计师们的工作范围已经扩展到了城市规划、环境整治、城市交通问题的应对等诸多方面,伊织的事务所参与的各种相关会议、组织就有包括从各级政府到民间团体主办的共四十多个。这些会议和组织大多请伊织挂衔担任委员之类,但伊织则竭力回避。本来伊织就不喜与人交际,何况这些会议和组织又多少带些官僚色彩,让他觉得很拘束,比较起来,伊织还是情愿与志趣相投的朋友喝酒聊天。但最终,他还是担任了超过十个的虚职,都是碍于情面不得不允承下来的。

笙子今天穿一件白色的毛衣,配藏青色的裙子,脖子上挂着一条细细的金项链。瘦长的脸蛋与清爽简洁的服装非常相配。

"您十一点钟从事务所出发,然后我会让车子在您会议结束之前去接您。"

伊织一面点烟,一面听着笙子的安排。再紧张密集的工作,交给笙子来安排都没有问题。

"还有,我今天下午要请假早走。"

"去哪儿?"

"上次已经对您说过了,星期五下午要回一趟父母老家。"

伊织记起来,这个星期一笙子就提出过申请,因祖母去世一周年,所以她要请假回长野的老家去。

"是吗?哦,是这样啊。"

这阵子,伊织几乎没怎么关心笙子,由于脑子里装满了阿霞,差不多把笙子给忘记了。

"中午走来得及吗?"

"一点半从上野站坐快车去。"

关于这件事,伊织记得笙子也对自己说过。伊织点点头,笙子微微鞠躬施礼后转过身朝门口走去。看着笙子裹在紧身西服裙里的臀部,伊织这才想起来,已经好长时间没和笙子亲热了。

半个月前笙子过生日,伊织放了笙子鸽子,打那以后两人就没好好说过话。为了弥补自己的过错,伊织曾约她下周一起吃饭,笙子毫不领情地回绝了。后来又约了两次,笙子也都没答应,虽然每次都煞有介事地说出个理由,但很明显笙子在躲避自己。

如果在以前,伊织会使出解数花言巧语哄她开心,可是现在他只有默默地发呆。深陷与阿霞的情感中,让他觉得自己心怀愧疚,他怕说多了万一笙子问起怎么回事,自己反而下不了台。

"几时从长野回来呀?"

对着离去的后背,伊织追问了一句。

"星期天。"笙子手抓着门冷冷地答道。

"哦,一路上小心点啊。"

笙子半侧着身体点了点头,随即白色毛衣消失在门后。伊织突然感觉自己似乎失去了一样宝贵的东西。

笙子刚离去,望月平太敲门走了进来。望月是五年前加入伊织事务所的建筑师,年轻有为,尤其好揽闲事,因此俨然是职员们中的头儿。望月以他一贯的形象——头发蓬松,衬衣袖子卷起着,对着伊织低下头来。

"嗯……今天晚上大伙儿想一块儿去赏樱花,所长您怎么样?"

"赏夜樱啊……"

"天气预报说,明天下雨,所以再不去恐怕就看不到了。大伙儿决定今天晚上去,在涩谷。"

"涩谷?"

"山手大道前面有个松涛公园,地方虽小,但种了很多樱花树,很漂亮的。"

这么一说,伊织想起自己也曾路经过松涛公园。它很低调地位于松涛高档住宅区内,园中央还有一个池子。

"好不容易大伙儿凑在一起,不过不巧,我今天晚上去不成了。"

今天晚上恳谈会结束后,跟朋友村冈约好了见面的。伊织晚上空的时候几乎很少,突然说起也不可能临时变更。再说,职员们本来也没指望伊织会一起参加,只不过是将这件事情告诉伊织知道一下而已。

"那么,我赞助一点吧,不知道够不够?"伊织说着,从口袋里拿出三张一万日元的票子。

望月诚惶诚恐地说:"不用了,大伙儿都交了钱的。"

"别客气啦,反正交的那点钱肯定是不够的。几点钟开始呀?"

"可以的话,我们想七点钟开始。"

事务所的上下班时间说是从上午十点钟至下午六点钟,但实际上完全不靠谱,职员们来了灵感埋头设计时,干到晚上十点、十一点钟也是常有的事。他们个个年纪轻轻,热爱这份工作,因此对下班早晚根本不放在心上。事实上,建筑设计这个职业,是无法将时间切成一段一段的。

"所有人都去吗?"

"相泽小姐因为要回老家所以不能参加,其余人全都去。"

伊织点点头。望月将三万日元接到手上,随后叩谢道:"那……这个就不客气地收下了,太谢谢了。"

"一开始就打的这个主意吧?"

"抱歉!"

望月脸上露出灿烂的笑容,点头示意之后走出了房间。

望月离开后,伊织重新点燃一支烟。他将旋转椅转向窗口,两脚翘起。春天的阳光明媚依旧,照射得人眼睛发眩。照这样子看来,今天晚上野山的樱花也一定绽放得很灿烂吧。伊织想象着职员们觥筹交错的情景,对笙子不在其中稍觉遗憾。

其实不用问望月,伊织当然知道笙子今晚不能和大伙儿一起去赏樱花,而且职员们,包括望月,压根儿也清楚这一点。笙子因为参加祖母的周年祭而回长野老家,有这样一个冠冕堂皇的理由,谁也没有往别的地方多想。但是,事务所实在是圈子太小,总共只有十一人,其中拥有建筑师资格的算上伊织在内是六个,还有两个实习打工的研究生,其余便是从事文件整理和内勤杂务的女性。所有人都去的情况下,哪怕只少一人,也显得非常惹眼。伊织之所以这样介意,多半是心里发虚,因为自己跟笙子关系不一般。

其实所里的职员们都知道伊织和笙子的事。对这类事情,男人们可能比较迟钝,但女人却天生具有独特的直觉。最先觉察到两人关系的是个叫小林的女职员,一个女人知道,立刻全所都知道了。

现在职员们对两人的事情几乎无人议论,因为觉得这已经是既成事实,大家也都已经接受了。但尽管如此,两个人也并没有太随意,一方面笙子本来就不是这种女人,另一方面,伊织特别留意,把两者分得很清楚,工作是工作,私情是私情。因此,两人都做得很是谨小慎微,至今也没有出现什么问题。

然而今晚的事情虽说是偶然凑巧,但两人不约而同地另外行动,伊织还是觉得不太合适。本来笙子因为与伊织的关系,在所里就容易被人另眼相看。从这点上来讲,笙子虽然看上去春风得意,其实颇为不幸。而像今天这样,她势必显得更加孤立,让人觉得可怜。所以伊织心里还是希望笙子最好能跟大伙儿一起高高兴兴地玩。

伊织正吸着烟独自想着,桌上的对讲电话响了。从外面打到所里的电话都是由笙子接起,然后再转到伊织的分机上的。

"您的电话。"

一瞬间,伊织还以为是阿霞打来的电话。笙子每次接转电话,总是先通报一声某某公司某某打来的,如果什么也不交代,只说电话的场合,多数都是女性打进来的私人电话。当然假如是工作关系的女性打电话时也会自报单位、姓名的,伊织一直弄不懂笙子是怎样区分出公私电话的,觉得很不可思议,也许是出于女性特有的第六感?现在又是什么也没交代,只说是电话,所以伊织心里紧张起来,难道是阿霞打来的?

拎起听筒,听到一个年轻女性的声音:

"请问是伊织先生吗?听得出我是谁吗?"

伊织自然是一头雾水,不知道究竟是谁。

"请问是哪一位?"

"爸爸,是我,真理子呀……"

伊织这才听出原来是长女真理子的声音。

"啊哟,吓我一跳,当是谁呢。"

"谁叫爸爸声音一本正经的嘛。"

"那没办法,爸爸正在工作呀。"伊织故作严肃地教训道。

真理子听后"唔"一了声,随即问道:"现在正好在你公司附近,你有时间吗?"

伊织看看桌上的时钟,十点半,刚好是K市市长助理约好来访的时间,接着还要去建设省参加会议。市长助理只是来见个面打声招呼,十分钟差不多就可以结束。

"二十分钟后应该有时间见面……"

"那我可以去你那儿吗?"

"哦,事务所的底楼有一家咖啡馆叫'蒂芙妮',你在那里等我好了。我手上工作一完马上就过去。"

"知道啦——"

女儿声音拖得长长的,随即挂掉了电话。

两个女儿跟着分居的妻子一块儿生活。大女儿今年十五岁,刚进高中,小女儿还在读初中二年级。因为是伊织别妻离家的缘故,两个女儿似乎有些恨父亲。两个都是女孩,父母感情不睦这件事理应对她们影响很大,可不知为什么,大女儿至今对伊织还很黏,常常同他通电话。

放下女儿的电话,正在翻看桌上的邮件,K市的市长助理到了。四年前伊织接受为K市设计美术馆的项目以来,双方已经很熟悉了,今天来东京公干,顺道来看望一下伊织打个招呼。

据市长助理说,K市的美术馆自建成以来广受好评,去年秋天还获得建筑设计造型奖。如今市里准备将美术馆周围划定为环境整治特别区域,因而想请伊织继续为之出谋献策。

"我这个人很懒,恐怕难以在贵市规定的时间内完成……"伊织委婉地推辞道。

但他禁不住市长助理的坚持,最后还是接受了。

"日后会将书面文书寄达先生正式聘任。"说罢,市长助理拿出了闻名全国的K市的特产酒。

伊织立即通过对讲电话叫来笙子,吩咐她晚上将酒带去,让大伙儿赏花时一起喝。

嘱咐完,他站起身:"我出去了。"

"是去参加审议会吗?"

"哦不,我到楼下的咖啡馆去一下,然后再去开会。"

"差不多也该出发了,时间不早了。车应该已经在下面等着了。"

"知道了。完了马上就乘车赶过去,没问题的。"

伊织拿起挂在椅背上的西服穿上,又突然想起来似的问道:"星期天什么时候返回东京?"

"我想大概晚上七点钟左右吧。"

"之后有空吗?"

伊织说得很突然,笙子脸上露出困惑的表情。

"见个面吧?"

"……"

"你是直接回家吗?"

"是。"

"那我给你家里打电话。"

说完,伊织拿起装着文件的皮包,拉开所长办公室的门。只见职员们正在忙碌地工作,有的在绘图仪前画设计草稿,有的双手交叉站在聚氨酯泡沫塑料制成的建筑模型前思考着。

"我去建设省开会。晚上赏花可别喝太多啦。"

伊织也不知道对着谁在讲,职员们听了边笑边点头。

走出事务所,一个人站在电梯里的时候,伊织又想到了笙子。

临出门时，为什么会突然间约她见面？伊织自己也觉得奇怪，就是不明白。

早上进办公室见到她时，笙子的样子显得特别清丽可人。兴许是那里在紧身裙子里、线条优美的臀部勾起了自己的情欲吧。但同时，与笙子转过来的女儿的电话也不无关系，虽然同女儿通电话不值得介意，但伊织却稍感难为情。

走进底楼的咖啡馆，真理子已经坐在靠窗的位子上等他了，看见伊织立即起身向他招手。她身穿一件藏青色的西服式上装，系着个咖啡色的领结，大概是前不久刚刚进入的那所高中的校服吧。

"突然间称呼'伊织先生'，真让我大吃一惊哩。"

"可是，万一要是别人接的话，我喊'爸爸'岂不是让人见笑？"

真理子虽然知道伊织是与妻子不和才离家的，但是她绝对想不到个中原因之一，就是为她接转电话的笙子。

"嗯，这是校服吧？跟你很相配嘛。"

"谢谢夸奖。可你不觉得这领结有点土气吗？"

"没有的事。学校已经开学了吧？"

"下个星期才开学呢，今天是和朋友一起到涩谷来玩的。"

真理子今年春天考入青山的一所高中，合格的消息还是她自己在电话中告诉伊织的。

"那你的朋友呢？"

"刚刚分手。爸爸，我想求你一件事，可以吗？"真理子用试探的眼神调皮地望着伊织，"爸爸说过，只要我考进高中就给我买礼物庆祝的，对吧？"

"你说想要一个收录机。"

"可是，其实我想换一个录像机……"

"这可差老多了。"

买个收录机最多就两三万日元，而录像机最便宜的也要十五万日元。

"可是,真理子以后上学不是离家更远了吗?加上功课忙,有好多电视节目就看不到了,所以很需要有一台录像机呀。"

"即使上了高中,晚上的电视节目还是看得到的嘛。"

"白天也有好多好看的节目呀。再说星期天啦、晚上啦,总会有什么事情没法看电视的嘛。现在是录像机时代了,纯子家还有中井家都有了。好不好嘛,爸爸?求你了。"

真理子双掌合拢,做出祈求的模样。她眼珠向上翻起瞟人的样子,已经有了几分女人的娇媚。

"嗯,我考虑考虑吧。"

"那就是说答应了?说好了啊?"

"我只是说让我考虑考虑嘛。"

"你会买给我的对吧?爸爸真是个好人!"

伊织苦笑着,心里在想要不要向她问问妻子的事。

伊织的家在东横线旁的自由之丘,是个幽静的住宅区,距离他现在住的青山的公寓开车大概半小时。他最近一次回家是一个月之前,去川崎的时候顺道回去取些邮件。

从家里搬出来住之后,有些邮件还是寄到自由之丘的家里。尽管一些重要的朋友和客户那里已经发信通知了,但毕竟不可能全部通知到。每次邮件寄到家里,还要回去取总是很不方便。不过换个角度看,寄送到家里的邮件倒成了伊织与妻子之间的唯一联系,假如没有这个的话,伊织甚至连打电话给妻子的理由也没了。

伊织已经对分开的妻子毫无留恋。如果妻子愿意离婚,伊织准备向她支付不菲的赔偿金。自由之丘的住房占地一百五十坪,按照时下的价格是一笔不小的资产;另外,每月还打算付给她一笔赡养费,足以使她生活无虞。从经济方面来说,伊织将损失惨重,但因为是自己有负于妻子并主动离开家的,这些付出是逃不掉的。

然而妻子对此却毫不动心。

既然爱情已不复存在,还保持名存实亡的夫妇关系有何意义?这只是旁人不负责任的想法。一个从结婚那刻起就一直被困在家庭中,如今年过四十的女人,一旦离婚,让她一时间如何马上找到新的生活目标?因此不管离不离婚,只要每天一如既往地过下去,或许还是仍旧保留妻子的名分为好,哪怕只是户籍上的名义妻子。当然这也可以看作是妻子出于对花心丈夫的报复才拒绝离婚的,这是她唯一的武器。

对于女人的这点心计,伊织心里不可能不明白。

伊织喝了口果汁,装作突然想起似的问道:"家里都好吧?"

"嗯。美子呢,过段时间要到仓敷去修学旅行,那儿不是有个美术馆吗?不过像她那样的小女孩去看那些画能看懂什么呀。"

"好的作品,静静地看着就能理解其中含义的。"

"她们只会瞎吵吵,不会静下心来观赏的。"真理子摆出一副姐姐的架势说道。

"美子的功课怎么样?"

"还是老样子,整天就知道玩。照这样子下去,哪儿的高中都考不上。"

"你可得要提醒提醒她呀。"

"她才不听我说的呢。"

伊织苦笑着,想象着那个被自己抛弃的妻子和两个女儿组成的家庭。尽管从表面上看,两个女儿似乎没有因为父母的不和而出现什么大的问题,但毫无疑问,由于父亲的缺失在她们的内心深处还是形成了很大的阴影。

"对了,奥斯卡前一阵子突然呕吐,去看过医生,现在已经好了。"

奥斯卡是自由之丘家中的猎狗,伊织三年前开始饲养的,现在只要回家去,仍旧同他亲昵不舍。

"是不是吃坏什么了?"说到这里,伊织又若无其事地问,"妈妈还好吗?"

"她很好。"真理子简短地答道,随即俯下头喝杯中剩余的果汁。

虽然她只有十五岁,但还是明白不该多管父母间的事情。

伊织点了点头,从口袋里掏出五千日元递给真理子:"把这个转交给美子,是给她修学旅行的零花钱。"

"美子真幸福呀,爸爸尽想着美子。"

"你不是有录像机嘛。"

"可是录像机买了是大家一起看的呀。"

伊织无奈只好又掏出一张一万元的纸币,换回那张五千元,嘱咐道:"好了,这个你们两个人一人分一半吧。"

伊织清楚给孩子太多的钱未必是好事,但因为不在女儿们身边,作为父亲,他也只好通过给些零花钱来维系父女间的感情。

"我接下去还有工作。"伊织看了看表说道。

真理子懂事地点点头。从小父亲就不怎么着家,总是工作在外,真理子在这样的环境中长大,因此很懂得分清工作与私事。

"那么就说好了,录像机,别忘记,会给我买的,对吧?"

"我会考虑的,你下次再打电话给我,尽量往我住的公寓打。"

"可爸爸老是不在嘛。"

确实,伊织晚上基本上都在外面吃饭,回到家里大都很晚了。

"当然啦,往事务所打也行啊。"

伊织拿过账单站起身来。会议虽然一点钟才开始,但之前约好跟一个人碰面的。付了账来到店外,司机已将车子停在大楼拐角处等着了。

"我要到霞关去,顺路捎你到表参道吧?"

"不用了,我从这里乘电车不是更快吗?"

因为不能与女儿有充足的时间好好聊聊,伊织本想尽量一起多待一会儿,但是真理子似乎根本没有意识到。

"那么,我乘国电回去了。拜拜!"

真理子挥着手,转过身迈步离去了。伊织等她藏青色的身影消失在人群中后,才坐上汽车。

阳光依旧灿烂,鱼贯而行的汽车那铮亮的车身因阳光的反射,而发出熠熠的光彩。伊织的视线在闪烁的光线中游移着,情不自禁地又想到了自由之丘的家。

从真理子所说的来看,家里并没有什么大的变化。然而,一个没有父亲的家庭绝对称不上状态良好,只不过大家似乎都接受了这样的状态,显得比较平静而已。

自己离家别居,原以为孩子们一定会感觉伤心,事实上女儿好像并非如此,只要想要的东西到手,便若无其事地回家了。说是孩子,在这方面却精明得很。看来将离家一事看得很严重的是自己。伊织想到这里,不由地苦笑起来。

政府相关的会议大都是形式主义,官员的致辞和照读空洞的文件占去了长长的时间。与众多专家齐聚一堂极不相称的是,会议内容极为空洞,让人叹息时间被白白浪费掉了。

尽管如此,建筑审议会和多层构造研究委员会的会议总算按时结束,最后在酒店举行的恳谈会也于七点钟收场。伊织与约在同一家酒店碰头的村冈汇合后,直接找地方吃饭去了。

"打算吃什么?"

"嗯,西餐的话感觉太一本正经了,还是日本餐吧。"

"要是这样,有个地方我觉得不错。"

伊织在头前走着,到酒店门口拦了辆出租车。

"在市谷的一口坂走上去那儿,店堂虽小,东西却蛮入味的哩。"

伊织与村冈年龄相仿,工作也相似,所以两人很谈得来。村冈的专业是美术评论,在大学里还兼着份授课的工作。内容姑且不论,表面上看起来,似乎还是村冈的生计更加有保障。

"那家店的厨师好赌,前段时间,跟他玩了场通宵麻将,结果被他赢掉五万块呢。"

"你也会输钱啊?"

"最近手气一直很差。"

"俗话说,赌场失意情场得意呀。"

"真要这样倒好了……"

伊织装作没事一般,脑子里却浮现出了阿霞的身影。

"那种人玩起来很精的吧?"

"不是精不精的问题,反正是喜欢得没命,玩起来就不肯停手,他是直接从棋牌室到店里去上班的。"

"这种人做出来的料理会好吃吗?"

"这你就不懂了,比起那些一本正经的厨师来,稍许有点吊儿郎当、做事不太认真的厨师做出来的料理才好吃哩,处处规规矩矩的厨师反而做不出好东西。那家伙三十多了,还是光棍一个。"

"可是那样的话,他永远也不可能独立出来自己干,对吧?"

"那种只知道闷头攒钱、年纪轻轻就有自己的店的人,实在没出过一个好的厨师。料理这玩意儿,本来就不是照本宣科的东西啦。"

"就是说,不能'盐三小匙、糖少许'的啦……"

"女人之所以成不了料理高手,可能原因就在于此啊。"

说着话,伊织忽然想:假如让阿霞给自己煮饭做菜会怎么样?像那样爱美好修饰又性格严谨的女性,看样子料理的水平高不到哪里去吧。

车子从靖国大街拐入一口坂前面一条街,在第二个路口停下来。从这里下车往左拐进去,就看到了"八洲"的招牌,店则还要沿着窄窄的小路再往前五十来米走到路的尽头。门口种着一丛低矮的竹子,穿过竹丛,拉开木格子门,进去便是白木的吧台,坐七八个人便觉得满满的了。

"欢迎光临——"

那个做菜不错、为人有点散漫的厨师一声招呼,随即通往里间的门帘挑起,老板娘从里面迎了出来。

"好久不见了。您看先生不来,这店里就变得门可罗雀了呀。"

"我就是喜欢这里人少呀。客人太多了,味道可就变差啦。"

"虽说是人少的好,可像这样下去我的店就要关门了哟。"

老板娘约莫三十五六的年纪,长得五官端正,但是跟她瘦削的身体比起来,却显得眼睛特别大,大概是多年患有巴塞多氏病①的缘故吧。

"这位是村冈先生,是大学老师。"伊织把村冈给老板娘做了介绍,随即朝吧台里面张望,"今天有什么推荐的啊?"

"多着哩,有刚进的新鲜牙鲆②,还有鲷鱼③也不错。"

"那好,就全交给你了,你看着办好了。刚才在来的车上,还在夸你做的料理好哩。"

厨师并没显出特别高兴的样子,他问伊织来点什么喝的。

"先来点啤酒吧。不过话说回来,今天真的很空呀。"

伊织朝四下看了一圈,吧台上除了他和村冈,没别的客人。

"从四月份以来一直就这样子,也不知道那些客人都跑到哪儿去了。"

"那得怪樱花。樱花一开,大伙儿都在屋里待不住了。"

"那么,等樱花全凋谢了就会好转了?"

老板娘虽然嘴上说得严峻,但是脸上却毫无气馁之色,她麻利地为他们斟上酒。伊织和村冈轻轻碰了碰酒杯,然后一口喝干。

"真爽!今天淡云密布,天气闷得简直叫人难受啊。"

厨师隔着吧台端上来小钵盛的花椒凉拌菜,白色的味噌点缀之中是竹笋尖和当归嫩叶。

伊织无论是清酒还是威士忌都能喝,当然最喜欢的还是日本清酒。清酒喝下去会让人浑身发热发软,因此喝到差不多的时候便换上威士忌。但是吃日本餐的时候,总感觉非就着清酒不可,否则舌尖便没有味道。这一点村冈也有同感,于是两人喝了两瓶啤酒,便叫上了日本清酒。

---

① 巴塞多氏病:一种甲状腺功能亢进症,由德国医生卡尔·阿道夫·巴塞多发现,故名。最显著的症状是眼球突出,并通常伴有心悸、出汗、肢体无力、颤抖、色素沉积等,由甲状腺激素分泌过多而引起。

② 牙鲆:比目鱼的一类。栖于深海,身体侧扁,长约80cm,两眼都长在左侧,有眼的一侧暗灰色或具斑块,无眼的一侧白色。肉味清淡,可鲜食或制罐头,肝可制鱼肝油。

③ 鲷鱼:俗称加吉鱼,栖于温带至热带的沿岸或大陆架,体阔而侧扁,以小鱼和贝类为食,味鲜美。

品尝了牙鲆刺身之后，又是新鲜笋段与裙带菜的拼盘，以及盛在小竹笼里的清炸芦笋和鱼柳。

"这个是大马哈鱼吧？"

"是的，我稍微放了点盐。"

伊织吃了一口，给村冈倒满酒，随后突然想起来似的问道："英善堂的高村这个人，大概有多大年纪了？"

"好像已经五十多了吧。"

突然问起英善堂的事情，伊织本以为村冈会面露惊讶之色，不料他声色不动，一点也没觉得奇怪。

"这么说，他夫人霞跟他年龄差老多了。"

"她呀，大概也就三十五六吧。"

"那不是差将近二十岁吗？"

"大概没差那么多吧。不过也差不多，高村先生毕竟是再婚的嘛。"

"再婚？"

"他们有个女儿，应该快上大学了。"

"是丈夫带过来的拖油瓶吧？"

"我想应该是吧。"

伊织重新斟满酒，眼睛望着酒杯，没有作声。关于英善堂主人高村的事情，还有他孩子的事情，伊织都是头一次听说。假如像村冈所说，他对阿霞的印象就稍稍起了变化。

不过话说回来，阿霞看上去也确实给人这样的感觉，说不清楚哪一点，反正觉得和她一起生活的男人跟她年龄相差颇大。

"不过像她那么漂亮的人，为什么会和个离过婚的男人走到一起呢？"

"那就不清楚喽。"

村冈对伊织与阿霞的事情一无所知。他只知道两人在祝寿会上碰到，因为伊织与她的哥哥相识，因此聊了一会儿。所以，如果问村冈太多的话，伊织担心村冈会察觉到自己的秘密。

清蒸鲷鱼和佐味醋端了上来。厨师好像在蒸的时候加了点料酒,鱼散发着一股鲜香。

"关西的蒸方头鱼指的就是这个吧?"

"那个应该是用方头鱼蒸出来的,跟这个不是一种鱼。"

"是吗?这么说起来,味道的确有点不一样哩。"

伊织非常喜欢吃清蒸鱼。如果想吃得清淡些的话,还可以让厨师多放些汁水,做成咸味清炖鱼,吃的时候不需蘸任何佐味料。

就在他举箸伸向蒸鱼的当口儿,村冈突然问他:"那之后你跟霞夫人有碰面过吗?"

"没有啊……"

村冈问得有点唐突,伊织只好含含糊糊地回答。两人在谈论着阿霞的事情,所以村冈这么问也是正常的,只是"碰面"这个词用得甚是微妙,听上去好像他已经知道了两人的事情似的。

其实村冈别无用意,他只是很随便地问一句而已。他脸色照常地喝掉杯中的酒,接着说道:"我上次在国立剧场碰见她了。是去看歌舞伎,结果没曾想就凑巧碰到了,她和她丈夫一起去的。"

"英善堂的主人……"

"在那种场合,她的美丽照样是鹤立鸡群。我和她在大堂里站着说了几句话,结果所有人都在朝她看呢。"

"是什么时候呀?"

"上上个星期五吧。"

星期五就是伊织开车送她回辻堂的第三天。那天晚上分手时,阿霞说她丈夫到京都去了。根据村冈所说,那么三天后她丈夫就回家了。

"他们两人关系好不好呀?"

"那当然好啦,一起去观看歌舞伎嘛。"

村冈放下手中的杯子,眼睛出神地盯着碗看了一会儿,喃喃道:"鲷鱼仔细看的话,样子真有点怪异啊。"

"惹人讨厌?"

"倒不是讨厌,可是这么直直地看着它,你不觉得害怕?"

"鱼嘛,眼珠子周围最鲜了,还有鱼鳃。"伊织说着,用筷子夹住鱼眼旁边冻状的地方,"像这样,鱼眼珠子白色的,一点都没有浑浊,这吃下去才叫鲜美哩。"

说罢,将筷子送进嘴里,村冈则表情惊恐地看着他。伊织心想可能自己做得残酷了点,可又一想,这都是你挑我这么做的呀。他强忍住没把这话直截了当地说出来。

上来的汤是鲷鱼汤,只见淡淡的酱汤里漂浮着鱼头鱼尾,配以滚水焯透的细长块的当归和花椒嫩叶。

"这鲷鱼吧,仔细查一查,竟有一百多种哩。"村冈筷子夹着鱼鳃说道,"不过海鱼当中味道最鲜美的还得数真鲷。"

"你知道有一种叫樱鲷吗?"

"没听说过,还有这种鲷鱼?"

"就现在这个季节,濑户内海一带的鲷鱼颜色变得像樱花一样鲜红鲜红的,所以才叫这个名字。它们是为了产卵,从外海洄游到内海来的。"

"鱼也得了这么个风流的名字啊。"

"不过等它们产完卵,就不叫樱鲷了,好像叫作麦秸鲷了。"

"感觉一下子差了一大截嘛。"

"味道也差多了。对吧?"伊织转向厨师求证,厨师点了点头。

聊起关于鱼的话题,其他事情自然而然就忘记了,心情也觉得很舒坦。可是话题一停顿,伊织又想起了阿霞。

"话说回来,年龄相差那么多的两个人,为什么会结婚呢?"

伊织情不自禁地又提起了阿霞。

"这种事情问我,我怎么会知道啊?"

"可是,到底相差将近二十岁呢……"

话说到这儿,伊织忽然想到了自己与笙子,自己跟笙子之间也相差了整整十七岁。他似乎没道理将自己置之不顾,而对别人说三道四的。

"不外是因为相爱才结婚的嘛。"村冈毫不犹豫地答道。

可真的仅仅出于这样简单的理由吗？这背后会不会藏着什么隐情？坦白地讲，伊织此刻真想从村冈嘴里听到"其实他们的婚姻是失败的"之类的话，期待他说出"他们缺少感情，现在她并不爱丈夫"。可是村冈并没有这样说，因为他对阿霞和丈夫的事情从来就不关心。

伊织稍显不悦地问道："你跟霞夫人没有谈起过这事吗？"

"这种事情我怎么可能问得出口？"村冈的语气也有些光火了，他给自己又斟上一杯酒，反问道，"你是不是喜欢上霞夫人了？"

对男女间的事情一向不感兴趣的村冈突如其来这么一问，伊织一瞬间愣怔了："哪儿的话……"

"我还以为你喜欢她哩。"

伊织缓缓地摇了摇头，掩饰道："只是忍不住问问。"

"因为她长得实在漂亮对不对？有好几个画家也对她爱慕不已呢。"

伊织朝前探出身子，但马上停住了。明明说过不喜欢，这样的动作会令自己的真心暴露无遗。

"听说有个有名的画家曾接近过她，后来有一阵子，有个年轻画家也对她非常着迷呢。"

"是谁？"

"是谁就别管他了，反正只是传闻而已。"

"那她是什么反应？"

"当然啦，像她那样的人，自然不会做什么出轨的事情。再说她的丈夫可是个大画商，刚出道的画家怎么可能轻易得手呢。"

伊织喝干了杯中的酒。

不错，阿霞是一个很有自控能力的女性，即使偶尔有男人去接近她，也绝不可能轻易走得很近。可是撇开这个不说，想想自己的情形，伊织又有些不明白了。

伊织与阿霞冲破最后一道关口，是在祝寿聚会后的第二次约会时。一开始是如此平淡的邂逅，可后来阿霞为什么容许了自己？要说是她被自己吸引，那样当然是个简单的理由，而且可以满足自尊心；或者说是因为自己巧舌如簧,口吐莲花,也未尝不可;当然,还可以说是因为之前就同阿霞的哥哥认识,由此而产生的某种亲近感;或者干脆归结为酒精的作用……但即便这样,阿霞这么容易就接受自己,这却是伊织事先没想到的。一想起此,伊织对她的印象就会发生微妙的变化,表面上看起来做任何事情都刻板规矩,谨小慎微,但这背后也许掩藏着出人意料的大胆性格。虽然伊织不愿意相信,但他不禁在想:说不定她与那些对她爱慕不已的男人也有不一般的关系呢。

出于对阿霞的爱,伊织现在变得越来越疑心了。

有道是:"一盗二婢三妾"。依此来说,与他人妻子偷情的伊织算得上是最有桃花运的男人,尤其是与像阿霞这样贤淑美丽、家境又好的女性偷情,简直是男人最大的幸福了。

然而这幸福却有着极其脆弱的一面。比如说,虽说与别人的妻子私通会带来某种激情,但她对其丈夫来说也许是根本不放在心上、毫不珍惜的存在,在丈夫眼里陈旧、无趣、厌倦了的妻子,到了外人那里却成了宝贵东西。这或许就是所谓的"人家的花儿总比自家俏"吧。因为对方是别人的妻子,心中自然有种紧张和刺激,因而生出一种畸形的爱,反过来,如果别人的妻子这个前提条件不存在了,或许对方就会恢复其再普通不过的原形。因此,所谓"一盗"无非就是偷情这种行为所带来的紧张感,并不见得是出于对对方的理性情感。

当然,这样说丝毫也不减伊织因得到阿霞而产生的喜悦,即使撇开别人的妻子这个前提,阿霞自身也是个充满魅力的女性。她有丈夫,又是众人注目的女性,而自己却神不知鬼不觉地将她揽于怀中,由此给伊织带来莫大的惊喜,但是惊喜之余他又不由得忐忑不安。

最最要命的一点便是,即使两人相爱,对方却缺少自身的自由。虽然偷情带来的紧张感一定程度上能促使爱情增温,可想见面时却不能每每如愿,一切都要顾忌到对方的丈夫,瞒着他,偷偷地进行。尽管这样仍不乏快乐,但毕竟这样的快乐是有局限的。倘若仅止于偷情,则确实也能体会到相应的满足,但再要向前迈出一步,两人的关系就很容易土崩瓦解。换句话说,"盗"归根到底只是短暂的偷情行为,不能指望会有什么建设性的发展。

如此看来,与他人的妻子陷入爱情的话,必不可缺的精神准备便是一种游戏心理,切不可假戏真做,擦出真情火花来。现在的伊织是否自如地游弋在游戏的范畴内,连他自己也弄不清楚了。

"M市的美术馆到底还是富川浩次中标了。"

村冈的话题突然转到毫无关系的其他事情上去了。伊织走了神儿,正在想着阿霞的事情,所以感觉格外唐突。

"那家伙最近接了好多美术馆的活儿,他真的很有才气吗?"

"既然能接到活儿,应该是有点才吧。"伊织冷冷答道。

"可是他设计的东西,F市的也好,G市的也好,外表看上去气派不凡,挺吸引眼球的,但内部构造实在不敢恭维,特别是G市美术馆,采光那么差,墙面设计也不够沉稳。像那样的东西也算是优秀建筑啊?"

"这要看你怎么来看建筑了,或许因人而异吧。"

"我自己也扛着个美术评论家的头衔,这么说可能蛮好笑的,最近有些美术评论家利用自己的人脉关系,对各地美术馆的人事安排指手画脚的,实在是太过分了。"

今晚两人碰面,村冈打算跟伊织聊的就是这个话题,而伊织对此也饶有兴致。

"不是我奉承你,要论设计美术馆,最棒的还数你,K市和S市的美术馆都很有独创性,而且实用性也非常强。"

"你这么说我当然很高兴,不过受众是各有喜好的。"

"以前讲到美术馆就唯国立是瞻,现在地方也开始热衷于设立美术馆了,所谓'地方的时代'嘛。这当然对整个美术界也是个良性刺激,不是坏事,可问题在于形式与内容是不是相得益彰。我的意思是说,全靠乡土画家的作品、世界名作再加上现代派艺术这种三位一体的做法未免太简单、太单一了。还有,买进一两幅价格高得令人瞠目的外国画,这只不过是招徕观众的手段而已。"

"这当中地方政府的官员们恐怕也参与很深吧。"

"像这次M市,光建馆的预算就有四十亿,每年购入收藏作品的费用总得不下一亿吧?于是有些麇集在权力周围的蠹虫就闻风而动了。至于馆长人选,有好几个都感觉有点那个。美术馆听上去好听,可实际上并不那么美,甚至可以说充满了阴谋哩。"

"要是那样的话,这种活儿我不接也罢。"

"反正,我觉得富川那家伙靠不住。"

酒至微酣,村冈嘴上没了把门儿的,说起话来慷慨激昂。伊织也因为是和非常熟悉的朋友在一起,所以越喝越觉得心情舒畅。

"来点米饭还是面条?"菜吃得差不多了,厨师伸出头来问道。

伊织酒足菜饱,吃不下了,村冈也一样,两人都没要主食。

吃完最后端上来的水果,走出八洲是晚上九点。和村冈在酒店碰头后直奔这儿,进门差不多是七点钟,算来已经吃了将近两个钟头。杯盏来往,一点点喝着并不觉得,等到走出来两人才发现都已醉醺醺了。

从听说阿霞与丈夫两人去国立剧场观赏歌舞伎那会儿开始,伊织的节奏就加快了。村冈也是,说到各地建美术馆热潮背后的种种不正之风时,愤慨不已的他开始一杯接一杯下肚,后半场着实喝了不少。

"再去一家吧?"两人都不想就这么分手回家。伊织伸手拦下一辆驶近的出租车,"话说回来,我们俩好久没这样一起喝酒了。"

"上次祝寿会上见面是几时?"

"二月十八号。"

那天聚会之后,伊织和阿霞在酒店的酒廊里喝酒,可以说是他们后来走近的契机,因此伊织是不会忘记这一天的。

村冈靠在出租车的座席上,点燃一支烟,随即想起了什么:"对了,你太太最近怎么样?"

"还是老样子呀。"

村冈不光知道伊织与妻子分居的事情,还知道他与笙子之间的事情,都是他离家别居时被村冈追问原因,而不得不向村冈交代的。本来伊织是不打算告诉任何人的,但一想纸早晚是包不住火的,况且又是比较铁的朋友,便觉得告诉他也无妨。谁想村冈听了,只嘀咕了一句"真是弄不懂你",别的什么也没说。虽说略略表达了一下自己的感想,但对于他人的隐私却适可而止,绝不深追一步。这种极有节制的待人方式,正是伊织喜欢他的地方。

"这么说,还是不肯离啊?"

"嗯……"

车子左首是靖国神社那茂密的树林,使得四周愈加陷入深沉的黑暗之中。

"她呢?"

"也还一样……"

村冈掐灭了烟头,意味深长地说:"但是这样子一定很累吧?"

"你指什么?"

"各方面……"

伊织老老实实点了点头。其实不消村冈提醒,这阵子伊织的确感觉到非常疲惫。

"看来缺少了家庭还是不行啊……"

村冈想说的意思伊织心里十分清楚。自从与妻子分居以来,独自一人的生活虽说很自由,但反过来讲,这种自由切切实实使得人疲惫不堪。也许正因为如此,最近一段时间伊织回家去取邮件什么的时候,有时就想索性在这里歇息下来不回青山的公寓了。每当这时候,他立即告诫自己:"不行!"但脑子里之所以会冒出这种念头,似乎正说明了他因为追求自由而身心疲惫了。

"这样下去行吗……"

"当然不行啦。"

"那准备怎么办呢?"

被村冈这么一问,伊织一时无言以对。

"我不是想干涉你的私生活,但我不愿意看到你的才能就这么白白毁掉啊。"

"我哪儿有什么才能啊？"

"可别这样说。"

"好好，我明白了。不过那方面的事情，你就不必担心了。"

确实，缺少一个安定的家庭是会让人感觉疲惫，但并不等于连工作的激情也会一并丧失掉。事实上，伊织非但没有这样，最近甚至更觉得激情高涨呢。也许是因为离开家庭身处不安定的状态中，反而使他焕发出了新的斗志吧。

其实，伊织不要说与妻子的问题一直没解决，他与笙子的关系也是悬在半空，结局难料哩，现在又对阿霞萌生了爱情。如此说起来，他的身心疲惫完全是自诒伊戚。不过也正因为面临一堆难题，故而更加激发起他去迎接新的挑战的意欲。

"不可能所有事情都幸福如愿的呀……"

"这个我知道，不过只有家庭安稳，才能不断获取新的力量嘛。"

"是嘛……"

"你觉得不是这样？"

"不敢说不是这样，但也不会是这么单纯的吧。"

村冈在大学任教，因而往往站在对于既有的东西进行批评的立场上来看待物事，而伊织出于职业习惯，则喜欢站在创造出新的东西的立场上来看待物事。不过从某种角度上讲，假如没有外在的刺激，或许他也不会被激发出迎接新的挑战的勇气。

车子驶上九段坂后向右拐，沿着旧江户城的护城河边朝银座方向驶去，正好是两个钟头前来的时候的相反路线。等车子在两旁种满行道树的七丁目拐角停下后，两人走进一幢大厦三楼的一家酒吧，伊织光顾这里已经有十年了。酒吧很玲珑，除L型的吧台外，另外只有两个火车厢座位的包座。

在八洲喝的是日本清酒，在这里两人却点了兑水的威士忌。村冈三年前得了胃溃疡，喝冷酒怕对胃太刺激，于是兑的温水，另外加入两颗丁香。

两人在这里喝了约莫一个钟头,又到另一家酒吧继续喝。那里也是伊织常去的地方,开了瓶没喝完的酒仍保存在酒柜里。

"不过说实话,我一直以为 M 市的美术馆理所当然会请你设计呢。"

"好了,那件事情就不提了吧。"

村冈又重续刚才的话题,但是伊织已经无心再去说它了。

喝了一会儿,伊织起身上洗手间,他知道自己已经喝醉了,站立不稳,身体也不由自主地前后摇晃。他用手撑在对面的瓷砖墙上,可是眼睛一闭,又出现了阿霞的身影:在幽暗中她背朝着自己,正在脱衣服,她的腰带已经解掉,但和服仍然搭在肩上,一只手从袖子里伸出来。

"不,不行!"

伊织用手在脑袋上狠狠地敲击了两下,又用冷毛巾放在额头上冰了一会儿才回到座位上。

村冈一见他连忙问:"喂,你怎么样?要不要紧呀?最近好像酒量退步了嘛。"

"不,不要紧。对了,你刚才说的那个爱慕霞夫人的男人是谁?"

伊织醉醺醺地竟问出这样的话来。村冈吃了一惊:"你、你是不是爱上她了?"

"你别管!快告诉我他是谁?"

"那次祝寿会之后你又见过霞夫人了?"

伊织险些点头承认,还好及时停住,他赶紧摇摇头强辩道:"见没见过都无所谓的吧?"

"给你一句忠告:别的人我不管,对她你可别动什么脑筋。"

"为什么?"

"她可是别人的老婆呀!"

"废话⋯⋯"

伊织一听就泄了气。还以为村冈会说出什么重大的事情来,结果竟是这番老掉牙的道理。夺人之美、爱上别人的老婆是不地道的,这个道理谁都懂,可如果这个理由就能抑制住对别人老婆的横刀之爱,世界上就不会有那么多痛苦的人了。

"要是全都按照常识去做,就没有爱情了。"

最终,两人一共转战喝了三家才结束。伊织回到公寓,已经将近凌晨一点钟了。

若是在自由之丘的家中,这种时候只要脱下衣服一丢,妻子就会起来替他挂好衣服,还会给他端上一杯热茶。可是独自生活,从打开屋里的灯,到端水沏茶都得自己动手。伊织口渴得厉害,于是走到厨房里喝了杯凉水,脱掉西服,立即四仰八叉地躺倒在沙发上。他记不清自己喝了多少酒,只是觉得胸口堵得慌,便松开了领带,然后闭上眼睛。黑暗中,只觉得脑袋发晕。

然而他心情颇佳。虽然喝了很长时间,但因为是与气味相投的村冈在一起喝,所以感觉不坏。

伊织翻了个身,正好看见屋角里的电话机。以前喝完酒回来之后,总想给阿霞打电话,每次最后都打消了念头。但是今天却不同,借着酒劲,伊织抑制不住给她打电话的冲动。

伊织爬起来,把电话拿到沙发旁,然后从西服口袋里掏出通讯录,翻找着阿霞的电话号码,与此同时,他意识到这会儿已是凌晨一点多。深更半夜的打过去,阿霞会不会爬起来接听?即便爬起来接了,兴许也会令她感到为难吧。

算了,还是不要打了。

但转而又冒出一个想法,偏要打过去让她犯犯难。

听村冈说,她与自己约会后的第三天,便与丈夫一起去观赏歌舞伎。作为惩罚,她也应该领受一下深夜接听电话的滋味。想到这里,伊织心意已决,于是拎起听筒。

他一面看着通讯录一面按号,听筒里很快传出铃声。铃声响了五声,伊织刚要挂断,突然听到听筒被提起的声音,接着传来一个女人的声音:

"喂喂……"

一瞬,伊织屏住呼吸,小心翼翼地问道:"呃……请问是高村太太吗?"

"我是高村。"

声音虽低,但一点不错,正是阿霞。

"我是伊织……"

隔了少许,才听到阿霞低低的声音,大概着实吃了一惊:"您……有什么事吗?"

平心而论,伊织没想到阿霞会很快起来接电话。深更半夜的,一般人早已就寝入睡了,那么轩敞的大宅里,不可能轻易就爬起来接电话,即便接的话他觉得也应该是家中的佣人。他虽拨通了电话,但原想等铃声响四五记便挂断的。这样尽管没与阿霞说上话,但也算往阿霞家打过电话了,心里也会感觉到满足。不料阿霞突然拿起听筒,倒令他有些张皇不知所措了。

"这么晚打过去,真抱歉……"伊织拿着听筒,对着看不见的阿霞低下头,"其实没什么事情,就是想听听你的声音。打扰了吧?"

"没有……"阿霞的声音就像远处吹来的风一般。

"我刚刚回到家里。"

"喝醉了吧?"

"跟村冈在一起喝酒,和他说到你哩。当然,我们俩之间的事情什么也没说。"伊织说着话,渐渐又来了精神,"下次什么时候再来东京?"

前些时候,你和丈夫去国立剧场观赏歌舞伎了吧——伊织差点把心里的大实话说出口,好不容易才忍住了。

"下个星期能见面吗?白天也没关系,只要稍稍提前些知道的话,总归能够空出来时间的。"

"这个月稍微……"

"是吗?那再电话联络吧。要不你打电话给我?"

"嗯。今天实在太晚了……"

"明白了。那我等你电话。"

"那么再见了。"

伊织将已经挂断了的电话听筒慢慢放下。

只不过打了一通电话,可是伊织却感觉浑身疲惫,好像完成了一件重大的事情似的。

起初并没有指望阿霞接电话,但毕竟通上话还是令人高兴的。可是电话中阿霞的态度似乎有点惊慌,又有点恐惧。

是不是一面接电话,一面在担心近在身后的丈夫?伊织想象着阿霞会是何种装束爬起来接电话的:是之前在卧室里见过的那样,穿着白色的贴身衬裤,系着根细腰绳,还是别样的睡衣呢?

阿霞略带沙哑的声音仍清晰地残留在伊织的耳边。那声音怎么也不会让人联想到是男女欢合之后的声音。

春愁

每年,当春天来临、大地回暖的时候,有人反而会身体不适:漫长的冬季终于离去,寒冷的季节向人作别了,脑袋却感觉昏昏沉沉,身体也倦怠无力,一点精神也打不起来。或许是习惯了寒冷冬日的身体,一下子对疾速造访的春天还适应不了,又或者是新绿发芽时节的勃勃生机,让身体自愧不如。

笙子便属于这种类型的女性。每年的这个季节,当树木抽绿的时候,她就会感到身体不适。其实也说不上什么地方不舒服,可总觉得全身软塌塌的,并且身体上的不适也导致了精神的不稳定。

像笙子这样因身材过瘦而低血压的女性身上,这种倾向似乎尤其明显。

直到四月过了大半,伊织才留意到此事。两人交往已有四年之久,理应了解这方面的变化,开春时笙子会感觉不适伊织是早就知道的,可他自己对此不甚敏感,因此不小心就忘了个一干二净。加上他的注意力现在都在阿霞身上,所以竟对笙子变得麻木起来。

等到与阿霞的约会不那么频繁了,伊织这才想起这码事,笙子的不开心是每年开春时节身体的不适引起的。当然,事情似乎也并不那么单纯,除了这个原因以外,或许也因为她觉察到了伊织与阿霞的关系,因而有一种排斥性的反感。不过就伊织来说,认定它是因为季节的原因,自己的心情便可以更加轻松些。

樱花已经凋落了。一个和煦温暖得让人几乎联想到初夏的星期六晚上,伊织与笙子一起吃饭,他们已经很久没这样了。席间,伊织故作一直记挂着似的突然问道:"今年感觉怎么样?"

"已经好多了,只是体温还稍稍有点高。"

"有寒热了吧?"

"不是的。"

笙子用白得扎眼的手捋了捋垂到前额的头发。她的手和身体一样纤瘦,而且还是一副对什么都特别敏感的身体,让人几乎为之绝倒。然而伊织好像就是被这个敏感的身体所吸引的。

这家餐厅位于青山大街上靠近涩谷的一幢大厦地下,狭长的店堂里只能放下约十张桌子,却舒适雅致。

"这里是以前在银座'爱斯普利'做的那个厨师独立后自己开的。"伊织对这里的菜肴的口味颇为欣赏,经常一个人光顾。

"蛮小巧可爱的。"

"来,干杯!"

笙子仿佛要赶走开春时节的不适似的,要了一杯红葡萄酒。

"体温有点高还喝酒,不要紧吧?"

"稍微喝点反而觉得舒服,可能是酒醉能忘记掉身体的不舒服吧。"

笙子喝下一口,然后将酒杯贴在白皙的额头上,似乎想更加充分地玩味一下那冰冷的触觉。

"黄金周回长野吗?"

"不回去,家里面真是让人受够了。"

"出什么事了吗?"

"上次回去的时候,家里人啰里啰唆的,硬要我去相亲。这次要是回去的话,我肯定是逃不过了。"

笙子的娘家是长野的旧式家庭,听说她父亲是个高中老师。作为一个老派家庭中已届二十八岁的女儿,受到的压力有多大,伊织是完全能够想象得出来的。

"对方是什么样的人?"

"我不想去相亲,所以根本没问。"

笙子脸上露出与她的身体完全不相称的强硬。伊织将视线转向窗外的夜空。

笙子说她不想结婚,伊织当然很高兴,不过自己该怎么回答,却煞是为难。女性对男性说起相亲或结婚的话题,很可能是在逼迫对方拿出一个结论。虽然想到了这一点,但是现在伊织却无法给她明确的答复。

服务生前来添茶,伊织视线转回来,等服务生离去后看着笙子说道:"那么,黄金周我们两个人去什么地方玩玩吧。"

笙子大概已经吃饱了,盘里的奶油煮仔牛肉剩了一大半。她头也不抬地答道:"不必勉强了吧。"

"勉强?"

"你还有许多工作,再说还想去打高尔夫,玩麻将……"

笙子说得没错。两个月前,东北的H市委托伊织设计乡土文化馆,初步方案预定就在黄金周结束后提出。另外,有朋友来约打高尔夫,伊织自己则想抽出一个晚上时间放松放松,玩场麻将。

"去京都玩吧?"

"可是,京都人很多啊,你不是讨厌人多吗?"

"那倒是。那么去奈良怎么样?我想去看那里长谷寺的牡丹花。"

"假如是为了我的话,真的不用那么麻烦。"

"你最近好像变得有点怪呀。"

"唔,没什么怪的啊。"笙子故意和颜悦色地一笑,轻轻啜了一口葡萄酒,随后说道,"宫津先生前几天说起,想多干段时间再离开呢。"

宫津大介在伊织的事务所已经干了八年,打算今年夏天辞职,自己开一家事务所独立做。

"可是,他不是一直在做着准备吗?"

"也许是经过多方面的调查,慢慢地没了信心吧。"

建筑业的繁盛期已经过去，如今没有了以往的红火。受此影响，建筑设计师中一直揽得到活儿的只不过是小部分人，大部分人只能做些零零碎碎的杂活儿，而且还要被迫接受苛刻的条件。所幸伊织是这小部分人当中的一分子，宫津在伊织的事务所干着，也能参与大型的项目，而一旦自立出去，跑活儿便成了一大难题。也许因为这个原因，他开始打退堂鼓了吧。

"是他主动来跟你说的？"

"也不算特意来说的。前几天休息喝茶的时候，他就这么讲起来了。"

笙子与伊织关系亲昵，同事们都知道，有什么难于直接对伊织讲的，便会在笙子面前吐露。宫津的话恐怕就属于这一类。

伊织对手下的职员跳槽投奔其他事务所或是独立自己做，一贯抱着听之任之的态度，给予最大的自由，谁想辞职就辞职，谁想自立门户一展抱负就随他自立去吧。不少拥有大型事务所的建筑设计师，对于下属的跳槽或自立每每出言干涉，伊织觉得各人有各人的想法，应该让各人自由选择去留。当然如果职员们找他商量的话，他会给出建议，但是决不会横加干涉。对于这一点，一方面给人冷淡无情的感觉，但从另一方面来讲，职员们也确实有种轻松的感觉。

"假如宫津先生对你说他不想走了，你会继续留他在事务所干吗？"

宫津是去年底告诉伊织说他想辞职自立的，由于这个原因，伊织在今年春天又招聘了一名年轻的设计师。因此，如果宫津不辞职的话，就会多出一个职员来。不过，伊织对此并没有怎么放在心上，多一个人事务所也不会犯难，况且多个人手可以做的事情也会多些。

与此相比较，伊织在意的是另一件事情。他想起去年忘年会的时候，有个职员喝醉了告诉他的一番话，说是宫津喜欢上了笙子，所以才提出辞职的。听了这话，伊织也不明白自己为什么竟出奇的冷静。他清楚，事务所里有笙子这样的女性在，男人喜欢上她也是正常的，再说宫津年纪三十二岁，独身，与笙子年纪上也蛮般配的。

最终伊织没有为这件事情诘问过笙子，宫津就更不用说了，只不过把它作为一个传闻丢在心中的一隅。

此刻伊织稍稍在意的是,宫津先是打算辞职,后来似乎又改变了主意,但这事却没有直接告诉自己,而是向笙子去说。这种事情理应直接跟自己来讲。假如宫津是因为笙子同自己关系亲近,所以采取迂回方式,那他是想错了。

伊织不会考虑笙子的意见来安排工作或是进行人事调动,如果在职员中造成这种误解,不光对伊织很不利,对笙子也是有百害而无一利。

"那么,你是怎么回答他的?"

"我什么也没有讲,只是听他说而已。"

或许这是事实。然而不管怎样,现在笙子把这件事情告诉自己,结果还是如宫津所愿进入了所长的耳朵里。当然,通过笙子之口了解到职员们的各种信息不是坏事,但有可能是片面的、不公平的,这就是自己自身的责任了——伊织这样想。

"宫津的事情,等他自己来向我说的时候再考虑吧。"

伊织喝完葡萄酒,又换上了干白兰地,笙子则点了瓶法国茴香酒。

"京都和奈良的话,现在去连酒店也订不着吧?"

"那就不去外地,就在东京舒舒服服玩一天吧。要么去横滨,你看怎么样?"

"我是无所谓啦。"

喝了点葡萄酒,笙子开春时节的不适似乎稍有好转。

"走吧。"伊织连餐后的水果也没有要,便站起身来。

两人走出店外,天空有点昏沉,好像要起风了。因为是周六晚上的缘故,街头年轻人特别多。一阵开怀的大笑声响起,四个女性结伴迎面走近。等与她们擦肩而过后,伊织悄悄对笙子说:"去不去我的公寓?"

笙子望着信号灯前排成一列的汽车,略微思索了一下,答道:"我回去了。"

"有什么事吗?"

笙子没有吱声,只是跟在伊织身后,拉开半步的距离。一起吃了顿晚饭,还以为笙子的情绪已经好转,看起来并不是那么回事。

"今天好像没发生什么事情吧?"

伊织走了二十来米,在人行横道护栏的缺口处停住了脚步。

"还是想回去吗?"

夜的微风中,伊织看见笙子轻轻点了点头,于是伸手拦住一辆驶近的出租车。

"那好吧,我送你。"

车子停下后,伊织先钻了进去,然后吩咐司机开往笙子的住处——驹泽。

司机默不作声地在下一个红绿灯处掉头,朝着涩谷站方向驶去。

去伊织住的公寓的话,车子笔直朝前开就是了,但去笙子住的驹泽则正好是相反方向。车子掉过头,停在信号灯前,等着涩谷站前川流不息的人群通过。笙子坐在车上一言不发。

在餐厅里和缓了许多的笙子的情绪,来到街上似乎又重新变得梗涩了。

信号变成绿色后,车子从车站旁边的高架轨道桥下穿过,沿着国道向西驶去,刚才繁华街区的混杂转眼便抛到了脑后。驶入立交桥涵洞时,笙子突然将手遮在了额头。

"你怎么了?"伊织问。

笙子不回答,上身朝伊织靠过来。两人保持着这样的姿势不动,等到车子驶出涵洞、灯光重又明亮起来的时候,伊织的手轻抚着笙子的肩头,说道:"回去吗?"

"……"

"司机,不好意思,麻烦你往青山方向开吧。"

"又要掉头吗?得再往前开到红绿灯那里才能掉头呢。"一开始便掉转方向开,现在又要掉头往回开,司机显得有点不高兴了。

"再往前开点没关系,麻烦你还是掉个头。"

伊织对司机打过招呼,然后将笙子的肩膀揽过来,笙子没有反抗。

虽然她的身体还有些生硬,但是心里似乎已经同意去伊织的公寓了。

走出餐厅、站在人行道上的时候,明明声称要回去的,为什么这会儿又想去伊织的公寓了呢?究竟是开春时节的身体不适,使得笙子的心理产生如此剧烈的起伏波动?还是因为最近她心里积蓄的不快,让她不愿意爽气地答应伊织的诱邀?不论是哪种情况,年轻女人的心思真是非常微妙。

出租车重新朝着灯火辉煌的涩谷方向驶去。

也许是笙子离开灯光璀璨的繁华街区后,一下子感到了冷清凄凉。就在刚才还颇生硬的身体,此刻变得柔软平和,像只小猫似的依偎在伊织的臂弯中。

不消十分钟,车子便到了青山的公寓。

笙子已经来过伊织的公寓多次了,但今晚还是显得比较矜持,她走在伊织身后一步跟随着。或许是因为想到一开始自己说过不来的,后来却又中途改变了主意的缘故。

打开门进入屋子里,笙子停住脚步,用探寻的目光朝四周打量了一下,似乎是想用眼睛和鼻子确认自己没来期间的空白。

"还能喝点吧?"

伊织给自己倒了一杯兑水的威士忌,给笙子倒了杯白兰地。笙子喝了一口,手抚摸着坐着的沙发的罩子说了句:"罩子换过了嘛。"

沙发罩已经由冬天时的深色换成了与春天更合拍的花的图案。

"还有这幅画……"

笙子看着对面的墙,墙上的挂画也以一幅苔绿色的底色上散落着几颗樱桃的抽象画替换掉了原来的风景画。

"大概是一个月前换的吧。"

"我有一个月没来这里了。"笙子说着,起身走向厨房间,"那个佣人还在做吗?"

"当然啦,要是她不做的话,就没人打扫和整理房间了嘛。"

"这个还用着嘛。"

笙子拿起豆箱内沾有咖啡渣的滴滤式电咖啡壶喃喃道。这是去年年底笙子买的，她说这个使用起来方便，因而竭力向伊织推荐的。

"这个倒是没换掉啊。"

"这还用说嘛。"

"感觉房间亮堂了许多，比以前多了点生气。这屋子，除了我之外，没别的人进来过吧？"

"当然……"伊织毫不犹豫地回答，随即又补充道，"不过有客人来过……"

"那是没办法的呀。"

伊织点点头，想起了阿霞。她算是客人吗？从广义上说，她当然也是客人，但是想到两人在这屋子里的亲昵行为，又不能说她是单纯的客人。

"睡吧！"伊织说罢朝卧室走去，笙子默默地跟在后面。

卧室里只有床头的矮柜上的灯闪着幽幽的光。伊织脱掉衣服，过了一会儿，笙子也把衣服脱掉了。

伊织先钻进被子里。片刻后，笙子只穿着吊带内衣，弓着身子也钻了进来。看着她小猫似的姿势，伊织很自然地又想起阿霞来。

如果是阿霞的话，肯定不会做出这样的姿势来。上次与阿霞交欢的时候，阿霞便是别转身去，背朝着伊织，一个袖子一个袖子地慢慢脱下衣服，最后仍然是穿着贴身衬裙、系着细腰带，掀起被子一角钻进来的。

当然，笙子穿的是洋装，不可能像和服那样来穿脱。洋装的情形是：脱掉外套和衬衣之后，里面便没有任何遮蔽身体的东西了。假如自己的裸身不想被看见，要么就借一件睡袍来穿，否则只能弓着身子赶快钻进被子。事实上，笙子是以手遮住胸前，蜷身而入的。

笙子的姿势不能说是缺少美感，反而可以说还有些可爱。但是相较阿霞而言，笙子的动作似乎过于敏捷麻利了。刚坐上出租车的时候，还有些犹豫，可是进屋之后，却变得坚决了，接下来的上床欢愉似乎是理所当然的事情，以至脱衣服时显得很主动。

在笙子身上看不到阿霞的那种犹豫和逡巡。也许从某种角度来说，女人过于麻利、过于主动会缺少几分风情，然而细细想来，这也正是男人所欣赏的。到了这种时候，不需要再刻意酝酿气氛，或者交互甜言蜜语什么的那套烦琐程序。因此，即便欠缺点风情，却另有一种轻松和安心的感觉。

伊织丝毫没有对两者孰好孰坏进行比较的意思，他只不过因时而异，因人而异，有时觉得少许烦琐但别有风情的过程好像也不错，有时又会觉得那样确实挺麻烦的。但对女人要求两者兼而有之，这恐怕既是男人的愿望，又不能不说是男人的一己之私。

麻利地脱掉衣服的这种轻松感和亲密无间的感觉，不可动摇地提醒着一个事实，便是男人和女人相知相爱的岁月的结果。笙子一开始也并非轻易上床的，虽然与阿霞有所不同，但也是有过犹豫，有过逡巡不前的。如今变得判若两人，这本身就折射出四年时光所蕴含的漫长和厚重。

和笙子在一起时，两人上床的过程极其轻松，最后的结合也没有丝毫紧张。尽管没有像面对未知事物时的好奇和由此产生的兴奋，但反过来说，却另有一种只有熟悉到不拘形迹的人之间才有的平和宁定。

鸾凤和鸣之后，笙子像往常一样缩起身子，依偎在伊织的怀里，就像一只小鸟依偎在母亲衔枝筑成的巢里似的。笙子纤细的身体一动不动，只有呼吸的时候，才间或通过光滑的肌肤将胸脯的轻微起伏传达出来。

女人在云雨之后，或许还在细细体味逐渐扩散开来的充实的感觉，而男人在这一瞬间已经清醒了。这会儿却显出男人的麻烦之处了，伊织此刻全身感受着笙子的体温，略微感觉到倦怠，同时还有一丝悔怅。自然倦怠是因为交欢之后的虚脱感，而悔怅的心情则有些复杂了。

最近一个多月来与笙子的紧张关系看来总算冰雪消融了。造成关系紧张的原因不必再去计较，欢悦之后，以前的所有不愉快都变成了不值一提的琐碎小事。从这个意义上讲，今天的约会对两个人来说都意义重大。

然而，这样一来，他与笙子的关系又将加深一步。这虽是伊织所期望的,但同时在它的前面又伴随着沉重的不安与精神负担。如此下去,与笙子的将来究竟会发展成什么样?已经拖拖拉拉过了四年的时光,至今还是没有结果,原因既是由于妻子一直不答应离婚,也是因为伊织始终下不了决断。此刻伊织的不安,既出于对这种状态的焦虑,同时也来自上司与女下属这层关系的难以拿捏,更何况又隐隐约约掺杂了阿霞的影子。

任是谁陷入这种复杂且前景迷茫的境地,都会感到悔怅,不堪负担的,可是伊织此时的心情,除了有一点犹豫动摇之外,毋宁说还有一点横竖豁出去了的感觉。反正不管与谁结合,结果还不是一样?无论开始的时候多么相爱,最后紧张和兴奋都会逐渐消失,只剩下倦怠的感觉袭上心头。

女人往往在上床之前彷徨犹豫,而男人则更多的是在结合之后感觉迷茫和烦恼不已。

接到阿霞的电话,是在和笙子小别重欢后的第二天下午。

"电话打到您的工作单位,实在不好意思。"阿霞首先为自己的唐突致歉,随后稍稍压低声音继续说道,"明天我要到东京去,不知道您在不在公司?"

"在啊,你大概几点钟到?"

"要下午了,大概三点钟左右吧。"

明天下午两点钟,有家建材供应商约好要来拜访,带些新的建材样品来请伊织过目。

"晚上不行吗?"

"真抱歉,晚上六点之后我必须去个地方,有点事情办,如果您忙的话那就算了。我只是想打个电话试试,看您是不是会有空。"

"你等等,要不三点钟你直接到我公寓来,怎么样?"

假如不是在事务所碰面,而是在自己住的公寓里见,那么三点钟之后应该没问题。

"您不必为难,都怪我太突然了。算了,我想就不去打扰您了。"

"不要紧啊,我这边没关系的,你三点钟过来吧!"

"可是……"

"我等你。"

虽然这通电话不是笙子接转过来的,但电话中讲得太多,万一让其他女职员感觉到点什么又会引起不必要的麻烦,因此伊织说罢便匆匆挂断了电话。

不管怎么说,已经许久没听到阿霞的声音了。回想起来,与村冈喝酒那一晚和阿霞通过一次电话,到现在两个星期过去了。当时或许因为是深夜,阿霞的态度有些冷淡。这事伊织一直记在心里,那之后便没有再给阿霞打过电话,不过他并没有忘记阿霞,独自一个人喝咖啡的时候,或者夜里走在人行道上的时候,都会感觉到阿霞突然出现在身旁。

然而这段时间里,阿霞却全然没有打过电话来。伊织不禁想,这样下去,与阿霞的关系也许就此结束了,他心里明白,即便结束也是毫无办法的。要说起来,昨天夜里之所以会与笙子重修旧好,不能说一点也不存在对阿霞断了念的因素。

"明天,三点钟……"

伊织自言自语着,顿时感觉全身又充满了紧张和兴奋,这种略带压抑却很充实的感觉,是与笙子在一起时所感受不到的。

伊织一般都是将近中午时才到事务所。虽然起得不十分晚,但只要没有特别的事情,他总会安排出一些时间在书房里看看书、写点稿什么的。一到事务所,总会被各种杂事缠住,晚上又经常外出有饭局,因此早上这段安静的时间对伊织来说是最宝贵的。

阿霞打来电话的第二天,上午十点,伊织拨通了事务所的电话,笙子接的电话。

"所长早!"

或许是因为两天前两人刚刚重欢过,笙子的声音显得非常明快。伊织感觉到一丝放心,接着告诉笙子今天自己不去事务所。

"可是,下午两点钟 MK 建材的加藤先生要来拜访您的呀,然后,还安排好了要和丸友商事的人见面呢。"

"那两个人都不用我亲自见吧,能不能安排浦贺君代我见一见?"

浦贺三郎已经在伊织手下工作了十年,是个很有经验的建筑师,也是伊织最信赖的职员。

"那么,今天一直待在公寓吗?"

"手头积了一些活儿要做,在家里做总比在事务所更加静得下心来嘛。"

"明白了,如果有什么事情的话我会往那儿打电话的。"

放下电话后,伊织呼了一口气,毕竟撒谎让他感到有些不自在。今天不去事务所的真正理由是下午阿霞要来。当然,笙子是不知道的,电话里她也没有起疑心,可以说谎话说得还顺利,但过后却让他怎么也摆脱不掉一种负罪的感觉。

生活中的伊织不擅长撒谎,他编的谎言往往最后都被识破。倒不是他自己说漏嘴,也不是因为被人抓到什么证据,而是因为他不知不觉地便会在态度上有所流露。说他本性善良那是客气,或许说他做事不够缜密来得贴切。

不光是伊织这样,所有的男人大概都是如此。总体说来,比起男人来,女人更加擅长撒谎,其原因一方面是男人比较粗枝大叶,另一方面也是更重要的原因,在于撒谎时的心理准备有所不同。

大凡要撒谎,必须毫不踌躇,态度坚决得让自己都几乎相信那就是真的,在这一点上,女人的胆识要超过男人。男人往往左计右算,逻辑一大堆,但最终却因胆识输于女人而功亏一篑。

笙子那儿总算编了通理由蒙混过去了,但还有一个人却让伊织颇感棘手,那就是女佣。女佣因为每天都会到家里来,就不那么容易蒙混了。

富子一般中午之前来,先给伊织张罗早餐午餐并在一起吃早中饭,随后打扫房间,间或再做些伊织交代的杂活,然后回去。伊织不可能全天待在家里,因此并不清楚富子每天干活的具体细节,基本上应该是下午三四点钟才离开。

可今天下午三点钟阿霞要来,在这之前不想法将富子支走就有点麻烦了。

虽然富子只不过是伊织请来做家务活儿的女佣,即使阿霞来似乎也没必要介意。但事实上并非如此,富子表面还是本分老实,其实对伊织的私生活大有兴趣。早些时候阿霞来过这里之后,她那双尖利的眼睛一下子就发现了阿霞落下的发卡,并且得意洋洋地当着伊织的面丢进烟灰缸。今天要是让她和阿霞打个照面,她一定能猜到阿霞就是上次落掉发卡的女人。

怎么才能让富子早点离开呢?

正在伊织苦思冥想的时候,门铃响起,富子开门进来了。

"就在刚才,下面那个拐弯的地方,一辆出租车跟一辆摩托撞了,骑摩托的人受了伤,救护车都开来了,好多人在那儿围观呢。"

富子每天一进屋总是先报告外面发生的新闻,连今天电车很拥挤啦下雨啦等鸡毛蒜皮的事情,到了富子的嘴里都成了大新闻。

"今天我想一整天在家做点工作,你打扫完了就可以回去了。"

"不需要做饭吗?"

"做饭嘛当然需要,不过到两点来钟我一个人也没什么问题了。"

"今天洗衣店的人要来,还有天气这么好,我想把床垫子拿出去晒一晒。我在隔壁房间做,会吵到先生你吗?"

"那倒没有。不过今天做的工作蛮伤脑筋的,所以我想一个人好好地思考。"

本来让她早点回去她应该感到高兴才是,但是富子却不屑地别转脸,朝厨房间走去。

她是个心细敏感的女人,莫非已经察觉到伊织将与某个女性在此秘密约会?伊织只不过告诉她可以早点回去,不应该猜到什么的吧?反正,在自己的家里与女人密会,就不得不处处小心谨慎,这也是自筑藩篱,自作自受,哪有那么自由的?

这会儿,伊织把自己关在书房里,吃着中午由女佣富子做的早中饭。以前早中饭总是简单的几片烤面包外加一碟炒蔬菜,现在如无特别吩咐,则改成了熬粥吃。一年前,伊织去京都的时候,酒店里的早餐就是粥,他觉得特别好吃,于是后来也让女佣给他做粥吃了。跟烤面包比起来,粥既口味清淡,又养胃。

不过说是熬粥,其实不仅仅是用糯米加水点火煮便可,做起来相当复杂。粥里还要放香榧子或红枣,秋天则加板栗肉等。红枣必须先放在开水里浸泡醒几个钟头,板栗则要剥去硬壳和里面那层衣,不是一般的费工夫。这种事情年轻的女佣是不肯做的,幸亏富子上了年纪,对此倒不嫌麻烦。说句夸张的话,正是因为每天早上特别美味的粥,伊织才愿意请富子帮忙做家务活儿的。

伊织吃饭的当口儿,富子先进书房打扫,等她打扫完了,伊织又关照一遍,告诉她今天两点钟就可以回去了。

"可是,这边的房间还没打扫呢。"

"现在打扫也来得及嘛。"

富子正收拾碗碟,闻听此言停下手来问道:"先生是不是觉得我在这里打扰你了?"

"不,哪儿的话。不过今天的工作真的有点棘手啊。"

富子不言语了,默默地走到水斗边洗碗碟。从背后看不到她脸上的表情,但是从哗啦啦的流水声和她肩头剧烈的动作,看得出她很不高兴。

唉,雇个女人做事就是麻烦。

可是话说回来,大白天的与一个有夫之妇约会,伊织的想法本身就很轻率,所以也没什么可说的。

早知如此,不如在外面见面了,然后带阿霞去酒店省事多了。不过阿霞可能不喜欢那样,再说大白天里堂而皇之地进出酒店,伊织也没有那个勇气。

伊织重新将自己关在书房里。过了将近半个小时,富子敲门走了进来。回头一看,她已经穿好了外出的衣服,手上提个纸袋。

"先生，两点钟到了，我就不打扰你了。"富子尽量装得说话客客气气的，但是话里明显含着刺。

"明天是不是不用来了？"

"不，当然还得麻烦你来喽。"

"那么我失礼了……"

富子的态度恭敬得叫人受不了，随即转身离去。听到"哐当"一声关门的声音，伊织赶紧走到门口查看，不见富子的鞋子，这才确定她确实回去了。于是从屋内锁上房门，一颗心总算放下来。

接下来一个钟头，伊织伏在书桌前工作，可是一直无法顺利进行。虽说是积了一大堆工作，必须一个人静下心来处理掉，可是一想到阿霞马上要来，他怎么也沉不下心做事。这种感觉，已经数年没有体验到了。伊织一面心想自己到了一把年纪居然会变得如此幼稚可笑，一面却又觉得这样也未尝不是好事。

有个说法叫作"与年龄相称"，就是说时刻将自己在世人面前的形象和世人对自己的评判放在第一位，以此作为思想和行动的基础，做事不逾规。但伊织觉得，倘若按照那样的标准处世的话，人就会毫无生气，终老一生，自己的才能也必定枯竭无疑。伊织又伏案工作起来，不时地抬头望望窗外。就在这样的心神不宁之中，时钟过了三点，可对讲电话还是没有响起。

伊织住的公寓楼下大门是遥控上锁的，来访的客人必须通过门旁的对讲电话与要见的房主联络，房主同意上来，就按一下房间里的遥控键，打开锁让其进门。

阿霞此前来过两次，但每次都是同伊织一起进门的。也许她不清楚开门的方式吧。想到这里，伊织站起身来，恰在此时，电话响了。一瞬间，伊织还以为是事务所打来的，拿起听筒，传出的却是阿霞的声音。

"我现在就在您家附近，上去方便吗？"

"有什么不方便的。楼下的大门锁着，你通过对讲电话打上来。"

差不多已经三点十分了，但即使这样，明明已经到了公寓附近仍要打电话确认一下,这正是阿霞做事缜密一丝不苟的体现。

看来她确实就在公寓附近,因为过了不到五分钟,阿霞就出现在门口了。今天的她,还是一身和服打扮,青色的结城绸①配淡灰色的腰带,手上提着手提袋和一只用纸包起来的小包。

"不打扰您吧?"

"请进吧!"

伊织将阿霞让进玄关,随后关上门,锁好。

"一直在等你哩。"心情复杂,百感交集,伊织不禁用稍稍发怒的语气说道。

阿霞立即低下头赔礼道:"不请自来,真的很对不起。您的工作不要紧吧?"

"没关系。快进来啊。"

阿霞点点头,转过身,背朝着屋子,弯下腰将脱下的木屐摆正。伊织站在她身后,看见她发际盘起的脖颈,从线条漂亮的领口还隐约看得见里面衬袢的白色领子。伊织移开视线,回到起居室,阿霞跟在后面走进屋子,眼睛朝厨房间看去。

"我带了束花来,上次那只花瓶还在吗?"

"上次的山茶花太谢谢了,我欣赏了好一阵子哩。"

"这个花不知道您喜欢不喜欢。"阿霞说着,打开白纸包着的包,露出一枝白色的芍药,"我把它插在这里行吗?"

阿霞站在水斗前,从橱柜抽屉的纸盒里拿出修理枝叶的剪刀,开始插起花来。

伊织坐在沙发上,望着在插花的阿霞的背影,说道:"上次贸然打电话给你,不好意思啊。"

"唔,倒是我失礼了呢。"

"那么晚给你打电话,当然是我不对。那以后,我好好反省了一

---

① 结城绸:茨城县结城市出产的一种茧绸。茨诚自古盛行养蚕业。

通哩。"

阿霞将芍药拿在手上,端详了一下,举刀剪去多余的枝叶。

"一开始只是想稍微喝一点的,结果喝多了。最后村冈还给我提出了忠告哩。"

"什么忠告?"

"他说不可以爱上你。"

阿霞好像没听见似的两手捏着枝茎将花插入瓶子。

"他什么也不知道。"

伊织这么说的时候,阿霞刚好转过身来问道:"把它放在哪里?"

装饰橱的正中央,有个可放一台电视机的空处,伊织朝那儿努努嘴示意,于是阿霞捧着花瓶,将它放在那个位置。

"会不会碍事?"

"不碍事的。真是太漂亮了!"

白色芍药的花瓣和烘托着它的一片绿叶,与素雅拙朴的备前花瓶相得益彰。多了瓶花的点缀,屋子里的气氛顿时显得华丽起来。

"我一直觉得芍药花是很艳丽的,可是这么一看,好像有点孤寂冷清啊。"

"白色的芍药,而且只需一枝,这才是最有韵味的呢。"

伊织点了点头。他本想说"很像你",可是话到嘴边打住了。上次阿霞拿山茶花来的时候,记得就曾说过跟她很神似。一会儿像这个,一会儿像那个,听上去就好像在说什么也不像,反而让人觉得有点矫揉造作的感觉。不过此刻,伊织真的是觉得阿霞与芍药有几分神似。山茶花洁白而矜持的形象,实在太像阿霞了,但是芍药温静素雅的华丽,不也像阿霞的品格吗?

两个人面对面坐下,不约而同地侧过脸去看了一眼芍药。

"您很忙吧?"

"不算太忙。不过,我以为跟你再也见不到了,为此我心神不宁,你也不打电话来。"

"您是说让我给您打电话？"一瞬，阿霞表情变得严肃起来，望着伊织。

伊织清醒地记起来，阿霞毕竟为人妻子，尽管与她有过两次肌肤之亲，但也不能指望她主动给自己打电话呀，那样似乎过于苛求了。

"深更半夜的，打电话过去确实失礼，我下次白天打给你吧。"

"有可能是家里的佣人接电话，不过，她是个聪明人，不要紧的。"

伊织心里"咯噔"一下。阿霞的态度如此积极，这还是第一次。以往她总是采取逃避的态度，仿佛被伊织追得没办法，才不得不应付一下似的。

"你今天是从哪里过来的？"

"到日本桥百货商店的花卉展去了，我也有展品展出，虽然拿不出什么好的作品。"

"哟，那我一定得去欣赏欣赏。"

"惭愧，实在是难登大雅之堂。"

伊织又看了一眼花瓶里的花，尽管花很普通，只有一枝，但是插在瓶中，却有一种非比寻常的魅力。

"那么，六点钟……"

"在酒店和花展的主办者碰面。"

看来，阿霞是忙里偷闲出来与伊织相会的。可是，六点钟在酒店与花展主办方碰面的话，现在剩余的时间最多也就两个钟头。伊织望着芍药花，心里盘算着怎样才能诱使阿霞上床。

要想正确读懂女人的心实在太难。从细密的日程中觑个空档，大白天到公寓来相会，无疑说明阿霞对自己怀有好感，也许对她表白爱意也已经时机成熟。然而即便如此，阿霞是不是愿意同自己再次共享床笫之欢，伊织仍然没有自信，因为从说出"爱"到再往前一步，是男人无法掌控的。

阿霞已经容许伊织接触过她的身体，此刻也只有两人相对而坐，从前面的过程来看，自然会再次容许伊织。但即使处于这种状态，女人也有可能拒绝，她会说自己只不过是来看望他，并没有其他想法。男人如果将渴求的欲念暴露无遗，反而会把女人吓退的。

当然，并不是说害怕女人说"不"便只有畏葸不前了。万一女人心里不甚愿意，只是迫于情势勉强迎合的话，过后只要一想起来就会埋怨不已："那个没良心的。"换句话说，对于女人，这种时候的氛围是非常重要的，要想上床，时机的掌握比甜言蜜语的运用更重要。在一种极其自然的状态下，女人更加容易听从男人与他一起上床。也许女人内心在焦急地等待，心想男人为什么就不懂得制造点浪漫的气氛呢？

可是，要怎么做才能制造出一种令女人容易迎合的气氛呢？这着实不是件简单的事情。因为制造气氛容易，可女人喜欢什么样的气氛却是因人而异的，而且也不可能一蹴而就。尤其现在是白天，午后明媚的阳光从阳台潜入房中，屋子里亮晃晃的，若非激情难耐的年轻情侣，大白天里共赴巫山之梦实在难以想象。

伊织悄悄看了眼手表，三点半。离阿霞去参加晚上的碰面会只剩下两个钟头，考虑到阿霞要脱穿和服，真正的时间只有一个来钟头。

"再不抓紧时间的话……"伊织暗自对自己说。

然而直截了当地说"到卧室去吧"实在唐突，伸手去拥抱阿霞也显得滑稽。最理想的结果当然是既去了卧室，又不刺伤阿霞的自尊心，也不损害伊织自己的自尊心。

要命的是两人现在坐的位置。如果并肩坐在一起的话，可以轻轻伸出手去，搂住阿霞的肩膀，可是坐在对面，就没法伸手去搂了。

没办法，伊织只好站起身，走到厨房间去倒了杯水喝，然后假装找东西，慢慢地踱步走到阿霞的身后。阿霞美丽的脖颈近在眼前，触手可及。

"现在是绝好的机会……"伊织脑海中有个声音在对他说。爱，其真其深的程度固然重要，时机也不可或缺。"那时要是这样说的话""如果这样做了的话"……男女之间像这样的懊侬悔悟不可胜数。当时也许愿意接受而现在却不接受，或者现在愿意接受而当时却不接受，由于时机不对失去的爱情简直多如恒河细沙。

现在如果回到沙发上重新坐下，两人只能面对面隔着，聊聊花，谈谈工作,说些无关痛痒的闲话,眼睁睁看着时间逝去而已。尽管照样不失情趣,但是两个人约在公寓见面就毫无意义了。而且,无论如何不会有两人间的爱不断加深的切实感觉。

女人说不定光是见面就满足了,但男人却希望更进一步,肌肤相触,直至结合。一旦有了较深的关系,以后若是轻描淡写的约会,便会觉得平淡无味了。

站在身后不知过了多少秒钟,阿霞大概觉得有些不对劲儿,她回头朝身后看。就在这刹那间,伊织的手勾住了她的肩膀。阿霞的上半身动弹不得,她扭着脖子轻轻摇了摇头,嘴里喃喃道:"别……"

伊织没有理会,捧住她的脸朝自己身边凑近。

"不……"阿霞再一次表示拒绝。

可是伊织却不听。此刻,他不相信语言,而更相信身体做出的反应。

反扭着的身体慢慢地安静下来,柔软下来,终于,阿霞张开嘴唇,伊织的舌头趁势而入。

长时间的热吻之后,伊织睁开眼睛,这才发现刚才的情景很奇妙:阿霞坐在沙发上,头转向后面,接受着伊织的吻,而伊织半跪着,越过沙发抱住阿霞的身体。从窗帘透进来的午后的阳光,和煦地照在阿霞的脸上。阿霞眉头微蹙,好像在忍受什么痛苦,眼角则微微在颤动。

有了一个契机,往下就无需犹豫了,只要顺着已然走过的路走下去就可以了。事实上,既然走到接吻这一步,中途停顿下来反而煞风景。伊织不想就此停下,他拥着阿霞移步到了卧室。

阿霞仿佛央求似的道:"六点钟真的不去不行啊。"

"知道了,保证六点钟之前让你赶过去就是。求你了。"

伊织的嘴凑在阿霞耳朵边恳求,似乎令阿霞彻底软下心来。

"那么,您等一等。"

说着,阿霞背过身去,开始解和服的腰带,但随即又想起什么似的说道:"还是太亮了。"

"所以我把窗帘拉起来,让它暗一点嘛。"伊织将卧室的窗帘合上。

可是,即使隔着一层纱窗帘、一层厚布窗帘,明媚的阳光还是拼命地钻进屋子里。

"真是……"

"我不看行了吧?"伊织先爬上床,信誓旦旦地说。

可阿霞还是踌躇不动,手里攥着刚刚解开的腰带。

"好了,我把眼睛蒙起来。"伊织说着真的张开两手捂住面孔,阿霞这才徐徐地脱起来。

"眼睛没睁开吧?"

"当然啦。"

伊织答得很干脆,可是两只手掌后的眼睛却睁了开来,从手指缝可以清楚地看到阿霞的动作。像此前一样,阿霞衣服搭在肩头,一根一根抽解着腰带。

伊织一面偷偷觑着,一面在脑海里浮现出"无上的幸福"这句话。现在这个瞬间,用"无上的幸福"来形容是最贴切了。再过片刻,阿霞就将扑进自己的怀里,就如同美玉在握一样。不过严格来讲,现在还未成为自己手掌中的宝玉。尽管这即将成为现实,但是仍留着一丝未来的余地,这种即将触及现实前一步的欣喜,比已经触到现实那一瞬间的欣喜更加有过之而无不及。

伊织正沉浸在"无上的幸福"中遐思,阿霞只穿着件贴身衬裙,弓着身子站到床头。

"可以进来吗?"

伊织没有回答,只将被子的一角掀开。阿霞又轻声喃喃说道:"真是的……"

还是刚才那句话,但此刻它或许包含着另一层意思,那是对大白天脱掉和服投入男人怀抱里的自己的困惑与自责吧。

表面上看,诚然与前两次约会是相同的程序,但内容却有很大的不同。毕竟已是第三次,双方多了些亲近感,因而伊织的要求比上两次更为大胆,阿霞则像是酬酢似的报以同样的奔放。

终于，激情狂癫的一刻过去，乱云暴雨平息了，些许的倦怠也随着安详宁静的感觉一同袭来，不过却不同于和笙子在一起时的那种倦怠。此时伊织的倦怠疲惫纯属肉体上的，全然不是精神上的，甚至，由于感觉阿霞离自己更近、结合得更加深了，在这疲惫中还洋溢着一种充实感。

虽然阿霞并没有亲口表示过，伊织也没有用言语确认过，但是，从交欢时阿霞的那种反应，以及完全卸去了防备状态的肢体上，伊织确信，两人的结合真的更加深了。

此刻，阿霞的脸轻枕在伊织的胸口，极度放松地匍匐在床上，钻入被子时还穿在身上的贴身衬裤和衬裙，不知道什么时候已经除掉，身体全裸着，随着呼吸不时轻轻起伏。伊织尽兴地感受了一番阿霞身上的温香，然后搂住阿霞，将她拉近身边。阿霞的两腿微微张开着，伊织将腿探入股间，轻轻摩挲，戏弄狎昵。大概是触到了阿霞的幽秘之处，她震颤了一下，随即下半身扭动起来。

前两回，伊织没有勇气这般狎戏，而且阿霞也没有那份从容来接受。今天第三次朝云行雨，两个人终于慢慢放开，回复到最自然不过的状态。

隔了一会儿，阿霞轻轻"啊"了一声，或许是对自己的身体再次开始做出强烈的反应而感到羞惭。伊织美滋滋地沉浸在她的反应中，继续不停摩挲着。

"别这样……"

阿霞呻吟着，身体缠住了伊织，伊织却在这时候停止了动作。

"啊——"

阿霞的声音里似乎有种不满，她把脸从伊织的胸口移开。

"怎么样？"

"……"

"还好吧？"这样的询问，也是前两次所没有的。"你太棒了！"听了伊织喃喃的话语，阿霞好像放下心来似的，将黑发遮住的脸重新枕到伊织胸膛上。

阿霞的头发柔软丝滑，用手一捋，如涓涓细水般从指缝间流垂而下。

来公寓之前梳理得整整齐齐的发型，现在彻底蓬乱了，披散在肩头。伊织腾出一只手，轻轻抚弄着她的秀发，同时情不自禁地思绪飞扬。

此刻两人所做的事情，阿霞在辻堂的家里会不会也做？在那个叫高村章太郎的男人面前，阿霞是不是也像现在这样狂癫，像这样温顺地依偎在他胸前？

销魂之后，为什么会想到这种事情？或许正因为欢悦了、满足了，所以脑子里才浮出这种想象吧？因为自己越来越爱阿霞，所以心里就无法容下阿霞与其他男人狎昵和欢愉的影像。

这个身体柔媚、姿态妖娆的女人，究竟是怎样在自己和另一个男人之间流转飘悠的？

"这种事情，你和他……"伊织忍不住想问，但终于止住了。心里再想知道，也不能如此冲动，多跨出去半步，两人间的关系就会分崩离析、灰飞烟灭。无论男女，都绝不能踏入对方的家庭，有时候沉默不语也是令爱情持续下去的真谛。

伊织明明知道这个道理，却怎么也难抑嫉妒之情。嫉妒，在他心里像簇火苗一样，在燃烧，在蹿腾。

"为什么……"

伊织再次想开口，最终还是咬住没有说出来。

伊织已经产生错觉，他将阿霞丈夫与自己的关系颠倒过来看了。阿霞的丈夫是捷足先登者，但是伊织却将他视作了后来者。插足的第三者明明是伊织自己，现在他却好像被戴了绿帽子似的，对阿霞丈夫莫名地嫉妒和愤怒。

"……"

为了赶走脑子里的一片混乱，伊织抱紧了匍匐着的阿霞。

"不想离开你……"

阿霞似乎在应答似的，将脸朝伊织贴得更近了。

"我不想让你回去。"伊织喃喃道。

阿霞在他臂弯中轻声答道："那我就在这儿待下去啦？"

"……"

"其实,您会很为难的,对吧?"

出乎意料,阿霞显得非常清醒。

或许女人面对爱情时比男人更加现实。表面上看,女人几乎无一例外都很罗曼蒂克,但那不过是在投入爱情到结合的过程中,从这里再往前一步的话,女人就会显现出其本能的现实性。

"不想让你回去",这既是伊织的真心话,也是一时沉溺于感情的不自觉的流露,他只想告诉阿霞他的这种感觉。现实生活中,即使没有将女人拴在自己身边的自信,但出于爱,男人们经常会将这类爱的喁嚅挂在嘴边。可是女人就不同,她们并不认为这只是句沉醉在爱的氛围中的台词,于是常常会反诘道:"真的可以不回去吗?"她们对情话的理解仅止于字面,而不去理会其中戏谑的成分。

这一方面说明女性对语言的较真儿,另一方面也暴露出女性缺少必要的圆通。

其实,阿霞本就没有将伊织的话当真,所以回了句"会很为难的吧",似乎一下子看穿了伊织的内心。她不是小孩子,不会因为伊织说"不想让你回去",便真的留下来,然而她那句"会很为难吧",却暗含了一丝挪揄:明明没有这种自信,何苦说这种大话呢?

男人说话含糊其词,反而会令女人无所适从,毫不现实的话少说为妙。一句台词,瞬间在男人和女人之间漾起微妙的涟漪。

"哟,该起来了。"

阿霞好像已经忘记了刚才的话,眼睛朝四下张望着。看来伊织的甜言蜜语非但没有让她陶醉,反而令她头脑更加清醒地回到现实中来了。

"才刚刚四点多点嘛。"

"可是,头发还得重新梳呀……"

确实,接下来还要梳头、穿上和服,想想其实时间挺紧的。

"你要是真的想留在这里,我是没问题啦。"伊织仍不舍刚才的话题,

"你回去之后,又好像变成另一个人了。"

"可是,我一直是在想念您的呀。"

"那为什么一个月都不来个电话?"

"也许是……害怕。"

"害怕?"

阿霞点着头说:"我害怕我自己。"

伊织将搂得紧紧的手松开,身体往后退一点,望着阿霞:"是因为对自己害怕,所以才不给我打电话?"

阿霞点点头,从伊织的臂弯里挣脱出来,眼睛望着天花板:"这种感觉,男人是不会理解的吧。"

虽然不想被这样轻易下定义,但是伊织对此确实无法理解。

"你害怕自己什么呢? 没什么好怕的嘛。"

"假如给您打电话,听到您的声音,我怕自己会抑制不住赶过来呢。"

"那不是蛮好嘛,我一直都在等你呢。"

"所以说麻烦嘛。您也许和哪个送上门来的女人见过面就完事了,我可做不到那样。"

这话倒不假,同样是爱情,对于男人的影响和对女人是不一样的,特别是阿霞身为有夫之妇,这种影响可能远远超出伊织的想象。

"见了一面就会再想见一面。"

"我也是的。"

"可是女人不一样啊。"阿霞的脸一半被披散的头发遮着,看不清楚她的表情,"一旦想念起来,会一天二十四小时都装满了脑子,不像男人那样可以轻易地从中跳出来。"

这种感觉,伊织朦朦胧胧也是知道的。也许女人的思念的确较为强烈,但并不等于说男人就不怎么将女人放在心上。

"就因为这个,你才不打电话给我吗?"

"要是打电话的话,就会想见面,不但给您添麻烦,说不定自己也会难以收拾。我就是怕自己变成这样子。"

不可收拾的话又如何呢？伊织忽然恶作剧地想看看阿霞不可收拾起来是一副什么样子。

"不过，既然两个人都希望见面，那见一面又有何妨呢？"

"不行。"阿霞的脸仍掩在披发下，脑袋坚决地左右摇了摇，然后接着说，"那样的话，就永远没有完结了。"

"可是……"

嘴上说怕没有完结，此刻却一丝不挂地躺在床上，岂不是矛盾吗？伊织内心充满了对阿霞的爱。嘴上说强忍着不见面，而一旦相见则是乱云暴雨，女人在矛盾中困惑、自责的样子，是男人所欣赏的，尤其像阿霞这样举止端严的女性，七颠八倒、迥若两人时更加叫人爱怜。

伊织轻抚俯卧着的阿霞的肩膀，手上充满了温柔。

"谢谢……"

作为爱抚的一方，伊织这样说似乎让人感觉奇怪，但毫不虚伪，的确是伊织的真实感受。阿霞终于主动给自己打电话，两人再次约会，固然令伊织喜不自禁，而更让他感慨万分的，却是这一个月来的空白原来只是因为阿霞怕陷入难以自拔的境地，想见他而又怕见到他，这一点足以令伊织大为安心。

"你今天来，真是太好了。"伊织喃喃道。

阿霞微微抬起脸，问："是不是觉得我是个很随便的女人？"

"哪里……"

"说真的，我想我们以后不应该再见面了。今天我本来也只是想见您一面，然后立即回去的。"

"我明白，可是我不放你走呀。"

女人常常需要为自己的行为寻找理由。明明自己想见面，也会因为有了"是对方硬缠着我呀……""他不肯放我走呀……"之类的理由而令自己稍感坦然。即使尚不至于彻底坦然，但至少会减轻些心理上的负担。

伊织现在干脆自己充恶人，将责任全部揽到自己身上。只要自己坚持不让她走这个理由能令阿霞减轻些负担，那也无所谓。

"下次还会见面吧?"

伊织将手伸向背贴自己的阿霞的腰。阿霞不着寸缕的下身热滚滚的,仿佛仍留着情事之后的余韵。

"什么也不要去多考虑,想见面就见吧!"

"……"

"和你在一起的时候,我什么都忘掉了。"

"我在家里时,也是别的都没想,心里只想着您呢。"

这时,阿霞的脚轻轻动了一下,随即身体掉转方向,将头偎到伊织的胸前。

"别无赖了。"

"无赖……"

"我早求过您的。"

阿霞的话很奇特。莫非她把伊织看作无赖,自己是被无赖强使挟制而陷入贼窝的?又或者是想说,为人妻子而坠入情网,就像落入无赖之手的女人一样?

伊织没有应答,他仍在尽情享受阿霞身上的温香。阿霞用"无赖"这个词,着实出人意料,不过细细想来,似乎又不无道理。也许爱情本来就是一方对另一方的挟制,而另一方明明想着不能跟他再往前走了,却身不由己地越陷越深。这种不由自主的坠落,既是爱情最令人沉醉、最甘美的地方,又是最令人恐惧之处。

倘若是毫无恐惧的爱情,一开始就不会爆燃。

此刻的伊织和阿霞,很难说谁是"无赖"。阿霞感觉是落入了"无赖"的掌中,但是伊织这边却相反,他好像一个溺水的人,掉进了阿霞的魅力之海。假如阿霞没有这般魅力,伊织是不会被深深吸引的。

即便落实到行动上是男人先采取主动,但诱使男人出手行动的还是女人;即便没有直接做出任何示意,但让人无法抵抗的魅力本身也是男人挟制的原动力。到了这一步,就遑论谁是谁非、谁强使谁受挟了。

可是,阿霞如果说他是无赖,伊织也乐得接受。"爱情的无赖",这可以说是对男人的一种褒奖，男人求之不得。

"那么，最后你也来当回无赖吧？"伊织低下头说道。

阿霞立即笑了起来："我想逃出去呢。"

"不行，已经太晚了。"伊织说罢，突然一用力，将阿霞抱得紧紧的。

"啊！"阿霞轻轻呻吟着，痛苦地摇摇头。伊织不理会，继续抱紧阿霞。终于，他松开手，阿霞重重地呼了口气。

"骨头都要弄断了。"

"我就是想弄断它。"

"那不成杀人犯了？"

"是啊，我就是想杀死你。"

"太可恶了……"

阿霞乜斜了伊织一眼，问道："几点了？"她刚探起上身，立即意识到两条胳膊暴露无遗，于是赶紧将身子缩了回去。

"看一看几点了好吗？"

"你自己看嘛。"

"真坏……"

两人讵逗调情，感觉两颗心贴得更近了。看这情形，是不必担心阿霞从"无赖"手里逃脱了，于是伊织放下心来。他侧身看了一下床头柜上的台钟："四点十分了。"

"啊，不得了……"阿霞刚想起身，又突然想到什么，"您先起来好吗？"

照这么躺着，阿霞是绝不肯光着身子起床的，磨磨蹭蹭又不知要拖到什么时候了。伊织不想过分为难她，便先起床，走到浴室冲了个澡。当他回到卧室推开房门时，只听阿霞一声惊叫。

"啊……"

她正盘起腿坐在镜子前穿布袜，身上只披了一件贴身衬褂，一只手正在扣布袜上的扣绊。

"我的衬衣在那儿吧？"

听见伊织问,阿霞用手掩住衬裙的前襟,从床边拿过衬衣递去。
"你不冲一下?"
"不用了。"
阿霞似乎不想让伊织看见她惺忪的睡脸,将脸一别,赶紧关上房门。

伊织一面穿衣服,一面回想着,上次在公寓云雨后,阿霞也没有冲澡便回家了。本来,这也算不上什么大不了的事情,只不过伊织对于欢合之后有些事情比较在意:这样直接回家去,会不会被她丈夫感觉出蛛丝马迹?如果是个敏感的男人,或许会对妻子投怀送抱于别的男人有所察觉吧。

也许她回到家之后再独自入浴? 不管怎样,作为一个有夫之妇,伊织对阿霞的处境免不了有些牵挂。

坦白地讲,伊织不怎么喜欢云雨之后迫不及待地去浴室冲洗的女人。以前有过一个这样的女人,弄得哗啦哗啦声音很响,伊织顿觉大煞风景。与此相比,阿霞在情事之后却工工整整地穿好和服,感觉她是在小心地呵护着爱的余韵,这令伊织陡增好感。

某次在宴席上,一位年逾七十的老艺伎感叹道:"如今的姑娘跟男人亲热后,立即就去冲澡,不知道她们是怎么想的。我们那会儿,将喜欢的男人身上的气息看得很珍贵,整晚上都带着那气息睡觉的。"

如果阿霞也是怀着同样的心情而不冲澡的,那自然令人欣喜……

然而,此刻倏忽间窥见的阿霞的姿相可谓艳态毕露。本来女人要是摆出男人的姿势,看上去会更多一分婀娜娇艳,而阿霞甚至是盘腿而坐了,大概是因为扣布袜扣绊的缘故。但是两腿盘起,股间便不由自主地叉开了,虽然没看清楚,但那姿势已经够撩人的了。阿霞就这样穿起干干净净的白布袜,扣着四枚扣绊,那姿相比平时更显娇艳。

阿霞整理好头发,穿戴好衣物,重新来到起居室时,时间已经过了五点。青色的结城绸和服中间系着灰色的腰带,浑身上下已看不出一点情事的余韵了。

午后的阳光依然明丽。阿霞手举在额头上,好像要遮挡阳光似的。
"喝咖啡吧?"

"对不起,我这就告辞了。"

伊织站起身。虽说走得有些匆忙,但原本时间有限,阿霞也是没办法。

阿霞拿起手提包,伊织将她送到门口。

"下次还能见面吗?"

"……"阿霞没有出声,但是非常肯定地点了点头。

"下次一起去奈良吧。"

"什么时候?"

"六月初。上次不是说起过想去那里吗?"

阿霞将头微微歪向一边,似乎在思索。侧面的鬓发轻垂着,遮住了她一半耳朵。

"就住一个晚上,应该没问题吧?"

"再电话联系吧。"

仿佛要赶走瞬间的彷徨不绝似的,阿霞回转脸来,随即低下头,轻声道:"对不起。"

就在伊织点头的同时,青色的和服从半敞的门缝中倏地滑了出去,霎时间从伊织的视野中消失了。

厚重的房门关上之后,伊织呼了口气。

伊织一个人靠在沙发上,两脚舒服地伸展开来。

暮春的阳光在地毯上拖出长长的影子。天气不冷也不热,使得傍晚的城市中弥漫着懒洋洋的气息。在这懒洋洋的气息中,阿霞正疾步朝会合的地点赶去,腰带紧系,手挟提包,眼睛专注地望着前方。看到她这样的装束这样的行止,有谁会想象到刚才的情事呢?此刻她脸色红艳,肌肤润泽,一定更加美丽迷人。

可是,此时的伊织却在倦怠和无法排遣的空虚感中飘浮。刚刚享受了堪称完美的女人的身体,身心满足,可为什么还会感到空虚呢……

是因为男人的贪婪,还是因为耽误了工作故而愧悔?或者是有一点点体力不济?

余花

　　繁茂的行道树相夹的银座街道一角，有座白色的七层建筑。在一楼的入口处，自上而下挂着一块木匾，上写着店名"英善堂畫廊"。小楼呈细长型格局，临街而立，楼内还有餐馆和进口服装店等一并入驻，但英善堂所占的位置最佳。

　　画廊本是为陈列作品而设的，因而路过的顾客随意进入，不买也没关系，相当于一家免费的美术馆。不过，如果不是熟客也很难轻易走进，因为不买东西却免费在里面闲逛，多少有点不自在。画廊之所以不像展览会那样人头攒动，或许就是因为这个缘故。

　　这里的画廊，一般进门的地方都放一张小桌，坐着位女店员。在画廊的一隅还有个会客区，画廊的主人和画家朋友们经常坐在那里，一面喝着咖啡之类的饮品，一面天南海北地聊天。进来的顾客有时会觉得被审察被评头论足似的，以至于心神不宁。

　　跑到银座一带的画廊来买画的顾客，大多是富庶子弟，从这个角度说，光看不买的人也很少进门。

　　伊织来到写着"英善堂画廊"的店招前，驻足片刻，随即视线移向旁边面向街道的橱窗，里面用玻璃镜框装裱着两幅画。只要稍微对绘画有点了解的人都知道，那是闻名遐迩的日本画大师的作品。

　　此刻是六月的傍晚，斜阳依然明丽地照耀着。下班的人群熙来攘往，从画廊前经过。

不知道为什么,路过银座的上班一族似乎并不急着回家,而有种慢悠悠地在灯下的街头散步的感觉,大概接下去还要去哪里喝上几杯。伊织身后就有四人一组的男人,大声交谈着,旁若无人地款步走来;在他们后面,还有两个年轻人边走边说笑。

这一带就是银座的所谓"夜总会一条街",因而人群中不乏身着华丽衣衫、正赶去上班的陪酒女郎。整条街都弥漫着即将到来的银座之夜的气息,这气息中充满了各种各样的预兆和期待。伊织感受着背后的繁华和烦嚣,目不转睛地注视着橱窗内的画。

乍一看,仿佛被画作吸引而专注,其实伊织心里想的完全是另一回事。就在前一刻,他本想到了这里便直接进到店里看看的,反正就观赏一下画作,不需要顾忌什么的。

可是,如果阿霞的丈夫在里面怎么办?伊织知道对方,对方却不知道他,因此没什么好怕的。他心里虽这样想,到临门一脚时还是不免有些紧张。

伊织注视着橱窗,暗暗下定决心,于是重新回到门口,推开了玻璃门。果然不出所料,门口右手边有张小桌,坐着位女店员,见伊织进来轻轻颔首致意。伊织以目回礼,然后朝四下巡视一番。

店堂大约有二十坪见方,地上铺着米色的地毯。四周的墙壁上挂着许多绘画作品,尺寸从十号一直到五十号左右,全都是日本画。

伊织知道镰仓的英善堂总店陈列的作品以瓷器居多,而这里则以日本画为主,包括陈列在橱窗里的两幅画,汇集了众多名家的作品,价格不菲,至少上百万,最贵的起码值一千万。伊织一面观赏着画作,一面将视线转向店堂右面的会客区。那里面对面坐着两个男人,一个正在说话,另一个则抱着胳膊侧耳倾听。除此以外,店内还有两个男人和一个女人正在观赏画,看样子只是普通顾客。

伊织之前已经听村冈谈起过高村章太郎,五十四五岁,高高的个子,戴副眼睛,一见颇有学者的风度。可是店内的两个男人都只有四十来岁,一人没有戴眼镜,另一人则身材略胖。伊织朝那里看着,视线与那个胖男人的视线相遇了。这两人不知道是店里的职员还是画家,不管怎样,伊织不想与他们照面,于是赶紧将视线移开。

看了一会儿,发现店堂后面还有两间房间,二楼还有一个陶瓷器展示厅。到底不愧是英善堂,在寸土寸金的银座也拥有如此宽敞的店面。不过,伊织在这里依然没有看见像是高村章太郎的人。

伊织并不知道他今天是不是在店里,只是因为有事到银座便顺道过来看看,谋不见一面也很正常。尽管这样,伊织还是稍微有点沮丧。

在门口那名女店员的注目礼下,伊织走出了店堂。

"好不容易来一次……"

伊织心里这样想着,同时又觉得安下心来,没见到也挺好嘛。

跟阿霞的丈夫碰一碰面,这样的念头伊织不是现在才冒出来的,从最初遇见阿霞那一刻起,伊织心里就燃起了这样的冲动。

与阿霞约会的时候,伊织几乎忘记了她丈夫的存在,全身心沉浸在两个人的甜蜜中。然而欢愉后,看到阿霞做回家的准备、转身离开的背影,突然就会强烈地意识到她丈夫的存在。想往阿霞家里打电话时,或者阿霞给他打电话来时,都会情不自禁地想起她丈夫。

阿霞既然身为有夫之妇,就始终没法无视她丈夫的存在。可是这种事情不是说谋一面就过去的。听村冈说,阿霞的丈夫性格沉静,不像个画廊老板的样子。与这样的对手谋面,说不定反而会失去自信心。

伊织有个朋友曾经与一位有夫之妇相爱,后来偶然遇见那个女人的丈夫,从此脑海里一刻也抹不掉她丈夫的脸,最终与那个女人分手了。想起这件事情,伊织不得不慎重,贸然与阿霞的丈夫谋面,说不定会导致与阿霞的关系变僵,那样可就得不偿失了。

可是,想看看对手的念头依旧难以消除。与跟自己有关系的女人的丈夫谋面,无异于小偷回头去被自己偷盗的现场看热闹,也许只能用厚颜无耻来形容,但明知如此还是想看,大概便是一种本能使然吧。这既不同于单纯的好奇心,也不仅是为了让自己体验到某种优越感,其证据便是,回头去看的一方心里其实也充满了畏惧。所以,或许只能用人们爱看惊悚电影那种奇特的好奇心来加以说明吧。

只要谋上一面,心里便安心了。怀着这样的心情,伊织来到银座,鼓起勇气找到英善堂画廊,但最终还是多此一举。没碰到还算好的,万一真的碰上,说不定反而会惹出麻烦来。

"不管怎样,不再去想他了。"伊织对自己说道。

他朝新桥方向走去,那里绿荫簇簇的街道已经开始闪烁起多彩的灯光来。

伊织笔直来到位于新桥附近昭和大街上的一家酒店。

今天到银座来,是为了参加在这里举行的同学聚会。高中时的同学毕业已近三十年了,幸好有热心的发起人组织,每年都要进行一次聚会。

进入二楼的聚会会场,早有四五十个人在场,聚会已经开始了。聚会采用立式冷餐会的形式,会场中央摆有几张餐桌,上面堆放着各种食品。不过,可能是没支持多久便站累了的缘故吧,不少人坐在靠墙的椅子上边吃边聊着。

高中是男女同校,因此前来聚会的同学中约有三分之一是女性。虽然都已是四十四五岁的人了,但由于有女性在场,依然气氛活跃。女生早已褪去从前未经世故的天真,取而代之的是妇人的气度和韵味;男生也从意气风发的美少年变成了脸庞红里透黑、小腹微突的中年汉子了。

同学中只有伊织一人是搞建筑的,因而除了这样的机会,平时几乎从不会与高中时代的同学相聚。去年和前年由于时间不凑巧,伊织都没参加,今年相见已是隔了两年的再会。许久未见,一见面脱口而出的话多是"还好吗""最近在做些什么"之类的问候,也有些人得知伊织获得了建筑设计奖,走上前来向他祝贺。

"我们公司的大楼要改造重建了,就交给你来做吧。不过,你获得过这么个奖,设计费开出来一定不低吧?"

同学聚会的好处在于,大家能够回到从前,相互之间无拘无束。说起来每个人都已年过四十,但正值事业的高峰期。

伊织每次参加同学聚会总会情不自禁地想,每个人的职业都在各自身上烙下了印记:当教师的一副教师风度,当银行职员的一副银行职员的举止,做生意的浑身上下就是一副生意人的做派。虽然以前在同一所高中就读,但如今的不同变化却令人饶有兴味。

参加同学聚会的,一般都是事业有成的人,大凡工作中不顺利、失意的人基本上不会参加的。而来参加的人又可以分为两种类型,一种是春风得意型,一种是意兴阑珊型,前者身为企业内的中坚,上升势头似不可阻挡,大多对部长、董事等更高的职位心存觊觎,后者则对前途已不抱过多奢望,多为普通的职员阶层。

聚会进行到后半场时悄然来到伊织身旁的岸本,却是哪种类型都难以归入的人。他像是就等着伊织身边人都走开的时机似的。岸本高中与伊织同一个班级,个头瘦小,看上去有些单薄和柔弱。学生时代不很引人注目,但因为性格容易接近,加上两人家住得很近,因而经常一起回家。

伊织对岸本印象最深的是,他总能将铅笔削得非常漂亮,在那个还没有卷笔刀的时代,他甚至被人看成具有某种特殊的才能。如今的岸本依然不像其他人那样头发蓬松发白、身材微微发福,看上去明显比别人年轻几岁。

"我最近一段时间经常路过你事务所前哩。"虽说是同窗,但岸本的语气还是颇为客气。

"我倒没留意到。你就在那一带工作吗?"

听伊织这么问,岸本赶紧带着一丝羞赧,递上他的名片:"现在在干这一行。"

只见名片上,在岸本秀夫的名字右上角,印着"Bar·Johnny"。

"店不大,只有五坪左右,就在你事务所前边一点的GB大厦里面,方便的话,请赏光过来。"

被他一说,伊织想起来事务所前面的明治大街上确实有座GB大厦,大厦内有许多酒吧、居酒屋。

"那么，你公司那边怎么样了？"

在伊织的记忆中，岸本在一家中等规模的贸易公司就职，几年前的名片上好像还印着科长的头衔呢。

"那个呀，去年底辞职不干了。"

"这倒没听说。为什么辞职了呢？"

岸本的表情显得有些为难，但紧接着他说起了个中原委，但是让伊织为他保密，不要传给其他人知道。

原来岸本爱上了公司里的一位女性，发展到同居，却因此在公司里待不下去了，只好辞职。随后，拿了公司发的离职金，于今年三月份经营起了名片上所写的这家酒吧。

"那你家里那边怎么摆平的呢？"

"唉，摆不平啊。我跟我老婆说，把川崎的房子让给她，虽说小了点，外加生活费等等，但她就是不答应离。"

伊织重新打量着岸本。果然，虽说他看着比同辈的人年轻，但脸上浮现出了几道皱纹，暴露出了他的真实年龄。

"有孩子吧？"

"上面那个在念大学，下面的也读高中了，他们倒还能理解我，可是女人实在难弄啊。我真希望不要这样拖拖拉拉的，就离了算了，好合好散，将来还可以坦坦然然地见面嘛。"

听着岸本的话，伊织情不自禁地想到自己的妻子，不禁感觉心头沉重。

见有其他人走近，伊织做了个手势，看着岸本说道："这么说，你辞掉了上班族的工作，自己做酒吧老板了？"

"算不上什么老板。从公司里出来，想搞点经营的话，也只有这类生意可做了，再说她也想做了试试看。"

说起来，岸本根本不具备做生意的头脑，不知道他的酒吧是怎么经营的。虽然不禁替他担忧，但看来岸本是经过深思熟虑后才决定的。

"她多大岁数了？"

"跟我同岁。"

"那么已经结过婚了……"

"一个女儿都读大学了,不过她已经离婚了。"

四十好几的人,因为桃色绯闻而辞职离开公司,这本身已不寻常,又听说对方也年过四十,伊织不禁暗暗吃惊。可再看岸本,脸上一本正经的,令人感受到男人对爱情的诚实。

"那可够呛啊!"

"所以说,想喝酒的话到我那儿去坐坐嘛。我刚才跟熊川也打过招呼了。"

看来岸本来参加同学聚会,就是为了拉几个比较熟悉、亲近的朋友去酒吧捧捧场。想到这里,伊织情不自禁想帮衬岸本一把。

"那你每天晚上都在酒吧吗?"

"基本上都由她打理,我只是十一点钟左右过去一会儿,不想太惹人注意。你要是去的话,随便几时我都会在的,照名片上的联系方式打个电话就行了。"

岸本说着,恭敬地低下头施礼,仿佛忘记了彼此的同窗身份。伊织心里暗想,别看岸本外表好像挺柔弱的样子,想不到却是个极有情义的男子汉,为了喜欢的女人,竟能够下决心走上辞职离婚的道路。

"话说回来,你真有决心啊。"

"我也犹豫过……"

伊织一面点头,一面又想起了与阿霞的事。假如阿霞想与丈夫离婚、和自己在一起,虽说自己不至于失去饭碗,但能不能像岸本那样全心全意地接受阿霞呢?想到这里,他感觉自己仿佛正面临一个考验。

和岸本约好过不久去他店里喝酒,然后两人分开,伊织来到隔壁一桌的梅泽那儿。梅泽旁边聚集了五六个女同学,梅泽性格开朗,因而一直很有女人缘。

"哎,下次一起去玩高尔夫吧?"

声音爽朗发出提议的是一个嫁给内科医生的女同学。伊织不清楚她现在怎么称呼,只记得以前上学时的娘家姓是庄内。

"以后同学聚会定期组织一下去玩怎么样?"

随声应和的是班级里结婚最早的那个女生。在她的附和下,其他女性也纷纷举手表示赞同。

女人结婚之后,似乎大多根据经济状况结成圈子,层次大致相同的人经常聚集在一起,而以前的朋友圈子会因为丈夫的职业、收入等而或接近或疏远。当然更不必说,结婚与否更是交际的标尺,嫁为人妻的常与嫁为人妻的人来往,独身者则与独身者更容易聚结。

"伊织你也一起参加吧?"

那个叫庄内的女同学向伊织发出邀约。读高中时就是个大美人,经常是女同学中的核心人物,看来现在这一地位仍未改变。但毕竟已步入中年,眼角显出几条细纹,腰围也粗了起来。不过她算保养得好的,另外两个举手赞成的女同学,看上去简直就像笨重的装甲车。

"伊织看样子不行啦,人家现在可忙呢。我上次在街上看到他和一个极品美女走在一起呢。"

冷不防听人这么一说,伊织顿时浑身紧张,随即想,看样子只不过是被看到在路上走而已吧。

"好像是位非常有品位的太太呢。唉,怎么没人请我们上街逛呢。"酒精下肚,女同学们也开始有点飘飘然不知所以了。

"虽然上了点年纪,但我们依旧丰姿不减当年呢,对不对?"

一人起头,众人立即群起呼应:"是啊是啊!"伊织笑着从女同学们身旁离去。

女人过了四十,慢慢地开始说起话来口无遮拦,而且非一针见血、点中要害不可,尤其是在昔日的同窗面前,更加放松。但是说得如此露骨,伊织还是感到些许扫兴。也许她们说的是事实,也是心里话,但也不可在男人面前毫无矜持一吐为快。老话说,女人矜持一点好,尽管可能有点过时,但是不无道理。想到这里,伊织禁不住又想念起阿霞来。

同学聚会持续了约两个钟头才结束。大家时隔好久才相聚，几乎没有中途提早退场的，结束后依然结伴从会场一直走出酒店。其中不少人似乎意犹未尽，还不想马上打道回府，即使是女同学，也因为已不需照看孩子，又好不容易来趟银座，正好乘兴痛快地玩一玩。

聚会发起者好像早有预料，见大家依依不舍，便提议道："如果高兴的话，大家一起到附近的啤酒屋喝几杯吧！"随即又笑着补充道："当然花费是各自均摊的哟。"

伊织中途已经跟在出版社工作的藤井相约一起去喝酒，于是在酒店门口与众人道别。与藤井是高中时气味相投的好朋友，两人还曾在同一个地方勤工俭学过。至于其他人，虽说相处得都还不错，但同学聚会之外几乎没什么机会碰面，而且工作当中也毫无联系。

藤井如今在一家大出版社任纪实作品部的部长，而伊织则曾经编撰过建筑方面的图书，因此两人可称是有缘。

说来奇怪，同学聚会本是重温旧交的活动，但实际上通过聚会关系越发加深的，无须特意去选择，大多是在工作上具有一定的关联性，或者是具有共通立场的人。事业或者经济上有较大距离的人，往往很难找到共同的话题。

两人一面朝有乐町方向走去，一面商量着上哪家店。两人聚会时都没吃什么东西，所以按照藤井的提议，决定去掩藏在一条小路上的一家日本餐馆，先将肚子填饱。

"那种场合，我什么也吃不下。"藤井说，对此，伊织也有同感。

在小餐馆待了将近一个钟头，接着，伊织领藤井去和村冈一同去过的酒吧。

"你想不想在我们社出版本书啊？"

一到酒吧，藤井突然将话题转到了出版上来，不过此时伊织的心思却在阿霞那边，差不多快到约好和她通电话的时间了。

"加入些京都、奈良的古旧建筑照片，应该会挺有意思的。"

一开始的初衷是和高中时代的老同学相聚，可最后还是免不了扯到

117

工作上去，这也许就是很多男人令人头痛的地方，老是不能彻底丢开工作的事情。

藤井好像时有阅读伊织发表在报纸和杂志上的随笔文章，他建议将这些随笔以"建筑散记"为主题辑成一册书。

"让我考虑考虑吧。"伊织含糊其词地答道。

可是藤井仍不放过，他借着酒劲儿执拗地劝说着："说考虑考虑，还不知道考虑到几时哩。过些时候，我帮你介绍，与那家杂志社的部长见一面，要不然你干脆就在我们社出得了。你不要光写那种太专业的建筑书，偶尔也编著一两本适合一般读者阅读的通俗书嘛，那样的话容易出名。"

"出不出名的无所谓啦。"

"真是个不求上进的家伙。不是有的建筑师还出演电视广告吗？"

伊织苦笑了一下道："我失陪一下。"说罢站起身来。

电话在吧台的一端。拽一拽电线也能够得着，不过藤井在旁边说话不方便。伊织走到吧台一端，看了看手表，距离约好打电话的十点已经过了五分钟。伊织记熟了号码，不用查通讯录便熟练地按下按键。

"喂喂……"

尽管四周很嘈杂，但还是一下子便听出来了，正是阿霞的声音。

"是我……"伊织连忙应道，随即清了清嗓子重新说了一遍，"我是伊织。"

藤井在和老板娘聊着，其他客人也都专注于各自的谈话，不必担心被别人听了去。

"现在正和个朋友在喝酒。"

"好像很热闹嘛，是哪儿呀？"

"银座，下午去参加高中同学的聚会。对了，旅行的事怎么样？"

"我去真的没关系吗？"

"当然啦，你什么也不用多想，跟我去就是了嘛。"

"那我就恭敬不如从命，跟您一起去啦。"

"真的答应去了？"

伊织脸上情不自禁地浮起笑容,可是忽然注意到藤井的视线正扫向这边,于是赶紧装出一副一本正经的样子。"明白了,那我就按照计划准备了,请明天早上往我公寓去电话。不会有什么变更了吧？"

"不会啦。"阿霞的声音很低,但是很坚决。

回到座位上,藤井迫不及待地问道:"看你的样子好像很开心嘛。有什么好事情啊？"

"没什么,工作上的一点小事而已。"

尽管装作平静,但心里的喜悦还是掩藏不住地露在脸上了。

藤井打量着伊织说道:"你看上去精神焕发啊。今天聚会,你也是所有人当中看上去最年轻的。"

"开玩笑,我一直就样子显老。上次跟黑田一起去喝酒,说是同学,结果老板娘问我留过几年级,真是郁闷啊。"

"黑田那张毫无表情的脸当然不能比啦,怎么看也不容易看出多大岁数。你就不一样,你虽然算不上英俊,但是越来越中看了。"

"你是在夸我呢还是在损我？"

"当然是夸你啦。四十多岁了还说你英俊,是不是感觉很恶心？你的脸看上去春风得意。到底是男人嘛,没事业还是不行啊。要么是你交桃花运了？"

"怎么可能……"伊织急忙否定。

藤井点点头继续说道:"话说回来,跟你老婆好久没见了,以前到你家去过一次,那还是五年前的事了吧？"

"好像是吧……"

话题一转到家庭上,伊织立刻懒得搭理了。藤井却仍旧不住口:"你有两个孩子吧？大的那个应该上高中了吧？"

"嗯……"

"我那个明年就上大学了,也难怪我们要见老了啊。"

藤井的家庭似乎很美满,他喋喋不休地告诉伊织,孩子长得高高大大,早上晨练的时候,小儿子跑得比自己还快,等等。伊织则越听越心灰意懒。

藤井守着个幸福的家庭,而自己则打算与一个有夫之妇一同去旅行,之前他几乎已经忘记了妻子和女儿们的存在,一门心思只想着阿霞。

两个年龄相同的同窗,如今的境遇却相距甚远。

"怎么样,去我家吧?我住在深泽,反正你也是顺路。"

"不了,时间不早了。"

"没关系,我老婆也习惯了。"

"我真的不去了。"

自己的家庭乱如麻,因此伊织不想看到别人的幸福家庭,那样只会令自己心情沉重。

回绝了藤井的邀请,伊织又剩下独自一人。虽然已经十点多了,但是银座活力四射的夜晚才刚刚开始。这就回家似乎意犹未尽,但是一个人继续喝又提不起兴致,这酒喝得有点半吊子。

伊织沿着绿荫浓重的街道朝新桥方向走去。前方有两个公共电话亭,里面都空无一人。

伊织停住脚步,随即走进跟前的电话亭。他不知道往哪儿挂电话,只是独自一人信步走来,漫无目的地折了进去而已。可是,电话亭四下透明,不打电话却站在里面实在令人生疑,于是伊织想也没想便塞了一个十元硬币进去。

本想打给哪个朋友的,谁知手一触到电话上,却很自然不过地拨起了家里的号码。铃声响过三下,听筒被拿起,伊织顿时感觉有点狼狈。

"喂喂……"

没错,是大女儿的声音。

"哟,是真理子吧?"伊织问。

随即听到女儿用吃惊的声音反问道:"爸爸……怎么了,有什么事?"

"哦不,没什么事情。你好吗?"

"嗯。上次的录像机谢谢啦,很方便呢,下次回来看看?"

"你这段时间在新学校怎么样,还适应吗?"

"早上要起很早,挺够呛,不过没事的。下次回家的时候再顺便到爸爸那里坐坐可以吗?我喜欢吃你们办公楼下那家店的法式薄饼。"

"好啊。其他人都好吧?"

"嗯,很好。要不要叫妈妈来听?"

"啊,不用了,我不过想知道一下你们过得怎么样。记得下次有空的话顺道过来哟。"

"知道啦。"女儿挂掉了电话。

电话里女儿的声音十分明快。伊织放下听筒,突然对自己鬼使神差般往家里打电话感到很不可思议。是因为藤井聊起家庭和孩子的话题才想起的?还是因为要和阿霞一起去旅行,下意识地心生愧意而想起来的?

或许是跟家里通过电话的缘故,伊织再也没有兴致继续喝酒了,于是扬手招了一辆出租车,返回青山公寓。靠在座位上,伊织的心思又集中到了阿霞身上。

最近这段时间,与阿霞约会得比较频繁。自四月底以来,两人已经见过三次面,平均每十天约会一次,其中两次是在白天。看来阿霞白天出来比晚上更加方便。

每次晚上约会,吃过饭,稍稍聊一会儿天,很快就到阿霞回去的时间了。从青山到辻堂,等候电车和转车的时间全加起来,至少得一个半钟头。就算十点钟分手,阿霞回到家也差不多十二点了。

回到家里,阿霞的丈夫是否在家伊织不得而知,他没问过,两人在电话中也不谈及。但估计她晚回去的时候,大概刚好丈夫不在家,或者是趁他即使在家也无须在意的时候。

无论如何,身为有夫之妇深夜回家总归很不方便。一个人乘坐在驶往湘南的电车中容易引人注意,而开车送她的话,半夜三更汽车停在家门口也太过显眼。之前送她那次,便是稍稍驶过家门口才停的。夜深人静的别墅小区里,汽车的声音显得特别响,况且周围住的人家对他人的事情兴许怀有浓厚的兴趣。想想这些,伊织深知阿霞晚上出来赴约非常不易。幸好,伊织的工作说起来挺忙,但是白天总能安排出时间,只要提前两三天做好准备便是了。

"那么,下午怎么样,有空吗?"

每当伊织发出邀约,阿霞总是轻声嘀咕:"大白天的……"看来尽管拉紧窗帘,但大白天投入男人怀抱,阿霞总是有些踌躇和难为情。

"可是,你晚上出来不是不方便嘛。"

这么一说,阿霞沉默片刻,只得应道:"那……我过去吧。"

语气中含着无奈,仿佛囚犯被强令进牢房一样。可要是在以前,阿霞踌躇再三也不会答应大白天出来约会。

看来白昼里的约会,使阿霞慢慢变得大胆起来。其实,任何事情都是如此,一旦体验过,就会产生自信,最后变成习惯,再也感觉不到不安。现在的阿霞,内心对于白昼约会的抗拒感似乎正在一点点消失。

每次阿霞来伊织的公寓,总会带来一束花草。最初是山茶花,一个月后是白色的芍药,后来是铁线莲、万年藤,现在装饰在房间里的则是萍蓬草。每种花草总是与季节相合,或艳丽多姿,或清新温婉,各有风韵。

伊织将每种花草都视作阿霞性格的一个侧面。山茶花欲开还闭的样子,仿佛阿霞的矜持;白芍药似阿霞的纯洁丰饶;铁线莲的紫色,颇有几分阿霞的高雅格调;而萍蓬草则令人联想到阿霞的娇柔妩媚。

每一次,阿霞带来的花草数量都不会很多。山茶花和芍药都是一枝,铁线莲和萍蓬草则是两枝,少得不能再少的花草中,蕴涵了某种自持和克制的美。

伊织第一次约阿霞一同去旅行,是在阿霞带来白芍药的那次。

"到奈良,就住一个晚上……"

当时阿霞只回答说"再电话联系"。之后每次约会伊织都要提起,今天阿霞总算答应跟他一起去了。

伊织去奈良,是因为要就环境问题拜会奈良的地方官员,不过估计用不了一个钟头就谈完了。现在是六月份,虽说还不到非出去旅行不可的季节,但早晚要去,不如趁现在天没热的时候去。

平心而论,伊织没想到这么快就能与阿霞一同去旅行。伊织怂恿过阿霞好几次,竭力强调古都初夏之美,可是渐渐地心里不再抱希望,以为计划多半要泡汤。虽然仍不断地发出邀约,但伊织已经将其当作一个遥远的梦想。

正因为这样,当阿霞今天答应去时,伊织心里除了喜悦还伴随着一丝惊讶,一面想:"这是真的?"一面却忍不住想大叫出来:"太好了!"

然而此刻,当伊织独自一人静下来的时候,他又心生不安了:阿霞真的能去旅行吗?即使能去,她又将找什么理由对家里人说呢?

计划是六月的第二个星期五动身。这个日子是伊织提出的,阿霞也没反对。好不容易就要两人一同踏上旅途,可是现在,随着出发的日子临近,伊织却又担心起来:那天阿霞的丈夫会不会在家?既然阿霞答应可以去,理应没问题,可是真的不会有问题吧?

回到公寓,已经近十一点钟了,公寓大门四周静悄悄的。伊织往门前的邮箱里张望了一下,因为午后出门前已经看过,里面并没有新的邮件,只有一张字条,写着有包裹寄到,要他到门卫室去取。可此时门卫已经休息,门卫室门口旁边的窗户被窗帘挡住了。

伊织拿着字条,从口袋里掏出钥匙打开大门。正面的门厅很宽敞,靠里面摆着四组靠椅,是用来接待来访客人的,那里的灯也早已熄灭,黑黢黢的一片。伊织正要朝门厅右首的电梯走去,突然有个人影从门厅深处朝自己逼近。

由于四下黑暗,伊织一瞬间辨识不清来者,他定睛细看,才发现原来是笙子。

"怎么了?"

"我以为你回家了,一直在等你呢。"

笙子大概是下了班直接就过来的,身上穿着下午在事务所看到的同一套蓝色套装,手上拎着手提包。

"从八点钟一直等到现在啦!"

"啊,你……"

"哈哈,其实我是十分钟前才到的,刚才在涩谷和桐谷君他们一起喝酒来着。心想说不定你会在家,所以就……"

看样子笙子喝了不少的酒,说起话来舌头有点打卷,手上的包也晃荡个不停。

"你是怎么进来的?"

"我按了对讲电话,门卫看见,出来给我开的门。"

"有什么事吗?"

"没事就不可以来了吗?"

伊织轻轻摇摇头。正好电梯下来,两人一同乘进电梯。

"你一定想不到我会在这里等你吧?不过,我想十一点钟你总该回来了吧。"

是偶然,还是那种所谓的灵感?像这种直觉过于敏感,便是笙子令人害怕的地方。

"吓了你一跳吧?"

"不,没有……"

伊织表面装作平静,但不可否认确实是吃了一惊。现在是自己独自一个人回家,万一要是和阿霞在一起的话,那可了不得了。当然,深更半夜和阿霞一同回公寓是没有的,但送阿霞回家出来倒是可能的。假如那样,在大门口偶然被笙子撞见,就不会像此刻这样太平了。

伊织一面稍感安心,一面却暗自叹服:笙子竟真能伏击啊。笙子知道他今天参加同学聚会的事情,但他没有对笙子说起要跟藤井一起喝酒,况且他们在餐馆吃过饭之后又去了酒吧,所以她根本不可能准确地知道他回公寓的时间,假如两人再去另一家酒吧喝上一阵的话,自然回来就更晚了。虽然笙子仅凭直觉摸准了时间,但她的敏锐感觉着实令伊织瞠目。

其实,笙子一向具有这种敏锐的直觉。五六年前,当她二十岁出头的时候,据说更不得了,她居然能感知到远在长野的母亲跌伤,朋友打电话给她,刚想告诉她,还没等说出口,她便先说出来了。再以前,社会上一度流行折汤匙,笙子也具有此种特异功能。总之,她拥有一般人所不具备的直感,或许可称之为预知能力,旁人对之羡慕不已,而她自己却因此而深感痛苦。

"别人都感觉很恐怖,我自己也烦得不得了,不过,到二十四五岁的时候,一下子就变迟钝了。"笙子曾半开玩笑半自嘲地这样说。

二十四岁,正是伊织恋上笙子之时,莫非笙子因为遇到了伊织感觉才突然变得迟钝的?当时伊织笑着没答话,其实心里却在嘀咕:笙子所说的未必全是无稽之谈。

确实,在不少年轻女性尤其是意念极强的少女脑海里,经常会闪现某种直觉的灵光,笙子大概就属于这一类人。虽说现在感觉迟钝了许多,但依然是伊织这种普通人的想象力难以企及的。

出了电梯走在走廊上,伊织开始想进屋之后的事情。今天离开公寓外出是中午十二点多,那时女佣没干完活儿,还在屋里,是他出去之后才离开的。阿霞最近一次到公寓则是两天前,当时的痕迹应该一点不剩了。所以,即使笙子突然闯入屋子,也不会有任何蛛丝马迹令她产生怀疑。

伊织宽慰着自己,用钥匙打开了房门。果然像他想的一样,进门的地方只摆放着一双伊织在屋内穿的拖鞋,起居室和厨房都收拾得干净整齐,同往常毫无异样。

"屋子还是这么干净啊。"

笙子的声音带着稍许醉意,不过伊织听上去却觉得有些揶揄的味道。

"我想来点白兰地喝,可以吗?"

"可以是可以,不过你喝那么多不要紧吧?"

"没问题。你看,我不是清醒得很吗?"

笙子伸开双臂转了个圈,随即从装饰橱的玻璃搁板上拿过白兰地和酒杯,自己给自己斟了一杯。

"你不喝吗?"

"不,我不喝了……"

"你不愿意和我一起喝,是吗?"

"哪儿的话。"伊织脱掉西服,解开领带。

笙子一只手端着酒杯,端详着装饰橱里的花瓶:"花真漂亮啊。"

伊织没有回答,他拿起桌上的香烟,点上火。

"你知道这花叫什么名字吗?"

花是两天前阿霞带来,插在花瓶里的。

"叫萍蓬草吧。"

初夏季节,在池塘和小河的浅水中盛开着这种草花,花色艳黄,煞是可爱。伊织只觉得它非常娇艳妩媚。

"它的花语是什么也知道吗?"

这下伊织就不知道了。他只是以前在宇治川附近一座小寺的池畔,看到过这种小花,在雨中绽开着两朵。

"告诉你吧,它的花语是'危险的爱情'!"

"危险的爱情……"

伊织情不自禁地重新审视着花瓶里的花:两枝萍蓬草,静静地插在备前瓷花瓶中,花茎一长一短,高低错落有致。难道阿霞是知道它的花语特意拿来插上的,还是只不过因为应时而拿来的?

可是,看上去明明略显矜持内敛的小花,花语怎么成了"危险的爱情"? 如果看花的颜色,黄色确有一丝嫉妒的感觉,也许是因为这个缘故才被赋予了这层含义,这样想来倒也算贴切。

不过,萍蓬草的花色说是黄色,其实更接近金色。在天色阴沉或细雨蒙蒙的日子,它的金色更带有一种娇艳,将周围的水面染成金灿灿的。特别是它柔弱的茎,随水流的波动而轻轻战栗,上面的碎花也随之颤动摇曳,那种风姿让人格外怜爱。想出这样的花语的人,或许就是细微地观察到了其中的风情,因而赋予其"爱情"这样的字眼。

"最近房间里老是摆着漂亮的插花,真不错嘛。"

伊织没有答话,他拿起笙子为他倒的白兰地酒,喝了一口。

也许伊织可以告诉她说,自己托了个对养花颇有心得的人,每星期一两次上门来布置插花。但这种谎言一定会立即被识破。眼下,笙子好像已经知道,花的背后有一个女人的影子。

伊织走到厨房,想从冰箱里拿冰块,不兑水的纯白兰地太辣喉咙了,加点冰喝起来可能会舒服一些。可是从冰格里往外倒冰块不太方便,有两块冰块掉到了地上。要在以往,笙子马上就会过来帮忙收拾,然而今天,笙子坐在沙发上一动不动,装作什么也没看见,喝着白兰地。

是因为看到新插的瓶花,笙子心里感到不快了?如果是这样,一开始别让她进屋就好了,可是现在后悔已经晚了。伊织没考虑到屋子里摆着插花,这得怪自己粗心大意,不过事情来得实在太突然,他根本无暇将插花掩藏起来。本来静静开放在屋子里使人愉悦的插花,现在却成了自己与笙子新的争执的导火索。

笙子一喝酒就会变得活泼开朗,话也多起来。可是今天的样子却不同于平时,话很少,只是闷头喝酒,似乎巴不得自己大醉一场。

"你去过原宿的 GB 大厦吗?"伊织想转一下话题,故意没话找话地问道,"我一个高中同班同学在那里开了一家酒吧。"

说到这里,只听得电话铃响了。一瞬间,两人不约而同地朝屋子角落里的电话望去。夜深人静,铃声显得特别刺耳,眼看就要下雨的夜空中,沉重的空气仿佛被凝固在了屋子里。

电话铃响了四声,伊织拿起听筒,电话那头传来女人急里忙慌的声音:"呃……"

伊织一听便知道是阿霞。

"您在啊?"

"是啊……"伊织含混地答道,同时将听筒紧紧地贴近耳朵边。

"我还以为您不在呢。那之后,您马上就回家了吗?"

"现在刚回家没多久。"

"嗯,刚才说的旅行的事情,我想问一声:去那边后住的旅馆定了吗?"

"啊,不,那个还没……"

伊织本想让自己的语气尽量亲切些,可是笙子就在旁边,他不能那样,于是语气就很自然地像平时公事公办一样,阿霞立即觉察到了。

"有人在旁边是吗?"

"嗯,是的……"

"那我以后再打来吧。其实也没什么急事,只是您如果旅馆定下来了,请告诉我一声。"

"好的。"

"那再见了。"

伊织点着头,放下听筒,回头看了一眼笙子。

笙子脸孔转向另一边,将白兰地酒杯抵住下巴。

刚才阿霞电话里说的话不知道她是不是听见了……

为了不让笙子听见电话内容,伊织将听筒紧紧贴住耳朵,弄得耳朵都有点痛了。

房间里又恢复了寂静。

电话内容即使听不见,但对方是女性这一点也许已经被她察觉,即使不能肯定,但从自己刚才生硬的语气中,她也一定能判断出不是个关系普通的人。

为了掩饰自己的尴尬,伊织又走到厨房,可是他也不知道自己究竟想做什么。最后,他从冰箱里把奶酪拿出来,递到笙子面前。

"吃吗?"

笙子点点头,轻轻叹了口气。

"你事情真多,想必忙得够呛吧?"

"不不,也没什么忙的。"

"我在这里好像打扰你了,我还是回去吧。"笙子说着将手里的酒杯重重地放在茶几上。

这种时候该怎样安慰她？伊织霎时间脑子里一片空白,不知道说什么好。他想说"再待一会吧",又想到笙子留下来的话,两人会尴尬相对,不禁泄了气；可就这样让笙子回去,明天在事务所见了面还是会显露出后遗症。

"那么……"

笙子将酒杯里剩下的白兰地一饮而尽,然后站起身,但随即身体摇晃,差点倒下。

"稍微歇息一下再走吧。"

"不,没关系。"

笙子脚步踉跄地走向门口,穿上鞋子,接着又想起来什么似的,回转身对伊织说道："明天十点钟在建设省召开环境整治委员会会议,下午两点在事务所开会商谈东北项目,然后四点钟帝京工务店的井上部长来拜访……"

笙子一口气说完,伸手握住门把手。

"等一等！"

"不！……"

"我这就帮你叫出租车,你喝成这样子,自己怎么走？"

笙子从后面伸出手来想挥手制止,可是手挥空了,随即上半身斜转过来,整个人失去了重心,向后跌去。伊织赶紧从后面将她扶住。

"你放开……"

"你冷静一下！"

伊织一面喝道,一面抱紧了笙子。笙子一下子安静下来,接着将额头抵在伊织的胸口,抽泣起来。随着抽抽搭搭的哭泣,身子轻微地抖动着,烫成波浪的长发也一颤一颤地晃动。伊织低头看着怀中抽泣的笙子,不禁想起两个月前,就是在这同一个位置和阿霞接吻的情景。

自己究竟爱着谁呢？想到这个问题,伊织自己也说不清楚。现在自己全心全意地思念着阿霞,为阿霞而焦躁不安,想好好珍惜同阿霞的感情,这是不争的事实。为了与阿霞相会,他可以变更工作日程,约会的繁杂、为约会而花费时间等等，也全部可以毫不在乎；阿霞不在身边的时候，更是每一段停止工作的短暂瞬间，脑海里都会掠过阿霞的影子。只要一想到阿霞，伊织就会感到呼吸急促，像个年轻人一样苦恼不已。

跟阿霞比较起来，伊织对笙子却没有这般强烈的感受。他不会为了与笙子见面而耽误工作，也不会硬挤出时间去和她相会，甚至偶尔会对与她约会感到不耐烦。虽然有时也会想起笙子，但那只是在闲暇和放松的时候，而且绝没有那种兴奋不已的感觉。

然而，并不能因此就断言自己已经不爱笙子了。只要笙子稍微心情不悦，或者身子软塌塌稍感不适，伊织仍不由自主地为她担心，不管是什么原因，总想马上去安抚她一下。此刻，他温柔地将笙子紧紧抱在怀里，也是情不自禁的举动，尽管心里感到有点棘手、有点烦，但还是不放心让喝醉的笙子就这么回去。

诚然，伊织对笙子没有面对阿霞时的那种心跳不已的激动，也许是已经结合四年有余，加上每天在事务所随时可见的缘故吧，不知不觉中有了种淡然的安心感。他不需要特意挤出时间安排与笙子约会，因为即使不安排也能相见，而正是这种确定感，使得伊织对笙子渐渐怠慢起来。从某种意义上说，与笙子的相会已经融入了他的日常生活，成为每天平淡无奇的内容之一。乍看好像对笙子的爱的紧张感越来越淡薄了，其实这正说明爱的程度越来越深，已经悄然潜入两人的生命之中。

可是，现在对阿霞激情燃烧的爱又算什么呢？为什么在狂恋阿霞的同时，依然对笙子依恋不舍呢？

对于笙子，一方面有漫长岁月的原因和工作因素夹杂其中，但不可否认还出于对她年轻无瑕的爱。从笙子二十四岁起，两人就结合在一起，笙子一直忠贞于自己，坚守爱情，伊织感觉自己负有无法逃脱的责任。然而，这仿佛只是给自己的一种借口，一旦投入到新的爱情中去，那些都将会变成故纸一张，不再有任何价值。

既然如此，却又不舍得放掉，只能说是伊织脚踏两条船。一边守着笙子，另一边却还在拼命追求阿霞，未免太春风得意了。与阿霞约会的翌日，在事务所遇见笙子的时候，伊织也为自己竟能如此左右逢源而吃惊。

如果真心爱一个人，势必专注于一个而放弃另一个，同时享有两个女人的感情，只能说他对感情贪婪而自私。但伊织明知是这样，却总也下不了决心，叫他放弃笙子和阿霞中任何一个都觉得不忍。

假如问伊织："现在最爱的是谁？"他会毫不犹豫说出阿霞的名字，但他并没有因此便想到放弃笙子，如果笙子主动提出分手那又当别论，而他却不会主动那么做。

如果硬要分析一下个中原因的话，也许是因为伊织在阿霞和笙子两人身上发现了各自的优点。阿霞作为一个妻子，具有矜持、内敛和深沉的特质，而笙子则具有年轻女性的热情和执着。两人各具不同性格，也不可能将一个人的优点移植到另一个人身上。最终，伊织从阿霞和笙子两位女性身上看到的是一幅理想的图画。

作为伊织这样当然是怡然得意，可是作为阿霞和笙子就完全不是一码事情了，她们不知不觉中被卷入了一场三角恋爱的漩涡，而罪魁祸首自然是自私自利的伊织，他没有顾及别人的感受。

想到这里，伊织对怀中的笙子轻声说道："你先进来吧。"

"对不起……"刹那间的感情风暴过去之后，笙子终于平静下来，恢复了平日的沉静，"我有点喝多了。"

一会儿狂怒，一会儿雨过天晴，像这样性情刚烈、说变就变的女人心，让伊织感到害怕、束手无策，但同时这种纯粹无杂的纯情又让伊织怜爱不已。

"稍稍歇息一下再走吧。"

伊织轻抚着笙子柔顺的长发，阿霞的身影在他脑海里渐渐远去。

此刻阿霞正在辻堂的豪宅与她丈夫在一起，即使伊织想见她，她也不会跑出来相会。她毕竟是圈在家庭这个围城中的别人的妻子。暂时的断念，令伊织对笙子的爱重新变得新鲜起来。

新竹

六月第二个星期五的下午,伊织站在东京站的十八号站台上,和阿霞约好了两点整碰头。新干线"光"号快车的发车时间是两点十分。

伊织提前五分钟到达站台,此刻手表的指针刚过两点。昨天给阿霞打电话确认过,因此阿霞是不会晚点的,不过伊织还是有些忐忑不安。今天与以往不同,不再是在酒店大堂或是自己的公寓会面,而是两人一同踏上旅途。万一时间耽误,那伊织好不容易定下来的计划就要泡汤了。

伊织又看了一下手表,然后打开在站台小卖部买的周刊杂志翻看起来。虽然内心焦虑,但是明摆着一副等人的样子东张西望,又实在没样子。他的眼睛盯在杂志上,神经却敏锐地感知着周围,很快,伊织就感觉到左侧有视线在扫向他这边,抬头一看,正是阿霞。

"对不起,我两点钟到的,可是搞错了,跑到对面的站台上去了。"

一如伊织所想,阿霞今天一身和服打扮:青色的盐泽丝织[①]无夹里单层和服,配以白色的西阵缀锦织[②]腰带,右手提着一只略大的手提包。周围等车的旅客,纷纷将视线投到阿霞身上。

[①] 盐泽丝织:盐泽位于日本新潟县南部,鱼野川沿岸,是著名的旅游胜地。特产丝织品等各种衣料,称为"盐泽丝织"。
[②] 西阵缀锦织:京都西阵地区出产的高级精美丝织品,传统悠久,技术高超,别处无法模仿。

"车票在我这儿。"伊织注意到了周围的目光,装作毫不在意的样子。

"我想今天千万不能迟到,所以一路上拼命赶呢。"

阿霞正说着,列车内的清扫结束,车门打开了。

由于是星期五下午,乘客不算多,其中也有些身背高尔夫背包出行的人。伊织一面朝一等车厢的中间走去,一面小心谨慎地注视着四周。刚才在站台上看到阿霞的时候,好像没遇见熟人,假如遇见熟人的话,伊织倒不会觉得尴尬,只是怕阿霞不自在。

来到车厢中间的指定座位,两人并排坐下,伊织朝窗外张望着。

"黄梅天来了。"

上个星期,关西地区迎来了梅雨季节,两天前关东地区也宣告进入了梅雨季节。

"我对黄梅天倒不是很讨厌。"阿霞举手整了整头发,露出和服袖子里面的白色里子。

伊织点着头心想,自己和阿霞两人的旅行或许在梅雨天气里更加适宜。

列车准点发车。看着列车缓缓驶离站台,窗外东京的街景在慢慢退后,伊织这才定下心来。这样一路驶去,很快就会到达京都,总算顺利地踏出了旅行的第一步。阿霞似乎也有同样的感受,当伊织将目光转向身旁时,阿霞立即报以微笑。

"不会再回头开了吧。"

"到名古屋一直就这样的速度呢。"

天空没有飘雨,不过整个东京的上空都被低低的乌云覆盖,尽管还只是下午两点钟,但是可以看到一些摩天大楼里亮着灯。

"昨天晚上一直担心得睡不着呢。"

"像个小孩子似的。"

"可是,像这样我还是头一次嘛。"

作为妻子,第一次和丈夫以外的男人一同外出旅行,心里没有一丝不安是不可能的。考虑到万一发生的种种情况,惴惴不安也是正常的。

"假如你不来,我打算一直在站台上等,等到你来为止。"

"约好的嘛,怎么会不来呢。"

"不过说老实话,刚才直到看到你之前,我一直不放心哩。"

"好久没出去旅行了,昨天晚上兴奋得就像小学的时候去春游一样。"

列车员走过来查票。伊织一面递上车票,一面在想,别的人会怎么看他和阿霞两个人呢?虽然两人紧靠在一起,但是目光中却不停地注意着周围,看上去不像普通的夫妇。不过从年龄上看,又看不出什么破绽,至少比跟笙子在一起显得自然多了。

"为什么又改成到京都住宿了呢?"

"好久没去了,想在东山那里吃顿饭,明天早上再去奈良。"

"自从高中修学旅行以来,我还没有去过奈良呢。"

"京都去过好几次了吧?"

"五年前去过一次,后来就再也没去。"

"可是,你丈夫……"

伊织刚说到这里,阿霞立即很干脆地摇摇头说:"我从来没和他一起去过。"

阿霞坚决而强硬的口气令伊织颇感意外,他只得沉默不语。

列车驶近新横滨,天空的乌云压得愈加低了,车窗也湿乎乎的,好像下起雨来了。阿霞用手指在车窗上划了一道线,仿佛要再一次坚定一下自己此刻的心境似的。

车过箱根,雨点开始落得猛了。不过毕竟是梅雨天气,雨势不算十分大。列车在一个又一个隧道之间穿梭,每次驶出隧道洞口,看见的山峰和大海都在雨中显得烟雾迷蒙。似乎为了与窗外的情景相呼应,阿霞也安静地依偎在伊织身旁,两人都不说话,只是望着被雨水拍打的车窗,心里感到十分满足。

每一分每一秒都在切切实实地远离东京,这个念头令两人的心贴得更近了。

原以为会一直下个不停的雨,到名古屋附近开始停息,等到达京都时,已经完全放晴了。不过天空依旧云罩雾遮,傍晚的京都街道上早早地亮起了霓虹灯。

两人在车站前叫了辆出租车,直接驶向事先预约好的位于加茂川沿岸的旅馆。

来到前台,填写住宿登记卡的时候,伊织犹豫了:自己的名字好填,可是阿霞的该如何填?是照实填"伊织祥一郎",然后在下面写上"霞"?还是不写阿霞的名字,只写"随行一人"?

不管如何填写,反正订的是双人床客房。伊织犹豫了片刻,在自己的名字下方写上了"随行一人"。前台服务员简单地看了一眼登记卡,随即招呼其他服务员领他们去房间。

客房在六楼。拉开关闭着的移窗,下面就是加茂川,前方是东山,左手侧可以一览从大文字到比睿山的群峰,不过现在它们一半遮在缭绕的云雾中。离日落尚有些时候,雨后的天空阴沉沉的,灰暗之中群峰的山麓显得更加翠绿。

"现在才真正感觉是到了京都啊。"伊织隔窗望着加茂川以及东山的远近景色,十分惬意,"那边看得见的是八坂塔,它右面是连着的圆山公园和清水寺。"云层虽厚,但是山麓的云好像在缓缓地移动。"等会儿我们去吃饭的地方,就在离清水寺不到一点的距离。"

阿霞点了点头。随着她头部的颤动,微微飘来一缕香氛,淡淡的,带着点素雅的甜味,可能是她将香袋藏在袖子里了吧。伊织被香氛所诱,情不自禁地将手搭在阿霞的肩上,轻轻把她抱住。

"这种地方……"

窗户开着,阿霞有点惊慌踌躇,可是伊织却不管这些,在香氛中用嘴唇贴住了阿霞的双唇。

晚饭预定的是六点半,现在时间还稍早,伊织打算先简单冲洗一下。

"一起来洗吧?"

伊织试着邀阿霞一同入浴。可是阿霞吓得赶紧摇头:"您自己洗吧。"

"不要紧的,来吧!"

"快洗吧,还要去吃饭呢,没时间了。"

"那好,等回来后一起洗。"

"快点,再不去洗就真的来不及了。"阿霞像是在哄顽皮磨人的孩子似的,随即在靠窗的椅子上坐了下来。

没办法,伊织只好一个人去冲澡。

匆匆将一路上的汗水冲洗掉,走出浴室,却不见了阿霞。伊织想,也许她有什么事去了前台,于是拿出剃须刀剃起胡须。这时,阿霞回来了。

"我到地下的商场去转了转。这个旅馆虽然小,但很不错啊。"

"我每次到京都来,都是住在这个旅馆,有的时候还订不到房间哩。"

阿霞坐到镜台前。伊织剃完胡须,穿好衣服。梅雨季节来旅行,他想尽量穿得休闲一点,最终选了件米色的西装,还系了条领带。

经过二十来分钟准备,两人下楼来到旅馆门前,乘车前去吃饭。天空依旧阴沉,眼看入夜暑气却还是一点不减。出租车越过加茂川,沿着东大路一路朝南,从三年坂进入山脚。

"阪本食府"就位于这条坡道的上面。这是家专营日式料理的高级餐馆,在东山脚下拥有一处很宽绰的庭院。伊织五年前第一次来这里,以后每次到京都会光顾它,今晚订的是靠近池塘的风景优美的包间。将近二十坪的包间里只有两位客人,显得非常豪奢,而这种豪奢也只有京都年代久远的老店才有。

落座之后,侍者先是端上来抹茶,随即老板娘进来打招呼:"欢迎光临鄙店。先生好久没来了呀。"

老板娘年龄有四十来岁,打扮素朴,性格直爽,很有京都高级餐馆老板娘的风度。她与伊织和阿霞打过招呼后,看着阿霞问道:"这位客人是从东京来的吧?非常漂亮嘛。"

"您过奖了,实在不好意思。"

阿霞慌忙低下头。即使在京都这种地方,身穿和服的阿霞依然显得出众不凡。

习习的凉风从庭院透过低垂的竹帘吹过来,坐在半开放式的包间里,几乎感觉不到梅雨天气的湿热。

"这儿的池蛙怎么了,今晚又休息啦?"伊织望着庭院里石制洗手盆前面的池塘问老板娘。

去年七月,伊织来这里时听到池塘里的蛙在鸣叫,一只池蛙一副唯我独尊的神态,面对宽敞的庭院,"呱——呱——"地唱着悠长的歌。

"也不知道今天这是怎么了。昨天晚上叫得真烦人,今天却变得这么老实。"

"是一种食用蛙,在这个池塘里生活了好几年,都把自己当成这儿的主人了。"伊织向阿霞解释道,这时池蛙依旧一声不吭。

"喝的给你们上点啤酒可以吗?"老板娘确认好之后便起身离开,屋子里只剩下伊织和阿霞两个人。

"多谢您带我来这么好的地方,真是不虚此行啊。"阿霞说完,眼睛看着地上。只见一幅写有禅语的字轴的左手边,放置着一只素雅的竹瓶,里面插着两枝红百合。

一向对花草饶有兴致的阿霞,目不转睛地看着竹瓶里的插花,说道:"这种看似不起眼的插花,我最喜欢了。"

较之争奇斗艳的西洋花卉,伊织也更加喜欢沉静温婉、富有内涵的花草,比如山茶花。

不多一会儿,侍者端上来凉菜和啤酒。阿霞接过啤酒,给伊织的酒杯斟上。凉菜是当季的莼菜,上面覆着些山药泥,看上去非常爽滑好入口。

"这盛器真可爱。"

阿霞一手握住圆形的木盆把手,另一只手拿起漏勺捞起莼菜,将它盛在放有酱油、醋和绿芥末混合成的蘸料的小碗里。然后拿起纸餐巾,对半一折,拿在左手上,随着筷子的动作而前后移动,端起酒杯往嘴边送的时候,左手也适时地托在杯底。

据说左手最能体现出女性的优雅和妩媚,不知道阿霞是否深谙个中的讲究,反正看着阿霞的举止,伊织只觉得赏心悦目,或许秘密就在她左手的动作上。阿霞的美不仅仅在于容颜,还潜藏于她娴静婀娜的举止中。

从出租车上下来,沿着石板小路走向餐馆时,阿霞左手挟着提包,右手轻轻按住和服的下摆;在门口脱木屐的时候,她右手轻轻提起前襟,后脚的脚后跟则稍稍往上抬起,这样便不至于露骨地暴露出整个脚踝,可见她的处处小心。等到跨过门槛台阶,她回转身跪在地板上,先将伊织的鞋子掉转方向,鞋尖朝外,然后再将自己的木屐靠边摆好。做这些的时候,她微微侧着身子,不让后面等候的人看到她的臀部。

然而此时,站在一旁自上往下看着的伊织,却觑见了正在整理木屐的阿霞半张开的后衣领内白皙的脖颈,只觉得娇艳无比。又看到台阶下面木屐的细绳带摆得整整齐齐,仿佛使人看到了它主人的优雅和高洁,顿时感觉心情异常清爽舒畅。

进入房间在桌前坐下时,阿霞先是用两手捏住坐垫的两角,抵住双膝,然后以膝慢慢移到桌前跪坐下。坐下之后,她在听伊织说话的时候,双手一直叠放在膝盖上,上身挺直,整个坐姿显得非常端庄和优雅。

有时去高级餐馆或茶室,最让伊织过目难忘的,便是艺伎们美丽的坐姿,她们不仅正面仪态端庄,从侧面和背面看也都很优雅得体。就餐途中有艺伎表演舞蹈,客人们的视线都转向舞台时,斟酒的艺伎会稍稍退后,陪着观看。她们从后背滑至腰部的线条,还有白色布袜在身后摆成的倒八字的背影,简直就像是一幅曼妙的仕女画。

不论胖瘦,这些艺伎们长年来接受严格的训练,从而养成了良好的举止和礼仪,是一种融入生命中的自然之美。

此刻阿霞所展现出来的美,不亚于多年练习的艺伎。她是如何学习并养成这些礼仪的?茶道教室教授这些吗?也许有这方面的因素,但更重要的是她有着良好的家庭教养。阿霞的母亲是一个传统、稳重、严守规范的人,说话彬彬有礼,甚至到了叫人头痛的地步。虽然她只在学生时代见过母亲几面,但是家庭的教育加上她的天赋秉性,使得她自然而然地养成了大家闺秀般的待人接物方式。

然而，就是如此为人严谨的阿霞，此刻身为人妻却与别的男人一同旅行，假如被她死去的母亲知道的话会怎么样？

伊织不禁偷偷觑了一下阿霞的脸。

凉菜之后，端上来的是蒸鲍鱼，配以花山椒，旁边还摆着一只山桃。盛器则不用碗盏，而是直接放在一方杉木板上，在暑热的天气里透着丝丝清凉的感觉。

老板娘还记得伊织是因为设计奈良美术馆而经常来京都。

"预定明天早上过去。今天是因为太想吃你这里的料理，所以特意在京都住一个晚上。"伊织告诉她。

"那可是实在太感谢了。"老板娘低头致谢后，将凉菜的盛器端了下去。

屋里只有两个人。伊织抬头朝庭院里望去，池塘前面小山的半山腰上有间茶室，几只灯笼散着朦胧的亮光，照着一条小路通向茶室。微曦的夜空中吹来细细的风，穿入房间，将屋檐一角的垂帘吹得晃动起来。

"这地方晚上不能住宿吗？"

"没有的事，提前预约的话应该没问题。"

定下来在京都住一晚之后，伊织曾想过在这里预订一间客房，不过日本式的旅馆一般都门禁较早，感觉有些不便。再说，虽然在座落于宽舒的庭院之中的客房住一晚感觉一定不错，但毕竟没有西式旅馆的那种密闭感。自己与阿霞共度一夜，当然希望是在一个密闭的房间里。

这次是侍者代替老板娘进来，端上来秋葵红鳍鲷汤，不一会儿又端来生鲕鱼片和盐烤香鱼，然后是加茂茄子和芋头的拼盘、文蛤酒蒸。

日本式宴会料理讲究将重油的菜肴和清淡的菜肴、温热的菜肴和凉爽的菜肴，根据合理的搭配顺序以及客人吃的速度循序而上，因而吃起来非常容易入口。但是端上来的菜肴必须即时品尝，这也是一种礼仪，否则会让料理的制作人为难，是对其不敬的行为。所以阿霞每道菜都吃得有滋有味，不过她吃得实在太饱了，以至最后的主食米饭不得不谢绝了。

"真的太好吃了，肚子都撑了，吃不完剩下了，对不起啊。"

"没关系,梅雨天胃口总要小一些的。我这就把水果端上来。"

一直到吃完了饭,池塘中的蛙还是一声没叫。天空中的乌云依然不肯彻底散去,不过因为稍微有风吹来,感觉要好多了。

"真静啊!"阿霞侧脸望着庭院说道。

在寂静的夜色中,从她脸颊到脖颈的线条隐约浮现,伊织看着,情不自禁地闪现出一丝淫猥的念头。

吃完端上来的水果,时间已是八点半。

"多谢款待。"伊织说着站起身来,恰在此时,浮闪着灯笼亮光的池中,蛙儿开始鸣叫起来,仿佛是看到客人起身要走,特地致意似的。

"是不是知道生人要走,感到安心了呀?"

"算是恭送客人的礼节性寒暄吧。"听了伊织的玩笑,侍者立即笑着接口答道。

寂静无声的入口旁,铺着绯红色的毛毡垫子,门两旁一溜儿排着灯笼,从这里一直连到餐馆大门口。阿霞脚上的白色布袜在柔和的灯光照耀下,缓缓地向前移动。夜空中看不见月亮和星星,只能隐约看到云彩似乎在飘动。

"明天好像要天晴了呢。"侍者说。

听这么一说,两人回头看去,只见身后的东山近在咫尺,好像要压下来似的。四下里只听见在碎石路上走路的"沙沙"声,白天游客熙来攘往的清水森林现在也沉睡般的悄无声息。

"今天实在谢谢二位,欢迎下次再光临。"

在侍者的送别声中,伊织登上出租车,阿霞随后也上了车。

"今天真的很愉快,谢谢您。"

车子启动,往坡道下面驶去的时候,阿霞又一次低头致意。尽管两人已经多次约会,肌肤相亲,但阿霞还是处处谨遵礼仪。这种严谨的性格也正是伊织喜欢她的原因。

"您领我去那样的地方,对您以后不会有什么不方便吧?"

"没关系,老板娘他们绝对不是喜欢嚼舌头的人。"

伊织说罢,看了看手表,九点钟还没到。好不容易两个人一起来到京都,不感受一下京都的夜晚就直接回旅馆,好像有些遗憾。

"上街上转转怎么样?"

伊织知道花见小路一带有两三家不错的酒吧,他在考虑要不要带阿霞去那里。想了一会儿,伊织决定先乘车沿东山的盘山路至将军冢,居高俯瞰京都的夜景,然后两人在河原町下车,沿着四条大街往八坂神社方向款款走去。

雨季的夜空虽然闷湿,但街上依然行人如织。和阿霞擦肩而过的人,全都将视线斜向阿霞,有的人甚至还回转头来特意多看一眼。看来在京都,阿霞的娇美依然非常出众。

翻过四条大桥,在离花见小路不远的地方折入路北,便是伊织曾光顾过几次的酒吧。这是一家京都较常见的家庭式酒吧,日式房间内设有吧台,为了坐起来便利,吧台下方是空的。这里原本是家茶室,地方虽小巧却雅致舒适。两人在这里喝了大约一个钟头,回到旅馆是十一点多。

"一直穿着和服一定很累吧?"伊织一面解着领带一面问道。

阿霞将伊织脱下的西服用衣挂挂起,答道:"穿习惯了,反而觉得和服穿在身上舒服呢。"

难道有这样的事?看到阿霞长时间穿着和服,却不见明显的皱褶,伊织感到不可思议。

"现在稍微凉快了点,不过还是蛮闷热的。先前说好的,一起洗澡吧!"

阿霞笑了笑:"两个人洗,挤不下,也静不下心来洗。还是您先洗吧。"

"我刚才吃饭前已经一个人洗过了,再一个人洗就没意思了。"

"跟我这样的半老太婆一块儿洗澡也没什么意思。我给您放水,您先洗吧。"

"你哪里是什么老太婆呀?你的身体真漂亮,想看漂亮东西是人的自然欲望嘛。"

"超过三十岁的女人,身体就没什么好看了,不是更年轻漂亮的人也看过嘛。"

一瞬,伊织以为阿霞在说笙子,他暗暗吃了一惊。阿霞却若无其事地继续说道:"男士们不是都对年轻女人的身体感兴趣吗?"

"那也不见得,并不是越年轻越好,人年轻但是身体不漂亮的人有的是。美和年轻是两码事情。女人真正的美是在三十岁以后。"

"谢谢您对我的安慰。"

伊织又劝了一阵,阿霞的态度很坚决。无奈,伊织只好换上浴衣,一个人走进浴室。

浴槽内放满了热水,伊织伸展开手脚,脑子里却在想着刚才阿霞说的话。阿霞说更年轻漂亮的人,似乎只是讲电影或成人杂志中的吧,自己也是照着这个思路回答的,但阿霞真的是这个意思吗?伊织心想阿霞是不可能知道他和笙子的事情的,可还是感觉到些许不安。

伊织洗好出来,阿霞接着进浴室。伊织想开个玩笑,他轻轻推了推浴室的门,不想却从里面反锁着。

由于只有一间房间,阿霞脱下来的衣服都堆放在浴室门前,内衣裤和腰带等叠好放在下面,最上面用和服盖住,不过系在腰带里面、以防和服走样的伊达窄腰带却从衣堆里露出了一点点。伊织心里忽然涌起一种冲动,想伸手到衣堆里去探寻一番,最后还是忍住了。

坐在窗边的椅子上,喝着从冰箱里取出的啤酒,听着浴室里面的动静,却听不到水声,不知道阿霞是不是正泡在浴池里。

伊织拉开移窗朝外望出去。加茂川就在眼皮底下,沿着河堤坐着不少人,像是在乘凉,其中也有趁着夜幕拥抱在一起的情侣。傍晚到达旅馆时看到的正面那片茂密森林以及八坂塔此刻都看不见了,只有东山在云空中隐约辨得出徐缓的轮廓。在它左手旁高处的一点亮光,好像是比睿山顶。

看着黑黢黢的山峰,伊织想起了家里。真理子和美子睡了吗?现在已经十一点多了,小女儿应该上床就寝了。还有妻子……

想着想着,伊织突然婆婆妈妈起来,自己这样做到底妥当吗?可是马上又转念宽慰起自己：自己是因为工作去奈良，顺路到京都住一晚而已。

今天晚上住宿在京都的事情只有笙子一个人知道，作为事务所的头儿，自己的行踪可以不被人掌握，但至少所在位置必须让她知道。笙子现在在做什么呢？自己离开东京时她的心情看上去还不错，也许现在正在家里看电视吧。

正在不得要领地胡思乱想之际，从浴室那儿传来了声响，阿霞洗完出来了。她穿着浴衣，腰间用带子系住，下摆下面露出的一双裸足透着些红润。

"要不要来点啤酒？"

"好的。"

阿霞答应着，随即将和服等收到衣橱里，然后走到伊织身旁。她大概化了点淡淡的夜妆，走近身旁便有一股柔柔的清香。

"那两个人一直坐在那里动也不动哩。"伊织指着下面的河堤说道。

大概是一对年轻情侣吧，那两人面对着夜幕下的河川，互相偎依着，一动不动。伊织一面居高临下看着，一面握住了阿霞的手，她的手因为刚刚出浴，显得更加柔软和富有弹性。阿霞身上的体温，透过手指传递到伊织手上，伊织手上稍稍用了一点力气，随即往卧床方向引去。

"请稍等一下！"

阿霞脱出手，拉上移窗，接着将房间里的灯熄灭，只留下门口一盏微弱的夜灯。

"太暗了。"伊织说。但是阿霞不理会，她走到桌边将酒杯收拾到一旁。

已经十二点多了，除了偶尔驶过加茂川上大桥的汽车的声音以外，听不到任何声息。四下一片漆黑，木移窗在黑暗中反而显得有些灰白，煞是醒目。

床是双人宽的大床，手脚尽情舒展开来也绰绰有余。像往常一样，阿霞蹑手蹑脚地从床的一隅钻进被窝来。

虽然这不是两人第一次同床共枕，任情欢愉，但因为是外出旅行，不必考虑回家,所以多了些安心感,而这种安心感似乎激发起了阿霞的情意。与往常不同的是,阿霞上床之后主动朝伊织身上靠过来。感受着阿霞柔软、散发着清香气息的身体,伊织慢慢解开阿霞身上浴衣的带子。

阿霞的身体不胖,但很丰腴,或许是骨头偏小的缘故,外表看起来身材瘦弱,但其实非但不骨感,反而相当肉感。带子解开之后,褪去两只袖子,最后脱掉整件浴衣,这个过程很快便完成了。

现在,阿霞已经全身一丝不挂,伊织轻轻吮吸着她的双唇,然后又移向她的耳朵。披散开来的头发有几根含在了嘴里,伊织用手指捋去,将嘴唇埋入阿霞的耳后根处。

"啊……"阿霞缩起脖颈,上半身震颤着。

知道阿霞的耳后根对亲吻特别敏感,是在第二次约会时。随着相会的次数增多,两人在床上越来越大胆,阿霞身体上的秘密在伊织面前也渐渐地暴露无遗。

脖颈、耳后根,还有那仿佛结着两颗红色果实般的乳头,被伊织吻着,爱抚着,阿霞只觉得浑身像在狂奔似的,不断被推向高峰。伊织的一只手紧紧按住她的下身那片葱茏,缓缓而坚决地移动,逡巡着。然而伊织只是不停地爱抚着,却并不急于采取进一步的行动,他强忍住风狂雨骤的冲动,悠然嬉戏着。

两人激情难抑,正在冲向欢爱的峰顶,可是伊织却走走停停,不急不缓的,有些恶作剧般的残忍。

终于,阿霞实在忍不住了,她的脸扭曲着,好像哭泣一样,从震颤的嘴角漏出一声呻吟:"嗯!啊……"

听到阿霞的呻吟,仿佛听到冲锋的号角,伊织这才雄赳赳地跨马举枪,直捣凤巢。霎时间,只听得一声紧似一声的悲鸣,声音越来越响,阿霞赶忙用手捂住自己的嘴。

最近,伊织对早晨早起不那么感到痛苦了。除非前一晚酒喝得太多,一般六点钟左右便醒来了。不过,他不会马上就起床,而是先在床上看一会儿报纸,想些事情,其间迷迷糊糊地再睡个回笼觉,结果从床上下来总要到八九点钟。

随着年龄增大,早晨会越起越早,不过这与健康是两回事。是因为体力衰退,所以无法长久入眠,并且睡眠质量也降低,大多睡得断断续续,因此便显得早晨早起了。可以说,睡眠也需要有持久的耐力。

伊织醒来之后并不马上起床,因此经常会睡过点。虽然晚上上床很晚,但白天只要没有特别急迫的工作,想睡到几时便大可放心地睡到几时。所以他尽管早晨醒得早,但不等于起床也早。

在京都的旅馆,伊织早晨五点半便醒了,但是还没有从脑子到身体彻底醒来,只是对旅馆的床不太习惯,所以早早地睁开了眼睛而已。差不多过了好大一会儿,他的脑子才渐渐地清醒起来,望着灰白色的木移窗和天花板,终于想起来这里是旅馆,自己现在是在京都。

接下来,他意识到阿霞不在身边。

他无意中舒展开手脚,蓦地发现身旁没有别人。接着用脚在床上搜索了一番,也没有碰到任何东西。他急忙抬起头,环视了一下屋子里,却看不到阿霞的身影。

"喂!喂……"

伊织叫了两声,但是声音好像被四壁吸掉了一般,屋子里静静的,没有一点回音。

这下子伊织彻底醒了。他跳起来下了床,到浴室看了看,阿霞还是不在。打开衣橱一看,原本放在里面的阿霞的和服和手提包也不见了。

丈二和尚摸不着头脑的伊织蒙了。他开始回忆昨晚的事情:记得是十一点多回到旅馆,然后洗澡,十二点之后两人上床,阿霞表现得前所未有的主动……那之后伊织心满意足地睡去,阿霞则枕在自己的臂弯中。

可现在阿霞不见了……

伊织站在屋子中央,再次四下环视了一遭,发现床头柜上放着一张纸片。

纸片是旅馆的便笺纸，上面工工整整地写着两行字：

　　您醒了吗？昨天晚上过得非常愉快。我想您一个人可能更加舒适，所以到其他房间去休息了。如果有事请给我房间（702号房间）打电话。

霞

　　伊织看完，轻轻搔了搔头，原来昨晚的事情不是做梦。
看来阿霞是等到伊织睡着之后，离开房间，到另外的房间去睡了。
　　可是，她为什么要这样做呢？
　　字条上写的是一个人更加舒适，其实完全没必要。即使稍显狭窄，但毕竟两个人睡一张床，这是他所期望的。正因为这样，他才预约的双人床客房，两个人睡绰绰有余。但不管怎样，知道阿霞仍在同一家旅馆，伊织总算稍稍安下心来，他走到窗边。
　　因为阿霞不在而彻底醒了，其实现在六点钟还不到。伊织拉开移窗，正面的东山一半被掩映在浓密的晨雾中，加茂川则在淡淡的晨曦中泛着白色的亮光。右手边的桥上，此刻还不见汽车通过，只有骑着自行车送报、送牛奶的青年经过。
　　伊织拿起昨晚放在桌上的香烟，点了一支，然后在椅子上坐下。
　　得知阿霞不在，他最先想到的是她是不是返回东京了？是不是家里突然有什么急事？或者她是不是一开始就计划好半夜赶回去的？可是又一想，阿霞没理由那样做，如果真的有事要回去的话，她一定会提前告诉自己的。
　　阿霞担心两个人睡在一张床上会挤，所以趁他睡着后睡到别的房间去了，想起来，这也正符合阿霞的性格，虽然自己醒来时吓了一跳，但可见阿霞心思之缜密，考虑事情之周到。
　　可是，阿霞究竟是什么时候预订了客房？伊织在前台办理入住手续的时候，阿霞只是不作声站在一旁，所以不是那时候。等进了房间之后,伊织冲洗身体的时候,阿霞说到地下商场转了一圈,莫非是那时?临出发之前,阿霞急切地问起京都住宿旅馆的事情,也许是那时知道了旅馆的名字就已经预订好了?伊织想着,不禁佩服阿霞做事仔细周到,但同时又有点不放心:阿霞真的在她所说的房间里吗?

旅馆客房之间通电话,先拨 2,然后加拨房间号码,就会接通。伊织拨了个 2,刚想接着拨阿霞字条上所写的房间号码,突然手停住了。

现在时间尚早,也许阿霞还在休息。如果她昨晚是在自己睡着之后换的房间,应该是一两点钟了,从那时到现在,她一共也没睡多长时间。伊织放下听筒,隔了片刻,又试着拨通了前台的电话。

"请问高村霞女士是住在几号房间?"

一大清早突然打听别人的房间,前台服务员显得有些困惑和为难,稍许隔了一会儿才答道:"702 号房间。"

"现在在房间吗?"

"是的,我想她在的……"

伊织谢过之后挂断了电话。这下阿霞与自己仍住在同一家旅馆里的事实得到了确认。

伊织又点上一支烟,望了望窗外。低垂在东山上方的晨霭稍稍升高了些,加茂川上更加明亮了,桥上和对岸的堤岸边有车子驶过,看来人们又将要开始新的一天了。

伊织对着早晨娴静的景致看了许久,然后关上窗子,重新躺到床上。两个人一同入睡的双人大床,现在他独自一个人睡,只觉得太宽太大了,以至无法定下心来。要是阿霞在身边多好啊。他想起了阿霞柔软温润的肌肤,可是阿霞正休息着,怎么能叫醒她呢。

"再睡会儿吧!"伊织对自己说道。

他随即闭上眼睛,可是依然无法将阿霞的影子从脑子里抹去。

为什么阿霞多此一举另订一间客房呢?莫非是考虑到家里可能打电话来,所以才这么做的?房间不在一起,即使辻堂的家里来电话,她也照样能够自由自在地说话,这样便是一个人来京都的证据。

"难道是这样啊……"

可是接下去的一瞬间,他又对自己说:"好像不是这个理由吧……"

字条上写得很清楚,只是因为觉得一个人更加舒适才换到另一间客房去睡的。趁男人熟睡之际悄悄离开,这恐怕也是显示女人稳重检点的一种修养吧。

胡思乱想着,伊织渐渐地在床上的暖意中,又浑然睡去了。

伊织再次醒来已是八点钟。还是他第二次睡下去时那样,窗子关闭着,但是太阳已经升得老高,一缕细细的光线,从纤细的窗缝中钻进来,穿过屋子,一直照到床尾。

过了八点,阿霞应该起床了吧。伊织望着透进阳光的窗子,拿起电话,拨了对方房间的号码,阿霞立即接起了电话。

"早。刚刚醒吗?"

阿霞的声音清脆明快,大概早就起来了。

"其实呢,大约两个钟头前就醒过一次,但是发现你不在旁边,吓了我一跳哩。"

"对不起,看您睡得很熟,所以就没打招呼,悄悄地出来了。"

"我根本没想到你还另外订了间房间。为什么要这样呢?"

"我想这样会更加舒适些……"

"双人床就是为了两个人睡的嘛。好不容易出来旅行一趟,我还想两个人一直待在一块儿哩。"伊织不禁略带责备的口气说道。

阿霞压低声音道:"我也想一直待在您身边呢。不过,女人又要穿脱和服啦,又要化妆啦,有很多事情不愿意让男人看到嘛……"

伊织手握着听筒点了点头。确实,同在旅馆一室,想要避开男人的眼睛拾掇自己简直是不可能的,况且熟睡时的脸孔和毫无防备乱七八糟的样子也会被看到。阿霞是为了避免这些才到别的客房去睡的。

"房间是一开始就订好的吗?"

"您进去洗澡的时候我下去登记的。"

"为什么不跟我说一声呢?一开始我还以为你跑掉了哩。"

"既然和您一块儿来了,怎么会跑掉呢？要是一开始跟您说了,怕您反对,所以就没告诉您。"

"哦,对了,你已经起来了吗？"

"哎,刚才起来的,正在等您打电话来呢。"

"那马上就能过来吧？"

"是的,只要您说一声。"

"那就马上过来！"伊织用命令的语气说道。

随后他躺在床上伸了个懒腰,但立即又想起了什么,下床走到门口,从里面将门稍稍拉开一条缝。

一同出来旅行,伊织期待的事情之一,是早上由阿霞唤醒他。当他睁开眼睛的时候,他希望第一眼就看到阿霞的笑颜。说起来有些孩子气,但是每个男人对所爱的女人都带有对母亲的感觉。现在这个期待看来终于可以实现了。伊织闭上眼睛,假装熟睡着,等着阿霞。

周围客房里的住客大概都已起床了,伊织听到走廊里有人说话,好像是女性的声音,像是要去吃早餐然后出去观光。等说话声过去,走廊里恢复安静之后,门铃响了起来。

伊织转过身,后背朝着门口。阿霞似乎在门口犹豫着,她又按了一下门铃,然后注意到门开着一条缝,便推门走进来。只听到"咯哒"一记房门关闭的声音,阿霞轻手轻脚地来到床边。伊织虽然眼睛看不到,但是感觉得到阿霞已走近,仍然背对着她不动。

不一会儿,听见窸窸窣窣的声音,耳旁响起阿霞脆甜的声音:"还在睡吗？"

伊织只觉得这仿佛天籁之声,可他还是紧闭着眼睛。

"已经八点半了。"

耳边再次响起天籁之声,伊织这才动了动身子,似乎刚醒来一样,睁开眼睛。屋内淡淡的晨光中,阿霞的笑脸就在眼前,伊织一瞬感觉好像看见了那枝山茶花似的,他不禁眨了一下眼睛。

"可以起床了。"

阿霞的手想去拉床罩,却被伊织一把捉住,使劲儿地朝自己身边拽。

"做什么呀?"

"……"

"已经白天了。"

伊织不由分说地抱住阿霞,将她拉到床上。头发梳得整整齐齐、穿着和服的阿霞被他这突然一使劲儿,冷不防两脚腾空,衣服也乱了。

"别……"

伊织用嘴唇重重地堵上阿霞的嘴,然后说:"这是对你夜里逃掉的惩罚!"

阿霞刚想蜷起身子,伊织却伸手抵在她胸前,紧紧抓住她柔软的双乳。

"等等,等一下!"

"那好,你自己脱吧!"

开始还反抗的阿霞,很快便好像断了挣扎之念,她自己动手解掉和服,散开头发,跪在床前。伊织一瞬间想起了"囚房"这个词,眼前的阿霞毫无疑问正是一个被囚禁的美女。

早晨的旅馆内,住客大多已经起床,再过一会儿女清洁员也将开始打扫房间。在这种环境下的情事叫人怎么也无法安心,不过,这也格外刺激起人的紧张感。况且两人只住宿一个晚上,错过现在,就没有这样的机会了。伊织对"囚房"激情燃烧起来。

很快激情便平静下来,一番销魂之后,两人又轻轻入睡稍事休息。

这次先睁开眼睛的是阿霞,伊织也随后醒来。阿霞轻手轻脚地下床,穿好衣服,伊织则脑子里清醒着,身体还舒舒服服地打着盹。随后阿霞走出房间,过了一会儿床头的电话响了起来。

"大懒虫,马上快十点钟了。"

伊织抬头看了看枕边的手表。

"您不是还要去奈良办事情吗?我已经收拾好了,在大堂里等您吧。"

两人约好在一楼的茶廊会合。十五分钟后伊织来到楼下,阿霞已经坐在那儿,眺望着庭院。

"我一个人先叫了杯咖啡喝。"

阿霞手上捧着咖啡杯子,脸上的表情里已经看不出任何情事的痕迹。

"约好几点和对方在奈良碰面?"

"十二点半。"

"那不是没多少时间了吗?"

"不要紧的,乘特快的话,四十来分钟就能到。再说我现在脑子还有点昏沉沉的哩。"

"谁让您那样乱来来着。"

"是因为你太诱人了。"

"诱人……"阿霞慌忙将脸侧转开去。

前面是宽敞的落地玻璃窗,透过玻璃可以看到绿色的灌木篱笆,再往前是东山和比睿山的绵延群峰,在稍显阴沉的天空下隐约现出轮廓。从窗户望出去,与雾霭朦胧中的春天景色并无二致。

"肚子饿了吧?还是先叫点东西吃再走比较好。"伊织说完,盯着阿霞的脸说道:"脸好像不一样了嘛。"

"我的脸吗?"

"比起昨天在东京碰头的时候,更加柔和更加娇艳了。"

"还不是多亏了您,谢谢。"阿霞说着脸上浮起微笑,随即低下头。笑颜中,洋溢着一个生机勃勃的女人的宁静与平和。

吃了点三明治便餐和咖啡,两人离开旅馆前往京都车站。到了站前,刚好再有十分钟便有一班开往橿原神宫的特快列车发车。两人乘上这班车,再到西大寺换车,到达奈良是十二点钟。伊织先将行李存入车站前的投币式保管箱,然后叫了一辆出租车。

"我接下来到县厅,去跟约好的人碰面,两个钟头足够了,我们两点半在奈良酒店的大堂碰头。"

伊织吩咐了阿霞自己去工作之后，有两个钟头的空闲时间，她可以在这段时间里乘车逛逛附近的东大寺和春日大社等地方，然后他便在县厅门口下了车。

"两点半在奈良酒店，对吧？"阿霞面露不安地问道。

"没关系，反正司机很熟的。"

伊织笑着点了点头，可是阿霞乘坐的车子一驶走，他立即感到一阵孤寂。幸好是在白天，阿霞一个人不至于发生什么差池吧。想是这样想，但毕竟人生地不熟的，让她独自一人去逛还是有些不放心，虽然他也明白，这是由于自己爱阿霞而多虑了。

县厅星期六只工作半天，伊织急急地进去，刚刚结束工作的建筑部的人已在屋里等候着他。于是一面在附近的县厅职员专用食堂吃午饭，一面就飞鸟地区新一轮的环境整治问题与对方交换了意见，并约定具体事宜过后再用模型和图片等加以补充说明。

伊织赶到酒店正好两点半。他以为阿霞还没到，没料想阿霞已经等候在右手边的大堂里。

"你来得真早。转了哪些地方？"

"从东大寺到药师寺一路转了一圈。不过一个人总感觉有些心不定的……"

与伊织分开两个多钟头，此刻阿霞用一种依恋的神情望着伊织。

"肚子饿了吧？去吃点东西吧。"

于是两人走进酒店餐厅，阿霞吃了顿晏迟的午餐，伊织喝了点啤酒。

"这酒店真漂亮。以前看到这间酒店的照片，就想什么时候要来这里亲眼看看呢。"阿霞用新奇的目光环视着周围。

"这里历史悠久，所以有一种很独特的风格。房间楼层很高，而且取暖不是用空调，用的是旧式的蒸汽式暖气。"

伊织开始打算住宿这里的，后来因为想在京都吃晚饭，所以改成了京都的旅馆。当然背后还有另一层原因，那就是以前曾与笙子一同来这里住宿过,再怎么说,他也没有勇气冒险带两个不同的女性先后住进同一家酒店。除了勇气之外,也可以说他想借此让自己跟过去来个了断。

吃过饭,时间已是三点半。阿霞说过只要今天回家就不要紧,这样算来,必须在晚上十点钟到达东京才能赶回辻堂。奈良至京都一个钟头,然后换乘新干线回东京需三个钟头,因此六点钟左右就得离开奈良。因此,还剩两个多钟头。

"好不容易来趟奈良,还是转一转古寺看看吧。东大寺和药师寺已经看过了?"

"匆匆忙忙地转了一下。"

"奈良要想认认真真看的话,至少得三天。如果有时间,我领你去看看室生寺啦、长谷寺等等,值得看的地方多得是哩。"

伊织的本意是想说,只住一晚实在太短暂了,可是要说起来便少不得抱怨了。

"有什么特别值得一看的古寺吗?"

"净琉璃寺倒是不错,不过从这里去太远了,我们去秋筱寺吧。"

"只要和您一起,去哪儿都可以。"阿霞说道。

要在以前,阿霞是不会这样说的,或许是旅行使得她性情激扬起来。

伊织在酒店门口招了辆出租车,告诉司机"去秋筱寺"。

伊织第一次游览这个古寺还是在学生时代,他被它的寺名所吸引,靠着一张地图便独自寻迹而至,发现果然一如其名,非常优雅,富有情调。后来又多次造访,每次来都觉得心情为之豁然而开。秋筱寺相传是奈良时代[①]末期由光仁天皇敕令建造,僧正善珠大德奠基开创的,以药师如来为供奉主神,一度曾作为真言密教的道场而盛极一时,后毁于战火。如今已难睹当年全貌,仅存主殿静静地伫立在绿色密林中,被指定为国宝。

[①] 奈良时代:一般指日本自和铜三年(710)至延历三年(784)以奈良为都城的时代,有时也包括定都长冈京的10年,即至延历十三年(794),在文化史上则称为天平时代。是日本律令制国家的鼎盛时期。

这里伊织与笙子也一同来过一次,他最欣赏的是在众多规模宏大而富丽堂皇的奈良古寺中,唯有此处显得特别低调,笙子果然也非常喜欢。

"假如和自己喜欢的人分手的话,一定会到这里来的。"笙子这样说。

如今,领着阿霞去曾经令笙子说出这样的话的地方,究竟算怎么回事?伊织望着车前方,不禁为自己所做的事情而惊讶。

来到寺门前,伊织吩咐出租车司机将车停在右侧的停车场等他们出来,随后同阿霞从东门进入寺内。秋天来时,胡枝子静静地开着蝶形小花,而现在则到处是绿树,在午后的微风中轻轻摆动。

穿过地上长满绿苔的杂木林是个接待窗口,再往里走迎面看到的便是正殿。阿霞猛然站住了,只见铺着细鹅卵石的参拜道前方,由黑色柱子和白色粉壁组成的气势雄浑的正殿伫立在梅雨季的天空下。

"怎么样?"伊织以一种踌躇自得的口气问道。

"好宁静啊,看上去简直不像座古寺。"

"总体上讲,奈良的古寺跟京都的比较起来,给人的感觉更加安详宽舒,既很少有那种烧香的气味,也没有那种诵经念佛的唠叨声。这座建筑在镰仓时代大修过一次,所以风格很俭朴。左右均衡对称的布局显得非常大气,颇有奈良时代的风貌。"

阿霞点点头,踏上铺着细鹅卵石的参拜道。由于是星期六下午,来参观的游客极少,右手钟楼那里有两个女性正在拍照留念。与京都相比,奈良的古寺更多几分娴静和宁定。

"说出来好笑,我刚看到这座建筑的一瞬间,忽然想起了漂亮的和服,好像有一种和服的纹样就是这样的感觉。"

"也是,黑和白是所有图案的基础嘛。"

天空虽然依旧显得阴沉,但是在云空下,古寺的白壁似乎平添了几许明艳。沿着正面的石阶走上去,穿过低矮的回廊往左,便是正殿的入口。一跨进正殿,骤然感觉有股习习的凉风吹来。

这里正中供奉着药师如来佛,两旁列坐着爱染明王、帝释天、日光菩萨、月光菩萨等十几尊佛像,其中最为著名的则是掌管福德和艺技的伎艺天①。伎艺天的头部是盛行于天平时代②的干漆像③,胴体部分则是后世修补上去的镶嵌木雕像④,其娇媚的神态以及和颜悦目、微微向下俯视的姿势,不愧为艺术的执掌神。

阿霞站在伎艺天佛像前,仰着头一动不动。她与佛像相视而对的情景,在伊织眼里,又宛若一幅绘画。

参观了一圈,走出正殿。不知道是不是被伎艺天佛的娇媚压倒了,阿霞一句话也不说,只是默默地跟在伊织身后。两人在正殿外面又转了一遭,然后在钟楼前的长凳上坐下。

闭门是四点半,时间还有二三十分钟。先前在两人身旁热心参观的年轻女性已经离去,又进来一对老年夫妇。寺内的游客仅此而已,看不到其他的人影。天空则越来越阴暗,黑白颜色组成的正殿将近黄昏。

"谢谢您领我来这里观赏了这么美的佛像。以前我只看过一次照片,没想到实际比照片还要漂亮得多。"

"我刚才把你和伎艺天放在一起在观赏哩。"

"可别那样讲……"

"说老实话,我当时心里在想件很失礼的事情哩,说出来怕你吓一跳,是昨天晚上……"阿霞皱起了眉头,可伊织毫不理会,继续道,"昨天晚上那么轻脱不羁的人,今天看上去就像尊佛像似的……"

阿霞颔首低眉,没有作声,这下伊织看着更觉得阿霞跟伎艺天有几分神似。

"请不要再这样说了。"

"哦,不,其实我是为你高兴啊。只不过一瞬间在想,女人可真是不

---

① 伎艺天:佛教诸神之一,从大自在天化生的天女,其形象为左手捧着堆满花的碟子,右手提起衣襟。
② 天平时代:奈良时代天平年间(729-749)受中国唐朝及西域文化影响,日本贵族文化繁荣兴盛,是日本历史上的佛教美术黄金时代。
③ 干漆像:以麻布和漆为原料,采用特殊技艺塑造而成的佛像,由中国传入日本,盛行于天平时代。
④ 镶嵌木雕像:将木雕像的各部分用不同木材加工然后镶拼成整体而制成的佛像。

可思议呢。"

"我也觉得有点不可思议。"

"你?"伊织反问道。

阿霞眼睛望着正殿的方向,点了点头接着道:"至今为止,我还从没有那样过。"

"……"

"说出来怪难为情的……"

伊织轻轻将自己的手重叠在阿霞放在膝头的手上。身后的杂木林中传来斑鸫鸟的叫声,一位女游客手拿速写本从正殿走出来,朝寺门方向走去,整然的细鹅卵石参拜道上杳然无人影,唯有云朵在轻柔地飘动。

阿霞抬起头,眼睛看着前面说:"在家里我是不做那事的。"

"……"

"除了您,我不可能再接受别的男人。"阿霞轻声说到这里,重又将视线投向正殿。

霎时间,伊织的脑子里既欣喜又疑惑。阿霞从自己这里享受到了从别的男人那里得不到的欢悦,这对伊织来说是莫大的欣喜;但同时,她明确地表示不会接受别的男人的爱,这不光显示了对所爱的男人的一往情深,更是表明为了她所爱的男人而坚守贞操。可是,阿霞毕竟是别人的妻子,这一点又无可置疑。不接受别的男人,换句话说,就意味着她也不接受丈夫。难道一直以来,阿霞身为妻子却始终拒绝丈夫的爱吗?

假如丈夫硬是提出要求呢?

想到这里,伊织没有了先前的欣喜,反而突然感觉到郁闷。

老实说,迄今为止伊织一直以为阿霞虽然对自己有好感,但与丈夫仍保持有肉体关系,他甚至想象过阿霞与丈夫做那种事的情景。当然,那样想对自己心理上并无益处,只是凭空增添嫉妒的一种受虐的假想,使得自己心神难宁。

可是现在,阿霞明白无误地告诉伊织,正如他所暗自期望的一样,她和丈夫之间什么也没发生。伊织心情松快,乐不可支也是可以理解的,然而事实上并非如此,一开始的欣喜很快转成了忧虑:这样下去,两人会怎么样……

现在伊织意识到,坐在秋筱寺前的两人,竟是一对罪孽深重的男女。

薄云中的西边天空已经染上了些许晚霞,虽仍是阴沉沉的梅雨天气,但日暮已然临近。

伊织看着天空,轻声道:"走吧……"

对于阿霞的告白,伊织什么也无法回答。也许这种告白本身就是要求得到某种答复,也许阿霞仅仅是告诉他这一事实而已,但不管怎样,伊织竟不知道说什么好。向她说声"谢谢",未免太轻飘飘,但除此之外,又找不到别的适当的词汇。

伊织默然起身,阿霞也整了整和服跟着站了起来。先前进入正殿参观的老夫妇朝这边走来,两人仿佛被老夫妇追赶着似的快步走出去。

"男人对女人的这种心情是不能理解的吧?"踏在细细的鹅卵石上,阿霞喃喃地说道,"可是,女人就是不行……"

一瞬间,脚下鹅卵石发出的"沙沙"声,在伊织听来却像是阿霞的涕泣声。

"不,男人也一样啊……"

"可是,您只要回到家中,对太太还是很关心体贴的吧?"

"根本谈不上关心体贴,我基本上不回家里的。"

"那是因为您工作忙的缘故,如果空闲的时候还是回去的吧?"

"其实就像上次跟你说的那样,我和她已经不再是那种关系了。现在我基本上都住在青山的公寓,过着一个人的生活,就是你也看到过的那个样子。我现在已经不会再想什么回家之类的了。"

"您为什么不回家呢?"

"说白了,我不爱她。"

"……"

"假如你不相信,那我也没办法。"

"可是,您不是和她结婚了吗?至少曾经是爱她的,对不对?"

"一开始的时候,是有点……但是谁都一样,不能因为结了婚就说是爱,有时候明明不怎么爱,但是事情发展到一定程度,骑虎难下,只好结婚,这种情况不是也很多吗?"

"您是说骑虎难下才结婚的吗?"

"也不能那样说,反正当时觉得还可以,所以就……"

宁静的秋筱寺内,一个中年男人和一个和服打扮的女性穿行而过,旁人看来,一定会以为是一对来奈良旅游的和睦恩爱的夫妇。

阿霞似乎不能赞同伊织所说。她微微斜着头,迈着小碎步在鹅卵石参拜道上走着。

伊织心里渐渐愤然起来。为什么男女结了婚就一定认为是爱情的结合呢?这么想实在过于简单化了。这个世上,有些夫妇表面看上去恩恩爱爱、极其般配,其实背后反目成仇;尽管婚姻的形式完好无损,但是同床异梦、各怀鬼胎的夫妇也不知有多少。然而,这种事情却很难对别人解释清楚,即使一一列举出事实,在别人眼里也不过是夫妇间的争嘴斗气,况且啰里啰唆把这些事情抖出来也没什么光彩的。

但是至少,伊织希望阿霞能够明白,希望她明白不只是她,自己内心其实也正忍受着痛苦的煎熬。

"世上既有成功的幸福的婚姻,也有失败的不幸的婚姻,像我就属于那类失败的婚姻。"

"可是,村冈先生告诉我说,您太太是个非常漂亮、又非常温柔贤惠的人啊。"

"他是局外人,怎么说都行啦。"

"可是,那样一个人,如果那样冷淡地对她,一定不是个好男人。"

"不是好或坏的问题,现在的问题是,我已经不爱她了。"

"真是自说自话。"

"是的,我自己也知道。不过,爱上一个人,或是讨厌一个人,本身就是件自说自话、任性的事情啊。"

说着话,回到了接待窗口。两人停下脚步,转身朝静静地伫立在阴沉潮湿的天空下的正殿,随后沿着杂木林中的小径走去。

"总之一句话,就是两个人合不来。"

"可既然结了婚,就应该尽量去互相适应呀……"

"如果努力了能够适应最好,但是实在没法适应,对双方来说不都是件痛苦的事情吗?"

突然一声清脆的鸟啼,一只鸟儿从林中掠过,随即,一切又恢复了寂静。这时阿霞开口道:"世上真正幸福的夫妇出乎意料的少,也许大多数人都没有真正的爱情。"

"我自己就是这样,所以我是这样想的……"

"可是,为什么会失败呢?"

"也许是因为,人生来就有喜新厌旧这种罪恶的本性的关系吧。"

"太可怕了……"阿霞突然间停住脚步,透过林梢的空隙望着天空,"我们是不是什么时候也会彼此厌弃呢?"

从正殿出来,走进林中的小径,天空骤然灰暗下来,从枝叶的缝隙间透入的光线,软弱无力地照着地上的青苔。

"……是不是不管怎样相爱,到头来终究会厌弃的?"

"绝对不是,男人和女人既有互相厌弃的,也有永不厌弃的,要看人的,是因人而异的。"

"可是,您对您太太……"

"请不要拿我来做比较。"

顺着脚下的小径沿围墙走去,前面是三岔路,往左走便可以从南门出寺。伊织立定想了一下,选了这条路。

"也许根本就不可能做到相爱一生吧?"阿霞落在后面半步,她一面走一面问。

"不是不可能的。不过,就像弓不可能永远绷得紧紧的一样,感情也是的,也许绷得太紧了,就无法坚持长久了。"

"那么说,还是……"

"不过,有时爱虽然淡漠了,但是长期在一起会产生出一种安心感和互相信任感。"

小径左首的林中,是以前的东塔遗迹,右首则是西塔遗迹。在东西塔遗迹前的小径旁,竖立着一块刻有会津八一①诗的诗碑:

步出秋筱寺,回首仰望时,生驹山峰耸,夕阳暮落迟。

现在离日落还有少许时间,但是被包围在绿树丛中的小径已经暮色灰蒙了。

"以前的话,走出寺门马上就可以看到西面的生驹群峰,不过近年来由于建造了许多房子,挡住了视线,看不到群峰了。"

"奈良也发生了很大的变化呢。"

两人又折向东门方向。阿霞突然想起什么似的说:"反过来说,结婚也许不是好事呢。"

"不好吗?"伊织疑惑地反问道。

"两个人一直在一起,紧张感不是就会消失吗?我觉得与爱的人还是不结合在一起比较好。"

阿霞的声音穿透了树林的寂静,伊织被她响亮的声音惊呆了,暗暗吸了一口气。

小径的左旁是环绕着正殿的围墙,右旁则是茂密的杂木林。两个少年在一棵树前弯腰向树根处探视着,大概是捉虫子一路追到这里的。

伊织望着跑开的少年的背影说道:"可是如果相爱的话,不是老想着要在一起吗?"

"如果可以的话那当然最好了,女人嘛,毕竟是喜欢撒娇的。"

"男人也不会对向自己撒娇的女人光火的呀。"

"不是说对男人撒娇,女人对自己也会撒娇,结果弄得自己不断地沉

---

① 会津八一(1881–1956):日本歌人、书法家、东洋美术史研究者,著有《寒灯集》《南京新唱》《鹿鸣集》等,书法作品有《游神帖》等,歌集《会津八一全歌集》获"读卖文学奖"。

涵堕落下去。"阿霞稍稍停顿了一下,继续说道,"女人对于所爱的人,总希望他永远只看到自己美丽的一面。"

"男人也是一样啊。"

"可是一旦生活在一起,这就无法做到了。"

话至此,伊织总算明白阿霞想说什么了。结婚后,男女共同生活在同一个屋檐下,可以近距离地互相看到对方的方方面面,女性慢慢变得不再精心修饰,而是以素面朝天、牛仔裤和短裤的形象出现在男人面前。阿霞是害怕在这样的日常生活惯性中,两人之间的紧张感渐渐褪去,从而使爱情变得淡薄。

"你昨天夜里睡到别的房间里去,是不是也是因为这个原因?"

"也许您会觉得多此一举,可是我想早上您看到我时还是一副精心修饰的形象。"

"我不知道你的想法,还胡思乱想哩。"

当知道阿霞换到其他客房去睡的时候,伊织还以为她只是为了避开丈夫。现在他开始对自己的狭隘念头进行反省。

"男人也好,女人也好,如果忘记了修饰自己的形象,那就真的完了。"

"任何事情都是不能过分接近、过分投入的。"

"但是,两人相爱了就不会考虑那种事情,无论如何都希望所爱的人陪在自己身边,这应该也是人之常情啊。"

"可是这样的话,就会毫无节制的。"

"没有也没关系啊。"

"您怎么可以那样说呢?"

"不对吗?"

"我的意思是说,一旦走出第一步,就会停不下来的。"阿霞突然望着前方。脚下的小径渐渐变得宽阔起来,正面可以看见东门外的茂密树林。

伊织无言以对,只好默默地向前走,阿霞合着他的步伐跟在身后。

穿过环绕古寺的树林,视野一下子开阔了,稀疏成片的斑云在眼前飘浮。整整一天像铅块般沉重的梅雨天空,随着黄昏的到来也总算开始动起来了。

伊织心中涌起一股冲动,想和阿霞一起再去游览大和路,凭吊一番西京町、斑鸠町、室生寺一带,可以更加激起对大和历史的缅怀。

"再住一晚看来是不行了吧?"带着一丝遗憾,伊织试探着问。

阿霞微笑着答道:"您不是还有工作吗?"

"不不,我是没关系的。"

"可是,还是回去吧。"

于是两人走出东门,朝左手边的停车场走去。出租车司机已经先发现他们,将车子停靠了过来。

"那……回去吧!"伊织重复了一遍阿霞的话,乘上了车子,嘱咐司机道:"请直接开到西大寺车站。"

时间已近四点半,这个时候再去游览其他寺院肯定来不及了。再说回东京的话,现在也正好差不多了。

"要是能再领你去其他地方转转,那多好啊!"

"不过,已经游览了非常漂亮的古寺,给我留下了特别好的印象。"

车子驶到西大寺车站,刚好十分钟后有一辆开往京都的特快列车。并肩坐在座席上,伊织意识到两个人的旅行即将临近尾声。

"住一个晚上太紧迫了,至少住宿两个晚上还差不多。"望着渐渐远去的苍茫暮色中的街道,伊织意犹未尽地说。

阿霞轻声接口道:"如果您说一定要住,我还是会住下的。"

"真的?"

"可是,那样的话,您会为难的。"

"……"

伊织再次说不出话来,只有望着还没有完全暗下来的天空。

"您说住下的话,我会住下的",这话显然是一本正经说的,可是"您会为难的"一句,又似乎含着一丝轻微的揶揄。

当伊织询问她是否再住一晚的时候,是做好了思想准备的,心想反正再怎么劝说也是无济于事的,因此,当话说出口时,明显有一种故作轻松的调情意味。可是,阿霞却似乎彻底看透了他的内心。

妻子瞒着丈夫夜宿不归,只有在决心抛弃家庭的时候。阿霞离开家,无论往何处去,她可以依靠的除了伊织别无他人,因此最为难的理应是伊织,而伊织却轻巧地陶醉在语言所营造的氛围中。所以阿霞想问的是:即使这样也无所谓吗?阿霞是在诘问眼前的男人,假如没有接受这个事实的自信的话,最好不要玩弄甜言蜜语的游戏。

伊织扪心自问:现在强留阿霞,对其后果自己能够负起责任吗?

假如阿霞真的抛夫弃子,来到自己身边,自己怎么办?如果两人在青山公寓同居,那么不光是阿霞和她丈夫,连自己周围都会掀起轩然大波,至今不肯离婚的妻子自然不必说,笙子对此也绝不会善罢甘休。自己究竟有没有勇气与能力,克服重重困难,将阿霞留在身边?

窗外,大和的原野早已远远抛在后面,列车正沿着木津川旁的山脚疾驶。随着左右两旁的山麓迫近,黄昏已经降临了。

"您累了吧?"

看着沉思中的伊织,阿霞还以为他是旅途劳累。

"这点对我来说不算什么,你累不累?"

"我只不过跟在您后面走而已。"踏上归途的阿霞面露遗憾之色。

伊织思考起即将到来的夜晚的事情。

此刻看上去像夫妇一样恩爱地依偎在一起的两个人,再过几个钟头将各走各的归路,男人在和女人相会之后回到自己的公寓,女人则回到丈夫等待着的家中。昨夜在同一张床上曾是那样激情和缠绵的两个人,只隔一天便要两下离散,相隔遥远。原以为这次旅行是一次最大的冒险,但是一夜过后两人仍将回到原来的位置。

"下次再一起去旅行。"伊织用肩膀轻轻碰了一下阿霞的肩说道。

不知道为什么,此时他被一种冲动牢牢抓住,他很想与阿霞身体相触。这既是对即将结束的旅行的爱惜,也是对昨夜交合在一起的肌肤的留恋。

"七月份我要到弘前去办点公事。"

"弘前？那不是比青森还要远吗？"

"坐列车去当然啦,不过乘飞机的话快得很,比到京都还要快。"

"去是想去,不过乘飞机我有点害怕。"

"没问题的。"

"可是,是在空中飞啊！"

乘坐飞机当然是在空中飞行,这个理由似乎有些好笑。

"我跟你在一起哩,没什么好害怕的。"

"可是,万一有什么事的话,不是都知道了？"

原来阿霞所惧怕的,不是乘坐飞机本身,而是因为偷偷跑出来旅行,万一途中发生什么事情就会暴露无遗。

对此伊织深有同感。乘坐列车或新干线,对事务所职员和女佣撒个谎也无所谓,比如今天出发说成明天出发都毫无关系。但假如乘坐飞机就不那么容易了,必须想想万一发生事情的时候怎么办。况且是两个人的秘密旅行,选择飞机确实是会有些许不安。

"那乘坐列车就没问题了吧？"

"虽然不是完全没有问题,不过会少许安心些。"

"那就趁还没到夏天,再来京都玩一次吧。"伊织不知道阿霞是否真能抛开一切牵挂和犹豫,和他一起尽情享受旅行的快乐,说来说去,她看上去最终还是会静静地回到辻堂的家里的。

"你以前有没有过因为喜欢的人而不顾一切？"伊织问。

"也不知道算不算得上不顾一切,不过确实喜欢过,年轻的时候心中还暗自憧憬过呢,说出来不怕笑话,您也是其中的一个。"

"不会吧……"

"是真的,我还曾悄悄向哥哥打听过您是个什么样的人呢。"

阿霞的哥哥活着的时候,伊织曾去他家玩过两三次,但从没料想到阿霞对自己存有好感。

"那你哥哥怎么说的？"

"他说您很有才华,而且很有女人缘。我当时还想怎么搞的呢。"

"什么怎么搞的?"

"因为我不喜欢有女人缘的男人。"

"你哥哥是开玩笑讲的吧。不过你也真是的,那么容易就放弃了。"

"我老是在脑子里想一会儿恋爱啦、一会儿又失恋的。"

"那你真正喜欢的是你现在的丈夫吗?"伊织现在关心的是她所"确实喜欢过"的人。

一瞬间,阿霞脸上露出困惑的表情,随即答道:"我对他根本没有爱过。"

面对这个出乎意料的回答,伊织倒显得退缩了。阿霞接着说:"他和我年龄相差一轮多呢。"

"是因为年龄相差太多,所以关系无法融洽吗?"

"不管年龄相差多少,只要真的爱就不会有障碍。也许是因为我父亲去世很早的缘故,我对年龄大的人反而有一种憧憬。"

"所以才结的婚?"

"不是,我们是相亲认识的,父亲早年的一个朋友对我们一直很关照,是他介绍的……"

"无论是相亲也好,自由恋爱也好,既然结了婚还不是一样?"与在秋筱寺内正好相反,现在轮到伊织紧逼不舍。

"说实话,我和他的想法怎么也没办法合拍。"

"关于你丈夫的事情,我从村冈那里稍稍听到一点。"

"我不知道村冈先生怎么说的,反正我是不赞成他现在的做法。"

"什么做法……"

"具体也说不太清楚,但是我觉得他不应该一味地扩张生意,拼命追求金钱。"

"……"

"以前他不是这样的,只是因为对陶瓷和绘画感兴趣,才进入到这个领域的。"

看来阿霞是对丈夫从一个美术爱好者变身为一个只知道追逐利益的商人感到不满。

"可是,既然做生意,追求利益也是不得已嘛。"

"这个我知道,可……"话到这里,阿霞突然意识到说得太多了,她轻轻笑了笑,说道,"不好意思,一下子扯到这些事情上,怪难为情的。"

"不过,你丈夫还是很爱你的吧?"

"怎么讲呢? 他对我这么包容,我想他是爱我的吧。不过,我也知道他另外还有喜欢的人。"

"这种事情你是这么知道的?"

"就是出于一种感觉吧,不过我想肯定没错。"

"那你一直默不作声忍着?"

"我自己也做了这样的事情,哪有权利去说他呢?"

伊织刚要点头赞同,随即又想:自己和阿霞的关系是最近才开始的,而她丈夫应该老早就有这一手了。不过尽管这样,仍旧不能成为开脱自己和阿霞这种关系的理由。

"你丈夫不想和你分手吧?"

"也许是……"

"你也一样不想和他分手?"

"即使分手我也没地方可去嘛。"阿霞望着像是泼洒了淡淡的墨一般黑乎乎的天空喃喃说道。

列车穿梭驶出群山,进入了通往京都的平原地带。前方视野开阔,坐落着大片新建的房屋,好似一片新开垦的天地。夜幕已开始降临房屋的上方,不时地看见点点灯火。现在差不多快六点钟,正是人们点起炊烟准备吃晚饭的时间,因为星期六的缘故,周末的黄昏家家户户显得格外恬静和悠闲。

伊织一面望着这幅场景,一面想起阿霞在辻堂的家。跟眼前这些房屋比较,阿霞住的家称得上是广袤的豪宅了,乍看一定会让人羡慕并心生憧憬,以为住在里面的人是多么的幸福,可实际上并非如此,住在里面的夫妇却是同床异梦。身居豪宅,但是心里却得不到满足,这应该说是不幸还是贪得无厌? 人也许正是因为有了富余的经济实力,住进了广厦豪宅,才会滋生出不满吧。

然而,阿霞与丈夫之间产生了裂痕,伊织这才能够接近阿霞,如果她爱着丈夫,贞淑不二的话,再怎么去接近也不可能出现现在这种状况。从这个意义上讲,阿霞与丈夫间同床异梦,对伊织来说似乎却是件好事。

"还有一件事情我想问问。"伊织心想既然事情已经到了这个地步,干脆打破砂锅问到底,"你的孩子现在已经是高中生了吧?"

"这事也是从村冈先生那里听来的吧? 实话实说,那孩子不是我的。"

"……"

"是丈夫和我结婚之前跟别人生的,那人因为有些原因无法养育她,所以我们就收留了她。"

"这事你结婚前不知道吗?"

"不知道,刚认识的时候想不到他会是这样的人呀。"说到这里,阿霞突然声音变得明快起来,"不过,那孩子真的好可爱,虽然不是从自己肚子里生下来的,但是从她五岁时我就一直带她了。"

伊织想起曾经往阿霞家里打过一次电话,当时听筒里传出一个清脆的女子声音自报姓名"我是高村",伊织吃了一惊,什么也没说便把电话挂断了。

"那个孩子叫什么名字?"

"她叫香织,是他给起的,不过很好听吧? 一起走在街上,别人还以为我们是姐妹俩呢。"

阿霞只有三十五岁,旁人有此误会也情有可原。

"你和丈夫是不是因为这个孩子的原因……"

"不是的,我对这件事情一点也不恨,而且多亏了这个孩子,我们才能一直相安无事到现在。"

伊织点起一支烟。心里还有一件事情想问,但是再问下去或许会显得失礼。他慢慢吸着烟,待吐出来的烟圈在两人之间的半空中消失后才继续问道:"那么,你只有一个孩子?"

"结婚的第二年,那孩子就过来了……"

"是因为她的关系才自己不生的吗?"

"不全是因为她,不过,照顾她一个人就已经觉得很快乐、很满足了,没有时间去想其他事情了。"

伊织点着头,心里却没有完全赞同阿霞的话。即使丈夫有个"拖油瓶"的孩子,但如果妻子爱丈夫的话,难道不想自己生一个吗?

"你丈夫是怎么想的?"

"他大概想要吧,不过已经这把年纪了。"

"可是……"

"不,真的不想再要了。"

伊织又想起昨夜躺在自己臂弯里的阿霞那雪白的肌肤。以前没见过阿霞全裸的肌肤,但至少从她卧在床上的身姿看来,确实不像生育过孩子的女人。

"那么说,一直就……"

阿霞点点头,随后露出顽皮的笑容说道:"可是,有了喜欢的人,还不知道会怎么样呢。"

看上去矜持娴静的阿霞,有时却会大胆得令人惊讶,她若无其事地说着话,不经意间能让人吓一跳。刚才她说"您说住下的话我会住下的"时,便令伊织感到措手不及,现在又暗示"跟喜欢的人也许会生一个孩子",更是让伊织闻而生畏。当然,阿霞只不过是开一个玩笑,她脸上顽皮的笑容就足以说明;然而反过来讲,这种从容不迫的态度又具有让人去琢磨玩味的效果。

如此说来,阿霞从来没有把自己的生理情况告诉过伊织,每次伊织要求,她总是顺从。伊织曾想过问她,可又怕问了扫兴,自讨没趣,便也不想着问了。这次旅行,伊织本想确认一下,但还是错过了没问成。而阿霞什么也不说,伊织认为是出于对他的充分信任。让女性主动说"今天有点危险""今天没关系"之类,实在是说不出口,但是不说不等于放之任之,而是希望男人自己去留意、去体会。因此实际上,在交欢时,伊织脑子里想着这事,有意识地控制着自己。

可是刚才这番话听上去似乎不只是信任对方,而是堂堂地告诉对方:妊娠也没关系。即使不是这意思,也至少表明了自己对于万一发生的结果已做好了思想准备。

"不过,到了这把年龄恐怕是不行了。"阿霞接着说。

"没有啊……"

伊织缓缓地摇着头,脑子里想象着阿霞怀孕的情景,这具被包裹在和服里的身体,真的会挺着大肚子,步履蹒跚地出现在人们视线中吗?伊织简直无法想象。

可是,只要一个疏忽,这种情景可能就会变成现实。假如阿霞自身想的话,迄今已经足够有过这样的机会了。常说女人善变,她们会像豹子的斑纹一样瞬间变得面目全非。那么阿霞什么时候也会遽变吗?

伊织望着阿霞白皙的侧脸,觉得她还是有这种可能性,不禁感到一阵恐怖。

半小时后的六点二十分,列车到达了京都。乌云笼罩下的古都,已经是黑夜了。

如果时间来得及,本想在车站附近的酒店餐厅吃点东西,再乘坐新干线的,现在却没时间了,两人顾不上休息一下,便匆匆登上了二十九分发车的新干线。

"上餐车去吧?"

"我肚子还不怎么饿,不过想喝一点酒。"

伊织对此赞成。登检完票之后,两人来到餐车,面对面坐下来,要了一份兑水苏格兰威士忌。酒送来后,往杯子里斟上,加入冰块,再兑入水,两人的杯子碰在了一起。

"怎么样,还愉快吧?"

"嗯,非常愉快。"

两人四目对望着干了杯。

伊织已经不想再询问关于阿霞家里的事了,因为问了不仅不能使自己心境平和,反而会令阿霞感到不快,还不如用威士忌来驱走旅途的疲劳。

"回到东京,您又要忙了吧?"阿霞问。

"其实说忙也忙,说空闲也空闲。下次什么时候能再见面?"

"还想和我见面吗?"

"那当然,我最好是每天都能见到你。"

"那样频繁的话您会厌倦的,我想一个月一次就可以了。"

"为什么说得那样冷酷无情呢?"

"我不想打扰您和您喜欢的人。"

"我喜欢的人?"

"我想您一定有不少喜欢的人吧?"

"不要胡说。"

阿霞不可能知道自己和笙子的事情,她准是觉得自己肯定会和另外的女性有密切关系而已。

"现在喜欢的……"伊织朝四周环视了一番,接下去道,"只有你一个人。"

"我姑且相信您所说的。"

大概是喝了些酒加上车子不停摇晃的缘故,酒劲儿上来得很快,不一会儿阿霞的眼睛周围便飞上了红晕,伊织也觉得少许有些醉意。

车窗里映出自己与阿霞两张面对面的脸,伊织觉得这情景在好像哪里见过。

从餐车回到自己的座位上时,列车刚刚驶过名古屋。伊织靠在座席上轻轻睡去,阿霞似乎受到传染,也小睡了一会儿。中途伊织睁开眼睛,看到阿霞背朝着自己,脸上盖着块手帕在睡觉,见此伊织又接着睡了。

再次睁开眼睛时,阿霞已经醒来,正凝望着车窗外。

"现在到哪里了?"

"马上要到热海了。您累了吧？"

"累倒不累，不过好像威士忌起了作用，再加上今天早上……"

"什么呀？"

"你太棒了！"

一瞬间，阿霞脸上露出疑惑不解的表情，但随即心领神会，低下头去。今早伊织醒来，孤枕难耐，于是将阿霞唤到房间里，再接再厉，岭上开花。看来那股倦怠劲儿遍布到了全身，到现在还没缓过来。

"你也睡了一会儿吧？"

"没有，只是用手帕遮在脸上，没睡着。"

"我还以为你睡着了哩。你坐在我身边，我却睡着了，真是亏了。"

"可是我一面看着您睡在身边休息，一面乘车旅行，这也不错嘛。"

"就这样一直下去倒是不坏……"

伊织说到这里顿住了。刚才从奈良开往京都途中两人的对话，现在回想起来，还是觉得那么让人回味和留恋。

"回到东京后，你打算怎么办？"

"我直接乘湘南电车回去呀。"

现在的时间是八点五十分，照这样的速度，九点二十分左右就能到东京。

"下次什么时候再见面？"

"我再给您打电话吧。"阿霞也许不回家看一看情形，后面的事情还不好预定。

伊织又想到了阿霞的家里。今夜，阿霞的丈夫会在家等候她吗？还有她那个视如己出的女儿此时在做什么呢？阿霞旅途中没有买土特产，两手空空，回家又将如何向丈夫解释呢？

伊织在东想西想着，他视野中的山谷间有灯火在缓缓游动。

列车于九点二十分准点到达东京站。

伊织提着旅行包，阿霞拎着大号的手提包，跟昨天出发时一样的装束,走出了新干线的检票口。

"我送你到站台。"

伊织的语气里已经没有了缠绵不舍。回到东京,就像是回到了另一个世界,一天一夜的旅行只能作为美好的回忆收藏起来。伊织心里决定,要爽快干脆地分别。

由于是星期六的晚上,通向站台的路上非常拥挤,从各地来到东京的人流与从东京出发去外地的人流混杂在一起,使得梅雨季节中的通路更加闷热。

湘南电车在十八号站台乘车,伊织在楼梯台阶口停住了:"那么,我就从这里直接往南口出去了。"

阿霞一瞬间露出不解的神情,随即低下头说:"真的很感谢您,旅行非常愉快。"

"等你的电话。"

"哎。"阿霞毫不踌躇地答道,又抬头看了一眼伊织。

身后的人流依旧像潮水般涌动着,伊织背对着人流,朝台阶上方望去,示意阿霞赶快上去。阿霞再次颔首致意,随后转身登上台阶。

视线的正前方看到阿霞的和服下摆,以及隐隐约约的白色布袜和木屐,但随即被后面的人群挡住了。伊织后退了一步,等着阿霞的身影完全消失在站台上,然后才转身离去。

出了东京站的南口,来到出租车上车点,伊织真切地感到与阿霞的旅行已经画上了句号。他坐上等候的出租车,告诉司机"去青山"。周末夜晚的丸之内一带阒寂无人,一幢幢大楼看上去就像一具具黑色的尸骸。不一会儿,车子驶出护城河,眼前是一大片包围在黑夜之中的皇宫御园,再往前,东京塔的红色灯光在夜空中闪烁着。

伊织望着眼前的街景,思忖着阿霞应该已经乘上电车了吧,但立即重重地呼了一口气,像是要将这思绪赶走似的。这既是旅行所带来的疲倦,也是平安归来的安心,又是美好的旅行结束之后的某种空虚。

青芒

　　右手边装饰橱的空当间摆着睡莲,左边的茶几上则放着菖蒲。

　　睡莲用插花用的针盘固定,被插在一只四方形的花盆中,顶端开有一朵直径约七八厘米大的白花,在它身后还有一朵花蕾和一枝灯芯草陪衬着。花盆内的水面上漂着一两瓣花瓣,与线条细巧的灯芯草共同填充了余下的空间,形成极有平衡感的布局,同时营造出一种优雅的静谧氛围。

　　菖蒲则是十几枝簇拥在一起插在花瓶里,颇有气势,并且显得非常明快且充满活力。

　　"花多起来了嘛。"女佣富子若无其事地说道。

　　她对将花带来插在这里的不同主人大概已略有觉察。不用说,睡莲是阿霞,菖蒲则是笙子。

　　三天前,阿霞来这里插上睡莲。昨天,笙子又来到这里摆上了菖蒲。当时,装饰橱内的空间已被睡莲占领,她便随意地将花摆在茶几中央。这么一看,两者恰好左右形成对照。

　　虽然两者都是夏天的花,但睡莲的花没有那种张扬的灿烂,显得低调内敛,就像阿霞的性格。

　　"我上次就想带过来了,可是一直没有。今天总算从预约的花店里买到了。"阿霞说罢,又问伊织,"应该叫睡莲,不是水莲吧?"

"当然,正确的应该是睡莲。"

"那家花店写错了,写成'水莲'了。"

随着黄昏降临,睡莲的花会自然闭拢,等到朝阳升起再开放。根据这一习性而命名的,当然应该是"睡莲"。

"这种花又叫'未草',听说是因为在未时也就是下午两点钟花会收拢起来,所以才得名的。"

睡莲花连它的花名都这样充满纤细的意韵,而菖蒲与之比较起来,不过是原产于非洲,花色以及花姿都给人一种艳丽的印象。虽有时也称为唐菖蒲,但总的来讲,花的形象跟睡莲比起来显得单纯许多。

笙子一面将花往玻璃瓶里插着一面说:"菖蒲的名字是从'剑'这个意思来的呢。"

这倒不假,此时菖蒲看上去正向隔桌对峙的睡莲举着短剑。

昨天晚上,笙子来到公寓时,伊织本想将阿霞插的睡莲移到其他不起眼的地方,免得笙子像此前看到萍蓬草时联想到别的女性一样心情不爽。可是,一时找不到合适的地方,加上好好的一盆花硬要移到别处,反显得自己心里有鬼,于是只好作罢。

花草本身是无罪的,美的东西也没理由隐藏起来,笙子一定不会像上次那样耍小孩子脾气的。伊织这次的猜想得到了证实,笙子看到睡莲时面无表情。虽说这点算是猜准了,不过伊织没想到笙子也会带花来,算起来还是出乎意料。

"又是一盆漂亮的花啊。"

笙子只说了这样一句,便将自己带来的菖蒲插到玻璃花瓶中。

"我带来的花请你也放在屋子里,不要嫌碍事哟。装饰橱那边好像是谁的指定位置,我的就放在这里吧。"

笙子的话里似乎夹带着一丝揶揄。

接下来笙子便说了菖蒲花含有"剑"的意思这番话。确实,菖蒲的叶有点像一柄细长的短剑。在淡粉色与淡黄色的花中,一簇绯红色的花格外引人注目。据说菖蒲的花语是"用心坚固",但是红色的花怎么看也与其相距甚远,倒是让人有一种爱憎分明的感觉。

伊织对睡莲什么话也没说。多余的话说了反而给人留下强辩的印象,而且弄不好会扯出阿霞来。而笙子对此似乎也略有觉察,她没有多问。

伊织和笙子坐在沙发上,喝着咖啡,聊着闲天,两人恰好被夹在睡莲与菖蒲的中间。他们聊的只是事务所、最近看过的电影等不痛不痒的事情,笙子的视线始终没有朝睡莲瞥过一眼,但这反而说明她非常介意睡莲的存在。

伊织正望着菖蒲回想这些镜头,富子走过来拿起了花瓶:"这个有些碍事,我把它拿到阳台上去吧?"

菖蒲的茎和叶子有些长,放在茶几上的确有点碍事。

不过即使这样,伊织觉得拿到阳台上去也太可怜了。笙子拿来的时候特意说过"不要嫌碍事哟",但是富子不管这些,她径直将花瓶拿到了阳台上。

富子与笙子见过几次面,最初以为是来商量工作上的事情,但很快觉察到她与伊织的关系,自那以后两人之间的关系冷淡下来。

笙子对于伊织的家事基本上不插手,由着富子去做,而富子也相应地对她表现出一定的尊重。但这只不过是表面上的,背地里两人则似乎暗暗在较着劲儿。

富子对于任何接近伊织的女性都心存抵触,有时毫无关系的事务所的女职员来,她也会横眉冷对。富子不存抵触的女性,只有伊织的妻子一人。说来奇怪,富子对伊织的妻子感觉不坏,有时让她帮忙去家里取点邮件什么的,她竟然会顺便和妻子攀谈上几句。

"真是个好太太啊!"

有一次从家里回来,富子对伊织这样说。或许是她对妻子与伊织分开居住,一个人带着两个孩子深表同情,而因为伊织不负责任的行为更对妻子感到怜惜。

"这花是上次拿萍蓬草来的那位插的吧?"将菖蒲移出去之后,富子看着睡莲问道。

富子大概觉得,看情形,最近趁自己不在之际,公寓里进进出出的女人不少,这盆花的主人显然是位比笙子稍微年长、性格沉稳的女性。对于这位自己未曾谋面的女性,富子好像有点好奇,也有点嫉妒。

"又热起来了哩。"

对于富子的问话,伊织没有搭理,他答非所问地说着,朝阳台望了望。盛夏的阳光下,阳台上的菖蒲的花色显得更加爱憎分明。

天气预报说今年是个凉夏,可是梅雨一过,酷暑马上便接踵而至,连着好几天,白天的气温超过三十摄氏度,夜里也不下二十五摄氏度。七月中旬,下了几天雨,感觉稍稍好过些,但至月底气温又开始居高不下。

今天一大早,太阳便从鱼鳞云缝中顽强地钻出来,看样子又是一个酷热天。天气一热,伊织自然没了食欲,就连以往爱喝的粥,一想到那热喷喷的样子,也顿时觉得没胃口。富子对自己煮的粥很有信心,要是不吃的话,她会立即给你个难看的脸色,但伊织实在没有食欲,于是撒个谎说:"今天得去事务所附近跟个客户一起吃饭。"

十二点钟离开公寓,伊织走进马路边的面馆,吃了一客荞麦凉面。随后沿着表参道,在浓密的树荫下款步朝事务所走去,到事务所已是午后一点多钟。

定好下午一点钟开会讨论关于世田谷区新建购物商场的事情,伊织走进会议室时,职员们都已经坐在里面了。

这次的建筑是协和大型百货集团委托设计的,计划建成后以城南住宅区的女性为主要对象,专营较高级的品牌,同时也将作为社区内的一个社交场所。由于建设场地位于住宅区,商场不能造得太高,还要考虑到顾客开车前来,必须拥有车位充足的停车场所。此外,为了发挥出其时尚发源地的功能,外观设计必须具有摩登、潇洒的现代感。

设计最终由伊织拍板,但是在此之前,伊织决定先广泛听听职员们的意见。设计住宅区内的高端购物商场,这还是第一次,因此所有职员都铆足了劲儿，跃跃欲试地提出各种各样的建议。

贺浦主任认为，为了突出高级的印象，可以考虑整体采用欧洲建筑风格，中央建一座塔楼，作为整个建筑的标志，并且整体以银色为基础色调。金子提出，在欧洲风格的基础上，屋檐的线条配以和缓的斜度，设计成孔雀张开翅膀的形状。而松本则建议，将建筑主体设计成双重圆形，在两重圆形之间建造一个大的庭院，让顾客一面购物一面享受到园林的自然乐趣。

各种建议都很有创意，而且都紧扣了以高端时尚的形象来吸引女性顾客这个主旨。

伊织始终认为建筑是一种人际沟通的手段。不论什么样的建筑，无不在向人们娓娓阐述着某种理念，人们可以从建筑身上得到某种启示。虽然建筑本身不会说话，但它身上可以说积聚了无数的语言。伊织最讨厌那种"饶舌"、过分主张自我的建筑，它们只想拼命突出自己的存在，而完全忽视了周围环境。例如近年时有所见的黄色建筑，黄色非常醒目，具有防止安全事故的效果，但是一座庞然大物整个涂成黄色，就已经超出了醒目的范畴，而成了怪异、可怕的东西。尤其处在周围宁静和谐的环境中，就会显得更不协调。

日本人对于建筑向来缺少对周围环境的考虑。作为个体，日本人特别在意面子和别人对自己的评价，但是到了建筑上，一下子就暴露出利己主义的面目，几乎不顾与周围环境的协调，缺乏欧美建筑对于周围环境的那种呵护。这或许也可以说是日本人缺少公德心的一种表现吧。

伊织之所以对美术馆和博物馆情有独钟，也是因为这类建筑相对来说与周围较隔绝，较少受到周围其他建筑的影响。复数的建筑密集在一起的场合，无论设计怎样洗练，也会因周围丑陋的建筑而顿失精彩；无论形式多么新颖，假如不与周围环境取得和谐，破坏了大的平衡的话，也变得毫无意义。这次的设计项目也必须遵守不破坏周围环境的原则，在这个前提下，拿出一个精彩而具有独创性的方案来。

各人的建议还只不过是处于草图阶段，属于一拍脑袋的想法而已。

伊织个人的想法则是,中央建有一个庭院的圆形建筑或是五边形、六边形建筑较有新意,不过似乎比较占地方。

至于其他的建议,无论是塔楼也好,曲线的屋檐也好,都各有其魅力。最后,伊织谈了自己的看法,并决定下周就建筑空间和费用预算再做进一步讨论,便宣布讨论结束。

回到自己的办公室,正在检查邮件的当口儿,笙子端着茶走了进来,她一只手上还拿着张便笺纸,上面记录着开会时打进来的电话的要点。将电话内容转告伊织之后,笙子突然话题一转说:"下周起我要休假了。"

与笙子昨天才见过面,当时笙子一点儿也没有提起休假的事。伊织不禁抬起头望着站在桌子前的笙子。

每年七月末至八月中的盂兰盆会[①]期间,事务所职员每人可以休一个星期左右的夏季年假。不过,一共才十来个职员,不可能一起休息,因此总是互相商量后错开时间,每次三四个人轮流休息。

伊织一般不休夏季年假,因为他现在与独身无异,即使休假也不可能像其他人一样与家人一起过节。由于平时经常出差到各地,与当地有关部门讨论相关事宜,或是进行现场查勘,现在盛暑天就希望哪儿也不去,一个人待在家里。盂兰盆会期间,东京人口骤减,正好舒舒服服度夏,等到八月末或九月初,再抽个空出去玩两三天高尔夫。

可是,笙子的休假原本定在八月十号的,现在却突然说下周起,比预定整整提前了一个星期。

"没什么事情吧?"

"有个地方我突然间非要去不可。"

"哪里?"

"山阴的松江。"

---

① 盂兰盆会:阴历七月十五日举行的一种祭祖习俗,原为佛教仪式。相传释迦牟尼弟子目犍连为使生母摆脱饿鬼道而设"盂兰盆会"救出生母。公元五世纪,《盂兰盆经》传入中国,六世纪初,梁武帝时代开始仿行,后盛行中国。七世纪中叶传入日本,现已成为一个民间节日。

本以为一个星期的休假是回长野的老家去,可结果却不是。

"可是这也太急促了,昨天为什么不跟我说呢?"

"是今天早晨才决定的。"

伊织稍感不快。突然间休息一个星期,而且是今天早上才决定的,这可实在让人为难,而且这周有几个人已经开始轮休,正嫌人手不够哩。

"有人接替你的工作吗?"

"坂井小姐。今天早上同她商量过了,她同意的。"

事务所里除了建筑师外,还有三名女性内勤人员,笙子休息的时候,另两人暂时接替她的工作。

"可是你随意变更计划,真的叫人很为难啊。"

"对不起……"

还未经自己同意,笙子就已经擅自让同事接替其工作,对这种做法,伊织不禁怒上心头。

"假如我不同意的话,你打算怎么办?"

"可是,我还有年休假……"笙子微微垂下视线,但是她的表情却出乎意料的强硬。

"去松江做什么?"

"和望月、宫津他们一起去旅游。"

听到宫津这个名字,伊织轻轻将视线转向窗外。

"就是说,突然间决定和宫津他们去旅游?"

"其实他们早就邀请我了。"

如果单单是去旅游,伊织真想发火训斥几句。即使使用年休假,但说走就走也实在太过分了,因为今天已是星期五,事实上等于说"我明天起就要休假"。但听说是和宫津一起去,伊织又有些游移不定了。

不管是谁,听了笙子的话都会觉得她太任性,如果是其他职员来这样说,伊织照样会训斥一顿。但是,笙子和宫津一同去旅游,情况则有所不同了。

伊织早就知道宫津对笙子有好感,不光是从其他职员那儿听说过,从宫津自己的态度上也能感觉出来。

宫津那边暂且不去说,关键是笙子对宫津怎么看,这点伊织不甚了了,至少在伊织面前,笙子对宫津没有表现出特别亲切的态度。不过,即使没有特别亲密的关系,女人总是不会厌恶对自己抱有好感的男人。宫津虽说有点少爷脾气,但工作很出色。他出生于鸟取县,听说是旅馆经营者的儿子,以这一点来看,这次的旅游一定是他作为主角而计划的。

对于笙子参加这次旅游,伊织不便反对,不然会显得太小气,让别人认为自己出于嫉妒而故意阻挠。伊织不想训斥和压制年轻人的行动,更不愿一一干涉职员们谈恋爱,这既是作为一个所长应具备的超然,也是年长者伊织所拥有的矜持。

"是嘛……"因为抬出了宫津的名字,伊织的态度倒转为宽容了,"这么说,也只好这样了?"

一瞬间,笙子的脸颊微微抽动了一下,露出一种半信半疑的表情,似乎仍然拿不准:真的同意了?

"就这事吗?"

"是的。"笙子点点头,随即说声"不好意思",便走出办公室。

笙子走出去之后,伊织望着洒满阳光的窗户,想起离开公寓时看到的菖蒲的那抹绯红色。

说实话,笙子进来说请假的时候,伊织还以为她是想在自己面前撒娇,也许她觉得自己跟所长关系不一般,稍许撒点娇一定会奏效的。但显然事情并非如此,突然间想和宫津一起去旅游的背后,分明是对伊织的抗拒,倘若不是的话,一向做事认真的笙子不会突然间那样任性的。

可是,为什么笙子会突然这样的呢?

昨晚两人见面时,看不出笙子有什么故意顶撞的举动,推门进屋子的时候,手里捧着花,脸上还漾着微笑呢。后来,她将带来的菖蒲插入花瓶里,放在茶几上。看到装饰橱里的睡莲,既没有显得特别不高兴,也没有露出怀疑的眼神。

再后来,两人去公寓附近的餐厅吃饭时,笙子还挺高兴地聊起长野的荞麦面,以及朋友打算去加拿大新喀里托尼亚游泳,结果到了那边才知道那边是大冬天等趣事。

伊织略感欣慰地看着笙子,他觉得笙子的态度显示了某种成长,现在看到房间里的插花,她不再对不知名的女性燃起嫉妒,说明她开始懂得克制自己的喜怒哀乐。

然而,这似乎只不过是伊织的一厢情愿,笙子表面上装作欢乐愉快,但内心仍然妒火中烧。其证据便是,吃完饭伊织准备返回公寓时,笙子借口"老家来朋友了",便转头回去了。因为她知道回到公寓,一定又会被伊织拥上床,所以采取了事先回避的对策。

看来伊织真的是太好糊弄了,他还以为笙子真的是来了朋友所以才回家的。谁料想,她那比平时更显得欢快的态度却是伪装的,与宫津一同去旅游之事,也许是回到家之后立刻便决定的。

莫非是看到睡莲,才下定决心去的?

伊织想起笙子所说的"菖蒲的名字是从'剑'这个意思来的"这句话。看来,现在这柄剑便是笙子周末要和宫津一起去旅游,这是不是她对自己与阿霞来往的一种警示?

"搞不懂……"

伊织轻轻搔了搔头皮。他自以为很懂得女人的心理,其实,女人真正的内心他还远远不懂得哩。

这天一整天,伊织都竭力装得很平静,一点也没有刚听说笙子与其他男人一起去旅游时的不宁。他努力暗示着自己。

笙子的态度也与往日没什么不同,还像平常一样接听电话、有访客来时端茶送水,中间伊织请她帮忙做点事,她也极爽快地应答,完全看不出请假时那股豁出去的样子。不过细细地看,表情却比往常显得僵硬,也许心里有事,所以在回答伊织的时候,好像是在试探他内心似的。

傍晚,下班时间到了,笙子进来打招呼"我先失陪了",伊织只默默地点了一下头。虽然显得有些耍小性子,但此时伊织的心里确实有些赌气：你想跟宫津去旅游就随你去吧！"

笙子走后，宫津仍然待在办公室，但伊织什么也没说。

中途宫津就新设计的美术馆的内部装饰问题来向伊织汇报，伊织只对必要的事情做了些指示。宫津大概意识到伊织知道了和笙子去旅游的事情，因而显得有些不自然。谈话结束时，他一脸想说什么的表情，但最终什么也没说，走出了伊织的办公室。

其实想说些什么的倒是伊织，山阴之行的日程如何安排，另外还有谁一同去，去些什么地方，大概需要多少费用等等。伊织差点憋不住刺他一句："听说你要去山阴旅行啊？"但总算强忍住了。

晚上，在四谷酒店有一个建筑师朋友的出版纪念酒会，伊织只稍微露了一下面，便约上村冈一同走出了会场。像往常一样，他们前去的是银座的酒吧。在酒吧里，伊织想跟村冈谈论笙子的事情，但是忍住了。

村冈还不知道自己与阿霞的关系，因此即使跟他说起笙子，他也不会理解这次失和的微妙之处。再说，自己对笙子还没有完全放下，所以也不想谈起她。

或许是因为心里有疙瘩，醉意被憋在了心里，等到转战第二家酒吧的时候，才突然发散出来。

"今天怎么喝得这么快呀？"

"睡莲和菖蒲斗起来了，胸口被菖蒲刺了一下。"伊织说了句只有自己才懂的话，随即又端起酒杯喝干了。

醉醺醺地回到公寓，已是午夜一点钟。伊织脱下西服和衬衣，丢在起居室的椅子上。

这种时候，假如有个人帮自己将西服用衣挂挂起来、将裤子对好缝叠好，该有多好啊！可是既然选择独身，说这种话就要求太高了。这样想着，伊织从卧室拿来睡衣穿上，横卧在沙发上。

刚才喝的时候不觉得，现在回来了才知道自己醉得相当厉害：仰面朝天看着天花板，发现灯罩在忽忽悠悠地晃动。

"不行……"

伊织使劲儿敲击着自己的脑袋,下意识地将电话机拽到身旁。一瞬间,他想起了笙子,但随即摇摇头,努力让自己赶走她的影子,接着想起来阿霞的电话号码。

夜这样深了,打电话过去是不是不妥？但是,今夜实在想听到阿霞的声音。

铃声响三声,没人接的话立即就挂断……

这种事情在清醒的时候是绝对不会做的,只有趁着醉意才可能做,现在正是时候……阿霞的电话号码,无论醉成什么样都会清晰地浮现出来。

伊织按下按键,铃声刚响了两声,传来一个女性的声音:"喂喂……"语气不急不缓,伊织立即听出来是阿霞。

"哦,是我呀。"

"果然是您啊,我感觉好像是您。"

"我想你可能已经休息了,打算响三声没人接就挂掉的。"

"喝酒了吧？我刚才也喝了一点点。"

"一个人……"

"今晚女儿也不在,一个人。十二点钟睡下了,可是怎么也睡不着,所以就……"

"那么说,现在穿着睡衣喽？"

"瞧您……"阿霞吃吃笑了,嗔怪地说道,"披着上衣呢。"

"想你,今夜真的特别想看到你。"

"是真的吗？"

"我没撒谎,今天一整天脑子里都在想你哩。"说着,伊织自己也感觉似乎有些夸张。但奇怪的是,渐渐地,笙子的影子从脑海里消失了。

这样与阿霞说着话,并且约好再见,伊织的心情总算阴转晴。阿霞温柔的态度,让伊织觉得,与宫津一同去旅游的笙子似乎和自己没有关系了。

可是第二天早上,睁开眼睛,伊织躺在床上迷迷糊糊地又想起了笙子。

虽然不清楚详细的行程,但笙子应该今天出发的。她说过去山阴的松江,所以可能是乘坐飞机去,也可能是乘坐列车,再不就是开车前往。除了宫津,笙子说望月也一同参加,看样子是三四个人的团体旅游。

早知道如此牵挂,笙子进来请假的时候就应该问仔细些,或者,干脆就不应该同意她去。

虽说不是两个人单独去旅游,但总归不该让笙子和喜欢她的男性一同去旅游。伊织觉得后悔了,同时又对为这件事情而后悔的自己感到不可思议。

究竟在阿霞和笙子两人之间,自己更爱哪一个?以前且不说了,最近毫无疑问爱的是阿霞。对笙子,如果有事情而耽误一两次约会,一点也不会觉得怎么样,而与阿霞则一次也不愿错过,否则心里便会感觉没着没落,为了与阿霞约会,甚至可以将工作向后推迟。

然而,只要想到笙子和宫津一同去旅游,伊织的心里便情不自禁地念想起笙子来,他感觉自己默许笙子去,似乎是犯了一个大错。迄今为止,之所以没有将笙子太放在心上,是因为笙子离自己太近,几乎每天都可以见到她,但是一旦不在身边,才发现笙子的存在一下子放大了许多倍。之前他没有意识到这一点,不仅仅是因为粗心,恐怕也是男人向来习惯以自我为中心的结果。看来在爱情上,拂手离去的人比坚贞追随的人更加让人心生爱慕,这是不变的真理。

说不定,笙子是深谙这一点,故意跟宫津去旅游的……

事实上,假如不是故意为之,按照常理来讲,笙子不可能特意告诉自己是和宫津一起去旅游。如果不想伤害伊织的话,只消单单说声旅游就可以了,没必要将一同去的男性的名字说出来。笙子煞有介事地说出来,简直是对伊织的一种挑战。

昨夜的醉意仍未退去,但伊织的脑海里却清晰地留着笙子进办公室来请假时的强硬表情。

过了周末,伊织星期一中午走进事务所,感觉好像走错了地方:事务所是原宿的事务所,没错,室内的装潢布置和桌椅摆设等也一模一样,可看着就是不对劲儿。

也许是笙子不在的缘故吧。

每天伊织到事务所,笙子总是第一个迎上来打照面,道一声"所长早",即使过了中午,笙子首次见面也总是说"所长早"。伊织点着头进入自己的办公室,随即笙子便端着茶水送进来,伊织一面啜着热茶,一面听笙子报告当天的日程安排。

今天是叫坂井和子的女职员接替笙子,端茶水进来,然后报告日程安排。一切都进行得井井有条,可总觉得不一样。是笙子的话,伊织可以放心地将任何事情交给她办,但是换了个人,多少要伤些脑筋。无论是发出新的工作指示,还是想查些资料,伊织跟笙子之间似乎心灵相通,一点就明,可现在却一点也不顺畅。

不知道是否因为这个原因,一天下来,伊织积了一肚子的怨气。

以前笙子休息或外出的时候,也是其他女职员接替她暂行秘书之职,但一般就一天,顶多才两天。可这次却是一个星期,而且是和年轻男职员一同旅游而造成这样的空白。肚子里的怨气,自然缘起于对这件事情的不满。

晚上,与在出版社工作的藤井一道吃过晚饭,回到家里,一个人又想起了笙子。

此时她会在哪儿呢?说是去山阴的松江一带,说不定再从那里往出云、津和野去,一直到萩市那儿吧。一面想,伊织一面又对自己如此牵挂笙子而忿忿然。

进入八月份,盂兰盆节假期占了差不多近一半时间,因此各种会议都被提前到了月头上。这周上半周,先是参加建筑审议会,接着是建筑技术开发会议、环境保护技术开发会议等,一共连着五个会议。由于时常外出办事,倒将笙子的事情暂时忘记了。

然而星期三，刚回到公寓，就收到了笙子的邮件。是一张明信片，正面是宍道湖的夕景照片，背面笙子用端正娟秀的字写道：

> 临出发前做得有点任性，对不起了。现在在松江，看着与正面照片中一模一样的夕阳美景，深感震撼。旅行非常愉快。很久没有如此近距离地接触大自然，心情焕然一新。

伊织看完明信片，放在桌上，拿出威士忌酒瓶，往杯子里倒上酒，一口饮干，然后又重新拿起明信片细细看起来。

笙子外出旅行时总会寄明信片给他，不过这次却出乎伊织的意料，一来毕竟不是去外国或北海道，只不过去山阴，不算出远门；再者出去之前，两人心里多少有点别别扭扭的。正因为如此，收到明信片伊织稍觉意外，看到背面"对不起了"几个字，心里不由地思忖道："笙子虽然身在旅途，但还是对自己的举动有所反省吧。"

读着这样的字句，伊织的心情自然稍有好转，然而再往下看，又觉得话里有话，大有含义。

首先"旅行非常愉快"是什么意思？诚然，宍道湖的落日以及松江宁静的小城风光确实很美，但笙子在明信片中所指的可能不仅仅是自然风景。尽管有钻牛角尖之嫌，这句话似乎也可以理解为与宫津一同旅游非常愉快。还有"很久没有如此近距离地接触大自然，心情焕然一新"这句，听上去也暗含讽刺，好像是诉说她在东京心情很不好似的。

伊织又喝下一口威士忌，又看了眼明信片。正面的照片近处可以看见媳妇岛上的松树，远方则是宽阔浩渺的湖面，一轮夕阳斜挂，将湖面染成了金黄色。照片可能是从松江大桥前面拍摄的。七八年前伊织去松江时，也欣赏过这般的美景。

而笙子是和宫津一同欣赏这夕阳之美的……

这样想着，伊织觉得这张明信片不啻是笙子投向自己的一封挑战书。

收到笙子明信片的第二天,伊织与阿霞在有乐町附近的一家酒店大堂里相会了。

这天,伊织下午有空,打了个电话给阿霞,她却有事走不开。后来经不住伊织的再三坚持,阿霞答应只出来两个钟头。

原本是约好下一个星期的星期一见面的,但伊织等不及了,便像个磨人的孩子般死乞白赖地坚持,这背后,与收到笙子的明信片不无关系。以眼还眼、以牙还牙嘛,既然笙子那样,伊织想自己不妨也还她一点颜色。

不过话说回来,男人真是一种任性而自私的动物,自己同时与两个女性周旋却自认为是天经地义的,而一旦女性与其他男性出去旅游,便立即心生嫉妒之火,将自己三心二意、移情别恋的行为正当化,而对对方的行为却绝不宽饶。何况尚无确凿的证据表明笙子对伊织不忠,只不过与对她怀有好感的男性一同外出旅游,伊织便觉得坐立不安了。

"到底是怎么回事?"

伊织忍不住对自己的举动暗暗吃惊。冷静下来思考,自己也很清楚,虽然已过不惑之年但仍然任性和自私,既然自己的心思已经转到阿霞身上,对于笙子接近宫津理应看开点。然而,一面这样想,一面却还是觉得事情有点不对劲儿。

这种内心的感受实在难以解释清楚,或许与男女的生理有关。男人往往一面喜欢一个女人,一面仍旧会因另一个女人而心动,甚至常常从好感发展至肉体关系。但尽管如此,男人却还是保持着某种清醒,即使肉体上结合,但是心里却未必真正沉溺于其中。

所谓"花心",大概就是说人的心思不固定、不诚壹,而是心猿意马、驰心旁骛。它并非指男人的心思从妻子或某个特定的女人身上转移,而是指他虽然与之保持着肉体关系,但心思却游移开去。从反面来说,因为除了身体,心思并没有随着一起游移开去,所以男人最终往往能够"物归原处",回到自己的女人身边。

但是女性就不是这样,女人是身体和心思全都沉湎于对方,她们做不到身心分离——身体与这个男人结合,而心思却在另一个男人身上。所以说女人往往不只是"花心",还会动"真心",而男人之所以害怕女人花心也正是因为这一点。

不过,伊织可并非因为笙子与别的男人出去旅游,所以才与阿霞见面,那样未免太小家子气了,而只是出于对笙子的不满才见面的。

其实,爱情并不都是纯粹和美好的,适度的嫉妒和怨恨反而能够转为爱的动力,燃烧起炽烈的欲火,从而起到意想不到的效果。就爱情而言,相比纯情美好的感情,栩栩如生的、错综复杂的感情更加具有爆炸力和破坏性。

伊织正在胡思乱想着,猛然看见从大堂一端走过来的阿霞,感觉心头仿佛卸去了一块重物。假如见不到阿霞,自己将不知道如何是好,此刻看到阿霞的身影,烦躁不宁的心绪顿时平静下来。

"谢谢!"伊织语义不明地招呼道,阿霞露出来疑惑的神情,"硬要你出来,还以为你来不了哩。你能来真是太好了!"

"时间太急,我只好穿成这样出来了。"

阿霞少见地穿了件淡蓝色的西式外套,里面是件粉玫瑰色的连衣裙,印着小碎花,衣襟敞开的胸前垂着一条细白金项链。比起穿和服来,看上去起码年轻了四五岁。

"我穿西服有点滑稽吧?"

"没有啊,很相配嘛。"

之前阿霞总是穿着和服,伊织还没机会仔细欣赏她的线条呢。只见她身材修细,两腿直且长,胸部与臀部则恰到好处地略略突起。

"可一直穿和服的,一下子穿上西服出来总感觉不自在。这衣服毕竟是年轻人穿的,像我这样一个半老太婆还是应该穿和服。"

"在家里的时候经常穿西服吗?"

"一半一半吧,不过可能西服稍稍多一点。"

伊织举步朝电梯间的方向走去。

"我在这间酒店开了个房间。"

此时距离傍晚还有些时间,酒店大堂里人流稀稀落落,入口的门童百无聊赖地笔直站立着,平时总有四五个人在忙碌的总服务台,此时也只剩两个人。从总服务台前斜穿过去,伊织和阿霞径直乘上面前的电梯。在不明就里的旁人眼里,两人俨然是一对上二楼餐厅吃东西消闲的中年夫妇,谁也不会想到他们是为短暂的欢愉而去客房的。

伊织本想在青山的公寓里见面的,既是自己熟悉的环境,又不必担心被人撞见。但是阿霞没时间,她只有四点钟到六点钟两个钟头。从东京站出来,到青山来回就得白白浪费一小时,总共才两个钟头的约会,一个钟头太宝贵了。再说白天富子在公寓,当然事先让她提早回去也没问题,但她一定会疑神疑鬼的。

伊织也想过和阿霞去情人旅馆,那种旅馆最适合情人的短时间相会。可是大白天要走进情人旅馆,着实需要相当的勇气,阿霞一定胆怯不肯进去。加上伊织自己也很久没去情人旅馆,不太清楚情况了。

以前与笙子刚热恋时,曾经去过几次。这种旅馆给人感觉过于直接,目的性太明确,所以多少令人望而却步。况且外观虽然潇洒时尚,但里面出人意料并不干净,使用起来心里不踏实。

不过,情人旅馆也有其独具匠心的地方:为了营造浪漫的气氛,房间里大多采用红色或粉红色的照明,有的情人旅馆还在床边设置了巨大的立镜,从卧室能窥见浴室的情景,甚至还配备录像装置,可以将自己的欢合过程记录下来……伊织虽然没有拍摄这种录像的特殊嗜好,但是从大立镜中欣赏阿霞那白皙的肌肤和乱云暴雨的姿态应该感觉不坏。

走出电梯,走廊上只剩下两个人时,阿霞轻声问道:"您预订了房间?"

"我想时间不够,再说偶尔换换氛围也不错吧?"

与阿霞第一次约会也是在这家酒店的大堂,见面之后伊织领她到酒店内的酒吧喝酒,一面说着话,一面思忖着如何劝诱她共赴两人世界。而现在,两人每次见面必定上床,必定肌肤相亲、颠鸾倒凤一番。此刻听说伊织预订了客房,阿霞也没有露出惊恐不安的神色。

"我本来想去情人旅馆之类的地方……"

"这样大白天的,太难为情了。"

"那我们下次晚上去吧?"

"您大概知道这类地方,我可是从来没去过。"

"没有去过不代表就不知道,周刊杂志之类也经常有介绍的,床旁边有各种各样颇有情趣的设置,最近夫妇也开始去那种地方玩哩。"

"您今天是怎么了?尽讲些莫名其妙的话。"

阿霞巧妙地将话题岔开,不过既没有明确表示去,也没有明确表示不去。假如软磨硬泡劝诱的话,说不定她会答应。

渐渐地,阿霞对伊织一些稍显淫秽的话题也流露出了兴趣,她当然从来不会主动说起,但伊织说到时她也没有表现出厌恶。刚开始与阿霞接触的时候,给人的感觉是戒备森严,根本不可能谈论这类话题,但现在态度似乎变得和缓了许多。

"是为了今天见面而特意预订的房间吗?"

"是的,在这里就可以足足两个钟头将你独占了。"

打开客房门,右边是一张双人大床,左边摆着沙发和茶几。沙发旁有两扇玻璃窗,被厚厚的窗帘遮住,中间有一道缝隙,露出里层的蕾丝窗帘,午后的太阳透过这里钻入房间。

"这边……"

伊织一把拥住转过身来的阿霞,两片嘴唇压了上去。

"太想见到你了……"

之前阿霞总是穿和服,西服有一种新鲜的感觉。和服即使敞开衣襟,手指轻轻插入也不容易扯开,拥抱的时候则因为隔着腰带的关系,缺少紧密感。而西服穿在身上,也能轻易地从敞开的前襟直探到里面,拥抱时更可以直接感觉到从胸脯到臀部的凹凸曲线。

伊织的嘴唇吮吸着,探入口中游动着,阿霞的身体渐渐瘫软下来,倒向床上。

在透过窗帘的淡淡的午后的阳光中,伊织用舌头轻舔阿霞的乳头,右手则从阿霞的裙子下摆伸入里面。

霎时间,阿霞发出"啊啊……"的喃喃声,摇着头央求道:"别……"

伊织毫不理会,手指压在阿霞的秘处,只觉得温润绵软之中,还有些湿津津的感觉。阿霞穿着夏季的薄装,对伊织来说求之不得,而对阿霞来说则令她春光尽露。

不一会儿工夫,阿霞两个乳头变得坚挺起来,下身已经一片濡湿。

最近几个月,阿霞的身体急速地敏感起来,显露出大胆的反应,简直想象不到当初是那样的拘谨紧张。此刻,她欲火蹿升,全身好像痛苦不堪。

"不要……"

她的声音中带着娇喘。伊织将手指左右摩挲,阿霞的身体猛然一下子弓缩在一起。

"停下,不要……"阿霞掩上衣襟,同时急忙用手去拉被掀卷起来的裙摆。

"不行,停不下来,我不想停下来!"

"那等一下,让我把衣服脱掉。"

"就在这里脱,我看着你脱。"

"真坏……"

阿霞瞟了伊织一眼,用手扶住凌乱的头发,从床上爬起来。伊织稍觉煞风景,但还是准备欣赏接下来阿霞自己脱衣服的过程。

"哎,把窗帘拉紧吧。"

"拉紧了,就看不到你美丽的身体了。"伊织回道。

阿霞只好自己走过去将窗帘拉上。

"我先去冲洗一下再回来吧。"

"那我和你一起去冲洗。"

"不行!"

阿霞拿起放在沙发上的手提包,走进浴室,返身锁上了门。

从窗帘透进来的午后的阳光明晃晃的。伊织独自仰天躺在床上,看了看床头柜上的钟：四点四十分，离阿霞最晚必须回去的六点钟还有一个多钟头。

　　白天的寝合交欢因为担心时间，总是心急忙慌的，但从另一方面来讲，也可以说是非常充实，时间上的仓促反而转为巨大的刺激，令欲火不断高涨和燃烧。这当中最为重要的，是男女双方声应气求，心心相通，如果一方对仓促行事焦躁不安的话，最终只会感觉不满足，而享受不到真正的欢悦。在这一点上，伊织和阿霞或许算得上是最佳的伴侣。

　　其实，男人与女人相会的目的大多是为了亲热，虽然中间会吃吃饭、说说话、看看电影或戏剧，但无非是顺利通向情事的一个过程。男人在这过程中显现出来的优雅、温柔等等，全都是因为其心怀一个愿望，那就是渴求与对方发生进一步的亲密关系，剩下的只是其后如何将这种愿望表现出来以及在这上面的个人差别而已。如果得到对方的身体，其见面的目的便已达成大半，至于会话和氛围之类都在其次了。

　　伊织此时的心情差不多就是如此。且不去管中间的前戏过程，他只想在短暂的时间里同阿霞结合。

　　今天伊织将本来无法出来的阿霞硬是叫了出来，为此有种内疚的心情，觉得对不住阿霞，但是这种内疚却更加煽起了他的情欲。而阿霞自然怀着种羞愧的心情，大白天，为了与男人约会，不惜乘坐一个多钟头电车赶赴酒店，不是件小事，况且见面之后所做的事情无非是在酒店交欢，可见她也是多么渴求着对方的身体，暴露出一种动物般的本性。

　　然而，随着爱情的高涨，男人和女人最终都将变得与动物一样，这是人作为一种生物所具有的最自然的本性。伊织考虑到这一点，为了不让阿霞有过多的羞愧感，见面后便立即领着她来到客房，随后自然而然地引向情事。

　　阿霞说今天只有两个钟头的时间。虽然没有说出来，但是两个钟头里两人共享云雨之乐，从答应出来见面的一刻起便在两人之间形成了默识。这种默然的共识越多，说明男女两人关系越亲密。

今天从身体的欢愉中先清醒过来的是伊织。

不过伊织没有立即起床。他仰面躺在床上,左手绕过阿霞的后背搂住她,出神地望着天花板。阿霞脸朝下躺着,两眼微闭,肌肤上留着刚才叠臂交股时渗出的汗水。

阿霞似乎很享受做爱之后的这种极度慵懒放松的状态。云雨过后,闭着眼睛躺在男人的臂弯里,静静地感受着被爱的幸福。

伊织没有抽回手,他一动不动。此刻,将尚沉浸在爱的余韵中的阿霞马上拉回到现实中来,他觉得那样会让她太可怜了。

虽然酒店位于都市中心,但由于午后的缘故,四周显得异常静谧。左边窗子旁的花架上放置着的百合花与康乃馨微微颤动着,大概是从对面的空调换气孔吹出来的冷气正对着它们。

伊织看着花,心里惦记着时间。现在应该已经五点多了,阿霞六点钟回去的话,差不多该起来了。不过,这好像不是伊织需要考虑的事情,阿霞起床之后唯一要做的事情便是回到辻堂的家里,不清楚她接下来究竟有什么事情,但无论如何都与伊织无关。

要起就自己起吧……

伊织赌气似的这么想着,将视线从花上移开,闭上了眼睛。迷迷糊糊的又想睡去,但却无法入睡。再看阿霞,仍然趴在床上,一点没有要起床的样子。

六点钟回去,不要紧吧? 即使现在起床,还要穿衣打扮等,搞不好就来不及了。是阿霞说非得早点回去不可的……

伊织又这样躺了几分钟,终于忍不住,轻轻侧身转向一边,用手指在紧贴在自己胸前的阿霞头上戳了一下。

"你猜现在几点了?"

阿霞不太情愿地摇了摇头,问道:"现在几点?"

"已经六点多了!"

"真的吗?!"

阿霞慌忙仄起上身,随即意识到自己睡眼惺忪的模样,赶紧用手遮住脸孔,朝床头柜上的台钟看去。"这个钟慢了吗?"

"没有呀……"

"那现在只有五点半嘛。"

阿霞圆滚滚的肩膀就在伊织眼前,伊织将嘴唇从后面贴了上去。

"噢……"

阿霞缩起肩膀,伊织一把将她抱住。

"不行,我得起来了。"

"还说呢,我要不叫你,你不还是一直睡着嘛。"

"没有,我正在想该起来了呢。"

阿霞说着刚想起身,伊织顺势将被单一掀。

"啊!"阿霞惊叫一声,全身裸露,随即像只大虾米似的蜷缩着,用力去拽被单的一角。

"别这样。"

"这是对你的惩罚!"

虽然已经几度朝云行雨,但伊织还没有好好看到过阿霞全裸的身姿。

阿霞拽着被单想遮住身体,伊织则伸手抢夺,阿霞拼命护住。眼看不能得逞,于是伊织瞅准机会,捉住阿霞的脚往上一掀,顿时,阿霞四脚朝天,白皙的身体毕现。她手忙脚乱地挣扎着,这时伊织又用被单从上面将她罩住,两人隔着一层薄薄的被单,赤身裸体地纠缠在一起。看似争执打斗,实际上却是在互相戏谑调情,彼此的身体更加熟悉了。

几分钟后,两人气喘吁吁,精疲力竭,终于安静下来。阿霞用被单紧紧盖住身体,伊织则伸展开手脚,呈一个"大"字躺在她旁边。

"真坏……"阿霞只露出一张脸,喃喃地说道。

"下次趁你睡着的时候,一定要从头到脚好好看仔细。"

"不,我不睡。"

"你总要睡着的。"

最初,阿霞每次情事之后,尽管躺在伊织身边,但总是心里惶惶,不得安宁,而现在,从胸脯到腹部再到脚尖,全身贴得密不可分也毫不退却。刚才的全裸调情游戏,要在以前也是绝对无法想象的。

"再不起来真的不行了。您先起来去冲洗一下吧。"

"不,我不冲。"

阿霞露出为难的神情,又一次看了看钟。见她实在为难,伊织也不忍心再开玩笑了,他起身走进了浴室。

等他冲洗完毕,擦干身子从浴室出来,阿霞已经穿好衣服,正在整理床铺。

"已经穿好了?"

"西式衣服穿起来简单,很方便的。"

和服的话,算上整理头发到穿戴好身上所有配件,起码近一个小时,而现在不到十分钟便穿好了。

"时间紧的时候,穿西服真的不错呢。"

阿霞说完,似乎又觉得有些不太得体,赶忙道声"不好意思",随后走进浴室。

伊织从衣橱里取出裤子和衬衣穿上,坐到沙发上。

就在刚才还凌乱不堪的床铺现在已经收拾得整整齐齐,两个枕头并排摆在一起。

四点钟见面,还来不及叙一叙离别之情便来到客房,很快倒在床上,欢愉之后,穿戴好衣物,做着回家的准备——虽说是时间急迫,出于无奈,但给人感觉似乎就是贪图一时的肌肤相亲。其实,如饥似渴地贪图对方的身体,毫无疑问正是深爱着对方的表现。虽然没顾得上好好说说话,但是伊织却深信,两个人之间已经用身体语言进行了切实的沟通。

像往常一样,衣着工整、头发梳理完毕的阿霞身上,看不出一点情事之后的迹象。然而细细端详,却可以看到她耳朵周围微带红晕,潇洒敞开着的衣襟内胸部显得格外饱满,浑身散发着女性的幸福气息。

"匆匆忙忙的实在不好意思。"

"不是啊,是我硬把你约出来的。嗯,下星期一见吧?"

"还要见面吗？"

"本来就是定好星期一见的嘛，今天是加出来的。"

"可是，这样频繁地见面，您会生厌的。"

"不，不会，你太棒了。"伊织说着，伸手轻抚了一下阿霞的下腹部。

"瞧您……"阿霞像是呵斥调皮的小孩子似的乜斜着伊织，随即道："下个星期恐怕不太方便。"

"不行吗？"

"嗯，我的身体……"

看着阿霞犹豫的表情，伊织忽然意识到阿霞指的是生理方面。

"可是……"

约好的见面，如果仅仅因为生理原因而取消似乎不应该。但是，每次见面必定要求欢，所以说伊织一点不在乎也不确实。

"什么时候结束？"

"到周末我想差不多了。"阿霞害羞地用两手捂住脸颊。

"那星期六没问题吧？"

阿霞点点头。

迄今为止，阿霞从没有谈及过自己生理方面的事情，每逢生理期总是说声"不行"，然后找个其他理由搪塞过去。现在却明白无误地告诉伊织生理期的日子，或许可以认为是两个人的关系更进一步的结果。

"走吧？"伊织无意再多挽留阿霞，"下星期六。"伊织朝前迈出一步，将脸凑近阿霞，为了不破坏掉她刚刚擦好的口红，只用舌尖轻轻碰了碰她的嘴唇。也许是舌尖轻轻的动作更加挑逗，令阿霞更加难受，她将嘴唇抽退了。

"再不走不行了。"

"好，走吧！"

"请稍等一下。"

阿霞说着，拿出携带式化妆镜，确认一下嘴唇上的口红，然后开门走了出去。

"上次带睡莲去的时候,我说过睡莲又叫'未草',是因为它在未时也就是下午两点钟左右花会收拢,还记得吗?"

"是个很浪漫的名字。"

"可是我看了其他的书,却说下午两点钟花会开放,所以才叫'未草'。"

"正好相反嘛。"

走廊里空无一人,左手边是电梯。

"后来我又查了些书,结果说法各不相同。"

"我朋友当中有植物学家,我帮你去请教请教吧?"

"不过,我觉得睡莲应该是上午开花,下午两点钟左右收拢的。从睡莲的名字来看,也是突出一个'睡'字嘛。"

"对了,讲到睡莲,你拿来的睡莲不知道为什么,我离开公寓去事务所的时候,它刚刚要开花,可是等我回到公寓时,它老是收拢着嘛。"

"因为您总是半夜三更才回家呀。"阿霞笑了笑,接着说,"您可以在花当中稍许放些沙子试试。"

"放在花当中?"

"这样就会一直开放了,可能是因为重量的关系收不拢了吧。"

"这是书上写的吗?"

"这是我自己想出来的。对花来说可能有些残忍,不过花儿老是睡着岂不是煞风景?"

阿霞对这些琐碎小事也会去潜心琢磨,伊织由此对她更增好感。

"我也长知识了哩。"

今天与阿霞相会,令伊织得到了满足,而这种浓密的令人满足的约会,使得他对笙子的记忆逐渐远去。

此刻,笙子应该正在从松江前往出云的路上吧,出云的因缘神是天下闻名的,或许笙子正与宫津一起合掌参拜哩。要在平时,这种情景伊织只要想起来心里便会翻腾不息,而现在他已经无所谓了。

假如两个人愿意在一起,那就随他们去好了,只要笙子想,伊织会让她得遂心意的。如果笙子现在离他而去，身边还有阿霞。莫非这次笙子的旅行是上天的启示？到底是笙子还是阿霞，终究必须做出一个抉择，说不定正是上天安排了这个抉择的机会。与笙子就此分手，那么自己就能专注于阿霞一个人，心情反而轻松了。

想着想着，伊织觉得之前自己一心期望的结局，现在正一步步地接近了。

周末，伊织心情舒畅，与几个建筑师同好一起前往黑矶进行两天一夜的高尔夫旅行。虽然成绩没什么见长，但依然情绪高昂。

星期天又打了一场比赛，然后先乘列车到上野，再从上野打辆出租车回家。一个叫竹内的朋友住在惠比寿，于是伊织和他同坐一辆车。

"我们去哪儿一起吃个饭吧？"

返京途中，大伙儿在列车的餐车上只喝了点啤酒和威士忌，还没吃过像模像样的主食。

"对不起了，我今天说好要直接回家的。"竹内抱歉地回答，随后问伊织，"你星期天也一直是在外面解决的吗？"

"我自己又不会做。"

平时因为工作原因，晚上基本上在外面吃，星期天只有自己一个人，无外乎三种解决方式：或者逛到公寓附近的小餐馆随便吃点，或者叫个外卖，或者偶尔与笙子一起出去吃。

"那不好意思，我就先失陪了。"

车子沿环城高速公路从高树町匝道下来，然后驶至惠比寿一个行人稀少的地方，竹内告辞下车了。

星期天晚上独自一人在外面吃饭似乎太孤寂了，于是伊织回到公寓，从附近的寿司店叫了份外卖。

世田谷那家时尚购物商场的设计期限快到了，加上还有不少资料书籍想翻一翻，不过伊织暂时不想马上就伏案工作。他沏上一杯茶，拿起刚从信箱中取出的邮件浏览起来，发现有一张住在荷兰、名叫东野的朋友寄来的明信片。

东野最初是去荷兰学习绘画的,后来对陶瓷产生了兴趣,于是跑到荷兰北部一个叫吕伐登的城市建了座窑自己烧制起瓷来。他的瓷器大多与日本青瓷相似,白里透着淡淡的青色调,不过他将之与荷兰特产的瓷砖相结合,形成了自己的特色,听说在荷兰非常受欢迎,在日本已经举办了两次个人作品展,作为极富个性的瓷艺家而备受瞩目。东野比伊织小三岁,今年四十二,与荷兰当地一名妇女结婚并且有了孩子,看来他也不打算再返回日本了。

十年前,伊织在巴黎与他相识,两人感觉特别合缘,由此结下了友谊,以后东野每次来日本都会与伊织会面,伊织访问欧洲时也专程去见过他。

不过,伊织还从未去过东野的窑场所在的荷兰北部,每次东野来信总会邀约伊织前往游玩,这次来信又是希望伊织秋天成行。

"秋天的欧洲⋯⋯"

伊织看着印有梵高的黑白素描的明信片,自言自语道。

欧洲伊织已去过六次,第一次甚至从巴黎到西班牙闲散地逛了将近一个月。那时候的伊织还年轻,看到各种漂亮的建筑会情不自禁地惊奇和感叹,可现在他对西洋建筑已经兴趣不大了。西洋建筑再美,毕竟是属于西洋人的东西,与日本人的审美感觉相距甚远。再说,看得太多,反而会不知不觉受其影响,妨害到自己的独创性。因此,相对于欧洲的建筑,最近伊织反倒对美国和加拿大的建筑产生了兴趣。

且不管如何,读到朋友的明信片,伊织觉得时隔许久再游欧洲也是件不错的事情。上次去还是三年前,自那之后欧洲对他来讲已经久违了。

"要是能和她一起去就好了⋯⋯"

伊织的脑海里浮现出伫立于秋天的欧洲的阿霞的形象。

独自喝着茶觉得不过瘾,于是伊织从餐具柜里拿出雷米・马丁的人头马白兰地,往杯子里倒了一杯,一面啜饮着,一面思考起和阿霞一同去国外旅行来。

六月份的奈良之旅只有两天一夜,但如果去欧洲的话则差不多需十天,至少一个星期,阿霞能够抽出这么长时间吗?

　自己独自一人当然没什么问题,但阿霞身为人妻,要抽出十天时间,况且是去国外,这几乎是不可能的。即便说是与朋友一起去,并且是随旅行团出游,阿霞的丈夫是否同意也是个未知数,但又不可能对他隐瞒。

　奈良之旅对于阿霞已经是一次不小的冒险,所幸是乘坐新干线,她曾经说过,如果坐飞机的话,连国内其他地方也不敢去。

　"顾忌如此多的阿霞不可能去国外旅行……"

　想到最后,伊织自己对自己这样说道。他打消了这个突然间冒出来的念头。喝着白兰地,渐渐感觉有了些醉意。或许是星期天夜晚的缘故,几乎听不见街道上的汽车声,一片寂静,四周的人家大概都在享受着一家团圆的喜悦吧。

　蓦地,伊织想起了自由之丘的家人。

　妻子和两个女儿这会儿在做什么?应该已经吃完晚饭,大女儿大概正在看她最喜欢的历史连续剧吧?或者是在洗澡?最近一段时间,在涩谷读高中的大女儿很少与自己联络。没有联络,说明每个人都很好,不过毕竟还是有些挂念。伊织甚至想打个电话过去,但一想,毫无事由地打电话,显得自己对那个家还心存留恋,说不定会把与妻子的关系搞得更复杂。

　不知道为什么,今夜伊织特别思念自己的亲人。本来就不喜欢星期天的夜晚,今天连人的整个精神都变得萎靡不振。以往每个星期天的晚上,总是与笙子约会或是等待她的电话,但或许是因为今夜她不在,所以伊织才变得如此消沉。

　先是从欧洲想到阿霞,接着想到家人,最后兜了一个圈子,不知不觉思绪很自然地又转到笙子身上。

　说句实话,伊织此刻等待着笙子打来电话。虽然不是一种很明确的意识,但打完高尔夫回来的路上,他脑子里就隐约有种模糊的意念;与竹内分手之后直接回到公寓,叫个外卖简单地将晚饭解决掉,或许也是出于笙子说不定会打电话来的期待。

如此思绪清晰,应该不会只是无意识的,但伊织竭力不让自己想起笙子。笙子,随她去吧！越是这样想,说明心里越放不下。

笙子不论去哪里旅行,都会与伊织联络,有时是一个电话,报告一声"我刚刚回到家",有时则是一张明信片,告诉他几号几点钟到家。因此,伊织觉得今晚笙子理所当然也会打电话来。休假已经结束,明天开始就要照常上班,所以今天晚上肯定已经回到家里了。

时间已近十点钟,沉醉在酒精香氛中的伊织渐渐醉意蒙眬,但是屋子一隅的电话依旧安静地躺在那里,没有一点声响。

伊织一面等电话,一面心里暗自思忖:也许今夜不会打来了。旅游之前情绪上的别扭,加上又是和宫津一同去旅游,他觉得笙子今夜不打电话的可能性极大。虽然旅游回来,但是还不会立刻就打电话给自己,因为心中的疙瘩不是轻易解得开的。

虽然觉得笙子不打电话是理所当然的,但伊织还是期待着,等待着。只要笙子对他说一声:"我回来了！一个人跑出去这么长时间,不好意思。"他的心情就会平复,宫津的事情也可以不去管它,心里会宁定下来。

又喝了些白兰地酒,在酒精的作用下,伊织与自己打了个赌:"假如今晚打电话来,和笙子就重归于好；假如不打来,两人就彻底结束……"

左想右想等着电话,渐渐地阿霞和家人的身影离伊织越来越远。一直等到十二点钟,伊织将杯子里剩下的酒一干而尽,对自己说声"笙子的事情到此结束",然后上床睡去。

第二天,星期一上午,因十点半有两位客户来访,伊织一反往常的十点钟便到了事务所。本来如果伊织希望的话,延后到下午也无妨,但伊织这样安排,其实潜意识里是因为笙子今天开始照常上班了。

笙子会以怎样的面目出现在事务所呢？见面之后应该说些什么？还有宫津……伊织只想早些看到这两人。昨天,等了一夜电话却始终未打来,伊织心里很来气。

十点钟一进入事务所,笙子立刻惊慌失措地站起来。今天的日程安排已经从其他女职员那里听说了,她应该知道伊织会比往常早到,但她还是掩饰不住紧张的心情。

"所长早!"

大概是心理作用吧,笙子的声音听上去有点含混不清。伊织冷冷地点点头,随即走进自己的办公室。刚从皮包里拿出文件,笙子便像平时一样端着茶水进来了。伊织没有理会她,自顾自翻看着文件。

笙子将茶放在茶几上,随后清清喉咙说道:"上星期突然间请假的事情,实在对不起。"

"哦,没什么……"伊织的回答依旧冷冰冰的。

"今天上午十点半,丸越商事的水口先生来拜访您,随后十一点……"笙子开始报告起今天的日程安排。

伊织眼睛看着文件,等笙子报告完毕后问道:"旅游愉快吧?"

"哎……"

老实说,伊织想听到笙子说句"虽然愉快,但感觉有点无聊",或者干脆直截了当地说声"对不起"。虽然笙子一进来便道过歉了,却是一副做做样子的语气,然后便立即公事公办报告起日程来,伊织对此颇为不满。

但是笙子却什么其他的话也没有说。

"你替我叫望月君进来一下好吗?"

伊织合上文件,不想再听笙子说了。笙子原本还想说些什么,见此只好低头退了出去。望着笙子的背影,只觉得她那充满弹性的娇小臀部愈加性感惹气,她不会和宫津发生什么事情吧?伊织想着,心里越发难以平静。

一整天,伊织都没有搭理笙子,偶尔说上几句话,也都是关于工作,一句多余的也不说。尽管有些小孩子气,但伊织就是想让笙子明白,自己因为她与宫津去旅游一事而不快。

下午,从外面回到事务所的望月来向伊织报告关于新建材的事宜。听完望月的报告,伊织望着那张晒黑的脸随口说了句:"晒黑了不少啊。"

"游了几次泳。山阴那边的水真干净,游起来感觉太棒了。"

"昨天晚上回来的?"

"哦,我星期四就回来了。"

答完,望月脸上掠过一丝尴尬的表情。这瞬间的表情没能逃过伊织的眼睛,他微微笑了笑,接口道:"那好啊。"

看着望月挟着文件走出屋子,伊织将椅子转向窗户,衔起一支烟。街道旁行道树的绿荫一直延伸到窗户边,在夏日的风中不停摇曳着。伊织一面望着窗外的风景,一面思索起来。

望月是星期四回来的,换句话说,那之后便只剩下笙子和宫津两人在一起。原以为山阴之旅是望月在内的三四个人的团体活动,不想他们并不是共同行动的。

伊织越想心情越烦躁。本来以为只需对笙子任性的举动表示出不满就足够了,现在看来,事情到此还远没有完结。伊织万万没料想到,旅行的最后几天,只有笙子和宫津两人在一起度过,这样一来,问题的性质可就大不一样了。

坐立不安的伊织起身到职员办公室有看没看地转悠了一圈。职员们有的在画设计图稿,有的在查阅资料,有的对着泡沫塑料的模型在沉思,伊织对每个人打声招呼,偶尔与他们交换一下意见。随后,他来到右手最里面的座位,宫津正伏案工作着。原本白皙的皮肤不仅没觉得怎么晒黑,而且因为桌上绘图仪的荧光灯的缘故,看上去反而更显得惨白。

"怎么样?"伊织若无其事地问道。

"哎……"

宫津态度暧昧地点点头,眼睛始终不敢从设计图稿上移开。

"夏季休假之旅怎么样啊……"这句话伊织强忍住没有问出来,回到了自己的办公室。

伊织表面竭力装作平静。本来,需要自己有意识去做出这样的态度来,已经显现出不自然了。在笙子面前,他表现出一副无所谓的样子,而在宫津面前,则努力装作与平时毫无二致,但那种别扭不自然的态度还是掩饰不住地流露了出来,结果,从笙子脸上可以看到一种窥探的表情,而宫津则好像在尽量躲避他。

就这样过了两天。第三天晚上,笙子打来了电话,是伊织参加完环境整治委员会的会议,喝了点酒,十点多钟刚回到公寓的时候。

"啊,您刚回来吗?"笙子也许以为他不在,听到应答倒吃了一惊,"刚才我已经给您打了两次电话。"

"什么事?"

虽然顿觉亲切,但伊织依旧故作冷淡。说句小儿科的话,要是随着对方也用温柔的语气回答,伊织觉得有失男子汉的体面。

笙子稍稍停顿了片刻,接着说:"嗯……什么时候可以见一面?我有些话想和您说。"

"有话说的话,在事务所也可以说嘛。"伊织冷冷地回了句,随即自己也觉得似乎过于倔巴了。

"可是,在事务所静不下心来说呀。"

"那么现在在电话里可以说了?"

"关于我前两天去旅游的事情,所长是不是有点误会?其实我跟宫津先生什么也没……"

"那种事情我一点也不介意,恐怕倒是你误会了吧。"正像笙子说的,伊织对笙子与宫津的关系仍然装作毫不关心。

"可是,有些事情不是想的那样……"

"你什么时候回来的?"

"星期六。"笙子回答,随后接着说道,"我现在去您公寓可以吗?我有些事情想问您。"

对笙子终于打来电话,伊织感到舒了口气,但嘴上却说出了与心里想法不一致的话:"今天时间已经不早了,明天再说吧。"

"说什么也不可以吗?"

"没什么急事吧?"

伊织回绝了主动说想过来的笙子,但过后他又懊悔了。当时如果点头答应,这会儿已经拥着笙子同床共枕了,这么晚过来,只要自己提出,她一定不会拒绝的。

上周整整一个星期两人没有照过面,所以已经十多天没有与笙子亲热了。最近三天,伊织表面上一直态度冷淡,但内心还是期望笙子向自己服软认错,并且做好了原谅她的打算。可为什么要回绝她呢?

伊织自己也弄不明白。

但有一点却是清楚的:电话打来的那一瞬间,伊织似乎有点摆架子摆过头了。

如果硬要打肿脸充胖子说句大话,至少知道了笙子对于自己这三天来的态度是非常在意的,这也算是一大收获。

说句实话,假如笙子什么也不说的话,伊织的不满只会越来越强烈,既然表现出了冷峻的态度,他不可能中途自己认错去讨好笙子,因而与笙子的关系也只会越来越糟糕。今晚见不上面固然有些遗憾,但明天会面也一样,只不过是将与笙子两个人独处的机会稍稍延后一下而已。

然而,上周与阿霞相拥的时候,他还觉得笙子对他已无关紧要,现在却如此放不下,这究竟是怎么回事?

或许,说无关紧要只不过是一时的患忿负气,因为知道笙子与宫津一同去旅游,心生不满而自我安慰的一种借口吧。

虽然伊织曾想过,只要有阿霞,即使失去笙子也无所谓了。其实阿霞与笙子全然不同,拥有阿霞所体会到的满足感与从笙子身上得到的感受也完全不一样,从内在的性格到外表的身体,两人的差别远远大于睡莲与菖蒲的差异。

表面上,阿霞显得沉稳、矜持、拘礼,但当两个人在一起的时候,她有时会显现出令人想象不到的奔放的一面,淫狎狂荡;而笙子性格单纯,直来直往,缺少圆通性,即使在两人寝合交欢的时候,她也仍然死守着刻板的原则。但笙子并非一无是处,两人各有各的魅力,让人难以取舍。

打个不太恰当的比方,两个人就像日本料理和西餐一样。

第二天晚上七点钟,伊织和笙子在涩谷相会了。

天刚擦黑的盛夏,空中吹拂着几许微风,夹带着潮湿的气息,让人产生了错觉,以为来到南部临近海边的街市。

不知怎么的,伊织忽然想换换口味吃中餐,于是来到位于宫益坂一幢大厦顶层的餐厅。要是初冬季节,从这里可以毫无遮挡地远眺富士山,而现在,日暮的街道两旁已经闪烁起了霓虹灯。

"这么高啊,是三十二层吧?"

笙子坐在靠窗的座位上往下张望着。高速公路在下面蜿蜒穿过,车灯组成的光流在黑暗中倏地逝去。

"对面是世田谷,再过去就是川崎了。"

伊织一面解释,一面想象着阿霞坐在光影中的景象,不觉有些愧疚。

最先上来的是冷盘,有海蜇和鲍鱼。两人喝起了啤酒。

在往这儿来的路上,伊织为自己究竟该以怎样的态度对待笙子而犹豫不决。坦白说,伊织不想再想笙子随宫津去旅游的事情,就让它过去吧,现在他期望的是两个人能够重修旧好,恢复到以前的安定状态。

当然,他没有忘记阿霞,只不过眼下他想拥有笙子,他需要笙子。最近几个月,他一直沉溺于阿霞,因此,笙子对他格外具有吸引力。

可是,该怎样开口呢?

如果笙子像昨夜那样主动黏上来,事情就容易多了。两人怄气已经受够了,现在讲和的条件已经具备,只等重温从前的旧梦。但是,最好是笙子放下架子,由她来开口,只要她面对面说声"对不起",霎时间便可冰雪消融。

然而,今天笙子的态度有点不对劲儿,完全不像昨夜,看上去似乎有些说不出来的紧张,又好像在竭力控制住自己,算计着最佳的时机似的。

两人喝了一会儿啤酒,当主食的烧肉上桌时,笙子好像终于下了决心,她张口问道:"对这次旅游,您真的什么也没多想吗?"

"当然……"

"可是,我和宫津两人在一起的事情,您应该听说了吧?"

伊织停住了举在空中的筷子。

笙子稍稍停顿片刻,稳定一下自己的情绪,接着说:"到最后,就只剩下我和宫津两个人了。"

"……"

"大家星期天一同出发的,望月和其他朋友星期四先回来了。开始的时候,我也想和他们一起回来的,可是在米子的一个大学同学打电话来,说无论如何想和我见一面,叫我顺便过去一趟。所以我就打算一个人往米子去了,但是宫津说他和我们是同一方向,硬要送我们一程……"

"宫津的老家是哪儿?"

"鸟取。是家好大好大的旅馆,我们就在那里住了一个晚上。"

笙子说到这,轻轻捋了一把前刘海垂下来的头发。瞬间,耳后根处露出了白皙的肌肤,但随即又被垂落下来的头发盖住了。

"然后,望月他们从出云乘列车回来,宫津开车把我送到米子,跟朋友见了一面。"

若是仅仅这样的话,也没什么大不了的。伊织拿起酒瓶往笙子的杯子里斟了一杯酒。

"我可一点儿也没有介意啊。"

"那样就好……"

"后来呢,几时回的东京?"

"星期六。"

比起与宫津两人单独相处,伊织更关心的是笙子回到东京后,为什么没有马上给自己打电话。

"我星期六出去打高尔夫了,不过星期天晚上就回到公寓了。"

"我是很想打电话的,可是……"笙子看着快要溢出来的酒杯,停顿住了少顷。侍者又端上来鲜奶炖蔬菜,可桌上的肉还有一大半没吃掉。

"可是什么呀……"伊织催促道。

笙子又捋了一下头发,然后说道:"我总觉得,打过去会影响您的。"

"怎么会影响,我一直在等你电话哩。"

笙子小心翼翼地竭力解释,看来伊织已经不再有任何怀疑了。假如她的心真的离我而去,就不会这样拼命解释了,或许是因为点滴误会,她才和宫津一同去旅游,但她的心仍然在我这边。想到这里,伊织终于安下心来,他又叫了瓶中国黄酒。

笙子喝不来黄酒,但加入少许砂糖后,她尝试着喝下一口,随即说了声:"挺好喝的嘛。"她的脸上终于又重新露出了笑容。

喝过黄酒,最后端上来的米饭只有伊织一个人吃。走出餐馆,已经是九点钟了。依旧夹带着湿气的南风,一直吹进行人稀少的大厦旁的小巷里。

伊织来到大马路上拦了辆出租车,吩咐司机朝青山的公寓方向开去。

"宫津是家里的长子吧?那么大一间旅馆,他就没想着子承父业啊?"

"他好像还有一个妹妹。"

伊织记起来宫津曾经想辞职,但后来又改主意了。他家里拥有不菲的资产,即使辞了工作也不至于囊中羞涩,但看起来他还是想在建筑这个行业发展。

"他又跟你说起结婚的事了吧?"

伊织本想尽力装得轻松随意些说的,但笙子的表情还是瞬间变得僵硬起来。

"果然说了啊。"

"可是,我没有兴趣呀。"

"不过,也说不定是桩好姻缘呢。"

"所长是觉得我应该结婚吗?"

"哦,不是这个意思……"

说来奇怪,就在刚才,伊织还在嫉妒地想,宫津会不会向笙子发起求婚攻势,可是听到笙子说没兴趣,却又觉得有些惋惜。也许这便是男女间一旦对方离去就想死命拽住,而如果得知对方不想离去则又不当回事,听之任之的微妙的内心冲突吧。

夜里的街道上很空畅,不用五分钟就到了公寓。下了车伊织当仁不让地走在前面,笙子默默地跟在他后面。打开门,一进到屋里,伊织随即抱住了笙子。笙子没有思想准备,向后退缩着,但随即安静地将嘴唇与伊织的嘴唇合在了一起。

记不得与笙子已经多久没有接吻了。上回见面,尽管做爱了,但似乎也没有接吻。不知道是不是男女相处久了、关系递进了,就会省却掉接吻这回事情,还是这只是男人的怠慢? 不管怎样,与笙子久违的接吻顿时唤起了伊织的新鲜感,他拥着笙子朝卧室移步而去。

与笙子叠臂交股早已不是头一回了。自从两人亲近以来,四年岁月过去了,做爱的次数多不胜数,如果单从做爱的角度来讲,笙子恐怕是排第一位的。

但是走向床笫的时候,笙子还是带着某种刻板拘谨。

卧室里很暗,只有些微从敞开着的门透进来的灯光,在门口形成一个亮白的锐角三角形。靠墙而站的笙子勾出一个隐约的轮廓,脸上的表情一点也看不清楚。

伊织静静地站立在笙子面前,他一只手搭在笙子的肩上,另一只手去解她的衬衣纽扣。笙子毫无反抗地倚着墙壁站在那儿,由着他来。

衬衣的纽扣被解开三粒,伊织停住了,他将右手探入笙子衬衣内,绕到背后,解开了乳罩的褡扣。笙子的胸部不大,伊织曾经问过一次,回答说是 A 罩杯。脱去乳罩,再解掉剩下的衬衣纽扣,伊织的手又移向裙子上的腰带。笙子平时多穿紧身裙,配以各式各样的皮腰带,但是皮腰带的扣子样式大致容易掌握。伊织摸索着用手指摆弄,不一会儿便解掉了,然后拉开侧旁的拉链,触到了稍稍突起的胯骨。这时笙子身体微微扭动了一下,但伊织毫不理会,顺势将裙子和连裤袜一起褪下。

黑暗中,伊织显得手忙脚乱,忽而亲吻笙子的嘴唇,忽而亲吻笙子的乳头。而笙子则轻倚在墙上,像个圣女似的笔挺地立着。

被脱去衬衣、裙子褪至脚面的笙子身上只剩一件贴身衬裙。在将手腕从衣袖里穿出来、脱下衬衣的时候,笙子稍稍挣扎了一下,因此衬裙的肩带这会儿已从肩上滑下,整个胸脯露了出来。

伊织喜欢笙子只穿衬裙的样子。虽然已经二十八岁了,但是笙子身上还保留着少女的气韵,不知经历过几度爱抚、几番云雨,但她的身体仍没有完全成熟,依旧潜藏着几分稚秀,比如略坦的胸、扁平的下腹、一只手就可轻松绕回揽入臂弯中的臀部、从纤细的脖颈到胸脯起伏不兴的线条等。

无论对她做什么淫亵、粗暴的举动,她那清新稚秀的样子都不会被损毁。一件洁白的衬裙,能够挑起男人所有的欲念和激情。伊织用渐渐适应了黑暗的眼睛,凝视着面前的圣女形象,然后再次将嘴唇贴紧笙子的嘴唇,同时右手悄悄探入笙子的大腿之间。

刚才褪裙子时,伊织将笙子的连裤袜也一同褪掉了,现在衬裙下面已没有一丝寸缕,胴体纤细而匀称,肌肤细嫩而光滑。随着伊织的手朝上移动,衬裙的下摆被折卷起来。

或许是因为头轻抵在墙上接受亲吻的缘故,笙子似乎顾不上这些。但当伊织的手接近内侧腿根部时,笙子好像如梦初醒,两腿立时并拢了。见遇到抵抗,伊织停下手来,过了一会儿,又觑机伸手摸去。如此反复几次之后,笙子的身体似乎适应了这样的举动,渐渐开始迎合。终于,笙子的两腿微微张开,这一变化没有逃过窥间伺隙的伊织,他的手迅速贴了上去。笙子的下半身朝后退让着,但是伊织岂肯失手,他的手紧贴住柔软而温润的那片葱茏,像是屏住呼吸般静静地停留在那里,过了一会儿才又想起来似的移动,慢慢地上下摩挲。

嘴唇被吻住,秘处被按着,笙子仍然只着一件衬裙,一动不动地站立在那里。乍看好像是被一个壮男欺凌,正在受难的弱女似的,但裹在衬裙里的身子,不知不觉中,合着手指的上下摩挲开始扭动起来。

伊织曾经故意使坏,激情高涨途中突然停顿下来。每逢这种时候,笙子下身便会微微震颤着,扭动着,却并没有进一步的要求。

假使同样的举动放在阿霞身上,她一定会轻声发出嗔怪,或者摇着头、做出不快意的样子。这也是阿霞和笙子两人的不同之处,笙子无论怎样想方设法引导,她总是略显自持和克制,而阿霞则积极争取,甚至显得有些贪婪。

可是现在,伊织却没有心思恶作剧使坏。

因为他没有这份从容。

伊织已经是激情难抑。他脱掉自己的衣服,解开衬衣的纽扣。在他这么做的当口儿,笙子仍旧只穿着一件衬裙,倚靠在墙边。

"来吧……"

衣服脱掉后,伊织牵着笙子的手往床边走去。笙子刚迈开步,忽然觉察到紧身裙还缠在脚面上,于是她两只脚一先一后抬起来,将滑落在地上的裙子拾起,叠好。这个动作也与阿霞有所不同,阿霞是在伊织脱衣服的同时,将自己身上所有的衣物褪下,整齐地叠好。

自然,这里面不存在孰好孰坏之分。只不过,白天看上去同是正派、一丝不苟的女性,在承迎男人欢合的时候其态度还是大有差异,而这对于男人来说,却恰是欣喜玩味的地方。

事实上,两个人之间的差异还不止于此。伊织已经上床在等待,笙子也叠好了自己的衣物,却仍逡巡着没有上来。

明明知晓早晚是要上床的,但男人不催促一声"上来吧"便迟迟犹豫。阿霞一开始也是这样,但现在已经不会再这样,当脱得只剩一件贴身衬裙时,阿霞会一面喃喃着"可以吗",一面以手遮脸蹑手蹑脚地钻进被窝里。

"上来,快点……"伊织再次催促道。

笙子这才下定决心。她回头望了一眼透进灯光来的房门,关上之后,终于爬上床,与阿霞的自然流畅相比起来,显得有些唐突和迂拙。这与岁月的长短毫无关系,而是各自与生俱来的习性使然。

阿霞的自然流畅和笙子的迂拙唐突伊织都喜欢。尤其是笙子,相识四年来一成未变,这令伊织深深感服于她的天真和单纯。

对笙子,伊织从没有在床上要求玩些什么花样,一直是中规中矩、寻常不变的体位姿势。虽说两人结合已四年,照一般人的例子或许会追求些更加奔放刺激的形式,但他从未在笙子身上尝试过,因为笙子似乎不是那种类型的女人。笙子的身体娇小,但也不曾让伊织感觉到不满足,只要他积极地运动,笙子就会做出相应的反应,最后身体微微震颤着,流露出愉悦。

在这方面,笙子也不同于阿霞的圆通。伊织只要有所要求,阿霞便会极其自然地迎合,而且具有只要有所要求她随时可以接受的包容性。

或许这就是女性各自不同的气质、氛围吧,并非是因为阿霞年纪稍长,所以才富于圆通性和包容性。笙子即使上了些年纪,她还是不可能改掉她刻板拘谨的性格。

当然,这种刻板拘谨也正是笙子让伊织喜欢的地方。虽然有时也颇觉得她单调,但是从中却可以感受到一个女人的执着和专一。此刻,伊织就在索求这一印证,他期待着眼前这个娇小的身躯燃烧起来,直至发出微微震颤的那一刻。

但是,今晚笙子的反应却出乎意料,笙子的身体不消说已经燃烧起来,但她的速度不像往常那样。以往总是伊织一步领先,笙子勉勉强强地追随于后,而今天却是笙子捷足先达,似乎她有些急不可耐,如渴骥奔泉一般。

看到笙子一反常态的表现,伊织有些困惑不解,他不明白笙子今天为什么会有如此举动。他的脑子清醒着。

更加令人费解的是,在两人心满意足、短暂的安静过去之后。笙子紧紧抱住伊织,身子贴紧着一动不动,从平坦的胸部到凹凸不甚分明的腰部,几乎一丝缝隙也没有。

做爱之后的笙子有如此行为是极其罕见的。无论怎样云狂雨骤、怎样满足,云雨之后的笙子总像是为先前的行为感到羞怯似的,身体与伊织稍稍保持一点距离,屏息静气,一声不吭。而今天的笙子简直就像换了个人。

"怎么了……"伊织问道。

笙子不回答,过了一会儿,肩头抖动着,从嘴里漏出呜咽之声。

　　伊织一下子蒙了。刚才还烈焰腾腾,怎么突然间转喜为悲哭起来了?啜泣声虽然很小,但是肩头不时的抖动传到了伊织的胸前。

　　"到底怎么了?"

　　伊织又问了一句,笙子还是不回答,依旧在啜泣。伊织轻抚着披散在笙子抖动不停的肩头上的头发,回想着今晚发生的事情。

　　进入卧室一直到上床这个过程,与平时没什么两样。令他稍稍感到反常的是,两人身体交合的时候,笙子表现得前所未有的积极,让伊织颇觉不可思议,一瞬间还以为身体下面的是别的人。交合之后身体贴得紧紧的,这点也很罕有。

　　"发生什么事情了……"

　　当伊织再次问她的时候,脑海里掠过一个不祥的预感。他一面想不可能,一面迫切地想一究明白。

　　"是不是……"

　　隔了少许时刻,枕在伊织手臂上的笙子的头轻轻摆动着:"我老老实实向你坦白,只有一次,我和宫津……"

　　伊织轻抚头发的手停了下来。

　　"宫津和我亲热了……"

　　"……"

　　"对不起!"

　　说到这里,笙子又啜泣起来,哭得比刚才更加厉害,肩头和头发都随之抖动起来。伊织全身感觉着这抖动,却出人意料的镇定。

　　是因为心想不可能的预感竟然被击中了,还是因为伊织的感情还来不及跟上做出反应,总之,他姿势僵硬,只是呆呆地望着天花板。黑乎乎的卧室里天花板隐隐约约地浮现着,中央白色的塑料灯罩露出一丝灰白。

　　"我……我不想的,绝对真的!可是,宫津硬要送我一段路,把我送到旅馆……"笙子说罢,又将脸紧紧埋入伊织胸前,"求求你,请你相信我!"

笙子的身体紧紧依偎在伊织怀里,像一只小鸟偎在母亲粗壮的羽毛下寻求庇护一样,全身被伊织的臂膀守护着。

可是伊织只觉得这是一件与自己无缘的物体,虽然从胸脯到四肢紧紧贴在一起,但仿佛只是抱着一具没有血、没有体温的玩偶。

伊织被自己骤变的态度惊住了。当笙子突然向他坦告自己与宫津发生过一次关系后,他霎时间觉得笙子好像成了一个陌生人,他不知道怎样回答笙子,一时显得狼狈不堪。

然而,此时的身体似乎比大脑尤为张皇失措。那一瞬间,脑海里闪现出的是"果然如此"和"到底还是……"但是身体却不像大脑这般轻易地接受,之所以不肯轻易接受,是因为身体比大脑来得正直、忠实于自己。

伊织轻轻咳嗽一声,缓缓地将枕在笙子身体下面的胳膊抽出来,然后将身体从笙子身边挪开一些,仰面朝天躺着。

"你生气了?"

"哦,没……"隔了许久伊织才回答道。但随着这一声回答,"真讨厌"的感觉顿时遍布到了全身。

"可是,我真的是没办法呀。他说我要是不让他进屋的话,他就一直不回家……"

笙子的辩解,在伊织听来,就像是餐厅里隔壁餐台上的男女在说话一样,声音近在耳旁,却与自己毫无干系。

"我绝对不想那样子的,真的……"笙子说着说着又啜泣起来,"我心里很痛苦,越是痛苦,越想一五一十地向你坦白……"

"……"

"既然发生了那样的事情,我不能不声不响瞒着你,对吧?"

伊织轻轻点了点头。

"真的对不起。不过,我是爱你的,非常爱你……"

笙子将头抵在伊织身上蹭来蹭去,泪水落在伊织的胸前。伊织忍住没有去擦,仍然仰面朝天躺着。

"请你理解我。"

伊织心里对自己说,自己非常明白。笙子即使被别人夺去一晚,但她真正喜欢的仍然是自己,就是现在她也没有改变,所以她才会老老实实地主动告诉自己,向自己道歉。这些伊织非常明白,可是心里仍然有另一个自己,却不肯爽直地对自己说声"是啊,要理解她"。

黑暗中,笙子的啜泣还在持续着。渐渐地,声音越来越轻,变成了断断续续地抽抽搭搭,最后也停止了,只有肩头还间或地抽动一下。床上重又变得安静下来,安静得简直不可想象。

几点了?

刚刚笙子才向他坦白了一件重大的事情,自己这会儿竟只在意着时间。伊织觉得自己十分好笑,但还是仄起身看了一眼床头柜的台钟。

十点二十分。吃完饭回到公寓时是九点半左右,说明两人相聚还不到一个钟头。在这短短的时间里,自己的心情以及笙子的状态却发生了如此剧烈的变化,伊织只能用震惊来形容。

"嘿……"

伊织一半像对自己说似的,支起了上半身。

"你干什么?"笙子急忙问道。

伊织不予回答。

"请等一下,你明白了吗?"

"……"

"你能原谅我的,是吧?"

伊织现在什么也不想回答。笙子被人夺走也好,宫津强迫她这样做也好,这些都与自己没关系。他现在最想做的,就是刻不容缓赶紧离开这张床。

穿上睡袍,伊织走进浴室。

他看也没细看就打开莲蓬头,热水一下子喷出来,吓了一跳。调节一下水温,他将头伸到莲蓬头下,使劲儿搓着头和身子。反复几次,才关闭莲蓬头,用浴巾擦干全身。

他重新穿上睡袍,回到起居室,打开电视机,没有什么他特别想看的节目,但他也不顾,只是将音量开得很大,一边还喝着白兰地。

这时,笙子从卧室出来了。她穿好了衣服,头发也梳整齐了,可是哭过的眼睛周围微微肿着。

"给你泡杯茶吧?"

"不,不用。"伊织答道。视线却没有从电视机上移开。

笙子微微侧过脸,躲开灯光,坐到对面的沙发上。

伊织恍惚地记得曾经看见过这样的光景。恋人被别的男人夺去,当恋人向自己告白之后,两人面对面坐在一起,男人接受了女人的坦白,知道事已至此,无法挽回了,但还是难以轻言原谅;女人不知男人是否肯原谅自己,用半信半疑的表情望着他。是电视里看到过的情节,还是以前看过的老电影,又或者是小说中读到的故事?伊织甚至记得自己还曾想象过:要是自己遇到那样的情景又会怎么样?

此刻的情景正宛如那般。

伊织一面想着,一面在怀疑,现在究竟是他和笙子真的身处那样的状态中,还是一个无稽的梦?

就这样过了数分钟,等到电视中插入广告时,笙子站了起来。

"那么,我回去了。"

心里想留住她,但是伊织找不到适当的词语说出口,只好也跟着站起身来。

"对不起。"

两人面对面站立着,笙子喃喃说道。她的表情仿佛心中一块疙瘩终于吐出来了似的。

"那我走了。"笙子又说了一遍,同时目不转睛地看着伊织,像是在期待伊织说出一句安慰的话。在笙子的凝视下,伊织伸出手按住笙子的肩膀,淡淡地说道:"我送你回公寓。"

"不用了,现在时间还不晚。"

伊织点点头,同时也不明白自己的态度为什么又变得如此温柔:"那好,你小心点……"

两人面对面站立着,笙子眼看又要哭出来,伊织于是将手从她肩头收了回来。

笙子用一只手遮在眼角,避开光线:"明天上午十一点,东京大学的宇土教授要来拜访您,下午是东营工务店的村上先生……"

"知道了。"

伊织又点了点头。笙子此时终于露出笑容,是一种天真纯洁的笑容,让人不会想到,就在刚才,她还向恋人坦白过自己被其他男人夺走一晚的事情。

"晚安。"

笙子说完,转身向门口走去。望着她单薄的肩膀和瘦小的臀部,伊织脑海里再次浮现出宫津的脸孔。

这肩头和腰被宫津抱过……

这么胡思乱想着,笙子穿好鞋子转过身来:"再见!"

笙子走出门口。细细的鞋跟敲击着走廊地面发出"咯咯"的声响,渐渐远去。待声音完全消失后,伊织关上房门。

回到屋里,电视机里正在播放被风吹拂起的女性内衣的广告。

伊织走进厨房,喝了口凉水,然后回到沙发上坐下。此时,他感觉自己有种非常奇妙的心情,既好像疲惫不堪,又好像因此而异常兴奋。他无法平复自己的心情,于是点起一支烟,将杯子里剩下的白兰地一饮而尽。

"果不其然……"

伊织一个人自说自话地喃喃着,又一个人自说自话地点头。现在回过头来看,旅游归来的笙子的态度,还有宫津的样子,都有些异样。假使自己留点心的话,应该可以觉察出不对劲儿,但自己竟没有觉察到,只能怪自己太粗心大意。当然更粗心大意的是,根本不应当同意笙子去旅游,笙子来向自己请假的时候,只要坚决地说声"不行",一切就不会发生了,或者在她动身出发前的晚上告诉她说"不要去",也应该来得及。可自己偏偏想要显示出某种理解和宽容,假装超然,赌气想笙子愿意去就随她去吧,即使失去笙子也无所谓……就因为自己逞强装硬汉,结果才发生了意想不到的事情。

还有,笙子为什么会让宫津得手?她自己说是宫津死乞白赖强行进屋的,可真的想防一把的话自然能防住,再说,因为她本身有了让宫津可以进屋的空子,宫津才能够得手。

虽然伊织理解笙子向自己坦白的心情,但是在这个过程中似乎并没有对宫津有什么非难,这让伊织有点不舒服。如果她真的痛恨宫津,难道不应该表现出更多的懊悔,甚至想到向对手复仇吗?

也许,对笙子失身于宫津,他确实怀恨在心,但是笙子对他的一往情深,他还是蛮欣赏的吧。正因为过于天真、放松了警觉,事情所以才会如此。

"太过分了……"伊织喃喃自语道,但随即脑子里在强辩道,"可是……"

笙子外出旅游的时候,自己和阿霞在酒店里偷戏云雨。要说过分,自己也一样。

话说起来,笙子突然间想起外出旅游,也是因为感觉到了阿霞的存在。菖蒲对睡莲燃起了嫉妒之火,而点燃这把火的,却是自己。

"真弄不明白……"

伊织叹息一声,又往玻璃杯里倒了一杯白兰地酒。

秋思

八月初，炎炎夏日像模像样地持续了几天，气温超过了三十摄氏度。但进入中旬，气温突然下降，阴雨天气接连不断。农家人担心不已，照这个样子，今年又将是个凉爽的冷夏，可是住在都市的人们却求之不得。不过，虽说欢迎凉爽，但几天看不到朗日，心里又稍感缺憾。

七月至八月一直就待在东京的伊织，过了二十号开始休年假，前往轻井泽。与村冈等几个谈得来的朋友老早就约好了的，打算彻底放松一下度个假，顺便玩几场高尔夫。近三年来，这已经成为一个固定节目了，每次一般住三四宿，说好只有男人参加，但也有个别人偷偷携女伴同往，好在大家都很熟，没人说东道西。

去年，伊织带着笙子一同参加这个活动。白天，伊织和朋友们打高尔夫，笙子在轻井泽也有朋友可去探望，因此并不孤寂。但是今年只有伊织自己一个人参加。

出发之前，笙子曾问了一句："是去轻井泽吗？"虽然是休假，但是身在何处必须让秘书随时掌握，笙子也是出于这个目的确认一下。伊织不作声，只点了点头默认了。笙子刚刚休过假，今年不可能再随伊织一起去了，但是她的眼神似乎在探询什么。

但是无论笙子说什么，伊织从一开始就决定了今年一个人去。去年已经携笙子一同参加过了，朋友有所知悉，今年再去也不至于让人费什么心思去猜。不过伊织仍然不想带她去。归根结底，其实是因为宫津的事情还没有从他心里彻底散去。

与宫津的事情只是一时失误，笙子至今依然爱自己，她不顾一切地向自己坦白就是再清楚不过的证明——伊织这样劝慰自己，于是也就想原谅她，但在心里某个地方，总还是有点疙瘩未解开。

自从得知与宫津的事情以来，伊织没有碰过笙子的身体。自己对自己说要忘掉那些不开心的事，回复到以前的状态，但是心里却有样东西令他无法坦率地面对笙子。

这段时间，伊织一直无法说服自己。

刚听到笙子的告白时，说老实话，伊织感到十分震惊、慌张和气愤，但随后稍稍平复下来，认为仅仅发生一次关系，随着时间的流逝自然会忘记，既然笙子一如既往地爱自己，自己心里的伤口就会愈合。

现在看来他太轻看这件事了，伤口的愈合并不顺利。工作中与笙子说话时，他会冷不防想起笙子与宫津的事情，继而想到她是个不洁之身。每当所长办公室里只有两个人的时候，刚刚感觉到一丝亲近，这种念头立刻便会在脑海复苏，仿佛有只报警器在随时提醒他似的。

与宫津照面的时候情绪更加激动，对方一门心思谈论工作，伊织的脑子里却在拼命寻思：就是这家伙抢走了笙子，别看生着副少爷面孔，背地里却是个不可小瞧的色鬼，抢了别人的女人，连个招呼也不打，简直是个厚颜无耻的恶棍！"别冲动……"一面叮嘱自己冷静，一面却忍不住各种没有分寸的愤怒涌上心头。

伊织以前一直认为自己是个比较宽容的男人，即使喜欢的女人抛弃自己，委身于其他年轻男人，自己只会静静地关注着她，假如她真的幸福，自己一定拱手相让，甚至还会为她祝福。具有如此宽容的胸怀，加上理智的情感，女人对自己焉能不趋之若鹜。

可是，一旦到了现实生活中，事情就大不一样了。

说起来惭愧，伊织的心里至今仍翻腾着懊恼和嫉妒之火。自己的女人竟被一个毛孩子夺走，而且女人还腆着脸皮在枕边向自己坦白，别看一把鼻涕一把眼泪的,其实爽得很吧;一面表白说"不愿意",但是另一面对年轻男人的身体恐怕受用着哩。至于宫津这家伙,则充分利用自己年轻的优势,强行夺走了笙子。越想,伊织心里就越窝火,浑身热血沸腾,几乎不能自已。

"伙计,你冷静点!不要去想那些狗屁事情!"

伊织呵斥着自己,强压住自己,可也只在一瞬间奏效,没过一会儿,懊恼和憎恨之情又涌了上来。

伊织清楚自己现在是怎样一副丑态,然而一度喷薄怒发的情感是很难控制压抑的。并且,在宫津和笙子两人面前,伊织还要装得泰然自若,不想让人看到自己心乱如麻的虚荣心和嫉妒心在内心相互碰撞、相互纠结,令心情愈加难以平静下来。

避走轻井泽的日子里,伊织强令自己忘记笙子。他白天玩高尔夫,晚上和朋友们喝酒、打麻将,以此来转移注意力。但是每到深夜,当他一个人回到旅馆房间里的时候,却又情不自禁地想起笙子。

她现在在做什么?会不会利用自己不在的机会,宫津再次强迫笙子就范?笙子会不会半推半就地再次上钩,被他得手?两个人会不会偷偷地重温鸳梦?

……

离开东京时,伊织再三关照笙子,除非有特别紧急的事情,否则不必跟他联络。既然是休假离开了东京,就不想再被公事或其他俗事打扰。

可是,这样做似乎很不妥当。

笙子记住他的话,没有随便打电话来,但却让伊织更加烦躁不安。明明自己盼咐过不要打电话,可心里却又想,为什么不打个电话来说说那边的情况呢?他明知没有电话说明万事大吉,但是音信全无又令他心神不宁。

憋了两天,到了第三天,伊织忍不住自己往事务所拨了电话。

"没什么事情吧?"

对着电话那头的笙子,伊织的声音故意显得有些不高兴。

"没什么特别的事情。大兴建设和弘前分别寄来了报价单和委托书,还有些寄给您个人的信件。"

"为什么不跟我说一声呢?"

"寄给事务所的我打开看了,没有什么特别紧急的,所以就没去电话打扰您。您要在那儿待一个星期吧?"

"计划是那样……"

事务所的事情自不必说,伊织最想知道的是笙子与宫津的事,但他却难以开口。

"事务所的人都好吧?"

"望月出差了,其他人都一切照常。"

伊织最想听到关于宫津的事,笙子却一个字也没提起。

"好,我知道了。"

这样说着,伊织却没有马上挂断电话,于是笙子压低声音问道:"那边很凉快吧?"

"嗯,早晚还感觉有点凉哩。"

"真舒服啊。"

笙子的语气里含着一丝撒娇的意味,伊织听出来了,他故意冷冷地回一句:"行了,挂掉了。"

挂断了与笙子的电话,伊织马上又后悔了。他对自己总是耿耿于怀于笙子和宫津的关系而厌烦,同时又对笙子向自己套近乎、自己却冷冷拒绝而不满。为什么就不能爽快地与笙子说说话、谈谈心呢?像这样对自己既不满又失望,伊织还是第一次。

如此的话,待在轻井泽也没法静心休假,还不如早点回东京算了。可是,此次轻井泽之旅是早就与大伙儿约好了的,不能因为个人的理由随意退出。再说就算回到东京,也不见得就会心神恬然。

接下来两天,伊织表面假装心情舒畅,但心里却像是压了一块重石。不可思议的是,与笙子的关系变得别扭,照理会将那份心思转到阿霞身上,事实上却并非如此。伊织对自己说,要忘掉那个女人,从此一心一意对阿霞,可是夜晚拿起电话,刚想往辻堂打电话便停住了手。现在这样的状态,即使打给阿霞也不可能轻松愉快地谈话,弄不好,被阿霞察觉到自己与笙子的事情就不妙了,她会觉得自己因为与别的女人闹僵了,才突然去接近她的。女人的直觉厉害得很,万万不可松懈大意。

总之,在与笙子之间关系变得别扭的期间,伊织对阿霞的思念也随之火势渐微,这倒颇让人费解。莫非对阿霞的激情,是由于笙子在身边的反作用力所产生的?或许因为笙子的关系,伊织才对阿霞更加情热似火吧。

不管怎样,眼下伊织最关心的事情是笙子。今后如何与笙子相处?与她的关系会以何种形式继续下去?不解决好这些问题,伊织也没心思与阿霞见面。

五天,离开东京下来,还是没有得出一个像样的结论。

第六天是星期天,伊织回到东京。下一个星期一来到事务所,宫津像是早已等候着似的,凑近他身旁。

"这会儿方便吗?"

"我没什么不方便的……"

伊织应答着走进所长室,宫津一声不吭地跟了进来。关上门,见只有两人,宫津哈腰施了个礼,随后像是在读课文似的说道:

"请恕我自说自话,我想辞职……"

宫津跟进办公室来跟自己直接谈话,伊织便预感到不是一般的事情,如果是工作上的事,没必要用这样的语气。但是他却没料到宫津竟决定辞职了。

说来好笑,听到宫津有话要说的一瞬间,伊织还以为他是向自己道歉哩。与笙子发生了那样的事情,不过只是一时情绪兴奋没控制住,现在想起来心里感到非常后悔,因此郑重地向所长道歉——说着低下头来。可是,这似乎只是伊织一厢情愿的想法。

想想也是,凭借强力夺走女性的家伙,怎么可能去向情敌低头认错呢?虽说对手是自己的上司,但宫津是明知而故为的,再说恋爱是不存在上下级的,这件事情怎么说也是私下的事,没道理大模大样地跑来道歉的。虽然只是一瞬间的念头,但伊织还是惊讶于自己竟会将事情想得如此单纯美妙。他一面暗暗沮丧,一面重新盯视着宫津问道:

"辞职之后有什么打算?"

"暂时还没有想好……"

宫津像是下了很大的决心来向伊织辞别的,只见他低头垂目,脸色苍白。看着这副模样,伊织又觉得站在眼前这个极度紧张的青年有些可怜。

虽然他抢了笙子,但也许这个家伙本性很纯情,因为纯情而专一,所以明知是上司的女人也顾不得,硬是伸出手去。结果,得到了身体却得不到真正的爱情,反而深感自己责任重大,于是主动辞职表示谢罪。

"你不是希望自己开设计事务所吗?"

"也许今后总会有那么一天,但是短时期内恐怕是不可能的。"

"那工作辞掉了以后怎么办?"

"先调整一段时间看看吧。"

听了宫津的回答,伊织心头又生出一些新的不安。

宫津只要辞了职,就不再是自己的部下,那时候他再来勾引或胁迫笙子,自己就不便说些什么了。尽管迄今为止,对于两个人的事情伊织从未横加干涉过,但是在事务所与不在事务所,情况就大不相同。换句话说,宫津辞掉工作之后,反而将毫无拘束,变得自由自在了。

说不定,他正是这样计划好了来着……

霎时间,伊织有点不敢相信。可是,一个三十二岁的男人要想辞职,无疑需要极大的决心。伊织脸孔朝着宫津,眼睛却望着窗外,若无其事地问道:

"可是,为什么要辞职呢?"

"其实以前就考虑过辞职的事情,再说,我想放慢一下节奏,休整休整。"宫津慢条斯理地说，好像在一面想一面回答。

"不过提得很急嘛，有什么事吗？"

伊织已经觉察出大概是因为笙子的事情，但他仍然装作极其自然地问道。

"这段时间好像一直无精打采的，是不是身体不舒服？"

"这倒没有……"

"那就好。我听说你原本打算在这里再待一阵的……"

"不好意思。"宫津悄悄低下头。

望着他那清爽年轻的脸孔，伊织犹豫着要不要趁此机会好好问个明白：

你是不是趁着旅游强占了笙子的身体？因为这个，觉得在事务所待不下去了，所以才辞职的吧？你想好了怎么来承担这个责任吗？单单离开事务所就能了结吗？！离开之后，你能保证今后不再向笙子伸手吗？

一大堆话几乎就要从喉咙口冲出来。

然而只要说出来，一切的一切就将彻底完结。在失去一直强忍着保持住的冷静的一瞬间，自己就不再是个所长，而仅仅是个毫无修养、普普通通的男人了，自己同宫津将处于同等的情敌位置。有必要彻底问个明白，非要弄出这样的结局不可吗？现在双方心里都很清楚，但都装作什么也不知道地面对面说话，这不正是男人之间的气度，或者说是为了男人的体面吗？

伊织竭力说服自己。

"明白了。容我再考虑考虑吧。"

伊织说着，视线落到桌面的文件上，意思是说，你可以出去了。

宫津离开之后，伊织点上一支烟，然后用内线电话叫来笙子。

"有什么事吗？"

笙子今天穿了件白底碎花的连衣裙，脖颈里挂了条细细的金项链。

以前她很少这样穿的，一般都是紧身裙子配件衬衣，显得素净和干练，因而今天的穿着看上去比平时多了几分艳丽。

"刚才,宫津来对我说他准备辞职。"

伊织试探着说,可是笙子面无表情。

"理由说是想放松一下,休整休整。你知道他辞职的事情是吗?"

"……"

"知道的吧?"伊织又问道。

笙子这才轻轻点头回答:

"三天前,在电话里知道的。"

三天前,正是伊织从轻井泽返回东京的时候。

"你问过他什么理由吗?"

"我没有问他,是他自己对我说的。"

"是什么理由?"

"就是他对您说的同样的理由。"

"那你呢……"

"我什么也没说,因为这件事情跟我无关。"

"这只不过是我的推测:他大概因为你的事情,觉得在事务所无法待下去了……"

"……"

"辞了职去哪里做好像还没方向哩。"

伊织将吸剩还有很长一截的烟头掐灭,站起身来,一面向窗子走去一面说道:"他提出要辞职,我没有理由阻止他,所以我准备接受他的辞职,你没意见吧?"

"我?为什么这么问?"

"我想,说不定你希望他继续待下去哩。"

嘴上说再考虑考虑,但是伊织心里已经决定了,他不会勉强劝阻宫津留下。宫津离开将彻底脱离自己的控制,但是,每天不得不跟一个与笙子有关系的男人照面,也只有让伊织心情郁闷。从工作上来讲,虽然宫津手上有多摩地区新建的自然公园的工作,但同时还有其他好几个人共同参与,因此他的离开,不会对工作带来什么明显的影响。

回想起来,自去年以来,伊织就没有分派给宫津什么比较有分量的活儿,虽然并非有意这么做的,但是"对笙子有好感的家伙"这种潜意识不能说没有起到一点微妙的作用。如今辞职,伊织对他的态度或许也是其中一个原因。

如此说来,伊织感觉使得宫津辞职的责任还在自己身上,不过他不想过分自责,因为宫津辞职只是时间早晚的事情,之所以能够待到现在,还不是因为自己一片好心。

三天后,伊织将宫津再次叫到自己办公室。

最初进来提出辞职的时候,宫津显得表情很僵硬,现在则显得沉着多了。

"想法还是没有改变吗?"

"是的,对不起。"宫津低着头,但态度似乎很坚决。

"那就没办法了,尽管感觉有些遗憾。"

伊织说罢回头看了看挂在墙上的日历。八月已经过去了,九月份刚刚进入第三天。

"虽然你可能希望马上结束,可是总归还有一些工作上的交接,再说你也需要多方面准备一下。这样吧,工作到九月份,九月的最后一天离职,你看怎么样?"

"可是,工作交接只需要一天就够了。"

"这个我明白。可辞职也不用那样急呀,做到这个月底也只不过是形式上的,你可以不用来事务所。"

"可是我不能够那样,还是给我算到八月底吧。"

"如果因为工资的问题,你不必担心。"

"不是。请给我算到八月底。"

一个月的宽裕是伊织打算表示自己最后的好意,可是现在的宫津,似乎顾不得考虑其他,只恨不得早一天离开。

"是嘛……"

伊织缓缓地点着头,忽然脑子里闪过一个念头。

"可以过来一下吗?"

伊织按了下桌上的内线电话,笙子立即敲门进来了。霎时间,宫津将视线避了开去,笙子则面无表情,只是轻轻低下头。

"有什么吩咐?"

"宫津无论如何想八月底辞职,我跟他说了,待满九月一个月再走怎么样,可他好像希望能尽早离开……"

"……"

"虽然遗憾,但这是他本人的希望,没办法,请你立即给他办理离职手续吧。"

"知道了。"笙子低声应道。

"对其他职员,等一下就去跟他们说一声。至于工作交接嘛,先让望月接过去吧。"

说完,伊织看着并排站在一起的两个人。也许是心理作用,宫津看上去好像受到叱责似的,俯首低眉,而笙子则直直地站立在那儿,不露一点表情。

突然间,伊织有种冲动,想狠狠地痛责两人一顿:"你们两个不是借着旅游,做出那样的勾当吗?你,强占了这个女人;你,毫不反抗地顺从了他。还好意思装作什么也没有发生似的站在一起?你们这两个不知羞耻、淫荡好色的家伙!"

可是,仅仅盯视着两人就已经足够了。什么也不说,只是盯着,这是令两个人最难以忍受的惩罚。事实上,两个人此刻就像被拖上公堂的罪人一样,低垂着头,一声不吭。光是并排站在一起,一段沉默之中,两人已经感受到了伊织的愤怒。

然而,这种痛苦不仅仅是两个人在承受,盯视着他们的伊织同样感觉痛苦不堪。你们两个简直是奸夫淫妇!可是心里这样想着,事实上被夺去女人、心头怒不可遏的正是伊织。与背着自己私通的两个人面对面的,正是被人戴上绿帽子的自己。

僵立之间,伊织脑子里渐渐升腾起一许自虐的情感。他仿佛觉得对面两个人在对自己发出嘲笑：不管说什么，那个当乌龟的不就是你吗？！

三个人在明亮的办公室里相视而立，静静地，一点声音也不出。

宫津又一次出现在伊织面前，是这三天之后。这次不像平时上班时那样穿着休闲的服装，而是一本正经地穿上了西装、系着领带。

"工作交接和离职的手续今天全都办妥了。"

"这么说，从今天起不来了啊。"

伊织说完，宫津脸上稍显不舍地点点头，说道："多谢所长一直以来的关照。"

看得出，一开始提出辞职的时候态度有些别扭，现在则温和了许多。因此，伊织也语气温和地说道："你辛苦了。大家在一起工作了这么久，你这一走，真是有点遗憾啊。"

宫津进事务所是四年前，大学毕业后先在一家大型建筑公司做了一段时间，后来慕名进入的伊织事务所。虽算不上特别优秀，但他属于那种孜孜矻矻埋头干活的人，像这种类型，在大企业干下去说不定会有所发展的。然而来到伊织这儿时间不长，却因为莫名其妙的事情而不得不辞职，要说不走运也真够不走运的。

"有空的话，随便什么时候都可以过来，反正都是认识的。有什么事情，只要我能帮上忙的，尽管来找我商量。"

"那真是不好意思。"

宫津再次弯腰鞠了一躬。看到他这样子，伊织觉得自己仿佛做了什么亏欠他的事情。

"昨天喝了不少吧？"

"哎，稍微喝了点……"

昨天晚上，在新宿的啤酒屋为宫津举行了送别会。伊织只在开头简单说了几句，便离开参加另一个饭局去了。尽管再多待些时间也无妨，但是一开始伊织就决定不多待。

同事们因为宫津的辞职来得比较突然,都怀疑他和笙子之间有什么,但并没有人知道他和笙子已经发生关系。宫津平时为人不错,但有时候有点少爷腔,所以也有人认为他是富家子的一时冲动才辞职。
　　"嗨,好好干啊!"
　　"是!"
　　宫津点着头,伊织情不自禁地伸出手去握住了他的手。年轻、柔软、富有弹性的手。握着这只手,伊织猛然想起来,就是这双手抱住了笙子。

　　伊织与笙子单独见面,是在宫津辞职后一星期的那天晚上。此前的一个星期并不怎么忙。要想见面,第二天便能见到,而且那个周日的晚上伊织也空着,但不知道为什么,拖拖拉拉的一个星期这么就过去了。
　　看来,这一个星期是为了将宫津辞职的余韵彻底消除的善后期。
　　九月头上,大雨将卷土重来的酷暑冲走了,现在虽然只是九月中旬,但是晚上却感觉凉飕飕的。
　　两天前约好今天见面的。当时笙子拿着文件走进来,伊织一面翻阅文件,一面很随意地说道:"明后天有空的话一道吃饭吧。"
　　笙子一瞬间歪着头想了一下,然后轻声答道:"好的。"一边点头,一边投来"真的可以吗"的试探的眼神。
　　为什么约笙子见面,伊织自己也不清楚。本来打算冷却一段时间,不再与笙子约会的,可是宫津已经离开了,心底里似乎又有一种不必再拘执于过去的念头。那天,或许刚好是后者的情感冒了出来。
　　六点钟从开会的霞关直接来到约好的位于青山的烤牛肉店,十分钟后笙子也赶到了。可能是夜晚稍有点寒意的缘故,笙子今天穿了身米色的西服套装,领口还围了条暗绿色的薄围巾。那深暗的色调让人不禁联想到渐近的秋天。
　　"事务所的人都走了吗?"两人在吧台座前坐下之后,伊织问道。
　　"浦贺跟望月还在加班。"
　　伊织点了点头,要了瓶沙布利白葡萄酒和一份里脊肉。

回想起来,自笙子从山阴返回向伊织坦白与宫津的关系之后,两人这还是第一次约会,算起来有近一个月了。这么久未见面,笙子的脸庞看上去稍有点憔悴,肩膀那里也单薄了些许。整个人消瘦了几分,同时,细腻的脸上却似乎多了几许忧愁。

伊织望着笙子的侧脸,两人碰了杯。

此刻该怎么来形容两人的碰杯呢?是"庆祝",是"慰劳",还是两人重修旧好的表示?又或者仅仅是用餐之前的普通的礼仪?伊织觉得碰杯碰得有些莫名其妙。他轻轻将杯子举到唇边。

一开始,配烤牛肉的蘸料是红葡萄酒和黄油、胡椒,但是味道太浓了,于是换成了酱油。

不知为什么,伊织对于女性淋上浓浓的蘸料、大口大口地吃着仿佛还滴着血的牛肉的样子,看着很不顺眼,尤其是像腰部那样脂肪很多的肉,看到她们美滋滋地往嘴里送,伊织就会变得兴味索然。一方面,是因为伊织自己不喜欢吃多脂肪的肉;另一方面,或许和他所喜好的女性类型是不吃肉食的不无关系。

伊织不喜欢体味过重的女人。像外国人那样浑身散发出浓烈体味的女人走近身边,他就会感觉情绪低落。据说有人偏偏喜欢体味浓重的人,伊织对此却无法理解。

多吃肉食,是不是会导致体味变重,这种专门知识伊织也不清楚,但是总感觉有那么点因果关系。伊织之所以不喜欢看到女人吃肉的样子,多少有点因为肉能使得体味变重的联想,可以说纯粹是出于个人的矫情。换句话说,不管是吃肉还是不吃肉,在伊织的内心深处有一种愿望,期盼女人的身体清澄纯净,不带任何杂质。

笙子和阿霞体味都很淡,肌肤相接的时候几乎感觉不到。伊织爱两人,除了外形和性格之外,也因为她们神清气爽的肌体感觉。

此刻,笙子夹起一块四方的里脊肉,轻轻蘸点酱油,然后送入口中。大蒜泥当然不蘸。里脊肉即使烧烤得欠些火候,也不会产生油腻的感觉。吃上一百克或一百五十克里脊烤肉,绝对想象不出会使人的体味变重。

伊织将蘸料由葡萄酒换成酱油的同时,笙子也换了蘸料。这一个月,在笙子身上发生了巨大的变化,仿佛被暴风雨洗刷了一场,但是她的喜好没有变,比起浓重的蘸料,她当然还是喜欢清淡的蘸料。这与她的身体和感情没有关系,只是单纯的饮食习惯而已,然而,伊织却试图从中看出笙子的身体和感情都没有发生变化。

三十分钟后,两人离开了烤牛肉店。

从这里到伊织住的公寓只有几分钟的车程。出了店门,伊织刚要伸手拦出租车,笙子喃喃地说:"还想……再喝一点。"

"到哪里?"

"哪儿都可以。"

笙子的头发在令人想起秋天的夜风中飘曳着。伊织拦住驶过来的出租车,对司机吩咐道:"去六本木。"同笙子一样,伊织也感觉有些不尽兴。虽然平时并不是一直喝那么多,但今天确实劲头还提不起来,或许是因为这会儿回公寓去,时间还太早的缘故吧。

不过以前也有过吃完饭立即回公寓的例子。今天两人不约而同地感觉还想再喝几杯,这又是为什么呢?

坐在车上,伊织意识到,这与宫津有关。刚才吃饭时,伊织和笙子都没有提起宫津,两人好像将他忘记了似的说着其他事情。然而,无视宫津,其实正是宫津在两人的心里有所芥蒂的证明。说着事务所以及工作的话题,快要扯到宫津的时候,两人便将话题岔开去。

在小心翼翼竭力不去触及宫津的同时,两人也失去了痛快一醉的机会。

去的那家酒吧位于六本木一幢大楼的二楼,店堂大约有十坪,小巧而精致。店内吧台座和车厢座都有,一旁靠着一把吉他,此时大概正好休息,无人弹奏。这一带的夜生活开始得比较晚,故而店里只有吧台上有一拨客人。伊织先是朝里边的车厢座走去,但半途又折回,坐在了吧台座上。车厢座更加静得下心来,但是伊织懒得和笙子两人坐在那里,吧台的话,还可以和妈妈桑聊上几句。

"请问来什么喝的？"调酒师问道。

笙子毫不犹豫地回答："来杯尼古拉斯加[1]。"调酒师望着笙子，那神情像是在问：那样烈的酒不要紧吧？

笙子今天想一醉方休。她似乎巴不得把自己灌醉。如果是因为和伊织两个人在一起所以喝醉了，倒也没什么问题，但假如是因为宫津的关系，那就不免黯然颓丧。

大约喝了一个来钟头，两人离开酒吧。笙子已经醉得不行了。下楼梯时摇摇晃晃的，差点从楼梯上滚下去。

"不要紧吧？"

伊织架着她的胳膊来到街道上。

"啊，真爽！"笙子抬头望着夜空，只见暗云迤逦，延属涌流。

伊织乘上停在大楼前的出租车，告诉司机"去青山"。

一个钟头之内，笙子喝了四杯尼古拉斯加。利口酒杯中倒入不兑水的白兰地，上面放一片柠檬切片，加入少许砂糖，就这么像往喉咙灌下去似的一口气喝干。由于太过烈性，伊织也不敢喝得那样急。坐着的时候还不觉得什么，等一起身，酒精便直冲脑门。

下了车进入公寓，笙子一下子蜷缩在沙发上。

"怎么样？不舒服吗？"

伊织的手搭在笙子肩膀上，笙子立即两手一撸头发，站立起来说道："没关系啦，我清醒得很。"

笙子操着平时不常用的轻浮语调说着，脑袋左右摇晃，但立即又倒在沙发上。

伊织去厨房水斗接了一杯水："谁叫你喝得那么急呢？喝点凉水压一压吧！"

"没关系……"

---

[1] 尼古拉斯加：一种不兑水的白兰地饮法，配以适量的砂糖和柠檬片。饮法独特，先用柠檬片包住砂糖，在嘴中用力一咬，待口中充满酸甜混杂的滋味之后，将白兰地一口喝下。据说因沙皇尼古拉二世喜欢此种饮法而得名。

"好啦好啦,喝一点!"

伊织拉起笙子,准备强行灌水给她喝。笙子闭着眼睛,喃喃道:"抱抱我……"

明晃晃的灯光下,伊织踌躇不决。这时笙子两手向上伸出:"哎,快点呀!"

伊织愣愣地望着剧烈起伏的笙子的胸部,过了许久,才轻轻将嘴唇朝笙子的嘴唇贴上去。霎时间,一股强烈的酒精味直冲嘴巴,伊织刚想缩回来,笙子两手一勾,将伊织的脖子锁住了。

"不……"

笙子小声叫着,手腕上更加用了些力气。伊织不由自主地被勾搂得往地板上跪下去。

长长的吻之后,笙子喃喃地说:"我知道,知道的!"

"……"

"你还在为宫津的事生气,是不是?还在生气……"

说着,笙子勾住伊织脖子的手突然乱挥乱舞起来。伊织一声不响,任她借酒撒着气。过了一会儿,伊织觑准机会,将脖子挣脱出来,双手将笙子的身体托起。

"干什么……"

伊织毫不理会,将笙子抱到卧室床上。笙子轻轻背过身去。围在脖颈上的薄围巾早已脱落在地,随着一呼一吸地喘气,胸脯上下微微颤动着。从裙裾下面露出两条纤细的长腿,七歪八斜地压在床罩上。

伊织站在床边,欣赏般地望着这具舒展的女体,然后开始慢慢解她胸口的衣扣。任伊织做什么,笙子似乎都不会反抗。既然她主动说"抱抱我",就理所当然不会做任何反抗,或许在她说"还想再喝一点"的时候起,她就已经期许这样了。

然而,从她打算一切全都交付给伊织的姿态中,伊织却感觉到一种无精打采的慵懒,不知是从什么时候开始的。此刻他并没有拥抱着笙子的切实感受,假如笙子醉醺醺地睡去的话,他情愿就这样一直一动也不动。

两天前约笙子见面的时候不是这般心情。伊织期待着许久未碰面的两个人尽情欢愉一宵,没了宫津这个芥蒂,大可抛弃过去的阴影,重新回到以前那个神秘而快乐的世界。这份期盼一直到今晚相逢、一起吃饭、离开烤牛肉店时都没有消失。出了店门,立即搭车返回青山公寓正是出于这个想法。

或许是到六本木的酒吧喝上酒开始,伊织的心情开始起了变化。笙子一个劲儿地喝着烈酒,喝得醉恹恹的时候,伊织却清醒了过来,当笙子步履踉跄地回到公寓时,伊织心里已经有几分郁闷了。

他不明白,笙子今夜为什么如此霑醉……

是不是还放不下宫津?因为想将他的影子拂去,所以才喝到步履踉跄、站立不稳的地步?假如不是因为这样,难道她就不会主动表示要伊织抱一抱她?想到这些,伊织既对她油然生出怜悯之心,但同时,满怀的欲情却难以炽烈燃烧起来。

此刻,笙子全身已毫不设防,七仰八叉地倒在床上。不管伊织怎样挑衅和侵犯她,她都不会做任何抵抗。横在伊织眼前的,只是一具酒醉失去所有控制能力的女体而已。

面对这具女体,伊织同时怀着一丝残忍感和义务感,轻轻褪去她的衣服。

淡淡的台灯光下,留在笙子身上的只有乳罩和一件衬衣,下半身已没有任何东西遮蔽。横卧于床上的笙子,裙子和袜子脱起来更加容易,所以才成了这副上身穿着衣服,而下身什么也没穿的模样。

在褪下她的短内裤时,笙子无意识地将腿勾缩起来,衬衣边刚好盖住下身。秘处被遮蔽起来了,但是从衬衣的端边依然能够隐约看到那片黑黑的葱茏。

笙子那块儿不算浓密。伊织不喜欢过于浓密的女人,这或许和他不喜欢嗜食油腻腻的烤牛肉的女人如出一辙。无论容貌多美,一旦见识了浓密的葱茏,伊织的欲情登时便会折杀大半。因为在他潜意识中,体毛的浓密程度与体味的轻重有着很大关联。

所幸笙子和阿霞那块儿都较淡。不过若是比较起来,年轻的笙子稍浓,阿霞则似乎略微稀疏一些。

说不清楚为什么,伊织总感觉稀疏的女人好像情欲更加炽烈,阿霞或许就是因为稀疏,所以才更加亢奋酣淫的吧。

而相比之下,笙子那块儿的阴毛更加浓密一些,在这浓密之中,伊织感受到了她的诚壹,与黑且浓的葱茏相匹配的,是她感情的真诚和深挚。这虽只是伊织的歪理,不过也确是他的真切感受。

此刻,伊织将手轻轻按在这片葱茏上。那儿不硬挺,但是有种实实在在的手感,故而手指在上面轻轻摩挲时,登时会倒伏下来,屏息静气地小心顾盼。

算起来已经四年多了,伊织对这里不止熟稔,而且喜欢流连于其间。他对这片葱茏土地所具有的诚实感到安心,也深信不疑。

然而现在,伊织却从中看到了别的东西。

还是那片葱茏,此时它给人的印象却甚是浓密,曾经让伊织感到诚壹,但今天它却露出了淫荡的嘴脸。明知不可能是因为笙子的身体发生了什么变化,但这种违和的感觉却是从何而来?感觉不对劲儿,或许只是伊织的一厢之念。

但是,当感觉到它甚是浓密时,伊织的兴致已经落了大半,眼前笙子的身体也突然间变得龌龊不洁起来。为了不让自己心烦意乱,纷扰不安,伊织猛地攻入笙子身体,比以往任何时候都要狂暴。

此时再往后,除了拼命抽送之外,伊织脑子里没有任何记忆。明知道完全没必要这样,但他一刻也不休憩,直到疲软地停息下来。

最后,只留下倦怠和孤寂的感觉。

笙子几乎身体平仰着进入了梦乡。她醉意仍未彻底消去,但是稍显平坦的胸脯、玲珑的臀部以及那块儿,都和以往一样,没有一点变化。

可是伊织依旧感觉有所不同。究竟是哪儿不同、有什么不同,他也说不清楚,但是这种感觉却怎么也挥不走。

今夜的笙子由于喝醉了,反应显得迟钝,而且是全无防备的姿势,也没有了一贯那种先是冷淡、然后渐渐欲燃情烧的过程。

然而,此刻伊织所感觉到的不只是这样,或许较之身体的不燃烧来,他更加感觉到笙子精神上的不燃烧。

或许,这只是伊织的凭空想象或是错觉。但是感觉到了不同往常的这个事实却是不能忽视的。尽管没有明晰的理由,但正因为没有,所以更加令他难以停止穷原竟委。

"到底怎么了?"

伊织在淡淡的夜色中自问。

"是什么不一样呢……"

又问了一遍,还是找不到答案,感觉总是不一样的念头反而愈加强烈起来。

不管怎样,这种违和的感觉是从今晚与笙子碰面的时候萌生,随着两人喝酒、上床、交合而不断膨胀起来的。

"莫非结束了……"

蓦地,脑海里一个声音在悄然嗫嚅。明明是自己的声音,伊织却被它吓了一跳,他情不自禁地反问道:

"真的?……"

随着低低的喃喃,伊织忽然对仰面躺在身旁的笙子产生了倦怠。

以前从没有这样过。交合之后,笙子必定是俯面而卧,双脚也小心谨慎地蜷缩起来,呼吸轻微,也闻不到任何体味。今天偶尔喝醉才这样的——虽说如此,但伊织还是对她的一切都觉得不入眼。

男人和女人分手大概就是在这种时候吧。迄今淡淡的地方如今看上去却感觉变浓密了,迄今感觉中意的放恣如今却觉得污秽了。

"看来再也不能够坦诚地爱笙子了……"

伊织怀着依恋和惋惜又问了自己一声。

花野

秋霖到夜里变成了迷蒙的雾。

这些日子,雨蒙蒙的天气持续不断,雨雾中的丝丝清凉透出了秋意。

伊织坐在酒店大堂里,啜饮着咖啡,透过玻璃窗眺望着被雨雾湿润了的街头。这家位于银座的有年头的酒店,被夹拥在周围的高楼之中,乍一看仿佛只是间精致的餐馆。然而这一带却是银座的酒吧和夜总会的中心地带,即使在银座也算得上是寸土寸金。

将近六点钟。从大堂的夹层可以看到柏油街道上的车水马龙,其中不乏穿着打扮像是陪酒女郎的女性,也许正朝酒廊赶去。雨脚尚未收霁,行人中有的衣着华美,打着伞,有的提起和服的下摆,小心地避开地上的积水。四五个男人望着女人们看得出神,那架势像是要去哪儿喝上几杯。在他们身后,系着黑色蝴蝶结的侍应生匆匆而过。暮色刚降临的银座街头,充斥着形形色色的男男女女,让人看不厌。

伊织望着日暮时分的街景眺望许久,才将视线收回来。同阿霞约好的是六点整,现在还有十来分钟。与街头一样,这里也有许多衣着鲜亮的女性。人群中有像是在等待客人,然后一同入店欢饮的陪酒女郎;有专挑年轻女性搭话,像是在物色新人的经纪人模样的男人;有将头凑到一起说着悄悄话的妈妈桑;夹杂在这些人中间的,还有些一面喝着咖啡或威士忌,一面不停地向门口张望的男人。无论男人还是女人,大概独自一个人的,都是约好在这儿等人的吧。

这其中,等待的人是别人妻子的大概只有伊织一个人。

再过几分钟,阿霞就将出现在嘈杂的人群中。四周不少身穿和服的女人,但是阿霞穿和服,在华丽中别有一种令人神清气爽的清新感。尤其是今天,两人要去观赏传统舞蹈,阿霞必定会盛装出现的。

毫无疑问,当阿霞现身时,周围所有的人都会将视线集中到她身上。而这个女性很快就要出现在自己眼前了。伊织明知这一瞬间越来越近,但却依然兴奋不起来。

心情郁郁不乐,显然是因为来这里之前与协和百货集团的碰头协商所引起的。今天,伊织就世田谷区建造购物商场的设计方案进行了说明,但是百货集团方面却对最终签约持保留的态度。

这次的项目是在住宅区建造一个大型的购物商场,设想非常具有创意,所以伊织也非常感兴趣。按照设想,它将不同于迄今为止已有的模式,不是在商业中心地带矗立起一座都市化的建筑,而是要将它建成一座具有田园气息、风格疏略简练的新型购物商场。事实上,委托方也很赞同伊织提出的设计思路,希望他按照自己的思路自由发挥。于是伊织召集职员们集思广益,在这基础上,最终决定设计成一座中央附有休憩庭院的圆形建筑。可是,当设计图稿完成后,委托方却提出了不同意见。

据经办的须贺部长解释,这个设计图稿占用的土地面积过大,商场部分的使用面积将压缩掉不少,此外建筑中央辟出一个庭院,从正面看就会显得不够气派,况且圆形的建筑物不为大多数人所熟悉,也比较浪费空间。

对这样的解释伊织感到有些不满。因为一开始,玻璃幕墙的圆形建筑、中央辟建一个庭院的构思就已经得到对方的首肯,至于商场的面积也充分保证了对方所希望的面积。时至今日,再说什么庭院是多余的啦、营业面积狭小啦,等等,显然是毫无道理。

今天和须贺部长见面时才知道,个中的原委是由于收购土地进展得不像当初预计的那么顺利,加上社长认为建筑物内附建庭院似乎过于奢佟,而个别董事监事则希望不要设计成圆形,还是传统的方盒子形状反而彰显格调。

既然如此为什么不早点说呢?因为对方表示可以按照伊织自己的思路自由发挥,所以才有了现在这个图稿的嘛。

迄今为止,伊织不怎么沾手一般建筑的业务,设计项目主要是美术馆和博物馆,这些项目的委托方几乎都是公共团体,因而没有什么中途削减预算或是土地用途变更之类的麻烦。

而一般的民间项目则容易出现这些问题。预算就不用说了,就是建筑风格也常常会因为老板的兴趣而被随意改变。伊织之所以不愿接手一般的民间项目,就是因为内中的事情比较烦人。这次的社区购物商场项目,原本以为对方是著名的百货集团,应该没什么问题,没料到自己的想法还是太天真了。

须贺部长一方面承认己方有责任,同时也催促伊织尽快修改设计方案,伊织却有点提不起劲头来。

而这个情绪稍稍低落的日子,却正好是和阿霞约会见面的日子,真是机缘奇妙。

伊织咖啡喝了大约一半,换成了威士忌。虽然在和阿霞碰面之前不想多喝,但是一想到工作上的不顺,不知不觉就想来点酒精麻醉一下。

窗外的雨雾依然很浓,稍微停歇片刻的雨又下了起来,街道上撑伞的行人也骤然多起来。就在他手里端着玻璃酒杯、眺望着窗外的时候,忽然感觉有人走近,一回头,阿霞站在面前。果然不出所料,阿霞着一袭粉绿色碎纹和服,腰间系一条金茶色的腰带,右手握着一把黄绿色的蛇眼伞[①]。

"对不起,让您久等了。"

"哦,不,是我自己来早了。"

伊织意识到周围的目光都在注视着阿霞。在众人注目中,伊织起身站立。

[①] 蛇眼伞:一种日式传统伞。竹骨架,伞面中央和外缘为蓝色或其他颜色的土佐纸,其间糊环状白纸,撑开后呈蛇眼形。

240

"我们走吧。"

与自己碰面的女性受到众人注目礼般艳羡的目光,伊织心里自然得意,却也有几分不自在,似乎有些害羞。

走出酒店,伊织立即招了辆出租车。

今晚要和阿霞去国立剧场观赏舞蹈演出,是每年一度的 A 流的掌门宗家[①]的作品发表会,当然其他流派的高足们也会出席观看。阿霞以前学习过舞蹈,但和今天演出的宗家流派不同,与宗家也是通过别人的介绍而结识的。虽然伊织不甚清楚,但好像阿霞与宗家很早前就已经非常熟悉了。

伊织对舞蹈不是特别感兴趣,但对这位宗家的名声却是早有耳闻,因此阿霞来邀约他一同观赏时他立刻就答应了。

"有什么事情吗?"

乘上出租车后,阿霞迫不及待地问道。

"没有啊。怎么了?"

"看您好像在想什么心事似的。"

确实,阿霞到的时候,伊织正心不在焉地望着窗外。

"小事情。本来今天就该完成的项目,被人家挑了点毛病。"

"您的工作还有人敢挑毛病?"

"当然有啦。我只不过是受人之雇干设计的嘛。"

"那是不是不行呢?"

"简单说,就是全部给推翻了。"

伊织一面自虐自嘲地答道,一面觉得自己似乎在阿霞面前有些想博取同情的感觉。

"您的工作做起来也真不容易啊。"

车子穿过银座,从日比谷向樱田门方向驶去。雨不大,外护城河在雨雾中显得灰蒙蒙的,摩天大楼的灯火倒映在水面上,轻轻摇曳荡漾。

[①] 宗家:师家,师父。在日本传统技艺领域中,某种流派的创始人或是世袭传承其正统技艺的人,是流派中的最高权威者。

当眼前一片灯火消逝,右手望见皇居那片黑黢黢的森林时,伊织突然问道:"演出非去看不可吗?"

"您不想观赏吗?"

"假如可以的话,我还是想和你两个人在一起。"

"什么呀……"

阿霞好像诧异不已,叹了口气。

伊织仍不依不饶地继续说道:"也不是说非看不可的,是不是?"

"怎么能这样说呢?不是为了观赏演出才出来的吗?"

没错,一开始就说好今天是一起来观看舞蹈演出的。伊织没反对过,也正是做好这个准备而来的。可是此刻看到阿霞,对他来说赶往剧场简直像场灾难,他一点也提不起劲头。现在赶去看演出,结束差不多是九点钟,然后稍微喝点茶什么的,两人就不得不分别了。

"就当作去看过了,不就行了?"

不去剧场而直接回公寓或者去酒店,两个人大概有三个钟头的时间在一起。

"反正内容不看也知道的吧?"

"可是,看和不看不一样啊。再说票还在售票处呢。"

"那就先去售票处取了票进去,稍微看一会儿马上出来,怎么样?"

"但老师的演出是在最后啊。"

"那……进了场先到后台去打声招呼,这样他就知道你来看过了。"

"可是,万一要是知道没看的话……"

"从舞台上哪里会知道啊?假如问起来,就说是坐在后面看的不就可以了吗?"

车子拐了个弯,从隼町方向驶近国立剧场。

"反正看别人的表演也没什么意思,对吧?"

"没有的事。"

嘴上不承认,但是阿霞似乎也显出一丝犹豫来。

"刚才一看到你,实在是太美了,突然就很想要你。"伊织对着眼望前方的阿霞说,这确实不是对她的恭维,而是伊织的真心话。

来到剧场,演出已经开始了。寄存在售票处的票上写着,座位在中间稍稍靠前的位置。

"还是要坐进去看吗?"伊织又问了一句。

阿霞没有回答,从正面的门走入。没办法,伊织只好跟在后面进去。观众席基本坐满了,舞台上一对男女正在表演着。

伊织倒并不讨厌舞蹈。歌舞伎自然观看过多次,包括那种花街舞会也受邀看过几回。当然,还不至于因为自己喜欢而主动前往。

在女服务员的手电筒指引下,两人找到自己的座位,是在前面大约第十排的正中间,观看起来非常舒服。

"看完这一段就走吧?"

阿霞没有搭理,眼睛盯着前方。舞台上,扮演老翁的男演员撩起衣服下摆,扮演老婆婆的女演员下摆拖在地上舞蹈着。

每次观看舞蹈伊织都会觉得,日本的传统舞蹈妖艳无比。日本舞蹈是与三味线一起,经过室町时代至江户时代的发展演化,最后固定成现在所看到的形式。伊织认为它的所有动作,都是与性相关联的。例如,从弯腰弓背到腆肚挺胸,从颈部的左顾右盼到两脚的叉开收合,各种造型中似乎都潜藏着男女勾当的动作原型。

本来,舞蹈这种艺术形式就是产生自朴素的庶民,并且是在低俗的花街和欢场环境中培育成长起来的,因此比较多地表现出人天然的性的一面也不足为奇。但是同样是舞蹈,西欧以及东南亚等地区的舞蹈大多欢快和开放,让人感受到一种生命赞歌般的激昂,而日本的却截然不同,外表华丽,深层里却含而不露地隐藏着一种暗喻,那就是让人随时可以联想到淫靡粗俗的人的本能的部分。

一面观看舞台上的表演,伊织一面在想象着阿霞跳舞的情形。少女时代曾比较系统地学习过,现在差不多早已荒疏,不过,阿霞的舞台形象一定是华丽中带着些许艳态。

这当然是如今才有的感觉。如果在以前,伊织绝对不会这样想象。

此刻，伊织让阿霞在自己脑海中跳起舞，不由自主地联想到她奔放淫艳的一面。

第一个节目《常盘老松》结束，剧场内灯光亮起。

"走吧？"伊织凑在阿霞耳朵旁边轻声嘀咕道。

可是阿霞的眼睛依旧盯着舞台，纹丝不动。看来是怕这会儿站立起来，会引得周围人的目光注视。可是，等下一个节目开始再离场就更加困难了。

"我先出去，你跟在我后面走。"

"等一下，还是我先出去吧！"阿霞慌忙用手制止伊织。

"后台那边呢？"

"我先去一下后台。您出去后在大厅里等我。"

伊织点点头。阿霞匀了口气，稍稍停顿了片刻，然后下定决心站起身朝场外走去。伊织若无其事地将视线落在节目单上，过了一会儿，也起身离场。

场外观众正在休憩谈笑，但很快开演的铃声响起，于是陆续进场，只有伊织一个人留在大厅里。演出开始已经半小时了，仍有零零落落的观众进场，而窗口则有四五个女服务员在迎候着。来客大多是与舞蹈有关的，虽然年轻，但全都穿着庄重的和服。伊织心不在焉地望着，心里在盘算。

接下来回公寓自然很好，但偶尔去酒店旅馆似乎也值得一试，从这里往千驮谷或者代代木一带都不远。正想着，阿霞从大厅右首的旁门走了出来。

"打过招呼了？"

"哎……"

"那就……"

伊织没有将"走"字说出口，而是径直朝剧场门口走去。开演没多久就离场，让窗口的女服务员很不解，带着疑惑的眼光目送着他们离去。来到外面，刚好有客人下车，车子就停在面前。

"去代代木。"

对司机吩咐完,伊织又凑近阿霞的耳根低声说:"到旅馆去待一会儿吧。"

阿霞应该听清楚了,但是她没有回答,也没有任何表情,只是神情严肃地望着前方。

"到后台打过招呼了,应该安心了吧?"

"不知道。"

"生气了?"

伊织望着不出声的阿霞的侧脸,期待她冷峭的神情突然云开雾散的瞬间。

去哪儿的旅馆伊织心里也不清楚,他只知道代代木一带有情人旅馆,每次路经那里一眼就看得出来。

伊织很少去这类旅馆,尤其是从家里出走,一个人住进公寓之后,更加没有必要去。即使偶尔出去住,也是比较像样的大酒店。

但是,有时却也会希望感受一下情人旅馆那种猥杂的氛围。今天的情况就是这样,之所以会产生这样的想法,或许是难得一见的阿霞的冷峭态度起了作用。

"观众席很暗,在不在也看不清楚的。"

阿霞还是不理他。伊织将手压在阿霞的手上:"不过,今天真是个美妙的舞蹈发表会呀。"

就在这一瞬间,阿霞用手指狠狠抠了他一下。

"哎哟!好痛……"伊织故意夸张地挤眉弄眼号道。

难得出来观赏一次舞蹈表演,中途却被硬拉着离场,阿霞似乎对此耿耿于怀;况且接下来前往的还是两个人密会的场所,又令她感到羞怯。

"哎,还是不要去了吧?"

阿霞好像突然改变了主意,她转头对伊织说。

"不要紧的。再说现在回剧场去也不可能了。"伊织一度松开的手又握住阿霞的手。

"您真坏……"

阿霞仿佛正在受到良心的谴责。然而,倘若是这样,就应该早点拒绝呀。不管伊织如何央求,只要态度坚定地回绝,伊织也毫无办法。到了现在这种状况,无疑阿霞自身也有着想和伊织单独相处的愿望。尽管阿霞并没有表示出来,但是从她暧昧的态度中,伊织这样理解似乎也顺乎情理。

此时的伊织,则沉浸于某种喜悦之中。如果在年轻时,说不定会忍不住吼两声:"快哉!"舞蹈演出中将阿霞拉出来,带到旅馆去,一番云雨自然不在话下,一个女人任自己随意调转,这对男人来说的确是一种莫大的快感。

阿霞两眼看着车窗外,似乎心里仍然无法沉静下来。明知现在已经不可能再回去,但她仍在为从剧场溜出来而后悔。

"宗家的舞蹈演出以前也看过吧?"

"看是看过,不过今天的《青海波》可是第一次观看啊。"

"那样的人表演的舞蹈,你只要说句太美了,保准没错。"

"毫无责任心。"阿霞愣愣地回了一句。

伊织不理会,继续说道:"不过,舞蹈这玩意儿还是仅限于年轻女性跳才有韵味。再是宗家,毕竟六七十岁的人跳舞,总归缺少华彩,而且看着都让人替他捏把汗。"

"没有的事啊。舞蹈与相貌还有身形是没有关系的。"

"你是想说艺术的功底吧?可是,满脸的皱纹即使涂上白粉,也不会让人感觉是张年轻有弹性的脸孔呀。"

"您是去看脸蛋的吗?"

"那倒不是……"

大概三年前,伊织也观赏过某位宗家的舞蹈演出。报纸评论赞其年逾七旬依然魅力健在,可是坦率地说,伊织看得却很难受。虽然功底出类拔萃,对舞蹈的理解也精准到位,但是舞蹈的基本技艺却是大打了折扣,由于年事已高,骨盆松垮垮的,即使笔直站立在台上,在台下观众看起来,却好像两腿微张,造型散了架似的,加上动作缓慢迟钝,即使功底再深厚,也难以掩饰过去。

"舞蹈最多还是干到五十来岁吧,因为毕竟是要用身体来表现的艺术嘛。"

"可是,宗家一直坚持锻炼身体,身体比实际年龄要年轻多了。"

伊织不得不点头赞同。同时,他心里想到了阿霞的身体。或许是习舞的缘故,阿霞的身体非常轻柔,尽管比笙子大七岁,但她身体的柔韧性让人感觉比笙子要年轻。

在床上,阿霞的身体也远比笙子轻盈许多。有时候变换体位,阿霞的身体能够轻而易举地做到位。尽管有时候因羞耻心的妨碍,并不是每一次都非常完美,但阿霞的身体却是迄今为止他认识的所有女性中最柔软的。或许伊织对她永远不觉得厌嫌的爱,其原因就隐藏在这里头。

"我想看你跳舞。"

"实在不敢拿出来现丑。"

阿霞不知道伊织心里所想,她睁大眼睛非常认真地答道。

驶过千驮谷车站,快要与明治大道交汇的时候,看到了旅馆的霓虹灯。等霓虹灯倒退到身后,伊织让司机停车。付了车钱,伊织先下车,阿霞也随后利落地下了车。

街道上车辆来来往往,显得很明亮,但是,正面就是代代木的林丛,而左手则是通向神宫的茂密森林,因而行人非常稀少。从银座过来时飘起的雨已经基本收住了,雾气中,两旁路灯射出的灯光仿佛膨胀放大了一般。

阿霞撑开雨伞,伊织伸手擎起,于是两人很自然地靠紧在一起。

"好像私奔一样。"伊织开玩笑地说道。

阿霞一语不发。

拐入旁边的小路走了大约五十来米,左手边矗立着一排矮树丛,像是枣子树,在树的尽头,幽幽地露出一块招牌写着"旅馆入口"。四周空无人影,只有秋天的雨雾将两人包裹住。

伊织走到入口,稍稍停了停,然后挎着的胳膊上略微用点力气,将阿霞拽了进去。走进旅馆需要的勇气,也就到此为止,进入矮树圈起来的围墙,就不再犹豫迟疑了。阿霞似乎也不再抱其他想法,走过石板小路,来到自动门前,她静静地收起雨伞。

立即有一位女服务员上前来问道:"请问,是要西式房间还是日式房间?"伊织毫不犹豫地回答:"日式房间。"

从外表上看,旅馆好像很宽敞,可是里面并不大,连电梯也没有。一共只有三层楼,走廊两端泛着淡淡的蓝色光亮,仿佛是灯笼的幽光。

女服务员领着他们前来的房间约三席宽,外面是一间铺着草席的榻榻米客室,靠里面用帘子隔开,帘子后面是铺着被子的卧室。门口的右手旁边像是洗浴室。服务员问道:"要不要把热水开起来?"伊织点点头,于是服务员道声:"那么,请您慢用。"便面无表情地退了出去。

听到房门关上的声响,伊织转过身来,面对着阿霞。

"哎,你缩在角落里干吗呀?"

尽管只有两个人,但阿霞还是一副拘谨端严的样子,低垂着头跪在榻榻米的一端,两只手叠放在膝盖上,那样子就像是迎接客人的服务员。

"过来呀,不会有人进来了。"

经伊织提醒,阿霞仿佛才惊醒似的,她四下看了看,然后蹑手蹑脚地从榻榻米上跪蹭着朝矮桌前移过来。

"我是头一次来这种地方。"

"那当然,要是经常来的话我可头大了。"

伊织从冰箱里取出啤酒,往玻璃杯里倒满。

"来喝一杯!"

伊织递过酒杯,阿霞接过去,两人杯子轻轻碰击。为什么干杯呢?是为终于从舞蹈会上溜出来?还是为第一次来到情人旅馆?伊织喝了一大口,阿霞也轻轻啜了一小口。

"情人旅馆就是这样子的呀。"

"你到这边来看看。"

伊织招招手,挑起隔开卧室的帘子。眼前顿时现出一床花布纹被子,枕头旁放着一只长条形的灯笼。虽说是日式房间,但底下还是双人床,枕头旁边还有可以调节灯光亮度的遥控开关。

"这里还有电视机啊?"

"这个是录像机。那边的开关按下去,床上面的情景就会被拍摄下来,好让人们结束后,再欣赏一下自己在床上的样子。"

"太恶心了。"阿霞吃惊地别转脸去。

"不过据说最近很多人都使用这玩意儿。有的时候忘记擦掉,被后面的客人看白戏哩。"

伊织说着,试着按了下开关,但是荧屏上一片空白,什么也没有。

"你的身体播放出来,一定漂亮可爱。"

"您不会做这种恐怖的事情吧?"

伊织当然没想过那样做,不过却很想一睹阿霞轻柔的身体在床上翻来折去的样子。

"您经常来这种地方吗?"

"现在不来了。老早的时候偶尔来过几次。"

说是老早,顶多也就四五年前的事情,那时刚与笙子好上,着实到情人旅馆来过几次。奇怪的是,笙子对以身相许是非常慎重的,但对来情人旅馆却并没有多大抗拒。这一点似乎也和阿霞不一样。

"不知道那个女服务员会怎么看我们?"

"什么也不会想,在这种地方工作的人都习惯了,所以你也不用去多想。"

伊织看了看手表,已经七点二十分了。费了许多口舌说服阿霞从舞蹈演出的剧院溜出来,再这么磨磨蹭蹭的,时间可所剩不多了。

阿霞重新坐到桌子前。伊织从身后催促道:

"去泡一泡吧?"

"我不去,您请吧!"

"既然来了,还是泡一泡吧,那样身体也会更暖和些。"

"出来之前泡过了,再说,泡的话会把头发弄湿的。"

"没事,里面应该有那个的。"

伊织来到浴室外面的盥洗台前,果然找到了装在塑料袋里的浴帽。

"连这个也备着啊。看来您很熟悉嘛。"

"我也不是特别清楚,不过既然进来了,女人总归也要进浴室泡洗的嘛。"

"以前和您一起来的人也是这样的吗?"

"喂喂,别瞎说了。快点去吧!"

"不,我真的不泡,您自己去泡吧。"

"那我先进去,你随后也进来吧。"

"一个人的话我会进去的。"

看来阿霞无论如何不会轻易答应跟伊织一同泡浴。伊织只好死了心,自己一个人走进浴室。

浴室很宽敞,浴池的边缘用石头围起来,装饰成露天温泉的样子,浴池旁的一角铺着块可容一个人横卧于其上的胶垫。从上面放着一个枕头型的东西来判断,可能是俯卧或躺下进行全身按摩用的,又或是用来玩性游戏的吧。

要是和阿霞一同在此戏耍一番多好呀,心里这样想着,但是明知道现在难以如愿。伊织四下巡视,看到胶垫的上方有一处像镜子的平面,从里面什么也看不见,说不定后面是偷窥的机关吧。想到这里,伊织从浴池中出来,回到房间里。只见阿霞穿着和服,依旧端坐在桌子前。

"很舒服,你也快点进去泡一泡吧。"

"您真的不会跟进来吧?"

"当然,男人说话算数。"

阿霞这才放下心,她站起身,用手掩住和服的前襟退了出去。

一个人坐着,伊织喝了口酒,随后突然想起来,转身朝后面看去。果然不出所料,身后的墙上有个窗子般的偷窥机关,用灰色的帘子遮住。伊织悄悄地拉开帘子,正好居高临下,视野宽阔,将浴池看个清清楚楚。他屏息静气,只见阿霞将毛巾挡在身前,走进浴室。先蹲在水龙头前接了点热水,然后稍许侧一侧身子,将热水往下身冲下去,接下来又左一下右一下往两肩上冲着热水。

镜子好像是近来比较常见的魔镜,从这边可以透过去看到浴室里的情景,而从浴室那边则看不见这里。此刻阿霞正轻轻抓住镜子正面的浴池边缘,慢慢地往池中沉下去,与此同时,挡在身前的毛巾也随之上移到了胸口,瞬间,乳头隐隐约约露了出来。

浴池上方升腾着薄薄的水汽,但并不妨碍隔墙偷窥。身体沉入热水中的阿霞,似乎感觉到了对面的视线,她抬头朝镜子看了看,然后向后转了个身。然而从她依然从容地泡在浴池中这点来看,她似乎并没有发现什么蹊跷,也不知道自己正被偷窥。

阿霞头上戴着浴帽,由于用发卡别住的缘故,头发向后高高耸起,使得脖颈看上去更细巧,在浴室的灯光下,脖颈和肩膀显得更加白皙。

伊织的额头差一点触到镜子,这才令他猛然惊醒,不禁对自己感到愕然。这种事情可不像绅士所为,这不是偷窥女人洗澡吗?简直是变态的龅牙龟太郎[①]。

然而,想想好端端的墙壁凿个洞,嵌上面镜子,这说明喜好偷窥的男人还真不少。既然客人有此癖好,所以旅馆方面也投其所好,安了这么个机关,看来,来此地的客人都喜欢偷偷地窥视同自己一起来的女人洗澡的情景。

这么一想,伊织觉得凡是在此偷窥的男人,全都成了同道中人。

美妙的女人裸体呈现在眼前,看几眼是断然没有过错的。假如不美的话,男人不要说偷窥,连看都不想看。因此偷窥是男人一种极其自然的行为,也是拥有美妙身体的女人的一种义务。

---

① 龅牙龟太郎:日本明治时代有个偷窥女浴池的惯犯名叫池田龟太郎,因其龅牙,后来便嘲讽偷窥女浴池者为"龅牙龟太郎"。

这样自己给自己找着理由,伊织又鼓起了勇气,再次将脸凑近镜子。

不知什么时候,阿霞已经从浴池中出来,来到水龙头前冲洗起来。大概是计算好了的,来到水龙头前,则正好可以将半蹲半坐的背影尽收眼底。伊织此时才突然发现,与她柔弱的肩膀和纤细的腰肢相比,阿霞的臀部出乎意料的丰满宽大。因为是从稍高的角度望下去,阿霞的臀部分成了左右两瓣,两瓣的顶端由于浸泡在热水中的缘故,略微带着些红润。

全身没有任何一处显出锐角般的线条。从肩头到后背,再到腰际,一气呵成的线条圆润而清妍,楚楚动人,同时也隐伏着恣纵淫放的妖艳。

过了一会儿,阿霞将踮着脚尖支撑着身子的两腿稍稍张开,旁边的手移到前面。

伊织咽了口口水,离开镜子,蹑手蹑脚地往浴室走去。

拉开隔扇门,眼前是过道间,前面有个洗脸台盆,旁边是洗澡时脱换衣服的地方。

伊织离开浴室的时候,记得那里有个更衣筐,放着浴衣和毛巾,现在则放着阿霞脱下的衣服。像以前一样,衣服裹在一起,最上面用和服盖住,但从衣摆处可以看见露出一截红色的衬裙边。

伊织一面侧着脸扫视着,一面站到浴室门前。浴室门是磨砂玻璃的,看不清里面的样子,但是靠近站着,还是能够知道有人立在那里。

伊织听着里面的水声,轻轻将手搭在门把手上。

就像早已想到的,门从里面被反锁住了,拧不开。既然想得到在榻榻米客房里安上魔镜,让人清楚地窥视到浴室里的情景,可是又在门上装了锁,岂不是矛盾吗?

没法子,伊织只好轻轻敲门。

"喂……"

霎时间,水声停住了,里面传出阿霞的声音:"什么事呀?"

"我想再泡一泡。"

"我马上就洗好了,请稍等一下。"

"就这样没关系的啦,开开门哟。"伊织拍打着门,像个淘气的小孩调皮捣蛋似的,"身体都冷了,开开门吧,行不行啊?"

"不行!"

阿霞的回答干脆爽利,出乎伊织的想象,他只好闭口不响了。

看来,阿霞早就识破了伊织的企图,打定主意不开门。

"有什么不可以呀,一块儿泡一会儿嘛,求求你。"

伊织又哀求了一次,阿霞却不再理他。

"小气……"

遗憾之余,伊织丢下一句话,想看看效果,结果仍然不起作用。

自己只要守候在这里,阿霞总归会光着身子出来,再怎么坚持,在热气腾腾的浴室里也待不了多久。伊织本想固守在这里,可又一想,这样做未免太小孩气了。

"不让我进去,我就在床上好好收拾你!"伊织愤愤地对自己说着,回到了房间里。

他将喝剩放在桌子上的啤酒喝干,然后钻进被窝。

待着无聊,于是四下环视一周,发现床上安置着各种各样的机关。伊织趴在床上,琢磨起床头的开关来。离手边最近的好像是管照明的,按了一下,房间里灯光亮起。再按第二个开关,这回只亮了灯笼。将开关往右旋动,灯光变弱,往左旋动,灯光又变强了。这组开关旁边的那个开关,大概是管床边镶嵌在墙上的镜子的。伊织试着按了下去,只见镜子上的帘子自动拉开,日光灯亮起,揽在怀中的女人从后背到臀部都可以一览无余。

再按动上下并排列在一起的开关,往上,床开始左右摇晃,往下,床中央像枕头一样拱起的部分慢慢地上下运动。交合过程中,按下这个开关,可以有节奏地将女性腰部托起,同时左右摇晃,好让男人比较省力,却能给予女性强烈的刺激。

右边的开关是录像机开关,上面的开关一按,便开始录像,中间的按下去是倒带,下面则是播放开关。所有的开关尽在枕头旁,只要轻轻一按，就可以欣赏到自己癫鸾倒凤的艳态。

鼓捣着这些开关，感觉仿佛坐在汽车的驾驶台上一样。不过，万一按错开关，也可能会将燃情的氛围破坏殆尽。

当然，诸事考虑得还是比较周详的：在开关的上方放置着烟灰缸，烟灰缸旁边还备有纸巾，纸巾下面则是避孕工具等不可缺少的东西。在灯笼前面，甚至还有一台自动售货机，将钱币塞进去，就能够自由地取出各式用于性游戏的情趣玩具。

一个一个鼓捣着，伊织不禁感叹其便利性。

以前年轻时去过的情人旅馆里，绝对没有这样的设施，顶多也就是化妆镜，会摆动的卧床之类的，其余的想都想不到。

这样看来，社会还真是变化迅猛啊。

是好事还是坏事姑且不去论说，但是要不了多久，阿霞就将躺到这妖冶淫荡的床上来，她不会知道只消一个开关按下去，从脊背到臀部都会被伊织一览无余，也不会知道床会突然间晃动摇摆起来。从热气腾腾的浴室出来的阿霞将轻柔地横卧在这张床上。

伊织闭起眼睛，假装瞌睡，这时，阿霞从浴室出来了。只听见隔扇门哗啦响了一下，稍稍停顿一会儿，轻手轻脚走进卧室。见伊织仍然闭着眼睛，于是试探地问道："已经睡了吗？"

或许还在赌气阿霞不让自己一起入浴，伊织依旧装作不理睬，眼睛却睁开一条缝，看见眼前一片红色，阿霞只穿件大红的贴身衬褂，站在他面前。

"哦！"

伊织不知道是惊奇还是激动，发出一声感叹，一下子将捂到下巴的被子掀开。

"真漂亮……"

迄今为止，虽不止一次看到过阿霞身穿衬褂的样子，但基本是白色的，即使有色彩的也不过是浅蓝色或淡粉色的，而今天却是一袭大红底子、上面点缀着几处白色花纹的衬褂，红得似一团火，几乎让人感觉刺眼。

面对出乎意料而又如此娇艳的阿霞,伊织情不自禁看得出了神儿。阿霞扭过脸,轻声问:"穿这个是不是很怪?"

"没有啊,很好看嘛!"

阿霞好像对此类风尘女子喜爱的颜色有些羞赧,然而男人却对此怀着极大的憧憬。并且,较之风尘女子,正经女人穿上它才更加显得性感,简直勾人魂魄。

本来,男人大都期许自己的妻子也穿这种红色衬裆,然而妻子们却顾虑重重,在扭捏羞怯之间,错失掉激情燃烧的大好时光,到后来养成惰性,便不再有这种欲情。及至男人开始倦怠的时候再穿起红色衬裆,只会突出其刺眼的不协调感,使得男人倍觉情绪沉重。

这其间的火候拿捏着实不容易,不过,像这样阴差阳错发生外遇的场合,红色衬裆倒是特别合契。

"好久没有穿深色的和服了……"

阿霞为自己穿身色彩强烈的衬裆辩解。可是,穿深色和服并不成为非得穿红色衬裆不可的理由,纯白的、淡蓝色的……都未尝不可。然而偏偏选择红色的,说明阿霞的内心里已经在悄悄地燃烧着。

"来吧,快点!"

闭上眼睛装模作样的念头早已云飞泥沉,伊织一把搂住阿霞,扯到身旁来,随即拖到床上,双脚擒住,整个儿抱在怀里。

"让你不开门,让你不许我进去,这是对你的惩罚……"

解开腰带耗费了一番工夫,然后解开里面的细腰绳,衬裆的前片豁敞开来,手顺势探入,却被衬裙隔住。与大红色的衬裆相映衬,衬裙是纯白的,衬裙里面什么也没穿。

对眼前这个心爱的女人该怎样惩罚她呢……

作为对她不肯放自己进去鸳鸯戏水的报复,粗暴地将她扯过来,狂风暴雨般蹂躏一气,对女人来说,也只是一时的折磨,最终这种狂暴只会激惹起她的欢欣。

但是不这样做,又难遂己愿。

如果介于两者之间的话，等于杀蛇只杀半死，半途而废，半酣不酣，到头来只能是折腾自己。

假如在交合的过程中，半合不合，时快时慢，时强时弱，忽而像摧城攻寨似的紧冲密攻，忽而像鸣金偃旗似的退引至沙场边缘，如此反反复复，必将使女人游走在梦境和现实之间，刚要突入梦境却又被硬生生拉回，刚要将息下来却又被鞭策疾驰，最终一定会忍受不住这样无休止的煎熬，对男人俯首哀求。

这样，女人就像是跪伏在自己膝下的奴隶一样，眼神中充满哀怨苦恨，如泣如诉。然而，既然是惩罚，就要尽可能延长拷问的时间，并且心狠手辣，不能怜悯心软，要狠下心看着对方受煎熬，受痛苦。

等到自身难以坚持、不得不发的时候，再裁许女人的哀求，结束对她的刑罚。

当然这种刑罚并非对所有女人都适用。譬如初涉性爱领域，还未彻底开眼的女人，这样做无疑只会让对方觉得过于冗长，男人也会疲惫不堪。而对于现在的阿霞来说，这种做法足以成为刑罚，娇美而丰腴的阿霞的肌体，一定会因这种刑罚而喘息不止、苦痛不堪，最后向伊织发出哀求。

此刻伊织对阿霞施行的便是这样的刑罚，他一会儿情欲炽烈，一会儿峻刻冷峭，两人肌肤相触与其说是出自爱怜，更像是出自憎恨。他不断告诫自己：对手是个可恶的女人，千万不能觉得她可爱，要燃起憎恶之情来对待她，否则，男人一旦爆发出来，就会让女人欢天喜地闯入无比欢悦的乐园。

伊织提醒着自己，竭力克制着自己，想努力使这场惩罚拖得愈久愈好。然而终究耐力有限，很快疾驰到梦境与现实的边界，只见阿霞头来回轻晃，同时发出不知是怨泣还是满足的呻吟。看到此景，听到此声，伊织感觉头晕目眩。这会儿已经分不清楚，究竟伊织是复仇的行刑人，还是被行刑的绝望囚徒。

就在他感觉自己再也无法坚持下去的一瞬间，阿霞终于发出了最后的哀求：

"啊……饶了我吧！"

那双总是温柔和顺的眼睛挤成了一条线，眼角朝上吊起，眼睑边开始痉挛抽搐起来。这一刻，伊织也哼哧一声，将忍抑到现在的紧张一气释放出来。

像是被吸空了所有的云似的，在一种难以名状的漩涡中，突然出现了一片空白。一男一女两人拥在一起，软绵绵地躺在床上。

伊织仰面朝天，阿霞则将脸埋在他怀中，两人都一动不动，安静得让人想象不到刚才那一幕激烈的场景。倘若从天花板上往下俯瞰的话，依偎在男人身上的女人，披头散发，黑黑的长发凌乱，就像是被海水冲到岸边的一簇海草。

然而，这只不过是表面上的安静。仔细看去，会发现两个人的胸脯和后背随着呼吸在不停起伏，肌肤上渗出一片汗珠。

看这满身的汗珠，根本无法分清是男人在实施惩罚，还是女人在实施惩罚。再看伊织精疲力竭的样子，似乎他是受刑的人才更加确当。

经过许久安静的时光，伊织首先从虚脱的状态中清醒过来。

他轻轻转动脑袋，撇去散落在下巴旁边的头发，床边的镜子里清晰地映出了阿霞的背影，从脊背到臀部一览无遗。

当刑罚刚一开始，伊织便按下枕头旁的开关，镜子里的灯亮了起来。四周突然一亮，令阿霞一瞬间畏缩迟疑了。"关掉吧。"她求伊织，可是伊织毫不理会地继续他的刑罚。这也是对她不肯让自己进浴室的惩罚——伊织心想。可是，映在镜子里的阿霞的身影不止娇妩，充满魅力，同时也是极危险的武器，被压在身下痛苦辗转的身体，不停地刺激着伊织的欲情，召唤他疾步流星般奔向欢愉的彼岸。

刚才起到巨大作用的镜子，此刻却像清晨的路灯一样，已然失去了生气，只是淡淡地、慵懒地映照出被男人搂在怀里的女人的身影。伊织望着镜子里白皙的身影，仿佛欣赏一幅画一样，盯着看了许久，然后伸手将灯熄掉。

镜子霎时暗下来,只有侧旁的灯笼仍亮着熹微的光。就着光亮,伊织抱紧阿霞,阿霞则像是早已等候着似的,朝伊织身上贴得更紧。

"感觉好吗?"伊织问道。

阿霞没有回答。

"不好?"

"你真坏!"

"到底是好还是不好啊?"

"你就像麻药一样。"

阿霞唱歌似的轻声说道,然后将额头往伊织脸上蹭了蹭。

被比喻成麻药,伊织一下子觉得很好笑。他一只手搂住阿霞的肩头,另一只手搭在阿霞起伏的腰上。

"我是麻药吗?"

"是呀,很坏很坏的麻药,看样子不斩断它不行呢。"

"喂喂,这话可不能乱说啊。"

"不过,也是良药呢。"

阿霞把头依旧埋在伊织怀里,轻轻笑起来。

阿霞所谓的麻药看来指的是性爱之事。虽然能够揣摩出其含义,但坦率地讲,对男人来说却没有这样的感受。男人的性欲只是一时间的爆发,很快便燃尽,快感不会随交合次数的增多而有所增强,与初次体验时感受到的毫无二致,并且只会减弱。

比较起来,女人的性快感则随着年龄的增长而愈加充实,童贞时的苦痛变成快乐,这种转化只有女人才能体会到。故而对于女人来讲,性爱有时确实具有像麻药一样的效果。

"可是,'麻药'听上去不怎么好听啊。"

"本来就不是好东西嘛,当然听着不好听了。"阿霞冷冷地答道。

可是对于女人,麻药不一定就是坏的东西。或许可以说,正因为有了麻药一样的药效,男人和女人的情缘才更加难以剪断哩。

"以前有没有用过麻药啊?"

"这是第一次。"

"需要的话,尽管通知我,不管什么时候都行。"

一面开着玩笑,伊织一面想到了阿霞的丈夫。如果自己是麻药,那么丈夫是什么呢?是一味良药,还是一剂过了保质期的感冒药?但不管是什么,被比喻成麻药总比被比喻成普通的其他药物更能让男人欢喜。

"也许是患者本身配合得好,所以效果才好嘛。"

"可是让人害怕。"

"这可是不可多得的良药呢,一定要好好保管哟。"

"当然好好保管了,连舞蹈发表会都不看了呢。"

看起来,现在的阿霞正当性感受的瓜熟之时,就像花开烂漫一样,芬芳陶醉。以她三十五岁的年龄来说,或许显得略迟了些,但毫无疑问,现在的她正是蔓蔓日茂,花红别样。说不定,阿霞的身体里面也切实地感觉到了这一点,正在细细吟味……

"要多多注射些麻药哟。"

"那样的话会中毒的,那也不要紧吗?"

阿霞仰起头,从下往上看着伊织问道。

近来,阿霞常常露出让伊织为之惊诧的妖媚眼神。此刻,在床上自下而上的眼神,也洋溢着让男人心旌摇荡的艳态。

以前的阿霞不像这样妖媚。匀称的身材和姣好的面容,给人舒心的清爽感觉,不仅面容姣好,表情也清新美丽,说起话来更是清纯无秽。然而现在,在她全身的美丽中,隐隐表现出一种妖冶,一丝不苟的举止中也漂浮着某种倦怠感,正儿八经的表情中则透露出内心的欲情。

"越来越像个女人了。"伊织自言自语地说。

阿霞立刻问道:"什么?"

"说你越来越像个女人了。"

"这么说太可笑了。"

"一点也不可笑。你最近有没有发觉自己的脸变了?"

"已经这把年纪了,还会变吗?"

"当然啦,首先是变得色眯眯的了。"

"你太过分了!"

"不,我是在夸赞你哩。漂亮女人多的是,可是既漂亮又色眯眯的女人可不多。"

"求你了,能不能把后面半句去掉?"

"这么说有什么不好?男人对光是漂亮的女人不怎么动心,倒是性感的女人有魅力得多。"

"不明白。"

"不明白也没关系。"

伊织将勾在阿霞肩头的手,沿着脊背慢慢向下面滑去,霎时间,阿霞的上半身倏地抖动了一下。

"不要使坏……"

"没有使坏,我在爱抚你哩。"

"你这样子要是又来劲儿了怎么办?"

伊织不理会,手继续轻滑。随着他的动作,阿霞的身体又动了一下。

"我感觉,自己的身体最近好像变得十分叫人讨厌。"

"不是讨厌,是变得棒极了!"

爱抚着敏感的身体,伊织真切地感觉到,自己已然在其身体里面稳稳地占据了一个位置。

"可是,还是让人觉得不正常。"

说到这里,阿霞突然想起什么似的朝四下张望了一下。床左侧镶嵌着的镜子,此时被帘子遮蔽起来;它上方的墙壁在灯笼的光亮中浮现出白色,显得天花板格外的昏暗;右手边与榻榻米房间隔开的垂帘让人联想起王朝的时代;脚边靠墙摆放着描写男女性爱的木雕饰件;枕头旁边有各种各样的开关,开关的前面是性玩具和纸巾,床脚坐落着一台录像机。虽说是专为情人们相会而准备的房间,陈设杂乱却与云雨的氛围相距甚远。

"别人是不是也都在这种地方约会？"

"你只要看有那么多的情人旅馆倒不掉,说明来的人真不少哩。"

"可是,这种地方总归让人感觉有些不踏实。"

这一点伊织也有同感。被一大堆镜子呀、录像机什么的包围在中间,与其说自己看,感觉更像是被别人偷窥一样。

"不过现在的年轻人好像就喜欢这种乱哄哄的感觉。"

"我还是喜欢清静些、什么装饰也没有的房间。"

"对了,要不要看看录像啊？"

"录了吗?!"阿霞吃惊地转过脸朝录像机的方向望去。

"只录了一点点。"

"讨厌！那种东西录下来的话,我可不饶你,决不饶你！我会死的！"

看到阿霞如此惊慌,伊织不禁苦笑起来,他按住阿霞的肩膀说:"跟你开玩笑的,根本就没有录像。"

"真的？真的没有录？"

"不相信的话,就打开来看看嘛。"

伊织伸手按了下开关,录像机和先前一样,屏幕上只有一片雪花。

"哦,还好,真吓了我一跳。"

"不过,我倒是真的想看哩。下次再来的时候,两个人悄悄地看吧。"

"你要是那样的话,就不来了。"

"其实裸体也不是什么坏事啊。要不下次去看成人电影吧？你看过没有？"

"没看过。"

"可还是蛮想看的吧？"

"跟你在一起,变得都有些不正常了。"

"想看是很正常的事情呀。"

伊织再次抱住阿霞。阿霞也紧紧地靠近过来,似乎要将刚才的固执忘记似的。

两人静静地待了一会儿,不知不觉地,慢慢又欲坠入梦乡。就在即将进入之际,伊织轻轻地抬起了头:"几点了?"

伊织首先意识到时间。阿霞也随后动了动身子。

"舞蹈会也该结束了吧?"

听到舞蹈会,阿霞的大脑立即又回到了现实中。她支起上半身,看了看枕头边的伊织的手表:"九点钟了。"

事到如今,阿霞好像为溜出舞蹈会来情人旅馆而后悔了。她一脸心烦意乱的神情自言自语嘀咕着:"这可难办了……"

伊织假装不知道,躺着不动,阿霞只得对他说道:"我先起来了,你脸朝那边,别看啊。"

伊织已经没气力跟她戏耍了。他照阿霞所说,脸转向镜子一边,阿霞迅速拿起脱下的衬褂和衬裙,走进浴室。伊织独自躺在床上,心不在焉地望着遮在帘子后面的镜子。就在刚才,阿霞的身体被映在镜子中,时而被男人压在身下挣扎,时而露出痛苦的神情,时而又浑身震颤、轻声啜泣,而现在,这面镜子像风平浪静的湖面一样,与男人安静地对视着。

那是梦境还是现实?伊织竭力追忆着,却愈加分不清楚了。渐渐地,他闭起眼睛,昏昏沉沉地瞌睡过去。忽然感觉肩头被轻轻拍了一下,睁开眼睛,只见阿霞坐在面前,她已经穿好和服,头发也仔细梳理过了。

"我已经准备好了。"

一瞬间,伊织产生了错觉,好像是在舞蹈发表会上和她相遇了。他愣愣怔怔地望着阿霞。

"快点起来吧。"

朝四下环视一周才清醒过来,自己确实是在旅馆的一室。伊织不情愿地慢吞吞爬起来。

"浴池里放好热水了。"

"那我去泡一下就来。"

对阿霞的安排周当伊织非常满意,他心里在想象,如果和阿霞一同生活会是什么样的光景。

消去阿霞留下的香氛有些可惜，不过泡个热水澡让头脑彻底清醒了。伊织简单泡了一泡便出来了，穿好衣服，往前台打了个电话吩咐叫辆出租车。在里间整理被褥的阿霞疾步走了过来。

"你叫了出租车吗？"

"外面雨好像还在下呢。"

"可是，从这种地方……"

"没关系，司机才不会理这些哩。"

很快，女服务员拿来了账单。伊织付了账，刚要出门，阿霞惊诧地说道："刚才你的鞋子没在这块儿。"

"我付了账这才拿过来的嘛。是怕客人悄悄溜走，所以拿去保管起来了吧。因为像这种旅馆，半夜三更也有客人进进出出的嘛。"

走过墙角设置着壁灯的走廊，来到门厅。右手边是结账处，但空无一人，可是两人往自动门前一站，立即不知从什么地方传来一声："谢谢光临！"

沿着庭院里相隔一定距离铺就的踏脚石走到围墙外，出租车已经等候在大门前了。

雨还在淅淅沥沥下着，雾气也依旧浓重。车子启动之后，阿霞似乎颇有感慨地自语道：

"那种地方，和服务员几乎不用照面就都解决了呢。"

"那里稍稍有点落伍了。有的地方从结账处到各个房间用一根管道相通，账单装在一个容器里，直接就送到房间里，把钱放进去，过一会儿找零就自动送回来哩。"

"你试过吗？"

"没有，不过是听说而已。"

伊织与笙子去过的一家旅馆便是这样，但他装作是从别人那儿听来的。

"和你在一起，见识了不少东西呢。"

出租车似乎正穿过神宫外苑的森林往四谷方向驶去。黑夜中，对面驶来的车子闪着大光灯,就像一双双猛兽的眼睛一样,格外刺眼。

"还什么都没吃过,肚子饿了吧？"

"要不是你提起,我都忘记这码事了。"

回想起来,从舞蹈发表会直接来到旅馆,舍不得让晚餐占去时间,便急不可耐地径奔巫山洛浦去了。

"不过也没时间啊,是不是？"

听伊织问,阿霞老实地点了点头。

车子从四谷经由麴町驶至皇居外的护城河,然后向右再驶一段,便是不一会儿前刚从那里出来的国立剧场。

"你这个样子,可是一点也瞧不出会不看舞蹈,跑去旅馆哦。"

"不要耍弄人嘛。"

"不管是谁见了都不会起疑心的。"

"可是,头发没梳好,样子有些怪吧？"

仔细打量的话,或许和见面的时候确实有些不一样,可只有她家里的人才会知道。

阿霞开始盘算起回家的事,而这边伊织又陷入了闷闷不乐中。再怎么说,阿霞也必须回到丈夫身边,出门时与回家时的发型不一样让她如此往心里去,说明她非常在意和忌惮丈夫。先前在镜子中所看到的放浪的形象,只不过是一时的,转瞬即逝的。

"怎么了？"

见伊织一下子沉默不语,阿霞情不自禁地问道。

"是还在想工作的事情吗？"

经她这么一说,伊织才想起来今天说的社区购物商场要重新设计的事。

"幸亏有你在一起,我把这件事忘了。"

"那么,是我多嘴提起它了吧？"

"不,没有没有。"

同样在沉默中,男人和女人所想的事情居然风马牛不相及,这让伊织忽然觉得很可笑。

"你最近不会出去旅行吗?"

"有好多地方要去跑,不过,我倒是想去欧洲旅行一趟。"

"什么时候?"

"抽得出空的话,最好是趁天气没转冷的时候去。要是和你一起去就好了。"

"你会带我去吗?"

"当然。不过你好像去不了吧?"

"没有啊。"

出乎意料地,阿霞的声音里透着十足的自信,伊织不禁朝阿霞的脸孔凝视。

"再怎么短促,至少也需要十天啊。"

"要是有十天的时间,我们就可以一起去、一起回来了,是吗?"

"我看样子也只有这么些空余时间。"

"那去什么地方呢?"

"在荷兰我有个朋友,另外还很想去维也纳看一看。"

"有十天时间,逛这么一圈下来应该没问题吧?"

"你真的能去?"

"能啊。"

要到国外去旅行十天,阿霞怎样才能成行呢? 她会怎么对家人说,怎么让家人理解和同意呢?

"我已经好久没有到国外去旅行了。"

"可是你说过,在国内坐飞机旅行都觉得很怕,不是吗?"

"国外就没有关系了呀。"

真是很牵强的理由。不过突然大胆起来的阿霞,令伊织着实吃惊不小。

"那我就真的做安排了啊。"

"过个两三天我给你打电话。"

车子在皇居外的护城河前向右转,经樱田门朝日比谷方向驶去,随后穿过丸之内就是东京车站了。

"十点了,你这就上车吗?"

阿霞望着车窗外沉思了一会儿,然后回过头来说道:"还准备带我上哪儿?"

"假如有时间的话,我想到哪里吃点东西去。"

"那我奉陪。"

灰暗中伊织看着阿霞。稍稍以前的话,在酒店待得若是时间稍许晚一点,她立刻会惊惶不安,赶紧起床穿衣化妆,做回家的准备,而现在却是一副气定神闲的模样。

"现在这个时间,恐怕只有寿司店之类的还开着,怎么样?"

"我去哪儿吃都无所谓。"

伊织将目的地从东京车站八重洲口改成有乐町,并指引着司机一路来到位于数寄屋桥街旁一条小路上的寿司店。

十点钟是用晚餐嫌晚、吃消夜又稍早的时间段,两不着落,因此店内非常空。伊织和阿霞坐在柜台座上,要了一瓶啤酒。

"今天来得蛮早嘛。"

面熟不生的厨师上前打着招呼。平时伊织总是喝过酒后到这里来坐上一坐,基本上都是十二点左右了。

"刚才村冈先生来过了。"

"是吗……"

伊织一惊,随即若无其事地啜了口酒。没错,村冈也喜欢来这家店,将阿霞领来这里似乎有点不够慎重,但是,伊织又转念想到,就算被人知道也无妨。

"这种店一般开到几点钟呀?"

"夜总会结束后客人也会来这里,所以,一般总得到两点左右吧。"厨师回答着阿霞的提问。

这个家伙,下次村冈再来的时候会不会告诉他,说我同一个漂亮的女人来过这里？——伊织心里想着,那样的话虽说事情会有点复杂,但另一个想法更加占了上风:若是知道就让他知道吧。

已经十点多了,但阿霞依旧不慌不忙。一般她都不怎么吃,今天却反常地又是金枪鱼,又是大虾。

"欧洲之旅真的会带我一起去吗?"

"只要你没问题。"伊织压低声音回答。

阿霞点点头:"真高兴,这下又多了一份快乐。"

然而,伊织此时更加关心的是时间:"不要紧吧?已经十点半了。"

"哦,已经这个时候了?"

阿霞一瞬间露出游移不决的表情,但立刻坚定起来:"十一点钟走。末班车应该到十一点半左右。"

"以前有没有这么晚回去过?"

"没有,这是第一次。不过哪怕就一次也好,就是想晚点回去试试看。"

今天阿霞究竟是怎么了? 与以往不一样,一切都表现得大胆无畏。刚刚从舞蹈发表会溜出来的时候还犹犹豫豫的,然而现在显得非常平静和淡定。或许,是因为去过情人旅馆使她陡然生出胆量来了?

"到现在为止,最晚回去是什么时候?"

"是你第一次开车送我回去那次。"

上次是开车送她回辻堂的家,而今天显然比那次还要晚。

"家里人大概已经休息了吧?"

"头发有点不一样了吧? 所以还是晚点回去比较好。"

原来是因为这个。伊织看着她的头发说道:"我觉得好像没什么不一样嘛。这样也能看出来?"

"一直看的人看了就会知道。"

所谓一直看的人是谁? 是阿霞家里的女佣、女儿,还是她丈夫?

"假如知道了会怎么样?"

"你希望怎么样呢?"

被阿霞这么反问一句,伊织一时不知道怎样回答,只好沉默不语。可是心里却在想,自己是真心为她担心,可她好像觉得很好玩似的。

"差不多该走了吧?"

又问了一遍,伊织都为自己如此在意时间而诧异。时间晚了感到不安的应该是阿霞,自己没必要再二再三地提醒她。如果阿霞想这么待下去,就算一直待下去也没关系。

可是一直坐立不安、放不下,或许是害怕阿霞家里发生什么纠扰争执。

假如因为这个而和阿霞无法见面了,伊织会感到难过。但是这种不安尚不是主要原因。万一阿霞在家里待不下去而离家,自己能否担负起责任来?在完全没有做好心理准备之前,伊织显得敏感而怯懦。

"你今天是出来观看舞蹈的,所以如果回去太晚了会引起怀疑吧?"

伊织说着站了起来,阿霞也只好跟着起身。

外面雨基本停了,秋天里少见的浓雾笼罩着整个街头。

"真美啊。"阿霞一只手举着伞,朝伊织靠拢过来,"哎,我挎着你胳膊可以吗?"

伊织不好意思地慢吞吞张开胳膊肘,阿霞轻轻抬手勾住,不是挎着胳膊,感觉只是轻轻相触而已,但是这样似乎与和服更加贴切。

"我好像什么时候在梦里看到过这样的情景。真想就这么一直走下去。"

大概是喝过一点啤酒的缘故,又或者是因为方经云雨,阿霞似乎微微有点醉意。

"男人真幸福啊,可以一直喝到很晚也不在乎。"

伊织突然涌起一种冲动,很想带阿霞回自己的公寓。倘若一直喝到末班电车结束,阿霞回不了家,然后在自己公寓住下会怎么样?说不定她家里会为此大吵大闹一场,但是这样伊织心里反而会觉得轻松。

"那就再换个地方喝上几杯吧?"伊织趁着冲动说道。

不想阿霞却毫不留情地拒绝了:"今天不行了,下次吧。"

"不过下次可是回不去喽。"

"没关系,做好这样的思想准备才出来的嘛。"

事先说好不回去,住在自己公寓,似乎就不让人那么兴奋了,不过作为一个有夫之妇来讲,阿霞这样做确实还是大胆的行为。

"我过去生活得太像个小孩子了。"

时钟已过十一点,而银座现在正是最热闹的时候。阿霞用留恋的目光,望着五光十色亮着霓虹灯的街头。

走出小路来到大马路,伊织拦了辆出租车。

"再过半个钟头,跟夜总会散场碰到一起,就叫不到车了。"

"是不是那时候就会发生出租车拒载的情况?"

对阿霞来说,似乎一切都是新奇的。她透过车窗朝四下张望:"下次你带我到夜总会去看看吧。"

"像你这样漂亮的人要是带去了,陪酒小姐们说不定会不高兴的。"

"你是不是不愿意,怕带了女人一同去,你就没有小姐陪了?"

"哪儿的话。只要你不介意,我无所谓啦。"

虽说伊织不太喜欢领着女人同去夜总会,不过像阿霞这样出众的女人,他倒很想领着去一次。

"下一次什么时候见面?"

"下个星期的星期四怎么样?"

阿霞主动提起下次约会的事情,令伊织感觉很新鲜,他不禁凝视着阿霞。以往的阿霞从没这样积极主动过,每次都是伊织提出下回约会的时间,阿霞只是点头同意而已。

"那好,就星期四。自说自话换其他时间的话,恐怕你也不肯和我见面的。"

"其他时间我要开会,还有和人谈事情什么的。"

"是和女人谈事情吧?"

"没有的事。"伊织认真地摇头否认。

阿霞莞尔一笑："没关系的,你就把我当作你的第三、第四号女人好了。"

伊织还想否认,可是一想,这样过于认真的反应反而有点滑稽,于是干脆不作声了。

车子停在东京车站的八重洲站口,是十一点十五分。两人匆匆奔向站台,刚好赶上末班车前一班的电车。但是,停在站台上的电车车厢里,几乎全是男性乘客,而且大半是喝得醉醺醺的。伊织有种似乎羊落虎口的感觉,可是阿霞却满不在乎,她看了一眼车厢内,然后回转头,用干脆的语气说道:

"今天真的非常高兴,太谢谢您了。"

无论中间的过程如何放浪形骸,但最后仍然不忘礼数周全地道别,真是个一丝不苟的女人。伊织透过这一丝不苟看到了内里的奔放,才感觉这一天过得实在惬怀。

秋风

午后,伊织准备走出事务所的时候,看见了窗外的彩虹。刚才下过了淅淅沥沥的小雨,现在出现彩虹也不奇怪,可是彩虹出现在秋天的天空中倒有些稀罕。

其实,彩虹无论在春夏秋冬何时出现都不奇怪,伊织之所以感觉不可思议,是因为他一直以为,彩虹只有在夏天的雨后才会出现。清澈碧透的天空中,七色的彩虹仿佛架起了一座天桥。路上的行人纷纷停下脚步,抬头仰望着。

不过这只是片刻的美丽,当他收拾好文件、将香烟和打火机装入口袋正要出门时,彩虹已经消失了。看来秋天的彩虹到底还是诡秘无常,伊织不禁这样想。在他要去与一个重要的人会面之前,忽然看见了彩虹,这让他心情好像被牵了一下。

今天下午三点,约好要在青山一家餐馆会面的,是自己的妻舅村井康正。村井是一名内科医生,在品川开了家诊所。他比伊织大两岁,性格敦厚,在妻子的家人中,他是与伊织最为投缘的人。村井昨天突然打电话来,说是想谈点事情,故而约伊织出来见个面。

伊织想了一下,决定在青山绘画馆附近的餐馆见面。特意约在外面,是因为在事务所里被职员们看见不方便,而不在公寓见面则是不想自己独身生活的景象被人窥探到。

和妻子分居以来，因为感觉有些尴尬，所以一直没有与村井碰面。而现在他突然特意来和自己碰面，仅从这一点，伊织已经意识到要谈的事情肯定十分重要。站在妻舅的立场上，村井理所当然会希望伊织和自己的妻子重归于好。

可是，伊织的猜测却落空了。

两人面对面坐在餐馆靠窗的位子，先是互致季节问候，聊了一些各自的近况等无关痛痒的话，随后村井保持着同样的语调说道：

"我妹妹的事情给你添了不少麻烦，好像总算下定决心同意离婚了。"

一瞬间，伊织夹着香烟的手在半空中停住了。村井则好像什么事情也没发生过一样，平静地喝了一口咖啡，继续咕哝道："我知道她犹豫了很久……"

午后的阳光洒在街道上，两旁的银杏树被染上斑斓的色彩。

"要是早些下这个决心就更好了，可是女人嘛，只管考虑自己身边的事情。"

"哦，不……"

伊织摇了摇头。将近二十年生活在一起，要下决心分开，即使花费一年多的时间也绝对算不上漫长。事实上，对伊织来说，猛不防被告知妻子同意离婚了，但他却毫无切身的感受。说实话，离家出走之际，伊织虽然说出"离婚"这两个字，但是并没有真正想过离婚，只是希望分开一段时间，两个人冷静下来好好想一想，仅此而已。

可是这段时间里，妻子似乎认真地在考虑离婚的事情。伊织偶尔回家去，也从来没有同妻子深入地沟通过，但看起来离婚这件事对妻子来讲确实打击不小。

"说起来怪难为情的，她有时候黏糊糊还留恋不舍，有时候又像疯了似的发脾气，闹得还蛮厉害的……"

"真是对不起。"

"哎，这也是双方都有责任的嘛。"

村井作为妻舅,却并没有明显袒护妹妹的意思。就因为他是个为人温厚而冷静的人,所以离开家的时候,伊织只向村井打了个招呼,希望取得他的理解。

"不好意思,请恕我自说自话……"当时伊织低下头,没有再说更多的理由。村井也颇为宽容地表示:"既然你想搬出去,那也没有其他办法。"虽然他关心自己的妹妹,为她担心,但是没有过多地责问和批评伊织。夫妇间的事情,只有夫妇两人最清楚,他的话里毫无多嘴多舌管闲事的意味。

但是在这一语不发的背后,似乎什么都被他洞观了,一句"岁月真是无奈啊"道出了他所有的心情。看来,他把伊织想离开妻子的行为也视为一场岁月的恶作剧。一开始想着和这个人一同生活到白头,可中间坚持不下去了,原本深爱着对方,可渐渐地发现不能一如既往地爱下去了——夫妇关系破裂,倘若追问深究下去,无非是这样的原因。

如果说这是开脱便算是开脱,说是不负责任便算是不负责任,但岁月会不断地侵蚀爱情,这点是毫无疑问的。假如其中没有非常明确的理由,那就更为复杂,要想弥补也更加困难。村井似乎对这一切看得非常透彻。

伊织对眼前的村井愈加感到有种亲近的感觉。即便撇开妻舅这层关系不说,伊织对他也颇有好感,如今作为两个男人,又多了一份理解所带来的安心感。

"这件事情也告诉孩子们了吧?"

"好像两三天前刚刚说过。开始她们还哭哭啼啼的,后来也理解了,觉得既然妈妈希望这么做,她们只好接受。虽说是两个大人离婚,但孩子总归还是孩子。"

伊织点头表示赞同。即使自己和妻子离婚,但两个孩子依然是自己的孩子。

"目前虽然还有点混乱,但是毕竟已经同意了,所以我想等过些时候由第三方介入进来,向家庭法院提出申请,你看怎么样?"

"哎……"

事已至此，伊织没有理由对村井的提议提出任何异议。只是，他感觉事态进展得似乎太快了。原本以为很遥远的事情，突然一下子即将成为现实，他不知道该怎样应对。

"不管怎么说，妹妹在外面没有工作，一直封闭在家里……"

对此伊织也毫无异议。他知道妻子不具备独自生活的能力，因此一旦离婚的话，他打算尽自己所能提供帮助，除了支付生活费外，他甚至考虑将现在住的房子也留给妻子。

"这点我明白。"

"真是对不起。"

村井低下头表示歉意，两个人同时相视着苦笑了。两人互相表示"对不起"，看着让人觉得有些好笑。

"假如这样的话，我们以后就不再是亲戚了，不过我们两个还是我们两个，希望以后继续……"

"这正是我的奢望。"

对伊织来说，因为离婚而失去村井这样的朋友，实在觉得可惜。

"对了，你近阶段会一直待在东京吗？"

"其实，我正在考虑，下个星期有可能要去欧洲一趟。"

"离婚的手续嘛，只要双方同意，接下来没什么特别麻烦的事情，到时候我再打电话联络好了。去欧洲是工作上的事情？"

"嗯，工作和观光兼有吧。"

其实，是和阿霞一同去欧洲旅行。伊织一面为自己这种行为感到难为情，一面却又想，现在这样的旅行将不再难为情了。

离开餐馆后，伊织和村井道别，独自一人沿着神宫外苑往绘画馆那一带信步走去。天色渐暮，西斜的太阳光似乎更加强烈了，从街道两旁的行道树间溢射出道道光影，树下，三两年轻人正在健身慢跑。左手有张长椅，一位牵着狗的老人，伸展开四肢，舒服地坐在椅子上。

从身后吹来一阵秋风。伊织嘴里自言自语地嘀咕着"离婚"两字。

迄今为止,这两个字对于他而言既痛苦沉重,但同时也包含着些许美妙,尽管会很麻烦,但是一旦实现就会感觉十分轻松,心灵得到休憩。然而眼看这将成为现实,他却感觉到一丝寂寞和凄楚,虽然他期待成为一个自由的人,但同时却又像在风中被吹来拂去般,少了一种精神依靠。

又有一个年轻人喘着气从后面跑过,在他身后,银杏树叶飘落在地。没有色彩的秋风中感觉到似乎有一团色彩,伊织回头看去,不知道从什么地方飘来一片白纸。黄昏迫近神宫里的浓密森林和街道旁的行道树,在这一片浅浅的黄昏中,伊织忽然涌起一种冲动,忍不住在心中吼叫:

"我终于离婚啦!……"

一开始是大声吼叫,可到最后声音越来越弱。他停住脚步,一群身穿水手校服的女学生横成一排朝他走近过来,挥动着手里的书包大声笑着,不知道为什么事情感到好笑。

和自己的大女儿差不多年纪。伊织遽然想起孩子们听到离婚的时候哭泣的话来,情不自禁感到唏嘘难过。

如此罪孽看样子一辈子也无法偿还。况且,自己将与阿霞一同去欧洲旅行,妻子和孩子们都在烦恼、痛苦不已的时候,自己却和别的女人远游国外,实在是太不负责任了。如果被人批评是冷酷无情的男人,他也无话可说。

付出如此巨大的牺牲与妻子离婚,自己到底期望得到什么呢?即使获得了自由,是不是就一定会幸福呢?自己究竟为什么而离婚呢?多少年以前就希冀、期盼的离婚,如今渐成现实,伊织的心情却无法喜悦起来,相反倒有些迷惘不定。面对烦躁不安的自己,伊织不禁哑然了。

离晚秋还有些时日,两旁的银杏树叶一半已经发黄,一半仍旧泛着绿色,但毕竟寿命在天,还有一些枯叶已经翻飞飘落于地了。两个背着背包大概刚刚放学的小孩,蹲在地上捡着落叶,而在他们的背上,枯叶又飘落下来。

被行道树包围起来的街道的中间,有个电话亭。看到它,伊织竟像是被吸过去似的,推开玻璃门进了亭子。

往哪里打电话？伊织也不知道。他只是看到在背阴的地方静静地伫立着一个电话亭,便腾起走进去的念头。面对黄色的电话机,伊织毫不踌躇地从口袋里掏出十元硬币,塞进去后,按下了拨往自由之丘的家中的号码,好像从一开始就计划好似的。

"喂喂……"

短促的铃声响过之后,传出了小女儿美子的声音。大女儿真理子的声音稍有点装腔作势的大人腔,而美子的声音则单纯明快,像男孩儿似的。

伊织差点要出声了,但他还是强忍住。他并没有对女儿非说不可的话,只不过在银杏树下款步而行时,偶然看到这个电话亭,便心血来潮地拨通了电话。

"喂喂……"

没有反应。美子大概觉得有点不对劲儿,嘀咕了一声:"真奇怪呀……"和真理子相比较,她的举止稍显滑稽可爱,伊织的脑海里不禁浮现出她歪着头自言自语的模样。

"请问是哪一位？"

这回的声音略微老成些,随即"咯哒"一声将电话挂断了。显然,真理子误以为是对方拨错了号码,要不就是骚扰电话,她绝对没想到会是父亲打来的。或许此刻她正在向母亲诉说"讨厌的电话",或者干脆已经忘记这回事,而沉醉于游戏了。

拨通了电话却什么话也不说,固然不妥当,但伊织只是想听听女儿的声音,这样就能让自己心里多少平静一些。

美子因为是幺女,稍许有些狡猾和泼悍,但本性善良,而且有点懦弱。从她的声音里听不到一点颓唐,和往常没什么不同,至少从这声音里感觉不出离婚给她带来的打击。

和女儿们根本没说上话,仅凭声音就得出这样的结论,似乎有些轻率,但伊织还是通过女儿的声音推测出家人平安无事。

出了电话亭,又往前走一段,两旁的行道树没有了,前面出现一个水池。这一带,到了夏天因年轻人聚集在此而非常热闹,但现在喷水停止了,浑浊的水面上浮满了落叶。圆形的水池前面是一个运动场,再往前就是蛋形的绘画馆。听说绘画馆里收藏了各种明治时期的美术品,但是伊织一次也没进去参观过。赭红色瓷砖装饰起来的这座古典式建筑,西面的一侧沐浴在斜阳中,反射出红色的光辉。

伊织回转头,望着夹拥在银杏树中的来时的路,抽了一支烟,随后扬手招了一辆驶近这里的出租车。

"路不远,就开到表参道那儿就可以了。"

语气很客气,而司机毫无反应,一言不发地关上了自动车门。从表情上看,似乎没什么特别不高兴的,大概原本就是个性情冷淡的人吧。不过,此时的伊织根本不在乎这个,甚至冷淡些更好。现在他不想被任何人打扰,只希望一个人静静地待一会儿,最好是直接回公寓,把村井说的话好好消化消化。

可是,事到如今一个人静想能想出什么结果来?离婚已经是板上钉钉了,接下来就只有朝那个方向进展而已。伊织清楚地知道这一点,心里却还是怎么也宁定不下来。

照这个样子,还怎么能工作?

可是,已经定好五点钟要和职员们开个会,就是讨论悬而未决的社区购物商场修改方案。无论如何,不能说因为自己没心情这点点私事而突然中止。伊织想坐在车内稍稍思考一下,可事实上,头脑里什么想法也没想出来。

望着渐近黄昏、开始拥堵起来的街道,车已然停在了事务所跟前。

付了车资,伊织回到自己办公室,笙子似乎早已等候着,立刻后脚跟了进来。

"您出去的时候,村冈先生来过电话,说请您给他回个电话。还有,这个送过来了。"

笙子将一只信封放在桌上,然后离开办公室。伊织关上房门,一个人坐下来,打开信封一看,是自己和阿霞的机票。

出门时看到的窗外的彩虹早已消失,现在是一片被染成暗红色的晚霞挂满天空。伊织将视线从窗外收回,拿起放在桌子上的机票。

因为是国际机票,因此翻开封皮,可以看到里面用罗马字分别打印着"IORI SYOUITHIRO"和"TAKAMURA KASUMI"。见惯国际机票的人一眼就明白,这是持票人的姓名。

笙子有没有看过机票?

笙子拿进来的时候,机票是装在印有机票代理店名称的信封中的,如果从代理店的人手中接过信封,然后直接交到伊织手上,肯定没看过里面,也不会知道还装着阿霞的机票。可是,信封并没有黏上封口,想看的话早就看过了。不知道机票是什么时候送来的,但自己出去将近两个钟头,笙子应该有足够的时间打开来看。

伊织下周三要去欧洲,笙子当然知道。记有航班号以及住宿酒店名的日程表也给过她,因此不会因为送机票来而产生怀疑。

但是,她不知道伊织是和阿霞一同去。

当告诉她将去欧洲旅行的时候,笙子问:"是一个人吗?"伊织毫不犹豫地答道:"当然一个人啦。"如果笙子相信他说的,应该不会打开信封查看,但若是有所怀疑的话,很可能打开来看。即使没有怀疑,也有可能不经意地打开来。

不过,笙子并不是那种爱偷看别人文件或信件的女人。寄给伊织的信件,她有时候会用剪刀从边上启封,但是从来没有拆开来看过。可是,要说她完全能做到这样自觉地克制,似乎又有点可疑:偶尔有署着女性名字寄来的信,她会将它放在邮件的最上面拿进来,这说明她对对方是非常注意的。

不管是看了还是没看,只有从笙子的态度中观察得知。如果态度比平时略显冷淡,说不定已经看过,如果和往常没什么两样,则基本上可以断定她没有看过。

回想一下笙子刚才的态度,可能是心理作用,伊织总觉得好像有点生硬。当态度郑重得有点过头、完全是一种公事公办的事务性口气的时候,就是她心情不高兴的表现,或者至少是八九不离十。

这么说来,她还是看到了……

想到这里,伊织不禁想试探一下。他转动一圈转椅,摊开桌上的文件,拨通了内线电话:"刚才你说给村冈回个电话,是打到他家里吗?"

"是的。"

"其他没什么电话了?"

"没有了。"

电话中无法确认笙子的态度,但若说听上去比平时稍显冷淡,似乎也不无道理。

伊织挂掉电话,看了看手表。离开会还有一点时间,于是照笙子所说给村冈回了电话。

"你还是这么忙啊。"

说完,村冈问伊织应该还记得星期六——也就是明天下午——要去参加宇土教授女儿的婚礼吧。

"是下午两点钟开始,对吧?"

早上翻阅记事本的时候还看过日程,所以伊织记得很清楚。

"刚才介绍人打电话来,说是想请你在婚礼上致辞哩。"

"我吗?为什么?"

"其实是原来预定致辞的她女儿的钢琴老师突然病了,不能参加婚礼了,所以就选中你来致辞了。"

"可是,我跟她女儿不是很熟啊……"

"但是你去过老师家好几次,从她还是小孩的时候起就认识,对吧?她女儿虽然有几个亲近的朋友和前辈,但是适合致辞的人好像实在挑不出来。"

"等等!"

自己曾受到过宇土老师的提携和帮助,所以出席老师最宝贝的小女儿的婚礼自然是没话说的,可是在婚礼的开头代表新娘的亲友致辞,还是有些不堪其责。

"是宇土老师指定要我致辞的吗？"

"当然，这是教授命令，是老师亲自指定的。"

坦率地讲，伊织迄今还没有在任何婚礼上致过辞。作为一个即将与妻子离婚的男人，对两个新人发表祝福之辞实在不合时宜。

"考虑来考虑去，最后没办法才决定选你的，应该没问题吧？"

"可是，这种事情我实在不擅长啊。"

"你也用不着那样头痛。反正结婚酒席上的祝词，不外乎说说新娘是如何贤惠啦什么的。"

村冈还不知道伊织离婚的事情已经在快速进行中，因此显得非常轻松。

勉强答应接下致辞的任务，挂掉电话，正好五点钟。

"大伙儿都等着呢。"

笙子进来告知会议准备就绪，伊织从椅子上站起身。

"不好意思，我得先失陪了。"笙子说着低下头。

事务所女性职员的工作时间是早上九点到下午五点，即使接下来还有会议，但是她们完全可以按时下班。

不过要是以前，碰到这种场合，笙子会稍许留下来一会儿，为大伙儿端茶、接接电话什么的。

"明天……"

刚开口伊织便停住不说了。明天是星期六，笙子休息。

"好了，没什么。"

伊织头朝左右摆一下，笙子立即转身走出门外。

果然有点反常哩。是因为知道自己和阿霞去旅行的事情，才心情不好的吗？

……

走进会议室，望月和其他职员已经到齐了，正气氛热烈地闲聊着。伊织一进来，大家立即停止了话题，围坐到中央的会议桌旁。

说是开会,其实并不像一本正经的会议,中间停下来喝喝茶、抽抽烟自然不用说,双手托着腮,或者侧转身子坐都不在话下。伊织讨厌形式主义的东西,因而不拘泥于表面形式,各人可以用自己最舒适的姿势,自由地参加讨论。只要能激发出好的创意来,远比形式上的认真严肃更加重要。

　　首先是望月就社区购物商场的设计经过做了说明,伊织适当做了些补充,然后请大家讨论一下接下来的方针。尽管有些地方令人不愉快,但是这个项目将继续做下去,这一点已经定下来了,剩下的问题就是在考虑商场投资方意见的基础上,将先前的方案怎样进行修改和完善。由于先前的方案受到批评,大伙儿的积极性也略微受到些挫伤,最后还是形成了大致的看法,即较多地使用玻璃材料,尽力表现出明快的田园气息。

　　"那么,就根据这个方向,由望月负责,将它进一步完善和具体化。"

　　听上去有些不负责任,但是伊织从一开始就作了决定,这次的项目将交给职员们来全面完成。

　　第二天,伊织下午一点钟便走出了公寓。因为要在婚礼上致辞,伊织打算穿套正式的礼服,可是找了半天也没找到。问女佣富子,她说也从未见过。以前曾穿过,因此有可能放在自由之丘的家里了。一年前,伊织离家出来住的时候,只带过来一些必需的东西,或许当时将礼服拿到洗衣店去清洗了。

　　回想起来,这一年中没有参加过任何正式的仪式。今年春天叔父去世时,他刚好在纽约,没法出席葬礼,接下来朋友的女儿结婚,又因为工作原因没能参加。所以,几乎没什么机会穿礼服,慢慢地也就忘记了。如今急需要穿,但是到已经答应离婚的妻子那儿去取,似乎也有些不太合适,再说时间也来不及。

　　"这可怎么办好呢?"富子犯难地嘀咕着。

　　伊织最后选了一套黑色的接近礼服的西服套装。

离开家,经常会有些早已忘记的东西又突然变得需要起来,弄得手忙脚乱。正式离婚分开之后,这类东西都必须整理一遍,全部搬到公寓来。想到这里,伊织忽然觉得烦不胜烦。带着这种厌烦的心情,他走出公寓。

来到大马路,乘上出租车,来到酒店会场。大概是因为今天是吉日的缘故,宴会会场里挤满了前来参加婚礼的人。在写着"吉川·宇土"字样的接待桌前,伊织奉上贺礼,紧接着村冈便来到身旁。

"辛苦你了,听说你肯接受下来,教授也非常高兴呢。"

不出所料,村冈一本正经穿着后斜圆下摆的晨礼服。伊织觉得自己穿着普通的西服套装似乎不够庄重,但也无奈,只得这样子走进来宾室去向教授道贺。

"恭喜恭喜!终于可以不用再操心啦。"

"她想不管我嫁人,只好随她去喽。"

教授说话很是谐俗,但是眼角却都漾出了笑意。

随后与新娘道喜。好久没见,感觉穿着结婚嫁衣的她看上去简直像换了个人似的。

"昨天听村冈说,要我等会儿在婚礼上致辞,我行吗?"伊织一半对着新娘,一半对着站在新娘身旁的教授夫人问道。

夫人笑逐颜开地点头道:"由伊织先生这么优秀的人来致辞,真是再高兴不过的了。"

"我可谈不上什么优秀哟。"

伊织是诚心实意地说的,可是教授夫人和新娘都觉得他是在谦虚。

下午两点钟,婚礼准时举行。随着《婚礼进行曲》响起,新郎和新娘入场,一对新人落座后,介绍人开始发言。新郎是大型贸易公司的青年才俊,和新娘一样,喜欢音乐,正是音乐促成了两个人的美好姻缘。介绍人免不了依惯例讲几句客套话:"非常有前途的有为青年……"听听新郎毕业的大学和现在工作的单位名字,的确给人留下这样的印象,虽然年仅三十,但是已经担当着相当重要的工作。不过,他大学时代就遍游过东南亚,还为此留过一年级,所以还不单单是优秀哩。

介绍人发言之后,新郎工作单位的顶头上司某部长站起身致辞。伊织有一种似乎在什么地方见过他的感觉,再听他的致辞才想起,原来三年前在承接多摩地区开发项目的时候的确曾见过面。

部长一个劲儿地夸赞新郎优秀,紧接着一句话让在场的来宾哄堂大笑:"我只知道新郎喝酒挺厉害,不知道他对女人也这么厉害!"

接下来是伊织的致辞。昨天晚上,按照村冈讲的思路仔细考虑了一番,可还是想不出精彩的词句。他知道新娘是位才女,尤其弹得一手好钢琴,不过仅此似乎太空洞了,也没有什么新意。

想来想去,伊织终于决定这么说:有次去教授家,不巧刚好外衣的一颗纽扣脱线了,新娘立即注意到并且帮助钉上了。她不仅待人心细、热心,而且贤惠,性格爽朗,能娶到这样的新娘是男人的福气。随后他还以建筑来作比喻:建筑单靠一根柱子是不安定的,必须有两根柱子基础才会扎实稳定,以此来祝贺两个人的新婚。最后则轻松诙谐地说道:"希望两位新人不要因为举行了盛大的婚礼,就感觉到有很大责任和压力,偶尔适当地放松一下,放慢脚步,细细地享受一下生活吧。"

后面还有一位男方的来宾致辞之后,来宾致辞全部结束。接下来,新郎与新娘交换结婚戒指,举刀切开结婚蛋糕,并且斟满了香槟酒。

"你的致辞太棒了!"喝干一杯香槟酒,村冈悄悄对伊织道。

"不不,这种事情我实在棘手得很呢。这种地方根本不能谈什么人生道理的嘛。"

"'放松一下,细细享受一下生活',这句就很好啊。"

"我又不了解新郎,谁知道他是什么样的人,所以不敢说祝他们白头到老,永结同心。"

"哪用得着想那么复杂呀?这只不过是个仪式而已嘛。"

司仪再次站到台前,开始请亲朋好友即兴发言。与先前的正式致辞不同,这会儿来宾的发言都比较随意也比较有趣。新郎的朋友揭起老底来,说新郎为了使新娘对自己产生好感,曾心血来潮地学起了钢琴,从朋友处借了钱买票陪新娘去欣赏歌剧……引起满场一阵阵的爆笑。中间还穿插了歌唱表演等,最后新郎的好友们也一同加入了合唱。整个婚礼显得既热闹又欢快,很有年轻人的特点。

婚礼接近结束时,进行最后一个仪式,新人的双方父母站起身,新郎和新娘要献花给岳父母和公婆。只见会场的灯光全部熄暗,聚光灯唯独照射在双方父母站立的位置,在《母亲之歌》的背景音乐中,新郎新娘手捧花束缓缓走到父母面前,深深鞠了一躬,然后将花束献上,会场中响起震耳的鼓掌欢呼声。宇土教授仿佛怒气冲冲似的接过花束。

"教授说过,对小女儿是绝对不会放手不管的,所以你看他,硬忍着没哭出来哩。"

村冈伸长脖子朝前看着,伊织看不到,只有两手和着众人的节奏使劲儿拍着。

"真感动啊,父母养育子女好像就是为了这一刻啊。"村冈喃喃说道。

伊织默默地没有作声,先坐了下来。

敬献花束之后,会场的照明再次亮起。最后在新郎工作单位的一位负责人的带头下,众人再次干杯,婚礼才结束。

新郎新娘、介绍人、双方的父母并排站立在宴会场门口,依次向前来参加婚礼的宾客致意道别。

伊织向一对新人道喜之后,转向教授又说了一句:"恭喜呀!"

教授忙不迭地答道:"伊织君,谢谢!谢谢!"随后主动伸出手来。

与教授握手道别之后,伊织来到走廊上。村冈从身后快步赶了上来。

"这时间真是有点尴尬呢。"

抬腕看看手表,只有四点半。要说去喝酒,似乎早了点,但就这样子回家去,心里又稍有一丝憾意。

"就上这家酒店里的酒吧去坐一会儿吧。"

于是两人来到十二层的酒吧,在圆形的吧台前坐下。

"刚才的场面很盛大呢。怎么看,婚礼也总是会让人感动的。"

村冈似乎仍沉浸在婚礼的气氛中。

伊织没有接他的话茬儿,自顾自要了一杯不兑水只加冰块的马天尼。

看到伊织一脸似有心事的样子,村冈忍不住问他:"你看上去无精打采的,是不是哪里不舒服啊?"

"那倒不是。我只是不太喜欢参加结婚典礼之类的仪式。"

伊织将玻璃杯里的凉水喝完,端起马天尼,送到嘴边抿了一口。杜松子酒的微苦通过喉咙渗入心脾,感觉非常舒爽。

"两个年轻人在众人的祝福声中开始他们的新生活,难道你看了不舒服?"

"我有什么不舒服的?只是感觉背脊骨好像有点凉飕飕的。"

"会吗?"

"所有人都夸赞他们是前途有望的青年或者是才女,祝福新人白头到老。可是有那么简单吗?"

"这个就说不清楚了,反正参加婚礼的所有宾客都是这么期望的。"

"看来大家都简单地认为,只要举行了婚礼,两个人就能够过上幸福的日子了,所以大家全都轻巧地说什么'努力'啦'加油'啦。我是不喜欢这种陈腐老套而又不负责任的做法。"

"那你说应该怎么办?总不见得祝福他们说'希望你们不幸'吧?"

这么一讲,伊织也无言以对了。可是,他还是觉得如今的结婚典礼太过于形式主义。仿佛有一条无形的输送皮带,在上面通过千篇一律的仪式,制造出一个个千篇一律的热闹场面和一对对新人,原本最具有反叛精神、最讨厌形式主义的年轻人,此时却变得唯唯诺诺,将自己托付给这条输送皮带,还做出一副幸福的表情。怎么看,都觉得有些肤浅。

"受到煽惑的本人或许觉得很满足,但是站在旁观者的角度看,就不那么好笑了。"

"不过,教授那样子激动我还是头一次看到。接过花束的时候,连我也鼻子一酸,差一点掉下眼泪呢。"

"老实说,我就不欣赏那种做法。放着那样的背景音乐,把会场灯光熄掉,然后聚光灯打在身上,让人看几乎落下来的眼泪,总感觉有些造作,好像故意在表演一样。"

"可是,这才是婚礼的高潮呀……"

"这种表演,也犯不着邀请那么多人来观看嘛。"

"喂喂喂,你今天是怎么了?"

村冈将凑近嘴边的威士忌朝桌上一放,盯着伊织,仿佛要从他的脸上搜寻出什么似的。

"发生了什么事?"

伊织缓缓地摇摇头。虽然对于眼下的婚礼毫不客气地批评了一通,但是与自己即将和妻子离婚之事并没有关系,只不过是这种婚礼充斥了太多愚浅而执迷的形式主义的东西。但是,事实上此刻伊织的脑海一隅的确掠过一丝离婚的事情。

"也没什么特别的……"

婚礼上只喝了些啤酒和威士忌,但由于是白天的缘故,加上现在又喝马天尼掺混在一起,伊织有些微醺了。他又加满一杯马天尼,然后很突然地说:

"我说不定过些时候要离婚了。"

霎时间,村冈好像被弹了一下似的,他怔怔地望着伊织,问道:"是真的?"

"我老婆似乎终于同意了。"

"这是怎么说?"

"昨天,我大舅子来找过我了,说是接下来只需要在离婚申请书上盖个章就行了。看来一旦决定了,实际操作出乎意料的简单啊。"

突如其来的话题,令村冈不知所措,看上去比伊织还要张皇不安。他心急忙慌地拿起打火机点烟,点了两次都没点着,第三次才终于点着。随即他看着伊织问:"你觉得这样子好吗?"

"不是我觉得好不好的问题,她同意离婚,才变成这样子的。"

"你好像一副与己无关的样子嘛。"

的确,伊织现在还没有感受到离婚的影响。

"那,孩子和房子打算怎么办?"

"这些还没有决定,现在只不过是双方对离婚都表示了赞同而已。"

四五个身穿和服的女性走进酒吧,在靠窗的位子上坐下,大概也是刚参加完婚礼出来的吧。可能是个个都喝了点酒的缘故,全都活跃热闹。伊织视线茫然地瞥向她们,这时村冈认真地说道:

"你不打算重新考虑考虑?"

伊织将视线收回,盯着眼前吧台内排成一列的酒瓶子,缓缓地说:"不是不打算重新考虑,但既然她已经说要离了,也只好这样了。"

"可一开始离家出走、提出离婚的人是你啊!只要你收回,事情不就有可能挽回了吗?"

"……"

"你夫人也不愿意离的,对吧?是因为你提出来,她没办法才勉勉强强同意的嘛。"

"也许是吧。"

"真搞不懂你。你到底是想离还是不想离,到底哪一个?"

这么单刀直入地诘问,伊织也不知道该怎么回答。虽然心里确实希望离婚,但是一想到重回自由身以后的诸多问题,又觉得烦不胜烦,甚至感到一丝寂寞。

"照我的想法,是尽可能不离婚,还像以前那样一起过下去。当然啦,如果你非要离的话,我也不会劝阻你。夫妇之间的事旁人是无法弄清楚的,所以不会干涉。"

伊织眼睛盯着酒杯,点了点头。村冈说的都是理所当然的道理,他也明白村冈不愿多嘴的一片好心。可是,如果现在要让他一下子讲清楚两个人之间感情产生裂隙的原因,又实在太难了。

"我只想问一个问题:你是不是爱上谁了?"

村冈说着,眼睛直勾勾地看着伊织。伊织只好将视线错开去。

"还是你事务所的那个女的吗?"

伊织曾经向村冈介绍过笙子,还在一起吃过饭。虽然伊织没提过,但即便是对男女关系不甚敏感的村冈,也已经看出伊织与笙子关系不一般。

"哦,不是。"

伊织一面摇晃着杯子,使里面的冰块发出"哐啷哐啷"的声响,一面摇头否认。要在以前,与妻子离婚之后也许会考虑马上和笙子结婚,至少一年前从家里搬出来的时候还是这样想的,但是现在,离婚和与笙子结婚已经不再具有必然联系了。

"和她分手了?"

"不是……"

坦率地说,并不是因为有了下一个目标才离婚的。因为没有目标,所以这种飘浮无依的感觉,使得伊织对离婚的感觉有些沉重。

"不会是又有了其他喜欢的人吧?"

一瞬间,伊织吓了一跳。幸好村冈没有再进一步追问下去。但这样一来,伊织反倒感觉有些不安了,于是他主动告诉村冈:"下个星期,我要去欧洲转一圈。"

"这种时候去?有什么事吗?"

"稍微去学习学习,顺便也放松一下,瞎转转……"

"是吗?这样可能也好。"

看样子,村冈把伊织的计划理解成是为了深思熟虑一下离婚的事情而暂避到欧洲,因而当然是只身前往,绝想不到他是和阿霞一起去。

"离开日本一段时间,说不定想法会改变的。"

村冈似乎是真心这样期待的,但是伊织毫无这样的打算。离婚是自己首先提出的,现在妻子也同意了,怎么可能再变回一张白纸呢?

"要是没有明确的跟谁在一起的打算的话,就不必急着离嘛。对不对?"

伊织一面听着村冈的说教,一面却在想着阿霞。现在,假如和谁结婚,替代妻子的位置的话,首先浮现在脑海的便是阿霞。而过去曾经非常喜欢并爱过的笙子,之所以没有迈出结婚这一步,或许是因为脑海一隅还残留着宫津的影子。

然而,阿霞却是有家庭有孩子的别人的妻子。即使自己恢复了单身,她也不可能轻易成为结婚的对象。若是阿霞也恢复单身,毫无疑问,将遭遇比伊织所遭遇到的多得多的难题。

"我不是想给你泼冷水,像我们这把年纪,一个人生活可不是桩容易的事情。虽然有佣人帮助,但是有很多细小的事情佣人是无能为力的。"

为人诚恳的村冈,看样子是真心地为伊织感到担心。

"我认识的一个画家,离婚后一下子瘦掉了十斤呢!"

"他多大年纪?"

"好像四十六吧,有一个小孩。"

伊织虽然不清楚那位画家与他妻子之间究竟有什么样的裂隙,但他很明白,离婚的确需要投入相当大的决心和精力。至少,和结婚比较起来,离婚绝对要烦琐得多,不仅费时,更消耗人的精力。

"欧洲大概待多少天啊?"

"十天左右吧。打算去荷兰和维也纳走走看看。"

"真爽啊,我也想去呢。"

这个村冈,他要是一起去的话岂不麻烦了?伊织没有理他,自顾自喝着马天尼酒。

"下星期二动身。"

照实说出来之后,伊织有些后悔了:万一村冈得知阿霞也在同一天外出的话,事情也许会复杂化。说起来,村冈虽不大可能直接给阿霞打电话,但是从一些末节细行中,两人旅行之事无意泄露出去还是有可能的。

良宵

　　素雅拙朴的备前花瓶里插着两枝紫菀，一高一低，刚好营造出极佳的空间平衡感。

　　一如花名所示，这种开着淡紫色小花的野菊花似的草本植物，散发着一种清寂的氛围，使得主人不在的屋子显得更加冷寂。

　　两天前，阿霞来这里取机票，顺便将它们插在花瓶里。

　　"反正后天就要出去旅行了，花插着也白瞎了。"伊织说道。

　　可是阿霞依旧手持插花剪，仔细地修剪着。

　　"因为要去很远的地方呀，出门的时候有花相送才好呢。"

　　当时伊织还替这花觉得有些不值，但是出门的时候，正是它们静静地目送着自己。插着幽雅的花儿的屋子看上去更加静谧。伊织回头看了看屋子里，确认没有东西落下，才走向门口。

　　"那么就拜托了！"

　　穿好鞋子，伊织再一次叮咛富子。外出期间应该没什么特别的事情，富子只需给摆在阳台上的花浇水、取一下信箱里的报纸邮件、打开窗户换换空气就行了。

　　"住的旅馆都写在日程表上了，有什么事情的话跟我联系。"

　　旅行日程也给了富子一份。为了便于念，酒店名称都用日语注了音，不过富子能否熟练地给国外打电话就不得而知了。但是从伊织的角度讲,给了她,自己就会觉得安心一些。

"那边会很冷吧?"

"听说节气比东京要早一个月左右。"

"先生可要注意身体,可不要感冒了。"

尽管时间不长,但因为去的是国外,富子还是有些不放心。

"好了,我走了!"

伊织对自己说着,走出门。乘坐电梯来到楼下,望月和笙子已经在门厅里等候着了。

"我来帮你拿行李吧!"

望月动作麻利地接过大提包,拎上停在公寓门外的车上。

"我也一起去成田机场送您,可以吗?"和伊织并肩走向车子的时候,笙子问道。

以前去国外旅行时,总有事务所的职员们送到机场,有时两三人,有时四五人,看谁手头工作得空而定,但每次都少不了笙子。

"当然喽……"伊织点点头,先上了车。

虽然和阿霞同乘一班飞机,但前天见面的时候就说好了,先各自办理登机手续。尽管登机手续分开办,但是预订时已经吩咐过座位挨在一起,因此很容易会合。两个座位都是头等舱,所以毫无问题。

"事务所的同事可能会来送我,不过只要进了里面就不怕了。"

即便被他们碰上阿霞,只要在办理完出境手续之前两人装作不相识,也不必担心引起怀疑。

本来计划提前一小时八点钟到机场的,但是因为一路上拥堵,抵达成田已经稍稍超过八点了。来到北航站楼,伊织四下里环视一遍,没有看见阿霞的身影。办理完手续换了登机卡,然后回到望月和笙子身旁,是八点二十分。

"还有点时间,去喝杯咖啡吧?"

"可是时间不多了,还是进去吧。"

确实,离飞机起飞只有四十分钟,容不得优哉游哉的了。再想想,阿霞正在里面等着自己哩,还是早点进去比较好。

"那好,我就进去了。谢谢你们这么老远来送一趟。"

伊织对着望月和笙子,点头致谢。

"到那边可要注意身体啊。礼物就不必勉强了,不买也没关系的。"

"那好啊,我就不勉强自己了。"

伊织和望月互相开着玩笑,两人手握在一起,然后又朝笙子伸出了手。笙子一瞬间露出生硬的表情,但很快轻轻握住了伊织的手。

"我不在的时候,拜托了!"

笙子点点头,然后突然想起来似的,打开拎包,从里面拿出一个白色的小包说:"这是薄煎饼和茶叶,不管是不是麻烦,带到酒店里吃吧。"

伊织将它装进提包里,再次向两人道别:"走了!"

两人的视线仍在背后目送着。伊织感觉到了这视线,于是又回过头来,只见望月挥着手,笙子举着手却停在了胸口。

伊织感觉似乎有什么话忘记对笙子说了。带着这样的感觉,他朝通往地下层安检门的自动扶梯走去。

办理完出境手续,伊织通过安检门,朝免税商场方向走去。按照前天的约定,两人在免税商场前汇合碰头,可是这里却没看到阿霞的身影。伊织有点不安,不知道阿霞去了哪里。正在四下张望之际,肩头上被人轻轻拍了一记。

"现在看到我了吧?"

回头一看,阿霞身穿克什米尔细羊毛的高领衫,外面罩一件小方格的花呢西装,站在伊织面前。或许是平日看惯了阿霞穿和服的模样,一下子感觉她好像年轻了不少。

"有女人来给您送行嘛。"阿霞使坏似的满脸堆笑说,"我就站在您旁边呀,等您进来才赶上来的。"

"那是我事务所的女职员,和另一个男职员一起来送我的。"

"行啦,不用解释了。总算顺利碰面了。"

阿霞兴高采烈,好像参加修学旅行的女学生一样。她将手里的提包晃了晃说:"这里面又有薄煎饼又有巧克力,等会儿在飞机上会想吃的吧?"

"可是,没想到你真的能来哩。"伊织感慨地说。

阿霞却以嗔怒的语气答道:"机票都买好了,您认为我会不来吗?"

坦率地说,到现在为止,伊织还没有真的与阿霞一同去欧洲旅行的感受哩。虽然只剩下登机这一步了,但他总觉得可能还会发生点什么意外,使旅行不得不泡汤。

"你是女儿来给你送行的?"

"是呀。女儿正好想看看成田机场,所以就一起来了。"

两人小心不安地往登机口走去,生怕被谁撞见。登机口周围挤满了等候的旅客。进入十一月,照理已经过了前往欧洲旅游的季节,但依然有不少胸前别着统一徽章标志的团体游客。

"好像还有些时间,我去给您买杯咖啡吧?"

伊织看着阿霞朝小卖部走去,他将视线转向了前面的公共电话。

赴欧洲旅行算得上是出远门了,可是伊织迄今还没有往自由之丘的家里打电话说一声。从昨天开始,一直在犹豫着要不要打个电话,后来想等出发之前再打,结果一拖再拖到了这会儿。事已至此,现在再打似乎也没什么意思,但伊织忽然有种不祥的预感,觉得这一去有可能无法生还……

阿霞将咖啡端来了,伊织呷了一口,然后站起身:"我去一下……"

伊织只含糊地说了几个字,便朝小卖部前方的黄色公共电话走去,拿起听筒。

已经是即将离婚的人了,即使有什么话说,不打电话,等到了国外写封信也就完了,那样更加利落洒脱。可是万一,这趟旅行遭遇什么事故……

尽管已经决定离婚了,但是目前在名义上仍是夫妻,还是交代一声比较好——伊织说服着自己,拨通了家里的号码。

伊织屏息静气,不知道会是谁来接电话。短暂的铃声响过之后,妻子拿起了听筒。

"喂喂……"

许久没听到妻子的声音了,依旧和以前一样没什么改变,伊织不觉有些奇怪。

"呃,是我……"

"哦……"妻子不由自主地露出几声低低的嘟囔。

"我现在在成田……"

妻子大概已经从妻舅那里听说过了,她并不吃惊。

"因为工作到欧洲去一趟,大概十来天吧。"

"……"

"还好吧?"

"嗯……"

妻子这才应答起伊织的话来,但是马上又中断了。

"你哥哥已经告诉我了……这件事情等我回来以后再处理吧。"
说着,伊织觉得自己的语气似乎过于冷静,全无一点感情色彩。

"孩子们好吗?"

"嗯……"

"现在在干什么呢?"

"在看电视。"

妻子将话尽量压缩到最简洁,没有一个多余的字。无奈,伊织只好自说自话点着头喃喃道:"那么再见……"

本希望听到听筒里传来一声"路上小心",但是妻子已经一声不响地将电话挂断了。

伊织手里仍旧握着听筒,透过人群,良久望着坐在椅子上的阿霞的侧脸。

回到登机口前的座位上,阿霞将盛着咖啡的纸杯递还给伊织,随后问道:"是忘了什么东西吗?"

"啊,工作上有点事情……"

"快上飞机了还这么忙,真是辛苦啊。"

伊织一面喝着咖啡,一面回想刚才妻子的态度。从电话中的声音听来,既觉察不出妻子情绪兴奋,也感觉不到妻子精神狂躁。当说要去欧洲的那一瞬间,伊织还担心她会将积蓄多时的情感劈头盖脸地宣泄一空,但看来根本用不着如此担心。

但是换一个角度来看,妻子冷静而寡言的态度,似乎也正体现出她内心的冷气逼人。

"还有什么事情放心不下?"

"哦,不……"

"像这样两个人一起去国外,我还是第一次呢。"

听阿霞说曾经去过欧洲和美国各一次,不过头一次是跟着旅行团去的,后一次则是四五个朋友结伴一同去的。

"到现在我还在怀疑呢,真的能两个人一起去吗?"

这一点伊织也有同感。虽然明知接下来只需登上眼前的飞机,但还是感觉不知能否真的成行。伊织朝四周扫视了一番,忽然觉得自己好像一名罪犯似的。为什么要怯懦呢?心里这样想着,可还是有点沉不住气。

"快点登机就好了。"

看起来,阿霞也怀着同样的不安。

为了让自己静下心来,伊织点起一支烟,又看了看手表。距离起飞时间还有二十分钟,但仍没有响起提醒登机的广播,看来这班飞机要晚点了。

望着在夜色中一闪一闪的机场跑道上的灯光,伊织不禁胡思乱想起来,他想象着有人突然出现,将两人硬生生拽回去的情景。假如现在有谁出现的话,一定是阿霞的丈夫,要不就是他派来的人。

猛然间,一个男人冲到面前,一把拽住阿霞往回拖,同时大声嚷叫道:"别让这个女人走!这个男人,勾引别人的妻子,想逃到国外去,这个卑鄙无耻的家伙!"

"真慢啊……"伊织又看了一眼表。

就在这时,登机口的门终于打开了,广播里也响起提示登机的语音信息。

等候着的乘客一齐站立起来。见此情景,伊织也提起挎包:"走吧!"

阿霞抬起脸,笑眯眯地点着头。看着这张洋溢着笑意的脸,伊织这才真正感觉到两个人要飞往欧洲了。

两人的座位在头等舱。刚在前面座位上落座,一名男乘务员立即上前来致意:"是伊织祥一郎先生和高村霞女士吧?前往阿姆斯特丹的?"

三十来岁、满脸笑容的乘务员弯腰低头,认真地确认着。

"到安克雷奇得飞行六个小时,如果途中有什么需要请尽管吩咐。"

伊织点着头,一瞬间却有种被调查身份的感觉。不同姓的一对中年男女并排坐在一起,前往欧洲。姓不同,显然不是夫妇,可是却结伴前往欧洲,两人究竟是什么关系呢?或许乘务员看着他们,心里正在好奇地寻思哩。

然而,这显然是自己自作多情、胡思乱想。因为工作上的关系,偶然同乘一班航班也很正常啊。这样转念一想,伊织接过机上提供的香槟酒,顺便朝四周看了看,一个认识的人也没有。

伊织安下心来,将酒杯凑近嘴边抿了一口。

机舱门被关闭。飞机开始缓缓地朝起飞跑道滑动。黑暗中,只看见绿色和红色的飞行指示灯在闪烁。伊织望着灯光,重新系紧保险带。阿霞也屏住呼吸,紧张地望着舷窗外。

引擎的声音越来越响,飞机启动了,接着不断加速,随着朝地面喷留下的"轰"的一声,飞机稳稳地悬浮在空中,高度越爬越高,机场的灯光向后面急速退去。看到这里,伊织才安心地呼出一口气,总算顺利起飞了。坐在座位上忍六个钟头,就可以飞抵安克雷奇机场,然后再过十几个钟头就到达阿姆斯特丹了。

飞机腾起的刹那间,伊织感觉好像从一切束缚中解脱出来了,妻子、离婚、工作、笙子……从地面上的所有繁杂的事情、烦恼的事情中解放了,现在自由了。至少在接下来的十天中,什么都不用去考虑,只要尽情地沉浸于欧洲之旅的快乐中就可以了。

安下心来向舷窗外望去,阿霞回头朝他微笑着。伊织将手扣在放于小餐桌上的阿霞的手上,阿霞轻轻地翻手握住了伊织的手。

"这下不要紧了。"

"啊……"

两人没有多说什么,但此刻心里所想的却是相同的。

飞离成田机场没多久,机上开始供应晚餐。吃过晚餐,伊织合起眼皮睡了一会儿。因为少许喝了点酒,加上离开东京的安心感,让他睡得很香甜。

不知过了多久,途中睁开眼睛,只见阿霞头靠在伊织肩膀上也睡着了。看着阿霞熟睡的侧脸,伊织再次意识到,自己和阿霞终于一起踏上了飞往国外的旅途。

飞行了大约六个钟头,飞机抵达安克雷奇机场,这里已经进入冬天了。

越过机场等候厅的玻璃窗,可以看见覆盖着皑皑白雪的阿拉斯加群峰,似乎再一次提醒伊织这趟国外之旅。

经过一个钟头的加油和检查,重新登上飞机。又是供餐,然后放映电影,放映结束后又是睡觉。吃的分不清是早餐还是晚餐,其间迷迷糊糊地睡了醒醒了睡,时间就这样慢慢地过去。

在吃饭与睡觉的交错中,每次睁开眼睛,看到阿霞就在自己身旁,伊织无不为之惊讶和感动。迄今在东京和阿霞相会的时候,从没见阿霞这样熟睡过,因为时间对于两个人太珍贵了,他们无法做这样奢侈的事情。那种珍分惜秒的缠绵心情,此刻仿佛仍萦回在心头。

忽然,伊织睁开眼睛,看到身旁的阿霞,心里慌忙起来:阿霞得回家去了吧?回过神儿来,才发觉现在是在飞往欧洲的飞机上,用不着担心阿霞回去的时间,和阿霞在一起的时间还长着哩。于是又安心地睡去。无论睡多久,阿霞都不会离开他身边的,这么一想,竟然觉得有些不可思议。或许阿霞此时的心情也一样吧。有时候从熟睡中醒来,阿霞会看着伊织甜甜地微笑。看到这笑容,伊织更加安心,又再次进入梦乡。

两个人都为似乎永远都能在一起而觉得恍惚,但同时又都感到非常满足。以往前往欧洲,伊织总会觉得在飞机上的时间是一种煎熬,然而这次,他没有一点漫长的感觉,用餐和睡觉翻来倒去的痛苦旅行,变成了充满安稳和奢侈的丰富多彩的旅行。

吃完最后一顿简单的早餐,机上广播里传来即将降落在阿姆斯特丹机场的预告。地面时间是早上的七点半,但是四周仍是一片灰暗。

飞机降低了飞行高度,穿过云层,突然无数的光点扑面而来。熹微之中,大地的轮廓已经约略可以看见,但是阿姆斯特丹整个城市仍然笼罩在黑夜中。

这时,飞机盘旋着向右绕了一个大弯,然后调整机身,进入直线着陆的姿势。

"到啦……"

伊织轻声祈祷着,为自己和阿霞终于来到此地而感动。

走下飞机来一看,机场四周迷茫着晨雾,在微弱的晨曦中,飞行指示灯和交通信号灯看上去全都朦朦胧胧的轮廓不清。或许很少有航班这么大早到达的缘故,整幢机场大楼显得很冷清。长长的、被打扫得干干净净的通路上,只有从同一班航班上下来的乘客排成一列。

阿霞以前来欧洲是跟旅行团一起来的,主要行程在巴黎和伦敦,阿姆斯特丹只是经过。

"好漂亮啊……"

透过因雾气而湿漉漉的玻璃,望着笼罩在晨雾中的机场,阿霞轻声赞叹道。

"马上就要天亮了呢。不知道东京这会儿是几点?"

"东京比这里早八个钟头,差不多是下午的三点钟吧。"

两人向前走去。东野说好来接机的,伊织在思考着等一会儿怎么向他介绍阿霞。离开东京前,伊织把抵达的日期和航班号告诉了东野,不过却没想让东野来接机。以前的话倒还好,现在东野搬到北部的弗里斯兰省①居住,怎么好意思让他特意跑到阿姆斯特丹来?可是东野却说,自己刚好这段时间要到阿姆斯特丹来办点公事,还是要来机场接。伊织本想写封信谢绝,可一想已经来不及了便作罢。

不管怎么样,不介绍阿霞肯定是不行的,可是一大清早的在机场,伊织还真不知道如何是好。

东野不认识伊织的妻子,因此对他说是"妻子"似乎也蒙混得过去,伊织也很想这样说,但是终归有些不自然,再说这样做会让阿霞感觉困惑。干脆,就对他说是自己"喜欢的女人",这样不光坦诚直率,彼此也可以来得更加轻松些。东野与外国女性结了婚,应该不会拘泥于这些鸡毛蒜皮的琐事——伊织这样对自己说,但是临到这一瞬间,却又踌躇不定起来。

荷兰是个开放的国度,入境手续和通关手续都相当简便,护照只看一眼便放行了。两人拿好托运行李,向外走去。前来接机的人群中,有一名将手高高举起的男人,两颊和鼻子下面蓄着浓密的黑髭,和以前还是一模一样。

"你终于来了!一路上累了吧?"

东野接过伊织的行李拿在自己手上,突然他注意到伊织身边的阿霞,将视线停留在阿霞身上,并露出诧异的神情,随后朝她微微颔首致意。

伊织向前走了几步,这才向东野介绍阿霞:"这位是高村女士,这位是陶艺家东野先生。"

听上去既轻描淡写又有些冷淡。东野也语气随意地寒暄一声:"哦,幸会幸会!"阿霞又重复一遍自己的名字,随后低下头表示致意。

"还是先去酒店休息一下吧。我这就去把车子开过来。"

东野说着,快步走出旅客大厅。外面依旧飘着迷雾,远处的天边,黑夜渐渐退去,天色开始发白了。

---

① 弗里斯兰省(Friesland):荷兰12个行政区域之一,位于北部,毗邻格罗宁根省和德伦特省。首府在吕伐登。

"那个人,知道我们的事吗?"

"不知道……不过,他的感觉很敏锐,说不定觉察到什么了吧。"

"不会把我们想到歪处去吧?"

"他可不是那种爱管别人闲事的人。反正是个大方爽气的男人,没什么好担心的。"

"可是他刚才的表情好像有点奇怪呀。"

"那是因为你太漂亮了嘛!"

恰在此时,车子开来了。东野动作利落地将两人的行李箱放到后座,然后坐到驾驶座上。

"你们在酒店先歇息一下,没什么问题的话我一点钟左右来接你们,怎么样?"

"可是,您也很忙吧?"

"现在正好是比较空闲的时候。再说了,为了伊织先生,我从今天起已经把时间都腾出来了。"

伊织惶恐地低下头。

"今天和明天先带你们在这附近转转,如果不介意的话,后天到我家去看看怎么样?虽然离这儿有点远,不过途中可以看到大海哩。"

伊织听东野说过他家在北边的吕伐登,一开始的计划是和阿霞两个人慢悠悠地将荷兰转一遍,可是,东野这么热心地邀请,看来也不好回绝。想到他一直陪在身边,不免有些精神负担,但不可否认,这样子心里也有所依仗,比较心定。

沿途道路通畅,但是驶近阿姆斯特丹街市,道路便渐渐拥挤起来。车窗外也越来越明亮,尽管还不是十分敞亮,但是信号灯前总会排起车子的队伍,大概是驾车上班的人吧。走在街上的行人,全都身穿大衣,有的甚至穿着暖融融的毛皮大衣。朝霞映衬着叶子落尽的光秃秃的裸树,欧洲已然进入了初冬。

酒店客房位于十二层,周围没有高大的建筑,故而从房间的窗子望出去,视野非常开阔。到达机场的时候,天色还是熹微半暗的,一路过来,不知不觉亮堂了起来。而现在，居高临下望出去，整个街道已经洒满了朝霞。

从窗子看下去，近处有条运河，沿着运河河岸，是两排高度相同、整整齐齐的砖砌的民房，间或还看得到其间好几个小巧的庭院。树木全都灰秃秃的了，河水看上去也冰凉凉的，唯独西洋草坪依旧绿色葱葱。浓密的晨雾已经基本散去，粼粼的运河水和绿油油的草坪沐浴在朝霞之中，闪烁着充满活力的光彩。

"简直像玩具一样。"阿霞自言自语道。

伊织点着头，将手轻轻按在阿霞肩上，随即转过阿霞的脸，亲吻着。

"会被看见的……"

阿霞迅速摇着头避开嘴唇，但是已经在这一切之后了。

"去泡个澡吧！"

"您先去……"

伊织本想说一同去，但是转念一想，接下来好几个晚上可以安心地一起，何须急吼吼的？于是独自一人进入浴室。坐了将近二十个钟头的飞机，浸泡在暖暖的热水中，伸展开手脚，全身的疲劳顿时一扫而光。

洗完，伊织穿上睡袍，先上了床。

阿霞也进了浴室，过了一会儿换好了睡衣，也来到床前。

"快点过来！"

屋内拉着窗帘，显得稍稍有点幽暗。伊织掀起被子的一角，阿霞跃上床，紧紧地偎依在伊织身边。

许久，两人并排躺着，却都没有进一步接触。这种克制的情绪像是突然间爆发出来似的，伊织开始探寻起他熟悉而思念的东西来，他一面贴着阿霞细柔的肌肤，一面慢慢掀开阿霞的睡衣前襟。

"不行！安静地休息一会儿吧。"

"你把睡衣脱了吧，我保证什么也不做。"

伊织边说边继续动作，阿霞默不作声，似乎放弃了坚持。伊织解开阿霞腰间的带子，脱掉她的内裤，将手轻轻放在那片葱茏上。

"不是说了不做吗？"

"是不做呀。"

"那就安静地休息吧。"

阿霞说罢侧过身子，背对伊织。或许是泡了一会儿热水澡，浑身舒软，加上心情放松的缘故，伊织搂着赤裸身体的阿霞，闭上眼睛，沉沉地睡去。

不知道睡了多长时间，睁开眼睛时，只见和煦的阳光透过绣花的窗帘照射进房间。扭头往身旁一看，阿霞斜着肩头仍在熟睡。伊织记得闭上眼睛的时候，阿霞是裸露着身子的，现在却穿着轻薄的内裤，大概是自己睡着的时候，阿霞爬起来穿上的吧。伊织将脚缠在阿霞滑溜溜的大腿上，感觉自己醒来就能看到阿霞在身边，真是叫人放心无虑。

独自享受了一会儿阿霞的软玉温香，伊织从床上爬起来。已经将近中午了，户外雾气早已散尽，辉煌明亮的阳光照洒着大地，然而天空却依旧有些灰白，云层也很低，穿过云层照射下来的阳光，与日本的显然迥异，颇具欧洲特色。

伊织坐到沙发上，点燃一支烟。

他首先想到，要告诉事务所的同事们一声自己平安到达的讯息，于是打开旁边的提包。里面有个小包，是登机前笙子送的，里面包的是薄煎饼和茶叶。伊织想泡上茶吃上几口，可是打开来一看，最上面放着一个印有花纹的信封。伊织下意识地望了望阿霞，然后小心翼翼地拆开来：

谨祝一路平安！希望是个快乐的两人之旅。

笙子

伊织慌忙将便笺折起来，放回信封里。自己曾经担心过这种情况，不料笙子果然知道自己与阿霞一同旅行的事情。当着自己的面，她什么也没有说，登机之前，她装得很平静，但其实是想把心里的话说出来，就像便笺上所写的。

伊织回想起离开公寓时，笙子对他说"我也去机场给你送行吗"时的表情。

那时候,她已经知道了一切,所以才那样说的吧。

正在伊织陷入沉思时,床上发出一点响动,阿霞醒来了。

"啊,已经起来了?"

伊织连忙将信封放进提包里,然后装作什么事情也没发生一样,吸着香烟。

"不好意思,我睡过头了。哟,已经十一点多啦!"

"雾都散了……"

望着云层低垂的天空,伊织心里想着身在东京的笙子。

原以为距离东野来接的一点钟还有充足的时间,不想准备起来却颇为费时。伊织穿了条灰色的裤子配米黄色的上衣,风衣拿在手上;阿霞犹豫了好一会儿,决定穿件米黄色的针织连衣裙。本来阿霞喜欢和服,这次旅行还带了和服来,但今天接下来还要东走西逛的,因此穿西装比较方便。

伊织准备好了先下楼,东野已经等候在大堂了。

"同你一起来的那位呢?"

"马上就下来……"

接着,伊织正准备详细地介绍一下阿霞,东野先开口了:

"那位女士,像是一个在东京开画廊的人的妻子吧?"

突如其来出乎意料的问话,让伊织一下子惊住了,他不禁倒吸一口冷气。

"你怎么知道的……"

"果然是她啊。在机场看到她的时候,我就觉得好像在什么地方见过,刚才好不容易想起来了。"

"你们见过面?"

"那是三年前我回日本去的时候,当时想搞一个个展,所以去各个画廊转转,英善堂声誉一流,除了画还经手陶瓷器,当然是不会错过的。当时她正好也在,因为人长得非常漂亮,所以一直有记忆,不过我想她并不知道我。后来还是被她丈夫婉言回绝了。"

既然被撞破,而且还清楚地知道阿霞是别人妻子的身份,伊织也无法闷声不吭了。

"其实,这次的旅行是两个人悄悄一起来的……"伊织壮起胆子说道。

东野却淡淡地露出微笑接口道:"我明白。欧洲绝对是应该两个人来的地方。"

这时,阿霞从电梯中走出来,穿着一件黄绿色绒面革外套的阿霞显得华美艳丽,夹在众多的外国人中,就像个少女似的。

"先去游览达姆广场吧。然后从那里,优哉游哉地逛到蒙特塔①,游览一下运河边的鲜花市场,怎么样?"

东野好像忘记了刚才的话题,若无其事地向阿霞征询道。

"这么冷的天,鲜花市场还有吗?"

"通过温室栽培什么的,反正荷兰一年四季鲜花都是不断的。"

一无所知的阿霞,听了东野的介绍,眼睛里顿时放射出光来,兴奋地点头。

达姆广场有荷兰昔日的王宫,在它对面,则是圆筒形的战死者纪念塔。第二次世界大战期间,纳粹德国侵占荷兰,荷兰人民与之进行了激烈的抵抗。如今,广场上人来人往,车水马龙,一点儿也看不出当年战争的影子。

三人从广场沿着著名的购物街卡尔佛大街款款走去。在荷兰,每年十二月初的圣尼古拉斯日比圣诞节更加热闹,百货商场和一些专卖店已经架设起了彩色花饰和灯饰,准备迎接这个盛大的购物节日。由于靠近北欧,这里有许多专门销售毛皮和皮包的高级店铺,以及以销售钻石和其他贵重金银制品为主的店铺。

---

① 蒙特塔(Munttoren):又称铸币塔,位于阿姆斯特丹六条道路交汇的蒙特广场西侧。Munt 在荷兰语中意为"钱币、铸币",源于 1672 年法国侵占阿姆斯特丹时,将这座塔作为货币铸造场所而得名。

每当路过这些店铺,阿霞总要停下脚步,仿佛被橱窗伸手拽过去似的,情不自禁地走进店内。

"还要待上好几天哩,买东西没必要这么急呀。"伊织劝说道。

阿霞点头称是,于是只试穿了一件大衣。可是,当她两手穿过袖子的那一瞬间,伊织和东野两人都禁不住笑了:衣服太大了,整个人好像缩小了一圈似的。阿霞的个头不算矮小,可是顾长的身材跟外国的衣服仍不般配。

阿霞似乎死了心,她开始加快步子。参观了历史博物馆之后,来到蒙特广场。从这儿一直到柯宁广场的桥边,沿着运河两岸的街道是露天鲜花市场。天空依然灰惨惨的,且带着凉意,可是路两旁却摆满了各种各样的鲜花,这里仿佛是另一个世界。

被鲜花吸引着一路逛去,不知不觉中短暂的白昼渐渐逝去,这才发觉,从运河两旁的民房里已经透出点点灯光。

"我订好了一家餐馆,小是小了点,不过气氛很不错哩。"

东野领着两人来到面朝斯普伊广场的一家小巧却非常干净的餐馆,菜单上列着很多荷兰家庭料理。三人各自点了中意的菜,然后拼在一起吃。吃完晚餐,时间已是八点钟。

"直接回酒店还是去逛逛'女郎橱窗'?"

"'女郎橱窗'是什么?"

见阿霞问,东野于是简单做了介绍。

"在荷兰,男人想找妓女不像日本那样偷偷摸摸的。我和我老婆也一起到那里去参观过。这儿的女性非常开通,常常会和男朋友一同去这种地方散步。五光十色的橱窗里面,身材迷人的妓女展示她们漂亮的身体,真的非常漂亮呢。"

"去那种地方逛?"阿霞一脸困惑的表情,不过看得出,她的好奇心也被激起来了。

阿姆斯特丹的女郎橱窗,集中在达姆广场以东五六百米的运河沿岸。红砖尖顶的石头房子内,沿街的底楼和二楼窗口里,招摇作态的女人或坐在椅子上，或倚窗而站，扭着腰，摇着首，尽力展现各自性感的肢体，招徕路过的行人和游客。她们全都穿着又薄又透的衣衫，还有的干脆只穿着乳罩和小内裤，完全没有卖春的阴暗形象，而似乎只是在夸示自己的肉体，或是向窗外的男人挑战。驻足停下的男人也全然没有干什么不道德坏事的感觉，只是乐津津地打量着，不时与窗户里面的女郎攀谈上几句，有的则凑近窗口与女郎谈价。女人们的身后，安着一张床，透过窗户还可以看到镜子和衣橱等陈设。间或有几间屋子的窗帘被拉拢着，那便是与客人谈妥了价格，正在里面"工作"哩。

一开始，阿霞只是埋头跟在后面，漫无目的地走着，渐渐地，似乎慢慢习惯了这里的氛围，开始抬起头来张望，终于她情不自禁地赞叹起来：

"真的很漂亮啊，每个女人的身材都那么棒。"

"可是走近看，其中不少都是半老徐娘了，现在都用灯光掩饰着。"

"不过那些人个个腿细长细长的，好像时装模特一样呢。"

"那边那座有塔的建筑是以前的教会，再往前就是市政厅，在教会和市政厅眼皮底下就是女郎橱窗，不也蛮有意思的吗？"

果然，前方的夜空中，一座尖塔高高耸立着，塔尖顶着个十字形。

"东野先生有没有进去过呀？"

"结婚前独身的时候去过两三次。听说都是黑社会控制的，不过，只要你照规矩付钱，也不会有什么事。"

阿霞一脸诧异。这时伊织插嘴问道："你也很想玩啊？"

"也不是啦，我只要看看就足够了。"

"不用不好意思啦，很正常啦，那么漂亮的女人嘛。"

"我没有不好意思啊，我本来就不喜欢外国女人嘛。远处看是挺漂亮，可是离得近些看，鼻子那么高，眼睛却凹陷下去，感觉就像被大峡谷吸进去似的。而且脚那么老长的，被她勾住了脖子，逃又逃不掉。要说女人嘛，当然还是像日本女人那样，小巧玲珑、可爱的好。"

"您是在安慰我吧。"

伊织对此从心底里赞同，可是阿霞却似乎并不相信他说的。

女郎橱窗和女郎橱窗之间,夹杂着一些贩卖裸体写真集以及放映成人电影和真人裸体表演的店铺。

"进去看看吧?"走过一家裸体写真书店时东野提议道。

阿霞慌忙回答:"我就在待在这里好了,要去你们男人去吧。"

"可是,既然到了这里,就进去看一眼,学习学习嘛。"

"这有什么好学习的?!"

"还是一起进去看看吧。"伊织也在一旁怂恿着。

阿霞叹口气,仿佛在嗔怪道:连你也这样!可是一个人等在路旁又有些害怕,无奈只好忐忑地跟在两人身后。但是刚走入店里,就立即停住了脚步。

"怎么了?"

"这……"

阿霞只说了一个字,便低下头去。满屋子露骨的赤身露体的写真铺天盖地般突入她的眼帘,她不敢往前走了,像孩子似的用两手蒙住眼睛,滑稽的样子惹得伊织和东野笑出了声。

"不要紧的啦,这些照片又不会扑上来袭击你。"

伊织满不在乎地从后面推了她一把,她这才诚惶诚恐地继续往前走。

裸体写真在荷兰是完全不受限制的,故而这里的写真毫无遮蔽,连私处也拍得清清楚楚。伊织拿起一本,翻开来看着,阿霞赶紧将视线移开。

"这个怎么样?"伊织开玩笑地问阿霞。

阿霞看也不看,扭脸转向旁边。可是旁边也陈列着各种裸体写真。

"买它两三本回去怎么样?"

"千万别,会被人笑话死的。"

"不会被人笑的,带回去送给事务所的同事作礼物不错吧?"

"讨厌……"

声音是在发怒,但其实,阿霞的眼睛却在战战兢兢地朝书架上的写真偷觑。

"虽说是裸体写真,不过没什么好介意的,这种玩意儿在欧洲任何地方都是不禁止的,一点也不稀奇。你看,那边的两个客人大大方方的,也没什么嘛。"

伊织用下巴指指店内的两个顾客。阿霞只扫了一眼,随即说道:"想买的话就快买吧……"说罢,将脸转向别处,语调好像还在生气。

伊织买了两本写真集,然后凑近阿霞的耳边悄声道:"等晚上再让你慢慢见识。"可是阿霞毫无反应。

离开女郎橱窗,三人搭乘出租车,大约十点钟回到酒店。

"明天九点钟来接你们。"东野很自然地说。

伊织觉得为难,不想明天再拖累他,但是东野说什么也要继续陪他们,没办法只得不拂逆他的一片好意。向东野道过谢,在大堂分手,两人回到房间。

一进房间,锁上门,伊织立刻迫不及待地抱紧阿霞,似乎要将先前强忍的欲情一口气发抒出来似的。阿霞也将身体紧紧偎依上来。长时间的接吻之后,两人的嘴唇才心满意足地分开。

"累了吧?"

"有一点累。不过很开心,东野先生真是个热心肠。"

伊织点着头,心里在想要不要将东野认识她的事说出来。

"明天去什么地方啊?"

"先去梵高美术馆,然后好像是去南面离这儿三十公里的海牙。"

阿霞一面将伊织的衣服挂在衣挂上,一面微笑着说:"看过裸体之后,再看梵高吗?"

"两者都是艺术嘛。好了,一块儿泡个澡吧?"

"这也是艺术吗?"

"当然,女人的身体是最杰出的艺术品呀。今天可一定要让我进去哦。"

"不行。您看了那种写真,拿我做比较的话,我可惨了。"

"别开玩笑了!那些都是为了拍照而拍的,是硬做出来的。"

"不管怎么说,我可不想被您看见。"

"那把灯关掉,行了吧……"

阿霞不回答,轻轻撅起嘴巴。

"我先进去等你,快点进来好吗？求你了！"伊织两手垂于膝盖,俯下脑袋央求道。

阿霞无奈只得说道:"绝对不看啊？"

"不看,我发誓！"

伊织非常认真地闭起眼,右手在胸前比画着十字。然后睁开眼睛,只见阿霞微笑着望着他。看到阿霞的笑容,伊织放心地走进浴室。

右首的盥洗台前镶嵌着一面很大很大的镜子。细长形的浴槽非常宽舒,足可一个人伸展开四肢浮在水中。伊织放上热水,关掉灯,对着门喊了声:"我遵照约定,把灯关掉了。"

伊织在透过门缝射进来的微弱亮光中等待着,阿霞扒着门缝将脸伸进来探视:"真的没开灯呀。"

"开关在门外面,我想开也没办法开呀。"

"眼睛也闭上了吗？"

"闭上了,你看。"

"把头转向那边。"

"没事啦,这么暗,什么也看不见嘛。"

阿霞还有些半信半疑,她朝浴室里张望着,似乎终于相信了。她将开着细细一条缝的门推大些,闪身进来,随即反手将门关闭。

"喂喂喂,门彻底关上的话,墨黑墨黑的了,气都喘不过来了。还是开开吧,开一小点也好啊。"

阿霞也被里面的暗黑吓了一跳。没办法,只好又将门打开一条缝隙,借着泄漏进来的微弱亮光,赶紧朝浴槽摸去。

伊织觑准时机猛一回头,阿霞立刻一声惊叫,用毛巾挡在胸前,身子蜷缩起来。

"不是说好的,眼睛闭起来的吗？"

"是说过,不过想看嘛。你那样子蹲在那儿,不是想让我看得更清楚吗？"

伊织可不想错过这个好机会，他拉住阿霞的手往自己身边拽。阿霞央求道："我进来，这就进来，您把眼睛闭起来。"

伊织将手松开，阿霞站在浴槽前踌躇地问："就这样进来吗？"

"当然啦。你在前面。"伊织挪动一下身体，让出前面的位置。

阿霞似乎下定了决心，她背对伊织，左脚跨过浴槽的边沿，接着是右脚。臀部在微弱的光亮中轻轻摇动，赤身裸体的阿霞，臀部出乎意料的肥满。

"水都满出来了。"

"别去管他。坐下来……"

伊织在水中张开双膝，将阿霞的腰臀部夹在中间。浴缸里满满的水顿时溢了出来，阿霞背朝着后面，被伊织的臂膀和双膝紧紧夹拥着。

"啊……"一瞬间阿霞想挣扎，但随即意识到自己全身赤裸，于是马上安静下来。她没有说话，束发高高挽起、显得又细又长的脖颈，隐隐约约地浮现在幽暗之中。看着白皙的脖颈，伊织忍不住将阿霞的头扳过来，嘴唇贴了上去。

男人和女人之间，随着不断有新的发现，爱情也会不断加深和强固。

此刻，阿霞第一次和伊织一起入浴。灯光熄去，门微敞着，白皙的后脖颈暴露在伊织眼前。

两人一同入浴，在旁人看来，也许是鸡虫得失般的微末小情，但对于伊织却是非常重大的事件，稍许夸张地讲，甚至是件值得纪念的事。回想起来，今天和阿霞第一次委身于自己、两人第一次去奈良旅行以及下定决心跟他欧洲旅行的日子一样，都是两人生命中的纪念日。

一开始只不过是偶然相逢，一同说说话，后来发展到肌肤相亲，现在则是两人一同泡在浴池中。原本只是怀着景仰的心情远远注视的女人，此刻却就在浴池中，从乳房到腰腹，任自己自由地爱抚——伊织不禁感到喜悦和感动。

自今年二月，伊织邂逅阿霞以来，两人之间的关系急速且扎实地发展,这段日子对于两个人而言都不再是微不足道的,每一天,甚至每时每刻,都是加深两人爱情的岁月精华。

"真热乎呵……"

伊织一只手握住阿霞的胸脯,从身后亲吻着阿霞的脖颈。阿霞的肩头敏感地颤动了一下,池中的水也随之荡漾起来。现在,阿霞的全身都变得敏感异常,不论是脖颈、还是肩头、胸前,只要触上去,都会像触电似的有所反应。

"感觉很舒服吧?"伊织垂下手问道。

阿霞的后脖颈微微地点了一下。

"以后每次都一起泡吧!"

"……"

"我想开开灯。"

"不行!"

"亮堂一点不好吗?"

"就这样可以。"

遭到拒绝,伊织报复般地将手慢慢向下移。不大一会儿,阿霞的身体开始痛苦地扭动,浴槽中的水也剧烈地波动着。恰到好处的水温,使得两人的身体彻底放松开来,也渐渐放荡起来。

在热水中尽情玩味着阿霞慢慢燃烧起来的身体,笙子和他妻子的事,以及工作上的事情,已经彻底从伊织脑海中消失了。

或许是欧洲之旅的初夜的缘故,又或许是因为有了在热水中尽情狎昵的前戏,这晚阿霞显得前所未有的热烈淫狂。尽管声音强忍住,动作有所克制,但不由自主的震颤在明白无误地诉说着,她的身体沉浸在无比的欢愉之中。在反反复复的欢愉中,阿霞的身体好像变成了一柱火柱。有几次,伊织快要坚持不住想稍许歇息片刻,阿霞立即缠绵不舍地紧贴上来。

抱着燃烧的阿霞,伊织一瞬间有种不可思议的感觉。

平时看起来温静娴雅,一丝不苟的阿霞,此刻完全就像换了个人似的。究竟如此无休止、无止境的激情源自阿霞的身体的何处？这种渴求愉悦、贪得无厌的贪欲是从什么地方诞生出来的？

造成如此人格迥异的潜能又是什么呢……

伊织越想越为女人身体内潜藏的不可思议而讶异，他感觉自己好像被拖入了一个无底的深渊。

男人和女人，巫山洛浦，缠绵交合，沉浸于无比的欢悦中，其实真正品尝到快乐的只是女人，男人不过是被贪得无厌地索求、为女人奉献而已，女人不断在高涨、不断在愉悦，身与心共同满足，而男人所得到的只有身心的疲劳和倦怠，别无其他——伊织这样想着，却突然间被现实的愉悦所召唤，终于奔突到了极限，将所有的精力一泄而尽。

当一切结束之后，男人很快挫缩萎靡，女人却依旧激情澎湃，波澜不宁，那种愉悦感正密密实实地弥漫渗透至整个身心。伊织刚想撤身，阿霞却将身子贴得更紧，仿佛在撒娇似的嗔怪道："不……"

"真是叫人吃惊哩……"

两人从悸动中平复下来，呼吸匀整的时候，伊织语带揶揄地说。

阿霞的眼神说明其仍沉浸在余韵中，她瞥了伊织一眼问道："是你坏……"

"为什么？"

"以前可不是这样子……"

确实，以前的阿霞更加谨小慎微，更加内敛。

"对不起。"

"不，现在这样子更好……"

一个虚静恬淡、拘于细行的女人，不知从什么时候起，变成了炽情燃烧、放浪无拘的女人。男人既为她的巨大变貌吃惊，但同时也为是自己促成她的这种转变而满足。

"不过，今天晚上好像稍有些不一样呢……"

"是因为看了裸体写真吧？"

"说什么呢……"

阿霞摇头否认。她摇头的样子让伊织更觉怜爱,他一把抱住阿霞,在欲情得到满足后的倦怠中先自进入梦乡。

翌日是个晴朗的好天气,不过风很大。

东野依约九点半前来接伊织和阿霞两人。先去参观国立博物馆,然后前往梵高美术馆。荷兰的国立博物馆汇集了五千多件十六至十七世纪的优秀绘画作品,其中最有名的当数伦勃朗的作品。在博物馆一楼的大厅正中,悬挂着伦勃朗的旷世名作《夜警》,天花板是玻璃的,以便通过柔和的自然光线供人们细细欣赏。梵高美术馆则建于八年前,建筑风格独特,整体显得潇洒而摩登,中央是一个轩敞的天井式中庭,一至三层为陈列展示厅。

按照昨天的计划,参观完这两个地方之后,本来打算离开阿姆斯特丹去海牙的,但中途改变了计划,三人径直来到了市立美术馆,随后又去海洋历史博物馆转了一圈。这一天下来,几乎都在美术馆和博物馆之间来回跑,但伊织却非常满意,因为此次荷兰之行的目的之一,就是考察和学习这类建筑。

第二天就这样过去了,第三天,在东野的热情相邀下,三人前往他居住的城市吕伐登。由于到了那里会见到东野夫人,所以这天阿霞穿上了和服。

一路上,经过了至今还保留着古老民族服装及生活方式,具有浓郁的北海渔村风情的沃伦丹小镇,驶过举世闻名的阿夫鲁戴克拦海大坝①。这是条为了将海湾改造成陆地而围建起来的巨型堤坝,全长 32 公里,浩瀚的海水之中,只见一条海上公路笔直向前延伸着。

"好可怕……"阿霞望着车窗外喃喃说道。

举目望去,左右两旁只看见冰冷的海水,无涯无际,不由得不让人心中发慌。越过大坝,便进入荷兰北部的弗里斯兰省。

---

① 阿夫鲁戴克拦海大坝(Afsluitdijk):建于北海湾中的公路大坝,全长 32 公里,历时五年,于 1932 年完成,将原来的须德海变成了与海隔绝的内陆湖泊艾瑟湖,使不断升高的海水水位得到良好的治理,确保了人民与土地的安全,同时避免了潮汐,使得持续填海造地成为可能。

吕伐登是弗里斯兰省的省会,也是个古老而宁静的城市。

东野的家便安在这里。在屋后的宅地上,东野还建了一个瓷窑,老早便邀请过伊织到他家来看看他的瓷窑。

东野的荷兰太太亲自下厨做了一桌地道的荷兰料理款待伊织和阿霞。夫人以前也到过日本,因此会说一口流利的日语,看到久违的和服,连声夸赞阿霞:"太漂亮了!"并说自己也有一件,说着便拿出来穿上展示给阿霞看。

伊织好像有些顾虑,不清楚夫人会怎样看待他和阿霞的关系。不过夫人却毫不在意,显得非常自然,似乎只是将他们看作是互有好感的一对男女,前来荷兰旅游的而已。

吃过饭,大家站拢在一起拍照留念。伊织本来担心照片会因为某种机缘,进入日本的熟人眼里,故而有些不安,但转念一想,若真的那样的话,也既来之则安之,一切到时候再说吧。于是放心地站到阿霞的身边。

这天夜里,两人住在东野帮他们预订的靠近车站的一个古朴的旅馆里。

第二天,参观完东野的瓷窑之后,又驱车在弗里斯兰平原悠然地游走。

在荷兰最令伊织印象深刻的是,无论多么袖珍小巧的城镇,必定建有美术馆或是博物馆,看来荷兰人十分珍视具有历史感的东西。还有一点,就是来这里旅游的日本人少得可怜,以至一路上来往行人无不对阿霞注目而视。

"因为你穿着和服,人们感觉很稀罕的缘故吧。"

"可是,大家好像对我脚上更加感兴趣呢,您瞧,刚才过去的那个人也冲我脚上看呢。"

这倒没错,因为外国人不穿木屐,因而对阿霞脚蹬木屐还如此灵巧地走路似乎感到有些不可思议。

穿过街区,四周又是平坦的原野,只有光秃秃的白杨树伫立在风中。如此凄清寒峭的光景,用日本的季节仿比,应该差不多是初冬了,但是眼前这片寥远而荒凉的景象，在狭厄的日本人眼中，竟然别具一分壮观和雄美。

黄昏时分，他们看着巨大的太阳潜入平原的尽头，回到吕伐登，来到近郊的一家餐馆。餐馆的屋顶覆盖着茅草，仿佛是古旧的农舍改造而成，里面却用结实的大圆柱子支撑着。连东野的夫人在内，一共四人一起用餐，伊织产生了错觉，似乎自己和阿霞已经是相随多年的生活伴侣了。阿霞话语中也"你、你"的，完全是夫妻间的口吻，而且在这种情境之中，一点也没显得不自然。

次日上午，伊织和阿霞准备乘坐火车返回阿姆斯特丹。东野到吕伐登车站来送行。这四天里，东野一直悉心安排和照料，对于阿霞的身份也毫不介意，相处得非常自然，令伊织心底很是感激。伊织向他道过谢，还想叮嘱一句"关于她请不要对别人说起"，可一想，事已至此，再说也没有任何意义了，于是闭口不语。

两人握手道别，列车徐徐启动，伊织不知为何轻轻发出一声叹息。

"总算就我们两个人了。"

倒不是因为东野在身旁碍事，但两人独处还是让他们感觉更轻松一些。

"今天在阿姆斯特丹再住一晚，明天上午出发去维也纳。"伊织说。

阿霞点点头，随后问道："今天是星期几？"

"到的那天是星期三，今天应该是星期六吧……"

列车线路两旁，在一片灰色的天空下，无边无垠的原野上，所有的绿色全都枯死了。伊织望着眼前这凄荒的景色，忽然想起身在东京的妻子和笙子。阿霞则一声不响，视线盯着车窗外。

两个人的旅行令人心满意足，但是两个人的脑海里却起伏着不同的思绪。

从荷兰北部归来的第二天，伊织和阿霞乘坐早上十点钟的航班从阿姆斯特丹前往维也纳。虽说欧洲已来过数次，但是维也纳却从未踏足过。每次都计划着去，结果总是因为日程的关系，错失了机会。这次，在将荷兰作为目的地之一的同时,伊织心里便已决意非去一趟维也纳不可。

"不过,想想真奇怪呀……"

在座位上坐定之后,阿霞像是突然想起来什么似的说道。

"好不容易来一趟欧洲,可是只游览了荷兰和维也纳,好像蛮特别的嘛。"

"最近我开始讨厌那种来去匆匆、走马观花式的旅游,还不如集中在一个地方,安安心心游览一番,一方面感觉轻松,另一方面也可以学习到点东西。你是不是觉得去巴黎或者其他地方更好?"

"不,这样我已经很满足了。因为能看到荷兰的田园风光,感觉非常愉快,维也纳也是我很早以前就想去的地方。我只是稍稍觉得有些不理解,为什么偏偏只选荷兰和维也纳呢?"

被她这样一说,伊织也觉得有点不可思议。荷兰是因为有东野,而维也纳则仅仅是夙昔向往的地方。换句话说,伊织之所以选择这两个地方,不过是想脱离工作的羁绊,放松心情尽兴地游玩一回而已。

"去维也纳的森林转转,返回的时候如果能欣赏到美妙的音乐,那真是太好不过了。导游手册上还介绍说,有个叫'美泉宫①'的宫殿吧,好像一点也不比巴黎郊外的凡尔赛宫逊色呢。"

的确,这也是一个重要的理由,不过伊织对于维也纳的思慕,类似于交织着某种华丽与幻灭、魅力奇特的复杂感受。

昔日的维也纳,有着君临欧洲的哈布斯堡王朝,充满了权势与豪奢,而现在的奥地利已经全无这种印记,只是在西欧文明与东欧文明的分水岭处喘息着。但也正因为如此,这里仿佛还残留着西欧文明的最后一点余韵。换言之,它具有熟透了的柿子般的甘美,落日余晖似的荣美。

"我觉得维也纳这个城市给人的感觉,像是虽然它已经不再处于发

---

① 美泉宫:位于维也纳西北部,是哈布斯堡王朝的夏宫,包括一组宫殿群及花园。原为皇室猎宫,1619年神圣罗马帝国皇帝马蒂亚斯打猎至此,口干舌燥之际,喝了这里清凉甘甜的泉水,因而得名美泉宫。1996年入选为世界文化遗产。

展阶段,今后也不可能变成一个喧嚣轻浮的城市,但仍然到处充满了华丽和奢侈,而在这背后,却似乎正在静静地等待着它的衰灭。"

"用日本来比喻的话,有些像是京都,是吧?"

"也许,维也纳算是西欧文明最后的城堡吧。"

伊织说到这里沉默了。或许,对于日薄西山的维也纳的憧憬,从另一个角度来讲,是因为自己的内心深处感受到了某种衰灭?

飞机于午后一点降落在维也纳。由于三面被群山环抱的缘故,同阿姆斯特丹相比,这里显得稍许温暖些。不过毕竟时节已届晚秋,灰色的天空下,既安静又冷寂。

伊织与在这里担任 T 商社分社长的木崎熟识,但是只告诉他要到维也纳来,并没有说准具体时日。木崎也是个性情爽快的人,只要告诉他时间,一定会来机场迎接,说不定给他添麻烦,这次又是和阿霞一起来。因此,伊织决定等到了之后再和他联络。

事先已经通过机票代理店预订了酒店,就在市立公园跟前。两人在酒店先吃了点迟到的午餐,随后乘坐出租车到串起昔日城堡旧址的环城大道转了一圈。国家歌剧院、实用美术展览馆、国会大厦、城堡歌剧院等维也纳主要建筑几乎都坐落在这条环城大道两旁,一圈兜下来,内城部分基本上已经饱览无遗。

维也纳属于德语圈,号称说出来的德语比德国德语还要优美。然而,出租车司机似乎不太自信,因而说的是英语。

兜了一圈,两人下了出租车,前往被称为维也纳精魂的圣斯特凡大教堂,再从那里沿繁华的步行街克恩滕大街款款而行。

四周夹拥于群山之中,两旁并列着雄伟高大的建筑,风不大,不过满地落叶却沙沙地从人行道两旁漫卷而过。街上的行人大多身着厚实的大衣,还有的两手横在胸前,插在袖笼里。沿街道两旁的商店一路逛来,信步走到国家歌剧院附近,短短的一天已经渐渐日暮了。

两人沿着环城大道折返,瞻仰了市立公园一隅的舒伯特像,进入公园内一家小巧的餐馆里歇脚。户外冷飕飕的寒,几片落叶飘落到木桌上。

伊织邀来乐手,来到餐桌旁,弹奏起维也纳华尔兹。

阿霞听着美妙的演奏,悄悄靠近伊织道:"太高兴了。"

伊织什么也不说,只是点点头回答。阿霞将手插入伊织的大衣口袋里,又说道:"谢谢……"

她似乎并不是要感谢伊织什么,而只是想说声谢谢。

两人抬起头来,只见餐馆里点起了灯,暮色急速地降临了。

"真不想回去了呢……"

阿霞说着,伊织随即点头赞同,但脑海里却仿佛在做梦一般,两个人就这样不回东京去的话,还不知道会发生什么事情哩。

乐手们演奏的一曲维也纳华尔兹结束,四周已经完全黑暗下来。公园里的路灯点点闪亮,顺着林间小径向前走去,黑暗中隐约浮现出约翰·施特劳斯的雕像。

据说施特劳斯拥有好几个情人,或许是对这一生平事迹的一种表现吧,在他的雕像周围,则是数个女性的裸体像互相交缠在一起。

"好像你呢。"

"什么?"伊织反问道。

可是阿霞只微微一笑,踏着落满枯叶的小路朝前走去。大衣的领子竖起着,腰腹部因衣扣扣着的缘故,略显得圆润,轻轻扭动着往前走去。走出公园,街头已经完全换上了夜晚的装束,商店橱窗的各种装饰,在五光十色的色彩中吐露着妖冶的气息。

"假如用颜色来比喻的话,维也纳似乎是暗绿色。"

现在是晚秋,绿色早已不再浓厚,但是走在街上,伊织不知为什么会有这样的感觉。

"国家歌剧院和美景宫[①]一带大多是金黄色的建筑物,暗绿色应该跟

[①] 美景宫(Schloss Belvedere):维也纳最著名的巴洛克宫殿之一,充满异国情调,宫殿内收藏的艺术品丰富绝艳。原是哈布斯堡军事统帅欧根亲王的夏宫,历时24年才建成。分上宫和下宫,依山势建于小丘之上,可以远眺维也纳市内建筑和维也纳森林交相辉映的美景。Belvedere在德文中就是"美丽景色"之意。

它蛮般配的。"

"暗绿色……"

"你不觉得暗绿色比浓绿色更加贴切吗？"

"那么，巴黎的街头是什么颜色？"

"巴黎可以说是葡萄酒般的紫红色吧。伦敦则感觉是深紫色或者深蓝色吧。"

"美国呢？"

"旧金山是加利福尼亚蓝，或者是耀眼的粉红色，反正感觉是艳丽的色彩跟它比较配；纽约就说不上是什么颜色了，好像什么颜色都可以，也许风格多样、五花八门正是纽约的特点。"

"那东京是什么颜色？"

"当然是褐色了，褐色让东京看上去最高雅。"伊织随性地说道。

而阿霞似乎很佩服地点着头道："到底是一流的建筑设计师，城市的印象可以用颜色表达出来。"

"这谁都能够感觉得到嘛。"

"不过，这儿如果下雪的话一定更美，这些亮饰和橱窗全都映在雪中，加上这儿的女性全都戴着漂亮的饰物，一定相互映衬，更加漂亮。"

阿霞视线注视的前方，一位女性舒展着挺拔的身姿朝这边走来，三十多岁，身着深绿色的大衣，领口缀着的灰色毛皮给人温暖的感觉。

"维也纳的女性本来就美丽，不过也有城市的功劳，城市让这些女性看上去更加美。日本也一样，如果东京更加漂亮一些，我们看上去也会稍许比现在更加好些吧。"

"你已经够可以了，很美呢。"

伊织极其自然地靠近阿霞，阿霞将手搭在伊织的胳膊上。

因为是星期天，晚上两人在酒店里吃的饭。饭后，伊织给木崎家打了个电话，木崎本想马上就过来，最后伊织和他约好明天见面，随后挂断电话。接着在酒店内的酒吧喝了点威士忌，九点钟回到客房。

房内还是双人大床,不过床头架以及椅子灯都雕着各式花纹,像是洛可可风格的样式。

"内衣有什么脏了要洗的拿出来,我来洗。"

听阿霞这么说,伊织苦笑一下没有接茬。阿霞面露惊讶地问:"有什么奇怪的?"

"因为你说要在这么漂亮的屋子里洗内衣嘛。"

"哦,不好意思。不过我真的是要洗。"

"不用了。脏了准备丢掉的,所以我带了老多哩。"

"那多浪费,别那样,还是拿出来吧。"

没办法,伊织只好从包底拿出内衣和袜子,阿霞拿着它们立即打算走进浴室。

"喂喂!这些东西再说吧,还是先一块儿去泡澡!"

"不行。今天分开洗,我这就给你去放热水。"

来到欧洲,和阿霞已经三次一同入浴了,虽然还是不开灯,但阿霞对于一起入浴已经不存什么抵触了。昨天夜里,伊织壮着胆子在浴室里从背后提出索求,但终究被阿霞拒绝了。

旅行期间一定要做一次……伊织正在胡思乱想,阿霞走出浴室说道:"请吧,你先洗。"

反正剩下的时间还长着哩,伊织一边自己说服自己,一边走进浴室。等他洗完,阿霞才走进浴室。

单个儿被撇在房间里,伊织忽然意识到自己许久没有一人独处了。回想起来,自来到欧洲,几乎都是和阿霞在一起,无论是外出散步或购物的时候,还是待在酒店的时候,阿霞总在身旁,起初还感觉不可思议,但是现在,一个人独处反倒觉得有些惬意。虽然不是讨厌阿霞在身边,但难得一个人的时候,还是感觉颇为悠闲自得。

趁现在给妻子写封信吧?或者给笙子……

之前也想过要写信,但是一直没想好怎么写,于是就这样拖了下来。给事务所的同事们写就方便多了,只消写上几句问候便可,但是写给妻子和笙子就不能那样了。事到如今,他不是想逃避责任,但总归要解释一下吧。

之所以到现在都没写,一方面是因为内容没想好,另一方面是因为阿霞一直在身边,这似乎也是个原因。

伊织刚想给妻子写信,阿霞从浴室出来了。伊织若无其事地将便笺纸折叠好,放在导游手册下面,然后点燃一支烟。阿霞留下洗浴之后的香味,走到窗边。

"真漂亮……"

白天聆听过华尔兹的公园,此刻已经沉入黑夜深处,只有一盏盏路灯排成一排,闪烁着幽微的光亮。

"现在,东京是几点钟?"

"和这里有八个小时的时差,所以现在六点钟还不到吧。"

阿霞点点头,坐到沙发上,伸手到提包里摸索着什么。

"我想给家里打个电话,可以吗?"

"当然。现在就打吗?"

"六点钟应该已经回家了。能帮我拨一下吗?"

伊织走到电话跟前,翻开国际电话通话指南,只要先拨通指定的号码,不必通过总机就可以直接接通日本。伊织按照上面的指示,再加上阿霞告诉的家里的电话号码,然后将听筒递给阿霞。

"这样应该就可以了。"

离家多日的阿霞是担心家里,还是跟家里约好了今天通电话?可是现在打电话回去,如果她丈夫出来接电话怎么办?伊织正紧张兮兮地思忖着,电话好像通了。

阿霞用明快的声音说道:"常盘子……是我呀!家里都好吗?"

出来接电话的好像是家里的女佣。

"我现在在维也纳……唔,一点也不。我很好……"

跟女佣聊了几句,这会儿像是女儿出来听电话了。

又说了些有关荷兰和维也纳的话题之后,阿霞对女儿关照道:"那件事情跟东京的姨母好好说说啊……"随后又问道:"为什么?"

因为在一间屋子里,说话声听得清清楚楚。虽然没想特意去听,但伊织还是觉得自己不在场更好,于是进了浴室。

只见毛巾架上还有盥洗台边,满满地垂晾着洗过的内衣裤和袜子,不仅洗得干干净净,而且抻扯得平平整整。

看着眼前的光景,伊织情不自禁地想象着洗涤内衣裤的阿霞和往家里打电话的阿霞,究竟哪个才是真正的阿霞?又或者,两者原本就是不矛盾的同一个女人?伊织带着不可思议的心情走出浴室,阿霞已经挂断了电话。

"说是东京也很冷呢……"

伊织点点头。其实这会儿伊织更想知道的是,阿霞刚才和她丈夫通话了没有。

"都很好吧?"

"嗯,女儿还跟我说,让我放心笃定地玩呢。"

说起来,伊织一直有种匪夷所思的理念:不知道别的男人如何,至少他自己,在阿霞的面前是不会往家里打电话的,即使担心家里,尤其是孩子,但他竭力不将这种担心表现出来。这或许是男人的某种虚荣心理在作怪吧。

阿霞因为不知道怎样打国际长途,所以她不会偷偷地一个人打。尽管和喜欢的人在一起,但身为主妇,放心不下家里也是理所当然的。

在这一点上,男人和女人稍稍有点不一样。也许阿霞什么也没多想,只是想听听女儿和女佣的声音所以才往家里打电话,从她此刻平静的表情推测,刚才的通话与她丈夫应该毫无关系。

当然,也许阿霞是觑准了丈夫不在家,所以才突然间想起要打这通电话吧。无论如何,一贯谨言慎行的阿霞,是不可能从与男人共处一室的外国的酒店给自己丈夫打电话的。伊织这样说服着自己,才略略感觉宽慰些。

不过思来想去,越想心里越放不下,不知道阿霞究竟对丈夫编了什么样的理由,才得以远赴欧洲来旅行的?迄今为止,阿霞一直没有提起,伊织也就没想到去探究,但是像今晚这样的情景,却勾起了伊织想一探究竟的好奇心。

"你丈夫是怎么想的……"他想不顾一切地问,但终究克制住冲动,随手点燃了一支香烟。

他心不在焉地吸着,这时阿霞忽然问道:"你不用给家里打电话吗?"

伊织缓缓地摇了摇头,心里在思忖,要不要将与妻子正在闹离婚的事情告诉她。

"这次回去,也许要跟我老婆离婚了。"

这句话,伊织很想对阿霞说。这样告诉她之后,想看看阿霞到底会有什么样的反应,是感到惊喜,还是劝告他"不要这样",又或者是表面上反对,心里其实暗自高兴?

可事实上,伊织却一直难以说出口。他隐隐感觉到,一旦说出口,两个人之间的某种紧张感和惊险刺激的感觉顷刻将灰飞烟灭,况且,自己对她的强烈欲情也会暴露无遗。

至少在这次旅行期间,这个话题伊织不想去触及。眼看离婚渐渐迫近,伊织却感觉越来越难以开口。

第二天九点钟,两人在酒店餐厅用过早餐之后,前往维也纳森林。风依旧寒冷,不过天空却放晴了,和煦的阳光照洒在铺满落叶的柏油道路上。

维也纳森林其实是位于维也纳郊外西北至西南、绵延亘连的一大片混合林和丘陵草地的泛称。由于从城北一直环拥至城南,全部游赏一遭是不可能的,这一天两人首先乘车前往巴登,再从那里经海伦南特、梅耶林、海利根克劳茨,游览舒伯特创作《菩提树》的水车小屋,然后返回维也纳。

巴登自罗马时代起就以"温泉之乡"而闻名,站在丘陵可以居高临下一览满山遍野的森林和葡萄园,这里至今还保存有莫扎特创作《圣体颂》时居住的小屋和贝多芬构思《第九交响乐》时所居住的"贝多芬小屋"。海利根克劳茨则正如其德语的原意"圣十字架"所显示的,它是十二世纪时由利奥波德公爵建造的一座修道院。

不过,比较起来,伊织更想一睹的当数梅耶林。这个小村所在的一带,原为皇家猎苑,距今大约一百年前(1889年),当时的奥地利皇太子鲁道夫公爵,由于同年方十七岁的玛莉·维特塞拉之间的恋情为人所不容,于是两人在狩猎场举枪自杀,梅耶林也由此成为一处名胜。这段故事,伊织还是在读高中的时候,从一本名为《魂断梅耶林》的书中得知的,他曾经为之感动不已。

沿着铺满落叶的小径走去,迎着一道道晚秋的阳光,看到一座白色的僧院,这便是当年约瑟夫皇帝和伊丽莎白皇后为痛悼独子的死而建造的僧院。

"还有一部叫《魂断梅耶林》的同名电影哩,查尔斯·鲍耶① 饰演皇太子,丹妮艾尔·达丽尤② 饰演玛莉,那真是部感人的电影啊……"

伊织回想起二十几年前的情景,向阿霞解释着,但阿霞似乎没看过这部电影。

"好像今年年头上还重演过,电视里面都播出了呢。"

"那个时候,你大概也正好处于像这样的恋情中吧?"

"我可没到要死要活的地步……"

"那现在呢?"

伊织注视着脚下的落叶说道:"有一点是可以肯定的:这将是我的最后一次恋爱。"

"跟好多好多女性恋爱之后,现在想收心了?"

"我以前的恋爱,都是为了遇见你而做的铺垫啊。"

---

① 查尔斯·鲍耶(1897-1978):生于法国查理斯波尔,20世纪20年代开始演出无声电影,30年代成为国际影星,曾获奥斯卡奖和四次提名。后加入美国国籍。出演电影有《海角游魂》《灵与肉》《煤气灯下》《第一军团》《游击女郎》《偷龙转凤》等。
② 丹妮艾尔·达丽尤:1917年生于法国波尔多,1936年,年仅19岁的达丽尤主演了爱情悲剧名片《魂断梅耶林》,被誉为最能代表法国女性魅力的美女。50年代主演的《红与黑》和《查泰莱夫人的情人》两部影片,堪称达丽尤的代表作,并使达丽尤誉满世界影坛。

或许是身处梅耶林的缘故,伊织极其自然地带点油腔滑调地说道。而这样的甜言蜜语,和四周晚秋中的森林小径的氛围也似乎非常贴切。

这天晚上,在木崎的带领下,三人来到位于鲜肉市场的一家餐厅。这家名叫"希腊小栈"的餐厅,据说是维也纳历史最悠久的餐厅,早于十五世纪就开始营业了,一直持续至今,因而餐厅从内部装饰到各色陈列物品和器具全都透出古旧年代的特征,墙上则镶嵌着来此造访过的著名音乐家和艺术家的签名。

伊织老老实实地将身着和服的阿霞介绍给木崎:"这是和我一起来的高村霞女士。"有了东野的先例,伊织不想故意隐瞒什么。木崎似乎心领神会地点点头,随后自报了家门。木崎几乎大部分时间都生活在国外,耳濡目染了西方人的习惯,对别人的事情不会问三问四的,再说有位美丽的妇人相伴,他也显得特别高兴。

聆听着齐特尔琴①的演奏,三人之间立即变得无拘无束起来。与东野稍稍不同,木崎身上似乎有些花花公子的味道,虽然身为驻维也纳的分社长,但是因为孩子还在读高中,所以他是独自一个人来此上任,借机过着自由自在乐陶陶的生活。

"维也纳可是个好地方啊,要是你们再早来一些时候的话,还可以在我家里听室内乐,享受美餐哩。"

"室内乐?是现场演奏?"

"当然啦,我有几个非常熟的维也纳室内乐团乐手,只要跟他们说一声,一定会来的。"

木崎身为分社长,好像住着豪华的宅邸。在里面一面欣赏室内乐,一面享受美食,想必是件非常优雅的事情。

"哟,伊织,下次一个人来玩怎么样?一个人来的话,我可以领你去好几个好玩的地方转转呢。"借着酒劲儿,木崎用他那爽快轻逸的口吻

---

① 齐特尔琴(Zither):奥地利的传统民间拨弦乐器,据称是阿尔卑斯山地最古老的乐器。由5根旋律弦和30至40根和声弦组成。因电影《第三个人》而广为人知,在经典音乐片《音乐之声》中也曾出现过。

说道,"说老实话,在这里比日本强多了。漂亮女人多的是,我可以给你介绍介绍。"

虽然阿霞就坐在眼前,但是木崎好像毫无顾忌,他自顾自地说下去:"你也知道吧?这里从日本来的留学生很多,据说有四五百人呢。这当中,真正有点出息的只是极个别的,大多数人靠音乐根本没办法生活。不过他们大多出身优裕,有的是钱,与其回到日本去,不如待在这里,说起来'我家的闺女在维也纳学习音乐呢',听上去多好听。但其实,他们根本没地方立足,只能游手好闲地闲荡,有的人只好和二三流层次不高的奥地利人结婚。像这种有钱但是生活很空虚的良家女子真的不少啊。"

在说话毫无顾忌的木崎面前,阿霞无从发怒,只得默默地听而已。

走出餐厅,木崎又领他们去了一家酒吧。先前进的是高级餐厅,而这次去的则是家有暗娼出入的酒吧。从最高级到最低级,同时将两个极端呈给他们领略,大概就是木崎的性格吧。

酒吧门口张贴着裸体女郎的照片,显得气氛妖邪。三人来到二楼,幽暗的灯光中,散乱地布置着吧台和几个包厢座。三人在包厢座落座后,酒保很快过来点酒水,顺便还问一句:"那边的女孩怎么样?"

"不用了,先将酒水端上来。"木崎用德语回答。

这类酒吧的吧台座前,必定坐着几个心不在焉发呆的女郎,也就是暗娼,正在等待男人上前搭讪。

"只要替她们叫杯喝的,接下来就会和你上床。"木崎解释道。

阿霞颇感兴趣地环视四周,问道:"像我这样的人是不是不能进来?"

"这个毫无关系。即使有女性进来,她们也不会介意的。"

有了一次"女郎橱窗"的体验,阿霞也显得比较落落大方,心里平和。"看来男人们玩乐的地方真不少啊。"

"再怎么玩,娼妓总归是娼妓嘛。"

"可还是会和她们同床共枕的呀。"

"即使同床共枕,也不过是用金钱买的,所以是毫无价值的。对方是出于生计,男人也只是为了满足一时的欲望而已。男人和女人之间,如果没有心灵相通的部分绝对是不行的,你说是吗?"

"看不出来,木崎先生还是个很浪漫的人呢。"

"那当然啦。高村女士下次要是一个人来的话,我可以领你去维也纳森林、给予贝多芬创作灵感的溪畔等等,全部玩它个遍。夜晚走在那小路上,路灯上蒙着一层薄雾,那感觉才叫美哩,不过现在气温稍稍有点冷。一起漫步在那样的小路上,即使本来不喜欢的男人,也一定会让你变得喜欢上他的。"

阿霞偷偷笑起来。木崎越说越来劲儿了:"我好久没有见到身穿和服、又是这样漂亮的女性了,到底还是日本的女性美啊!下次一定要一个人来哦。"

木崎似乎早已忘记这是娼妓出入的酒吧,况且伊织就坐在一旁,他一个劲儿地向阿霞献着殷勤。从刚才起,木崎就一直口无遮拦、胡言乱语,所以弄不清楚他哪句话是真,哪句话是假,不过阿霞还是显得很快活。

"您是说要是我一个人来的话,您就对那些女人没兴趣了?"阿霞愉快地说道。

伊织在旁边暗暗吃惊,心想阿霞内心难保不潜藏着这样的勇气。

大约一个钟头之后,三人离开酒吧,木崎开车送伊织他们回酒店。

"要想真正品味维也纳的魅力,不待上一个月绝对是不够的。假如需要的话,随时可以找我为你们做导游。"

木崎说完,握住阿霞的手说道:"希望下次还有机会再见到你。"随后,像是突然想起来似的对伊织说:"那么,再见了……"说完便匆匆走出酒店。

"真是个忙人啊。"伊织站在大堂望着木崎的背影说。

阿霞微微笑着道:"木崎先生是个令人愉快的人啊。"

伊织没有回答,走进电梯。今天晚上阿霞似乎心情很好,可是伊织却有点高兴不起来。不是为别的,是木崎对阿霞无微不至的关心让他稍许闷闷不乐。

木崎原本就是个擅长交际的男人,万事圆通,说起话来滴水不漏,话题也多彩多样,尤其善于厚着脸皮讨好女人,说些哄她们高兴的话。或许是因为他长时间在国外生活的缘故,性格和言行举止都不同于一般日本人。

当然,并不因为木崎甜言蜜语的,就表示他真的喜欢上阿霞,只不过与阿霞和伊织一起度过一个愉快的夜晚,令他感到非常满足。伊织心里明知这点,但就是觉得不是个滋味。

"明天还请木崎先生带我们去玩吗?"

"他一定很忙,还是我们两个人去吧!"

伊织说着,忽然意识到自己在嫉妒木崎,怎么会这样?自己竟还有如此纯情的一面,伊织倒不禁惘然了。

"他这个人本来就是善于讨好人、说话随便的人,说是当导游,也不能够当真哩。"

阿霞不再说话,或许她觉察到了伊织的情绪。两人步入房间,阿霞接过伊织脱下的西服挂在衣架上。

"累了吧?"

"嗯……"

看到阿霞摇着头,伊织换上稍稍温柔的语气试探地问道:"还是让他做导游领我们去玩吧?"

"为什么?"

"有他在,会愉快些嘛,对不对?"

"说什么呀?"

阿霞露出诧异的神情,随即忍俊不禁地突然笑出来:"不管木崎先生让人多么愉快,当然还是只有我们两个人比较好啊。"

"知道啦!"

伊织使劲儿抱住阿霞,就势将她一直拖倒在床上。

第二天,两人游览卡伦山至海利根施塔特一带。由于谢绝了木崎的向导,伊织另外雇了一个导游。来的是个日本女性,三十来岁,不过与木崎所说的喜欢音乐的留学生形象相去甚远,看上去素淡质朴。

她开车带伊织和阿霞前往卡伦山。途中，先参观了一个名叫 Heurige 的酒庄。这一带因可以品尝新酿的葡萄酒而闻名。酒庄的入口处，用细细的松枝装饰着，营造出一派轻松无拘、酒质优良的形象。在此地品尝了一些葡萄酒之后，他们登上卡伦山。山丘上既有教堂，也有旅馆和餐馆。站在观景台上，可以一览无余地俯瞰广袤的维也纳森林和葡萄园，甚至多瑙河两岸。天气逐日而变，天空云层密布，令森林和天空愈加显得空阔寥远。

　　由于已是晚秋，过了观光的最佳季节，故而游人稀少，只有临近冬天的维也纳森林伴随着习习凉风静寂地朝人迫来。伊织站在观景台上，与阿霞一同拍了好几张照片留念。

　　先前的留影大多是东野拍摄的，今天则有女导游在，因此无需介意。以葱绿的森林为背景，伊织站好位置，阿霞紧偎身旁。女导游似乎从一开始就将两人当成了夫妇，一个劲儿地称呼阿霞"太太"。起初，两人互相对视着，显得有些困惑，但随后也就慢慢习惯了，不觉得有什么不搭调。

　　山丘下面的海利根施塔特，当年贝多芬因耳朵失聪而悲观厌世、写下遗书的那间小屋依然留存，现在被改建成了纪念馆。而顺着山丘的这片斜坡往前走去，有条小径，据说就是激发贝多芬创作出《第六交响曲·田园》的地方。

　　"当时，这里的森林比现在还要浓密，这一带几乎没有什么住家。"

　　听着导游的说明，伊织一面点头，一面将手搭在阿霞的肩头。女导游走在前面，两人稍稍落后几步，并肩踏在枯叶上的声音在小径中回响。

　　"你能带我来这里旅行，真好啊……"阿霞用轻得只有伊织才听得见的声音低语道，"人啊，只要拿出勇气来，什么事情都能做到呢。"

　　"……"

　　"你一开始说来欧洲的时候，我简直不敢相信我也能来。"

　　其实那时发出邀约，伊织也根本没有想着阿霞能够成行。

　　翌日，早上天气阴沉，到了中午时分太阳终于出来了。

　　一早便知道天气阴沉，是因为伊织七点钟左右醒了一次，他走到窗前朝外面张望了一下。要在平日的话,伊织就势便起床了,但今天的计划上午是不出去的,因此他笃定悠然地重新上床躺了下去。

阿霞身子向一旁微侧着,伊织睡下之后,她迷迷糊糊地伸手勾了过来。一开始同床共枕的时候,阿霞似乎很警醒,伊织手脚稍有动弹,她立即会有反应。两人在一起,阿霞几乎都无法入睡,更加不会伊织已经起床而她仍然躺着的。但是最近,阿霞却变得极其自然,此刻伊织早已醒来,但她仍继续睡着。至于她主动伸手抱住伊织,不知道是无意识的动作,还是因为身体已经适应和亲近了,故而产生的自然行为。轻触着阿霞温润的身体,勾起了伊织对她的欲望。

伊织一只手搂着阿霞的肩膀,另一只手慢慢朝胸口和下腹部移动。瞬间,阿霞腰肢扭动起来,似乎显得不太乐意。情已至此,你不乐意也由不得你了——伊织这样想着,手继续向下移去,阿霞又扭动了一下,仿佛弹簧玩具似的,手一靠近下腹部的秘处,阿霞的身体立即就会做出反应,伊织觉得蛮好玩的,于是不停地狎戏着。

终于阿霞好像忍不住了,她嘴里喃喃道:"别,不要……"

身体已经觉醒,但意识却似乎还处在倦怠中。为了责惩她,这次伊织拨开她的胸衣,将嘴凑到胸脯上,轻轻地,用舌头若触若离地撩动着阿霞的乳头。原先酥软松垂的乳头慢慢坚挺起来。

"啊!……"

阿霞慌乱地喃喃自语,同时渐渐显得情不可耐起来,随着伊织舌头的撩拨,她的下半身慢慢晃动着,喃喃自语变成了梦呓般的央求:

"嗯……"

但是,阿霞的眼睛仍然紧闭着,似乎乳头和秘处不是身体的一部分,完全不受理性的约束。伊织不理会这些,他忽而急吁吁喘着热息,忽而慢悠悠地狎弄着乳头,急急慢慢的,终于弄得阿霞再也耐不住了,她拖着长长的尾音,发出"啊——"的一声,一头扑进伊织怀里。

早上,维也纳的街头布满了阴云。

慵懒的情事过后,从梦乡中睁开眼睛,天空却已经云雾散开,秋日的太阳穿过云隙朗射到街头。

在酒店用过餐,伊织和阿霞又乘车前往美泉宫及后花园。

这座气势磅礴的宫殿位于维也纳西南五公里处,原为哈布斯堡王朝家族的夏季离宫,也是皇家的猎苑。宫殿建造于十七世纪末,当时的利奥波德一世命巴洛克建筑的巨匠菲舍尔·冯·埃拉赫负责设计,历时五十年才完工,一睹其壮观景象一直是全世界建筑设计师梦寐以求的夙愿。美泉宫建成之时,已是女皇玛丽娅·特蕾西娅的时代,宫殿外墙涂敷的金黄色被称为"玛丽娅·特蕾西娅金",在绿色的百叶窗衬映和绿色的森林抱拥下,显出强烈而和谐的对比。

"太美了!"

站在正门前,阿霞惊呆了,震撼了。走进门,来到宫殿内,她又一次屏住了呼吸。昔日集无限威严与荣光于一身的哈布斯堡王朝家族竭尽奢华建造的这座宫殿,仅房间就有1441间,如今其中的45间对外开放,供人参观。这其中,有挂有玛丽娅·特蕾西娅巨幅肖像的礼仪厅,这是君王们举办婚礼、洗礼和庆典的地方,全部用戈布兰挂毯①装饰的女皇卧室,玛丽娅·特蕾西娅的私人艺术沙龙"万贯大厅",专门陈设中国古青花瓷器和明朝万历彩瓷大盘的蓝厅以及拿破仑厅等等,大大小小的房间无不是用最精美、最豪华的器皿和用具装点,光是看着就令人禁不住头晕目眩。

宫殿的背面是一座广敞袤远的皇家花园,以海神泉为中心,四周环绕着水泽女神泉,在它们之外,齐整地排列着精心修剪的花坛和绿树墙。花园周围矗立着44座希腊神话的诸神像,再往后面还有世界上最早的动物园、热带植物温室以及人造古罗马遗迹等,但由于实在太僻远,伊织和阿霞没有前往观赏。

两个人穿过花园,登上正面的山丘,一直来到山顶的凯旋门,从这里可以俯瞰整座宏伟的宫殿和旷阔的皇家花园、绵延的森林以及维也纳市区的街景。山丘顶上还矗立着哈布斯堡王朝家族的象征——雄鹰雕像,

---

① 戈布兰挂毯:织锦挂毯的一种,约十五世纪由巴黎的戈布兰家族创制。其特点是逼真、精巧地将风景和日常生活群像织成华丽的装饰品。

在落日的残辉中傲视着愈渐逼近的深秋。

"真是太壮观了！凡尔赛宫也是如此,像这样的建筑看了,就会被欧洲人的这种活力或者叫精力所折服,什么也说不出来了。"伊织由衷地慨叹道。

阿霞也点头赞同说:"奢侈也是需要精力的呀。不过,那个玛丽娅·特蕾西娅的精力真是不一般啊。"

"她一共生了十六个孩子哩。最小的,就是那个玛丽·安托瓦奈特,后来通过策略婚姻嫁给法王路易十六,法国大革命中被送上了断头台。"

"就是听说穷人吃不上面包,便问'为什么他们不吃蛋糕'的那个人吧？"

伊织点点头,心里在想:竭尽奢华之后,那些曾经在历史上煊赫一时的人们到底看到了什么呢？

走出美泉宫,外面已经日落天暗。朝身后回望,"玛丽娅·特蕾西娅金"的美泉宫在夕阳中闪耀着迷人的光辉。

伊织被这金色照射得一阵目眩,随即思绪飘忽,想象起无数在这座宫殿里留下过足迹的人的浮与休。

玛丽娅·特蕾西娅女皇、奥匈帝国的第一位皇帝弗兰茨·约瑟夫一世等曾经在这里享受数不尽的荣华富贵,帝国的末代皇帝卡尔一世也是在这里签署的退位诏书,十九世纪初,攻占维也纳的拿破仑曾将这里作为其司令部,也是"会议在跳舞"①的舞台……其间,多少达官贵人造访过这里,流连于此,夜夜笙歌,通宵达旦地举行各式各样的华丽宴会和舞会。

---

① "会议在跳舞":为了在拿破仑战争结束后重新瓜分欧洲领土,英、普、俄、奥等反拿破仑战争联盟国家的君主和重臣在奥地利举行维也纳会议(1814年9月18日至1815年6月9日),名义上在"正统主义"原则下恢复1792年前的欧洲秩序,但因各国间利害冲突,开会数月仍毫无进展,大多数代表无所事事,东道主国于是举办了许多娱乐活动供参会代表消遣,奥地利宰相德利涅亲王揶揄说:"会议不行动,会议在跳舞。" 1815年3月拿破仑从被流放的厄尔巴岛逃脱的消息传来,争吵不休的各国终于达成妥协,缔结了《维也纳议定书》。根据维也纳会议的议定结果建立的欧洲新秩序被称为"维也纳体制"。

然而，所有这些人物如今都离开了历史舞台，唯余黄金色的宏伟宫殿，仍旧在落日中熠熠生辉。

"真是不可思议啊……"

不知道为什么，此刻伊织脑海里浮现的，不是华丽的宴会和舞会，而是盛会结束之后散去的人们的背影。他情不自禁想到了《会议在跳舞》和其他一些电影中看到过的席终人散的那种静寂场面。

"看了如此奢侈华丽的东西，感觉反而凄怅啊。"或许是自己精神稍稍有点颓靡的缘故，令伊织产生了这样的感触。

阿霞也有同感："这大概就和人太幸福了，反而会觉得害怕一样吧……"

伊织一面点头，一面想起来，再有一天，与阿霞两人的欧洲之旅就将结束了。十天前从东京出发的时候，两人一心只想着快点离开东京，只要离开日本，迎接自己的太阳也将是红通通、金灿灿的。虽然乐享着这样的太阳，但是毕竟旅行将近尾声了。

尽管人人都知道万物有期，但是人们有时候会将期数抛之脑后，忘记期数，尽情地游玩、享乐，而一旦无意窥见终局迫近，又会悚怯不已。伊织此时的心情就有些类似于此。

明明知道如此华丽奢侈的欢宴是不可能永无尽期的，但是流连于此的达官贵人、王公美女们依然忘我地徜徉其间，终于大结局到来，他们无一例外地退场离去，只留下满场寂绝。想必其时的落日，也像今天这样红艳，像今天这样沁人肌肤般的清美吧。

维也纳的最后一天，两人悠然地外出逛街购物。

伊织到国外也不怎么买东西，而阿霞买了一只柔软的黑皮手袋，还替女儿和好友买了两只皮包和有织锦图案的手帕，以及一些小饰物。

看着阿霞在挑选东西，伊织想到了妻子和笙子。以前，他也会为她们买些丝巾或钱包之类日常用的小礼物，这次却不知道该买些什么……

倒不是舍不得花钱,不过给即将分手的妻子买礼物似乎会给人藕断丝连的感觉,再说妻子现在也根本不指望什么礼物。

于是,伊织决定不给妻子买礼物,只买给笙子。

"我想买给我事务所里的女职员,你看有没有什么合适的?"伊织装作漫不经心地问道。

阿霞好像立即就觉察到了:"是上次来送你的那位吧?"

"是的,还有另外两个女的。"

"我觉得还是织锦的手帕和丝巾之类的比较合适,你觉得怎么样?手绘的陶瓷也不错呀,不过体积稍稍大了些。"

两位女职员自然这些足够了,但是笙子,伊织觉得还是值点钱的手袋或者首饰类比较得体,只不过在阿霞面前不好挑选。

"其中一个托我买只包,你看这只好不好?"伊织找了个借口,伸手拿起一只女包端详着。

"她有多大年龄?"

"三十不到点吧。"

"那这个应该不错吧。不过,每人有各自的喜好,她希望买什么样的呢?"

"只要普通大小的,说是什么样的都行。"

"颜色啦、样式啦什么的,都没有明确地说吗?"

如此沿波讨源地究诘,并非受人所托的真相顿时显露无遗。

"还是黑色的皮包好吧。"

阿霞将两三只皮包拎在手上端详了一番,随即毫无兴致地将视线转到其他物品上。看起来,替别的女人选购礼物到底提不起劲儿来。伊织正想打消念头,但转而想到回去之后与笙子的别扭,还是决定买一个。他犹豫了一会儿,最后选了个比阿霞所买的略显年轻些的黑色手袋。

"到外国旅行,最伤脑筋的就是别人托买东西哩。"

伊织故意叹息一声说道,但还是掩饰不住一丝尴尬。

维也纳的最后一晚,两人十点钟便早早上床了。

以往总是在酒吧喝酒,或者在房内闲聊,差不多将近十二点钟才入睡。但明天一早要乘坐飞机离开维也纳,先往阿姆斯特丹,在那儿稍事休憩,下午直飞日本。一方面是因为要早起,另一方面,两人更加珍惜这只属于两个人的欧洲之旅的最后一个夜晚。

阿霞的心情似乎与伊织十分密合。借着葡萄美酒的微醺,伊织唤她一起入浴,阿霞爽快地同意了。中间伊织乘势欲拧亮电灯,阿霞低声叫道:"不要……"最后还是开起灯,两人便在亮堂堂的灯光下唇齿相接。伊织一不做二不休,又提出更进一步的要求,阿霞抵抗了一阵,终于还是被伊织从背后熊抱住,来了个密密实实的交合。

"不行了,对不起……"

浴池内的热水加上羞怯,不一刻阿霞便软瘫瘫地坐下来,无奈,伊织只好松开。虽然只是短暂的一刻,但是举止矜持的阿霞,毕竟在热腾腾的浴池中接受了一直令她觉得难堪的行为。仅此,就足以让伊织感到这次欧洲之行很值得。

洗浴完毕,爬上床之后的情事愈加昂激狂逸。随着欲情不断燃烧,阿霞仿佛要将欧洲的回忆全部吸入身体似的,缠绵而执拗地抱紧伊织,两人共同进入了高潮。

长时间的欢悦之后,两人手脚摊开,仰面朝天,随后又突然互相靠拢,四脚交叠在一起。

"谢谢!"阿霞喃喃道。

"谢什么?"

"所有的一切,谢谢……"

伊织听着这话觉得很可爱,于是搂紧阿霞,微微闭起眼睛。

"听见了吗?"

"什么?"

"夜的声音……"

时间大约已过了十一点,大街上依然人来人往热闹非凡,不过酒店房间面对公园，因此显得十分安静，偶尔听见车辆刺耳的喇叭声传来，但很快便消失，重新归于寂静。伊织的耳朵适应了这种寂静，却又捕捉到了新的夜的声音，混合了住在附近街上的人们的说话声、叹息声、笑声……说不清楚是什么声音，杂然而至，仿佛夜色下的欧洲的所有声音全都汇合在一起，趁着这夜色幽会，并且在遥远的寂静的地方喘息着。

"真安静……"伊织说道。

阿霞也依偎在他胸前点了点头。叠臂交股、身心满足之后的倦怠袭遍全身，但是两人仍旧珍惜这最后一晚，久久没有入睡。

第二天，云深雾重，肌肤感觉凉兮兮的。按照预定，两人九点钟离开了维也纳，搭乘航班向阿姆斯特丹飞去。停顿三小时之后，再换乘飞往东京的飞机。坐在机舱内，伊织这才安下心来，同时又有一种虚脱般的感觉。

换乘了这班航班，再过二十个小时，就到达东京机场了，故而多少感觉到一种安心。欧洲之行虽然很愉快，但毕竟是异国他乡，生活上虽未觉得有什么不便，却有一种身在日本所不曾有的劳神和紧张。回到东京，耳朵听到的都是日语，眼睛看到的多是熟悉的人和景物，即使身无分文，也丝毫不会害怕。

伴随着这种安心的，却是因为与阿霞的旅行即将结束而产生的落寞。毫不夸张地说，这次旅行可算是今年在记忆中留下最深印象的一件事。这一年中，发生了许许多多事情：同妻子间的麻烦、与笙子的抵牾、工作上的不顺心等等，但这次旅行毫无疑问占据了极大的比例。

在别人眼里，这或许只不过是一次与有夫之妇的背德之旅，当下定决心两人跨出这一步之前，不知有过多少犹豫和不安：到底去得成去不成？若是去了后面该怎么办？等等。伊织还曾为此睡不着觉。踏上旅途之后，一路上还要留心他人的视线，时刻提醒自己。这种种犹豫和劳神集中起来，使得它成为永远留存在心里的一次旅行。

然而，重大的旅行却未必带来重大的变化。

旅行期间，伊织和阿霞的关系与之前相比愈加深厚、愈加亲密无间了，在旅行后期，阿霞已经极其自然地称呼伊织"你"，伊织对她也开始以"喂"唤之，即使在外人面前假扮夫妇，两人也不觉得尴尬，举止表现得非常自然。有时候不需语言，只要一个眼神或一个细微的动作，就可以觉察到对方的心思。身体的结合就更不用说了，最后一晚甚至在亮堂的浴室中实现了交合。十天的异国之旅，让两人在身心两方面都切切实实地加深了爱恋。

但是，旅行中，两人却自始至终都没有提及今后的事情。再过二十个钟头，阿霞将回到辻堂她的家里，伊织则回到只有女佣迎候的公寓。只要一回到日本，情况仍将与之前毫无差别。

心理和身体上的牢固结合，却不能够带给现实任何改变。此刻坐在飞往日本的航班上，伊织所感觉到的某种虚脱和虚无，或许就是因为又将回到旅行之前的相同位置，以及生活毫无变化的忧悒。

带着这样的心情，飞机在二十个小时后准点抵达东京成田机场。着陆后，飞机缓缓滑向停机处，伊织和阿霞四目相对：

"到啦……"

"真是一趟愉快的旅行呀。"

听到阿霞这句话，伊织顿时觉得此行不虚。他点点头，将手放在阿霞的膝头，一股温润的体温通过手指传到身上，旅行中的种种回忆又复苏了。

"谢谢！"

对这已经充分享受过了的身体依然恋恋不舍，伊织情不自禁地手上稍稍一用力，阿霞微笑着，并回之以轻轻握住伊织的手。

飞机终于停稳，周围的旅客纷纷站起身，伊织不得不将手抽回。长长的旅行终于结束了，拎着行李走向出口的人们脸上，无不流露出些许疲劳以及些许安祥。

"您辛苦了！"

在空姐排成一列的笑容欢送下，两人走下舷梯，进入机场大楼。阿霞拖着个小旅行箱,手上拎一个纸袋,里面装着在机场免税店购买的物品,伊织则只有一个旅行包。

检查过入境证件,朝托运行李领取处走去。一分一秒地接近出口,意味着两人分别的那一瞬间也在分秒分秒地逼近,而且已无力挽回。两个人谁也没有说话。

出国前到机场送行的阿霞的女儿会来接她,伊织事务所的职员也说好要来接机。拿好行李,装上手推车,两个人对视着,互相道别。

"那么,就在这里再见了……"伊织直视着阿霞说道,"晚上会待在公寓里,明天十一点钟去事务所上班。"

阿霞点点头,似乎想说什么。

"什么?"

"哦,没什么……"

也许阿霞只是想再多看伊织几眼吧。

"你先走吧!"

阿霞的表情仍有些犹豫,但马上下定了决心,转身朝左手边的海关检查台走去。伊织望着她的背影,往右面的检查台走去。阿霞那边似乎比较空,简单检查了一下便完事了。她回过身,轻轻挥了挥手,随即闪身从自动门走了出去。

伊织稍后检查完,来到大厅时,阿霞的身影已经消失在混杂的人群中,看不见了。

寒露

虽然只离开了短短的十天,但是季节却似乎发生了巨大的转换。

出国前,神宫的森林还是一片绿色,现在绿色已经褪去,通往绘画馆的道路两旁的银杏树也早已树叶摇落,光秃秃的树枝在密云遮日的天空下显得格外锐利。日复一日,季节的转换不甚分明,但是相距十天再看,才发现秋天确实在马不停蹄地奔逝。

回到日本的这天夜里,伊织相隔数日终于又在自己的房间入睡,因此美美地睡了个好觉。早上八点钟醒来后,先浏览一下不在期间积攒下来的报纸,然后吃了一大碗粥。在欧洲时虽然吃日式餐也不是件难事,但是却没有地方可以吃到粥。吃下富子为他熬的粥,伊织感觉仿佛自己又变回了日本人。

伊织将买给事务所职员的手帕等礼物,以及给笙子买的皮包装入挎包,十点钟便走出公寓上事务所去了,比平时都要早。

"您走好!"富子用欢朗的声音招呼着。

她心情很好,不知道是时隔多日主人回来令她焕发了活力,还是伊织送给她的礼物挂毯十分中她意。

伊织自己开车到了事务所,职员一齐站起来欢迎他。

"您回来了!"

平时的话,伊织走进事务所,职员们还是照常干自己手上的活儿,只是一对一地道声"早",伊织也感觉这种不拘形式的方式比较轻松舒适,但这次毕竟分开了十天,职员们似乎早就在盼着他了。

"都好吧?"

"哎……"大伙儿都松了口气似的。

"嗯,没什么值钱玩意儿,这些个是买给大家的礼物,拿去分一下吧!"

伊织将包着的礼品递过去,又环视了一下四周,然后走进所长办公室。昨天晚上与望月通过电话,自己出国期间所里的事情,大概情况已有所掌握,必须迅急做出指示的文件昨晚在公寓他已经浏览过,并做了相应的指示。

但即使这样,办公桌上还是堆积了许多邮件。看着这些小山似的东西,伊织忽然意识到,刚才在众人中间没有看到笙子的脸。

"怎么回事……"

他靠在椅子上,一个名叫坂井的女职员端着茶水进来了。伊织等她将茶放在桌上,然后问:"相泽小姐怎么了?"

坂井面露困惑的表情答道:"她请假了。"

"不舒服吗?"

"不清楚,两天前开始休息的。"

伊织故意慢吞吞地喝着茶,等坂井出去之后,靠在转椅上思忖起来。

笙子两天前开始请假休息,这可是才听说。昨天到机场时,没见笙子前来接机,便觉有些蹊跷,但是转念一想,可能是因为工作忙吧,或者是不想看见自己和阿霞一同归来,所以也就没有多想。但他万万没想到,笙子竟然两天之前就请假不来了。即使休息,也可以跟前来接机的同事说的,是觉得没什么可说,还是有什么不便说出口的?

想来笙子是很少请假的。表面看上去身体柔弱,却出人意料地健康,最多只是偶尔感冒之类的,但即使感冒也很少请假休息。

伊织想把望月叫进来,问问笙子请假的理由……

可是,一到事务所便询问这种事情,却叫人感觉很奇怪。其他的女性姑且不去说,放到笙子身上,伊织反而不便多问。

正在犹豫的时候,刚好望月拿着文件进来,都是出国期间积下来的,足足有一大摞。望月先将这些文件向伊织进行了说明,随后问道:

"怎么样啊,欧洲之行?"

"嗯,真的不错……"

"已经挺冷了吧?"

"荷兰那边风大,有点冷,维也纳现在是深秋,景色正佳哩。这次旅行日程上安排得比较从容,所以玩得非常愉快。"

"那边的建筑有什么可以借鉴参考的吗?"

"欧洲的建筑,要说借鉴全都值得借鉴,要说无法借鉴也全都借鉴不上,因为人家对于建筑的认识,和我们从根本上就完全不同啊。"

伊织说了一通,随后像是突然想到似的问道:"相泽小姐为什么休息啊?"

望月霎时间露出诧异的表情,回答说:"您不知道吗?她说已经跟所长报告过了呀。"

回到东京之后,与笙子还没有见过面,电话也没有通过。

"是嘛……"

伊织装作若无其事地点点头,望月走出了办公室。

午后的太阳光满满地照进屋子里,比欧洲的阳光更强。

伊织起身将遮阳的帘子往下放了放,然后坐回椅子上。

旅行之前,笙子就没有同伊织联络,旅行期间更是音讯全无,昨天晚上回到公寓,笙子也没有打来电话,也没有笙子寄来的任何邮件。可是,笙子却说已经同自己联络过了,这又是怎么回事?是一时信口说的,还是由于某种障碍延迟了联络?不管出于何种原因,笙子毫无理由连续缺勤两天,这可是以往从来没有过的事情。伊织虽不知道其中原因,但清楚这绝不是寻常的事情。

犹豫了许久,他决定往笙子的公寓打电话。

可是,光听得笙子公寓的电话接通音响,却没有任何人出来接电话。

铃声响了六下,伊织挂断电话,随即再打,但还是无人接听。

由此来推断,笙子应该不是感冒,而是出门去了什么地方……

伊织放下听筒,叼起刚吸了一半的香烟。

桌子旁放着挎包,里面装着买给笙子的礼物——那只精巧的皮包。买它的时候,伊织脑海里在盘算着以此来向笙子赔罪,自己与别的女人一同出国旅行,或许皮包可以稍许减轻一点这种亏负的心情。

今天早上走出公寓的时候,本想碰到笙子就立刻将皮包给她的。当然,当着其他职员的面无法给,但是两个人单独相处的时间有的是。只要说一声"这是给你的礼物",然后递给她,旅行之前的那种尴尬氛围或许即刻便会冰雪消融。

然而,这似乎只是一厢情愿的想法,同阿霞一起去欧洲旅行看来还是留下了后患……

伊织觉得,笙子这两天请假应该与这次旅行有关系,但是笙子本人不在眼前,询问原因也好,为自己辩解也好,一切都没有办法。

一整天,伊织都在心绪不宁中度过。

由于离开了十天,事务所里不断有各色各样的访客前来,伊织一拨接一拨地会见客人,途中还要与职员们商量工作,几乎连座位坐暖的时间都没有。即使这样,其间还是会情不自禁地想到笙子。

她此刻在做什么?为什么一个电话都不打?……

在客人面前,这种心绪又不能够显露出来,伊织竭力装得很平静。可是当有访客到来,为客人端茶水、进来向他报告工作的女性,不是平时的笙子而是其他人的时候,伊织便情不自禁地觉得困惑,若是笙子,无需说话,只消点点头,对方就能领会自己的意思,而换了其他人,总要一一详细吩咐,否则的话怎么也不得要领。而当会见行将结束,心里期冀对方早些离开的时候,却又不识时务地恭恭敬敬进来添茶水,这让伊织忍不住心头冒火,要是笙子在,每每能够得体地向客人丢下逐客令。

傍晚,工作差不多告一段落时,伊织又试着往笙子公寓打了电话,可依旧无人接听。晚上,同自参与项目设计以来走动亲密的某纤维厂商的社长有约,去筑地一块儿吃晚餐,但是人在心不在,脑子里还是想着笙子的事情。吃完饭,社长又接着邀请伊织去银座喝酒,伊织在位于新桥附近的夜总会又打了次电话,笙子还是不在家。

"怎么了?有什么事吗?"望着放下听筒一脸愁容的伊织,社长关心地问。

伊织暧昧地答道:"哦,没什么。"

喝着陪酒女斟上的兑水威士忌,伊织不禁感到惊讶,笙子不在,自己竟会变得如此消沉。早知这样,就不同阿霞一起去旅行了,正是因为两人偷偷地出国旅行,才弄成这样的结果。伊织一面自责,一面却又为自己辩解:和阿霞一块儿去旅行才是最重要的事情,这是不管发生什么样的后果,都没有办法动摇的。

然而一回到事务所,笙子不在便一切变得不顺,不能如愿进行。换句话说,就工作而言,笙子是有莫大作用的,这一点伊织现在总算是明白了。

平时的话,离开银座之后还会再换一家店喝上几杯,但是今天,或许是因为旅途的劳累尚未恢复,伊织实在提不起劲儿来,于是才十点钟便同社长道别分手了。

拦了辆出租车即刻回到公寓,看见桌子上放着一封信。富子每天来,总会从楼下的信箱中将邮件带上来。一看信封上的字迹,同笙子的字迹一模一样。伊织心里想马上一看究竟,但是却又害怕马上将它打开。他将信拿在手上,来到起居室,在沙发上坐定,然后才拆开信封。

折成三折的日式便笺纸上,确实是笙子的字迹。上面端端正正地写着:

祥一郎先生:

 欢迎您旅行归来。一路劳顿辛苦,我却没能去接您,希见谅!

 您一回来我便提出这样的请求,自己也知道实在是自私任性得很，但是，我还是不得不提：请允许我辞去在事务所的工作。

从入职至今，一直受到您无微不至的关心，我从心底里向您表示感谢。

如果要问既然如此为什么还要辞职，我难以回答，只能说是自己太任性了。您一定会怪罪我，干工作怎么可以这样不负责任呢？这是我的最后一次任性了，请您宽宥。

离职的日期从接到这封辞职信之日算起，或者从请假休息之日算起都可以，请您妥当处置吧。至于工作方面，我已经详细向坂井做了说明，想必不会有什么问题。

我现在不在东京，待调整好自己的情绪，我一定会专程向您当面致歉的。

在事务所工作的不短的日子中，真的得到了您的诸多关照，在此非常感谢。您让我体验到了愉快，也让我看了美好的前景，这四年中所发生的一切，我一辈子都不会忘记。

您每日操劳不息，还望注意身体。多保重。

再见！

笙子

伊织将信读了两遍，然后搁在桌上。要说此前一点也没有预计到显然是在撒谎，但是如此令自己手足无措的内容却实在没有料到。虽然感觉这事不会轻易完结，但仍旧心存轻视，幻想着自己总有办法圆满解决掉的。

这不啻是一纸最后通牒，在辞掉事务所工作的同时，仿佛也在宣告将两人的关系一刀两断。

伊织心慌意乱，又读了一遍，然后点燃一支香烟。他一口接一口地吸着，然而信的内容并没有因此而有丝毫不同。伊织忍不住又一次拿起信来，想找找看还有没有可以挽回的余地，将笙子拉回自己身边。

信从"欢迎您旅行归来"起始,由这句来看,笙子似乎在伊织此行结束前便已拿定了主意。信的语气很平淡,一点也看不出情绪激愤的样子,可是内容却很尖利,读来读去,还是在表明辞职的同时,向伊织发出的一则分手通告。

读到"这四年中所发生的一切,我一辈子都不会忘记"这句,伊织禁不住感到胸口难受,好像胃的深处被勒紧了一样。

四年时光仿佛就像一瞬间,种种物事一下子又栩栩如生地复苏在眼前。

两人的第一次相遇,心被她吸引,第一次共赴巫山洛浦,相爱过程中的龃龉嫌隙,以及笙子进入事务所之后发生的各种事情,每次笙子都竭力做到最好。两人曾经不约而同地坚信,在他们之间不存在分手的可能。可是现在,笙子却主动提出要将这一切斩断。

坦率地说,伊织还没真切地感受到这点。尽管面前放着笙子的信,上面明明白白地写着,伊织却不愿意相信这件事情真的发生了。

"为什么……"拿着信,伊织自言自语地咕哝道。

最近几个月来,和笙子的关系确实有些别扭和紧张,虽然看上去好像重归于好了,但实际上,彼此仍心存芥蒂,荡漾着一种不信任的氛围。显然,这是因为阿霞的存在而引起的。这次闹到分手地步的直接原因,应该也是因为伊织与阿霞两人同游欧洲。笙子发怒是情有可原的。尽管这样想,但伊织还是有一点弄不明白。

"为什么,事情非要弄到这个地步不可呢?"

然而,这只是男人一厢情愿的想法。伊织与阿霞在欧洲逍遥的同时,笙子一定以她那严谨的思路认真地考虑过,之后才下的决心。伊织在荷兰游玩之时,陶醉在维也纳森林的宁静中之时,笙子正在痛苦地思考着分手之事。

"没办法再挽回了吗……"

伊织继续在信中寻找着暗示原谅的只言片语。可是,克制着情绪、语气显得平静淡然的字里行间,透露出的却只有笙子的毅然和坚决。无奈，伊织只得将一丝微茫的希望寄托在抬头的称呼上：笙子没有称呼他"伊织祥一郎"，而是"祥一郎先生"。

寄来这样一封绝情信的笙子现在到底在哪儿呢？伊织看了看信封上的落款，上面只有"相泽笙子"几个字，没有写寄信地址。从她人不在公寓这点来推断，肯定是离开了东京，但这等于一无所知。根据正面的邮局戳，至少可以知道是从什么地方寄来的吧，于是看了一眼，依稀辨认出是"长野"。

长野是笙子的老家。

这么说来，笙子现在回老家了？

伊织恨不得立即打电话到长野去。伊织没见过笙子的父母。只有一次，同她母亲在电话里说过几句话，感觉和笙子一模一样，正直，文质彬彬，礼貌周全，"女儿一直承蒙您关照，真的多谢了"，客气得让伊织倒不知怎么应对才好。笙子怎么对母亲说起两个人的关系，伊织不得而知，但仅从电话的应答中判断，母亲似乎是个很传统的人。

记得当时是旧历新年，两个人正值热恋期，新年休息的短短几天见不上面，感觉无比难挨，于是约好了时间通电话。现在回过头来看，竟然有一种匪夷所思的感觉。

笙子老家的电话号码伊织知道，只要想打电话，举手就可以。

这样做妥当吗？或者还是等笙子主动打来电话？伊织犹豫不决起来。

作为笙子，她不可能就这样完事，早晚总会打电话同自己联系的。可是，想到等待的焦灼和难以宁定，还是自己打过去比较好。

伊织从装饰壁橱里拿出白兰地酒，像是给自己鼓劲儿似的喝了一口，然后拿起听筒。"上司打电话找自说自话丢开工作休息的秘书是天经地义的事情。"他对自己说着，按下号码。伊织屏住呼吸等待着，低沉的铃音响了几声，传来一个年长的女性的声音。

"您好，这里是相泽家。"

接电话的是笙子的母亲。伊织对着电话轻轻点头施了一礼，说道："我是东京的伊织……"刚报出姓名，对方立即郑重其事地回礼寒暄。伊织诚惶诚恐地问:"请问笙子小姐在吗?"

"笙子今天中午回东京了。您有什么事吗?"

"哦,没什么事情。既然这样,那我就挂了。"

伊织支支吾吾地答道,然后对着看不见的对方又点头致谢,随即挂断电话。

看来笙子确实回了老家。尽管没有直接通话,但至少弄清楚了她的动向,伊织方觉稍许安下心来。

既然返回了东京,晚些时候应该会打电话来的……

伊织起身,脱掉西服,换上了睡袍。旅行归来,有许多事情等着去做,配合多摩地区再开发的自然公园项目要酝酿设计方案,建筑杂志约稿的截稿日也迫在眼前……还有在欧洲受到东野和木崎的关照,也得写信去表示一下谢意。

然而伊织却一点也没心思投入工作,他躺坐在沙发上,啜饮着白兰地。

旅行回到日本才第二天,因此身体和大脑还没有完全恢复状态,不是时差问题,而是神经没法紧张起来。他一面看着电视,一面脑子里仍念念不忘笙子。

已经十一点多了,笙子为什么还不打电话来?按笙子母亲的说法,她是中午从长野返回的,差不多五六点钟便抵达东京了,即使乘坐傍晚的特快列车,也应该在晚上十点半到站,算上回到公寓的时间,十二点之前应该到家了。

以前笙子从没这样晚回家。和朋友聚会,一般也是十点钟、至多十一点钟便回到公寓。这样看来,说不定这会儿已经在家里了。

伊织起身上了趟厕所,然后打开一瓶啤酒,感觉浑身有些疲软,但是大脑却清醒得很。伊织喝着啤酒,等到十一点半左右,终于耐不住了,拿起电话,按了笙子公寓的号码。夜深人静,电话铃声显得特别刺耳,伊织一瞬间胆怯了,随后又鼓起勇气,但是却无人应答。响了十来下,伊织挂断,然后再次拨过去,还是没人来接。

"上哪儿去了……"

自己如此焦心地等待着,笙子为什么却连个电话都不来?伊织情不自禁地对笙子生起气来,同时也对自己生出几分不满。他大口喝着啤酒,仰面倒在沙发上,天花板的灯光令他感到目眩,他闭上眼睛。正在此时,电话响了起来。伊织一下子跳起来,憋着一股气拿起听筒,只听见听筒里传来压低的声音:

"喂喂……"

"你……"

伊织刚要发怒,忽然发觉电话里不是笙子,而是阿霞,于是急忙收住。

伊织的脑子里装满了笙子,电话响起,他理所当然地认为是笙子打来的,没想到差点发怒发错了对象。

"喂喂,您怎么了……"

声音虽然压低着,却依然透露出甘美甜润。伊织那刚才还装满了笙子的大脑中,阿霞的影子开始慢慢苏醒。

"现在方便吗?"阿霞似乎察觉到了伊织声音中的不自然,她稍许停顿了一下,接着说道:"今天起又开始工作了吧?"

伊织点点头,脑海里重又浮现出与阿霞一同去欧洲旅行的情景。仅仅隔了一天,刚刚回到日本,却仿佛已经是十分遥远的事情了。

"您一定累了吧?时差倒过来了没有?"

"嗯……"

"我睡不着觉,现在正一个人在喝威士忌呢。"

的确,阿霞的声音虽然明快,却略显迟缓,大概是有了些醉意吧。

"您现在在做什么呢?"

"没、没做什么……"

"唉,您不想和我见面吗?"

被她这么一问,伊织才意识到,自己今天一整天早把阿霞的事情忘记了。

"不是说好回来后马上打电话的吗?"

伊织终于想起来,两人临分别之前曾相约电话联络的。

"您真坏。"

"坏……"

"是呀,坏透顶了。您带我出去旅行,让我养成了古怪的习惯,想让我怎么样啊?"阿霞轻轻叹息一声道,"想丢下我不管了吗?"

对于伊织来说,不是好和坏的问题,他的大脑还没有完全切换到阿霞身上。

"后天晚上,您有空吗?"

"……"

"很忙吗?"

"那倒不是。晚上吗?"

"我上您的公寓去,可以吗?"

"嗯……"

"那就说好了,我过去啊。"

阿霞停顿一下,又接着说:"你是个薄情的人,现在要让你受惩罚了。"

是不是薄情不得而知,但是受惩罚的预言倒似乎正在应验。伊织点了点头。

放下听筒,伊织将杯子里剩下的啤酒一口喝干。虽然等了好久也不见笙子打来电话,但是刚才的电话还是让他的心情平静了一些。

回想起来,今天一整天心里光想着笙子,其实静下心来想,自己还有阿霞哩。刚才的电话,令他重新意识到这一点。

"没必要心思全放在笙子一个人身上……"

伊织又往杯子里倒上白兰地,一面自己开导着自己。

笙子确实工作非常仔细,也非常能干,但稍稍过了头,有时便会太过较真,反而成为一种负担。一方面,工作交给她做没话说;另一方面,她一味追求正义什么的,还是显得有些青涩不成熟。而阿霞则更加开朗和宽容,虽不是毫无原则的迁就,却有一颗兼收并蓄的包容心。

"笙子的事情,就让它过去吧……"

伊织自我安慰着,然后端起白兰地啜饮起来。孰料,热辣辣的液体从喉咙口灌下去,却又不由自主地念想起笙子来。已经回到家了吧?也许,她给自己打过电话,刚好电话占线中所以不得不挂掉了……

为什么如此放不下笙子?就在刚才,还自己开导自己说有阿霞哩,可转瞬又眼巴巴地等待着笙子的电话。为什么会这样失魂落魄?伊织情不自禁生起自己的气来,同时也感到莫名其妙。

"是因为她要离开我?"

阿霞现在坦率地向自己诉说激情难抑,并且大胆地提出幽会的日期。

可是笙子却真真切切地想离开自己。她明知自己在等着她的电话,却迟迟不打来。虽然不能说这是笙子采取的一种手段,但是笙子的沉默确实让伊织愈加抑制不住对她的想念。是因为笙子要离去,才意识到她的好,还是因为得知笙子要离去,才开始生出对她的恋恋不舍?

"为什么我就没有早点意识到哩……"

说实话,以前和笙子约会伊织总是提不起劲儿,可现在,要和阿霞幽会却也令他感觉沉重。或许,这种自私与任性并不是谁的过错,而仅仅是爱情所具有的奇特的罪孽之处吧。

早上,伊织又试着往笙子的公寓打电话,依旧是无人接听。

会不会是说回东京,途中却改变了行程?或者是借宿在朋友处?无论哪种情形,看来只有等她给自己打电话来了。

伊织终于断了念,但同时也对笙子怨恨不止。

即使是对自己和阿霞一同去旅行不满,但将个人感情带到工作中,是不是有点过分了?将私情和工作混同起来,也确实任性到了极点。

尽管心里这样想,伊织却无法咬牙切齿对她恨之入骨。此刻他的心情,既想狠狠叱责她一通:"你为什么要这样?!"同时,又想温柔地将她搂在怀中。

第二天，伊织试着问替代笙子的那个叫坂井的年轻职员。

"相泽小姐把她不在时的工作都向你交代清楚了吧？"

或许是伊织的语气略显生硬，坂井表情僵硬地答道："她把来访客人的资料以及所长的日程安排都对我交代过了。"

"她说了请多长时间假吗？"

"一开始说请一个星期假，不过昨天晚上她在电话里又说，也许会就此辞职呢。相泽小姐真的要辞职吗？"

"昨天晚上她打过电话给你？"

"哎，十点钟左右，往我家里打的电话。可能因为突然间请假，她有些不放心吧。"

"她当时是说要辞职吗？"

"她只是说有可能会辞职……不好意思，所长，笙子小姐是不是要结婚啊？"

"结婚……"

"我也不清楚，只是在想会不会是因为结婚。"

坂井比笙子小三岁，从进事务所开始，就一直对笙子崇敬不已，穿着打扮都学着笙子的样子，还不时上笙子的公寓去串门套近乎。

"她现在人在哪里？"

"所长，您不知道吗？"

看来坂井以为伊织是明知故问。事实上，从以往两人的关系中得出这样的猜测也无可厚非。于是，伊织止住进一步问下去的念头，端起茶慢慢呷着。

再问下去，只会让自己显得狼狈不堪。

待坂井离开办公室，伊织独自思忖起来，最后在心里对自己说道：

"再也不要去想笙子了。老是放不下笙子，黏糊糊的，会影响到工作的。要是笙子突然间出现，到那时候再考虑也不迟。至少目前，就当她已经辞职了。如果不这样想的话，接下来工作都没法做了。"

不过话是这样说，但是也无法按辞职对笙子进行处理。自说自话提出辞职,但是见不到本人的面,后面的手续是没法进行的。当然还有带薪休假的处理办法,这样万一笙子同意,还可以顺理成章留下复职的余地。

所里的职员们对于笙子四天不来上班,觉得十分蹊跷。是家里出了什么事?还是碰到什么样的麻烦了?背地里,职员们都在嘀咕和猜测。

伊织对此却只字不提。他和笙子关系不一般是大伙儿都知道的,但是,因为自己与其他女性一同出国旅行的事情暴露,才导致两人闹僵了,这种话怎么说得出口。再说,这件事情是否就是笙子辞职的全部理由他也不清楚。无论从哪个角度讲,都不是值得显摆的事情,所以绝不可能自己主动提起。

当然,请假时间一长,一直拖下去不处理也不是办法。笙子请假势必增加其他人的工作量,况且,男职员们也因为熟悉工作的笙子不在而显得很为难。

实际上这四年来,笙子不仅仅是伊织的秘书,还承担着事务所的财务工作,并且是伊织与职员们沟通的桥梁。因此她不在,给工作带来的影响不容小觑。总不能一直这样拖下去,总得想办法处理和解决——心里虽然这样想,却轻易下不了决心。

一种不透明的空气在事务所内弥漫散布开来,却令伊织暗暗吃惊。

相泽笙子为什么请假,其中的理由应该只有所长一个人最清楚,可是所长却保持缄默,不肯明确地告诉大家。对此,职员们中间似乎滋生了一丝不满。

这天,伊织六点钟离开事务所,约好七点钟阿霞要来公寓。他直接回到公寓,上身换上咖啡色的衬衣,外面罩一件米黄色的开襟羊毛衫,下身则是同样咖啡色的法兰绒裤子。

伊织的西式衣服颜色大抵分为两大类,藏青色和咖啡色。也说不上更喜欢哪一类,他自己觉得藏青色可以稍许显得年轻些,而近年随着年龄渐长,感觉咖啡色也不错。虽然显年轻不至于让人不快,但是他不想看上去显得太年轻,男人嘛,还是外表与实际年龄相称比较好,看上去过于年轻会给人一种缺少内涵的感觉。

最近,一回家便马上穿起睡衣或睡袍,很少穿羊毛套衫或开衫。尽管放着上好的开司米和天鹅绒室内便服不穿有些可惜,但反正是一个人孤身入眠,也就没心思讲究了。

这天,伊织穿上好久没穿的意大利产的带两只口袋的米黄色开襟羊毛衫,喝着啤酒,正在悠闲地看着晚报时,与楼下相通的对讲电话响了。抬起手腕看了一下表,差五分七点。伊织将刚吸了几口的香烟搁在烟灰缸上,起身打开门锁,不一会儿,阿霞便出现在门口。

"可以吗?"

阿霞探询地问道,随即朝房间里面扫视了一眼,然后才回身关上房门。

"我还以为您没回家呢。"

"半个钟头前就回来了。"

今天的阿霞,披着一件藏青色的斗篷,下面是黑色的高筒靴,跟之前的和服形象大相径庭,完全一副现代女性的装扮。脱去斗篷和靴子,里面是高领羊毛衫和紧身裙。

"好久没光顾这里了呢。"

阿霞缓缓地环视一遭屋内,似乎还在确认什么。随后,她向伊织俯下头:"之前的旅行承蒙您一路照顾,实在是太感谢了。"

语气骤变的寒暄,令伊织一时间不知所措。阿霞斜着眼睛瞟了他一眼,又问道:"没想要和我见面吧?"

"当然是……"

"当然什么呀?"

"想见你喽。"

"可别勉强呀。是我说要见您,您才和我见面的吧。"

说到这里,阿霞将拿在手上的斗篷丢在地上,猛地扑入伊织怀里。

没错,这数日里伊织的脑子全被笙子占去了,可是并不说明他不想见阿霞，有时候，他脑子里也会浮现出阿霞的影子，只不过他实在提不起劲头主动去邀约阿霞。

"好想见您呢。"

阿霞紧紧贴住伊织，从胸部到脚尖拼命朝伊织挤压过来。伊织不禁后退两步，然后抱紧阿霞。密密实实贴住胸膛的酥软感触和低垂到胳膊上的黑发，让欧洲的每一天又清晰地复苏过来。

时而在望得见公园的窗边，时而在床榻旁，时而在晚秋的森林中，曾经无数次抱拥过这酥软的肩头，无数次凝望过这黑发的晃动。

毕竟身体的感觉比大脑的记忆更强，此刻，伊织脑海里的笙子渐渐褪去，而现实中的阿霞则被不断放大呈现。

"让女人开口说想见面，你可真够坏的！"

"刚刚回来事情多，忙不过来嘛。"

长时间的拥抱之后，两人面对面站立着。

"再忙，打个电话总还是可以的吧。"

确实，要想打的话并无不可，伊织不只是光顾着笙子才没有打，有时候想打但却没有打，还因为顾忌着辻堂的阿霞家里，她毕竟有丈夫、有女儿，贸贸然打电话过去不妥当。再说带着她去国外旅行了十天，一回来便迫不及待地打电话约会，似乎也太厚脸皮了。

倒不是既做了奸夫得了便宜，现在却来假充知书达理的正经人，在伊织的脑海里，阿霞从来就没离开过。即使有时候忘记，也是顾忌到阿霞背后她丈夫的存在，而心生畏怯。长时间外出旅行，回来也应该谨慎一段时间，观察一下再说，这样做好像更妥帖。这种顾虑也使得他踌躇不决，最终没给阿霞打电话。可是从女性这边来讲，似乎不需要这种顾忌，一旦燃起的炽情，只会不断地燃烧，越燃越烈。事既至此，还考虑要不要顾忌丈夫、女儿什么的，只能是为自己找借口的卑怯行径。

"真是太过分了。"

阿霞又用怨恨的眼神看着伊织。这种娇媚的眼神，是一同旅行之后才开始看到的。

"对了,欧洲之旅的照片印出来了!"

阿霞将弄乱的头发向后撸了一把,打开手提包。伊织记得就是在维也纳时买的。

"为了洗印这些照片,我还特地跑到镰仓去了呢。"

旅行照片中有许多伊织和阿霞的合影,当然无法拿到住家附近的照相馆去洗印。

"想不到那样一台照相机,拍出来的效果还不错吧?你拍的好多都对焦没对准,看我拍的,每张都挺好。"

照片是彩色的,大概一共有四十来张。两个人一起的合影,都是东野或女导游拍的,单独一个人的则是两人互相拍摄的。

"这张真是拍得糟糕透顶了!"

原来是在美泉宫前的一张照片,画面中只有阿霞的半张脸。

"实在是因为宫殿太漂亮了,所以不知不觉眼睛只顾朝那边看了。"

"不是吧?是在看旁边那位美女吧?"

照片另一端,果然立着一位金发女郎,长发被风吹拂着微微飘扬。

"这张怎么看都像是纪念照。"

在阿姆斯特丹王宫前拍的这张照片中,两个人脸朝向前方,身体站得笔直。那是因为刚到欧洲不久,在东野面前两人并肩站着紧张得不得了,后来表情才慢慢变得和缓,姿势也越来越自然了。

"瞧这张,你一定不记得吧?那是你自己一个人呼呼大睡,我气不过,所以给你拍了下来。"

阿霞指的这张,是在维也纳的酒店客房的床上,伊织微微歪斜着嘴巴的睡姿。

"你光把我的丑陋照片拿出来,自己的难看的都藏起来了吧?"

"没有的事。还有五六张我的样子不错,但是怪你没拍好,所以没办法洗印出来。"

阿霞说着,又拣出一张来:"这张很不错吧?不像是哪部电影里的镜头吗?不过男主人公好像稍微差劲儿了点。"

维也纳森林的小径中,身穿大衣的两个人微微低着头,随意地相互依靠着走在一起。

"这是趁我们不注意的时候,导游给我们拍的。"

"这张我可以留下吗?"

"当然可以啦。我的那份放在家里了。"

这样的照片放在自己家里不要紧吧?万一被家里人看见怎么办?伊织不禁担心起来。这似乎也是旅行之后才开始有的勇气。

"还没吃晚饭吧?"

"我不吃了。今天晚上九点钟之前必须回家去。"

阿霞的头左右晃着,可是眼睛却像在诉说着什么。仿佛被这双眼睛差遣似的,伊织轻轻用手勾住了阿霞。

"到那边去。"

"今天只是来看看你的呀。"

阿霞眼睛乜斜着,可是腰肢已经浮了起来。伊织牵着她的手来到卧室,接下来两人便不再踌躇,交唇接吻,伊织用舌尖轻舔阿霞敏感的耳朵,阿霞立时蜷起身子:"救命!……"

"那就快点脱!"伊织命令道。

阿霞顺从地转身向一旁,手伸向裙子的皮带。

伊织脱掉衣服,先上了床。像往常一样,阿霞蹲着身子靠近床边。她没有带睡衣,只用黑色的斗篷裹住身体,里面什么也没穿。等到靠近床头,突然一下子掀掉斗篷,即刻变成了一颗白色的弹丸,朝伊织的胸前扑来。

伊织将她紧紧抱住,轻轻咬住她的耳根。

"啊!……"

阿霞好像痒得受不了,但整个身子还是朝伊织紧紧压过来。

"我是不是瘦了?"

"是吗?"

"因为你不行嘛。"

这是什么道理,怎么所有事情都往男人身上怪罪呢?伊织弄不明白。

"我想见你,你也想见我吗?"阿霞问。

伊织没有回答,手向她的下半身摸去。

欧洲归来只不过短暂的空白,但身体仿佛早已饥不可耐,稍许轻触,秘处已然湿润润的了。

若是在以前,伊织必定先笃悠悠地狎戏一番,可是今天,禁不住这般湿润的诱惑,轻轻触摸了几下,便急吼吼地长驱直入了。

霎时间,阿霞拧起了眉头,发出低低的呻吟,同时勾住伊织脖颈的手上一用力,勾得更紧了。两个人说不清楚谁是攻方谁是守方,一同坠入了欢悦的深渊。

仅仅几分钟之后,伊织忽然听见门铃响了起来。

起初,门铃声被阿霞的呻吟压住,显得甚是遥远,听不分明。伊织竖起耳朵仔细捕捉,终于意识到是自家的门铃在响。公寓的大门是锁闸式的,但有的人不通过对讲电话启锁,跟在别人后面一同上来的情况也时有发生。

现在这个时候会是谁呢?

伊织停止了动作。然而欲情燃得正旺的阿霞却听不到门铃声。她下半身不停地扭动,好像在嗔怪伊织似的。

"等一下……"

伊织在她耳朵边低声说道,随即刚想将身体分开,阿霞立即很自然地显露出不悦。

"好像有人来了。"

此时阿霞才注意到门铃声,她睁开了眼睛。

卧室里安静下来,只听见门铃声仍旧在响。

"门上锁了吧?"

后进屋子的是阿霞,伊织记得亲眼看见她回转身锁好了房门的。

"不要紧吧?你约了客人吗?"

伊织想了一下,今天没约什么人来公寓呀。

357

"会不会是谁拿着另一把钥匙?"

阿霞突然露出畏怯的神情。可是手里有屋子钥匙的只有佣人富子,而她这个时候是绝对不会再返回来的。

"我去看看。"

伊织急急忙忙穿起内衣,披上睡袍,但一想,万一是认识的人,这副样子似乎不雅,于是又换上羊毛衫,套上裤子。

正在情浓意浓、欲情冲向顶峰之际,却不得不中断,阿霞脸上露出不满。

"马上就回来。你别动,就这样躺着歇息一会儿好了。"

大概是觉得屋子里没人,门铃停住了,但是来人似乎仍旧站在门外。伊织走出卧室,蹑手蹑脚地靠近门口。

他悄悄站在门背后,从门上的猫眼朝外面观察,却不见人影。或许是断定屋内无人,所以离去了吧。伊织轻轻打开门,正好看见走廊尽头一个女人的背影。

"啊!……"

伊织发出愕然的声音,与女人回转脸来几乎是在同时。

回转脸来的是笙子。尽管夜晚的公寓走廊里暗乎乎的,伊织还是看到笙子风衣领子竖起着,瘦削的脸孔直直地望着这边。

两人隔着走廊互相对视良久。然后,笙子扭转身,往这边走来。一只手拎着皮包,另一只手插在风衣口袋里,高跟鞋发出"咯咯"的声音,朝这边走过来了。

伊织只从门缝中露出一张脸,愣怔地看着。再这样沉默下去,笙子就会进屋,而屋子里,阿霞正赤身露体地躺在床上。伊织暗自叫道"糟糕",人却像是被绳索缚住了一样,动弹不得。

"你怎么……"

笙子离自己还有几米距离的时候,伊织终于发出声来。笙子似乎同样被眼前的场面惊住了,她疑惑地望着伊织说:"我以为您不在家呢,刚想回去……"

好险啊！如果晚十几秒钟开门，说不定笙子已经乘上电梯走掉了。

"那……"伊织尽量想使自己镇定，但是声音却不由自主地在颤抖。

"我往事务所打电话，说您直接回家了，所以我就上这边来看看。"

"可是……"

"本来应该先打个电话的，可是我想您大概在家，所以就很唐突地过来了，对不起。打搅了您的休息吧？"

被一语戳中要害，伊织显得有些狼狈，他急忙摇头。

笙子用冷静的语气说道："要是您忙的话，我下次再来叨扰吧。"

"哦，不不，我没事。"

两人就站在门口，话说多了，里屋的阿霞会听个清清楚楚。于是伊织急慌慌地说："对面有家'凡'咖啡馆，你到那里去等我好吗？我马上过去。"

"可是，我下次来也没关系的。我只不过想来当面向您道一声歉。"

"对啊，就是谈谈这件事嘛……"伊织拼命克制住心里想说的话，只是一再叮嘱，说出来的话几乎有点结巴了："我马上就过去。记住是'凡'咖啡馆啊，知道吗？"

笙子表情生硬地点了点头："那……"

看着笙子转身离去，伊织又情不自禁地发出一声惊愕："啊！"

门口的脱鞋处，阿霞的高统靴子直直地矗在那里，情急慌忙开门时来不及将它藏起来。无疑，站在对面的笙子一定看见了。

关上门，伊织僵立在门口。阿霞还等在床上，可是他没法马上回到床边去。此刻他早已兴致全无了。阿霞和笙子竟赶到了一块儿，一种遭到惩罚的感觉令他悚惧得脚底发软。

但是长时间站立在门口更不是件事情。无奈，伊织只得先进了趟厕所，然后才回到卧室。只见阿霞身上裹着被子，坐在床上。

"真是拿她没辙……"

伊织咋了咋舌头，想掩饰自己的尴尬。阿霞一声不吭，从床上起身。

"做什么？"

"穿衣服。"阿霞弯腰从床边拿起叠得整整齐齐的衣服。

"正在兴头上,真是的……"

"您要出去是吧?"

刚才在门口的对话果然被阿霞听到了,她的语气一下子变得非常冷淡。

"突然间跑过来,真是个不懂道理的人……"

伊织忍不住发起牢骚。魂不守舍地等了她那么多天,毫无音讯,连通电话也不打,可偏偏自己同阿霞上床的时候她却找上门来了,而且不通过对讲电话,直接就闯到门口来。要来的话,先打个电话不行吗?

请假也是自说自话的,闯到家里来也是自说自话的,想起来就让人生气。可是,刚才那个场合,又不能让她就这样回去。

与失去联络好几天的笙子,突然以这样一种意想不到的方式见面,加上正和阿霞在床上亲热的亏负感,使得伊织不想站在门口简单说几句话就完结。倘若此时让笙子先回去,以后再说的话,恐怕就再也见不到她了。因此不管怎么样,他必须留住笙子,两个人好好谈一谈,否则一切都结束了。

可是与笙子相逢,却似乎伤害到了阿霞。事实上,阿霞的不悦已经十分明显地写在了脸上。

"你赶快去吧!"

阿霞说着,拧开了卧室的门。

云颠雨密之时,竟被别的女人找上门来,这样的男人还有什么话好说;半途停下来,去追其他女人的男人,随他去好了。"还不快到她那里去!"阿霞的眼睛里分明透露着这样的愤怒。

然而,今晚的事情却不是伊织可以预料到的。只能说是偶然。

不过话说回来,迄今为止,阿霞与笙子已经好几次差点撞到一起。

与阿霞接吻之时,笙子曾打来电话,铃声不绝;和阿霞幽会后分别回到公寓,笙子曾不期而至,躲在暗处吓了伊织一跳;去欧洲旅行之时,阿霞更是清清楚楚地看到了笙子……此外,笙子肯定还在电话中听到过阿霞的声音。

今天实在是运气糟糕透了。不过以前之所以两人没撞到,只是运气稍好而已。在两个女人之间左右逢源,发生像今晚这样的事情,只是时间早晚的问题。

"真是……"伊织自我安慰道。

今天晚上的事情实在让人沮丧。若是两人正好在说话聊天,或者坐在一起喝酒,那还好说,万万料想不到,两人竟然在床上,而且还是情事的高潮之时,再没有比这来得更糟糕的了。又不能够马上跑出去,笙子从伊织的表情和态度上,一定猜出来了;其后,又慌里慌张地约笙子到咖啡馆去见面,不光笙子显得诧异,也令屋子里的阿霞心情大挫。

"实在不好意思……"

伊织懊丧地用拳头敲打着太阳穴,阿霞已经穿着衣服走出了卧室。

"我回去了!"阿霞的声音跟刚才简直判若两人。

"哎、哎……你等等!"

"那个女的在等你吧?"

"可是……"

如果这样子分别的话,自己与阿霞之间也势必产生裂隙。

"我也没想到今天会这个样子,完全是偶然的呀。她因为工作上有要紧的急事,所以才跑过来了。"

"一个女人,为工作的事情晚上跑到男人的公寓来?"

"她是我的秘书嘛……"

"不光是秘书,还是情人吧?"

阿霞说完,抓起斗篷,快步朝门口走去。

伊织本想去追,但是他站住了。现在这种状态下和阿霞分手,固然是桩很麻烦的事,可是笙子还在咖啡馆里等着哩。再这样慢吞吞的,连笙子也要离他而去,自己将两头空空,一无所有。

"对不起……"

伊织在背后赔着不是,然而阿霞一句话不说,"哐当"一声关上门走了。伊织走进厕所,站在镜子前面。

他不想让笙子发现自己情事的蛛丝马迹。于是,简单地梳理一下头发,仔细检查了嘴唇四周之后,拿起香烟和打火机。

刚想朝门口走去,忽而又折回来,查看一下卧室和起居室。万一和笙子见面之后一同回到屋子里来,屋子里留有女人的痕迹可不妙。他快速将起居室茶几上的两只杯子收拾掉,再进入卧室。床上阿霞已经拾掇过了,叠得整整齐齐,但他还不放心,掀起床罩,看看有没有发卡之类掉落在地上,又仔细检查了枕头和床单上,没发现发卡以及女人的头发。

"这就行了……"伊织自言自语着,穿上鞋子。

笙子等候的咖啡馆就在公寓对面,不用穿风衣,伊织只在外套领口外围了条围巾。

乘上电梯,来到楼下门厅,刚想走出正面玄关,却发现右手边地上坐着个女人。

伊织有点不敢相信,又看一眼,没错,果然是笙子。

"怎么了?"伊织吃了一惊,不禁提高了声音问道,"不是让你在对面的咖啡馆吗?"

"我去了,可是人太多,没地方坐。"

"那你就一直在这里?"

笙子点点头,没有作声。

看来,倒霉的时候,一切都会朝着倒霉的方向发展。如果笙子从刚才起就一直坐在门厅的话,阿霞出来正好被她看得一清二楚。当然,阿霞也一定看到了愣愣地坐在门厅的笙子。

"您要是忙的话,我下次再来好了。"

"不不,没关系。"

这正是所谓自业自得,自取其咎。不过今天晚上伊织实在是倒霉。再怎样也不可能指望会有什么好的结果,但伊织仍旧不舍就这样与笙子分手。

"我们找个地方说说话吧。到我屋里去?"

"不去。"

黑乎乎的门厅里,笙子坚定地摇着头。

"那到外面去吧。"

回到刚刚和别的女人躺过的屋子里去,伊织也有些心虚,于是伊织走出公寓,带笙子来到右首一幢楼的地下酒吧。

"这里可以点些简餐或者三明治什么的。"

"我不吃。"

店堂狭长而逼仄,只有一排L型的吧台座位。伊织和这里的掌柜非常熟,一个人无聊的时候经常光顾这儿。

"来杯兑水威士忌……"伊织对掌柜招呼道。随即又问笙子需要什么饮料。

"请给我一杯咖啡。"

"唉,你真吓了我一跳……"伊织两肘撑在吧台上,叹了口气说道,"我怎么也没想到,一从欧洲回来却发现你请假了。"

"……"

"信我读了,不过信是两天之后才收到的。我马上往长野打电话,你母亲接的,告诉我说你已经回东京了。"

笙子低着头,一句话也不说。

"突然请假休息,大家都觉得很奇怪,一下子顶替你的坂井小姐有点不知所措,其他人工作起来也总觉得有些不顺啊。"

"对不起……"

"我不知道你是因为什么理由要辞职,但是要辞职的话,至少也得征得上司同意,也得让大家想得通才行啊,这才是一般正常的做法嘛。突然之间,想起来要辞职就辞职了,这也太随便了吧?"

伊织不知道自己这样说会不会过于严厉。但是,态度太轻缓了又怕局面对自己不利,故而特意加重了语气。

"可是你呢,连着几天去向不明,现在却好像又突然间想起来似的出现了……"

"我打扰您了,实在不好意思。"笙子说完,将脸转向另一边。

伊织点燃一支烟,轻轻吸了几口。眼下,究竟应该态度强硬,摆出一副威严的架势,还是语气放柔,尽量显得温情一些？从一般道理上讲,理当严词训责,可是对方已经下定决心辞职了,如果一味斥责,可能反而激起对方的反抗,使得她离开自己。再说,她已然觉察到自己与阿霞的关系,也使得自己强硬不起来。

"这些暂且不去说了……"犹豫了片刻,说出来的话不知不觉变得软弱乏力,"可是,你怎么会突然想起来要辞职呢？"

"……"

"不会是因为工作上或是待遇方面有什么不满意吧？"

笙子两手捧着咖啡杯子,一声不吭。

"有什么不高兴的事情？"

伊织明知阿霞的事情是一个原因,但是却无法自己说出口。

"突如其来辞职,总要有一个明确的理由啊。"

"我不是突如其来辞职的,早就想辞职了。"笙子缓缓地说,捋了一把发际的头发,从耳朵到脖颈的白皙线条随即显露出来,"我想,该是改变一下自己生活的时候了。"

"对现在的生活有什么不满吗？"

"不是这个意思。我在事务所做了好长时间,年龄也不算小了,总觉得应该适时做一些改变了。"

笙子的解释虽然不是很明白,但伊织还是听出了她想表达的意思。不管出于什么理由,她想改变自己生活的心情完全能够理解。

"可是,你辞了职打算怎么办？"

"先回长野去再说。"

"坂井小姐说你好像打算结婚。"

"不是的。"

"真的不是？"

"真的不是。"

出乎意料,笙子回答得非常干脆。伊织眼睛盯着酒杯许久,然后掐灭烟头,说道:"或许有各种各样的原因,这个就不管它了,你是不是再重新考虑一下?"

"……"

"过去的事情,就当它全都没发生过……好吗?"

不知从什么时候开始,伊织的语气变成了恳求。笙子依然微微低着头,眼睛盯着吧台内的某一处,什么话也不说。

伊织似乎从她的沉默中看到了一线光明。

倘若铁了心要辞职,任伊织劝她"不要辞职",她也一定会以"不"来回敬,或者干脆抬屁股走人倒也不奇怪。可是她却依旧沉默着听伊织苦口婆心地劝阻,由此看来,不排除事情还有挽回的可能性。假如完全无望的话,她根本就不可能闯到公寓来,知道阿霞在屋子里之后也不可能继续等下去,单单辞职手续上的事情,白天直接到事务所去,公事公办便完了。

但是笙子却夜晚来到伊织的公寓。

或许,笙子嘴上说辞职,但是心里其实还在犹豫不决,至少今晚来公寓之前,她还没有彻底下定决心辞职。

如果这样的话,那么和阿霞约好今天幽会是多么的不合时宜啊。笙子好不容易准备和自己见上一面,两个人好好谈谈的,却因为这件事情而顿时心灰意冷了。

"不管怎么说……"伊织轻轻晃动着玻璃杯里的冰块,开口道,"你好像有些误会吧,其实不是那样子的。"

伊织隐约所指的是与阿霞之事,但他吃不准笙子是否解意。

"只不过工作上的关系有些接触,仅此而已呀……"

伊织一面说着,一面却想起来类似的话就在刚才也对阿霞解释过,舌津未干,又对笙子说起同样的话,简直是一口二舌,柱口诳舌。男人啊,有时候真的是卑劣无耻,顶风臭十里。

然而,对阿霞说这番话的时候,他是从心底里不想失去阿霞,而现在对笙子说此番话,也是因为不愿意失去笙子。一口二舌也好,卑劣无耻也好,他确实没有违心说谎,他只不过把心里所想的照实说了出来。男人同时在两个女人之间周旋,自以为左宜右有,两面逢源,其实疏漏百出是显而易见的。但是,他哪儿有这份从容去细细思量呢。

此刻唯一可以毫不含糊说出来的,就是他不想让笙子离开。

"可能我让你产生了许多不快,我向你道歉。"

本想说得再明白一些,但是考虑到万一半明不白的,反而会露出破绽,于是干脆采取了含糊其词的说法。

笙子依旧沉默不语。开始还以为她的沉默是有隙可乘的机会,然而事实上,笙子的沉默似乎在暗示着她已经愤怒到了极点。

伊织将杯中剩下的威士忌喝干,欠起身子:"走吧……"

继续坐在这里,看样子也谈不出个结果。其实要说结论,可以说早就有结论了,现在伊织只不过想再回到那个原点。显然这并非易事。

"我们出去。"

伊织朝吧台内一扬手,掌柜立即点头应诺,眼睛里却流露出担心的目光。一直轻松随意地喝酒聊天的两个人,今天却稍许隔开了一点距离,而且气氛相当沉闷,看来掌柜也觉察到两人之间有些蹊跷。

付完账来到店外,街道上一阵深秋的寒风扑面拂来。霎时间,又唤醒了伊织脑海中阿姆斯特丹吹拂着同样的风的记忆。

"不去坐坐吗?"伊织两手插在上衣口袋里,试探地问道。

"去哪里?"

"我的公寓……"

笙子缓缓地摇了摇头:"我回去了。"

"可是……什么都还没谈出个结果来哩。不管怎么样,哪怕就坐一会儿也可以啊……"

两个人回到屋里,说不定总能有个结果。伊织这样打着如意算盘。说得卑怯些,这之后强行拥抱笙子、吻住笙子,然后慢慢等她的心情平静下来——没有比这更好的办法了。然而笙子似乎看穿了伊织的如意算盘,或者一开始就根本没有那样的打算。她望着风拂去的方向,淡淡地说道:"再见!"

"等等!即使要辞职,什么时候开始算?工作怎么交接?还有你自己的物品还有不少留在事务所呢。"

"我明天到事务所去。"

"你怎么讲得这么随便呢?明天下午我必须要去建设省参加会议,晚上恐怕也会很忙的。"

"您不在也没关系,我向望月先生和坂井小姐交代好了。"

"不光是工作上的交接问题,还有许多其他事情呢,像公寓啦……"

笙子住的公寓是伊织帮她租下来的,公寓里还有伊织的一些书和衣服之类的。虽然这些都不需要立时拿回来,但是两个人相恋的四年时光却不是简简单单就可以彻底抹去的。

伊织转回身,背着风,缓步而行,想缓和一下气氛。虽然与回公寓的方向正好相反,但是和笙子回家的方向一致,他只能设法尽量和笙子一起多走几步。

笙子根本无视身旁的伊织,她加快脚步朝前走去。

"喂……"伊织的声音从稍后面追了上来,"你冷静下来再考虑一下怎么样?"

"……"

"说分手,也不是那么容易就分手的呀。"

"这话什么意思?"笙子猛地回过头来,她的脸在深秋的霓虹灯光下显得有些惨白,"请不要说这种莫名其妙的话。"

"不是……"

伊织含糊其词地咕哝道。太多的往事一齐涌上心头。

对笙子,他确实付出过不少。迄今为止,不光赠送过她各种各样的礼物,为了使她生活无忧,还给过她不少金钱上的帮助。当然,这些都是出于对笙子的爱而自愿做的,伊织并没有想过要向她索回。他现在无意强调金钱方面的付出。他想说的是这四年中精神上的付出以及两人间的心灵相通。然而,话已至此,便预示了一切将彻底结束,在说出"不是那么容易分手的"瞬间,男人已经完完全全变成了优柔寡断、藕断丝连的可怜虫。

"我只是说,那么长呢……"

"……"

"毕竟四年呢……"

伊织在"四年"两个字上加重了语气。他想说,四年的时光,两人相互爱慕和建立起来的感情,不是轻易抹消得了的呀。

然而,这份感情却正在溃崩消落。它竟是如此的脆弱。或许,伊织和笙子因此而感到的吃惊不相上下。

一阵清冷的寒风冷不丁从秋夜的街道上拂过。伊织屏息静气,等寒风过去之后轻声嗫嚅道:"上车吧。"

"不,我要回去。"

伊织不理会,他朝身后一辆驶近的出租车扬起手。这样继续在街上溜达也绝不会有结果,还是先乘上车,然后再伺机劝说。

"快……"车子停下后伊织招呼道。

可是笙子迈着步子径直往前走去了。

"你不上车?"

伊织又招呼了一声,笙子头也不回。出租车司机对扬招停车却又不乘的客人显得很不高兴。

"对不起。"

伊织只得向司机赔礼道歉,然后往前去追赶笙子。突然,笙子拦下另一辆车,乘了上去。

"等等!"伊织叫道。就在他刚刚追上去的时候,车子开动了。

"喂,喂……"

伊织拍打着车窗,笙子却一副不屑搭理的样子,眼睛盯着前方,车子在夜晚的街道上加速驶去。

伊织失魂落魄地站在路边,看着出租车的尾灯从视野中消失。

笙子终于走了。

此时的伊织却既不愉怡也不悲伤,已经没有了欣戚的感觉,只觉得身体里面一棵芯被抽去了似的,无所依归。

时间将近十点钟,车辆渐渐稀少的街道上,又突兀地袭来一阵寒风。伊织缓缓举步,往自己的公寓方向行去,像是被寒风裹挟而去似的。

"原来如此……"

伊织情不自禁地从口里嘀咕出这样一句。

刚才车子起动时,如果强行拉住的话,或许会停下来的吧。

可是,当伊织看见笙子两眼直视前方的侧脸,顿时失去了拉住车子的念头。

虽说是在夜晚,但街上仍有不少行人,伊织没有勇气狂追女人乘坐的出租车。如果不顾一切追上去的话,只能落得个更加凄惨不堪的结果。夜色中,笙子的侧脸上具有一种不容任何人靠近的威严。

"可是……"

伊织两手插进口袋,微微弓着背,一面走一面思索着。那张冷峻的脸究竟是怎么回事?曾经那样温柔的笙子为什么会突然间变成这样的呢?就在不久前,一个对伊织的一言一语从不忤逆、充满奉献精神的女人,竟然如此觉醒,完全像换了个人似的。

"一切都结束了吗?"

伊织朝出租车消失的方向又注视了一会儿,然而,宽阔的街道上只有漫无目的的寒风掠过夜空的尽头。

冬野

　　初冬的白昼越来越短暂,每吸几口香烟,屋子里的亮度就减暗一分。
　　星期天的下午四点钟,公寓里静得出奇,一点声音也没有。
　　屋子的一隅,伊织灯也不开,静坐在椅子上,呆呆地望着窗外。一动不动坐久了,可以清楚地看到黄昏正由内到外两面朝他迫来。日暮时分,分不清什么时候之前是白昼,什么时候开始是夜晚,就在彻底昏黑之前,会有一瞬的短暂回光,天色反而显得更加明亮。这会儿就是那个瞬间。
　　黄昏中弥散着一线微明。在弥散着些许微明的桌子上,放着一张纸,是两天前妻舅送来的离婚申请。妻子已经在上面签了字、盖了印,妻舅作为证人也同样在证明人栏内签了字并盖了印。伊织这边还需要一位证明人,他拜托了村冈,只要他在上面签下名字,伊织再签上自己的名字,然后盖上印章,提交给区公所,手续就算完备了。
　　事情竟然这般简易,伊织不禁吃惊,也有些迷惘。解除持续了十七年的夫妇关系,难道不是件很烦琐、很磨人的事情吗?像这样一张纸,只要签上名字便了结掉了,这也太过容易了,简直有点煞风景。
　　然而离婚这桩事情只要双方同意,事实上出乎意料的简易,只需向区公所提交书面申请就可以了。
　　与法律上的手续相比,让人感觉烦琐的倒是这之前的过程。这一个月当中,又是孩子的户籍,又是精神赔偿费,还有孩子们的赡养费等等,要商定的事情也够多的。

当然这些都不是伊织亲自一一去解决,而是委托了一位律师朋友和妻舅从中忙活。两个孩子都跟妻子,伊织对此无异议,对于律师提出的精神赔偿费金额,伊织也没有任何意见。本来就是因为自己引起的,所以根本没资格抱怨什么。伊织沿着他们铺设好的轨道,默默地向前走。

列车一旦启动就无法停下来。说句不负责任的话,伊织只是乘车前进而已。

不知道为什么,虽然是自己作出的决断,但是事情一进行起来,伊织却感觉好像是他人的事情一样,甚至忘记了自己才是当事人。等到一切都进行得差不多,只剩签字的时候,伊织又感到一种说不出的空虚。

想到现在自己签下名字,盖上印,一切便都结束了,伊织突然有些依依不舍。他许久提不起笔,只是呆呆地望着窗外。

天色愈加昏阴,只有伊织坐的椅子周围还残留着一线微明。伊织依旧坐着,望着窗外。现在只要身子一动,感觉黑暗就将即刻占据他空出的罅隙。静谧的黄昏中,白色的纸片显得十分醒目。

左边是丈夫的签名栏,右边是妻子的签名栏,妻子的签名栏内已经签好了,并且盖上了印章。在表的右下方,印着"务必由本人亲笔签名"以及"请分别加盖各自的印章"的提示。

妻子没有她自己的印章。一般的日本夫妇很少有妻子单独拥有自己印章的情况。明明这样,却还提示要盖各自的印章似乎显得很可笑。妻子盖上的是以前的一枚"伊织"便章。伊织如果盖的话,就得盖手头的正式私章①。同为"伊织",盖的却是不同的印章,似乎是在向当事人强调:从今往后你们就是陌路人了!

在签名栏下方有一栏"离婚种类",在"协议离婚"项上画了个圈,大概是妻舅圈的。"是嘛,'协议离婚'呀……"伊织仿佛与己无关似的思

---

① 日本法律规定公民每人只能拥有一枚正式私章,可以向市区町村公所备案,政府机构也可以为此出具印鉴证明,其他所使用的皆为便章,法律效力较弱。

忖着。再往下则是"未成年子女姓名"一栏,在"由妻子行使监护权"项下,写着真理子、美子两人的名字,旁边"由丈夫行使监护权"项下则是空白。

一开始,伊织对于两个孩子跟妻子就没有什么异议,孩子还小,跟随母亲生活是理所当然的。只是看到自己这一栏下面的空白,伊织方才意识到两个女儿也将离开自己了。不知道孩子们对此怎么想,是觉得这样自私、毫无责任心的父亲,从此将与自己再无关系了?还是觉得父母离婚归离婚,父亲仍旧是父亲,和自己永远是血肉相连的?

从开始协议离婚到现在,伊织还没和两个女儿见上一面,只通过一次电话,告诉她们:"我和你们的妈妈要离婚了,不过我仍旧是你们的爸爸,这一点不会改变的。"大女儿和小女儿先后接的电话,伊织一一对她们说了这些话,两人当时都沉默着没说话,不知道是因为听了这番话在哭泣呢,还是以沉默作为她们的最大反抗。

究竟有什么理由非离婚不可,以至让孩子们哑口无言?事到如今,伊织觉得仿佛只有自己一个人在争强逞能,结果却被挤出比赛场外一样。

对面的大楼里亮起一盏灯。紧接着,好像早已等得不耐烦了似的,一盏盏的灯接连亮起来。夜晚终于踌躇满志地到来。从屋子里看出去,似乎不是从黄昏走入夜晚,而是星星灯火将夜晚拽进来似的。

原本应该今天在离婚申请书上签字、盖章,然后交给律师的。申请书上还写着,由他人代为提出也可。原来离婚竟这样随意,还可以交由他人来任意摆布。伊织不禁心生感慨,他拿起申请书又看起来。

现在只需自己签字同意,过去的一切就将收拾得干干净净。一面这样想,一面却仍旧呆呆地望着夜色越来越深的窗外。这般逡巡迟回究竟是为什么?

离婚是自己所期望的,离家别居的也是自己。当时离开家的时候曾经清清楚楚地对妻子说过希望"离婚",甚至还向妻舅解释过。现在当对方同意了,自己却又犹豫不前了。与当时的心绪并无二致,加上现在即使回到妻子身边,已经崩溃的感情也不可能再恢复到从前。离婚已成既定事实,不可能再有改变了——伊织清醒地知道这一点,却依然提不起劲儿来举笔。

"这是怎么了……"

伊织自言自语着,想到了笙子。

离家出来的时候,脑海里清晰地有着笙子的影子,和妻子离婚,然后与笙子结婚,这是他十分明确的目标。然而现在,笙子离开了,好像一头猛兽迅疾追逐着一个猎物,不料却被猎物逃脱,结果不知道该专注哪儿才好一样。即使没到这样的地步,但是就在即将捕获的一瞬间扑了个空,这样的感觉却怎么也拂不掉。

以前希望离婚的最大理由便是笙子的存在,因为有目标,所以有憧憬,有期待。而现在,最为关键的目标已然失去。过去曾经那样切盼着离婚却一直不能如愿,如今笙子离开了自己,离婚却终将成为现实。难道妻子是看准了这个时机?显然并非如此,却不啻是个极大的讽刺。

笙子在身边的话,伊织现在的心情就不是这样了。但是,这半年来,自己对笙子的热情几乎衰退殆尽,即使现在笙子没离开,自己到底会不会与笙子结婚,伊织毫无自信。这半年来,自己的情感从笙子身上转移到了阿霞身上,可不知为什么,与阿霞结婚在伊织的脑海中却还连八字那一撇还未写下来。

笙子离开的方式给伊织留下了深刻印象。在夜闯公寓之后的次日,笙子来到事务所,同每个人打招呼道别,交接工作,然后整理好自己的私人物品返回。趁伊织不在所里,她对同事们的解释是:"昨天晚上和所长见过面,已经全都谈妥了。"

至于辞职原因,她对别人的回答则是"年龄也差不多了,加上老家的母亲身体不好"。

伊织从未听说过她母亲生病之说,不久前在电话里还聊过几句哩,明显是笙子随意编造出来的理由。

所里的职员们依然在私下猜测她与所长不和或是结婚才辞职的,但笙子却一点蛛丝马迹也没外露。笙子竟然拥有这样的演技,实在大出伊织的预料。

但最让伊织吃惊的,还是笙子态度的变化,曾经那样对自己倾心的女人,连个照面都不打,若无其事地就离自己而去了。即使全部是自己的过错,但笙子这样做似乎也太绝情了。

虽然知道女人分手时比男人来得干脆,但是坦率地说,伊织没想到竟然冷酷绝情到这般地步。

一旦对男人产生厌恶,便决不再回头,连多看一眼也会觉得恶心。或许在此之前迷茫挣扎太多太深的缘故,当下定决心分手的时候,表现得毅然决然,干脆彻底。

与此相比,男人则往往显得优柔寡断。嘴上说"我讨厌你,不想再见到你",但如果女人主动打电话来,又情不自禁会碰头见面,尽管曾下过决心,但是只要对方稍许一撒娇一发嗲,便会心软,回心转意。就分手而言,任是再峻刻冷漠的男人,和再柔情的女人比起来,也是女人更加翻脸无情。这并非孰好孰坏的问题,而是男人和女人的性质歧异造成的。女人在每一刻、每一分,对爱情都更为集中、更为执着,但是也更加容易从中清醒过来,因为女人天生肩负着妊娠和生育的责任,倘若做事犹豫,或许就无法生存下去。

在那之后,伊织又往笙子的公寓打过数次电话,约她出来,但每次都被笙子拒绝了。伊织失望之余忍不住说了些重话,责怪笙子,笙子毫不客气地回敬道:"求你了,不要再说这样的话,这样只会让我产生讨厌。就让我带着对你的最后一丝美好感情分手吧!"

话说到这个份上,伊织不好再撕破脸皮强求了。虽然心里还是不免依恋,但也只得彻底死了心。

被甩之后再来进行比较似乎有些滑稽,和笙子比起来,阿霞就更具有弹性,尽管生气,但还是留有一丝宽宥的余地。

"撞车"的事情发生一星期,阿霞那边没有一点音讯,伊织也觉得无颜与她联系。终于鼓足勇气给阿霞打电话,是在笙子彻底离开之后的第五天。

"你怎么样……"

伊织小心翼翼地搭话,阿霞若无其事地冷冷答道:"很好呀。"

"上次的事情,还在生气吗?"

"上次什么事情啊?"

明明晓得什么事情,却假装糊涂,伊织知道她心里余怒未消。好在不用面对面,伊织费尽口舌拼命向阿霞解释,说那个女人已经辞职了,和自己再没有任何关系了,那次真的是为工作而来的,后来两个人一面喝咖啡一面谈论工作……且不论假使笙子原谅了他会有什么样的后话,起码客观上讲,那天确实是只谈论到辞职的事情,说是工作也不算离谱。至于那天夜晚,他跟笙子并没有发生什么事情,因而伊织说起来毫不畏怯。

对伊织的解释,阿霞相信了多少不得而知,或许是看到大男人费尽口舌解释的样子,心生怜悯,又过了一个星期,阿霞终于又到东京来了。

时隔半个月,总算怒息气消又相会了,但是阿霞对自己是否已经恢复信赖,伊织仍旧心里没底。

"我真是错看你了呢……"

一见面阿霞当头一句,同时斜眼瞪了伊织一眼。但是,即使是怨嗔,这一瞪中已经包含了宽宥。伊织巴结地再次卖乖讨饶。其实正是摸准了阿霞的脾性,不像笙子,阿霞准保会原谅他的。

笙子和阿霞的气度完全不同。这既有性格的关系,也有年龄的关系,或许还有一层因素是因为一个是独身,一个则已为人妻。况且就上次的事件而言,阿霞在屋子里,笙子则在外面,即使因为情事被迫中断,心里有气,但毕竟她和伊织是同在一条战壕里的。

从另一方面来讲,阿霞受到的伤害与笙子不可同日而语。屋门打开一条缝隙,让人明显感觉到里面正在进行的勾当,却被拦在门外不得进入,甚至被支走,笙子所受的刺激可想而知。假如当时阿霞处在笙子的立场上,肯定不是半个月的空白便能够宽恕的。

对面大楼顶上红色的灯光在一明一灭地闪烁,大概是为保证飞行安全设置的航空标志。伊织嘴里衔着香烟,望着对面的航空标志,正在这时,对讲电话响了。抬腕看了看手表,五点钟刚过。

"可以进来吗?"

和上次一样,阿霞带着些许不安,一面朝屋里张望着,一面试探道。

虽说和笙子已经分手,但是阿霞似乎唯恐还有其他女人会闯进来,一进门便回身锁好门,并且拴上门锁链。

"用不着这样啦,不会有事的。"

"保不准呢。"

阿霞脱下木屐,转身将它摆好,然后才走进书房。

"在做什么呀,怎么这么暗?"

"哦,没做什么……"伊织不能说自己正看着离婚申请书发呆,于是支支吾吾地答道。

"简直像个地窖。"

阿霞说着,将灯一个个打开。伊织慌忙将桌上的离婚申请书放进抽屉里。

"不会是大白天打瞌睡睡到现在吧?"

"没有啊,你看我不是蛮清醒的嘛。"

灯光下,伊织看清阿霞穿的是带些碎花的紫藤色绉绸和服以及褐色腰带。根据以往的经验,基本上阿霞时间宽裕的时候穿和服,时间紧的时候则大多穿西服。这样判断的话,今天阿霞或许比较从容。

"出去吃点东西吧?"

伊织为了从离婚的阴郁中解脱出来,打算出去走走,谁知阿霞却一点也不起劲儿。

"我不吃也没关系。"阿霞说着,捧着银莲花站到厨房的水斗前,"我把花插起来吧?"

以前阿霞从不这样问,而是默默地将花拿进去插起来。这或许是上次遭到夜袭的后遗症。

伊织望着站立在水斗前的阿霞的背影问道:"今天可以待到几时啊?"

"今天住在这里也没关系。"阿霞狡黠地笑了笑,"可是,万一再有谁来怪不好的,我还是回去吧。"

"不是说过了,我没有其他女人了呀!"

虽然三番五次澄清,但是阿霞似乎仍然不肯轻易忘掉笙子的事情。她将银莲花插在备前小花瓶里,放到桌子上。

"哎,这样插是不是很难看?"

花瓶里插着三枝剪短的红色银莲花和三枝黄色银莲花。

"红的和黄的在一起,有点不般配呢。"

经阿霞提醒,伊织确实觉得素雅的备前花瓶中颜色过于鲜艳有些扎眼。

"不过今天就这样了,我想看看到底是什么效果。这个红色的花就像年轻的漂亮女人,这个黄色的花像心生嫉妒的中年妇女……"

"又提这个……"

阿霞是想把红色的花比作笙子,而将黄色的比作自己。对阿霞如此念念不忘,耿耿于怀,伊织不禁暗暗吃惊。

"不过,这样看着好像也不那么滑稽嘛。"

"行了,不要再说了好不好?"伊织忍不住责备道。

阿霞将花瓶放在装饰橱的空当间,然后淡淡地说:"从今往后,我对你不会再那样投入了。"

伊织一时间不明白她的意思,歪着头看着她。阿霞继续说道:"是不是这样比较好?"随后又走到厨房,将剪剩的枝叶丢在垃圾桶里。"太投入太认真了,会引起矛盾,还是适可而止比较好,这样对双方都有好处。"

"你是说不再认真?"

"是呀,和你一样,酌情交往……"

不再投入、适可而止,说起来容易,可实际上感情真的能像计算好了的那样吗?嘴上这样讲,身体又是不是肯听从呢?既然如此,那就现在立时脱掉和服,赤身露体的,拥抱、接吻、交合之后,看你是不是能够适可而止?

望着阿霞若无其事的脸,伊织欲情渐起。他放下杯子,站到阿霞面前。

"来……"

"做什么?"

"上床去。"

手突然被伊织抓住,阿霞摸不着头脑,愣怔了片刻。

"快点……"

"莫名其妙,突然间的……"

伊织不容分说,抓着阿霞的手就往卧室走去。

"把衣服脱了!"

面对一下子粗暴起来的男人,阿霞好像显得有些困惑,不过她还是转过身去,开始解起腰带来。

女人在肌肤相亲之后,和对方不即不离、不温不火地酬情交往——究竟能不能够这样?多少年来,伊织一直这样认为:一旦身体交合,女人只会全身心地燃烧、投入,或者只会离开,尽管各人的身体有所差异,但因对手不同而有意识地调节,掌握交往的分寸,这种事情是不可能的。正是这种全身心的投入,才是女人的动人之处,也是男人无法做到的。成熟的女人更是不加任何修饰,全心全意地享受着这种身体带来的快乐,这才是成熟女人的身体上让人最着迷的地方。

然而现在阿霞却说要不再投入,要适可而止,换句话说,过去她对自己太投入了,太专情了。

绝不能让她这样!

伊织摩拳擦掌地候在床上。他必须坚决打消掉阿霞的念头。

阿霞似乎不知道伊织的想法,她像往常一样,只穿一件衬裙,轻手轻脚地从床尾爬上床来。当她提起衬裙下摆,慢慢地贴近时,伊织一把将她抱住,紧紧地围在两条胳膊中间。

阿霞霎时间轻声叫了起来,然后服服帖帖地仰面朝天躺在床上。伊织一句话也不说,用自己的肩膀压住阿霞的右手,一只手捏住阿霞的左手,另一只手在她胸脯上摩挲。阿霞像老鹰爪下的猎物一样,被按住了动弹不得,她扭动上身,同时发出痛苦的挣扎声。伊织手上一点也不放松。他用舌头在阿霞豁然敞开的胸脯上狎戏着,随后伸手朝阿霞的下身移去。

"啊、啊!……"

阿霞忘我地叫起来,不知道是因为欢喜还是因为痛苦,上身像条小鱼似的弹起,肌肤贴到伊织身上,感觉非常舒服。

伊织现在准备充当行刑人。适可而止?看你怎么适可而止!这种没情分的事情绝不能容许。一定要让你彻底跌落到快乐的深渊中。你让我陷进了你的圈套,现在却想不再投入,哼!绝不容许!

行刑人一番尽情地蹂躏惩罚,然后长驱直入。真正的刑罚才开始哩,刚才的只不过是前奏。

"怎么样?"抱紧了阿霞,伊织问道。

性既是一种快乐,对男人来讲又是一种用来自我确认的手段。"怎么样?""舒服吗?"听到女人肯定的回答,男人方才感觉心满意足,自己的付出使得女人快乐,使得女人得到满足,会让男人自信心大增。假如不幸女人对此毫无反应,身体也几无感应,男人汗流浃背的努力便化为徒劳,唯有一种怅然若失的空虚感。

此刻,伊织一一确认着阿霞的反应,从声音和身体两方面猛攻紧逼,让阿霞口中和身体同时给出答案。一开始阿霞感到羞怯,不肯回答,但渐渐顺从起来,终于,平时感到难为情的话语情不自禁地脱口而出。当然,这是因为阿霞已经坠入欢悦的深渊,大脑变得朦朦胧胧,所以才会这样,清醒的时候是绝对说不出口的。不过伊织反反复复地征询着,确认着,似乎要强迫她慢慢熟悉和适应这种状态。

交合的时候不由自主口中念念有词,但这并不是一种许诺,尤其是女人在冲向高潮抵达忘我境界的那一瞬所说的话,可以说毫无价值。伊织明知这一点,但依然感到十分满足。

"刚才你说过什么话,自己知道吗?"

当乱云暴雨的一瞬过去,一切重又风止雨霁的时候,伊织故意调谑地问。

"说过什么?"

"不记得了?"

阿霞的身体还沉浸在愉悦之中,她用慵懒的眼神瞟了一下伊织。

"你说:太棒了!真舒服……"伊织凑近阿霞的耳根旁,学着她刚才的话。

"这……"阿霞慌忙转过脸去。

伊织不依不饶道:"是真的。你还说了'绝不离开你'还说……"

阿霞拉过被子蒙住脸,仿佛在央求伊织不要再说了。

伊织毫不理会,继续说道:"这样子还说什么不再投入、酌情交往吗?"

情事之后,再用语言戏耍一番,伊织觉得这样才能够一雪胸中的郁闷。不过,男人的这种行为未必能让他真正获得胜利。

就在刚才,阿霞的确气喘吁吁地吐出"太喜欢你了""绝不离开你",伊织还叮问再三,满心以为是真的。然而交欢结束之后,阿霞却像没有过这回事一样。似乎只是因为两人肌肤相亲、交股叠臂的缘故,才会漏出这样的话。

换句话说,如果两人不交合,她就不会说出这样的话来。其实,或许阿霞更想表达的是,刚才的话是情事使得我说的,而不是我自己想说的,自己身体内栖居着两个女人,那是沉湎在情事中的那个女人脱口说出的。

"可是,刚才你的样子,看上去可不像是不投入的样子啊。"伊织继续用言语挑逗着,"那么兴奋,看来不是若即若离嘛。"

"我说过那样的话吗?"

"当然,清清楚楚说过。你说:'从今往后,我对你不会再那样投入了。'"

"那也没错呀。"

伊织被弄糊涂了,不知道究竟哪个才是真的。到底是表示不再投入感情的阿霞是真实的,还是沉浸在情事中、喃喃着"绝不离开你"的阿霞是真实的?

"可是,你刚才说的话不像是随便胡说的啊。"

"当然不是。"

"那到底是什么意思啊?"

"我也不知道。"

阿霞颇不耐烦地将身子滑进被子里。或许按照阿霞的理论,誓言绝对不离开的自己和宣告不再投入感情的自己都是真实的自我,与其追究哪个才是真实的阿霞,不如说在"阿霞"的身体内,栖居着两个不同性格的女人。

"是嘛……"

看来阿霞对于交合还是乐于享受的,但同时对两人的交往却打算保持一定距离。在阿霞身上,这两者似乎可以不矛盾地同时并存。

"不可以吗?"

"哦,不,那倒没有。"伊织答道。

此时的伊织,感觉内实中核部分已经被吮吸一空。他刚想起身,阿霞不乐意地问:"这就要起床了吗?"

伊织伸手拧亮床头柜上的台灯。

"出去吃点什么吧,感觉肚子有点饿了。"

"求你,把灯熄掉吧。"

伊织顺从地将灯关掉。阿霞好像闹别扭似的转过身子去,自言自语地说道:"真是个怪人,怎么会肚子饿?"

"可是,什么都还没吃过吧?"

"稍微感觉饿一点也没关系呀,我就无所谓。"

伊织伸出被子的手停了下来,不作声。阿霞轻轻靠过来道:"就这样子再躺一会儿。"看起来跟吃饭相比,阿霞更加喜欢在床上充分享受情事的余韵。

可是伊织的大脑已经清醒了。就在刚才,他尽情地狎戏阿霞,结果却使得阿霞获得了无比的快乐,本想对她进行惩罚,半途中却变成了被惩罚的对象。此刻,他全身弥漫着些许轻微的倦怠感。

欢娱和快乐可以毫不犹豫地尽情享用——领教了女人身体的这种特质,伊织不禁为其强悍而畏怯。

"真安静啊……"阿霞将头蹭在伊织胸前喃喃道。

伊织点着头,肚子里仍旧感到一丝饥饿。身体密密实实地贴合在一起,但是男人和女人心里想的却是南辕北辙。

"哎,新年你怎么安排呀?回家里去吗?"

"不回,就待在这儿。"

今年新年的时候,大年三十回家去了两天,但是这次情况不同了。伊织忽然想起了准备签字盖印的离婚申请书。

"一个人待在这里吗?"

"要不就去哪个酒店待几天。"伊织说道。虽说离婚了,但是一个人闷在公寓里过新年,感觉有些凄惨。

"现在再联系,酒店客房会有吗?"

"找找伊豆、房总那一带的酒店呗。"

"对了,去不去伊豆?要是三号去的话我也可以去。"阿霞突然用轻快的语气说道。

伊织伸出手臂,重新拧亮了台灯。

"新年里你能出来吗?"

"三号我本来想回娘家的,不过能和你见面的话,我就不回去了。"

新年的三天里,独自一个人待在酒店里实在冷清无趣,如果阿霞能够出来的话,真是再好不过了。

"可以过夜吗?"

"过夜不好吗?"

"可是,那样的话你和娘家人见不到面了。"

"没关系,只要想见面,随时都是可以见面的。"

这样行吗?伊织思忖着。自从一同去欧洲旅行之后,阿霞变得极为大胆起来。

"那我就马上去查找酒店。"

"一开年就能和你会面,我真高兴。"阿霞说着,再次将头偎依在伊织胸前。散开的头发触在肌肤上有点痒痒的。伊织轻轻撸开长发,同时问道:"该起床了吧?"

"……"

阿霞仿佛没听见一样,脸埋在伊织的胸口一动没动。床头柜的台灯射出淡淡的光,画出一个轮廓模糊的圆。屋子里静静的,只有数字式台钟的时针在有规律地嘀嗒响着。

伊织还是起床了。因为头脑已经醒来,再说一度满足过了,他也不想再次交合。女人在交合之后依然会沉浸在巫云洛浦的余韵中,而男人一旦满足立刻便挫缩了。假如年纪轻轻的可能另当别论,但到了伊织这个年纪,已经没有这份贪婪的欲情了。

他将枕在阿霞头下面的胳膊轻轻抽出,支起身子,只穿了内衣和睡袍,来到起居室,然后换好衣服。这时,阿霞似乎也起床了。伊织坐在沙发上看着电视,大约半个小时后阿霞从卧室出来了,她已经换好和服,头发也梳理完毕了。

"还不到八点呢。"

"出去吃点东西去吧?"

"现在去?……"

阿霞脸上露出不解的表情。也难怪,先上了床再去吃东西,总感觉顺序有些颠倒。

"从我一来,你就一个劲儿地在说出去吃东西。"

话是这么说,可是当情事结束,身心都得到了满足之后,唯一没有得到填充,依旧残留的便是空腹的感觉。

"偶尔笃悠悠地吃顿饭不挺好吗?"

想想最近这段时间,几乎没有和阿霞一块儿在外面吃过饭。每次见了面便急吼吼地上床、做爱,一直到阿霞回家,两人都缠缠绵绵地黏在一起,连坐下来像模像样说说话的时间都没有。当然,并不是因为伊织期盼这么做,而是考虑到阿霞的情况,她跑来东京一趟,两三个小时之后又不得不赶回家去,故而舍不得将时间花在吃饭上。

"日本料理怎么样?"

"我不吃也没关系。你一定要去吃的话,我陪你。"

阿霞这样一说,伊织也不好再坚持。看来阿霞还是喜欢两个人待在私密的空间胜过出入于大庭广众吧。

"那喝一点什么吧。"

伊织起身到装饰橱里拿了瓶雪利酒,往杯子里斟上。

"今年工作到哪天结束啊?"

"打算是二十八日结束的,但今年说不定要到三十日才能结束。"

"我今年里面也可能再出不来了。"

身为有夫之妇,临近年尾,看来也无法悠闲地跑出来幽会了。

"不过,一过新年马上就可以见面了,也不错啊。"

阿霞说着,不动声色地将手放在伊织的膝盖上。

"今年过得真有意义呀……"

阿霞一面轻声自语,一面将手轻轻在伊织腿上游移。伊织一手端着盛有雪利酒的酒杯,脑子里慢慢复苏起亢奋的欲情。

"和你认识,一起去过奈良,又一起去了欧洲,这都还不到一年呢。"

没错,自从认识阿霞之后,感觉好像过了很久,事实上一年时间还不满。尽管如此,此刻两个人一面说着话,女人一面将手随意地放在男人的大腿上,毫无防备,促膝相对,显得十分亲密无间,这或许显现出中年男女的浓厚欲情吧。

"明年也能像今年这样爱我吗?"

"当然。"

"我三日来,你会好好地等着我吗?"阿霞说着,手指渐渐移向中间,"可别去招什么其他女人来哟。"

阿霞的手指在伊织大腿上轻轻描写着,她似乎不是在叮嘱伊织,而是叮嘱伊织的男人本性。

"你放心吧。"

伊织答道,同时生出一种奇妙的感觉,但他并不想再次上床。

"嗨、嗨……"

伊织像呵斥调皮的小孩似的按住阿霞的手,阿霞这才恍然醒悟似的,脸颊绯红:"啊……谁让你挺会招惹女人的啊。"

说不上是谁的缘故,但阿霞的手自然而然地移向伊织的腿中间却是事实。毫无疑问,以前的阿霞绝不会做出如此轻狎淫昵的举动,两人刚刚认识的时候,不要说阿霞的手会伸向那里,就是放在膝盖上也要踟躇不定。

"给我再倒一杯吧。"仿佛要打消任何淫冶的念头似的,阿霞伸出杯子。

"来点白兰地吧?"

"不,我喝雪利酒就可以。"

"那个之后也会感到有点醉意吧?"

"不知道。"阿霞露出不屑回答的神情,随后像突然想起来似的问,"可是,你新年里真的不回家吗?"

伊织喝干雪利酒,又倒上一杯白兰地,然后答道:"就是想回也回不去啊。"

"可别这么说,还不是你自己拗着不想回去吗?"

伊织冷不丁地想,现在正是告诉阿霞真相的时机。

"其实,我快要离婚了。"

"不会吧?你是开玩笑?"

"这种事情瞎说有什么意思啊?"

阿霞仔细端详着伊织,缓缓地问:"为什么非要离婚不可呢?"

"为什么?合不到一块了呗。"

"还是别离婚比较好。"阿霞将手里的酒杯放到桌上,郑重其事地说道,"离不离婚还不是一样?"

"一样？"

"现在这样子有什么不好呢？离了婚，再和其他人过，最后还是重蹈覆辙。"

"我不是要和其他人一块儿过呀。"

"那样的话就更没有必要离了，还是算了吧。"

确实，没有再婚对象的离婚恐怕是没什么意义的，从结果上讲，只有离婚的负面影响而无离婚的积极作用。但是这也没办法，因为妻子已经在离婚申请书上签字盖印了，事已至此，不可能再回到白纸一张的状态了。

"可是，和不喜欢的女人一起生活也没什么意思啊。"

眼下，这俨然成了伊织最主要的理由。不想，阿霞点点头后却说道："说是不喜欢，其实你现在和太太分居着，自己一个人自由自在，想干什么就干什么，难道不好吗？"

"所以说呀，我也觉得这样子不好嘛。"

"但是你太太也没有说过你什么吧？"

这倒没错，妻子或许心里很不是滋味，却从未提出过离婚。

"你之所以想离婚，其实真正的原因是想和那个秘书一块儿过吧？"

"没有的事啊。"

一句话戳中要害，伊织赶忙想打马虎眼糊弄过去，可是阿霞紧逼不让："即使你真的不爱你太太，你也不会仅仅因为这个而离婚。"

女人的直觉果然敏锐异常。尽管伊织对妻子的感情渐趋冷淡，但如果说因为这个而离婚，伊织并非这样纯情的人，他的出发点确实没那么纯粹。

"不离婚，仍旧保持现在这样的状态反而有利。"

"有利？"

"男人年过四十，再单身一人的，给人感觉太孤独、太凄凉了。"

"……"

"现在这样子，太太归太太，你可以随心所欲地玩乐，不是更好吗？"

"我可……"

"我不是贬你，不过我觉得这种方式对你来说可能更加适合。"

迄今为止，伊织一直以为阿霞只是个自由自在的有夫之妇，对于繁杂的人情世故以及世间男女的感情纠葛毫不关心，用句俗话来形容，就是大门不出、二门不迈的闺中闲妇。想不到，竟然能说出这样有头脑的话来，如此打动伊织的心。

"真的，我觉得你还是不应该离婚。"

"你说不要离婚，可事到如今，不离也不行啊。"

"可是离婚是不能够强迫的啊。"

伊织不能不承认，这话说得没错。他喝下一口白兰地，试探着问："你没有想过和我结婚吧？"

"不要开玩笑……"

"我不是开玩笑，我是很认真地在考虑。"

"让我做她的替身？"

"……"

"我讨厌做别人的替身。"

"和她，我从一开始就没有这种打算。如果真是那样的话，我也不会和你一起去欧洲了嘛。"

"那个时候正好你对她有些厌倦了，是吧？"

阿霞的话句句击中伊织的要害，伊织感觉自己唯有招架而已。自从上次不意"撞车"之后，两个人的立场似乎有了微妙的逆转，不知道是不是因为神经过敏，总好像阿霞处处占上风，伊织则处于小心防守的位置。

"她的事情最好还是忘了吧！"眼看和阿霞掰理毫无胜算，伊织只好低头讨饶，"反正现在我最喜欢的是你。"

"我也是。"

阿霞出乎意料直截了当的回答，让伊织壮起了胆量："假如你愿意，我想和你结婚。"

"谢谢，你这样说我很高兴。"阿霞轻轻抿了口酒，继续说道，"不过，你一定也会厌倦我的，不会持续太久的。"

"不会的。"伊织语气坚决地说。

阿霞微微摇了摇头,似乎根本不把他当作对手似的:"你就是这样的人,不愿意老老实实地待在一个女人身边,很快又会兴趣转移,去追求别的女人。"

"你是说我是个花心的男人喽?"

"不过,这也是你的优秀之处呀。丈夫姑且不提,但作为情人来讲,你是最棒的!"

被阿霞说到这个份上,伊织无言以对,只好默默地喝着白兰地。

半小时后,阿霞站起身。

"还是要走吗?"

来的时候,阿霞说过今天留在这里过夜也没关系。

"我是没关系,不过女儿在家里等着我呢。"

"你丈夫呢?"借着白兰地的微醺,伊织紧逼一步问道。

"他呀,总是关心他的生意,家里几乎看不到他的影子。"

以前阿霞也说过同样的话,但从她心急忙慌赶回家的样子看,似乎也只是口头说说而已。

"我女儿说很想见你一面呢。"

"你女儿知道我们的事?"

"应该不是很清楚,也许感觉到一点点吧。"

"那不要紧吧?"

"谁知道呢。"

如果知道了母亲和别的男人约会,女儿会保持沉默吗?伊织吃不准年轻女孩的心理,不过看看阿霞,似乎一点也不紧张。

"她看到过你一次,上次在机场,她还说呢,说你是个非常潇洒的男人。"

不错,前阵子两人前往欧洲的时候,阿霞先到的机场,看到了伊织等人在机场大厅道别的情形。

"她和我见面会怎么样呢?"

"我想你一定有兴趣,她正值花样年华呀。"

伊织记得阿霞说过,虽说是女儿,但不是她的亲生骨肉,而是丈夫和别的女人生的。

"是大学生吧?"

"嗯,刚刚十九岁。你一定对这样的年轻女子感兴趣吧?"

"不,没兴趣。"

"是嘛……"

阿霞用怀疑的眼神看着伊织,不知道她是不是又想起了笙子。不过坦率地说,伊织对二十来岁的女子确实没什么兴趣。虽然年轻朝气,但是年纪相差悬殊,实在缺少共同语言,过分的幼稚倒会使得自己很累。还是二十五岁以上、成熟的女人令人着迷。

"好了,我走了。"阿霞向门口走去,"今年里面看来碰不上面了,提前祝你新年快乐。"

"也祝你新年快乐……"

"三日我过来没关系吧?来之前我会给你打电话的。"

阿霞又叮嘱一遍,然后打开门。

阿霞走了之后,伊织躺倒在沙发上,欢愉之后的倦怠感和白兰地的酒力,令他浑身疲软,但感觉很是舒适,脑袋沉沉的,昏昏欲睡。

伊织怎么也想象不出再有几天一年又将逝去。闭上眼睛,立刻浮现出笙子的脸来。她怎么样了?笙子那头一点讯息也没有。闯到公寓撞见阿霞的第二天,笙子到事务所把工作交接完了,两天后又搬离了公寓,真的可以说是像闪电一般麻利。

后来,笙子寄了一封信到事务所,是写给各位同事的客套话,从信中旁人根本想象不出她和伊织间长达四年多的感情纠葛。寄信地址是长野,不难猜出她现在回了老家,不过伊织却没有打电话过去,那样干脆麻利地离开,让伊织再也不想打电话,何况即使打了,她也不会回头的。

"笙子算是彻底离开啦……"最近一个月,伊织不停地对自己这样说道。

他要使自己慢慢接受和适应笙子抛弃他的事实。一开始,伊织感到既遗憾又后悔,有时还情不自禁地怨从心生,但渐渐地,他终于死了心:没办法,走就走吧。

尽管如此,笙子的影象不时还是会栩栩如生地在他大脑中浮现:那一瞬间笙子的凄绝无助的表情,紧身裙下隆起的圆润的臀部,等等。与阿霞一同共享男欢女爱之后,却冷不丁地想起这些事情,对阿霞不啻是一种亵渎。身边美女在拥,刚刚离去,又在想别的女人,实在有些过分。

然而,或许正是因为阿霞令他得到了满足,反而促使他又回忆起了笙子。举个不甚恰当的例子,就像人在享用了味道醇厚的美食之后,常常会向往清新爽口的新馔。

从这个角度上讲,现在的阿霞颇似西餐,而笙子则更像传统的日式料理。近来,阿霞时常表现出令伊织惊愕不已的主动,对情事积极大胆,虽然与生俱来的矜持和淑雅并未丢弃,但是上了床,一下子就像变了个人似的。这难道还是那个慎于细行的有夫之妇吗?伊织不禁困惑。或许正是从阿霞的强烈刺激中得到了满足,才令伊织更加怀念笙子那还留着几分青春稚气的身体。

"不要去想了……"伊织自言自语道,仿佛要将大脑中的邪念驱走似的。

他重新回到书房,坐到点着台灯的书桌前,战战兢兢地拉开抽屉,拿出那张离婚申请。

即使现在签字盖印,然后寄出,离婚手续正式办完也要到明年头上。刚过完新年就离婚,总不是件让人心情愉悦的事情,这不关吉利不吉利的事。事情既已至此,晚个一两天也没什么区别,还是等过了新年再寄出去吧。

伊织给自己设想了种种理由,总而言之,就是不想马上在离婚申请上签字。明明知道只是早晚的事,但仍希望将目前的状态再维持几天。追究一下如此首鼠两端的原因,恐怕和年龄不无关系。

若是在二十来岁的年纪,或许会吹着口哨签下自己的名字,三十多岁的话,离婚申请当天送来当天就会签字寄回去。可是到了伊织这样四十好几的岁数上,可就不是这样爽气利落了,不光考虑到自己,还会考虑到妻子和子女,甚至反对离婚的父母亲的感受都会一一咀嚼考量。在决心离婚的那一瞬间,以为自己已经将这些问题都彻底克服了,但当离婚申请真的摊在眼前时,却仍不免趑趄乌涂、欲行且止。

相较而言,妻子真是利落得很。开始的时候,想必烦恼痛苦了许久,但是一旦下了决心,却出乎意料地轻易。从端端正正、塞满了整个格子的"伊织扶佐子"几个楷书中,看不出有丝毫的犹豫和畏怯。

到底还是女人厉害呀……

笙子也好,妻子也好,女人离去的时候简直太干净利索了。即使曾经有过哭泣、狂乱,但是,只要她拿定主意,就不再会回首张望。因为从女人做出这个决定的那一刻起,她就彻底变成了另一个人。

"喂,你这个窝囊货!"

伊织呵斥着自己。老也这么想不开、下不了决断,岂不是跟女人没什么两样了吗?不,简直比女人还要懦弱,没出息。

"打起精神来!"

再一次自己给自己打着气,伊织握住了钢笔,干咳一声,一个字一个字地写下"伊织祥一郎",盖上印章,随后重重地吐了口气。

一切都结束了。只要将这纸申请装入信封寄回去,自己和妻子从此就变成陌路人了。伊织一面宽慰自己,这样也不坏嘛,一面却感觉好像做了件极其亏心的事情。从令人烦恼的纠葛中解脱出来、肩头的包袱突然卸去,自然轻松无拘,同时,又因为这沉重的东西突然消失而生出一种空落落的感觉。伊织心烦意乱地走到起居室,又倒了一杯白兰地,喝了几口,感觉醉意渐渐袭来。

"我一个人了,自由啦!……"伊织喃喃道,突然冲动地想往家里打电话。

伊织羞于给马上就要离婚的妻子打电话,听到她的声音,况且一直觉得根本就没必要,但是酒精起了作用,加上在离婚申请书上签了字,心情一下子轻松起来的缘故,伊织还是拿起了电话。

"反正就要各归各了,有什么要紧?"

伊织给自己编织着理由,按下了按键。以为会是女儿来接电话的,传出来的却是妻子的声音。

"哦,是我啊……"伊织说罢,电话那头的妻子好像也低声应答着。

"都还好吗?"

问完,伊织自己也觉得这句话似乎有些滑稽。

"嗯,新年怎么打算啊?"虽然唐突,但这却是伊织很想知道的。

"我回娘家去。"

妻子的娘家在仙台,每年暑假或寒假时都会回去一趟,孩子们也已经习惯了。

"什么时候?"

"后天。"

用得着这样早吗?伊织心里想说,可是他忍住了。妻子和自己很快就是互不相干的人了,他没有权利多说什么。

"如果我的贺年卡片寄到那边去的话,我趁你不在的时候过去取回来可以吧?"

"请便。"妻子的语气仍然冷冰冰的。

伊织轻声说道:"那个,我已经在上面签字了,很快就会寄过去的。"

"知道了。"

"那么……"

伊织做好了妻子最后一面啜泣一面痛骂自己的心理准备,可是妻子一声不吭地挂断了电话。伊织放下听筒,后悔起来,自己不该打这通电话的,随后又端起白兰地喝了起来。

年三十晚上,伊织订了四谷附近一家酒店的客房。本来是打算去伊豆半岛或是房总半岛有温泉的地方的,但是这些地方全都早被预订一空了。如果花些工夫再搜寻一番,难说一定找不到,不过,考虑到三日与阿霞的幽会,还是待在东京更加便利。

其实东京在新年的时候也非常拥挤,差不多所有的酒店都客满,碰巧四谷的这家酒店里有熟人,年三十起刚好有空房,于是通过他,订了一间双人房间。

近来到酒店里过新年的人越来越多。年三十傍晚六点钟到了酒店一看,前台挤满了拖家带口的客人,孩子们更是欣喜若狂,有的在大堂里来回奔跑,有的干脆坐到地上,似乎很久没有感受这种热闹的气氛了。

伊织办理完入住手续,自己提着旅行包来到客房。打算是从年三十住到三日,因此无需准备太多,随身只带了一件浴袍、几件内衣裤、替换的外套和裤子,还有五六册书。伊织将装着这些东西的旅行包放在行李台上,往床上一躺,刚才大堂里的喧闹声顿时杳然不闻,似乎进入到另一个世界。今天是年末,但是现在这光景,叫人绝对想象不到一年即将过去,仿佛仍然是在工作,只不过因为回不去家而住进旅馆似的。

稍许歇息片刻,伊织起身冲个浴,七点钟上楼到酒店内的餐厅去转了转。但是,无论中餐还是地下层的日式餐,各个餐厅都人满为患,西餐就更不用说了。

伊织避开人流,选择了地下层相对顾客较少的烧烤店,准备吃晚餐。进进出出的都是全家人或是夫妇俩,独自前来用餐的只有伊织一个人。

"您一个人吗?"领位的侍应生也面露诧异。

早知这样的话,不如邀一位女性一同来吃饭了。在银座的酒吧或夜总会里工作的陪酒女们出乎意料地悠闲。店里关门打烊,稔熟的客人也都回到妻子等候着的家中准备过年了,而她们由于各有原因,大多数都不回老家。热闹的新年对她们来说,其实是最为孤独的时刻。

伊织感觉自己一个人很容易被别人揣度猜疑,要么看作是单身汉,要么看作是离家出走的,于是匆匆吃完,便赶紧回到自己的房间。酒店里到处热闹非凡,但是今晚,这种热闹却勾起了伊织的孤独感。

第二天早上七点醒来,伊织看了一会儿厚厚的元旦报纸,就又睡下了。

以前每逢新年,早晨或是观看元旦日出,或是去神社进行新年的第一次参拜,但是今年,伊织没有这份悠闲的心情。

起床后,刚想去浴室,电话响了。这么早会是谁呢?接起来一听原来是阿霞。

"恭喜恭喜,新年快乐!已经起床了?"

"正想去冲个澡哩。"

"起得真早啊。今年还望您继续关照哟。"

阿霞说着自己也笑了起来。是呀,两个身心共许的男女之间,这种场面上的客套话实在滑稽。

"今天准备去哪儿啊?"

"哦,还没想好去哪里。"

"很无聊吧?乖乖待着,我三日一定会过去的。"阿霞说完,挂断了电话。

伊织冲洗完毕,换上外套和裤子,下楼来到酒店大堂。酒店为住客欢度新年准备了不少节目,一层和地下层布置了许多临时摊位,像庙会一样摆满琳琅满目的货品,此外还有面向儿童的游乐场和游戏中心,面向主妇的编织演示和素陶演示,以及面向父亲们的娱乐室,里面可以下围棋和日本象棋,还有迷你高尔夫练习场。对男人们来说,一年一次携妻带子到酒店来过新年,或许是件愉快的事情,但同时也是桩苦差事。任何一家一流酒店的双人房间,要挤下一家三口甚至四口,实在过于拥挤了,还要陪着孩子逛各式各样的摊位或者玩游戏,不消多少时候便厌倦了,而喝杯饮料则动辄是外面数倍的价钱。与其花这种冤枉钱,还不如待在家里,往沙发上一躺,看看电视,才真的是放松呢。不过,为了妻子和孩子,却不能这样做。他们能够稍稍歇口气的地方,大概也只有娱乐室以及高尔夫练习场了。

伊织无须照顾妻子和孩子们。他在娱乐室看着那些专心陪孩子玩要的父亲们,由衷地替他们觉得疲惫,但是,自己虽没有这份负担,却也不免有些孤寂。

在酒店内转了一圈,伊织乘车前往自由之丘的家里。明知妻子和孩子们都不在,他还是习惯性地按了几下门铃,当然不会有人出来开门。然后,伊织用钥匙开门进去,将寄给自己的贺年卡片统统取出来,又回到酒店。在房间里看着贺卡,拣出需要回复的,不知不觉地又近黄昏了。

这次伊织提早去到餐厅,吃了晚饭,再回到房间里看电视,然后上床睡觉,半夜里醒来,又拿起书看起来。

洗澡,看电视,吃饭,看书。悠闲自得之中,很快两天就过去了。一个人住酒店的日子实在闷得心里发慌,不过伊织却觉得,这样倒是时光消磨得很快。他心里有种奇妙的感觉。

正月三日,到酒店来过新年的住客大部分都离去了,为了取悦住客而举行的各种新年活动至三日也全部结束。酒店大堂里和年三十一样,挤满了拖家带口的客人,妻子和孩子们的脸上,显露出心满意足的神态,而丈夫们的脸上则掩饰不住些许疲惫,或许他们心中掠过一丝念头,回到家以后,就没剩几天休息了。

伊织的事务所六日开始上班。一般的企业单位大多五日就开始上班了,但因为事务所年底一直干到年三十,所以,正月的上班就稍稍往后顺延了。往年的话,伊织还可以再稍许悠然地歇息两天,今年因为手头上有购物商场以及多摩地区再开发项目的案子,所以不能够太悠哉。

其实就今年来讲,少歇息几天伊织也无所谓,与其闲下来东想西想的,还不如忙于工作中,好分散心绪让自己不去胡思乱想。

以前新年休假期间,事务所的职员们会上伊织家来拜年。伊织不喜做表面文章,故而从不特意邀约,家在东京且不回老家的职员,只要方便的话,聚一聚也无不可。不过最近三四年这种聚会也几乎不搞了,表面的理由是自己不在东京,其实是因为和笙子走得很近的缘故。有了喜欢的女人在其中,再招呼部下来家里就显得不是很方便,况且还要顾及妻子,所以就不那么起劲儿了。部下们也意识到这一点,于是主动回避。

这次,年前望月问过伊织:"所长新年去什么地方吗?"

"是想出去旅游几天……"伊织回答道,望月也不再说什么。或许望月察觉到伊织与笙子分了手,如果方便,他还是想来拜个年。

邀他们到酒店来,或许能够驱解孤寂,但伊织也提不起劲儿来。倒不是装模作样硬充潇洒,今年,伊织想一个人独自品味和妻子离婚后的孤独滋味。

事实上,无论是在酒店大堂里,或是前往餐厅的路上,所到之处,伊织都品尝到了什么叫孤独。走在一对对亲密夫妇身后,伊织感觉"孤影"这个词似乎正是自己的写照,不禁心生伤感。

然而,孤寂、伤感,却并不难过,甚至还有一丝陶醉于其中的意味,则是出自心底里的某种安心感,因为阿霞还在自己身边,虽是孑然一身,但只要自己伸出手,美艳的鲜花就在眼前任自己采撷。或许这样,伊织才得以不失从容地去咀嚼"孤影"的滋味。

或许他自己并没有清楚地意识到,三日就能与阿霞幽会,这是支撑着他克服新年孤独的精神力量。

这天清晨,伊织醒来之前做了一个梦。梦中的情境不甚分明,但阿霞真的就在身边,这一点确切无疑。睁开眼睛,阿霞不在,唯有一种诡异的氛围依然挥之不去。

伊织想,大概是昨晚临睡前想着阿霞要来,所谓"日有所思,夜有所梦"的缘故吧。然而,像这样在梦中栩栩如生地感受到女人的身体,已经是许久未曾有的事情了。伊织望着窗外,自己也觉得有些赧然,竟然会像少男一般做这样的梦。

透过窗帘射进来的光线亮晃晃的。伊织看了一下床头柜上的台钟,十点钟。正在犹豫着是起床还是再躺一会儿时,电话响了。

"早!已经起床了吧?"

出其不意地传来阿霞的声音,伊织感觉有点不可思议,他用手掌拍了一下脑袋:"我刚刚梦见你了哩。好奇怪呀,你好像做了什么坏事……"

"我吗?怎么可能……"

"大概是因为想到今天可以见到你的关系吧。"

"真对不起,我今天去不了了。"

伊织慌忙攥紧了听筒。

"其实,今天早上我住在阿佐谷的一个亲戚过世了。我必须去东京,不过是赶去吊唁。"

"几点钟去?"

"现在正在准备,我想尽可能早点过去。"

"那晚上也不行吗?"

"那是从小看着我长大的亲戚呀,今天晚上必须在她家里守夜,不去不行的。"

若是亲戚死了,阿霞的丈夫想必也得一起去吧。伊织在心里想象着阿霞身穿丧服的样子。

"想好今天见面的,谁想到新年里就会死人呢。真是讨厌。"阿霞拖着长长的语尾,撒娇似的说道。

"中间没办法溜出来吗?从阿佐谷到这里也不远呀。"或许是早上做了那样诡异的梦的缘故,伊织听到阿霞的声音,越发情不自禁地想要她了,"我天天一个人待着,好不容易等到今天的。真的没法见面吗?就一小会儿也好啊。"

"你今天一直待在酒店里吗?"

"你如果来的话,我就等在这里。"

或许是整整三天养精蓄锐的缘故,伊织感觉身体从未有过的欲情燃烧。

"好吧,我到你那里去一趟。大概三四点钟的样子到吧。"

"一定要来哟。"

屋外依旧朔风凛凛,但是冬日的阳光铺洒了一地。凭高俯瞰,高速道路上来来去去的汽车,反射着缤纷的阳光。眼下还是正月三日,车辆很少,因此道路通畅,车流轻快。酒店前的街道上人来人往,不少妇女穿着正式的和服。

下午,伊织叫了份咖啡到客房,一面啜着,一面眺望窗外。这时,电话又响了。

"现在在楼下的大堂,想问候一下新年就走,你能下来一趟吗?"电话里听得见阿霞身后的嘈杂声。

"不要这么说嘛。你上房间来吧,你前面就是电梯。"

"可是,我没有多少时间,还要立刻赶回阿佐谷去呢。"

"已经去吊唁过了吧?"

"是的,可所有人都还聚集在那里呢。"

"反正我下楼去也需要时间,还是你上来吧。"

"那我就上去待一会儿……"

挂断电话,伊织朝房间四下巡视了一下。中午出去吃饭的时候,房间已经收拾干净,床铺也铺整齐了,屋内也全都打扫过了。早上计划好了,今天晚上和阿霞共度一宵的,从年三十晚上一直老老实实地待在酒店里,也是为了今天与阿霞的相会。

"对死去的人只好说抱歉了,不过顾不得那么多了。"

伊织自言自语着,坐到沙发上。几分钟后,门铃响起了,伊织束着浴袍去开门,阿霞站在面前。今天她身穿一件暗紫色的鱼纹和服,系着灰色的素腰带,手里拿件黑色外套和一只黑色的提包。

"怎么了?"

"没什么,只是突然间感觉好像太素了。"

"刚刚去吊唁了嘛。"

仔细端详,不光是素服,连平时两耳旁蓬松的头发也朝后梳得整整齐齐,全然没有了光彩照人的感觉。

"突然间穿得这样素,有些失礼吧?"

"不过,这样素朴的样子也很不错呀。"

阿霞走进房间,然后突然想起来似的连忙道:"恭贺新年!今后还望您多多关照。"

"不敢当……"

"今年还会继续像以前那样爱我吗?"

不知从什么时候起,阿霞也开始学会说俏皮话了。

"一直待在这里吗?"阿霞站在屋子中央,朝四下张望着,"房间不错嘛,很宽敞呵。"

房间是双人房,屋子一隅还有张沙发,可是伊织关了三天,也着实有些闷得慌。

"一直老老实实地待在这里吗?"

"当然啦。自从去年底和你见面以来,我过得简直像神仙一样哩。"

阿霞微笑着,在窗边的沙发上落了座。

"喝点什么?"

"不用了。我今天只是来看看你。"

"可是你说了要住下来的,我才特意一直待到今天的呀。"

"对不起。因为还要守夜,我也没办法呀,我也感到很遗憾呢。"

伊织从冰箱里拿出啤酒,往两只酒杯里斟满。

"先不管了,来干一杯,为了新的一年。"

说完,两只酒杯碰到了一起。

"'姬初'你知道吗?"

阿霞没回答,脸上露出诧异的表情。

"就是新年中的第一次交合。"

阿霞吃惊地斜眼看着伊织,伊织却不失时机地坐到阿霞身边。大概是长时间放在衣橱里的缘故,和服上散发出淡淡的樟脑味。

"这里,不行吗?"伊织用手指轻轻在阿霞腰带下的腹部上敲了敲。

阿霞叹了口气,似乎在嗔怪伊织让她为难:"今天真的就是来看一看你,等会儿所有的亲戚还要一起守夜呢。"

"那……就只接吻行不行?"

趁着阿霞的脸转向这边,伊织迅速将唇凑过去。阿霞往后缩了一下,但立刻好像死了心,接纳了伊织的双唇。然而霎时间,她立刻又缩回脸去:"不行呀!这样子会被人家看出来的。"

"不要紧的,绝对不会……"

"那……"

"有个办法绝对不会让别人知道。"

伊织凑近阿霞,轻声耳语了几句,阿霞脸颊顿时腾起两片红晕。

"不行……"

"没关系,以前人家都是这样做的。"

伊织在阿霞耳边所说的是,女人两手支在床上,男人则从后面插入,这样就不必解开腰带,脱掉和服,头发也不会蓬乱。因为和服下摆从下卷至腰部的样子,颇似海带卷①,故这种交合体位被俗称为"海带卷"。

据说这种体位是从前的艺伎们想出来的。因为每逢正月,她们走马灯似的忙于应付客人,为了挤出时间同自己相好的客人短暂相聚,便想出了这种方式。身穿高岛田绸的高级和服配上黑纹的腰带,豪华的衣裳衬出她们卷起下摆露出的白皙的臀部,那景象让人感觉格外可爱,也格外刺激。欢娱街中将这幅景象和美丽的孔雀开屏相提并论,称之为"孔雀"。一面欣赏眼前这幅美景,一面和心爱的女子交合,简直是男人的最高幸福了。

"这样就没关系了。"

阿霞好像是第一次听说这种方式,她呆呆地不知道回答什么好。伊织拉上窗帘,立即营造出近乎夜晚的氛围。

"窗帘拉上了,屋里很暗的,不要紧了吧?"

"这种事情,我没法做。"

"求你了……"

伊织陶醉在自己的创意之中。虽然阿霞的和服不及艺伎豪华,但是

---

① 海带卷:一种日式菜肴,用海带卷起牛蒡、小鱼等,以葫芦条系结后烧煮而成。因与日语"欢喜"谐音,常被作为吉祥食品在新年时食用以讨口彩。

参加守夜的素服也别有一种情趣。由于是从湘南赶过来的,阿霞穿的还不算正式的丧服,但是暗紫色的鱼纹和服配上灰色的腰带,和丧服具有异曲同工之处,都隐藏着一种端庄和高雅。将它的下摆卷起,就能欣赏到阿霞白皙的臀部。

"快点……"

"不要……"

伊织不顾阿霞的畏怯踌躇,拖着她往床边去:"这是对你今天晚上不住这儿的惩罚!"

"不是的,亲戚突然间过世了嘛……"

"我不管,反正我不能容许!"

对于让自己期待至今,却突然毁约的女人,只能让她尝尝"孔雀"之刑。

"把手撑在床上……"伊织命令道。

阿霞一瞬眼睛看向床,但是立刻羞愧难当,两手捂住脸,扭着身子再不肯往前:"这样子我绝对做不来……"

"没什么的,求求你嘛……"

此时的伊织势在必得。他胁迫加上哀求,站到了阿霞身后。

"快点……"他毫不理会阿霞,使劲儿将她往前推。

"真的不行啊……"阿霞扭动着身子往下蹲。

"没关系的,快点啦……"

伊织迅疾地将手伸入和服的下摆里,将和服往上卷起,同时将阿霞的腰往上抬起,从后面长驱直入。灰蒙的房间中,两个身影重叠在一起。

"啊!……"

伊织做了一个白日梦。

眼前,阿霞双手撑在床上,从后面包容了他。为守夜而穿戴的和服下摆被卷至腰际,下面露出两条腿。接近黄昏的屋子里拉着窗帘,浮现在淡淡的暮色中的白皙的臀部在前后晃动。

以前伊织就幻想过这样的光景,要同美丽而贤淑的女人以这种体位交合。一开始,女人凛然拒绝,甚至想逃脱,但在自己执拗的胁迫下,女人终于一面感到羞怯难当,一面将脸伏在床上,忸忸怩怩地接受。起初是被动的,但逐渐从这种受虐的体位中体验到别样的快感,情不自禁地亢奋起来,下半身震颤着,呻吟着。看着眼前这幅景象,男人顿时感到无上的快乐。

世上数以亿万计的男人中,能够得享这种快乐和荣耀的又有几何?百分之一?或许连这点都不满。正因为如此,这真的可以称之为是男人们的梦想,无论是多么正经拘严的男人,或者是轻浮孟浪的男人,谁都会憧憬、梦想着体验一次这样的交合。

此刻的伊织就像身处梦中。吁吁不断的娇喘,在他听来,简直就像是天外之音,而迷溺于这种受虐而淫逸的交合中的女人,在他眼里,既像是娼妇,又像是天仙。

然而,白日梦终有终结。

"啊!……"

随着一声气馁般的呻吟,阿霞的脑袋垂了下去,随后匍倒似的将脸埋进床单,下半身软绵绵地瘫倒在床沿。和服的下摆仍旧卷起着,阿霞就这样一屁股跌坐在床上,上身伏在床上一动不动,唯有白皙的脖颈微微起伏着。

这样的姿态怎么看都没有一丁点矜持端淑。可怜的女人和服下摆卷起着,被残忍地撑开双腿,从后面接连不断地冲荡着。然而,这残忍似乎更增其娇艳,无论伊织怎样凌辱她,强迫她做出荒诞淫狎的行为,阿霞依然像朵鲜花般地傲然开放。

"对不起……"伊织对着这朵狂乱的鲜花低声嗫嚅道,明知现在再表示歉意也无济于事,但他却不管,"真的太棒了!"

不知道阿霞听见了还是没听见,她一语不发。或许她依旧沉浸在交合的余韵中,耳朵一直到脖颈全是汗津津的,并且面红耳赤。

几分钟之后,好像突然间意识到自己的失态,阿霞慌乱地起身,手捂着脸,冲进浴室。

感觉衣服和妆容并没怎么凌乱,但是阿霞进去后却迟迟不出来。

不知道阿霞在里面是在梳理头发,还是整理衣服,伊织等在外面,同时反刍咀嚼着刚才的白日梦。

看来今晚阿霞是无法在这里住下了,但是得以那样的形式与阿霞交合,也是想象不到的一大收获。换个角度考虑,或许比起住下来跟往常一样的爱抚,今天的交合更加刺激,更加愉悦。

虽然以前伊织就有过这样的想象,但是若没有像今天这样的特别事由,伊织也不可能得偿这样的梦想。对死去的人来说或许有些失敬,但阿霞亲戚的死对于伊织倒是大吉大利的好事。

伊织拉开窗帘,但马上又闭上了。想到刚刚强迫阿霞接受了那样令她羞怯不已的事情,此时也应该稍许顾及一下她的感受,这也是作为对她接受这么做的一点点心意。

当然,阿霞并不是一开始就爽快地接受的,从反感到接受是有一个过程的。中间伊织拼命地劝诱,她接二连三回答"不行",不肯轻易接受,无奈,最后伊织只好凭借力气硬将她制服。不过,当时倘若阿霞毫不反抗,轻易地就接受,反而会使伊织感到很无趣,羞怯、反抗,然后男人强使她顺从,这才是"孔雀"之刑的魅力所在。假使爽快地顺从,或是从头到尾坚决不从,男人也只会败兴退阵。阿霞便是在一个非常恰当的火候,含羞接受的,分寸恰恰好。

这是算计好的,还是极其自然地走到这一步的?

可是仔细想想,如果是欢娱街的女人或是习于玩乐的女人那能够理解,但是说阿霞有意识地吊男人胃口,然后拿捏好分寸再半推半就地接受,简直是不能想象的。况且第一次做这种带有强迫性的事情,相信她还不至于有这份从容。一切都是自然而然的结果。

不过,阿霞在这方面的分寸确实可以说是恰到好处。从第一次肌肤相亲接受伊织,到一同入浴,还有这次的交合,一开始都是有所抵触和反抗的,但最后还是适可而止地接受了。或许阿霞的魅力就在于这种反抗和接受之间的分寸感上。富有魅力但奔放的女人多的是,但是最终最能吸引男人的，却是在羞耻和奔放两者间做得恰到好处的女人。

不知道是否是与生俱来的禀赋，阿霞既有强烈的羞耻心，同时又恰到好处地显示出好色的一面。

终于，阿霞遏抑住情事的余韵，从浴室里走了出来。

羞臊时候的阿霞会表现出独特的动作，就像现在，她用右手遮住额角，似乎想掩饰羞容似的，慢慢走近。

"衣服整理好了？"伊织问道。

阿霞却不回答。她走到沙发跟前，将刚才放在茶几一端的外套拿在手上。

"我得走了。"

"等等，不用那么急嘛……"伊织慌忙站起身。

阿霞已经快步朝房门走去。

"再稍稍待一会儿不行吗？"

"可是，大伙儿都等着呢……"

衣服和头发仔细整理过的阿霞，这会儿一点也看不出双手撑在床上，从后面接受男人的蛛丝马迹。

"你先坐一会儿嘛，我给你冲杯咖啡吧。"

"不用了。"

阿霞的回答冷冷的，但并非是心情有些不悦，而似乎是仍旧沉浸在刚才的交合带来的强烈羞耻感中。

伊织拧亮了屋子一隅的立式台灯，然后站在阿霞面前。

"一点都没变。"至少在伊织眼里看起来，阿霞的发型、和服以及妆容，与来的时候毫无二致，"和谁碰面都没问题。"

"……"

"不过，有一个地方不一样了。"

"啊……"

"比起来的时候，看上去更加容光美艳了。"

"什么呀！"阿霞的手轻轻抚了一下脸颊。

"是真的呀。不过嘛,要不是身边的人是看不出来的。"

每次交合欢娱,阿霞的肌肤都变得更加光滑,更加柔润。不光是肌肤,甚至从脸上的表情、胸脯的妖柔、手足不经意间的举止中,总之阿霞全身都洋溢出那份愉悦和欣喜。对于女人身体这种随日月累积而产生的无穷变化,伊织暗暗吃惊,同时不由自主地心生羡慕。男人的身体理智而冷静,但一般总是淡然而冷漠,不会因为两性交合而变得更加俊美,容光焕发的。

"你还是要回阿佐谷那边去吗?"

"今天晚上,所有的亲戚都聚在那里呢。"

"这些人当中,你肯定是最美丽的。"

"你这样说,对死去的人可是很失礼的哟。"

"我真想看看……"

经过了那样狂荡的交合,阿霞却要以一丝不苟的矜持气质,坐在守夜的亲戚中间。而知道这个女人真正的秘密的只有自己——伊织为此感到一种神秘的快意。

薄冰

朝阳中,雪花在飞舞。有的地方把这称作"太阳雪"。虽说下雪了,但是天空依旧阳光朗照,所以,雪花落到地上的同时便消融了,仿佛只是为了落下而落下的雪。或者说,这雪片只有在落下的那一瞬间才具有生命。

由于气温并不低,因此雪花很大。六角形雪花的四周,似乎还黏着许多结晶似的。

雪究竟应该怎样称呼?倘若将它作为结晶,则应该用"一颗"或是"一粒"这样的量词来称呼。可是,当漫天琼瑶、飘飘洒洒地落雪的时候,"颗"或是"粒"就无法表现出它的风情了。

当然,用"片"来称呼雪似乎也不甚贴切,因为这样很容易让人想象成一片片的花瓣,或是一片片的落叶。然而,这会儿落下的雪则完完全全可以用"一片片"来形容,而且除此之外,没法用其他的词汇来形容它。在和煦的阳光下,雪花正反错动,上下翻飞,缓缓地飘落到地上,看上去恰似一片洁白的花瓣在摇曳、舞动。

伊织坐在书房的窗边,看着窗外在阳光下飞舞的白色雪花。虽说下着雪,但是时节已经是三月初,漫天白花花的雪片在摇落,但是并不感觉寒冷,倒是令人联想到春天的脚步正在逼近。

时光的脚步真是飞快啊。

好像才是不久前的事，人们刚欢欢喜喜地迎来新年，转眼二月份又走过去了。想起来，一年的六分之一已经度过，接下来，梅花怒放，樱花盛开，四月很快也将过去。等到新绿萌芽、熏风吹拂，季节就跑着进入夏天了。当人们清楚地意识到季节更替的时候，如白驹过隙般的半年，倏地就过去了，一年又轮回了。

近来，伊织深切地感觉到岁月流逝得飞快，真的是光阴如梭。

孩提的时候，根本不觉得时间过得快。从小学到中学，只期盼着日子过得再快一些，高中升入大学之后，偶尔会感到时光飞逝，但是也从未不安过，一直到二十几岁，谁都不会去介意光阴的流逝。开始感觉时间过得快是三十岁以后的事，哎呀！不经意间居然三十岁了！这时候才感到惊恐，仿佛被什么可怕的东西追赶着似的。

不过坦率地说，那个时候还是颇为从容的。四十岁往后就时常会突然间感觉时光无情，岁月无情。打个比方，之前就好像是穿过重峦叠嶂缓缓流淌的淙淙细涧，到了五字头的年纪，淙淙细涧一下子就变成了纵情奔涌的白练急流，最后终于化作陡峻山岩上一泻千丈的垂瀑，势不可阻。

然而此时，眼前雪花漫舞的光景，看上去却丝毫不闻急流或垂瀑的声息。

朝阳中纷飞漫舞的雪花，一直到中午时分方才霁止。

十一点钟左右，伊织离开书房，站在卧室的衣橱前。

今天中午，世田谷区的那个购物商场建设项目将举行奠基仪式。这个项目，与商场方面有过一些小摩擦后，最终还是采纳了伊织的设计思路。早知如此，不如一开始就放手让伊织来做岂不更好？不过事实上这是不可能的。这或许就是企业的复杂之处吧。

雪已经停了，下午起天气会更加暖和。伊织拿出许久没穿的春季才穿的浅米色西服。虽然依然凉风习习，但赶在春天之前穿起西服，伊织感觉心情很是舒爽。

穿好裤子，扣好衬衣的纽扣，富子从衣橱里拿出一条领带。

"这条怎么样？"

富子选的,是条深咖啡色的嵌丝素色领带。将它放在胸前对着衣橱的镜子比了比,果然与西服蛮配的。

"好,就系这条吧。"

富子已经熟知伊织的喜好。作为女佣,她已经干了两年,一应的家务事情交给她打理基本上不会有什么问题。接着,富子又准备好了袜子和手帕,也都是咖啡色系的。

不知是不是心理作用,伊织总觉得自从与妻子离婚后,富子干活越来越起劲儿了。以前都是准点来准点走,斤斤计较时间的,最近却时常提早来延迟走,而且从没提出过加班费,表现出一副完全为伊织着想的样子。伊织自然不会以为她想填补妻子的空位,但是过分的殷勤卖力,却着实让他感觉很不自在。

十来分钟后,一切准备停当,伊织正抽着烟,望月开车来接他了。

"刚刚下过雪,天气倒好像暖和了。"

"这雪真是没准头哩。"

先前落下的雪已经融化了,阳光下的柏油路面上湿漉漉的。

"春天到了。"望月将车窗打开一道缝隙,随后像是突然想起来似的说道:"宫津他们到底还是结婚了啊。"

"宫津……"

"和相泽呀,昨天收到请柬了。"

伊织从口袋里掏出一支香烟,衔在嘴上,想让自己沉住气。但是,他点燃打火机的时候,手指还是情不自禁地震颤着。

望月说的是真的吗?这件事伊织可是第一次听说,无论是宫津还是笙子都没对他讲起过,他也没有听别人议论过。

今年正月,伊织收到了笙子寄来的贺年卡,上面写着:"谨祝您在新的一年里万事如意。"依过去的关系来说,这样的贺年卡内容也太冷淡了,不过只要收到贺年卡,伊织也就心满意足了。两人虽说已经分手,但是她寄贺年卡给自己,说明自己在她心中还没有彻底消失。

然而,现在笙子要和宫津结婚,事情的性质就完全不同了。看来,认为笙子对自己还抱有一丝依恋,完全是一厢情愿,自作多情。

"可是……"

伊织说到一半停住了。他想问"是真的吗",但是又不想被望月看到自己的狼狈样子。

"这事你是听谁说的?"

"我是收到请柬才知道的。所长没收到吗?"

"哦,不……"

早上出门前看过信箱,没有发现结婚请柬。

"不过,宫津那家伙看上去像个小少爷似的,还蛮会哄女孩子的哩。听说离开事务所后,还一直跟相泽交往着呢。"

这也是伊织第一次听说。

"他现在在什么地方做?"

"说是辞职之后打算自己创业,但是难度太大了,只好进野田工务店去做了。"

野田在建筑设计业界是屈指可数的大型企业,不知道是谁介绍他进去的。不过从发挥个人的才能这点上来说,在大企业反而更难干出名堂。

"他家里是开旅馆的,他总归是要回去继承家业的。"伊织想起笙子说过,山阴之旅的途中曾经顺路到宫津家去过。

"是嘛……"

伊织依然不愿意相信宫津和笙子结婚的事情是真的,但看起来,原以为断然不可能的事情很快就将变成现实。不过说实话,伊织并非没有预感到这样的结局,之所以认为断然不可能,其反面或许就隐藏了"万一"这样的恐惧。

女人的心思真是无法理解。和宫津一道旅游途中被强行占有之后,笙子曾经对自己的轻率悔恨不已,涕泪俱下地恳求伊织原谅,并发誓不想再见到这个人。

就是这个人,还不到半年,居然要与他结婚……

笙子鼓足勇气,老老实实向伊织坦白了发生的一切,恳求他的原谅,但其时伊织早已花心荡漾,踩着钢丝游走在笙子和阿霞之间。他也知道自己的态度招致了笙子的不满,假使这之后稍许收敛一些,对笙子好一些,不和阿霞一同去欧洲旅行的话,或许笙子就不会彻底放弃这份感情。

尽管如此,笙子为什么非要与宫津结婚呢?世上男人有的是,不可能挑来挑去,最后偏偏只挑中宫津吧?这实在是一个绝妙的讽刺,只能认为是为了激怒自己、报复自己而结婚。想一想笙子当时那副悲愤的情景,绝对让人想象不到会有这样的结果。

不过,或许笙子表面上憎恨宫津,但其实心底里并没有那么憎恨。的确,宫津强行和她发生关系,这无异于施暴,但不可否认宫津确实是喜欢她的,思来虑去,最后采取了粗暴的做法,正是出于心底的爱恋。从这一点上说,较之移情于其他女人的伊织来,宫津为人更加诚实。

不管怎样,女人总是更加倾心于忠实地守护在自己身旁、时时刻刻奉献爱的男人。对她们不用聒噪什么艰深的道理或者是远大的理想、高迈的抱负,而只要守在她们身旁,给予其所需要的东西,女人就会芳心属之,死心塌地地接受男人。这种重现实胜过重理想的本性,不仅女人有,男人其实也一样。对于三心二意、不知道什么时候才肯收心回到自己身边的人,总不能无穷期地傻等下去吧?

宫津辞职后,仍和笙子有交往⋯⋯

原以为笙子离开事务所之后,回到老家,一个人会冷清寂寞,岂知完全不是那么回事。

"婚宴是哪天?"

伊织的脸朝着车窗外,竭力用平静的语气问道。

"我记得是下个月的三号,是不是啊?"

被望月这样一问,伊织不知道怎么回答才好,因为他压根儿就没收到请柬。

"所长会去吗?"

"哦,不⋯⋯"

"我也不去。"望月似乎早有准备似的爽快地接着说道。

"事务所还有谁参加？"

"千叶好像也接到请柬了。他是宫津同一所大学的师弟。"

宫津只邀请了望月和千叶？在事务所干了那么长时间,邀请全体职员一起参加也很正常,但或许宫津觉得邀请所有人的话有些畏怯。考虑到宫津辞职的来龙去脉,以及结婚的对象是笙子,只邀请这两人也许是最稳妥的做法。

不过,望月的说法很耐人寻味。先探探伊织的口风,确认伊织不去之后才说"我也不去",而且还特意强调说千叶是宫津的师弟。倒不是伊织想得太多,似乎望月是为了照顾伊织的情面才拒绝赴宴的。

"你去也没关系的呀。"

"可是,我和他不是很熟,何况又是辞了职的人。"

伊织和笙子的关系在事务所早已众所周知,无人不晓,虽然松江之事没谁清楚,但是其后笙子的离职总有点蹊跷,这是所有人都感觉得到。也许所里的同事们都在顾及伊织的感受。

"说起来,两个人都还不错……"伊织故意用明快的语调说道。

他想显示出一种态度：虽然笙子最终和宫津走到一起,但自己并没有因此而沮丧,反而由衷地为他们感到高兴,这就是自己的理解和大度。

"他们两个好像蛮般配的哩。"

"可是他们辞职后还一直在交往,这我可是一点也没听说呢。"

"那有什么,蛮好嘛。"

"可是……"

望月的语气里显露出愤慨,倒是伊织反过来宽慰他:"只要他们两个幸福就好……"

伊织凝视着阳光朗照的柏油道路,口中说出的却是与内心想法相左的话。

奠基仪式准时在世田谷的施工现场举行。首先由神社的神主主持祓除仪式,祈求神灵保佑开工顺利,无灾无难,然后是建设方协和百货集团的社长贺词,接下来在附近的餐厅举行酒会。

参加者中有协和的社长、这家百货商场的候任总经理以及其他干部,负责施工的大村建设公司方面的相关人员,加上当地社区的一些头面人物等,共四五十人。

"我们打算将这家百货商场建成这一带的标志性综合商业设施,还望你多多关心啊。"

须贺部长心情很好地同伊织搭着话。伊织礼节性地与之寒暄了几句,脑子里却全都被笙子占去了。奠基仪式看样子得进行一个多小时,伊织只待了半个钟头就离开了会场。

"接下来回事务所吗?"望月问伊织。

伊织推说下面还有事情,于是在涩谷下了车。原本是打算奠基仪式之后直接回事务所的,但是突然间改变了主意。个中的原因,显然是因为出门时听说笙子要结婚。

在涩谷与望月分开后,伊织也不知道要往哪里去。他迎着朗耀的太阳,朝道玄坂方向信步走去,途中进入一幢大厦底层的咖啡店。兴许是过了写字楼的午休时间,店堂内清闲得很。伊织坐下来喝着咖啡,又情不自禁地想起宫津和笙子的事。

即使现在一个人坐在这里思索,伊织仍然不相信这件事是真的。他有一种似乎被欺骗了的感觉。

可是望月为人诚实,也没理由撒谎,他说收到了结婚请柬,绝对没什么好怀疑的了。可是笙子为什么不给自己寄请柬呢?从两个人与自己的关系来说,最先应该邀请的理应是自己呀。

不过换个角度来考虑,正因为曾经最亲密,所以才不便邀请吧。站在宫津的立场上,伊织既是情敌,又曾是自己的上司,而他偏偏抢走了伊织的女人,并与她结婚。有了这层关系,自然不可能像没事一般寄什么请柬了。笙子也一样,两人过去曾经形同同居,邀请伊织来参加婚宴,只会心里七上八下的,不知怎么面对。况且那么做也大有故意嘲讽伊织的嫌疑,算不上地道。

不邀请伊织参加,一定是两个人共同商量的结果。

不过,即使是这样,也应该以某种形式通知自己一声嘛,虽说其中有种种事由,但这样做也算是正常的礼节。所有人都知道了,只有自己一个人被蒙在鼓里,令伊织觉得有种说不出的凄楚和遗憾。

倘若宫津和笙子坦率地希望伊织出席,伊织是不可能回绝的。假如再真诚地说一句让过去的事情全都像流水一样逝去,从今往后还望多多关照之类的,伊织的疙瘩就会彻底解开。伊织不想永远为宫津的事情而心里不愉快,不管是不是情敌,如果宫津无论如何非笙子不爱的话,伊织也不会不放手。尽管不情愿,尽管还有留恋,但是笙子愿意,伊织也没法阻拦。

不能因为过去曾经有过关系,所以就不可以参加婚宴。过去是过去,对于迈向新的人生的两个人,伊织毫不吝惜送上自己的祝福,假使有所期求,伊织甚至可以站到台前去致辞。事已至此,再重提旧事、翻唱老调毫无意义,伊织还是有这点自制力的。

可是,想是这样想,假如真的接到请柬,伊织会如两人所愿出席婚宴吗?现在只是假设来考虑,一旦假设成为现实又另当别论了。假如果真邀请他致辞,他能够从心底里由衷地为两个人祝福吗?看着新郎新娘肩挨着肩幸福地坐在主桌上,他能够雍容自若地拍手喝彩吗?坦率地讲,伊织没有这份自信。保不准致辞中流露出一丝煞风景的话来也难说,嘴上说"祝福",但是心里也许巴不得两人早早散伙呢。这样一想,似乎不寄请柬倒是最安全最周详的做法。如果冒冒失失地寄来,反而令伊织左右为难,所以干脆不请为好。

想到这里,伊织心中忽然又生出别的想象。说不定,不给伊织寄婚宴请柬,其实是笙子在为伊织着想呢。

与其冒失地邀请出席,使得伊织感到为难,倒不如低调不事声张,或许更加合情合理。事情既已至此,笙子肯定是不想给曾经帮助过自己的人添麻烦,所以考虑再三才决定这样做的。

伊织喝着凉透了的咖啡,独自会心地点着头。笙子一定是这样想的。

虽然她马上要和宫津结婚，但是她并不想丢弃自己。这次结婚并不是出于爱情，而是因为心里的精神支柱失去之后不得已的选择，是因为和自己分手之后，心灵的空虚无法排遣，出于填补空白才结婚的。

或许这样想太过一厢情愿了，但是现在他只有这样宽慰自己而已。

即使结了婚，笙子的感情仍然在自己身上——这样想着，伊织的心情方觉得稍稍好受一些。

不管怎么说，笙子是自己使她成为一个真正的女人的，领着处女笙子初涉云雨，让她懂得男女情爱的欢悦的是自己，说起来或许可笑，但是伊织觉得自己真的是一直在尽心竭力地培育笙子。他比任何人都更加清楚地知道笙子的一切，从小而浑圆的胸脯，瘦削的腰肢，还残留着少女般弹性的臀部，一直到右腹部下方那颗黑色的痣，伊织都记得清清楚楚。这样熟悉的身体，会怎样去接纳别的男人？笙子会展现出怎样的表情？

笙子最敏感的部位，手指触及那里时的轻重，以及她最容易得到快感的体位，伊织全都一清二楚。这些是伊织与笙子四年间蓄积的秘密，也是只有他们两个人才知道的感觉。

宫津能够发现这些秘密么……

论体力，宫津占上风，但是说到对女性的经验，伊织绝不认为自己会输给宫津。虽然不再有年轻人那种一泻千里的爆发力，却拥有可凌驾于这种爆发力之上的温柔和技巧。更重要的是，笙子的身体经过四年的岁月积累，已经习惯和适应了伊织，从性事开始到结束，从头到尾整个过程她所切身体会到的都是伊织的方式。

"这些是不可能轻易改变的……"一面思索着，伊织一面对自己说道。

宫津抢跑了笙子，甚至下决心和她结婚，但他无法独占笙子的身体。即使感情上屈从于宫津，但是笙子的身体也不会轻易屈从的。宫津即使得到了笙子，给予她自由，但他所拥有的是一副由伊织培育和调教出来的身体，不管宫津怎样狂爱笙子，笙子如何接纳宫津的爱，笙子的身体依旧牢牢记着另一段历史。大脑和心可以忘掉过去,但是身体却不可能轻而易举地忘记,即使大脑会背弃过去的历史,但身体是不会背弃的。

"身体的记忆比起大脑的记忆更加靠得住。"

此刻,伊织坚信这一点。除此之外,又有什么能够安抚他将爱恋四年多的女人拱手让给其他男人的懊丧呢?

虽然脑海里对两个人的结婚总算认可了,但是心情依然抑郁不爽。为了排遣心中的郁闷,伊织起身走到收银台边拎起电话,打算试着往辻堂阿霞的家里打个电话。

现在,他是彻底失去笙子了,而能够慰藉他空虚心灵的就只有阿霞了。现在是午后,伊织想阿霞兴许不在家,但电话接起来之后,先是传出一个年轻女性的声音,随后阿霞就接过了电话。先前接电话的看样子是阿霞的女儿。

"不是说好的后天吗?"阿霞听到伊织突如其来的电话,禁不住问道。两人的约定是后天见面。

"今天出不来吗?"

自进入新年,和阿霞几乎是以每周一次的频次见面。白天,阿霞出门问题还不大,晚上就有点不方便了。有时候两人中午前就互相联系约定好,但因为伊织毕竟工作在身,总不是那么顺当。

"有什么事吗?"

"突然很想见你……现在马上碰面也可以啊。"

大概是伊织像小孩般的性急实在好笑,阿霞忍不住轻轻笑出了声:"您不是还有工作吗?"

"这个倒不要紧。"

如果返回事务所,翻看一些文件,接下来四点钟还有一个关于多摩那个项目的会议。不过,要是阿霞肯出来,会议改到明天也没关系,反正参加者都是事务所的下属,随便找个借口就可以改期的。

坦率地说,伊织今天不想进事务所。从中午一碰头望月就说起笙子结婚的事情来看,婚宴的请柬应该是昨天寄到的,连年轻的千叶也收到了,所有职员一定都会就此议论纷纷。伊织觉得这种时候露面,心情肯定不会好受。

虽说笙子已经离职,跟自己没有任何关系了,但是所里仍有人觉得伊织还和她保持着关系,即使知道两人已经分手,也有人出于好奇想看看伊织的笑话。

"现在马上出来,不行吗?"

"真是难办啊……"阿霞用像是母亲对待孩子的口气说道,"您稍等一会儿。"过了片刻,阿霞的声音再度响起:"好吧,我赶过去。再有一个小时出发,到那边我想大概是四点钟左右吧。"

"那太谢谢了!我在公寓等你。"伊织握着听筒点头致谢。

随后,伊织给事务所打了一个电话,说因有急事四点钟的会议改到明天举行。

因为自己的私事而擅自改变预定计划,似乎有点说不过去,但这恰恰是一家小企业的最大优势。假如换作大企业,即使身为社长,也是绝对不可能这样的。

近来伊织时常会想,假如身在政府机构或是银行等一本正经的单位,像自己这样的人肯定是待不下去的。自己绝对无法适应早上按时上班,傍晚再按时下班的单调生活。大学毕业后,第一个工作的公司是一家比较自由的企业,后来独立出来自己开公司做,在时间观念方面变得越来越随性,现在事务所按照伊织的方针,连早晚进出打卡都不需要。在旁人看来,或许太随便了,但是伊织认为,只要各人做好各自的工作就可以了。像设计这类需要创造力和创意灵感的职业,最适合在一种自由宽松的环境下工作。

虽然今天的变更有些过头了,但是因为突然间想见阿霞,所以也是一种不得已的随性吧。

换一个角度看,或许正因为具有这种自由,伊织才能在这样的年龄依然孜孜地追求女性。倘若缺少这种自由,一开始就会觉得无力为之,也许根本就不会对女性燃起欲情。又如,假使周围的人目光严厉,对男女之事规矩颇多,在这样的氛围中,人往往会强迫自己去迎合、去适应,慢慢地就会安然习惯于这种氛围,也就失去了激情,也不懂得恋爱的痛苦了。所有事情都在规圆矩方的既有常识中考量,像他这样携妻挈女的人,怎么可能去追求别的女人呢?

不过,这样的人究竟是不是真的性情如此,似乎又很靠不住了。

比如,表面看上去斯斯文文的人,突然间会变得极其好色,做出种种猥亵的举动,那是因为其正常的欲望被压抑,于是只能隐晦,转而以偷偷摸摸的方式进行发泄。像在电车、酒吧等地方偷偷触摸女性,或是像换了个人似的乱发酒疯的男人,基本上就属于这种情况。

在这方面,伊织可算是得天独厚,优哉自得,将喜欢的女人用秘书的名义堂而皇之招进事务所,安置在身边。因为不是那种氛围森严的单位,所以不会招致别人议论,即使有人议论也不会因此丢掉活儿。即便同时周旋于数个女性之间,只要拿得出像样的设计方案,在业界照样可以长袖善舞,游刃有余。相反地,哪怕为人再严谨再循规蹈矩,如果设计不出好的东西,依然被视为无能。

但是,这种自由的氛围有时候也会让人吃苦头。作为手下职员的宫津,公然抢走所长的女人,不能不说就是这种自由带来的恶果。

回到公寓,伊织在书房里将从事务所带回来的文件资料等翻了一遍,依然未见结婚请柬。

"先生您真忙呵。"

其间富子进来替伊织倒水添茶,伊织含含糊糊地应着,随即突然想起来,说:"你可以回去了。"

"有客人吗?"

富子的直觉确实太敏锐了。伊织只不过若无其事地说这么一句,富子立即觉察到可能有什么女人要登门。

"才刚四点钟……"

"今天早些回去也没事。"

见伊织语气略显不悦,富子退了出去。大概十分钟后,她穿好外套

417

又走进书房。

"那我回去了。我把床单换了条干净的。"

知道女人要来,特意煞有介事地整理床铺、换上床单,这就是富子令人讨厌之处。伊织皱着眉头没搭理她。

"那我就告辞啦……"富子郑重其事地哈腰告退,走出房间。

真是个让人为难的女人。然而,如果没有富子,伊织的日常生活立刻就会陷入困境。如今,从煮饭做菜到打扫洗晒,所有家务都依仗富子操持着。

既然这样,还不如身边有个妻子哩。

正在呆呆地想着,电话铃声响起。伊织还以为是阿霞打来告诉他自己来不了了,可是接起来却听到一个清脆的少女的声音:

"喂喂,请问是伊织先生吗?"

这声音好像在哪里听到过,但伊织一时想不起来,只得含糊地应着。对方随即换作了明快的语调:"爸爸……"

伊织这下子才醒悟过来,原来是大女儿真理子。

"连我的声音都听不出来吗?"

"谁让你'伊织先生、伊织先生'的……"

自从正月里和妻子正式离婚以来,这还是女儿第一次打电话来。

"可是,我说得没错呀。"真理子用她一贯的语速飞快地说道,"刚才,美子受伤了!被汽车撞到,脚骨折了!"

"真的?!"

"现在在车站前面的那家医院里呢。"

伊织看了一下手表,已经过了四点。

听筒里继续传来真理子快速的声音:"美子是骑自行车去买东西的。回来的路上,被汽车撞了一下,送进车站前的深野医院一检查,说是右脚的骨头撞断了。"

"右脚什么地方?"

"听妈妈说,在脚脖子上面一点,要绑上石膏住院治疗呢。美子不会留下后遗症走不了路吧?"

面对女儿的担忧,不是医生的伊织也没法回答。

"妈妈呢?"

"在医院里。我今天因为考试停课,所以在家里。"

妹妹发生了意外事故,自己又一个人待在家里,大概真理子心里有些害怕吧。

"二丁目的拐角那儿不是有个三岔路口吗?稍许有点斜坡的地方。美子从自行车上下来,突然有辆汽车开过来。我老早就觉得那儿挺危险的……"

现在讲这些有什么用,伊织更关心的是美子究竟伤到什么程度。

"那么就是说,美子和妈妈一块儿在医院里?"

"是的。爸爸想给医院打电话吗?"

"直接问一下医生,情况应该说得更加清楚些嘛。"

"那可以呀,不过我想,最好不要让妈妈接电话。"

"为什么?"

"我说要给爸爸打电话告诉一声,可妈妈说不用打。我这个电话也是偷偷给你打的呢。"

妻子究竟是怎么想的——哦,现在已经不是妻子了——她似乎不打算再将自己看作是真理子她们的父亲。伊织不相信,但是又觉得她会干得出来的。

"我不知道该怎么办好,想来想去还是告诉爸爸一声比较好……"

"谢谢真理子,幸亏你告诉我。"

看起来,到底是血肉相连的女儿比离了婚的妻子感情更牢固啊。

"那好,我打电话给医生问问情况吧。"

"爸爸,你不去医院吧?"

"要是伤得厉害的话当然要去,不过等会儿有客人要来哩。"

"虽然妈妈那样说,但是我觉得你去医院也没关系。再说了,你要是去的话,美子一定会高兴的……"

伊织放下听筒，立刻查询医院的电话号码，随即打了过去。先报名字，然后告诉对方说自己的孩子遭遇交通事故受了伤，多谢医生照看，接下去便询问美子的伤情。等候了片刻，另一个人接过电话，说是医生这会儿正忙着，没空听电话，听口吻像是护士长。

"是右脚的踝骨处骨折，不过伤得不重，不要紧。不用手术，只需绑上石膏就可以了。医生说一个月左右就可以康复了，不过眼下脚肿得挺厉害的，所以需要住院看护一段时间。"

"谢谢。我是孩子的父亲，请你们多多费心了。"

伊织谢过之后挂断了电话。看情形，不马上赶去医院也无大碍。

伊织稍稍安下心来，看了眼手表，四点二十分。假如现在赶去医院的话，和阿霞就没法碰面了。死乞白赖地将她从辻堂叫出来，等她赶到公寓，一看自己却不在，阿霞一定会不高兴的。虽然事后解释一下她也能够理解的，但是难保对两人的关系没有影响。

然而妻子关于女儿出事的事情说出"不用告诉他"的话，却令伊织大大受伤。是不是以后女儿们生病、住院，妻子都不打算告诉自己？虽然已经离婚，但是妻子和女儿们的生活费伊织可没含糊，全都照给，夫妻离婚归离婚，但作为一个父亲，他并没有失职。相比之下，妻子的做法好像太不近人情了。

或许她是出于为伊织考虑，怕告诉了反而引起伊织不必要的担心。可是，女儿明明提出给父亲打电话告诉一声，妻子却拒绝了，说是没必要。如此冷淡的态度真令伊织诧异。

女人真是厉害啊……

现在伊织才幡然醒悟，有一种女儿被当作人质裹挟了的感觉。无论伊织怎样恳请，只要妻子说声"不"，孩子们就无法轻易和父亲接近。

事实上，自从离婚之后，女儿一次也没给自己打过电话，说不定这也是因为妻子在从中作梗。尽管是自作自受，但是想到离婚后还要忍受女儿们离他而去的孤独，伊织不禁唏嘘起来。

为了拂散抑郁的心情，伊织起身站在阳台上，凝望着黄昏中的摩天大楼群。恰在此时,公寓门口的对讲电话响了起来。伊织开了锁,几分钟后阿霞出现在门口。

"可以进来吗?"

阿霞照例小心翼翼地朝四下张望,随后轻手轻脚地跨进门。

"蛮快的嘛。"

从咖啡馆里给她打电话是两点钟不到一些,之后穿戴打扮再出来,确实是够快的。

"因为赶着出来,穿成这副样子就过来了。"

今天阿霞穿着一套香奈儿的西服,衣襟口微微露出滚着黑线条的绢质衬衣,外套拿在手上,手里还捧着一束用纸包裹着的鲜花。

"到底出来啦。"

"您发命令了,我怎么敢不来呀?今天突然间空闲了?"

"也不是啦……"

伊织不愿意提起女儿受伤的事情。男女幽会之际,让对方嗅出家庭的气息自然是禁忌,这也是中年男女恋爱中的铁定原则。

当然,女人有时候会情不自禁地扯出来关于家庭的话题,但是阿霞却从未主动谈起过自己的家庭以及丈夫,最多也只是提及女儿,况且并不是很情愿的。

说不出是默契还是特意迎合她,伊织也不向她讲自己家里的事情。现在女儿受伤的事情即使和阿霞说了,女儿的伤势也不可能因此而有所好转。

"我带花来了,不过没想到你屋里还是插着花呢。"阿霞看着装饰橱里的花说道。

最近,富子时常会买些花花草草带来,今天细长的花瓶里插的是蔷薇和满天星。

"打扫房间的女佣插的。"

"要是她发火我可要挨骂了,我还是悄悄插在不起眼的地方好了。"

阿霞开玩笑地说着,随即打开包着花儿的纸包,拿出一束野春菊。

"最近的花店简直找不到一点季节感了,这种花从一月份到现在都一直有的卖呢。"

伊织点了点头,想起以前笙子带来的花与阿霞带来的花互相对峙的情形。

阿霞插起花来颇为精致。她顺手将放在茶几上的水晶烟灰缸拿起,伊织弄不明白她要做什么,只见她在烟灰缸中央放入插花针盘,然后将野春菊插在上面。弄完之后再看,洁白晶莹的水晶与紫色的野春菊恰好形成鲜明的对比,仿佛野春菊在烟灰缸里自然地绽放开来。

"放在这里可以吗?"阿霞将花放在茶几上,"本来,我是想插在备前的花瓶里的,不过里面已经有那么漂亮的花了。"

大概阿霞本不想去与装饰橱内的蔷薇争辉的,但是现在,静静开放在水晶上的野春菊反而更加醒目。

"真漂亮。花瓶里的花给人感觉有点杂乱无章,而这束野春菊才是艺术品哩。"

"你也用不着硬性抬举夸赞嘛。"

伊织似乎早就料到她会故作高姿态,他站在阿霞面前,将脸凑上去。

"做什么?"阿霞轻轻转开脸去,好像明知故问。伊织将手绕在阿霞肩上轻轻一扳,很自然地令阿霞形成仰面朝上的姿势,随后吻了下去。

阿霞坐在沙发上,伊织弯腰站在沙发前,四片嘴唇严丝合缝地贴在一起。不一会儿,伊织轻轻拉过阿霞的手,嘴唇一刻也不肯松开,将阿霞拽起来,随即往卧室移去。伊织头脑中,女儿受伤的事渐渐地消失了。

阿霞身穿西服的一大妙处便是,脱去衣服至上床之前,身上寸缕不挂。和服的场合,贴身会穿件衬褂,而西服则没有类似的东西。此刻,伊织先脱掉衣服上了床,阿霞将衣服脱去之后,说了句:"借你的浴袍穿一下。"伊织没有应答,早已熟知衣物摆放位置的阿霞从衣橱里拿出伊织的浴袍,裹在全裸的身上。

这下可以上床了吧?可是,阿霞在床脚立定不动。伊织心里想反正已不是少女,不必拘谨,手脚利落地上床就是了,可阿霞似乎仍然期盼着一个合适的契机。只要伊织说声"快点来吧",或者伸手拉一把,阿霞便可以顺势上前,但是伊织却假装糊涂。终于,阿霞忍不住了,她轻轻唤了一声:"唉……"

阿霞欠着身子看着伊织,那眼神分明是在催促:你倒是叫一声呀。看到阿霞为难的样子,伊织这才掀开被子的一角,招呼道:"快,上来……"

于是,阿霞裹着浴袍,从床脚轻手轻脚地钻进被子。

"脱掉。穿着这玩意儿,就像抱着个大玩具熊一样。"

伊织说着,撩起浴袍下摆。浴袍下面是与生俱来的温润滑爽的白皙肌肤。伊织享受着阿霞酥松绵软的肌肤,一只手去解浴袍的带子。敞开前襟,阿霞两边肩膀露了出来,伊织于是迫不及待地将她紧紧拥在怀里。

因为是在床上,阿霞一点也没有反抗,她扭动着上身,倒好像是在协助伊织脱浴袍。此时,伊织的脑子里,笙子和女儿的事情已经全部忘却,只有眼前的阿霞填满了他的大脑。不知道阿霞是否清楚地了解男人的心事,阿霞偎依在伊织的臂弯里,屏息静气,一动也不动。

然而这肌肤相偎的安静瞬间,只不过是冲向下一个欲情燃烧的高峰的台阶。伊织紧紧拥着阿霞,几乎将她的肋骨折断,这会儿他的手略略松开,阿霞随即喘了口气,轻轻抬起头。伊织用左手枕住阿霞的头,右手慢慢滑向阿霞的后背。

阿霞的身体中有几处特别敏感。下颚下面,沿后背中央一条直线往下,这些都是容易感知的地方。伊织将手轻轻地、轻轻地从后背往下滑去,动作几乎在触及与不触之间。移至腰际,阿霞情不自禁地发出一声呻吟:"啊……"同时上身腾地一下子绷紧了,就像一具精巧的玩具一样,只要按下机关,马上就会做出相应的反应。伊织觉得非常有趣,于是从上往下,又由下往上来回滑动,使得阿霞发出越来越高的呻吟声,最后哀求般地喃喃道:"别……"此时的阿霞已经全身燃烧,不论触及什么地方都有强烈的反应,整个身体都变成了性感带。

阿霞的身体就像一座城门洞开的城池，随着敌人的猛攻，随时即将陷落。

然而伊织还不急于一口气冲入城内。虽然敌方已经高举双手，表示降服，但是仍需小心再小心，入城只是时间早晚的事，此刻更应好生折磨煎熬她一番。

"不要……"终于，阿霞坚持不住发出了信号。

一语不出，敌方也自会前来恳求，那时再优雅地以体恤的姿态堂堂进入。

一旦入城，在陶醉于胜利的美酒的那一瞬间，男人便像抽掉了筋骨似的，最后只有被对方欺凌的份儿，因此，入城仪式理应尽可能地延缓。

攻城陷池，雄赳赳气昂昂地激情动作仅仅是短暂的一瞬，很快两人就像什么事情也没有发生过一样，重新归于寂静。阿霞照例略略伏着，躺在伊织的胸膛上，伊织将右臂垫在阿霞头下，四只脚则像三明治似的交互叠压着。

两人一直保持着这样的姿势，许久没有动弹。以往大多是六七点钟碰面，到阿霞不得不赶回家的九点之前，两人脑子里惦记着时间，珍惜着那分分秒秒。而今天，比以往早了将近两个钟头，再说伊织后面也没有什么事情要赶着做，因此时间非常宽绰。两个人就这样渐渐进入了梦乡。

等到伊织睁开眼睛，看了看床头柜上的台钟，时针指向七点半。伊织还像以往那样，只觉得时间过得太快，忽而意识到离阿霞回家还有两个钟头呢，于是又宽下心来。

近来伊织稍稍有些失眠。以前从没有睡不着的时候，尤其是喝酒之后，差不多是贴着枕头便呼呼地熟睡过去，连自己都感到惊讶。可是最近两三个月，却常常是上床后久久无法入睡，明明身体感觉累了，大脑却依旧清醒异常。一开始心想，读几页书或许就会产生睡意，结果却没有什么效果，严重时几乎神志恍惚一直到天亮都没法入睡。

睡不着觉，便将工作中的事情、离了婚的妻子的事情、阿霞和笙子的事情以及自己的将来等等,胡思乱想地琢磨起来。所有这些,任伊织怎么去想都不得要领,想不出一个结果,故而再想也是愚不可及,却一而再,再而三,周而复始地在他脑子里浮现萦绕。

为什么会这样呢?伊织自己也感觉不可思议。或许是和妻子离婚,孑然一身,才造成了失眠吧。

昨晚又失眠了。一直到凌晨近四点钟,还是昏昏沉沉无法入睡,因此,今天仍然感觉睡眠不足。此刻挨着阿霞温暖的身子,好像睡得特别香甜。然而,现在小睡了一会儿,到了晚上恐怕依旧难以入眠。

伊织犹豫着要不要马上起床,身边的阿霞却睡得很熟。她依然略略脸匍匐着朝下,左肩从被子里露出来一截,平静而匀整地呼吸着。然而,伊织抻直了上身想去看床头柜的台钟时,阿霞的手却下意识地扯住了伊织的手腕,好像在制止他让他别动。是一种下意识的动作,还是出于对男人欲从床上脱身的本能察觉?伊织不禁既觉得有些好笑,又觉得实在可爱。

感觉着阿霞温润的肌肤,伊织脑子里女儿骨折的事情又复苏了。

后来怎么样了?本想再打个电话去问问伤情,但是妻子一句"不用告诉他"的话,令伊织心灰意冷,了无情绪。从医院护士说不用担心的话来看,大概不要紧吧。伊织宽慰着自己,睡意重又袭来。

伊织再次醒来时,时间已过了八点。这次是阿霞先睁开眼睛,紧接着伊织也睁开了眼睛。

"刚好⋯⋯"

阿霞看了一眼台钟,露出安心下来的样子。她将抻直的上身又钻入被子里。

伊织抬头也望了一眼台钟,然后轻声对阿霞说道:"你睡得好香啊。"

"一下子睡了两个钟头,真难为情。"

"中间还打呼噜了哩。"

"啊⋯⋯我绝对不会打呼噜的。你骗人的吧?"

"当然还没到呼噜的程度,不过你的呼吸正好吐在我胸口,弄得我痒兮兮的。"

"对不起。你刚才要这样说就好了嘛。"

"不过,真的很舒服哩。"

甜蜜温柔的气息,既是阿霞的生命象征,也是阿霞爱的喂嚅。

"真安静呵。"

确实,这样安静地躺在床上,绝对想象不出这会儿才是刚刚入夜的八点多。

"今天穿的是西服,不用花太多时间的。"

"可是,也得起来了……"

无论几时相会,等到分别的时候,照例总是依依不舍地一直在床上待到最后一刻。

"我送你回辻堂。"

"不用了,你还是照样歇着吧。"

"已经睡够了。今天没喝酒,不要紧的。"

"真的不用为我担心呀。"

"是不是我送你会给你添麻烦?"

"那倒不是……"

"那还是让我送送吧。好久没两个人一起开车兜风了,也不错呀。"

邂逅没多久,伊织也曾有一次一直将阿霞送回辻堂的家。伊织清楚地记得那晚的月亮有些朦胧,当看着阿霞闪身进入被茂密的绿树掩映的豪宅时,自己心里还泛起一丝嫉妒。自那以后,他就下决心再也不送了,但是此刻这样的心情早已淡漠了。

"反正有车,还可以稍许再睡一会儿哩。"

"可是,已经八点半了呀。"

伊织一面点头,一面依然恋恋不舍地轻抚着阿霞润滑的肌肤。

与和服相比起来,西服穿脱都非常简单便利。大约三十分钟之后,阿霞已经穿戴好香奈儿的套装了,头发也梳理得与来时一模一样。

"我真的自己一个人回去就可以了。"

阿霞还想谢绝,但伊织不容分说地将她推上副驾驶座。

"上次你也送过一次,已经快一年了呢。"阿霞似乎也想起了上次送她回家时的情景。

"路我大致还记得,等到的时候你再帮我指点一下。"

伊织踩下油门的同时,脑子里又想起了女儿。女儿遭遇车祸受伤的当天,自己却和一位有夫之妇在开车兜风,想想实在过分。不过,一想到妻子连告诉自己一声也不肯,他又觉得自己这样做也合情合理。

"这么晚了,车子还这样多啊。"

从青山大街驶上二四六号国道,再转入八环,然后走第三京滨高速——这条道与上次所走的完全相同。

"今天是临时安排出来的,后天还是照约好的,笃悠悠地一块儿吃顿饭。记住了,六点钟碰头。"

"又要见面吗?"

"后天是早就约定好的正式约会嘛。你有什么不方便吗?"

"那倒不是。不过,见面太多的话你会厌倦的……"

"怎么会?我现在可只有你一个人啊。"

"现在嘛……"阿霞说到这里稍稍停顿了一下,"后天还是不要见面了吧?"

伊织摇了摇头,随即望着阿霞一脸正经的样子,接着说道:"那么,后天就放了你吧,不过下个星期一块儿去京都怎么样?"

"是有什么项目吗?"

"不是。星期六有空可以跑得出嘛。真想去旅行哩,好久没两个人一块儿去了。"

"……"

"去京都的话只需乘新干线就可以了,应该没问题吧?是后天见面,还是下个星期去京都,你选哪个?"

阿霞没有马上回答,她眼睛盯着前方。

"到底选哪个啊?"伊织紧盯不舍地又问了一遍。

阿霞终于轻声答道:"想去京都。"

前方望见绿色和红色的信号灯,第三京滨高速道路的收费站就在前面。过了收费站,车子拐入右面的车道,很快便进入横滨新道。平时因两条车道合流成一条车道而拥堵不堪的新道,这会儿也因为早已过了晚上九点,通行车辆剧减,故而行进非常顺畅。

"照这速度,说不定十点钟之前就可以到了。早知这样,还可以再晚点出来的嘛。"伊织感觉好像吃了亏似的,但是阿霞却并没有因为很快能够回家而显得为难。

"去年去奈良是在六月份吧?"

那次虽然住在京都,但是立即又前往奈良,因而没能悠闲地欣赏京都的风情和景物。这次从一开始就决定只游京都一处,应该可以比上次更加从容些。

"难得到京都住一次日式旅馆怎么样?"

"你有熟悉的吗?"

"我知道一家旅馆,在东山脚下,地方虽小,但是有庭院,很有情调哩。有段时间没去住了,我明天就打个电话过去预约吧。"

之前去京都和欧洲住的都是西式酒店,偶尔住一住日式旅馆也别有情趣。伊织想象着在纸灯笼淡淡的映照下,于房间一隅的榻榻米上安然就寝的情景。

"樱花或许还早,不过,彼岸樱应该已经开了吧。"伊织因相隔许久又能与阿霞一同旅行而心花怒放,"星期六下午一点钟左右,在新干线的站台上等。不过,这之前能不能再一次碰头啊?"

阿霞直直地望着前方,她的表情说不出是同意还是回绝。

"没问题吧?"

伊织又小心翼翼地追问,阿霞隔了片刻回答道:"好吧,我来。"

"行啦,说定了!"

伊织重新握紧方向盘,车子似乎已经从新道驶入了一号国道,周围人家骤然多了起来,来往的汽车也多了许多。

"今天稍微有点云,不过还是看得见朦朦胧胧的月亮。"

右手边的山麓之上,春夜的月亮躲在云层后面,仅仅隐约显示出它所在的方向。

伊织右手握住方向盘,另一只手悄悄放到阿霞的膝盖上。

车子驶下国道、拐入小路进入辻堂,是十点钟刚过。和从东京站乘坐电车比较起来,差不多快了将近一个小时。

"到海岸边去转一会儿吧?"伊织提议道。

阿霞的视线朝车上的时钟瞥去,没有作声。伊织来这附近的高尔夫球场打过两三次球,所以大致方向心中有数。

"从这个交叉路口往左拐没错吧?"

一手握着方向盘,一手将车窗摇下条缝隙,立时迎面拂来的风中夹带着一股大海的气息。

"好久没来了哩!"

开年之后来湘南还是第一次。不一会儿,道路两旁的居屋家宅变得稀稀拉拉,前方只望见黑暗的夜空向远方延伸着。路面变成向上的缓坡,翻过坡道应该就是海了。

"到了这里就不用害怕了吧?"

伊织心想,离阿霞家不远了,她应该会安心下来,可是不知为什么,阿霞依然不作声,或许离家近反而使她感觉到了不安。

翻过坡道,前方果然便是大海。道路沿海岸线平行向前,左右两旁是密密麻麻的松林。伊织将方向盘打向右边,朝小田原方向驶去。

"平时这里一直堵得很厉害。"

伊织记得这条道路经常拥堵,从逗子、叶山,经江之岛,一直到茅崎、小田原,这条道路将美丽的海岸线一路连接起来,因而每逢周末或假期的时候,路上车满为患,时常堵塞。然而现在,只偶尔有一两辆车子交汇而过,其余时候则是一片寂静。

驶了大约两三公里,左手边道路渐渐宽阔,路边有个临时停车处。伊织将车子停下来,打开车窗,顿时大海的波涛声传入耳朵,好像就近在身边一样。

"真安静……"

海的上空覆盖着厚厚的云层,一路上朦胧可见的月亮此刻也看不见了。

"你有没有来观赏过大海?"

副驾驶席靠着海岸一侧,因而伊织朝大海望去时,很自然地便凑近阿霞。

"可能是因为就住在附近的缘故吧,反而不怎么来观赏呢。"

"春天到了。"

从车窗缝隙中飘进来的海风,确确实实饱含着春天的气息。伊织呼吸着微风,顺势将手按在阿霞肩膀上。从后面驶近一辆汽车,倐地又远去了。

待车子的尾灯消失时,伊织轻轻吻了阿霞一下。

车灯熄灭的车内,一对男女比肩交臂吻在一起。然而,没有任何人看到这一景象。偶有一辆车子驶过,也是漠不关心地疾驰而去,四周随即重归寂静。唯有春天的微风和大海的波涛声,透过打开一截的车窗飘进来。

伊织轻轻放倒车座,搁在阿霞膝盖上的手开始悄悄移动。

现在两人坐在车内,伊织并不想与阿霞再度交合,不过纳唇接吻之际却渐渐生出一丝恶作剧的念头:虽不像年轻人喜欢做的那样在车内做爱,但也可以撩惹一下阿霞,让她难受难受。只要一分手,阿霞就会回到自己伸手难及的地方去——这样的心理,更加刺激了伊织恶作剧的念头。

从双唇到阿霞特别敏感的耳根,伊织一面移动双唇,一面将手轻轻滑向阿霞的双股之间。霎时间,阿霞双膝紧闭,仿佛在斩钉截铁地说:"不行!"伊织停住手,隔了一会儿,又伺机移动起来。

和女人狎昵,最要不得的便是心焦气急,这样往往会失败,而必须耐着性子慢慢地来,即使效率差但最终才能成功。再说,渐行渐进也才更加具有情趣。这会儿,看上去似乎困惑游移、甚至已经有点泄了气,但不知什么时候,伊织的手却神不知鬼不觉地伸至阿霞的大腿之间。一开始阿霞还坚决抗拒,但是渐渐地,她的两腿松了劲儿,仿佛心思一变,上身向后倾仰,整个身子绵软下来。虽说还没有到达最后的顶点,但也只差一步而已。

又有一辆汽车从旁边驶过,车灯将四周一下子打得亮晃晃的。伊织却毫不在意,他全身的神经都集中到右手指上,悄悄地、慢慢地继续向前移动。几次反复之后,手指尖上传来一种温润的、湿乎乎的感觉。

阿霞的下身禁不住这般长时间的戏弄,早已潮涌泉突。伊织一面轻抚,一面喃喃道:

"全部,都知道……"

不清楚阿霞是否明白这番话的含义,她只是轻而急促地喘息着。

伊织是可以断言知道阿霞的一切的。外表看,阿霞似乎瘦削颀长,但其实身上非常丰满,浑圆的肩膀、凹凸的腰线、她所喜欢的狎戏方式等等,伊织全都了如指掌。对于这些,伊织能够自豪地宣言,并且为此感到无上的喜悦和满足。

车子内的感觉并不自由。尽管两人独处,但毕竟不像在床上似的,动作颇受局限。伊织坐在驾驶座上,伸展左手搂住阿霞的肩膀,另一只手则伸向她的下身。这样的姿势,座位中间的空隙便显得稍稍有些碍事了,假如座位更加靠近些,动作还可以更加大胆,接触也更加紧密。此外,方向盘以及操纵杆等也夹在中间添乱。然而这种种不便,对于伊织倒并不是坏事。

离开公寓之前,已经心满意足地享用过了,此刻他并不想再一次得到阿霞。只不过,分别之际多少有些不舍,所以才以手狎戏一番而已,完全是出于充满爱恋的惩罚。然而这样的爱抚对于女人来说却是十足的痛苦,索性正正经经地再赴巫山洛浦倒也罢了,若没有这份心思,干脆就不要动手动脚的,欲行又止的最让人难受。

伊织当然知道阿霞的感受,但是在狭小的车内,从一开始他就清楚是不行的,当然硬来也未必不行,但路上来往的车辆使得他难以安心做,况且阿霞也并没有此意。只不过,燃烧起来的身体却好像怎么也无法冷却下来。

"不行……"阿霞一面喃喃道。

她一面扭动身体,痛苦地喘息着。开始时伊织还带着恶作剧的心理,但此时火势越烧越旺,似乎不是轻易能够控制的了。

"啊……"

如泣如诉的吁叹,不啻是对伊织的嗟怨。听到这吁叹,伊织忽然感觉到责任重大。然而既已点起了这把欲火,再要抽身而退也太不地道了。

"找个什么地方吧?"伊织的手依旧放在阿霞股间,轻声问道,"这附近应该有可以两个人待一会儿的地方吧?"

"什么呀……"

"这儿离你家挺近,用不了几分钟就能赶回去的。"

"不行呵。"

伊织的诱约倒使得阿霞内心的理性突然苏醒了。她一面答着,一面仿佛意识到了自己的身姿不太检点,于是慌忙坐直了身子,同时用手按住双膝间的伊织的手。

"别这样!"

出乎意料凛然严正的声音,令伊织一下子停住了手,随即像个被呵斥的顽童一样,垂头丧气地将手抽回。

阿霞并紧双膝,转过脸,用手捋了捋头发,开口道:"我要回去了。"

"这就直接回去吗?"伊织稍稍带着点戏谑的口气反问道。

阿霞没有理会他,她从手提包里取出化妆盒,转过身,端详着自己的容姿。伊织拧亮车内的照明灯,对着阿霞的后背轻声说道:

"我不想你就这样回去。"

阿霞什么话也不说,只是重重地叹了口气。似乎还没有从刚才的余韵中完全清醒,大脑还需要时间整理片刻。

"那边有亮光在动哩。"

夜空依然布满厚厚的云层,月亮和星星全都不见踪影,唯有黑黢黢的大海彼处,有一个亮点在晃动。

"感觉好像根本不是在湘南哩。"

"走吧。"阿霞催促道。

伊织点火发动了汽车,沿着海岸道路在前面的松树林之间调转车头,又驶回来时的道路,在信号灯处左拐,驶向辻堂。他用一只手握住方向盘,左手又放到阿霞的膝盖上。

"这儿真可爱……"

"真是过分。"

"为什么?"

阿霞没有回答,却在伊织的手上狠狠掐了一下,似乎是对伊织刚才燃起了她的欲火却又中途抽身而退怨愤在心。

"在那边往右拐。"

伊织按照阿霞的指引向右拐弯,一下子进入了住宅区,道路两旁尽是深深的绿荫。

"就在前面吧?"

前方是一片竹林,竹林前面有一段白色的石墙,石墙尽头便是阿霞的家。

"星期六,下午一点钟哟。"稍稍离开阿霞家一段距离,伊织将车停住,随后小心嘱咐道。

"知道了。那么再见了。"

和上次一样,阿霞分手之际总是显得冷冰冰的,随即急匆匆地下了车,快步朝前方走去。

"再见……"伊织望着她的背影喃喃道。

此时他相信,阿霞那片可爱的葱茏之下,一定仍旧湿乎乎的。

和阿霞分别之后,伊织的头脑中重又闪现出女儿的影子。绑着石膏住在医院的美子现在怎么样了?妻子还一直待在医院吗?真理子仍旧一个人留在家里吗?伊织越想越感到不放心。

就在几个小时前,自己却在公寓里和阿霞幽会,然后一直将她送回辻堂,在车内还狎昵了好一会儿。明明做了不为人容许的事情,现在却又成为一个普通的父亲。

究竟哪一个才是真正的自己呢?

伊织想着想着,觉得自己身上仿佛具有双重人格,就像杰基尔博士与海德[①]一样。担心女儿的伤势,打电话去医院询问的是杰基尔博士,与阿霞沉溺于爱欲中的则是化身人海德。

但是至少从表面上看,伊织身上这两个角色并不矛盾,两者都是伊织自己,并且这两种人格协调相处得似乎非常融洽。事实上,如果成天想着女儿和妻子的事,那他就没法投入工作,或许这样能够成为一个具有责任感的慈祥的父亲,却完全丧失了男人的意志力和事业心。虽说已届中年,但是男人作为一种雄性动物,欲情萌动也是再正常不过的事情,只不过伊织欲情萌动的对象不是妻子,而是其他女人而已。

然而,这也不过是在一夫一妻制的范畴内才成为问题,作为雄性动物,原本就无所谓妥帖不妥帖,甚而可以说是天经地义的。从某种意义上来讲,较之对异性毫无兴趣,走火入魔变成同性恋或者性冷淡,这样的男人未尝不更好。

不管怎样,有一点是确切无疑的,那就是伊织身上潜藏着两副脸孔,双重人格,而现在恰恰是善良的父亲这一副脸孔露出到表面来了。

前面有台自动售货机,再往前就是公共电话亭。伊织在公共电话亭前停下车,拨通了东京家里的电话。万一是妻子接电话,就马上挂断——这样想着,听筒里传来的却是大女儿真理子的声音。

"爸爸,从医院回来了?"

"我这边还忙着,实在走不开。美子还在医院里吗?"

[①] 源出英国作家斯蒂文森(1850—1894)的著名小说《化身博士》。杰基尔博士为探求人心之善恶,发明了一种变身药并以自己做试验,结果创造出一个化身海德,杰基尔博士把身上所有的恶给海德,自己则保有善。在很长一段时间内,杰基尔以两种身份存在,最后他为了为心灵忏悔而服毒自杀。后来此故事成为双重人格的代名词。

"是呀。不过,好像不怎么痛,再说住在一间大病房里,和大伙儿在一起,也不觉得寂寞。妈妈说她马上就回来了。"

"那么,今天晚上应该没什么要紧的了。我过些时候会去看她的,要是有什么事情,你就往我公寓里打电话。"

伊织终于彻底放下心来。现在,他真的变成杰基尔博士了。

花冷

三月份，各家企业都在做预算，忙得不可开交。伊织的事务所也不例外，虽然规模不大，但忙起来却是一模一样。

这一年当中，整个建筑业界冷清萧条不少，好在伊织的事务所还是撑下来了。单单从营业额来看，比上一年度增长了将近一成，这一方面有全国各地争相兴建美术馆，新的住宅小区以及公园建设项目增多等公共性的业务有所扩展的原因，另一方面也有赖于伊织的个人能力。

"伊织祥一郎"这个名字在业界很吃得开，况且他还担任着政府及多个公共团体等与环境有关的委员会的委员，不可否认，这些对他的业务开展起着非常有利的作用。

当然，最重要的应该还在于伊织本身具有突出的独创性，即便声名再吃得开，假如缺少实力，一切都会成为空话。伊织的设计不像有些建筑设计师那样，为了追求所谓的独创，而走入炫耀奇巧的歧途。他立足于传统的功能性、实用性基础之上，同时恰到好处地加入了一些现代感，作品整体给人的印象沉稳大方，线条柔和，却不失轻灵之感，因而赢得了建筑方的信赖。

村冈对伊织的评价是，他设计的作品十足体现了其性格特征，具有整体的协调感觉，同时显露出一种感性和柔情。

设计中展露出一个人的性格，这点不难理解，问题是伊织的作品真的体现出这种性格了吗？

事实上，伊织在生活中的所作所为却是，抛弃妻子离家别居，与别的女人纠缠不清，甚至偷香窃玉，沉溺于和有夫之妇的不伦之恋。从他的行为来看，非但没有一丁点儿柔情，甚至完全可以说是个冷酷无情的男人。

可是一对一地看，或许又不得不承认他确实柔情蜜蜜。对妻子，自从心底的爱觉醒之后，诚然无法做到温柔相待，但还是尽到了自己应尽的责任。对笙子和阿霞，伊织也尽自己所能，尽力为她们奉献。有时候，他会与数个女人周旋，但那顶多只是他柔情之余的恋恋不舍，是优柔寡断的另一种表现而已。

去年对于伊织来说，可谓是激涌奔荡的一年。四十好几的岁数，竟然久违地迸发出少年一般的闪电激情，与阿霞坠入爱河，导致和相恋了四年的笙子彻底分手，甚至不惜与妻子离婚。从男女感情的角度来说，算得上是跌宕起伏、惊喜交加。

但是这多事的一年，同时又是事业非常充实的一年，不能不说是一个讽刺。目前手头上正在进行的多摩地区再开发项目，虽然仍处于构思阶段，但已经受到全国各地的广泛关注，另外两个地方美术馆的设计也深得好评，加上建设中的世田谷社区购物中心项目，尽管曾有过不顺，但是建成后肯定会引起巨大的反响。或许是近阶段厚积薄发的势头在海外也有所风闻，连中东地区某个大型都市开发项目也有意邀请伊织一展身手，若是接手这个项目，将是伊织首次打入国外市场。事业上如此春风得意，而同时在感情方面却麻烦不断，真让人感觉不可思议。

一般情况下，陷入感情泥沼，和女人拖拖拉拉纠缠不清，只会给工作带来负面影响。但是就去年伊织的情形来说，似乎并不是这样。不光是去年，更往前，早在对笙子燃起热情的时候，便将那种激情融入K市的美术馆设计中，结果获得了M社颁发的建筑设计奖。较之家庭关系和和睦睦的时候，当伊织坠入爱情的时候，事业上便会更觉充实。

是不是投入于工作的激情，和投入于恋爱的激情原本就是一回事？

当爱上一个女人时,男人会不遗余力去接近,去发起攻势,需要付出巨大的激情,尤其是家事务缠身的男人,更需要非比寻常的激情。在伊织身上,用一个奇妙的譬喻来讲,这种激情丝毫不亚于做一个重大项目时所需的激情。

男人如果老老实实做活过日子,或许会是一个诚实的好男人,但是难保不会遇见喜欢的女人也失去主动示爱的挑战意欲,诚实的背后很可能潜伏着孱弱、缺乏朝气的危险。倘若一生都将自己宥固在常识和伦理的藩篱之内,虽然容易为世间接受,生活也无需过多激情,但是这样的人生只能是平凡的、随波逐流的人生。

伊织想对这样的人生发起一场谋反,随心所欲,平地掀起一场大动乱。而这种充满挑战的精神,可以说,正是与干事业所共通的原动力。

这天,伊织朝新干线的八重洲入口走去,心情舒爽,精神焕发。终于又能和阿霞一同去旅行了。和有夫之妇一同偷偷外出旅行,是常识所不容许的,故而邀约的一方和被邀约的一方,在一定程度上都是不道德的。

不过,伊织已经决定不去想这些了。不道德就随他不道德去好了,自己现在确确实实需要阿霞,毫无疑问,阿霞也热切地期盼着两个人的旅行。事已至此,无所谓对得起或对不起阿霞的丈夫,也无所谓世间的常识不常识的。

本来,爱情就是独善其身而顾不到别人的。好多年以前,曾经流行过一首名叫《两个人的世界》的歌,无论年轻人还是中年人,都津津乐道地哼唱着那悠然舒畅的旋律。然而,若是仔细推敲起来,所谓"世界是为两个人而存在的"其实是非常自私的。世界原是为所有人,包括孤独的人、老年人、儿童、小猫小狗、花草树木⋯⋯为了所有这一切而存在的,而在相爱的人眼中,却仿佛只为自己而存在。因此,爱情绝对是盲目的,自我中心的,也正因为如此,爱情才更具有魅力,让人难以割舍。

但认识到爱情是自私的、独善其身的,也是因为感觉到自身的行为有问题,所以才会这样想。假如从一开始就认为自己的行为没有错,也就不会去思考这个问题。

而伊织在和阿霞去奈良旅行之时,或者一同去欧洲旅行之时,却每每感到愧疚缠身。他扪心自问,这样做究竟对还是不对?然后宽慰自己,没什么不妥的。如今和妻子已经离婚,心情自然就更加轻松了,至少从自己这方面来说,他不再感觉有什么好愧疚的。

现在他所关心的倒是阿霞的丈夫。妻子与别的男人一同出去旅行,阿霞的丈夫知道还是不知道?如此娇美的妻子被别的男人拥在怀里,任情爱抚,他究竟有没有察觉到一点蛛丝马迹?假如只是在东京约会,或许不容易被察觉到,但是外出旅行,伊织总还是一颗心吊着放不下来。

不过换个角度思考,爱情就像是决斗,为了同一个雌性,两个雄性毫不畏怯地进行殊死的决斗。现在,自己正在逐步逼近胜利。决斗是不容许温情的。伊织这样提醒着自己,缓缓走向八重洲入口。

和阿霞约好的碰头时间是午后一点钟,地点在新干线的中央检票口。车票上印的开车时间是一点十二分,"光"号。

伊织提前十分钟到达检票口。因为最近周末也道路拥堵,所以稍稍提早一会儿出来,结果一路上出乎意料地顺畅。进入检票口,伊织径直走向约会的地点,阿霞还没有到。离开车还有将近二十分钟,根本不用着急,伊织将旅行提包放在站台的柱子旁边,掏出一支香烟悠然地吸起来。

或许因为是星期六的缘故,检票口附近十分混杂,一辆上行的列车大概是刚刚到站,只见手提各式行李的乘客一齐涌下站台。同时,还有一众乘客从相反方向朝站台涌来。一些学校好像也已经开始休春假了,学生模样的乘客也非常多。

伊织看了一会儿人流,视线转向连接八重洲入口的通路。阿霞进来的话,应该从对面的楼梯走上来。上次去奈良,阿霞穿的是和服,今天可能仍然穿和服。尽管个子不高,但是身穿和服的阿霞夹在人群中还是非常醒目的。

人越来越多,伊织往靠近售票窗口的方向移了移,从这里一样可以清楚地看到八重洲入口。

伊织一面紧盯着前面,一面思考起今天的行程安排。一点二十分开车,抵达京都大约是四点钟,然后先去旅馆歇息一下再上街,七点左右吃晚饭差不多刚好。旅馆位于东山山麓下,也可以坐在旅馆里一面眺望着庭院一面喝喝茶。

正在想着,又有一波人潮涌过来。看了一眼检票口前的时钟,一点零五分了。阿霞要是再不来,可就要赶不上了。伊织有些着急,在检票口附近来来回回转了几遍,仍然不见阿霞的身影。昨天分明通电话再次确认了时间和地点,阿霞应该不会弄错的。伊织重新回到刚才站立的位置,继续从远处注视着人群。

又等了一会儿,还是等不到阿霞出现。会不会进站台了?他不安地朝停靠着十二分发车的"光"号新干线列车的站台走去,列车车门打开着,乘客都已经上得差不多了。伊织朝软席车厢张望了一遍,站台上和车厢内都没有阿霞的影子。

车票在伊织手上,阿霞不可能先上车的。他又一次回到检票口,仍然找不到阿霞。到底出什么事了?就在他心神不定、伸长脖子东张西望的时候,喇叭里传来一点十二分的"光"号新干线列车发车的广播。

发车的铃声响过,看着眼前的时钟已经过了一点十二分,伊织才走下站台,从检票口走出去,再一次到约好的碰头地点,依然没看见阿霞。

怎么回事情啊……

迄今为止,阿霞从来没有爽约过。无论是在酒店幽会或是在公寓里幽会,即便因故晚到,但顶多十来分钟便会出现在眼前。可是现在,早已过了约定的时间,阿霞却还是没有出现。

坦率地说,一直到列车发车那一刻为止,伊织始终坚信阿霞不会不出现的。

为什么阿霞却没来?是乘坐电车误点了?还是有什么急事突然来不了?如果有急事的话,应该会设法来电话联络自己的。今天出门前,伊织一直待在公寓里,可是没有接到过阿霞的电话。

会不会在来的途中发生了什么事情……

伊织又朝四下里环视了一阵,检票口依旧人群出入十分混杂,星期六的下午,似乎出入的人群有增无减。

找了一会儿,伊织到售票窗口,将车票改签成下一趟列车的票,然后再回到先前站立的地方。

会不会弄错碰头地点了？或者弄错日期和时间了？除此,伊织也是一头雾水,无从厘清事情的原委。

又等了许久,喇叭里播报下一趟"光"号新干线发车,检票口上方的电子显示在不停地滚动。距离约定的时间已经过去了半小时。伊织来到检票口左手边的问询处,打听湘南电车的运行状况,回答是一切正常,没有发生任何事故。

时钟的指针像跳舞般迅速地跳动着,已经指向了四十分。"再等五分钟……"伊织对自己说,但是等了五分钟又一个五分钟,还是不见阿霞出现。

这绝不是单单的迟到。伊织又朝四周张望,确认哪里都没有阿霞的身影之后,他走到左面的公共电话亭前站住了。

假如阿霞正朝这里赶来,那么她就不可能接电话,接电话的要么是女佣要么是她女儿,阿霞不可能将今天的事情照直对她们说,一定是编造个什么理由。如果贸贸然打过去,询问阿霞的去向,怕是只会引起猜疑。

伊织手握听筒犹豫着。是不是再等一会儿？可是,到现在还不出现的话,一定是发生了什么事情。正在拿不定主意,背后一个青年男子的脸凑了上来,似乎在表示不满：要是不打的话就请让开吧。仿佛被他催促着一样,伊织按下了数字键。

可是刚按下辻堂的区号,继续按阿霞家号码的时候伊织的手又情不自禁地迟疑起来。不来就不来吧,这样心急忙慌地打电话过去是不是有些失态？恰在此时,传出硬币落下去的声音,接着变成了电话铃声,伊织还在思忖要不要挂断,听筒里突然传出一个女人的声音。声音很年轻,稍稍有些冷淡,伊织立即明白是阿霞的女儿。

"哦……请问您母亲在吗?"

霎时间,对方掩饰不住慌乱,漏出一声"啊"的喃喃自语。大概听到伊织的声音,已经猜到是谁了。

"现在正在休息。"

"在休息……"伊织重复了一遍,随后又问道,"她不舒服吗?"

"嗯,是的……"

女儿言辞含混,不愿意讲具体。

"是不是生病了?"

"……"

"您母亲不方便来接电话吗?"

"现在休息着。"

"可是人在家对吗?"

"嗯……"

从她女儿的口中打听不出什么来,但是从她含糊其词的回答中可以猜测到,事情肯定不一般。

"那……"伊织强忍住继续刨根问下去的念头,点了点头,"请转告您母亲,就说我打电话来过。"

放下听筒,伊织思索起来。昨天通电话时,阿霞一点也没有提起生病之类的事,而是非常清楚地告诉自己:一定准时前往。假如现在正卧床休息,那么是那之后身体突然不适的?可是迄今为止,伊织没听她说起过身体有什么地方不适呀,除了轻度的低血压和偶有点贫血症状之外。可这绝不至于到无法旅行的程度。难道是比这更加严重的病症?

最让伊织感到疑惑不解的是阿霞女儿听电话的语调,乍听到伊织的声音时,少许显得有些狼狈,只回答了句"现在正在休息",便不再说下去了,再问她都是同样的回答,口风很紧。假如阿霞在家的话,至少应该叫出来接一下电话吧,可她似乎全然没有此意,并且好像有意阻止不让母亲和伊织通话似的。

无论如何,现在这样即使去了京都也毫无意义,因为和阿霞一起,伊织才兴致勃勃的,如果一个人,可不愿意那么麻烦特意跑去京都一趟。可是,假如不去的话,旅馆和车票必须全都退掉不可,车票且不说,旅馆是软磨硬泡好不容易才预订到的,现在又要退掉,实在开不了口。

但是没法子,不开口也不行。伊织立即给京都的旅馆去电话,告知对方同去的人突然生病所以不能成行了,随后一再赔礼道歉。

"我们倒是没关系。下次有机会还望光临敝处。"

话说得客客气气,但是电话那头的脸色想必很不好看。放下听筒,伊织再次环视一遍检票口四周,还是没有阿霞的身影。如果生病,会是什么病呢?前一天还健健康康的,突然间说病就病,有可能是急性的胃痉挛或者阑尾炎之类。又或者是受伤了?可如果是受伤的话,没必要遮遮掩掩、语焉不详吧?伊织思索着,重又折回到八重洲入口处。

原本已经描绘好了今夜的浪漫美梦,却因为阿霞来不了,一下子泄了气。旅途还未开始,却已经迎头撞上一个钉子,令他心情非常不爽。事到如今,也只有赶快回到公寓,耐心等待阿霞的电话,除此别无其他好办法。

他宽慰着自己,准备往回赶,想起出门的时候富子还没有离开,于是赶紧先给富子打电话。

"有没有电话来过?"

说好了去京都的,中途却打电话回公寓,富子立即感觉非常惊讶:"先生现在在什么地方呀?"

"哦,突然间有点事情耽误了。没有人打电话来吗?"

"没有啊。"

本来期待着阿霞也许会来电话和自己联系,却不料富子的回答冷冰冰的。

"现在赶去京都吗?"

"不,今天大概去不成了,我过一会儿回公寓去。"

"那要不要准备晚饭?"

"我在外面随便吃点就行了。你可以回去了。"

碰面未果,正心情沮丧,回到家里,若是富子还在的话,那份心情可想而知。

"还有一个来钟头就回去了,假如有电话来,替我用纸记录一下。"

"知道了。"

对富子只说是工作上的事情要去京都,富子自然不会想象出阿霞爽约的事情。但是富子的直觉异常敏锐,或许能觉察到些什么。不过,事已至此,再去多想也毫无裨益。

伊织直奔出租车载客处,途中看到小卖部旁有一座红色电话亭,又停下了脚步。

倒不是因为没等到阿霞才想起来的,而是为了镇定一下自己的情绪,伊织拨通了自由之丘家里的电话。

"啊,是爸爸呀!"

接电话的是真理子。或许是太突然了,她好像吃了一惊,但随即对自己的行为感到好笑,于是独自笑了起来。

"美子怎么样了?"

"还绑着石膏住在医院里呢。她呀,说是已经不痛了,吵着闹着要拆掉石膏呢。"

"还要住院多长时间?"

"医生说再有一个星期照一下 X 光片,如果没事的话就可以出院了,可妈妈还在犹豫是不是需要再多住些日子。她要是回家来的话,一定会调皮捣蛋不好好养伤的。"

"这么说一切都蛮顺利的了?我还有点担心哩。你告诉美子,叫她老老实实待着别乱动。"

由于去京都的行程突然取消,时间富裕出来了,于是伊织情不自禁地想起了女儿。看来,除了阿霞,两个女儿是最让伊织牵挂的。

一小时之后,伊织回到了公寓。走进书房一看,书桌上放着一张字条,上面用与富子的身材极不相称的字体写道:"我等了一会儿,没有电话进来。我先回去了。下午三时。"

伊织看完字条,团在手心里揉成一团,随后丢进字纸篓。

约好了地点也不见人影,也不往公寓打个电话来,只能认为阿霞是遇到了什么事情。假设是急性发病,难道不能请人转告一下自己去不了了？或者可以告诉女儿或女佣,假如有电话来的话转告一声。从杳然无声这一点来推测,要么是开不了口的恶病,要么就是不想把"伊织"这个名字泄露出来。可是,女儿和女佣两人应该已经隐隐约约感觉到了一些,所以她完全可以悄悄关照女儿：“假如伊织先生来电话……"连这个也没有,说明此事对女儿也无法说出口。

让人不解的依然是她女儿的态度。电话中的声音听上去有些冷淡,和以往完全不一样。

这么思索着,伊织的视线却一直追踪着电话,做好了只要一听到"滴铃铃"的铃声立刻就能拿起电话听筒的准备。然而,电话铃却一直没有响起。

太阳西斜,天边的云端被染上一抹淡淡的红色。从早上起,天空就不甚晴朗,总是覆盖着一层薄云,仿佛樱花开花时节的淡云天气一般。此刻,带着一丝微热的天空渐渐变暗,春日的一天又将结束了。

假如一切按照计划进行,这会儿差不多已经抵达京都了。今天全国气温较高,两个人大概会在京都的街头闲适地散步,或者是在客房里小憩,一面喝着茶一面眺望着庭院。每次阿霞一进酒店,就立即将伊织的西服和裤子用衣架挂起来,并将袜子叠好,用不着自己发话,还会拿出浴衣,替他把浴池放上热水,等着他入浴。阿霞天生具有这种细致体贴的优点。伊织本来期待着在优雅的京都重现这样的情景,可惜现在这一切都成了梦境。

"好不容易……"伊织喃喃着,心中只感觉阵阵遗憾。

阿霞为什么来不了？伊织想清楚地知道其中的原委。想着想着,他下意识地拿起电话听筒,按下了辻堂的区号,刚想继续按阿霞家的号码,又突然慌里慌张地放下了听筒。

想起刚才她女儿冷淡的态度,再打过去只怕会让对方觉得厌烦,只能等阿霞给自己打来了。天色已黑,伊织苦苦等待着阿霞的电话,却一直不见打来。实在定不下心来,又不敢离开公寓,伊织便拿出白兰地喝起来,喝到微微有些醉意。

阿霞仍然没有打来电话。中间响过两次电话铃,一次是在某贸易公司工作的朋友打来的,还有一次是一位在夜总会上班的女性打来的。伊织稍稍敷衍几句,便挂掉了电话。

他自己也清楚,即使电话中说着话,但是心思却完全在别处,怎么也提不起精神来。就因为和阿霞两个人的旅行泡汤了,情绪竟然变得如此消沉,这让他感到自己既有些可怜,也有些可气。于是继续喝着白兰地,想干脆让自己醉掉,视线也转向了电视机。

电话响了!

"这次……"伊织匆匆抓起听筒,原来是村冈打来的。

"哎哟,你在家啊?"

伊织没有告诉他自己去京都的计划,村冈似乎觉得伊织星期六晚上待在公寓里有些不可思议。

"我还以为你不会在呢,心想随便打打看,没想到你在家。在做什么呢?"

伊织没有作声。总不能老老实实交代,说和阿霞没能碰头,一个人自暴自弃正在喝闷酒呀。

"如果高兴的话,出来坐一会儿吧。刚刚参加了一个画家的古稀祝寿宴,现在正独自在赤坂喝酒哩。本来有个朋友一起的,可他回家了。我在三条街上的'泽'酒馆,你知道的吧?"

伊织看看表,十点钟。看来阿霞今天是不会打电话来了,与其抱柱苦等,还不如出去喝几杯,或许会让心情有所好转哩。

"好,我马上过去!"伊织爽快地答应道。

他随即起身站起来,顾不得打领带,套上外套便出门了。

村冈正坐在吧台上和老板娘说着话。这家店伊织也来过数次,都是村冈带他来的。

"哟,好像已经喝了不少嘛。"村冈还以为伊织独自待在家里没喝酒呢,"是不是又勾引上什么漂亮女人,正在亲热啊?"

"别胡说,我早就对女人不感兴趣了。"伊织喝下一口递上来的冰水,随即突然想起来似的问村冈,"那个英善堂的老板现在怎么样?"

虽说话题很唐突,好在村冈酒后也根本没当回事,他一本正经地答道:"英善堂的社长有段时间病了,最近好像刚刚出院。"

"什么地方出毛病了?"

"听说好像是肝脏不太好,不过我上个月底碰到他的时候,样子还是很健康的呀。你怎么突然问起他?"

"哦,没什么……"

"大概不是想起社长,而是想到他老婆了吧?酒会上见过一面,当天晚上就约会了嘛。"

"那只不过是因为以前就见过面,所以就聊上几句嘛。"

"不过,她表面上看起来像个淑女,但是千万不可小瞧呢,最近有传闻说,她在搞婚外恋哩。对了,不会是你吧?"

"为什么……"

出其不意被点到暗穴上,伊织不由条件反射般地问道。

村冈笑起来:"开个玩笑嘛。现在这样子,谅你也没心情偷香。"

伊织只觉得两颊滚烫。村冈没有注意,他只管说道:"这也没办法,人那么漂亮,男人们盯上她也很正常啊。"

"这传闻到底是不是真的?"伊织更加关心的还是这一点。

"怎么说呢?因为她家里开画廊,做生意的嘛,那帮年轻气盛的画家经常进进出出的,于是就传说是有的约她出去幽会,有的给她写信求爱,其实也没什么证据,就是在那儿瞎起哄。"

看来传闻中的主角不是自己,于是伊织宽下心来。

"你刚才说英善堂的老板住院,是什么时候的事情?"

"好像是今年年头上吧。听说好像是感冒引起的,住了差不多一个月医院哩。"

那么说,不是两人去欧洲旅行的时候。伊织自顾自想着,村冈一口喝干杯子里的兑水威士忌,感慨道:

"讨一个漂亮的老婆实在辛苦,要被人说这说那的。从这一点上说,我觉得还是我现在的老婆好啊。再说,没有钱,也养不起一个漂亮老婆。"村冈喜滋滋地说着,"哎,你最近怎么星期六也有空了?"

伊织一面听着村冈略带嘲弄的话,一面心里冒出一个念头:无论如何他要给阿霞打个电话,趁着现在的酒劲儿。电话就在吧台的另一头,坐在这边应该听不到那边说些什么。

仿佛要再给自己壮一壮胆,伊织将杯子里的酒一口喝干,然后对村冈说声"我稍去一下",便起身来到电话前。他拿起听筒。村冈在和老板娘说话。伊织远远望着村冈的侧脸,按下阿霞家的号码。

假如这次仍然是她女儿接的电话,就立即挂断。如果是女佣来接,就装作白天没有打过一样,问一下阿霞的情况。当然,最好是阿霞本人来接电话。伊织怀着祈求般的心情,耳朵凑近了听筒。不料,听筒里突然传来一个男人的声音。

"喂喂……"

霎时间,伊织屏住了呼吸,然后轻轻将听筒从耳朵旁挪开。没错,是男人的声音,五十来岁的男人。

"喂喂……"

听筒里男人的声音还在响着。伊织不声不响地放下听筒。之前好几次打电话到辻堂阿霞的家里,阿霞的丈夫从来没接过电话。刚才的声音吃不准到底是不是阿霞的丈夫,但从腔调感觉上讲,应该不会错。虽然只有短暂的一瞬,但是声音听上去出乎意料得年轻,而且口齿非常清楚。

伊织想到以前曾向村冈打听过阿霞的丈夫。他和一般商人的感觉不太一样,身材颀长,戴副眼镜,更像一位风度翩翩的学者。刚才的声音与这个形象非常契合。

真的是阿霞的丈夫……

直接听到对方的声音,感觉对方好像一下子就近在眼前,而自己似乎听到了不该听的东西。让伊织不解的是,今天阿霞的丈夫怎么会亲自接电话。是偶然,还是因为今天有什么特别的事情?

回到座位上,村冈若无其事地问:"有什么事吗?"

"没……"

比起听到声音那一瞬的吃惊来,伊织还是在执着地想为什么阿霞的丈夫会接电话。白天是女儿,现在则是丈夫,总之今天阿霞家里的气氛与以往大不相同。

因为听到阿霞丈夫的声音,使得伊织彻底失去了再打电话的意欲。

接下来,只有等阿霞打电话给自己了。

可是这之后,又过了两天、三天,阿霞仍然没有打电话和自己联络。

伊织心想说不定会在白天打来,于是尽量待在公寓或事务所不外出,从外面一回来,第一件事情便是查看有没有来电记录。但是照例杳无音讯。

阿霞到底发生了什么事情?

从约定好的去京都的那天起,阿霞好像突然失踪了一样,完全没了她的音讯。伊织感到莫名其妙,说得夸张些,总不至于突然死去吧,为什么连一个电话都没有呢?难道她隐到天上去了,或者躲到地里去了?

但是无法打电话过去打探消息,这令伊织感觉寝食难安。在不安和怨愤中,一个星期很快过去了。

这事绝对非同小可……

以前也有过同阿霞将近半个月不见面的情况,但是却能听到声音。去年夏天,两人甚至每天都通电话。由此来看,这一星期简直是令人难以置信的漫长空白。

伊织又将旅行之前的情景重新追忆一遍。在那前一天通电话时,阿霞的态度没有显露出明显不同,依然用一贯的明快声音说道:"京都有好久没去了。"再之前,两人曾在公寓幽会,云雨后伊织开车送她回辻堂,途中面向大海,两人还在车中接唇热吻。

莫非那情景被谁撞见,引发了麻烦?可是车子停在那里,从外面不可能看见车内,况且当时周围一个人影也没有。去京都是在送阿霞回家之后十天,一直到那天为止,没有发生任何事情,所以送她并没有引起什么问题。

那么,是阿霞自身发生了什么?

在樱花即将盛开的预感中,伊织躺倒在沙发上,左思右想着。

屋子一隅的电话就在这之后二十分钟响了起来。

不可思议的是,就在电话铃响起的一瞬间,伊织立即凭直觉猜到是阿霞打来的。大概这就是所谓的灵感闪现吧,日盼夜期苦等阿霞的电话,这份期待终于震响了电话铃音。

"喂喂……"

果然是阿霞的声音!

伊织情不自禁地提高了嗓门儿:"你怎么啦?!"

突如其来的大声把阿霞吓了一跳,她沉默了片刻才小声嗫嚅道:"对不起!"

伊织屏住了呼吸。从哪儿问起?满怀的思念一下子竟无法言表。

"你现在在哪里?"

"在家……"

霎时间,伊织脑子里上次听到的阿霞丈夫的声音又复苏了。

"我给你打过电话,说是你在休息。"

"不好意思。"

"那天你没去吧?"

"……"

"我在新干线的检票口一直等你呢。"想起那个周六的情景,伊织真有千言万语要说,可是此时,这一切都变成了怨愤和牢骚,"我想你会打电话给我的……"

"对不起。"

阿霞还是一个劲儿地小心赔着不是。

"出什么事了吗?"

"……"

"是不是现在不方便说?"

"不是……"

"那么……"

伊织催促着,可是阿霞没有回答。又是一阵沉默。因为是阿霞自己打过来的,应该不会有什么不方便说话的顾虑,但她的情绪似乎仍旧有些惊魂未定的感觉。

"我一直在担心呢,怕你有什么事情。"

"……"

"我想见你……明天也行,后天也行,你能出来吗?"

说着说着,没去京都的理由已经变得一点也不重要了。

"没问题吧?"

"不要再见了吧……"

"你说什么?!"

"我们以后不要再见面了。"

阿霞第一次用如此消沉、绝望的声调说话。电话里虽然看不见,但是中间停顿的间隙,分明听到她好像在啜泣。

"到底怎么了?出什么事了?"伊织害怕逼问得太紧,但是又忍不住不问。

"身体稍许有些不舒服。"

"突然间不舒服的吗?"

"眼睛冒金星,随后就……"

原来是这样啊。但是真的就只是这样吗?伊织带着点责怪的口气道:"我一直担着心哩。现在已经好了吧?"

"……"

"我想见你。见一面吧!"伊织斩钉截铁地说,连自己也吃了一惊。

阿霞轻轻叹了口气，答道："还是不要了吧。"

伊织慌忙握紧听筒："你突然间这样子说，我没法接受。为什么不愿意和我见面？你是不是讨厌我了？"

"怎么会……"

"那就见个面嘛！如果现在马上出来不行的话，下个星期也可以，周末也可以。"

"我求你了。我们以后还是做朋友吧。"

"朋友……"

伊织忽然觉得好笑起来。迄今为止，无数次叠臂交股、巫山洛浦的男女，说什么做朋友，怎么可能呢？

"有什么理由不和我见面，你倒是明明白白告诉我呀。"

"……"

"为什么不能见面？是不是挨谁骂了，让你感到害怕了？"

"不是……"

"无论如何必须见一次面！如果不见，我就一直给你打电话！"

"不行！"

"如果不行的话，你就出来和我见面。下个星期二或者星期三，你看哪天？"

"那么早……"

"那就星期六或者星期天下午，在我的公寓。"

"嗯……求求你，还是在外面吧。"

看来阿霞害怕两个人单独待在房间里。

"明白了，那就在外面见。"

外面人多眼杂，很难定下心来，但是眼下和阿霞见面才是最要紧的。伊织想了一下，说了一家咖啡馆，位于前往青山绘画馆的路上，阿霞也曾经路过，应该略有记忆，而且氛围比较安静。

"星期六，下午两点钟。这次一定要来呀！"伊织小心翼翼地叮嘱道。

听到阿霞"知道了"的应答，自己也点了点头。

阿霞终于打过来电话，这让伊织的情绪平定下来。先前那种苦苦等候时的怨愤，好像被风吹散一般，早已无影无踪。

尽管如此，上次为什么没能去旅行，这个心结伊织还是没有彻底解开。

照她的话说，是出发之前突然间身体不适，这一点似乎没有问题。但是究竟身体的哪儿有什么状况，具体情况她却不肯说。如果说是轻微的晕眩，那为什么一直到下周为止都不能出门？从这点来看，似乎不仅仅是这样。

还有，为什么不能早点打电话来呢？不是说非得当天就打，但至少第二天或者隔天应该打来吧。而阿霞却没有这样做。这也证明，应该还有深层的原因。

村冈说过，阿霞的丈夫生病住院了，但那是今年年头上的事，跟这次的事情没关系。从阿霞女儿电话中的态度推测，似乎阿霞和她丈夫之间发生了什么事情。也许在她出门前，被丈夫喝止了，才使她无法出门。事实上，今天电话里的阿霞，完全没有了以前的明快，而是从未有过的消沉，甚至让人感觉有一丝恐惧。她在恐惧什么？

阿霞一面说话，一面似乎在竭力控制着自己似的。"不要再见面了""做朋友吧"，明显是在对以往的自己进行反省。之所以会这样说，一定是因为和丈夫发生争执的结果。要么是被丈夫呵斥，要么是被丈夫责骂，令她产生了自责和自我厌恶，于是躲进自闭的壳中，陷入了抑郁状态。

即使是这样，伊织也不相信，自己和阿霞曾经那样密不可分的关系，怎么会因为这些琐碎的事情而崩毁呢？无数次的肌肤相亲，无数次的激情冲荡，两个互生爱意的男女，怎么可能就轻易地被分开呢？即使事情在丈夫面前败露，阿霞仍然是爱着自己的，因为她毕竟打给自己电话，而且答应下个星期见面。

此时的伊织，只能坚信这个事实，除此以外，他没有可寄予期望的东西了。

阿霞嘴上说"不要再见面了",但这不是发自心底里的,而是出与某种无奈才这样说的。阿霞还说"做朋友",假如真的毫无留恋的话,又何必这样说呢?所谓朋友,就是表明今后不会分手。

男人和女人并不像大脑所想象的那样轻易就能分手,尤其是有了亲密的身体接触之后。即使理智逼迫他们做出分手的决定,但身体深处却仍然互相渴求着对方。

事实上,假使一切都按照大脑所设想的发生,那么男人和女人之间就不会有什么麻烦事了。复杂而又不按理性的轨迹前行,这就是男女关系中让人头痛不已之处,但同时也是男女关系中最具魅力的地方。此时的伊织并非有意利用这一点,而是只要见了面,相信总会有办法的。即使嘴上说"不行",但是不知不觉地,说不定以前的亲密感觉又会复苏。如果有必要,伊织甚至不惜跪倒在阿霞面前,当着众人的面拉住她的手说:"我求求你了,我不能没有你!"阿霞也无法断然拒绝,弃之不顾的。

此时的伊织,只顾将事情往乐观的方面想象。

从公寓往下俯瞰,视野的一隅可以看到有个儿童公园,公园内樱花盛开,而雨正无情地打在樱花花瓣上。

前几天,樱花还只是一朵朵的花蕾,近日气温升高,天气晴朗,于是一下子绽放开来。与此同时,夹着凉意的春雨也迫不及待地朝樱花袭来。雨有时夹带着风,将刚刚绽放的花瓣纷纷打翻在地,真的是"花有风雨月有云",好事难全哩。

一朝绽放的樱花,几乎没有时间夸示自身的美丽,很快就被风吹雨打,得了个落英满地的下场。那情景不可谓不凄惨。如若这般,还不如不要绽放比较好呢。可是,樱花依旧一门心思地怒放,一株株的樱花树仿佛被什么幽魂附体似的竞相绽放。

望着盛开的樱花,伊织联想到了女人。樱花的开花方式,完全没有章法,要么不开,开起来便淋漓尽致,将与周围环境的协调置于不顾,只是一门心思将所有的精魂一吐而尽。在盛开的樱花身上,似乎可以看到女人的情念和情欲。

天空飘着雨。若是任樱花在春阳中恣意绽放,其他的草木将会显得何等肃肃清冷。自然之神似乎虑及这一点,故而时时给予樱花以风或雨的摧残。

从雨中的樱花,伊织的思绪很自然地移到阿霞身上。

这次见面是明天的星期六。到明天,说不定就雨霁天晴了。约好去京都却没去成,到现在已经过去半个月了,那之前则是十天前在公寓的约会,算起来将近一个月没有和阿霞亲热了。

这次见面后阿霞会怎样待自己?

这一个月来的思念和衷肠,必须在她柔润的肌肤上刻下印记,要让她喘息不止、发狂而死般地爱抚她,拥有她。到达欢悦顶点的那一瞬间,阿霞全身就像盛开的樱花,任情地燃烧。

想到这里,之前和阿霞一起缠绵淫狂的画面——在脑中再现,伊织禁不住浑身发烫起来。

明天约在青山的咖啡馆,下午两点钟。已经反复确认了多次,应该不会忘记的,但伊织还是有些惴惴不安,因为阿霞三十好几的人了,竟然会说出"做朋友吧"这样的话来。看来还是有必要再确认一遍。

雨势更大了,樱花在雨中蜷缩了起来。望着在雨中蔫萎的樱花,伊织按下了阿霞家里的电话号码。

上午十点多钟是阿霞接电话最多的时间段。以前若没有特别的事情,也都是在这个时候打过去的。

时针指向十点半。伊织拨通了电话。以往给阿霞家里打电话时总是情不自禁有些紧张,上次听到像是她丈夫的男人的声音之后,就更加难抑紧张的心情。不会今天又是他出来接电话吧?伊织屏息静气,听到了一个年轻女人的声音。已经不止一次了,伊织立刻就听出来是阿霞的女儿。

"喂喂……"

电话里的声音仍旧稍显生硬。伊织不声不响地放下了听筒。看来她女儿学校已经放春假,这段时间一直待在家里。阿霞爽约没去京都那次,伊织打电话去和她交谈了几句,感觉不是很愉快,所以现在伊织仍不愿意让她叫阿霞来听电话。

姓名也不报,什么都没说便挂掉电话,这样做尽管不妥,但是眼下这种情势,也是迫于无奈。伊织打算过些时候再打电话过去。他开始做去事务所上班的准备,整理好各类文件,站在起居室系领带。

这时,富子走过来问他:"我想去买些花来,买什么花好呢?"

伊织朝屋子四下看了看,果然到处都看不见花的影子。上次富子曾买过百合花回来,但是早就枯萎扔掉了。阿霞不来,屋子里便一下子连花也消失了。阿霞最后一次插的花是野春菊,插在烟灰缸里的针盘上,但那也已经是半个月之前的事了。

"我看花店里开始有郁金香卖了,要不要买些郁金香?"

房间里插些花草自然是再好不过,不过最理想的是阿霞亲手插的山茶花那样的极富情趣的花。但是对富子提这样的要求,显然是对牛弹琴。

"不要感觉太闹哄哄的花哟。"

不知道伊织这番话的含义富子是否听明白了,她随意地点了点头。

挟着一只公文提包走出公寓,外面还在下雨,时不时还横斜着刮来一阵风。公寓前面那户人家石头围墙里伸出枝叶的樱花,此刻落英已经铺满了人行道。

"讨厌的风……"伊织自言自语着,找寻公共电话。

一旦进了事务所,给阿霞打电话就不方便了。还是趁现在去的路上,先打一个过去比较放心。

从青山大街拐入表参道几步,有一座公共电话亭。伊织叫司机停车,走进电话亭。刚才是女儿接的电话,这次希望是阿霞来接电话。伊织暗暗祈祷着拨通了电话,听筒里传来的果然是阿霞的声音。

"太好了!你终于来接电话了。"伊织冷不丁地说。

阿霞轻轻叹息一声,随后问道:"吓了我一跳。有什么事吗?"

"突然间打电话过去不可以吗?"

"那倒不是。不过没想到会是你。"

"明天,两点钟哦。我怕你再像上次那样放我鸽子,所以打电话来提醒你一声。没有问题吧?"

"哎……"停了片刻,阿霞又说道,"不好意思,可不可以稍稍晚一会儿?"

"当然可以啊。几点钟方便?"

"四点左右……"

"那就改四点钟。这次你要是不来,我可真的光火了啊。一定会光火的!"

"哎……就只见个面对吧?"

"是的。反正你过来就是了。"

阿霞似乎仍然心存戒心,但为此多说什么也无济于事。伊织改变了话题道:"今天下雨,不过明天好像是晴天。你穿和服来吗?"

"穿什么好呢?"

"可以的话最好穿和服来。我好久没看到你穿和服的样子了。"最后一次见面阿霞穿的是西服,伊织仿佛在回忆很久以前的事情似的,"你一不来,屋子里花也没了,真是煞风景啊。"

"那我明天带些花来吧。"

"真的吗?"

出人意料的一句话,令伊织重又恢复了生气。

"明天我等你,四点钟啊。要不要再往后延一延?"

"不用了,这个时间应该没问题的。"

"那好,你可一定要来哟。我现在要去事务所上班去,我是在原宿的公共电话亭里打的。"

"那你快去吧。"

伊织仿佛有一种被阿霞目送着的感觉,他挂断了电话。走出电话亭,伊织差一点哼出歌来。夹着雨水的斜风击打他的膝盖,但他却一点也不在意。

伊织的事务所星期六上班只上到三点钟。但是职员们一半一半轮流出勤,所以实际上等于是隔一周才休一次周六。照工作放在第一位的伊织的想法,星期六不上班也无所谓,但是一旦手头有建筑现场的活儿,难保有时候不会突然有些事情要处理。星期六出勤大多都是这一类的活儿,因此气氛一直是比较悠闲的。

与阿霞约好见面的这天上午,伊织十一点钟到事务所,随后一步也不敢外出。谅阿霞也不会再有什么差池,但就怕万一,所以待在事务所里好及时接到她的联络。职员们看到所长一动不动,一直待到三点钟仍没有走的意思,不禁疑惑不解。

"我还有点事情,你们先走吧。"伊织说。

于是职员们一个个面露歉意,先自回去了。三点十分,只剩下伊织一个人,整个办公室像个空荡荡的仓库似的。

好久没有这样独自一人留在办公室了。伊织叼起一支烟吸着,朝窗外望去。昨天无情敲打着樱花的春雨,今天早上已经停歇了,明媚的阳光又洒满了柏油道路。

原以为经风雨一番摧残,樱花都凋落得差不多了,没料想随着雨霁天晴,樱花趁势重来,又齐齐开放。对面大厦与大厦狭窄的空地上盛开的樱花,全身粉红色,仿佛戴了一顶粉红色的帽子。樱花每天的表情都不相同,伊织觉得它和女人的善变非常相似。

三点半,伊织收拾一下桌上的文件,将重要的东西锁进抽屉里,熄灭香烟,放下百叶窗,办公室顿时被笼罩在一片轻浅的灰暗中。最后,关闭电灯,锁上门,走到走廊上时,肌肤一瞬间感到有一丝丝凉意。

星期六空无一人的写字楼内,樱花时节的春寒也悄悄渗透了进来。伊织觉得自己皮鞋踩在地上的声音比平时要响。他走进电梯。来到大楼外面,左右人行道上尽是年轻人。伊织从人群中穿过,乘上辆出租车。

距离约会的青山的那家咖啡馆,只消五六分钟便可到达。现在还不到四点,但伊织打算提前些到。

下了车,走进青山咖啡馆是三点五十分。

伊织没看见阿霞的身影,不过自己早到了十分钟。

伊织走到中间的一个座位,面对着门口坐了下来。阿霞只要一进门,他立刻便能看到。

伊织点了一杯咖啡。

连着几个星期六下午的天气都没这样晴朗了。然而店内却似乎有些冷清,或许是因为不早不晚,离高峰还有段时间的缘故。

伊织第一次来这家咖啡馆是三年前。散步途中不经意地到这里小坐,发现这里虽然身处市中心闹市区,却颇为优雅闲适,店内还轻轻播放着老电影的原声音乐,很适合伊织的口味。每次来都可以看到一位三十来岁、颇有品位的女性,大概是店老板,不管有无客人,她似乎都不在意,或许只是出于兴趣才开了这么家店。

麦克风里流淌着柔柔的音乐《红日炎炎》,对坐在一隅的学生模样的年轻人来说可能有些煞风景,但是伊织和坐在他斜对面的中年男客却觉得十分怀恋。

伊织一面啜着咖啡,一面想起去年秋天时在街对面一家餐厅和妻舅见面的情景。当时,妻舅用平静的语气告诉他,妻子已经同意离婚了。妻舅是个温厚而诚实的好人,自从离婚后伊织就再也没有见过他。

茫然无绪地想了一会儿,看看手表,时间正好四点钟。伊织朝门口方向望了望,向店员借了份报纸。他心里暗暗期待,要是读着报纸,阿霞恰好进来该多好啊——感觉一个人走近身旁,然后若无其事地抬起头,阿霞面露笑容站在自己面前。

乍一看,似乎是在浏览报纸,但其实伊织的五感全都集中在门口。有客人推开厚厚的玻璃门走了进来,伊织通过视线的余光看见是一名女顾客,却看不真切。他装作不是等人的样子,慢慢地以一副漠不关心的表情抬起头——不是阿霞。她好像是这里的常客,用目光同老板娘打了个招呼,便落座在里面的吧台座上。

伊织将视线收回,瞄了一眼表,四点十分了。

或许因为好久没有外出，又要穿着和服来赴约，加上星期六电车拥挤，故而可能会迟到二三十分钟。伊织自己宽慰着自己，故作气定神闲的样子翻看着报纸。

又过了二十分钟，四点半了，阿霞还是没有出现。刚才还装作沉着镇定的样子，现在再也沉不住气了。他将报纸放在桌上，两眼直勾勾地盯着门口，只要玻璃门上一映出人影，便伸长了脖子仔细辨认。可是，进来的客人和阿霞全都相差甚远。每次意识到自己认错了人，伊织便略显慌乱地使劲儿抽烟。

天色渐近黄昏，顾客也越来越多，来的时候店内只有三拨客人，现在多了一倍都不止，只剩一个空座了。伊织一个人占了一个包厢座，觉得很不好意思，于是又添了杯咖啡。店内的背景音乐不知什么时候起变成了钢琴曲，但是伊织早已经没心情去聆听和欣赏了。

难道又发生了什么事情……

伊织脑子里闪过一个不祥的预兆，越来越浓厚，越来越膨胀。突然有什么事来不了了？或者是找不到地方？可是这间咖啡馆的位置伊织解释了好几遍，来这里之前伊织又一直待在事务所，真找不到的话，应该会给他打电话的。

莫非，阿霞临到约会突然又变卦了？

商定约会的时候阿霞一直踌躇不定，又是要求在外面碰面等等，似乎对两个人在一起非常戒备。可是后来，却又征求伊织的意见，要不要穿和服，而且还表示要带些花来插起来。可见一开始确实有些犹豫，但后来完全下了决心准备来的。

"说得死死的，不可能不来呀。"伊织对自己说。他又点上一支烟，打算慢慢地吸，但是一不留神又动作慌乱地猛吸起来。

门被推开，有三名客人一块儿走进来，但是没地方坐，被侍应生婉言谢绝了。

伊织喝掉了第二杯咖啡，站了起来。没办法再等下去了。他将手伸到口袋里，确认里面有十元的硬币，于是朝收银台旁的电话走去。就在此时,门又开了,一位姑娘走进来。看见她的脸的一瞬间,伊织停住了脚步。这张脸好像在什么地方见过。姑娘似乎也有同感,用惊惑的神情望着伊织。两个人对视着,姑娘点了点头,面部表情显得有些僵硬。

伊织也轻轻点了点头,算是回对方一个礼节性招呼。感觉是在哪里见过面,却回想不起来。正茫然地望着对方,年轻姑娘径直朝自己走了过来。

"对不起,请问您是伊织先生吗?"

听到声音,伊织立刻想了起来:略显生硬和冷淡的语调,已经不止一次在电话里领教过了。

"我叫高村香织……"

果然是阿霞的女儿。虽然在电话里接触过好多回了,但是面对面还是第一次。

"我是伊织。"

伊织朝对面的座位看了一眼,示意她一块儿坐下,但是她的表情却有些游移不决。

"请坐……"

香织终于惶恐地坐下,落座的瞬间又低头致歉:"这么突然来打扰您,实在不好意思。"

香织上身穿件米灰色的衬衫,下面配一条棉的短裙裤,长长的头发披在后面。虽说不是阿霞的亲生女儿,但是高挑的个头、匀称的身材以及仿佛会说话的眼神都跟阿霞非常相像。

可是,阿霞的女儿怎么会来这里?这个时间来到这个场所,绝对不可能是偶然。

"你一个人来的?"伊织一时不知道说什么,他含含糊糊地问道。

香织轻轻点点头:"嗯……今天妈妈来不了了……"

伊织强忍住没有大声叫出来:"果然又是……"他又点燃一支烟,好使自己沉住气。

"你母亲是不是有什么事……"

香织两手叠放在膝盖上，缓缓地摇了摇头："妈妈睡下了……"

听上去语调依旧稍显冷淡，看来不关情绪的问题，而是一紧张便会这样。

"她……病了？"

"吃了药，在休息。"

"吃药？"伊织情不自禁地重复道。

香织猛然扬起脸来，仿佛下了很大的决心似的："我想求您一件事，请您不要再和我妈妈来往了！"

出乎意料的这一番话，令伊织狼狈地不知道如何回答。他愣怔地沉默着，香织继续恳求道："请不要再来约妈妈。"

透过玻璃窗，可以看到外面的青山大街。随着黄昏临近，街道上车辆多了起来，但因为是星期六的缘故吧，人们的表情都显得很悠闲。一群女人边走边欣赏着街旁的橱窗，时不时还凑在一起交谈几句。信号灯转绿了，车流又开始往前流淌起来。在人群和车流前面，是通往绘画馆的人行道两旁的银杏树，虽然还未绽出新叶，尖尖的枝头上却已经开始萌出一团团嫩绿了。

一瞬间，伊织觉得有些不可思议，为什么仅仅一窗之隔，外面的世界却显得生气勃勃，在夕阳的映照下呈现得如此绚丽多彩。此刻与眼前这个年轻的姑娘对面而坐的咖啡馆里，和外面的景象是那样迥然相异。

伊织将视线从遥远的世界慢慢收回，看着微微低垂的香织的额头问道："你今天来这里，是妈妈让你来的吗？"

"不是的。"左右摇着头，香织的长发也随之轻轻晃动，"我是瞒着妈妈到这里来的。"

"你怎么知道这里……"

"妈妈的事情我全都知道。"香织的眼神稍稍变得有些狡黠，"上次，妈妈去京都的事情我也知道的。后来，叔叔还来过电话记得吗？"

"……"

"那次您一定很生气吧？是我不希望您和妈妈见面的。"

没错，那次香织在电话里的语气就是冷冷的。

"一开始，我是赞成妈妈和叔叔的事情的，所以我一直站在妈妈一边。"

眼前这个还少女气未脱的姑娘，会是自己和阿霞的同盟者吗？伊织觉得不可思议，他看着香织。

"妈妈和叔叔的所有事情，我全都知道的：去年六月去奈良，还有秋天去欧洲，新年里的约会……"

既然她知道得这样具体，也就没什么好辩解的了。伊织轻轻移开脸孔，使劲儿吸着烟。

"妈妈全都告诉我了。因为我是站在她一边的，妈妈很信任我……"

说到这里，香织突然声音有点哽咽了。她轻轻点了一下头，好像是要确认自己的心绪似的，然后接下去说："可是，我却背叛了她……"

从微微低匐着的香织的太阳穴上，可以看到一阵轻轻的震颤。伊织望着眼前这张有点神经质的年轻的脸，叹了口气。这姑娘对自己和阿霞的事情看起来的确知道得很详细，之前给阿霞打电话时还装模作样的，显然早就被她识破了。想到这里，伊织觉得有些羞赧。

他顾不上难为情，问道："这些事情也是你母亲告诉你的？"

"妈妈把一切都告诉我了，因为我和她是站在一边的。"

从刚才起香织就反复强调自己和阿霞"是站在一边的"，究竟是什么意思？

香织继续说道："其实我不是妈妈亲生的，但是从小妈妈对我一直很好。不知道妈妈到底怎么想，但我真的把她当成是自己的亲生妈妈。"

香织不是阿霞的亲生女儿，伊织早已从村冈还有阿霞本人嘴里听说了。虽说是继母，但是从阿霞为数不多的几次言谈中，还是能够感觉到她和香织之间的关系十分融洽。

"所以，为了妈妈，我愿意为她做任何事情……"

"可是你父亲……"

"当然，我也爱我爸爸。可是，妈妈和爸爸年龄相差那么多，在一起生活确实很难为她。"

虽然不是自己亲生的,但是到了一定年龄,香织还是从女性的角度为阿霞考虑了很多。

"要不要再来一杯咖啡？或者,来点蛋糕什么的吧？"伊织想让她稍许停顿一下,于是打断她提议道。

香织却摇了摇头说："不用了。"

"我是从去年春天开始知道妈妈喜欢上叔叔的,叔叔三月初的时候给我家里打过电话还记得吗？"

伊织记不清楚是不是三月初了,不过当时电话里香织的声音仍记忆犹新。

"我是凭直觉察觉到的,后来我就成了妈妈的同谋者,妈妈出门去旅行的时候,我总是想方设法地不让爸爸知道。"

"这么说,去欧洲也是……"

"是的,爸爸对我说的话全都毫不怀疑。"说到这里,香织突然露出女大学生特有的调皮说,"说实在的,叔叔您还得感谢我才是呢。"

她笑起来,脸上立即洋溢出在优裕幸福的家庭中长大的那种无邪和沉稳的表情。

伊织将视线朝玻璃窗投去,稍稍稳定一下情绪,然后突然想起来似的问："你刚才说背叛了你母亲,是怎么回事情？"

"……"

"上次本来想去京都的,你母亲却没来,是不是跟这个有关系？"

"是的。"香织点点头,隔了一会儿继续说道,"那天,我把事情告诉了爸爸。"

"告诉了你父亲？"

"我本来真的一直是支持妈妈的。我爱妈妈,为了妈妈,我可以为她做任何事情……可是突然,我不能容忍她了……"

说到这里香织声音又哽咽了,停顿了片刻才说下去："爸爸非常生气,打了妈妈……"

霎时间,伊织急忙低下头,仿佛自己脸上挨了揍似的。

"妈妈脸孔肿了,后来吃了药睡了。"

伊织垂着头,闭上了眼睛。一点不知道实情,那天还一个劲儿地打电话过去,想起来自己是多么的愚蠢啊。

"我干了件蠢事……"

"不,干了蠢事的是我,如果我不说不是挺好的……"

伊织再次朝窗外望去。青山大街上依旧车水马龙,人群熙来攘往,其中有几辆开着大喇叭播放日本旧歌曲的车疾驰而过。

等一片嘈杂过去,街道重又安静下来后,香织喃喃地说道:"但是,妈妈是喜欢叔叔的,因为喜欢所以才答应叔叔的邀约。可是她又害怕,所以吃了药……"

"……"

"自从那以后,妈妈就一直在吃安眠药。"

坐在斜后面座位上的一对青年男女离去,随即又有两个女顾客落座。从相貌上判断,大概是母女俩。那位母亲模样的女性用怪讶的眼光看着伊织,或许是觉得低垂着头的中年男人和一位年轻姑娘这样隔桌而坐的组合显得有些关系暧昧。

"我们走吧!"等到那对母女坐定之后,伊织对香织说。

咖啡馆里人多眼杂,再说坐下来也将近一个小时了。伊织没想好去哪里,但总之再待在店里实在没意思。

香织脸上露出一丝困惑,但还是默默地跟随伊织起身朝外面走去。在收银台付完账,两人来到店外,黄昏的斜阳疏慵地照射在人行道上。伊织横截着穿过斜阳,朝着绿树夹拥、通往绘画馆方向的散步道走去。

"稍许走一走吧。"

因为直截了当、毫无遮掩的表达,伊织对香织有了一种完全不同于之前的亲近感。

两个人并肩往绘画馆走着。远处的行道树虽然只能看清枝杈,但是树梢头开始萌发新芽的叶子,勾勒出一片片绿色的斑点。

伊织和着香织的步子,缓缓地走着,一面走一面问:"你今天来这里的事情你母亲知道吗?"

"我想她大概知道的。要在这里和叔叔碰面,也是妈妈告诉我的。"

"你母亲……"

"昨天晚上告诉我的,大概那时候她已经下决心不来了。她怕今天又会忍不住赶过来赴约,所以吃了药一直睡着。"

"……"

"叔叔,您能答应不和妈妈再见面吗?"

伊织没有作声。他不知道怎么回答,甚至不知道该怎么样将自己的心绪好好整理一番。

"不过我觉得,妈妈已经下决心不再和叔叔见面了。"

"为什么?"

"因为妈妈是个坚强的人。"

伊织不知道香织想说什么,但他觉得自己似乎能够理解。

"叔叔,您是不是生我的气了?"

身后有一只小狗奔过来,在它后面两个孩子追逐着它而来。等小狗和孩子们的身影消失在行道树后,香织继续说道:"可是,除了这样做没有其他办法。"

香织压低的声音被远处迟迟没有黑下来的天空吸了进去。

伊织不想责怪香织。与其责怪她,因为她密告了自己和阿霞的事情,伊织觉得更应该被责怪的是自己。然而,之前一直站在阿霞一边的香织,为什么突然间会背叛她呢?这一点令伊织百思不得其解。

"可是……"伊织望着远处树梢头被夕阳染得通红的天空问道,"之前去欧洲的时候,你母亲也同你商量过,对吧?"

"妈妈说她无论如何想去十天,于是我就对爸爸编了个谎,说是和我同学的母亲一起去的。"

这个二十岁还不到的姑娘,竟然想出这样瞒天过海的手段来?伊织不禁重新打量着她天真无邪的脸庞。

"那天,我到机场去送妈妈,看到叔叔了。我对妈妈说,叔叔真酷,不过有点花花公子的感觉,结果被妈妈训斥了一顿。"

"花花公子……"

"叔叔不是和一个比妈妈更加年轻的人在一起吗?"

没错,当时笙子也到机场去给自己送行了。

"妈妈在欧洲玩得很开心,可是我在日本要瞒过爸爸,真的很辛苦。"

在阿姆斯特丹的酒店里,阿霞给家里打过电话,大概那也是为了更好地瞒过丈夫而和女儿合演的一场戏。

"两个人联起手来,什么事情都难不倒的。"香织开玩笑地说道,"我从很小的时候起,就感觉自己可以为妈妈助一臂之力呢。"

嘴上说辛苦,说不定香织通过参与大人们的恋爱,甚至操纵大人们的恋爱而感受到某种快感呢。

"叔叔您也许不知道吧,新年的时候是我陪妈妈一起到酒店去的呢。"

那天,伊织不顾一切地强行得到了阿霞,想不到香织却一直都等候在大堂里。

"妈妈认识了叔叔之后,情绪慢慢平定下来了。"

"可是,你父亲……"

"妈妈并不讨厌爸爸,不过也谈不上喜欢。"

因为这样,她便暗中帮助母亲红杏出墙?伊织对年轻女性的想法实在是无法理解。

"你父亲今年年初生了场病吧?"

"您怎么知道的?"

"哦,我也只是听说的。"

散步道旁一侧是一段石头围墙,从墙内探出枝叶的樱花树,在夕阳中犹自散落着花瓣。伊织忽然感觉到一阵花开时节的凉意,他情不自禁地缩紧了身子。

"感冒引发肝炎,住了一个月的医院。您见过我爸爸吗?"

声音倒是听到过,不过伊织没有声张,只是摇了摇头。

467

"大概是爸爸的病,使我的想法有了改变吧,一下子觉得爸爸挺可怜的,再说……"香织将挎包换了个肩膀,接着说道,"叔叔今年年初离婚了是吧?从那时候起,我突然感到害怕了。"

"害怕?"

"这样子下去的话,我怕妈妈最终会和叔叔走到一块儿去……"

透过开始萌发新绿的树梢头,可以看到暮色迟迟不肯降临的天空。伊织望着被夕阳染得通红的天空,点了点头。

一开始,母亲不是十分投入地与别的男人来往,还在香织的容许范围内,即使母亲有了父亲以外的其他男人,也不过仅限于男女的一般婚外恋情而已。但渐渐地事情超出了恋情,眼看两人有可能走到一块儿,她却突然变得不安起来,或许看到自己一手操控的大人们的情事,半途中越陷越深,令她感觉到有些可怕了。

"即使没有这次的事情,说不定我早晚也会告诉爸爸的。"

这点伊织能够理解。虽说她对于母亲的情事暗中助力,但父亲毕竟是这个世界上唯一与她血脉相通的人。对于母亲的爱,仍然是有一定的限度的。

"妈妈对叔叔的事情看得太认真了。"

确实,这半年来同阿霞的关系或许有些超出了同有夫之妇之间应有的程度,越过了不可以跨越的界限,而陷入无法自拔的境地。

"对不起,但是我真的不能容许。"

突然,香织站住了,将一只手遮在额头,同时轻轻但坚决地摇着头。不知道她是对背叛了母亲的自己感到不能容许,还是对介入到大人们的恋爱中的自己感到悔愧。看着站立不动的香织,伊织一时不知如何是好。

这条散步道稍稍远离大路,但是行人并不少。此刻,从前方迎面走来一对青年男女。一个是四十好几的男人,一个是年轻的女性,女性低头站立不动,眉头似乎紧蹙着。两人之间一定有些什么纠葛吧,说不定中年男人正在无耻地引诱女性干什么事情——他们会不会这样看?

伊织准备抬步继续朝前走,但是香织依然不动。正在困惑之际,那对男女已经走近身旁,用怪异的眼神盯着伊织看。

"哎……"等两人离去,伊织将手轻轻搭在香织肩上,"走吧!"

枝杈直直地指向天空的行道树后面,露出绘画馆的圆形穹顶。在夕阳的映照下,穹顶的左半侧闪耀着明亮的辉光,右半侧却已经沉入灰暗的暮影之中。远处传来阵阵年轻的欢跃声,大概是从它面前的足球场传过来的。

伊织在稍前走着,突然间香织轻声道:"叔叔,请您带我去哪里坐坐吧。"

"坐坐?"

香织眼睛直视着前方,点了点头。

带她去什么地方坐?年轻姑娘的心思真是没法捉摸。

"您很忙吗?"

"不……"

今天为了和阿霞碰面,特意将晚上的时间空出来了。现在同香织道别的话,接下来还不知道怎么打发哩。

"一块儿吃饭吧?"

"不。我想请您带我去个什么地方喝点酒。"

伊织一面缓缓走着,一面在想到底是怎么回事。本来是计划和阿霞碰面的,不料却和她女儿碰面了,这是之前连想都不曾想过的,而且姑娘此刻一本正经地请求自己带她去某个地方。

"还不回家没关系吗?"

"没关系。"香织毫不犹豫地答道。

行道树四周,暮色渐渐越来越深了。

迄今为止,伊织从没有和像香织这样年轻的女性一同去喝过酒。虽然和笙子一同去过无数回,但是香织比她年轻了好几岁。虽然已经念大学了,沾点酒精不成为问题,但是对方主动提出带她去喝酒,还是让伊织感到有些为难。

"不用跟家里打个电话说一声?"

"不必了。"

或许是将积郁在心中的话一吐而尽了,香织的表情显得十分轻松。伊织决定去涩谷公园大街上一家小型酒店内的酒吧,于是招了一辆出租车。

"叔叔经常喝酒吧?我是听妈妈说的。"香织好像已经忘记了刚才的痛苦,表情快朗地说道,"您喜欢喝白兰地对吧?"

不知道阿霞还对香织说了些什么,伊织简直想象不出她两人促膝交谈的情景。

车子在涩谷的公园大街停下,走进酒店内的酒吧,果然店内很空,没几桌客人。伊织和香织坐在进门靠右的吧台座上。

"喝点什么?"熟稔的店掌柜招呼道。

伊织照例点了白兰地,随后看着香织。

"我不太懂,有没有酒精度低一点的威士忌?"

伊织拿不准香织的真实想法,替她要了一份柠檬威士忌鸡尾酒。

"来!"

两杯酒送上来之后,两只酒杯轻轻碰在了一起。

香织低声喃喃道:"对不起……"

事到如今有什么好致歉的?是因为硬缠着伊织带她来这里喝酒?可是多亏了香织,伊织才不至于一个人陷于孤寂哩。

"叔叔,您真有女人缘啊。"

"这也是听你母亲说的?"

"不是,我是凭直觉感觉到的。不过话说回来,您喜欢妈妈哪一点呢?"年纪虽轻,但是香织似乎怀着一肚子的好奇,"妈妈真的那么优秀吗?"

"这个话题不要再提了吧。"

伊织手里端着酒杯,想起了阿霞。此刻她在做什么呢?是从安眠药的药力中清醒过来了,还是仍旧在沉睡?她知道自己现在正在和香织一块儿喝酒吗?

"可是,您保证不再和妈妈来往了,对吧?"

"嗯……"伊织含糊其词地答道,既像是点头应允,又像是摇头否认。

谁料香织伸出白皙柔软的小指说道:"为了妈妈,我们拉勾起誓吧!"

现在就轻易地答应她不再和阿霞见面?一旦拉勾起了誓,真的能够做到决不见面吗?阿霞是不是真的希望自己发誓不同她见面呢?也许这只是香织的要求,而不是阿霞的真实想法。

"不行?"

"哦,不……"

此刻,说一句"保证不再见面"是容易的。但是男人和女人,并不会因为发了誓说不见面而真的不见面,也不会因为没发誓就一定会见面。男人和女人之间的事情,是不依人的理智而转移的,是无理性可言,假如知道有错马上就纠正,那从一开始就不会出错了。有妇之夫与有夫之妇之间的恋爱,在道德上是不被容许和接受的,这一点稍具社会常识的男女都明白,但明知故犯不知不觉地陷入进去,却无法自拔、脱身而去,这才是众多男女迷茫烦恼之所在。只要一拉勾、一句誓言,就能干净利落地斩断绵长的情愫,香织显然想得太简单了,这恐怕是还没有真正尝过爱情滋味的年轻姑娘的纯真吧,当然也暴露出其高傲的一面。

然而,伊织却无意反驳。因为自己在这件事情当中确实理亏,而且说了香织也未必能够理解。

"我只想求您这一件事。"

伊织手里端着酒杯,轻轻点了点头。

不过这并不意味着正式接受了香织的要求。这样重大的事情,怎么可以在这儿仅仅以这样的方式就决定?

但伊织还是点了点头。如果不这样,两人就无法继续坐在这里聊下去。也许这便是中年男人的狡猾之处,不过在这狡猾之中,也暗含着一种坚不可摧的确信,那就是对一个人的爱,是无法用誓言或是其他语言来湮灭的。而对于眼前这个十八九岁的年轻姑娘,伊织也以这种方式表示了他的矜持：一个成熟的人不会为这种事情轻易发誓。

"不好意思，原谅我这么自说自话的。"香织似乎也意识到自己话说得重了，她轻轻低下头去。

伊织没有接茬儿，转到了毫不相干的话题上："你是大学生了吧？"

"青山大学二年级。"

"哦，那离这儿很近呢……"

"涩谷和原宿一带我很熟悉，叔叔事务所所在的那座大厦我也知道的，前天还从那跟前经过来着。"

香织又恢复了年轻学生的表情，她重新续了杯柠檬威士忌鸡尾酒，然后问道："叔叔，除了妈妈，您还有喜欢的人吗？"

伊织苦笑了一下，没有回答。

"我想叔叔一定有的。"

刚见面时的紧张感已经彻底舒缓，香织渐渐有了些醉意，她的眼角旁泛起两片淡淡的红晕。伊织不禁觉得有些滑稽：阿霞微醺的时候也是眼角两旁发红，虽然不是亲生的母女，但是饮酒之后的样子却毫无二致。

"不要紧吧？"

伊织问的是喝酒，但香织似乎理解成了回家的时间。

"哟，已经八点钟了呀。"她看了看缀着红色表带的手表。

"我们走吧？"

伊织说着，忽然感觉好像阿霞就在身旁。和阿霞分手道别，总是在九点钟左右。

来到外面，天空起了微风，云块在移动。

"我送你到车站吧。"

"不用了，我自己走。我还有一个小小的要求，不知道可不可以？"

伊织没有作声，心想不是又要提阿霞的事情吧。

不料香织歪着头问道："我可以去看看叔叔住的公寓吗？"

"……"

"就一两分钟就可以，真的。我只是想看看，叔叔到底是在什么样的地方工作的。"

"也不是什么大不了的工作……"

"可是我听妈妈说,公寓很漂亮呢。"

这也是年轻姑娘的好奇心吗?既然她想看,伊织是不介意的。

"会给您添麻烦吗?"

"不不……"

伊织扬手招了辆驶近的出租车,让香织先坐上去。涩谷离青山很近,不消五分钟就到了。香织下了车,站在公寓楼前朝上望了一眼,随即默默地跟在伊织身后。两人乘上电梯,一直来到房间门口,伊织掏出钥匙打开了门,这期间两人什么话都没有说。

"请进……"伊织先进到屋子里,然后催促道。

香织向四周环视了一遭,然后才小心翼翼地踏进屋子。那副样子和阿霞如出一辙,伊织不禁发出苦笑。

"有什么可笑的吗?"香织问。

伊织忍住笑,拧亮了起居室的灯。

香织站在门口,喃喃地说:"屋子里真漂亮……"

见她一动不动,伊织朝沙发努努嘴示意道:"坐下来吧……"

"不,我要回家了。"

突如其来的心机一变令伊织有些吃惊,香织却已经扭头朝门口走去。伊织慌忙跟在后面想去追她。在门前的换鞋处,香织回转头来唤了声:"叔叔……"

伊织见到一张似乎马上就要哭出来的脸。香织出其不意地全身靠拥在伊织胸口。怎么回事?伊织全然摸不着头脑,他茫然地搂住了香织瘦小的肩膀。

"请抱抱我……"香织喃喃道。

年轻女性柔顺的头发飘在眼前,香织将额头抵在伊织胸口一动不动。假如此刻紧紧拥住她,向她提出要求的话,香织或许会以唇相许。至于能否得到她,也全在伊织的一念之间。

然而，伊织只是用手轻抚着香织的柔发，没有作声。

为什么香织会突然间说出"请抱抱我"这样的话？难道她不知道只身来到男人的房间，说出这样的话来会很危险？

香织的话也可以理解为，因为母亲不能前来碰面，所以甘愿作为母亲的替身让伊织抱一抱她。但是既然她背叛了母亲，作为女儿也没有做替身的理由。再说伊织并没有怀着这样的要求带她来公寓，是香织主动提出的，由此看来，她似乎对伊织真的怀有爱意。

以前，阿霞曾说过女儿对伊织有好感，当时伊织并没觉得什么，只以为是年轻姑娘一时心血来潮。但眼下的情形，完全是同等地位的男人和女人的关系，至少从形式上，即使被看作两个相互爱恋的男女也没什么奇怪。香织究竟怎么了？是因为酒精的作用，使她突然想得到男人的怜爱？还是真心喜欢上了自己？但即使是这样，也只能说是年轻女性对中年男人的爱慕。年轻女性对于和自己相距遥远、生活在另一个世界般的中年男人怀着一种憧憬和期待，而在某个时候它佯张为幻，冒用了爱情的形式。

在香织身上，因为对方是和母亲有着亲密关系的男人，这种心情尤其容易膨胀。如果从坏的方面去想，也可以认为正因为是母亲喜欢的人，所以香织才想接近。

无论出于哪种情形，对着一个男人说"请抱抱我"，着实是大胆得可以。

香织不像是那种随意玩玩的姑娘，因为她一面对自己说这话的时候，一面身体情不自禁在震颤，既是对背叛了母亲的悔恨，又是自我告白之后的紧张，同时加上酒精的作用，几方面因素掺杂在一起，才使得她在神经高度兴奋之余不由自主地说出这样的话来吧？等到明天，她又会变成走在生机勃勃地湘南街头的大学生了。

"走吧……"伊织用搭在肩头的手，抚摩着香织的柔发说道，"你该回家了。"

香织没有回答，她依旧埋着头，站立在原地。

伊织抽回手,用明快的声音说道:"我送你。"说着,轻轻移开身体。

香织慢慢抬起头,额头上的一缕垂发横在一边。她或许在为自己不经意说出口的一句话而感到羞愧,同时感到嗟悔。

"我和你一块儿走,你先在屋子里等我一会儿。"

伊织走进书房,扯掉领带,换了件外套。一瞬间,他觉得仿佛有什么东西要让香织带回辻堂给阿霞,但是仓促之间又想不起来。回到起居室,香织大概已经从一时的激情中清醒过来,她表情沉稳,老老实实地坐在椅子上等着伊织。

"走吧!"

香织听话地站起身,跟在伊织后面。来到走廊上,走进电梯的时候,香织好像被灯光晃得有些眩目似的,将脸扭转开去。从她低垂的头发之间,可以看到白皙的额头。伊织的脑子里影像清晰地回忆起,就在刚才,这额头还抵在自己的胸口。

"在大学学的是什么啊?"伊织故意问道,仿佛要拂走那娇媚的影像似的。

"学的历史。本来想学建筑的,将来像叔叔那样设计出色的美术馆什么的,但是我没自信⋯⋯"

"历史也很有趣呀。"

"爸爸接触的都是古旧的东西,看着看着不知不觉地就⋯⋯"

确实,英善堂在所有画廊中以收藏的古旧美术作品而闻名。香织之所以选择学历史,或许也含有对父亲的体谅吧。

"走到大马路上就能叫到车。"

两人来到青山大街,立即就有一辆出租车驶了过来。伊织招呼它停下,香织站在车门前低头致谢:"不好意思,请您原谅我的任性。"

"送你到八重洲站口吧。"

"啊,不用了。一个人可以。"

"可是,时间不早了。"

"真的不用送。"香织摇着头,伸手搭在车门上。

"那……路上小心点!"伊织强忍住没说出代我问候你母亲之类的话。

香织又一次低下头,随即乘上车。

车门关上了,香织瘦小的脸庞映在车窗的另一面。白皙的侧脸上,已经没有了先前的迷惘不安。即便是勉强掩饰着,以香织的年龄,今天的事情应该也会很快就忘掉的。

"再见!"

伊织点头看着香织隔着玻璃窗挥手道别,他久久地站立在夜晚的路边。

街道上晚风拂过,街头的霓虹灯闪烁着五彩亮光。伊织告别灯火通明的街道,转身返回公寓。

并没有做什么特别累人的活儿,但是伊织却感觉浑身疲惫,明明一步步迈着坚实的步子,可是腰腿晃晃荡荡的似乎有点不听使唤。

从大马路拐入通往公寓的黑乎乎的小道时,伊织点着头自言自语道:"是这样啊……"

坦率说,香织所讲的事态他并非没有预计到,他曾经想过,说不定在阿霞身上会发生像今天这样的事情。但是,一旦面对面被告知这种预计成为现实时,心底那份凄痛是完全不一样的,尽管不愿意承认,但的的确确是香织那番话所引起的。这不像一点一点地挨打,最后被击倒,而是好比拳击比赛中的迎面一击,只吃了一拳就彻底落败了。

要命的是,面对这种状态他却不得不认可、不得不接受。同一个有夫之妇走得那么近,早晚被其丈夫察知,两人分手是必然的结果,阿霞为之痛苦、用安眠药来麻醉自己,也是情理之中的事情。假设能够抓住一棵救命稻草,大声地抗争道"不是这样的",那就有救了。然而,伊织却没有任何可以争辩反抗的余地。而由阿霞的女儿来告知他这些,令伊织更加难堪,他心里非常不是滋味。倘若是比自己年长的过来人或是朋友相告,伊织完全可以接受,但香织足足比自己小二十多岁,被这么个年轻姑娘说教,伊织简直无地自容。

此刻他全身所感觉到的疲惫，无疑便是因为别人揭穿了自己的愚蠢行径，而陷入难以忍受的境地的缘故。

　一只手插在口袋里，右肩略微朝下倾斜——这是伊织走路时的习癖。这会儿，他黑黢黢的身影缓慢地沿着人行道向前移去。离大马路仅一步之隔，四周却到处是轩敞的豪宅和高级公寓，显得十分静寂。街灯笔直地一字儿排开，只有风无声无息地拂过。

　刚才和香织就并肩走在这条街道上。为什么今天香织会从辻堂大老远地跑到这儿来？为什么她会说出那么大胆的话来？伊织一点儿也不明白。

　但是，这会儿再怎么思索也没用了。伊织现在只想一个人安安静静、舒徐恬然地休息。平时的话，如果情绪低落，他可以去喝上几杯，让郁闷的心情得到平复，可是现在，他仿佛连这点气力都没有了。

　回到公寓已是十点钟。屋子里还是出门时那样亮着灯，但是突然间却感觉空旷了许多，离开不多时，就仿佛是别人的屋子似的。

　伊织脱下外套，坐到沙发上，随即又起身从装饰橱里拿出白兰地，倒了一杯。喝下一口，顿时感觉一团热辣辣的东西缓缓从喉咙口向下滑去。于是，他又大口喝下几口，似乎有一种冲动，要把自己灌醉。

　"你个混账东西！"

　伊织一面喃喃自语着，一面觉得自己简直就是世界上最最狡猾、最最卑琐、最最自私自利、最最好色的男人，一身集结了世间所有的恶。

　"随它去好了……"

　不停地喝着白兰地，喉咙像灼伤一样的辣痛，但是这样反而感觉舒服一些。

　"真的是这样啊……"

　伊织自己也不知道想说什么。他又喝掉一杯，然后倒在沙发上。

　仰头望着天花板，感到一阵眩晕，于是闭上了眼睛。脑海里浮现出迄今交往过的女性的脸庞。妻子、笙子、阿霞、以前的情人，像走马灯似的在他脑海里交替忽隐忽现。伊织仿佛做梦般,朝她们一个个点头。

他没有什么好对她们说的。因为精疲力竭,他只记得她们每个人柔情似水的一面,每个人都是那样诚实,那样令人怜惜。

可是,女人原来这样硬气……

曾经坚决不答应离婚的妻子,现在将女儿紧紧护在自己的羽翼之下顽强地生存着。笙子连一封信也不寄,全情地投入到与宫津的新生活中。至于阿霞,欧洲之行以及无数次短暂相逢时那种燃烧生命般的激情,也轻轻一挥便成过去,仅仅是往昔的记忆,想必今后在辻堂的家中又会翻开新的一页生活。

女人离去的方式无不令人记忆深刻。有时候苦思痛想,死去活来,可一旦战胜了自我,越过苦境,就绝不会再纠丝缠藤,恋恋不舍,而是迈着坚实的步子勇敢地走向新生活。虽然说不这样也别无他法,但是女人切换状态时的义无反顾令男人自叹弗如。

"连你也……"

三人之中,最后残留下的是阿霞的脸庞。不希望阿霞也是这样。唯一只盼阿霞还对自己抱着一丝恋恋之情。这与其说是因为伊织对阿霞的爱最深,毋宁说是伊织的身体对阿霞的记忆最为深刻。

伊织迷迷糊糊地睁开眼睛,视线旁有一部电话。看到电话,伊织心中对阿霞的念想又翩翩跃动起来。

快十一点了。如果香织分手后直接回家的话,应该马上就要到家了。想打电话,过了这会儿就再没有良机了。但是伊织还在犹豫,到底要不要拿起电话。

事已至此,再打电话也是无济于事。假如阿霞还想和自己碰面的话,她会主动打来,而如果她已经下决心不再碰面,那么即使再锲而不舍她也不会为之所动。

伊织觉得自己好像变得孱弱了。以前曾那样不顾一切地跨出去追求爱,现在为什么毫无斗志、毫无自尊了?面对如此事态,竟然只知道独自叹息。

从妻子到笙子,再从笙子到阿霞,追求爱情的结果,自己究竟得到了什么呢?

有的时候,和女性的邂逅会令他心怦怦跳个不停,其后沉溺于男女之事,他还为将女性握于掌中而暗自得意,暗自满足。然而这种短暂的激情奔荡和心灵充实,回头看来却是极其脆弱的,不堪一击,激情过后带来的无尽的空虚远远胜于表面的华彩。

"是这样啊……"伊织又一次自言自语道。

舞台即将落幕了。说曲终人散也许尚早,但是,抛弃了妻子,一意孤行追求笙子和阿霞的这部人生剧,至此也应该是个转折,该告一段落了。先前在舞台上绚丽多姿的主角们都已退场,台上眼看就要灯光暗转了。

就像落日一瞬间发出耀眼的光芒,随后沉落一样,惊心动魄的爱或许也会留下一瞬的欢悦记忆,然后倏地消逝而去。

或许妻子、笙子、阿霞,还有伊织自身,都因为爱绷紧了神经,现在有些疲惫了。他们每个人都在追求炽热的纯洁的爱,却因为过分沉溺于其中,激情燃烧之后的空虚感尤为强烈,而现在正是他们自作自受,受到报应的时候了。

空空荡荡,唯有灯光白惨惨地照着屋内。伊织独自望着四壁。

同阿霞交合的第二天,凌晨又是地震又是下雪,云层间阳光四射,但是天空中却缓缓飘落着雪花,大大的,可以清楚地看见它驻留在掌心上。然而就在伸手一握的瞬间,雪花立刻融化了。

回首往日,与阿霞的爱也好,与笙子的爱也好,还有和妻子的爱,无不像雪花一样,既真实又虚幻,有些靠不住。

但是伊织不会放弃。即使眼下有些意气消沉,可一旦整理好心绪,明知爱情就像一片片的雪花,但他一定还会大胆去追求新的爱。

伊织自己给自己鼓着劲儿。

忽然间,他很想听听女儿的声音。于是,他拿起听筒,按下了自由之丘家里的电话号码。

图书在版编目（CIP）数据

一片雪/（日）渡边淳一著；陆求实译. ——青岛：青岛出版社, 2018.11
ISBN 978-7-5552-7872-6

Ⅰ.①一… Ⅱ.①渡…②陆… Ⅲ.①长篇小说-日本-现代 Ⅳ.①I313.45

中国版本图书馆 CIP 数据核字（2018）第 250760 号

ひとひらの雪 by 渡辺淳一
Copyrights：©1983 by 渡辺淳一
This edition arranged through OH INTERNATIONAL CO. LTD.
Simplified Chinese edition copyrights：©2018 by Qingdao Publishing House Co., Ltd.
All rights reserved.
简体中文版通过渡边淳一继承人经由 OH INTERNATIONAL 株式会社授权出版
山东省版权局著作权合同登记号 图字：15-2017-237 号

书　　名	一片雪
著　　者	（日）渡边淳一
译　　者	陆求实
出版发行	青岛出版社
社　　址	青岛市海尔路 182 号（266061）
本社网址	http://www.qdpub.com
邮购电话	13335059110　（0532）68068026
策　　划	刘　咏　杨成舜
责任编辑	刘　迅
特约编辑	曹红星　王　伟
封面设计	末末美书
照　　排	青岛双星华信印刷有限公司
印　　刷	青岛双星华信印刷有限公司
出版日期	2018 年 11 月第 1 版　2018 年 11 月第 1 次印刷
开　　本	大 32 开（880mm×1230mm）
印　　张	15.25
字　　数	400 千
印　　数	1-10000
书　　号	ISBN 978-7-5552-7872-6
定　　价	69.00 元

编校印装质量、盗版监督服务电话　4006532017　0532-68068638
本书建议陈列类别：日本　畅销　小说